고리오 영감

고리오 영감

Le Père Goriot

오노레 드 발자크 장편소설 임희근 옮김

LE PÈRE GORIOT
by HONORÉ DE BALZAC (1834~1835)

이 책은 실로 꿰매어 제본하는 정통적인 사철 방식으로 만들어졌습니다.
사철 방식으로 제본된 책은 오랫동안 보관해도 손상되지 않습니다.

위대하고 저명한 조프루아 생틸레르에게
그의 작업과 천재성에 대한 경탄의 표시로

— 드 발자크

제1장

하숙집

처녀 시절 성이 〈드 콩플랑〉인 보케 부인은 늙수그레한 여인으로, 40년째 파리의 라탱 구역과 생마르소 동네 사이의 뇌브생트주느비에브 길에서 하숙집을 운영하고 있다. 〈보케 하숙〉이라는 이름으로 알려진 이 집은 남녀노소 불문하고 받아들여 하숙을 치는데도, 풍기(風紀) 문제로 험담 같은 것이 돈 적은 한 번도 없었다. 하지만 30년 전부터 이 집 하숙인 중에 젊은 사람이라고는 찾아볼 수 없었는데, 혹시 젊은 청년이 여기 하숙한다면 고향집에서 보내 주는 생활비가 정말 형편없이 적다고 보면 틀림없다. 한 편의 극(劇)과 같은 이 이야기가 시작되는 1819년 무렵에는 이 집에 가난한 처녀가 하나 있었다. 비극 문학이 득세하던 이 시대에 〈극〉이라는 단어를 남용하여 아무 데나 썼던 탓에 이 말이 비록 신뢰받지 못하는 신세가 되어 버렸다 해도, 여기서는 써야만 하겠다. 이 이야기가 말 그대로 극적(劇的)인 이야기라는 것은 아니다. 하지만 이 작품이 끝을 맺을 무렵이면 아마도 독자들은 〈성벽 안에서 또 성벽 밖에서〉[1] 눈물깨나 흘린 뒤일 것이다. 파리를 벗어나서도 이 작품이 이해될까? 이런 의문을 제

11

기할 만도 하다. 관찰과 지방색이 풍부한 이 무대의 특성들은 몽마르트르 언덕과 몽루주 언덕 사이[2]에서만, 즉 끊임없이 떨어져 내리려는 벽토와 진흙투성이, 시커먼 도랑들로 이뤄진 파리라는 유명한 골짜기에서만 제대로 평가받을 수 있을 것이다. 이 골짜기는 진짜 고통과 종종 가짜이기도 한 기쁨으로 가득 찬 곳이며, 하도 지독하게 들떠 있다 보니 어느 정도 진득하게 지속되는 감각을 자아내려면 상궤를 벗어난 무언가가 있어야만 하는 곳이다. 하지만 그곳 어디서나, 온갖 악덕과 미덕의 밀집 덕분에 어느새 위대하고 장엄하게 변해 버린 고통들이 심심찮게 눈에 띈다. 그런 고통의 모습을 보게 되면 이기심이나 이해타산 같은 것도 잠시 멈추고 동정심이 발동한다. 그러나 여기서 받는 인상이란 마치 후다닥 먹어 치우는 달디단 과일 맛과 같다. 문명의 수레는 마치 자가나트의 우상[3]을 실은 수레 같아서, 마차를 저지하는 사람들 중에서도 가장 물리치기 어려운 사람 때문에 진행 속도가 느려지게 되면 바로 그 사람을 깔아뭉개 버리고 영광의 행진을 계속하는 것이다.

한가롭게 이 책을 들고 있는 당신, 푹신한 의자에 깊숙이 엉덩이를 파묻고 앉아 〈이 책 재미있겠는걸〉 하고 혼잣말하는 당신은 바로 다음과 같이 할 것이다. 고리오 영감의 은밀한 불행 이야기를 읽은 다음 당신은 자기의 무심함일랑 저자의 탓으로 돌려 버리고 맛나게 저녁을 먹을 것이라는 말이

1 여기서 〈성벽〉이란 파리 시의 경계선을 이루는 성벽을 말함. 그러니까 〈파리 시 안팎에서〉라는 뜻.
2 파리의 북쪽과 남쪽에 있는 두 언덕 사이, 즉 파리 시내를 말한다.
3 힌두교의 비슈누 신상(神像). 이 상을 실은 수레에 깔리면 극락에 간다 하여 신도들이 앞 다투어 투신한다.

다. 참 과장도 심한 저자라고 토를 달며, 시적(詩的)으로 썼다고 탓하면서 말이다. 아! 이것을 알아 두시라. 이 극은 허구도 아니고 소설도 아니다. 〈모든 것이 사실이다〉.[4] 너무도 사실적인지라, 읽는 사람은 저마다 자기 집에, 필시 자기 마음속에 있는 요소들을 이 작품 속에서 식별해 낼 수 있다.

하숙집으로 쓰이는 이 집은 보케 부인 소유의 건물이다. 집은 뇌브생트주느비에브 길의 아래쪽에 자리 잡았다. 아르발레트 길 쪽으로 땅이 비탈져 내려앉은 자리에 건물이 있다. 하도 심한 급경사라서 그 길로는 오르내리는 말이 드물 정도다. 이런 상황 덕분에 발드그라스와 팡테옹의 두 둥근 지붕 사이로 뻗은 이 좁은 길에는 적막이 감돈다. 발드그라스와 팡테옹, 이 유서 깊은 두 건물이 이 길 위에 노란 색조를 드리우고, 두 건물의 둥근 지붕들이 무게감을 투사함으로써 모든 것이 음울해지고, 분위기가 달라진다. 포석이 깔린 길바닥은 바싹 말랐고, 이 길을 따라 흐르는 도랑에는 진흙도 물도 없으며, 담벼락을 따라 죽 잡초가 자랐다. 아무리 무덤덤한 사람이라도 그곳에 간다면 너나없이 모두 마음이 서글퍼지게 되며, 마차 한 대 지나가는 소리도 거기서는 큰 사건이 될 것이다. 그곳의 집들은 을씨년스럽고, 벽에서는 감옥 냄새가 풍긴다. 길을 잃고 여기 들어선 파리 사람이 있다면 이곳에서 볼 것이라곤 그저 서민들이 사는 하숙집이나 학교들, 그리고 찌든 가난과 권태, 죽어 가는 노인과 공부에 얽매인 한창때의 젊음, 이런 것뿐일 것이다. 파리의 어떤 동네도 이보다 더 끔찍하지는 않을 것이며, 이보다 더 아리송한 장

4 셰익스피어가 쓴 비극 「앙리 8세」의 부제가 〈All is true〉이다. 프랑스어 원문에 이 말은 영어로 〈All is true〉라고 쓰여 있다.

소는 없을 것이다. 뇌브생트주느비에브 길은 특히 이 이야기를 담을 수 있는 구리 액자와도 같다. 이곳의 우중충한 색조와 깊은 상념들이 이야기 전개를 예견케 한다. 나그네가 카타콤베 지하 공동묘지를 구경하러 내려갈 때 내딛는 걸음걸음마다 햇빛은 점점 줄어들고 안내자의 노래는 차츰 땅속으로 기어들어 가는, 그런 느낌 같다. 실감나는 비교다! 바짝 메마른 심장, 아니면 텅 빈 두개골, 이 둘 중에 어느 것이 보기에 더 끔찍할지를 누가 정할 수 있으랴?

하숙집 정면은 작은 뜰 쪽을 보고 있다. 이 집의 오른쪽 귀퉁이가 뇌브생트주느비에브 길과 직각으로 만나게 되어 있어, 건물 깊숙한 곳은 들여다볼 수 없다. 건물 정면을 따라, 집과 뜰 사이에 약 2미터 너비의, 부순 자갈로 채운 구덩이가 있다. 그리고 그 앞으로 난 오솔길은 모래가 덮여 있는데, 이 길 양쪽으로 청색과 흰색의 커다란 화분에 심은 제라늄, 협죽도, 석류나무들이 있다. 이 오솔길로 들어가는 샛문이 하나 있는데, 그 문 위에 붙은 간판에 〈보케 하숙〉이라 쓰여 있고 그 밑에 〈남녀 불문, 하숙하실 분 받음〉이라는 말이 덧붙어 있다.

샅문에는 낮 시간 동안 시끄럽게 울리는 초인종이 달려 있고, 그 문을 통해 들여다보면 작은 보도 끝, 길 맞은편 벽에 이 동네 화가가 자기 그림의 소재로 삼은 초록색 대리석 아치가 눈에 띈다. 이 아치 때문에 움푹 들어가 보이는 문 아래에는 사랑의 신 큐피드를 새긴 조각상이 우뚝 서 있다. 광칠이 비늘처럼 홀홀 벗겨진 이 큐피드 상을 보면, 상징 좋아하는 사람들은 아마 여기서 파리의 사랑의 신화를 발견할 것이다. 이곳에서 몇 걸음만 가면 파리에 넘쳐 나는 사랑을 치료

하는 곳이 있는데 말이다.[5] 받침돌 밑에 적힌 반쯤 지워진 비명(碑銘)이 옛날을 상기시킨다. 1777년 파리로 돌아온 볼테르에게 시민들이 얼마나 열광했는지를 보여 주는 이 기록으로 미루어, 이 장식물은 그 당시의 것인 듯하다.

> 네가 누구이건, 여기 너의 주인이 있다.
> 그는 너의 주인이며, 주인이었으며, 주인이어야만 하나니.

해가 지고 밤이 되면, 살문에는 빛이 새어 들지 않아 안쪽을 들여다 볼 수 없다. 길이와 너비가 건물 정면과 같은 뜰은 길 쪽의 벽과 옆집 담을 이루는 벽으로 에워싸인 형국이다. 담벽을 따라 등나무가 마치 외투처럼 늘어져서 벽을 완전히 가리고 그림 같은 파리 풍경을 만드는 효과를 자아내어 행인들의 눈길을 끈다. 이 벽들은 모두 과일나무 덩굴과 포도 덩굴이 마치 벽장식 융단처럼 덮고 있는데, 여기에 열매랍시고 열리는 것이 하도 보잘것없고 먼지투성이인지라, 보케 부인은 해마다 그것을 걱정했고 하숙인들도 그 이야기를 하곤 했다. 담을 따라 좁다란 오솔길이 있는데 그 길을 따라가면 보리수나무 그늘이 나왔다. 보케 부인은 결혼 전의 원래 성(姓)이 〈드 콩플랑〉[6]인데도 불구하고, 그 나무 이름을 말할 때 하숙인들이 아무리 틀렸다고 지적해도 한사코 〈티외유〉라고 발음했다.[7] 나란히 나 있는 두 오솔길 사이로 아티초크를 심

5 이 근처 생자크 구역에 있었던, 매독 등의 성병 환자를 치료하는 카퓌생 병원을 가리키는 말.

6 성에 〈드 de〉라는 부분 관사가 들어가면 귀족 신분을 뜻하는데도 지체 높은 보케 부인이 이렇게 틀린 발음을 한다는 뜻으로 쓴 것.

7 보리수나무 tilleul의 프랑스어 표준 발음은 〈티욀〉이다.

어 놓은 네모난 작은 텃밭이 있고, 텃밭 옆에 원뿔 모양으로 가지를 다듬은 과일나무들이 서 있고, 밭 가장자리에는 싱아, 상추, 파슬리 등이 심어져 있다. 보리수나무 그늘 아래 초록색 칠을 한 원탁이 놓여 있고 그 주위를 빙 돌아 의자들도 있다. 여름날 찜통더위가 오면 따로 커피 마실 정도의 경제적 여유가 있는 하숙인들은 여기 모여들어, 달걀도 저절로 부화시킬 만한 무더위 속에 커피 맛을 즐기곤 했다. 지붕 밑 방들이 있는 4층 건물의 정면은 작은 건축용 돌로 지어져 노란색 칠이 되어 있다. 이 노란색이야말로 파리의 거의 모든 집을 천박하게 보이게 하는 색이다. 층마다 작은 유리 창틀이 달린 창문이 다섯 개씩 있고 창에는 모두 덧문이 달렸는데, 덧문들은 어느 하나 똑같은 방식으로 열려 있는 것이 없어서 그 외곽선이 들쭉날쭉해 보인다. 이 집 안쪽 깊숙한 곳에는 창문이 둘 있는데, 1층에는 그 창문의 장식으로 격자의 쇠창살이 갖추어져 있다. 건물 뒤로는 폭이 6미터쯤 되는 작은 뜰이 있는데 거기엔 돼지, 암탉, 토끼들이 사이좋게 모여 살고, 뜰 안 깊숙한 구석에 장작을 쌓아 놓는 헛간이 있다. 이 헛간과 부엌 창문 사이에 식품을 비축해 두는 찬장이 있고 그 밑으로 개수대의 구정물이 뚝뚝 떨어졌다. 이 뜰에서 뇌브생트주느비에브 길 쪽으로 나가는 좁다란 문이 하나 있어서, 부엌일하는 식모들은 전염병을 막기 위해 물을 좍좍 끼얹어 이 더러운 곳을 청소하고는 그리로 집 안의 쓰레기를 모두 내다 버렸다.

　이 하숙집의 운영 업무에 쓰이는 1층에는, 길 쪽으로 난 두 개의 창으로 해가 드는 첫 번째 방이 있는데, 출입문 겸용 창문을 통해 이 방으로 들어가게 되어 있다. 응접실에 해당하는 이 방은 나무와 색 타일로 된 좁은 계단을 사이에 두고 부엌과 떨어져 있는 식당과 통한다. 이 방에는 윤기 나는 부분과 윤기 없는 부분이 번갈아 있는 뻣뻣한 줄무늬 천으로 만든 안락의자와 보통 의자들이 놓여 있어 보기에 서글프기 이를 데 없다. 방 한가운데는 윗면이 생탄산(産) 대리석[8]으로 된 둥근 식탁이 있다. 요즘 어디서나 볼 수 있는, 반쯤 지워진 금실 무늬로 장식된 하얀 도자기 찻잔 세트가 이 식탁 위를 꾸미고 있다. 이 방은 벽의 판자가 잘못 시공되어, 손으로 잡을 수 있는 높이까지만 나무판자가 붙어 있다. 벽의 나머지 부분에는 텔레마코스[9]의 주요 장면을 그린 윤나는 벽지가 발라져 있는데, 그림에서 고전적인 인물들은 채색이 되어 있다. 격자 모양으로 된 쇠창살 창문들 사이에 걸린 액자는 칼립소가 오디세우스의 아들에게 베푸는 향연의 그림을 담고 있다. 40년 전부터 이 그림은 젊은 하숙인들의 입에 오르는 농담거리가 되었다. 젊은 하숙인들은 가난 때문에 어쩔 수 없이 먹고 있는, 이 하숙집의 형편없는 저녁 식사를 비웃으면서 속으로는 자기가 현재 처지보다 더 우월한 사람이라고 믿는 것이다. 돌로 만든 벽난로의 장작 넣는 부분은 언제나 깨끗한데, 이것은 아주 큰 행사가 있을 때 말고는 좀처럼 거기에 불을 피우지 않는다는 증거가 된다. 그 벽난로 위에는 낡아 빠진 조화를 가득 꽂아 놓은 꽃병 두 개가 있다. 그 곁에는 더없이 저급한 취향의 푸르스름한 대리석 괘종시계가 있다. 이 첫 방에서는 무어라 이름 붙일 수 없는 냄새가 풍긴다. 그 냄

8 흰색이 듬성듬성 섞인 회색 대리석.
9 『오디세이』에서 영감을 얻어 쓴 페늘롱의 소설 『텔레마코스의 모험』을 말함. 텔레마코스는 오디세우스의 아들이다.

새는 〈하숙집 냄새〉라고나 해야 할까. 그 방에서는 퀴퀴한 냄새, 곰팡이 냄새, 절은 내가 난다. 그 냄새를 맡으면 한기가 들고, 코를 킁킁대면 축축한 기운이 느껴지며, 옷 속에도 은근히 스며든다. 저녁 먹고 치운 식당에서 나는 냄새, 부엌 냄새, 그릇 두는 방 냄새, 요양원 냄새다. 젊은이건 늙은이건 하숙인 각자가 풍기는 독특한 카타르성(性) 공기가 그 모든 냄새에 얼마만 한 몫을 하는지, 그 구역질나고 원초적인 냄새의 양(量)을 재어 볼 방법을 누가 알아낸다면 그때야 이 냄새가 제대로 묘사될 수 있지 않을까. 그렇다! 하지만 이처럼 끔찍한 방도 바로 옆에 있는 식당과 비교한다면 이 응접실이 마치 전형적인 규방처럼 우아하고 향기로운 방이라고 생각하게 될 것이다. 전체가 판자로 둘러싸인 식당은 예전에 칠은 했지만 지금은 무슨 색인지 구분도 안 된다. 이런 색깔이 바탕을 이루고 그 위엔 때가 덕지덕지 끼어 마치 거기 이상한 무늬가 그려진 것처럼 되어 버렸다. 끈적끈적한 찬장 위에는 이가 빠지고 더러워진 물병들과 투르네산(産) 청색 테두리의 두꺼운 도자기 접시 한 무더기가 쌓여 있다. 구석에는 번호가 매겨진, 여러 칸으로 나뉜 상자가 있는데, 이것은 하숙인들 각자의 얼룩진 혹은 포도주 묻은 식사용 냅킨을 넣어 두는 상자이다. 부수려고 해도 부술 수 없는 가구들, 아무짝에도 쓸모없는 폐품이 되었지만 그래도 문명의 패잔병들이 〈불치병자 전용 병원〉[10]에 가서 의탁하듯 여기 와 놓이게 된, 그런 가구들을 여기서는 만날 수 있다. 비가 오면 성 프란체스코 수도회의 두건 쓴 탁발 수도사 모습이 드러나는 기압계, 금빛 줄이 박힌 광칠한 검은 나무 액자 속의 정 떨어지게 흉

10 불치병 환자, 재생 불능자, 극빈 환자들을 수용하는 병원.

18

한 판화, 구리로 상감한 거북등껍질 같은 벽시계, 푸르퉁퉁한 난로, 먼지가 기름과 뒤범벅된 아르강식 양등(洋燈),[11] 이 집에서 잠은 안 자고 끼니만 붙여 먹는 사람들 중에 장난꾸러기가 그 위에 마치 멋 부리듯 손가락으로 이름을 쓸 수 있을 정도로 기름지게 초를 칠한 천, 그리고 그것으로 덮인 긴 식탁, 엉망이 된 의자, 절대 찢어지는 법 없고 여전히 잘 펴지는, 에스파르토 섬유로 만든 초라한 작은 발닦개들, 구멍이 나고 접합 부분이 느슨하게 떨어지고 나무 부분이 석탄처럼 새카매진 초라하고 작은 각로(脚爐). 이런 가구들이 얼마나 낡고, 금 가고, 썩고, 흔들거리고, 벌레 먹고, 한두 군데가 못 쓰게 되고, 병신이 되고, 수명이 다 되어 가는지를 설명하려면 그것들을 묘사해야 하고, 그렇게 되면 이 이야기가 흥미진진하게 펼쳐지지 못하고 늘어질 것이다. 그래서 성미 급한 독자들은 이를 용서하지 못할 터이다. 바닥의 붉은 타일은 닳아빠지거나 덧칠하여 온통 울룩불룩하다. 한마디로 그곳은 시정(詩情)이라고는 없는 가난이 지배하는 곳이다. 억제되고 너덜너덜해진 궁핍함이었다. 그 가난에 아직 진흙까지는 안 묻었다 해도 얼룩은 여기저기 나 있다. 구멍도 누더기도 없기는 하지만 그예 썩어 나고 말 것이다.

이 방은 아침 7시경에 가장 반짝반짝 빛난다. 그 시각이면 보케 부인이 기르는 고양이가 주인보다 앞서 찬장 위로 뛰어올라 접시로 덮어 놓은 여러 사발에 담긴 우유 냄새를 맡고 아침이면 으레 내는 가르릉가르릉 소리를 낸다. 곧 이어 과부 보케 부인 모습을 나타낸다. 머리에 쓴 얇은 명주 망사

11 물리학자 아르강이 발명하고 약사 캥케가 제품화하여 이렇게 이름 붙은 석유등잔.

보닛 밑으로 아무렇게나 잡아 맨 가발 한 뭉치가 늘어져 있다. 그녀는 주글주글 주름진 슬리퍼를 질질 끌며 걷는다. 늙수그레하고 퉁퉁한 얼굴 한복판에 앵무새 부리 같은 코가 불쑥 솟아 있고, 오동통한 작은 손, 성당의 쥐처럼 피둥피둥한 몸집, 꽉 차면서 헐렁헐렁한 그녀의 상의는 불행이 스멀스멀 새 나오는 이 식당과 조화를 이룬다. 보케 부인은 이해타산이 도사린 이 방의 후덥지근한 악취를 역겨워하지도 않고 들이마신다. 가을날 첫서리 같은 그녀의 서늘한 얼굴, 주름진 눈가, 그 두 눈이 짓는 표정은 춤추는 여자들이 꼭 갖추는 미소에서 어음 할인 중개인의 쓰디쓴 찡그림으로 변해 간다. 요컨대 보케 부인이라는 사람 전체가 이 하숙집을 설명해 준다. 마치 이 하숙집이 그녀라는 인간을 의미하듯 말이다. 간수 없는 감옥이 있을 수 없듯이, 보케 부인 없는 이 하숙집은 상상할 수 없을 터이다. 이 작달막한 여인의 희뿌옇고 살진 몸집은 이러한 삶의 산물이었다. 마치 티푸스가 병원에서 뿜어져 나오는 나쁜 공기의 결과인 것처럼 말이다. 털실로 뜬 그녀의 속치마는 낡은 드레스 천으로 지은 겉치마 길이보다 길고 도마뱀처럼 터진 천의 틈새로 속이 비어져 나오는데, 그 치마가 이 응접실, 식당, 뜰을 다 요약하며 부엌을 예고하고 이 집 하숙인들을 미리 느낄 수 있게 해준다. 그녀가 여기 있으면, 이 장관(壯觀)은 완벽하다. 쉰 살쯤 먹은 보케 부인은 산전수전 다 겪은 여자들과 닮은 모습이다. 눈은 흐릿하고, 돈 좀 더 받을 수 있다면 기 쓰고 달려들 태세를 갖춘 여자 중개 상인처럼 아무 생각 없는 표정에다, 자기 팔자만 좀 더 필 수 있다면 조르주든 피슈그뤼든,[12] 아직 잡아 넘길 수 있기만 하다면 밀고할 수도 있고 무슨 짓이든 할 수 있는 그런 여자다. 그래도 속마음은 착한 여자라고 하숙인들은 말했다. 그녀가 항상 자기들처럼 죽는소리를 하거나 기침을 하니까 하숙인들은 그녀가 무일푼인 줄로 믿고 있었다. 남편 보케 씨는 무슨 일을 하는 사람이었을까? 보케 부인은 죽은 남편에 대해서는 한 번도 이야기한 적이 없었다. 그는 어떻게 재산을 잃은 것일까? 〈불행이 덮쳐서〉라고 그녀는 대답했다. 남편은 그녀를 함부로 대했고, 그녀에게 남긴 것이라고는 울 수 있는 두 눈과 살 수 있는 이 집, 그리고 남의 어떤 불운도 동정하지 않을 권리밖에 없다고 했다. 〈왜냐하면 자기는 겪을 만한 고통은 모조리 다 겪었으니까〉라는 게 그녀의 말이었다. 여주인이 종종걸음으로 걸어오는 소리를 들으면 뚱보 식모 실비는 하숙인들의 아침을 바삐 차려 내곤 했다.

보통 이 집에서 끼니만 해결하는 외부인들은 세 끼 중 저녁 식사만 먹었는데 저녁 값은 한 달에 30프랑이었다. 이 이야기가 시작될 무렵, 여기서 방세 내고 잠까지 자는 하숙인은 일곱 명이었다. 2층에는 이 건물에서 가장 좋은 독채들이 있었다. 보케 부인은 그중 가장 허름한 곳에 살았고, 또 다른 독채에는 쿠튀르 부인이 살았다. 그녀는 프랑스 공화국 육군 출납 지불관의 부인이었고 지금은 과부로, 빅토린 타유페르라는 이름의 젊은 여자와 함께 살며 이 아가씨에게 어머니 노릇을 했다. 이 두 여인의 하숙비는 1년에 1천8백 프랑이었

12 조르주Georges Cadoudal(1771~1804)는 방데 지방의 왕당파 두목으로, 대혁명에 가담했던 장군인 피슈그뤼Charles Pichegru(1761~1804)와 공모하여 나폴레옹을 공격하려다 1804년 체포되었다. 체포 전 이들을 고발하는 사람에게는 많은 사례금이 약속되었다.

다. 3층의 두 독채에도 사람이 살았는데 한 채에는 푸아레라는 노인이, 또 한 채에는 마흔 살쯤 되는, 검은 가발을 쓰고 구레나룻을 염색한 남자가 살고 있었다. 남자는 자칭 옛날에 도매상이었다고 하는데, 보트랭이라고 불렸다. 4층에는 방이 네 칸 있었는데 그중 두 곳은 세입자가 있었다. 한 방에는 미쇼노 양이라 불리는 미혼의 노파가 살았고, 또 한 방에는 옛날에 국수, 파스타, 전분 같은 것을 만들었던 늙은 제조업자가 살았는데, 사람들은 그를 고리오 영감이라고 불렀다. 다른 두 방은 오다가다 들러 유숙하는 손님들 차지이거나, 아니면 고리오 영감이나 미쇼노 양처럼 한 달에 식비와 집세 합쳐 45프랑밖에 낼 수 없는 가난뱅이 학생들 몫이었다. 하지만 보케 부인은 그런 학생들이 빵을 너무 많이 먹었기 때문에 여기 묵는 것을 그리 달가워하지 않았고, 더 나은 손님이 없을 때만 그들을 받아들였다. 지금 그 두 방 중 한 방에는 앙굴렘 근방 출신으로 법학 공부를 하러 파리에 온 청년이 살았다. 청년의 대가족은 해마다 그에게 1천2백 프랑을 송금하느라 허리띠를 바싹 졸라매고 생활할 수밖에 없는 형편이었다. 그의 이름은 외젠 드 라스티냐크였고, 불행 때문에 공부하지 않을 수 없는 처지의 청년들 중 하나였다. 어릴 때부터 자기에게 가족이 거는 희망을 알아차리고, 학업이 미치는 영향력을 미리 계산하고서, 앞으로 사회의 움직임에 맞춰 공부하고 멋진 경력을 쌓아 사회를 손에 움켜쥘 제1인자가 되려고 준비하는 청년이었다. 호기심 많은 그의 관찰력과 파리의 유수한 살롱에서 자기를 나타내 보이는 그 수완이 없었더라면, 이 이야기가 진실한 색조로 채색될 수 없었을 것이다. 그런 생생한 색채가 가능했던 것은 그의 총명한 재기와,

가해자나 피해자 모두 감추려고 한 끔찍한 상황의 수수께끼를 밝혀 내려는 욕망 덕분일 것이다. 이 4층의 바로 위층에는 빨래를 널어 말리는 다락방 한 칸, 그리고 하인 크리스토프와 식모인 뚱보 실비가 각각 잠자는 지붕 밑 방 두 칸이 있었다. 보케 하숙에서 먹고 자는 일곱 명의 하숙인 말고도 이 집에 저녁만 먹으러 오는(그해의 경기가 좋은가 나쁜가에 따라 숫자가 달라지긴 하지만) 사람으로는 법학도 또는 의학도 여덟 명과 동네 주민 두세 명이 있었다. 저녁 식사 때 이 식당에 제대로 된 자리는 열여덟 명분이었지만 실제로 스무 명쯤은 받을 수 있었다. 그러나 오전에는 이 식당에서 식사하는 사람이 하숙인 일곱 명뿐이었고, 그들이 모여 함께 아침을 먹는 모습은 마치 식구들끼리 모여서 식사하는 것 같았다. 그들은 각자 슬리퍼를 끌며 식당으로 내려와서, 저녁만 먹으러 오는 외부인들의 차림이나 표정, 또 전날 저녁에 있었던 일들에 관해 관찰한 바를 허물없이 이러쿵저러쿵 주고받았다. 이들 하숙인 일곱 사람은 보케 부인이 오냐오냐하며 돌보는 자녀들과도 같았다. 보케 부인은 천문학자처럼 정확하게, 각자의 하숙비 금액에 해당하는 만큼의 정성과 배려를 베풀었다. 우연히 한데 모여 살게 된 이 사람들에게 한결같은 배려가 미치는 것이었다.

3층에 세 든 두 사람은 다달이 72프랑밖에 내지 않았다. 이처럼 싼 하숙비는 라 부르브[13]와 살페트리에르 병원 사이의 생마르셀 구역 쪽에서나 볼 수 있는 금액이었다. 이처럼 싼 집세를 보면, 겉으로 드러나든 안 드러나든 이 집 하숙인들이, 쿠튀르 부인 한 사람만 제외하고, 분명 고된 생활을 하

13 1814년에 옛 감옥을 개조하여 만든 파리의 산부인과 병원.

고 있음을 알 수 있었다. 이 하숙집 내부의 한심한 모습은, 여기 늘 드나드는 사람들의 하나같이 허름한 옷차림에서도 그대로 드러났다. 남자들이 입은 프록코트는 무슨 색깔인지 알 수 없을 만큼 낡았고, 신발은 세련된 동네에 사는 사람들 이라면 길모퉁이에 던져 버릴 만한 상태였으며, 속옷은 너덜 너덜하여, 이제는 영혼만 남아 있는 듯한 모습이었다. 여자 들의 치마는 낡았고, 다시 물들였는데도 색이 바랬고, 오래 된 레이스는 여기저기 기운 티가 나고, 장갑은 하도 껴서 딱 딱해진 데다 빛깔은 항상 적갈색이고, 걸친 숄도 올이 풀려 있었다. 비록 차림새는 이러할망정 이 집에 드나드는 사람들 은 거의 모두 탄탄한 몸매를 보여 주었다. 인생의 산전수전 을 헤쳐 온 강인한 사람들이었다. 얼굴은 차갑고, 굳어 있고, 마치 이제 유통되지 않아 쓸모없어진 은화의 표면처럼 무뚝 뚝했다. 가장자리가 축 늘어진 입 안에는 탐욕스러운 이빨이 무기처럼 갖춰져 있었다. 이 하숙인들을 보면 이미 막을 내 렸거나 상연 중인 극이 연상되었다. 조명을 받으며 울긋불긋 한 무대를 배경으로 배우들이 연기하는 그런 극이 아니라, 말은 없지만 생생한 극, 마음을 뜨겁게 휘저어 놓는 얼음장 같은 극, 끊임없이 계속되는 극 말이다.

미혼의 노파 미쇼노는 피곤한 두 눈 위에 녹색 타프타 천 으로 만든 때 묻은 해가리개를 두르고 있었다. 그 해가리개 엔 놋쇠 줄 테가 둘려 있어 그걸 보면 피티에 병원[14]의 천사라 도 화들짝 놀랄 것 같았다. 보잘것없고 을씨년스러운 술로 장식된 숄은 마치 해골을 덮은 듯 보였다. 그럴 정도로 숄이 가리고 있는 그녀의 형체는 뼈만 두드러져 보였다. 도대체 어

14 파리의 자선 병원.

24

떤 산성 물질이 이 여인에게서 여자다운 모습을 부식시켜 버린 것일까? 그녀도 분명 옛날에는 예쁘고 몸매도 고왔을 것이다. 악덕, 슬픔, 탐욕이 그 고운 태를 사라지게 한 것일까? 그녀는 지나치게 사랑을 한 것일까? 옷이나 장신구를 파는 장사꾼이었을까? 아니면 그저 몸 파는 여자였을까? 온갖 쾌락이 밀어닥치던 방자한 젊음을 있는 대로 구가한 죗값을, 이제 행인들이 피할 만큼 지독한 노화(老化)로 치르는 것일까? 그녀의 희뿌연 시선은 으스스할 정도였고 쪼그라든 그 얼굴은 위협적이었다. 그녀는 겨울이 다가올 때 덤불 속에서 울어 대는 매미처럼 날카로운 음성을 지녔다. 그녀는 한때 방광염에 걸리고 수중에 돈마저 떨어지자 자식들에게서 버림받은 어떤 할아버지를 돌봐 주었다. 이 노인이 그녀에게 종신 연금 1천 프랑을 남겨 주었는데, 상속인 자식들이 정기적으로 이것을 문제 삼아 싸움을 걸어오고 모함을 받고 있다고 했다. 정열의 놀음이 그녀의 얼굴 모습을 형편없이 망쳐 놓았다 해도 살결에는 아직도 뽀얗고 여릿여릿했던 흔적이 남아, 그녀의 몸도 아리땁던 자취를 조금은 간직하고 있을 거라고 짐작되었다.

푸아레 씨는 일종의 기계 같은 사람이었다. 파리 식물원의 오솔길을 따라 걷는 그의 모습은 마치 잿빛 그림자 같았다. 머리에는 낡고 물렁한 모자를 쓰고, 손에는 누렇게 변한 상아색 봉이 달린 지팡이를 간신히 들었다. 헐렁하다 못해 속이 거의 텅 빈 듯한 바지를 입고, 이것을 제대로 가려 주지 못하는 프록코트의 낡아 빠진 앞자락을 펄럭이며, 푸른 양말을 신은 두 다리는 마치 술 취한 사람처럼 휘청거렸다. 지저분한 흰 조끼를 입은 데다 칠면조 같은 목에 넥타이를 잡아

매고 이와는 잘 어울리지 않는 쪼그라든 모슬린 가슴 장식을
내보이며 걸어오는 그를 보면 많은 사람들이 이렇게 자문할
것이다. 〈중국 그림자극(劇)에 나오는 그림자 같은 저 사람
이 과연 파리의 이탈리아 대로를 활보하는 야벳[15]의 도도한
후손 중 하나일까?〉 하고 말이다. 어떤 시련이 그를 이렇게
쪼글쪼글하게 만들 수 있었을까? 어떤 정열이 그의 둥근 얼
굴을, 캐리커처로 그린다면 정말 세상 사람 얼굴 같지 않을
만큼 이렇게 거무죽죽하게 만들어 놓은 것일까? 그는 무슨
일을 하는 사람이었을까? 어쩌면 법무부 직원으로, 사형 집
행인들의 비용 정산서며 부친 살해자에게 씌울 검은 두건, 용
수를 만드는 밀짚, 칼을 잡아맬 끈 등의 물품 공급 계산서를
보내는 부서에서 일했을지도 모른다. 아니면 도살장 문지기
나 위생 검사를 맡은 부검사관쯤이었을지도 모른다. 어쨌든
이 노인은 사회라는 거대한 풍차의 숱한 당나귀 중 한 마리
거나 혹은 원숭이 베르트랑도 몰랐던 파리의 고양이 라통[16]
같은 사람이었을 것이다. 불운이나 추잡함이 온통 몰려드는
어떤 축(軸), 요컨대 우리가 보면 〈그래도 저런 사람도 필요
하지〉라고 말하게 되는 그런 사람 중 하나였을 것 같다. 내로
라하는 멋진 파리 사람들은 도덕적 또는 신체적인 고통으로
헬쑥해진 이런 인물들을 모른다. 그러나 파리는 그야말로 망
망대해다. 거기에 수심 측정기를 던져 본다 한들 그 깊이는
절대로 알 수 없을 것이다. 파리를 온통 다 돌아다니고 묘사

15 「구약 성서」에 나오는 노아의 셋째 아들로, 백인의 조상이 된 사람. 이
탈리아 대로는 파리에서 가장 활기 넘치는 곳으로 자유분방한 사람들의 만
남의 장소였다.

16 〈베르트랑〉과 〈라통〉은 라퐁텐 우화 중 「생쥐와 고양이」에 등장하는
두 동물의 이름.

해 보라! 제아무리 애를 써서 파리를 샅샅이 돌아다니고 묘사한다 하더라도, 혹은 파리라는 대양을 탐험하는 사람들이 아무리 많고 그들의 관심도가 높다 하더라도 항상 처녀지(處女地), 미지의 동굴, 꽃들, 진주들, 괴물들, 문학의 잠수부들이 잊어버린 전대미문의 무언가를 꼭 만나게 되는 법이다. 이런 희한하게 괴상한 것들 중 하나가 바로 보케 하숙집이다.

이 집에서 하숙인들, 그리고 식사하러 드나드는 단골들의 무리와 현격한 대조를 이루는 두 인물이 있었다. 빅토린 타유페르 양은 빈혈 걸린 처녀처럼 안색이 창백하고 슬픔과 옹색한 행동거지가 몸에 배어 이것이 이 이야기의 배경을 이루는 너 나 할 것 없는 고통과 연결돼 있었다. 하지만 얼굴은 늙지 않았고 거동과 음성은 생기 있었다. 이 젊디젊은 불행한 아가씨는 마치 자신과 맞지 않는 땅에 방금 심어진, 잎들이 누렇게 된 관목 같았다. 그녀의 볼그레한 얼굴, 황갈색 금발, 깡마른 몸매는 현대 시인들이 중세의 석상에서 발견했던 우아함을 내보이고 있었다. 검정이 섞인 회색 눈은 부드러움과 기독교 신자다운 체념을 보여 주었다. 값싸고 소박한 복장은 젊은 모습을 은연중에 드러냈다. 만약 행복했다면 그녀는 아마 매혹적인 여자였을 것이다. 몸치장이 여자들의 장식이라면 행복은 여자들의 시(詩)다. 만약 무도회의 기쁨이 이 창백한 얼굴 위에 그 발그레한 빛을 비추었더라면, 그리고 우아한 삶의 감미로움이 살짝 팬 그녀의 두 뺨을 탱탱하게 채워 주고 붉은 기운을 돌게 했더라면, 또 사랑이 그 서글픈 두 눈에 생기를 주었더라면, 빅토린은 손꼽히는 미인들과 어깨를 견줄 수도 있었을 것이다. 그녀에게는 여자를 다시 한 번 창조하는 요소, 즉 옷가지와 연애편지가 없었다. 그녀의 이야기를 갖고 책 한 권을 쓸 수도 있을 것이다. 그녀의 아버지는 딸을 딸로 인정하지 않을 만한 이유가 많다고 생각해서 그녀를 곁에 두기를 마다했고, 1년에 겨우 6백 프랑씩을 보내면서 딸 몫의 재산까지 빼돌려 전 재산을 아들에게 물려주었다. 쿠튀르 부인은 빅토린의 어머니와 먼 친척 간인데, 빅토린의 어머니는 한때 절망한 나머지 쿠튀르 부인네 집에 가 있다가 죽었고, 그 뒤로 부인은 고아가 된 빅토린을 자기 자식처럼 돌봐 주었다. 불행히도 공화국 군대의 출납 지불관의 아내였던 쿠튀르 부인이 세상천지에 지닌 것이라고는, 먼저 간 남편이 남긴 재산과 연금밖에 없었다. 그녀는 경험도 재산도 없는 이 가여운 소녀를 세상의 풍파 속에 그냥 팽개쳐 버릴 수도 있었다. 하지만 착한 쿠튀르 부인은 빅토린을 일요일마다 미사에 데리고 다니고, 2주일에 한 번씩 고백성사를 하게 하여 어쨌든 신앙심 깊은 처녀로 만들었다. 그녀가 옳았다. 아버지를 사랑했으나 버림받은 이 처녀는 신앙심 덕분에 그나마 앞날을 기약하며 살아갈 수 있었다. 빅토린은 해마다 아버지 집으로 가서 어머니가 남긴 용서를 전하려 했다. 그러나 번번이 아버지 집의 문은 완강히 닫혀 있었고 그 앞에서 처녀는 좌절해야만 했다. 유일한 중재자인 오빠는 4년 동안단 한 번도 그녀를 보러 오지 않았고 어떤 도움도 주지 않았다. 그녀는 아버지가 눈을 뜨게 해달라고, 오빠의 마음이 풀리게 해달라고 하느님께 애원했고, 이들 부자(父子)를 원망하지 않고 오히려 그들을 위해서 기도했다. 쿠튀르 부인과 보케 부인은 이런 야만적 행동을 제대로 표현할 만한 욕설을 찾아내지 못했다. 이 파렴치한 백만장자를 두 여자가 저주할 때면, 빅토린은 마치 상처 입은 집비둘기가 노래를 부르듯 유순한 말을 하곤 했는데, 그 고통의 절규에는 그래도 아직 사랑이 담겨 있었다.

외젠 드 라스티냐크는 남부 지방 사람다운 얼굴에 피부색은 하얗고, 머리칼은 검고 눈은 파랬다. 그의 풍모며 행동거지, 버릇처럼 몸에 밴 태도 등을 보면 고상한 취향만을 가풍으로 이어받은 귀한 집 자식인 것 같았다. 그는 옷을 무척 아껴 입었고 평소에는 지난해에 입던 옷을 해질 때까지 입곤 했지만, 그래도 가끔은 제대로 된 멋쟁이 복장을 차려입고 외출하기도 했다. 보통 때는 낡은 프록코트에 형편없는 조끼를 입고, 해지고 꼴사나운 검은 넥타이를 학생답게 아무렇게나 매고 다녔다. 바지는 그냥 대충 입기 편한 것이었고, 장화는 창을 여러 번 간 것이었다.

이 두 인물과 다른 사람들 사이에서, 구레나룻을 염색한 마흔 살 먹은 남자 보트랭이 가교(架橋) 역할을 했다. 그는 남들로부터 〈거참 화통한 사람이지!〉라는 평을 들을 만한 인물이었다. 어깨가 떡 벌어지고, 가슴이 잘 발달하고, 근육이 한눈에 드러나고, 두 손은 두툼하고 넓적하며, 손가락 마디 부분에는 타는 듯한 붉은색 털이 북슬북슬 나 있는 것이 눈에 확 띄는 사람이었다. 나이보다 이르게 주름이 여기저기 잡힌 얼굴로 보아서는 냉혹한 사람일 것 같지만 유연하고 싹싹한 태도를 보면 그렇지도 않았다. 낮은 목소리는 걸걸한 쾌활함과 잘 어울려 전혀 밉지가 않았다. 그는 친절하고 잘 웃었다. 자물쇠가 제대로 말을 듣지 않으면 그는 〈이런 건 내가 잘하지〉 하면서 분해하고, 고치고, 기름칠하고, 줄로 갈아 다시 조립했다. 게다가 배, 바다, 프랑스, 외국, 사업, 사람들, 사건들, 법, 호텔, 감옥에 이르기까지, 두루두루 모르는 게 없었다. 누가 좀 지나치다 싶게 하소연을 할 경우, 그는 즉시 그 사람을 도와주었다. 보케 부인과 이 집 하숙인 몇 사람에게 돈도 여러 번 빌려 주었다. 하지만 그에게 돈을 꾼 사람들은 그 돈을 안 갚느니 차라리 죽는 게 낫다고 생각했을 것이다. 그럴 정도로, 그는 호인같이 생겼지만 깊고 단호한 시선으로 남에게 두려움을 주는 인물이었다. 그가 침을 탁 뱉는 모양새를 보면, 곤란한 상황에서 벗어나려고 오히려 범죄 앞에서 한 발짝도 물러서지 않는 범접할 수 없는 침착성이 엿보였다. 엄격한 판사처럼 그의 눈은 모든 질문, 모든 양심, 모든 감정의 밑바닥에까지 가 닿는 듯했다. 그는 늘 점심 먹고 외출했다가 저녁 먹으러 들어오고 그 뒤 밤중에는 내내 나가 있다가 자정 무렵 보케 부인이 그에게 맡긴 만능 열쇠를 이용해 문을 열고 집에 들어왔다. 이 집에서 이런 혜택을 누리는 것은 오로지 그 사람 하나뿐이었다. 그는 과부 보케 부인과 절친해서 그녀의 허리를 껴안으며 〈엄마〉라고 부르곤 했는데, 이건 정작 그녀가 이해 못 하는 아부였다. 보케 부인은 자신의 뚱뚱한 허리를 꽉 안을 수 있을 만큼 팔이 긴 것은 오직 보트랭 한 사람뿐이라는 것을 알고 있었다. 그래서 수더분한 그녀는 이런 짓을 대수롭지 않게 생각했다. 식후에 마시는 〈글로리아〉 커피[17]값으로 한 달에 15프랑을 후하게 지불하는 것이 그의 독특한 성격 중 하나였다. 파리의 부산스러운 삶의 소용돌이에 휩쓸린 젊은이들보다 진중한 사람들이나 자기와 직접 관련되지 않은 일에는 무관심한 노인들이라면, 보트랭의 수상쩍은 인상에 대해 굳이 곰곰이 생각지 않을 것이다. 보트랭은 주변 사람들에게 일어나는 일들을 알거

17 독주나 럼주를 몇 방울 떨어뜨린 커피.

나 짐작하고 있었다. 다른 사람들은 아무도 그의 생각이나 그가 하는 일을 꿰뚫어 보지 못하는데 말이다. 겉으로는 남의 환심을 살 만한 호인 같은 쾌활한 모습을 종종 내보였지만, 무서우리만큼 속 깊은 그의 성격이 언뜻언뜻 드러나 보이는 일이 심심찮게 있었다. 그는 종종 로마의 풍자 시인 유베날리스와 견줄 만한 재담을 했는데, 그렇게 하면서 법을 조롱하고 상류 사회를 가차 없이 공격하는 데서 만족을 느끼는 것 같았다. 이로써 그가 현 사회 상황에 원한을 품고 있으며 그의 인생 저변에는 세심하게 숨겨 둔 어떤 비밀이 있으리라고 짐작할 수 있었다.

타유페르 양은 자신도 모르게, 이 40대 남성의 힘과 젊은 대학생의 잘생긴 외모에 끌려 몰래 훔쳐보거나 은밀한 생각을 품곤 했다. 그러나 두 사람 중 누구도 그녀에게 관심 두는 것 같지는 않았다. 언젠가 혹시라도 그녀의 처지가 달라진다면 부유한 결혼 상대가 될 수 있는데도 말이다. 게다가 하숙인들 중 누구도, 이곳 사람들 중 하나가 떠들어 대는 불행이 진짜인지 거짓인지 일부러 애써 확인해 보려 하지 않았다. 모두가 서로에 대해 무관심과 경계심이 뒤섞인 감정을 갖고 있었다. 이때 경계심은 각자의 상황에서 오는 것이었다. 자신이 타인의 고통을 달래 줄 능력이 없다는 것을 그들 스스로 알고 있었고, 모두가 괴롭게 살아온 이야기를 하면서 서로 동정하는 것도 이제는 할 만큼 했던 것이다. 노부부들처럼, 그들은 더 이상 서로 할 이야기가 없었다. 그러니까 그들 사이에 이제 남은 것이라고는 기계적인 삶의 관계, 기름 안 친 톱니바퀴 같은 움직임뿐이었다. 그들 모두 길 가다 장님을 만난다 해도 그냥 지나칠 것이 틀림없으며, 남의 불행 이야기를 들어도 아무런 느낌이 없고, 주검을 보아도 비참한 인생고 문제가 해결되었구나 싶으니, 제아무리 끔찍한 임종의 고통 앞에서도 냉정할 수 있었다. 이 한심한 영혼들 가운데 그래도 가장 행복한 사람이 보케 부인이었다. 그녀는 이 자유로운 양로원 같은 하숙집을 마음껏 휘젓고 다녔다. 적막과 추위, 메마름과 습기가 널리 만연한 작은 정원도 오직 그녀에게만은 경치 좋은 숲과 같았다. 계산대에서는 녹내가 풍기며 노랗고 음산한 이 집도 그녀에게만은 더없이 감미로운 곳이었다. 감옥 같은 이 방들은 그녀 소유였다. 그녀는 무기 징역을 선고받은 이 기결수들을 먹여 살리면서 그들의 존경을 받는 권위를 누리고 있었다. 파리의 어디를 간들 이 가여운 존재들이 이곳과 같은 값에 제대로 된 음식을 배불리 먹을 것이며, 비록 우아하고 편리하지는 못할망정 최소한 청결하고 위생적인 거처를 찾을 수 있겠는가? 설령 그녀가 눈에 띄게 불공정한 처사를 했다손 치더라도 당한 사람은 불평 없이 참아냈을 터였다.

이런 집단은 보통 온전한 사회의 요소들을 소규모로 보여주게 마련이고, 실제로도 그러했다. 함께 지내는 열여덟 사람 중에는 학교나 사회에서 으레 그렇듯 불쾌감을 주는 동시에 억수 같은 조롱을 받는 불쌍한 천덕꾸러기가 있었다. 하숙 든 지 이제 막 2년째 되어 가는 외젠 드 라스티냐크의 눈에는, 아직도 자기가 2년 더 부대끼며 살아야만 하는 모든 이들 중에 바로 이 천덕꾸러기의 모습이 가장 도드라져 보였다. 이 〈왕따〉가 바로 왕년의 국수 제조업자 고리오 영감이었다. 사학자도 그렇겠지만, 화가라면 그림의 모든 빛이 영감의 머리 위로 내리 비치게끔 그릴 것이다. 증오가 반쯤 섞인 이 멸시, 연민과 범벅된 이 박해, 불행을 안타까워하지 않는 이런 행동이 이 집의 최고참 하숙인에게 퍼부어진다면 그것은 어떤 이유 때문일까? 사람들이 악덕보다도 더 용납 못하는 우스꽝스럽고 기이한 짓거리들 때문일까? 이런 질문은 사회적으로 불공평한 숱한 일들에도 거의 그대로 들어맞는다. 진정 겸손하거나 연약하거나 무심해서 모든 일을 그대로 당하면서 참아 내는 사람에게는 뭐든 견디라고 강요하는 것이 인간의 본성일까? 모든 인간은 누군가 아니면 무언가를 희생시켜서 자기 힘을 증명하기를 좋아하지 않는가. 가장 나약한 존재인 꼬마도, 얼어붙을 듯 추운 날씨에 집집마다 대문 초인종을 누르거나 새로 세운 기념물에 몰래 기어 들어가 자기 이름을 쓰는 짓을 하곤 하는 것이다.

예순아홉 살 먹은 고리오 영감은 1813년, 하던 사업을 그만두고 보케 부인네 하숙집에 살게 되었다. 처음에는 이 집에서 지금 쿠튀르 부인이 쓰고 있는 독채를 썼고, 하숙비 1천 2백 프랑을 냈다. 그 당시 영감에게는 하숙비를 1백 프랑쯤 더 내든 덜 내든 그 차이는 별로 대수롭지 않은 것이었다. 보케 부인은 노란 옥양목으로 만든 커튼, 나무에 광칠을 하고 우트레히트산(産) 벨벳을 씌운 안락의자와 아교 칠한 그림 몇 점, 파리 교외의 술집들도 안 쓰는 벽지 등으로 얄궂게 방 장식을 한 값까지 미리 한꺼번에 받아서 이 독채에 딸린 방 세 칸을 새로 꾸며 놓았다.

당시에는 정중히 〈선생〉이라는 호칭으로 불렸던 고리오 영감이 이 일을 깐깐하게 따지지 않고 너그럽게 굴며 속아 넘어가 주었기에, 사람들이 그를 마치 바보처럼, 사업에 대해서는 아무것도 모르는 사람처럼 여기게 된 것 같다. 영감은 이 집에 들어올 때 멋진 의복이 그득 담긴 옷장 하나를 갖고 왔는데, 사업을 그만두면서 아낌없이 돈을 써서 마련한 훌륭한 살림살이였다. 보케 부인은 결이 곱고 촘촘한 천으로 지은 영감의 셔츠 열여덟 벌에 감탄했다. 이 왕년의 제면업자는 가슴 장식 위에 가는 고리로 연결된 장식 핀 두 개를 꽂아서 셔츠의 고운 때깔이 더욱 돋보이게 했다. 그 핀에는 큰 다이아몬드가 박혀 있었다. 그는 평상시 연푸른색 셔츠를 입고 그 위에 매일 두 겹으로 누빈 흰 조끼를 갈아입었는데 그 밑으로 배[梨]처럼 불룩 튀어나온 배가 나왔다 들어갔다 해서 패물 달린 무거운 금 시곗줄이 건들거렸다. 그의 담뱃갑도 금으로 만든 것이었는데 그 안에는 머리카락이 가득 든 작은 메달이 들어 있어 겉보기에는 그가 마치 여복(女福)이 많아 그런 쪽으로 뭔가 구린 데가 있는 사람 같았다. 보케 부인이 그를 지목해 〈한량〉이라고 놀리면 그는 입술에 부르주아다운 쾌활한 미소를 빙긋이 짓곤 했고, 사람들은 그가 즐겨 보여 주는 그 미소가 좋다고 칭찬했다. 그가 서민들처럼 〈오르무아르〉라고 발음하는 자신의 〈장〉[18]은 그의 살림살이인 숱한 은 식기들로 가득 차 있었다. 국자며, 스튜용 수저들, 식기 세트, 기름병, 소스 그릇, 여러 접시들, 진홍빛 조찬용 식기, 그리고 다소 차이는 있지만 전체적으로 멋지고 꽤나 무게가 나가며 영감이 절대 처분하지 않으려 하는 물건들을 정리하는 일을 비위 맞춰 가며 도와줄 때면, 보케 부인의 두 눈은 반짝반짝 빛났다. 이 물건들을 보면 영감은 번듯하게 차려 놓고 살았던 자기의 가정생활이 떠올랐다. 영감은 접시 하나와

18 〈장〉의 프랑스어인 armoire의 올바른 발음은 〈아르무아르〉인데 이것을 고리오 영감이 〈오르무아르〉라 발음한다고 원문에 쓰여 있다.

뚜껑에 서로 입을 맞추는 멧비둘기 한 쌍이 새겨진 대접을 꼭 쥐고서 보케 부인에게 말했다. 「이건 우리 집사람이 결혼기념일에 내게 준 첫 선물이라오. 가엾은 착한 사람! 이걸 사느라 처녀 때 모아 둔 돈을 다 들였다오. 아시겠소, 부인? 난 이 물건과 헤어지느니 차라리 손톱으로 땅을 파는 게 낫겠소. 하늘이 내린 행운으로, 내 여생 동안 이 대접에 아침마다 커피를 마실 수 있겠지요. 난 불평할 게 없지요. 아직 한참 먹고 살 만한 여유도 있으니.」 마침내 보케 부인은 까치 같은 두 눈으로 확실히 보았다. 〈공채(公債) 대장〉에 쓰인 기록을 대충만 합산해 보아도 이 잘난 고리오 영감에게는 8천에서 1만 프랑쯤의 수입이 있을 것이라는 사실을. 이날부터, 처녀 때 성이 드 콩플랑이며 실제 나이는 마흔여덟이지만 남이 서른 아홉이라고 해주어야 성에 차는 보케 부인은 따로 은근한 생각을 품었다. 두 눈이 뒤집히고 부어오르고 축 처져서 꽤 나 자주 눈을 닦아 주어야 할 지경인데도, 보케 부인은 이 영감의 모습이 보기 좋고 반듯하다고 생각했다. 게다가 영감의 살지고 불룩 튀어나온 장딴지는 네모나고 긴 코와 함께 도덕적 품성들을 말해 주었고, 순진하게 잘 속을 것 같이 생긴, 달덩이처럼 둥근 얼굴은 그것을 재삼 확인해 주었다. 그는 덩치가 좋고 자기의 모든 것을 온통 정열에 쏟아부을 수 있는 사람임에 틀림없었다. 비둘기 날개 같은 그의 머리카락에는 에콜 폴리테크니크[19] 소속 이발사가 매일 아침 와서 염색약 가루를 발라 주었고, 영감의 이마 아래쪽 조금 위로 예리한 선을 다섯 개 그려 얼굴을 잘 꾸며 주었다. 영감은 비록 조금 촌스럽기는 해도 아주 말쑥한 차림새였고, 굉장한 부자처럼

19 엘리트 교육을 위한 파리의 그랑제콜 중 하나인 이공과 대학.

코담배를 피우면서, 담배 상자에 늘 마쿠바 담배가 가득 차 있어 안심된다는 듯이 그 담배를 깊이 들이마셨다. 그 모습이 어찌나 든든해 보였던지 고리오 영감이 하숙인으로 들어오던 날 밤, 잠자리에 든 보케 부인은, 이제 그만 죽은 남편 보케 씨의 상복과 작별하고 고리오 부인으로 다시 태어나고 싶다는 강한 욕망이 불덩이처럼 타올라 몸 둘 바를 모르고 뒤척였다. 결혼하고, 하숙집을 팔아 버리고, 부르주아 계급의 세련된 꽃 같은 이 영감과 팔짱을 끼고 지역 유지 부인이 되어 동네의 불우 이웃을 위한 의연금이나 모금하고, 일요일이면 파리 근교 슈아지, 수아씨, 장띠이 등지로 야유회나 다니고, 7월이면 굳이 몇몇 하숙인들이 주는 초대권을 기다릴 것 없이 번듯한 귀빈석에서 마음대로 공연 구경도 하고 말이다. 그녀는 파리 소시민 가정의 이상향을 그대로 꿈꾸었다. 푼푼이 모은 돈 4만 프랑이 자기 수중에 있다는 것은 아무에게도 고백하지 않았다. 확실히 그녀는 이 재산만 보더라도 자기는 눈독 들일 만한 혼인 상대라고 스스로 믿고 있었다. 〈다른 걸 보더라도, 내가 그 사람 상대로 모자랄 거야 없지!〉라고 그녀는 침대에서 돌아누우며 혼잣말을 했다. 마치 뚱보 식모 실비가 매일 아침 판박이처럼 칭찬하는 자기의 매력들을 스스로 확인이라도 하듯이 말이다.

이날부터 근 석 달간 과부 보케 부인은 고리오 씨의 이발사에게 부탁하여 몸치장을 했다. 자기 하숙집도 여기 드나드는 귀한 분들의 격에 맞게 꾸며야 한다는 것이었다. 이제부터는 모든 면에서 가장 수준 높은 분들만 하숙인으로 받겠다는 의사를 공공연히 표명하며, 하숙인들의 면면을 바꾸려고 노심초사했다. 낯선 사람이 오면 그녀는 파리에서 가장 유명하고 가장 존경할 만한 업자 중 한 분인 고리오 씨가 자기를 각별하게 생각한다고 자랑을 해댔다. 그녀는 광고 쪽지를 나누어 주었는데 광고 문구 첫머리에는 〈보케 하숙집〉이라고 쓰여 있었다. 그리고 이런 광고가 이어졌다. 〈파리의 라탱 구역에서 가장 유서 깊고 가장 높이 평가받는 하숙집 중 하나입니다. 센 강이 흐르는 고블랭 골짜기가 내다보여 더없이 전망이 좋고(4층에서 센 강이 보입니다), 《예쁜》 정원이 있고, 정원 끝에는 보리수나무 우거진 오솔길이 펼쳐집니다.〉 또 공기도 좋고 호젓하다고 광고했다. 이 광고 쪽지를 보고 앙베르메닐 백작 부인이 찾아왔다. 서른여섯 살인 그녀는 전장에서 전사한 장군의 과부로서 당연히 받게 되어 있는 연금의 정산이 완료되고 지불되기를 기다리는 중이었다. 보케 부인은 그녀의 식사를 신경 써서 챙기고 근 여섯 달간 그녀의 응접실에 불을 피워 주고, 광고 쪽지에 적힌 대로 약속을 너무도 잘 지키며 그야말로 정성을 다했다. 그래서 백작 부인은 보케 부인을 〈친애하는 벗님〉이라 부르며, 당시 보케 하숙집보다 비싼 마레 구역의 하숙집에서 살다가 계약 기간이 다 되어 가는 두 친구 보메를랑 남작 부인과 사령관의 미망인인 피쿠아조 백작 부인을 소개하겠다고 했다. 더구나 이 두 부인은 국가보훈처가 전몰자 유가족에 대한 보상 작업을 마치게 되면 아주 풍족한 처지가 될 터였다. 〈하지만 보훈처에서는 도무지 끝을 맺지 않는다니까요〉라고 그녀는 말했다. 두 과부는 저녁 먹고 나면 함께 보케 부인의 방으로 올라가서 카시스 술을 마시고 보케 부인용으로 마련해 둔 간식거리를 집어먹으면서 수다를 떨곤 했다. 앙베르메닐 부인은 고리오 영감에 대한 하숙집 주인 여자의 견해에 많이 동조했다. 썩 훌륭한 견해로, 그녀는 처음 온 날부터 그걸 짐작했고, 영감이 완벽한 사람이라고 생각했다는 것이다.

「아! 그러게요 부인, 내 눈만큼이나 흠 없는 양반이라니까요. 나이에 비해 아주 젊어 보이고, 아직도 여자한테 잘해 줄 수 있는 분이죠.」 보케 부인이 말했다.

백작 부인은 보케 부인에게 그녀가 원하는 바와 어울리지 않는 옷차림에 대해 너그럽게 조언을 해주었다. 〈출정 준비를 해야지요〉라고 그녀는 말했다. 이모저모 계산을 해본 다음 두 과부는 함께 팔레 루아얄로 가서 그곳 〈갈르리 드 부아〉 상점에서 깃털 달린 모자 하나와 보닛 하나를 샀다. 백작 부인은 또 유명한 〈프티트 자네트〉 상점으로 친구를 끌고 가서 드레스 한 벌과 스카프 하나를 골라 주었다. 이렇게 준비를 갖추어 제대로 무장을 하자, 보케 부인은 〈뵈프아라모드〉 식당의 간판과 똑 닮아 보였다.[20] 아무려나, 그녀는 외모가 자기에게 좋은 쪽으로 너무 많이 달라졌으니 감사를 해야 한다고 생각하여, 원래 여간해서 남에게 〈주는〉 여자가 아니었는데도 백작 부인에게 20프랑짜리 모자를 선물하며 부디 받아 달라고 했다. 사실인즉 그녀는 고리오의 속을 떠보고 영감에게 자기를 좋게 이야기해 주는 역할을 백작 부인에게 부탁할 속셈이었다. 앙베르메닐 부인은 이 일에 아주 우호적으로 나서 주었고 왕년의 제면업자를 붙잡고 이야기 나누는 데 성공했다. 그러나 엉뚱하게도 그녀는 자신의 목적을 위해 그를 유혹하려 했고, 이러한 접근에 대해 막상 영감이 기피라고까지 하기는 좀 그렇지만 어쨌든 몹시 수줍어한다는 것을

20 〈뵈프아라모드〉는 팔레 루아얄 근처에 있던 쇠고기 요리 전문 식당으로, 그 간판에는 숄을 두르고 모자를 쓴 소 한 마리가 그려져 있었다.

알게 되자 발끈 화가 나서 그 방에서 나와 버렸다.

그녀는 친한 친구인 보케 부인에게 이렇게 말했다.

「나의 천사 같은 벗님, 당신은 그 남자로부터 아무것도 끌어내지 못할 거예요! 우스꽝스러울 정도로 의심이 많고 구두쇠에다 멍청이 바보라서 당신 기분만 나빠질 거라고요.」

고리오 씨와의 사이가 이렇게 되자 백작 부인은 더 이상 같은 집에 살고 싶지 않았다. 다음 날 그녀는 하숙비 여섯 달치를 내는 것도 잊어버리고, 경매에 내놓으면 5프랑 정도 받을 만한 헌 옷 한 벌만 달랑 남기고 그냥 떠나 버렸다. 보케 부인이 아무리 악착같이 찾아도 파리에서는 앙베르메닐 백작 부인에 대한 아무런 소식도 들을 수가 없었다. 그녀는 이 한심한 사건에 대해 종종 이야기하면서, 자기가 남을 너무 믿은 탓이었다고 푸념을 했다. 실제로 보케 부인은 고양이보다도 더 의심이 많은 사람인데 말이다. 하지만 그녀도, 가까운 사람은 경계하면서 처음 만나는 사람에겐 속까지 훤히 다 내보이는 수많은 사람들 중 하나였다. 희한하기는 하지만 실제로 많이 볼 수 있는 이런 정신 상태는 인간의 마음속에서 쉽게 찾아볼 수 있다. 함께 사는 사람들에게 자기 영혼의 텅텅 빈 모습을 보여 주고 나서 더 이상 그들에게서 아무것도 얻을 수 없게 되는 사람들이 있다. 그러면 그들은 자기가 측근의 엄격한 판단 대상이 되고 있으며 그렇게 되어 마땅하다고 느끼게 된다. 그러나 평소 못 받아 본 아첨이나 칭찬을 아쉬워하는 마음을 걷잡을 수 없거나, 아니면 실제로는 지니지 못한 좋은 품성을 지닌 듯 보이고 싶은 마음을 견디지 못해, 그들은 낯선 사람들의 평가나 공감을 급작스레 얻어 내고자 한다. 설령 언젠가 그들 또한 실망할 우려가 있다 해도 말이다. 다시 말하자면, 친구나 친지들에게 좋은 일을 결코 하지 않으면서, 천성적으로 자기 이익만 챙기는 부류의 사람들이 있다. 그런 선행은 억지로 부과된 의무라고 생각하기 때문이다. 반면 그런 사람들은 모르는 사람들에게 잘해 줌으로써 자존심을 충족시킨다. 애정의 원(圓)이 자신에게 가까울수록 그들은 덜 사랑하고, 그 원이 자신에게서 먼 반경을 그릴수록 더욱 친절하게 군다. 본질적으로 역겹고 거짓되고 밉살스러운 이 두 가지 본성을 보케 부인은 다 지닌 것 같았다.

사정을 들은 보트랭이 보케 부인에게 말했다.

「만약 내가 여기 있었더라면 그런 불행한 사건이 부인에게 일어나지는 않았을 텐데요! 그 웃기는 여자의 얼굴을 보란 듯이 뚫어지게 쌔려보아 주었을 겁니다. 그런 여자들의 〈멀쩡한 낯짝〉을 나는 잘 알거든요.」

편협한 사람들이 다 그렇듯, 보케 부인은 사건의 테두리에서 벗어나 그 원인을 따져 보는 습관을 갖지 못했다. 그녀는 자신의 잘못을 남의 탓으로 돌리기를 좋아했다. 위에 말한 것 같은 피해 막심한 사건이 일어나자 그녀는 올곧은 제면업자 고리오 영감을 마치 자기 불운을 만들어 낸 원흉처럼 여겼다. 그래서 그때부터는 자기 이익을 지키기 위해 정신 바짝 차리기 시작했다는 것이 그녀의 말이었다. 귀찮게 집적거려 보아도, 또 자신을 드러내 보아도 소용없다는 것을 알게 되자 그녀는 즉시 그 이유를 짐작해 냈다. 그녀 표현에 따르면, 자기 집 하숙인 고리오 영감이 이미 자기 태도를 분명히 했다고 생각한 것이다. 마침내, 그렇게도 깜찍하게 품어 오던 그녀의 희망의 토대는 결국 허깨비였으며, 사람을 제대로 감별할 줄 아는 듯한 백작 부인의 당찬 말마따나, 그녀가 영감에게서 아무것도 얻어 내지 못하리라는 사실이 증명되었다. 필연적으로 그녀는 이제까지 쏟은 우정보다 훨씬 더 깊은 미움을 쏟아붓게 되었다. 그녀의 미움은 사랑에 비례하는 것이 아니라 배신당한 자기 희망에 비례하는 것이었다. 인간의 마음이란 애정의 고도를 높여 가면서 안식을 찾는 법이지만, 미워하는 감정의 가파른 비탈 위에서는 여간해서 멈출 줄을 모른다. 그러나 고리오 씨는 어쨌건 그녀 집 하숙인이었기 때문에 과부 보케 부인은 상처받은 자존심이 폭발하지 않게 억누르고 이런 실망에서 나오는 한숨을 꾹 묻어 두고 복수의 열망을 안으로 삼켜야만 했다. 마치 수도원장 때문에 마음 상한 수도사처럼 말이다. 소갈머리가 좁은 사람은 좋은 감정이건 나쁜 감정이건 자신의 감정을 끊임없는 옹졸한 행동을 통해 만족시키는 법이다. 이 과부는 여자로서 품게 된 앙심을, 피해자를 겨냥해 소리 없는 박해 행위를 만들어 내는 데 써먹었다. 그녀는 우선 이 하숙집에 불필요하게 들어왔던 것들을 삭감하기 시작했다.

「오이 피클은 그만 내놔! 멸치도 그만! 그런 건 다 속임수일 뿐이야!」 다시 옛날 식단으로 되돌아간 날 아침에 그녀는 식모 실비에게 말했다. 고리오 씨는 생활이 간소한 사람이며, 자수성가한 사람들에게 꼭 필요한 근검절약이 아예 몸에 배어 있었다. 수프, 삶은 고기, 채소 한 접시는 언제나 그가 제일 좋아하는 저녁 식단이었고, 앞으로도 그럴 것이다. 그러니 아무리 해도 입맛 떨어지게 만들 수 없는 이 하숙인을 괴롭힌다는 것이 보케 부인으로서는 매우 어려운 일이었다. 공격할 수 없는 사람을 만나 절망한 그녀는, 주위에 영감을 나쁘게 말해 평판을 떨어뜨리기 시작했다. 그리하여 다른 하숙인들도 자기처럼 그를 싫어하게 만들었고, 다른 하숙인들은 재미 삼아 그녀의 복수 작전에 동원돼 주었다. 첫해가 저물 무렵 이 과부는 어찌나 영감을 경계하게 되었던지, 연금이 7~8천 프랑이나 되고 마치 기둥서방 덕에 놀고먹는 여자처럼 기막힌 은제 식기와 아름다운 보석을 가지고 있는 왕년의 사업가가 왜 하필 이 하숙집에 살면서 재산에 비해 이리도 보잘것없는 하숙비를 내고 있는 것인지 그 이유가 궁금했다. 여기 들어온 첫해에는 고리오 영감이 종종 일주일에 한두 번은 밖에서 저녁을 먹었다. 그러다가 알게 모르게 겨우 한 달에 두 번만 저녁 외식을 하게 되었다. 고리오 씨의 세련된 외식은 보케 부인의 이익과 밀접한 관계가 있어서, 하숙인인 영감이 집에서 식사를 하는 횟수가 정확히 차츰차츰 잦아지고 있는 것을 그녀는 못마땅하게 생각했다. 이러한 변화는 그의 재산이 서서히 줄어들고 있기 때문일 뿐만 아니라 하숙집 여주인인 자기를 괴롭히고 싶은 마음이 있기 때문일 거라고 그녀는 생각했다. 이런 속 좁은 마음의 소유자들이 지닌 가장 가증스러운 버릇 중 하나는, 다른 사람들도 자기처럼 옹졸하다고 생각하는 것이다. 불행히도, 하숙 든 지 만 2년이 다 되어갈 무렵 고리오 씨가 3층으로 이사해서 하숙비를 9백 프랑으로 줄이겠다고 보케 부인에게 부탁하는 바람에, 그를 두고 이러쿵저러쿵 떠들어 대던 소리들이 힘을 받게 되었다. 그는 그 정도로 빠듯하게 아껴 가며 살아야 할 형편이 되어, 겨우내 자기 방에 불도 피우지 않았다. 보케 부인은 하숙비를 선불로 받고 싶어 했다. 고리오 씨는 그러마고 했고, 그때부터 그녀는 그를 고리오 씨 대신 고리오 영감이라고 불렀다. 이러한 몰락의 원인을 밝혀 볼 사람은 연구해 보라. 쉽지 않은 일이다! 달아난 가짜 백작 부인의 말대로, 고리오 영감은 말이 없고 엉큼한 사람이었다. 자기 사업에 대해 말하지 않는 사람은 틀림없이 나쁜 사업을 하고 있다는 것이 바로 쓸데없는 이야기만 하는 경솔하고 머리가 텅텅 빈 사람들의 논리다. 그래서 그녀의 관점에서 보면, 그토록 존중받던 사업가가 거지가 되었고, 이 왕년의 한량은 이제 웃기는 늙은이일 뿐이었다. 이 무렵 보케 하숙집에 들어온 보트랭에 따르면, 고리오 영감은 증권 시장에서 재산을 다 말아먹고 나서는 금융 용어에 따라 정확하게 표현하자면 연금으로 소액 투자를 하면서 살았다는 것이다. 아니면 매일 저녁 노름에 운을 맡겨 10프랑씩 따러 가는 시시한 노름꾼 중 하나라는 말도 있었다. 또 어떤 때는 경찰 수뇌부에 연루된 첩자라는 말도 있었다. 하지만 보트랭은, 영감이 그런 일을 할 만큼 꾀 많은 사람이 아니라고 주장했다. 고리오 영감은 아직도 주 단위로 돈을 빌려 주는 수전노였으며, 항상 똑같은 번호의 복권을 사서 당첨을 노리는 인간이었다. 사람들은 그를, 악덕, 수치, 무능이 빚어낸 가장 수수께끼 같은 인물로 만들고 있었다. 다만, 그의 행동이나 그의 악덕이 아무리 비열하다 할지라도, 그가 사람들에게 혐오감을 자아내다 못해 쫓겨날 지경까지 되지는 않았다. 그는 하숙비를 또박또박 내고 있었던 것이다. 게다가 그는 쓸모 있는 인물이었다. 누구나 그를 두고 농담이나 심한 소리를 하여 좋고 나쁜 기분을 해소하곤 했으니 말이다. 그중 그럴싸해 보이고 누구나 받아들이는 의견은 보케 부인이 낸 것이었다. 그녀 말을 들어 보면, 함께 있으면 아직 때 묻지 않고 더없이 건전하다고 느낄 수 있는 이 사람이 사실은 야릇한 취향을 가진 바람둥이라는 것이었다. 과부 보케 부인의 이런 험담은 다음과 같은 사실에 근거를 두고 있었다. 여섯 달 동안이나 보케 부인의 돈을 축내며 살았던 그 지독한 백작 부인이 이 집을 떠난 몇 달 뒤 어느 날 아침, 자리에서 일어나기 전에 보케 부인 귀에 계단에서 비단 치마가 사르륵 스치는 소리와, 고리오 영감 방으로 얼른 들어가는 젊고 날씬한 여자의 날렵한 발소리가 들렸다는 것이다. 고리오 영감 방의 문은 꾀바르게도 미리 열려 있었다고 했다. 그러자 뚱보 실비가 곧장 여주인에게 오더니, 정숙한 여자라기엔 너무 예쁜 여자 하나가 여신처럼 차려입고 진흙도 묻지 않은 고급 모직 검은 구두를 신고 길에서 부엌까지 마치 뱀장어처럼 사르륵 미끄러져 들어오더니 고리오 씨가 어디 사느냐고 물어보았다는 것이다. 보케 부인과 식모는 영감 방 쪽에 귀 기울이기 시작했고, 이 여인이 들어가서 얼마 동안 부드러운 소리로 몇 마디 하는 것을 엿들었다. 고리오 씨가 그 〈여자〉를 문간에 배웅하러 나가자 뚱보 실비는 바로 장바구니를 들고 장에 가는 척하며 이 한 쌍의 연인들을 뒤쫓아 갔다.

「아주머니, 고리오 씨는 그래도 되게 부자인가 봐요. 저렇게 여자한테 돈 쓰는 걸 보면 말이죠. 에스트라파드 길에 보니까 화려한 마차가 서 있고 그 여자가 거기 올라타던걸요.」 그녀는 돌아와 여주인에게 말했다.

식사하는 동안 보케 부인은 고리오 씨가 직사광선 때문에 눈부시지 않게끔 창가로 가서 커튼을 쳤다.

「고리오 씨, 미인들에게 사랑받고 계시군요. 해[日]까지 당신을 찾고 있네요.」 그녀는 넌지시 그날 아침의 방문을 언급하며 말했다. 「참! 안목도 높으시지. 정말 예쁘던데요.」

「그 앤 내 딸이오.」영감은 뽐내듯이 말했다. 하숙인들은 그 말에서, 겉으로 체통을 지키려 하는 노인의 우매함을 보고 싶어 했다.

이런 방문이 있은 지 한 달이 지나, 또 그 여자가 고리오 씨를 찾아왔다. 처음에는 아침 외출 복장을 하고 왔던 딸이 이번에는 저녁 식사 후, 마치 사교계의 큰 연회에 가는 것 같이 차리고 온 것이다! 응접실에서 열심히 수다 떨던 하숙인들은 고리오 영감의 딸이라기에는 너무도 지체 높아 보이는 날씬한 몸매의 우아한 금발 미인, 그 여자를 볼 수 있었다.

「두 번째 여자네!」그녀를 알아보지 못한 뚱보 실비가 말했다.

며칠 뒤에는, 키 크고 몸매 좋고 갈색 피부에 머리는 검고 눈이 초롱초롱한 또 다른 여자가 와서 고리오 씨 계시냐고 물었다.

「세 번째네!」실비가 말했다.

이 두 번째 여자도 처음에는 아침에 영감을 보러 왔었는데 며칠 후 저녁에 무도회 차림으로 마차를 타고 다시 온 것이다.

〈그럼 네 번째야!〉라고 보케 부인과 실비는 말했다. 둘은 처음 찾아왔던 아침의 그 단순한 복장을 한 여자의 흔적을 이 키 큰 부인에게서 찾아내지 못했던 것이다.

고리오는 아직도 하숙비를 1천2백 프랑 내고 있었다. 보케 부인은 돈 많은 남자가 정부를 너댓 명 두는 것이 당연하다고 생각해서, 그런 여자들을 딸이라고 하는 고리오가 심지어 아주 능수능란한 남자라고까지 믿게 되었다. 그 여자들을 보케 하숙집에 드나들게 하는 것도 그녀는 못마땅해하지 않았다. 다만 이렇게 방문이 이어지는 것을 보면 자기 집 하숙인인 영감이 자기에 대해 무관심하다는 뜻이라 생각하고, 2년째 되는 해에는 처음부터 그를 아예 〈늙은 고양이〉라고 불렀다. 마침내 영감이 하숙비를 9백 프랑으로 줄일 수밖에 없는 신세가 되자 그녀는, 찾아오는 여자들 중 한 여자가 그 방에서 내려오는 것을 보고는 아주 당돌하게 영감에게, 이 집을 대체 뭘로 보는 거냐고 따졌다. 고리오 영감은 그 여자가 자기 맏딸이라고 대답했다.

「그럼 영감님은 딸을 서른여섯 명쯤 두었나 보네요?」 보케 부인이 신랄하게 물었다.

비참하게 살다 보니 녹록해질 대로 녹록해진 파산자답게 영감은 유순한 어조로 〈둘뿐이라오〉라고 대꾸했다.

3년째 되는 해가 저물어 갈 무렵, 고리오 영감은 지출을 더 줄여 4층으로 올라가서 다달이 하숙비 45프랑을 내고 살았다. 그는 담배를 끊었고 가발을 손질해 주던 이발사도 그만두게 했고, 염색 분도 더 이상 바르지 않았다. 고리오 영감이 처음으로 머리에 염색 분을 바르지 않은 채 나타났을 때 하숙집 여주인은 더러운 잿빛에다 푸르딩딩한 그 머리카락 색깔을 보고 놀라서 자기도 모르게 고함을 질렀다. 남모를 슬픔으로 알게 모르게 나날이 더 서글퍼지는 그의 행색은 이 집 식탁에 둘러앉은 모든 이들 중에서도 가장 처량해 보였다. 이제는 전혀 의심할 바가 없었다. 고리오 영감은 늙은 바람둥이로, 그나마 의사가 손을 잘 쓴 덕분에 그가 복용하는 약품들의 부작용에서 두 눈이라도 온전히 보존할 수 있었다는 말이 돌았다. 역겨운 그 머리 색깔은 방탕한 생활을 계속하려고 복용한 약들 탓이라고도 했다. 영감의 심신 상태는 이런 소문에 힘을 실어 주었다. 여기 들어올 때 꾸려 온 옷들이 다 닳아빠지자, 그는 고급 면직으로 만든 의복 대신 1온[21]에 14수짜리 옥양목 옷을 사서 입었다. 그의 다이아몬드, 금으로 만든 담배 상자, 시곗줄, 보석들이 하나씩 하나씩 사라졌다. 그는 밝은 청색 옷이나 고급 의상들은 이제 하나도 입지 않았고 여름이건 겨울이건 투박한 밤색 천으로 지은 프록코트에 염소 털로 짠 것 같은 조끼, 양털 가죽으로 만든 회색 바지를 입었다. 그는 차츰차츰 살이 빠졌고 장딴지도 훌쭉해졌다. 부르주아다운 행복에 만족하여 약간 부은 듯 퉁퉁하던 얼굴도 말할 수 없이 핼쑥해졌다. 이마에는 주글주글 주름이 잡히고 턱뼈 윤곽이 드러났다. 뇌브생트주느비에브 길의 이 집에서 4년을 사는 동안, 그는 더 이상 예전 모습이 아니었다. 69세이지만 채 마흔도 안 돼 보이던 사람 좋은 제면업자, 살집 좋고 퉁퉁하고 바보짓을 해서 오히려 신선했고, 한량 같은 태도로 행인들을 즐겁게 했으며, 약간은 젊은이처럼 미소 짓던 이 부르주아는 이제 얼빠지고 후들거리고 생기도 없는 칠순 노인처럼 보였다. 그토록 총기 있던 푸른 두 눈은 탁하고 녹슨 쇠 빛깔을 띠고 안색도 핼쑥해지고 이젠 더 이상 눈물이 그렁그렁 맺히지도 않고 불그레한 눈가는 마치 피눈물이 흐르는 것 같았다. 그를 끔찍하다고 느끼는 사람도 있고 안됐다고 동정하는 사람도 있었다. 젊은 의대생들은 그의 아랫입술이 축 처진 것을 보고 그의 얼굴 각도의 정점(頂點)을 재보았다. 오랫동안 그에게 이것저것 물어보고도 아무것도 얻어 내지 못하자 영감이 백치 상태에 들어갔다고 단언했다. 어느 날 저녁 식사 후 보케 부인이 빈정대듯이 영감에게 말했다.

21 옛 길이의 단위로 1온은 약 1.188미터.

「그래! 이젠 따님들이 만나러 오지도 않네요?」

과연 정말 부녀 관계인지 의심스럽다는 듯한 그녀의 말에, 고리오 영감은 마치 그녀가 자기를 쇳조각으로 쿡 찌르기라도 한 듯 흠칫 몸을 떨었다.

「그 애들, 가끔 온다오.」 감정이 북받치는 목소리로 영감이 대답했다.

「아, 아! 그 여자들을 아직도 가끔씩 만나시는군요. 고리오 영감님 만세!」 학생들이 소리쳤다.

그러나 노인은 자기 대답이 이끌어 낸 농담이 귀에 들어오지 않았고, 다시 명상하는 듯한 상태에 빠져 들었는데, 그를 피상적으로 지켜보는 사람들은 그것이 노년에 지력이 달려서 생기는 마비 상태라고 생각하곤 했다. 영감을 잘 아는 사람이라면 그의 심신 상태가 보여 주는 문제에 대단한 관심을 기울였을 것이다. 그러나 그보다 더 어려운 일은 없었다. 고리오가 정말 옛날에 제면업자였는지, 그리고 그의 재산 총액이 얼마였는지는 쉽게 알 수 있었지만, 그의 구좌에 있는 금액에 호기심이 생긴 늙은이들은 이 동네를 벗어나지 않고 마치 굴이 바위에 딱 붙어살듯 하숙집에 붙박여 살았다. 노인들 외의 다른 사람들은 파리 생활이 유난히 분주하기 때문에 뇌브생트주느비에브 길을 벗어나면 바로 자기들이 비웃던 그 가엾은 노인을 잊어버렸다. 이런 속 좁은 사람들이나 덜렁대는 젊은이들이 볼 때, 고리오 영감의 메마르고 비참한 삶과 그 바보스러운 태도는 과거에 그가 부자이고 능력있는 사람이었다는 사실과 양립할 수 없는 것이었다. 그가 딸들이라고 했던 여자들에 관해서는, 하숙인들 모두 보케 부인과 같은 의견이었다. 보케 부인은 모든 걸 지레짐작하는 버릇이 붙어 저녁 내내 수다에만 몰두하는 늙은 여인네들이 갖게 되는 단호한 논리로 이렇게 말하곤 했던 것이다.

「만약 고리오 영감에게 여기 찾아왔던 그 여자들 같은 부자 딸들이 있다면, 한 달에 45프랑 내면서 4층에 저렇게 살지는 않을 테고, 가난뱅이 같은 옷차림으로 다니지도 않을 거요.」 이러한 유추를 반박할 수 있는 것은 아무것도 없었다. 그리하여 이 극의 배경이 되는 1819년 11월 말경에 하숙집 식구들은 이 가엾은 노인에 대해 각자 확고한 생각을 갖게 되었다. 그는 지나치게 방탕하고 한 번도 딸이나 아내를 두어 본 적 없는 남자며, 굳이 분류하자면 사람 모양의 연체동물인 달팽이에 속한다는 것이다. 이것은 이 집에 식권 내고 끼니 때우러 드나드는 외부 단골 중 하나인 박물관 직원의 말이었다. 푸아레는 독수리 같은 사람이었고, 고리오 영감에게 신사처럼 굴었다. 푸아레는 이야기하고 따지고 대답하면서도 실제로는 아무 말도 안 하는 셈이었다. 왜냐하면 그는 남들이 말하는 내용을 표현만 달리해서 되풀이하는 버릇이 있기 때문이었다. 하지만 그는 대화에 보탬이 되었고, 활달하고 예민해 보였다. 반면 고리오 영감은, 그 박물관 직원의 말을 빌리면, 계속 레오뮈르 온도계의 섭씨 영 도 상태에 있는 사람이었다.

외젠 드 라스티냐크가 고향에 갔다가 파리로 돌아왔을 때는 애초부터 뛰어났거나 아니면 역경으로 말미암아 순식간에 엘리트의 자질을 갖추게 된 젊은이가 틀림없이 겪었을 법한 마음 상태에 빠져 있었다. 파리에 살게 된 첫해에는 대학에서 예비 과정을 다녀 공부를 별로 하지 않아도 되었기 때문에 물질적인 파리의 향락을 마음껏 즐길 수 있었다. 대학생이 극장마다 상연되는 연극 제목들을 알거나 파리의 복잡한 골목길 출구를 연구하고자 한다면, 혹은 프랑스 수도인 파리를 제대로 알고 그곳의 말을 익히고 특유의 쾌락에 젖어 좋고 나쁜 장소를 샅샅이 뒤지고 다니며 재미있는 강의를 듣고 박물관의 풍부한 유물의 목록을 작성하고자 한다면, 시간은 턱없이 부족하다. 그러면 그는 자기에게 위대해 보이는 어리석은 짓거리에 열중하게 된다. 그가 대단하다고 생각하는 인물이 있었는데, 그건 월급은 꼬박꼬박 받으면서 학생들과 같은 수준을 면치 못하는 콜레주 드 프랑스의 교수였다. 그는 넥타이를 고쳐 매고 오페라 코미크의 2층 객석에 앉은 여인을 위해 짐짓 그럴듯한 자세를 취한다. 이런 입문 과정을 차례차례 거치면서 그는 허물을 벗고 인생의 지평을 확장하고, 마침내 겹겹이 층을 이루며 사회를 구성하는 인간들의 모습을 인식하게 된다. 만약 그가 화창한 날 샹젤리제 거리를 행진하는 마차들을 보고 감탄하기 시작했다면, 그는 머지않아 그 마차들을 부러워하게 될 것이다. 외젠은 자기도 모르게 이런 입문 과정을 겪었고, 그 무렵 문과 대학과 법과 대학 학사 과정으로 진급할 자격을 딴 다음, 방학을 맞아 고향 집으로 떠났다. 어린 시절의 환상, 시골에서 품었던 생각은 사라졌다. 변모한 지성과 부풀 대로 부푼 야망 때문에 그는 가족의 사랑과 아버지 소유의 농토 한복판에서도 세상을 제대로 보게 되었다. 그의 부모와 두 형제, 두 자매 그리고 연금으로 살아가는 고모는 라스티냐크의 얼마 안 되는 땅뙈기에 의지해 살고 있었다. 약 3천 프랑 정도 되는 이 땅의 수입은 포도밭의 소출에 따라 가변적일 수밖에 없었다. 하지만 그런데도 어쨌든 매년 외젠을 위해 1천2백 프랑을 따로 떼어 내야만 했다. 이제껏 외젠에겐 너그럽게도 감춰져 있었던 이런 끊임없이 절망적인 모습, 어린 시절 그렇게도 예뻐 보였던 누이들과 그간 꿈꾸어 온 아름다움의 유형을 실제로 보여 준 파리 여인들과의 비교, 자기를 버팀목으로 삼는 대가족의 불확실한 미래, 참으로 보잘것없는 소출로 빠듯하게 허리띠를 졸라 가며 살아가는 상황, 포도주 압착기의 찌꺼기로 만든 가족의 음료, 마지막으로 여기에 일일이 밝혀 봐야 소용없는 숱한 상황들, 이런 것이 그의 출세욕을 키우다 못해 남다르게 되고 싶다는 갈증을 불러일으켰다. 위대한 영혼들이 흔히 그렇듯, 그는 오로지 자신의 장점만을 밑천으로 삼고 싶었다. 그러나 그의 정신은 확실히 남부 지방 사람다웠다. 실행 단계가 되면 그의 결단력은 마치 바다 한복판에서 어느 쪽으로 자신의 배를 이끌어 나가야 할지, 어느 각도로 닻을 올려 바람을 받아 부풀게 해야 할지 모르는 젊은이의 망설임과 같은 것으로 흔들렸다. 우선은 물불 안 가리고 공부에 몰두하고 싶어 하면서도 인간관계를 만들어 가야 할 필요가 다급하니 그는 여자들이 사회생활에 얼마나 영향을 끼치는지에 주목했고, 사교계에 나가 거기서 자기를 보호해 줄 여성들을 찾아보자는 생각을 갖게 되었다. 우아한 맵시와 여자들이 제풀에 빠져 드는 예민하고 수려한 외모로 인해 재기와 열정이 한층 고양된, 이런 발랄하고 열정적인 청년에게 어찌 여자가 없을 수 있겠는가? 지난날 누이들과 즐겁게 산보하던 밭 한가운데서 그는 문득 이런 생각에 사로잡혔다. 이제 누이들은 그가 많이 변했다고 생각했다. 그의 고모인 마르시야크 부인은 한때 궁정에도 소개되어 드나들던 인물인지라 귀족 고위층을 여럿 알고 있었다. 갑자기 이 야심 많은 젊은이는 고모가 종종 들려주던 추억 속에서 많은 사회적 정복의 요소들을 보았다. 이것은 적어도 그가 법대에서 노렸던 것들 못지않게 중요한 것들이었다. 그는 가까워질 수 있는 친척들이 아직 있는지 고모에게 물어보았다. 고모는 집안 족보를 있는 대로 들추어내더니, 부자 부모를 둔 이기적 인물들 가운데 몸을 덜 사리고 조카에게 도움이 될 수 있는 사람으로 보세앙 자작 부인을 생각해 냈다. 고모는 옛 문체로 그 젊은 자작 부인에게 보낼 편지를 써서 외젠에게 주며, 만약 자작 부인과 일이 잘되면 그녀는 또 다른 친척을 소개해 줄 거라고 말했다. 파리에 올라와 며칠 뒤 라스티냐크는 고모의 편지를 보세앙 부인에게 보냈다. 자작 부인은 답신으로, 다음 날 있을 무도회 초청장을 보내왔다.

이것이 1819년 11월 말 이 하숙집의 전반적인 상황이었다. 며칠 뒤, 외젠은 보세앙 자작 부인의 무도회에 갔다가 새벽 2시쯤에 들어왔다. 성실한 학생인 그는 낭비한 시간을 만회하려고, 춤을 추면서도 집에 들어가면 아침까지 공부하기로 다짐했다. 그는 처음으로 이 조용한 동네 한복판에서 밤샘을 해볼 참이었다. 왜냐하면 그간 세상의 온갖 화려함을 보면서 거짓된 활기의 매력에 푹 빠져 있었기 때문이다. 그는 보케 부인의 하숙집에서 저녁 식사를 하지 않았다. 그래서 하숙인들은 그가 다음 날 새벽이나 되어야 무도회에서 돌아오는가 보다 생각했다. 그는 가끔 프라도의 축제나 오데옹의 무도회[22]에 갔다가 비단 양말에 진흙을 잔뜩 묻히고 무도화는 뒤틀어 신은 채로 새벽 시간에 돌아오는 일도 있었기 때

---

22 파리 시립 극장이나, 국립 극장에 해당하는 공연장 오데옹에서는 목요일마다 무도회가 열리곤 했다.

문이다. 문에 빗장을 걸기 전에 하인 크리스토프는 문을 열고 길을 내다보았다. 바로 이 순간 라스티냐크가 문간에 나타났기 때문에 소리 없이 자기 방으로 올라갈 수 있었고, 그 뒤를 따라 크리스토프가 쿵쾅 소리를 내면서 올라갔다. 외젠은 옷을 갈아입고 슬리퍼를 신고 석탄 난로에 불을 지피고 재빨리 공부할 준비를 했다. 크리스토프가 커다란 신발을 신고 쾅쾅 내딛는 바람에 그 소리가 청년이 조용히 옷 갈아입는 소리를 덮어 주었다. 외젠은 잠시 생각에 잠겼다가 법률책에 몰두했다. 그는 방금 전 보세앙 자작 부인에게서 파리 사교계 여왕들 중 한 사람의 모습을 보았던 것이다. 그녀의 저택은 생제르맹 일대에서 가장 인기 있는 집으로 통했다. 게다가 그녀는 명성으로 보나 재산으로 보나 귀족 사회의 최고 명사 중 하나였다. 마르시야크 고모 덕분에, 가난한 학생 라스티냐크는 이 집에서 융숭한 환대를 받았다. 하지만 이러한 호의의 범위가 어디까지 미칠지는 미처 몰랐다. 금빛 찬란한 이런 살롱에 받아들여진다는 것은 최고 귀족 사회의 일원이 되는 자격증에 해당하는 것이었다. 어떤 사회보다도 배타적인 이 사회에 얼굴을 내밀었으니 이제는 어디든 갈 수 있는 권리를 획득한 셈이었다. 이렇게 휘황찬란한 모임에 눈부셔 하며 자작 부인과 겨우 몇 마디 나눈 다음, 외젠은 이 대향연에 앞을 다투어 모여드는 파리의 내로라하는 여신들 틈바구니에서 젊은이라면 단박에 연모할 만한 한 여성을 알아본 것에 만족하였다. 아나스타지 드 레스토 백작 부인은 키가 크고 몸매도 멋져서 파리에서 가장 맵시 좋은 여인 중 하나로 통하고 있었다. 커다란 검은 두 눈, 섬섬옥수, 맵시 있는 발, 정열적인 몸놀림, 요컨대 롱크롤 후작이 〈순수 혈통의 말〉이라고 부르는 여인을 한번 상상해 보라. 신경이 예민한 여성이라고 해서 그녀의 장점이 퇴색되는 것은 아니다. 또한 그녀가 풍만하고 둥글둥글하다고 해서 뚱뚱하다고 흠잡을 수는 없다. 그 즈음엔 〈하늘의 천사〉 대신 〈순혈의 말〉, 〈빼어난 혈통의 여자〉라는 별칭으로 불리기 시작했다. 그녀의 자태는 오시안[23]의 시에 나오는 모습이자 댄디즘이 배척하는 사랑의 옛 신화 그 자체였다.

라스티냐크에게 아나스타지 드 레스토 부인은 접근해 볼 만한 여자였다. 그는 그녀의 부채에 적힌 파트너 명단에 두 번이나 같이 춤을 출 수 있게끔 이름을 적어 놓는 수완을 부렸고, 첫 카드릴 춤을 함께 추면서 그녀와 이야기를 할 수 있었다.

「이제 어디서 뵐 수 있을까요?」

그는 여자들이 그렇게도 좋아하는 열정이 담긴 목소리로 그녀에게 느닷없이 물었다.

「아니 뭐, 불로뉴 숲에서나 부퐁[24]에서나 우리 집에서나, 아무 데서나 볼 수 있죠.」

그러자 이 모험심 많은 남부 지방 출신 청년은 이 달콤한 백작 부인과 더 친해지려고 바짝 달라붙었다. 카드릴 춤이나 왈츠를 추는 동안 청년은 여인과 한껏 가까워지려는 시도를 한 것이다. 그는 보세앙 부인의 친척이라고 자기소개를 했고, 마침내 자기가 대단한 귀부인이라고 여기는 이 여자의 초대를 받아 내 그 집에 드나들 수 있었다. 그녀가 던지는 마

---

23 Ossian(?~?). 스코틀랜드의 전설적 음유 시인. 18세기 시인인 제임스 맥퍼슨이 오시안의 시를 모아 발표했는데 이것이 낭만주의에 큰 영향을 주었다.
24 이탈리아 오페라를 원어로 공연하는 극장.

지막 미소를 보고 라스티냐크는 자기가 꼭 그녀 집으로 찾아갈 필요가 있다고 믿게 되었다. 자기 잘난 것을 영광으로 삼고 브랜든 부인, 랑제 공작 부인, 케르가루에 백작 부인, 세리지 부인, 카릴리아노 공작 부인, 페로 백작 부인, 랑티 부인, 에글몽 후작 부인, 피르미아니 부인, 리스토메르 후작 부인, 에스파르 후작 부인, 모프리뇌즈 공작 부인, 그랑디외 등 가장 우아한 여인들과 섞여 그 자리에 있던 몰랭쿠르, 롱크롤, 막심 드 트라유, 드 마르세, 다주다 핀토, 방드네스 성씨를 가진 당대의 안하무인격인 명사들 사이에서 라스티냐크는 천만다행으로 귀족 사회에서 치명적 결함이 될 수 있는 자신의 물정 모르는 태도를 비웃지 않는 한 남자를 만나게 되었다. 그러니까 정말 다행히도, 뭘 모르는 이 대학생은 랑제 공작 부인의 연인인 몽리보 후작을 우연히 만난 것이다. 아이처럼 단순한 데가 있는 장군 몽리보 후작은 레스토 백작 부인이 엘데르 거리에 산다는 것을 알려 주었다.

젊다, 세상에 대해 목마르다, 여자에 굶주렸다, 그런데 이제 두 저택의 문이 자기에게 열렸다! 무릎은 쇼세당탱 구역의 레스토 백작 부인 집에다 꿇고, 발은 생제르맹 구역의 보세앙 자작 부인 집에 들여놓자! 눈길 한 번에 파리의 한다하는 집 살롱 깊숙이 한달음에 들어가, 거기 사는 여자의 가슴에서 도움과 보호를 찾아낼 만큼 잘생긴 청년이라고 믿는다! 절대 떨어지지 않는 줄타기꾼처럼 확실하게 걸어가야 할 팽팽한 밧줄을 멋지게 한번 발로 탁 차줄 만큼 야심만만함을 느끼고, 균형 잡는 데 더할 나위 없이 좋은 최고의 막대를 매력적인 여인에게서 찾아낸다! 토탄 난로 옆에서 가난에 찌든 채 법전과 씨름하며 이런 생각을 하는데 지고지순한 모습으로 한 여인이 앞에 우뚝 선다면, 누군들 외젠처럼 깊은 생각에 잠겨 앞날을 설계하고 성공으로 가득한 미래를 상상해 보지 않겠는가? 이리저리 헤매던 그의 생각은 앞으로 다가올 기쁨을 미리 진하게 맛보았다. 그는 레스토 부인 곁에 있는 자기 모습을 그려 보았는데, 어찌나 실감나던지 마치 성 요셉의 〈아〉 소리와도 같은 한숨이 밤의 적막을 깨뜨리며 자기 가슴에 반향을 일으키고 그 소리가 자기 귀에는 숨넘어가는 사람의 신음으로 들리는 듯했다. 그가 자기 방문을 살며시 열고 복도로 나오자, 고리오 영감 방문 밑으로 새어 나오는 한 줄기 불빛이 보였다. 외젠은 옆방 영감이 몸이 불편한가 싶어 열쇠 구멍에 눈을 대고 들여다보았다. 그랬더니 뭔가에 몰두하고 있는 영감 모습이 보였다. 그의 눈에는 이 모습이 범죄와 관련 있는 것처럼 보여, 자칭 제면업자였다는 저 영감이 심야에 대체 무슨 짓을 하고 있는지 잘 조사해서 사회에 도움이 되어야겠다는 생각이 들었다. 고리오 영감은 탁자를 뒤집어 놓고, 탁자 다리와 다리 사이에 댄 긴 판자 위에 접시 하나와 도금된 수프 그릇을 올려놓고, 상감 기법으로 만든 화려한 이 그릇들을 밧줄로 칭칭 돌려 감았다. 어찌나 힘껏 꽉 매던지 마치 은그릇들이 다시 은 덩이가 될 때까지 조여 대는 것 같았다. 〈아니 이런! 뭐 저런 사람이 다 있어!〉 밧줄의 힘으로 은그릇들을 마치 밀가루 반죽 덩어리처럼 소리 없이 주물러 대는 영감의 신경질적인 팔을 보며 라스티냐크는 이렇게 혼잣말을 했다. 〈그렇다면 저 영감은 도둑이거나 장물아비인가? 안심하고 그런 짓을 할 수 있게끔 짐짓 어리석고 무력한 척하며 구걸하면서 살아가는 그런 사람이란 말인가?〉 외젠은 잠시 몸을 일으키며 이렇게 혼잣말을 했다. 그리고 다시 열쇠 구멍에 눈을 갖다 댔다. 고리오 영감은 동여맸던 밧줄을 풀고 은 덩어리를 들어 탁자 위에 펼친 덮개 위에 올려놓고 이것을 둥근 몽둥이 모양으로 만들려고 둘둘 굴렸다. 그는 이런 작업을 놀랍도록 수월하게 거뜬히 해냈다. 〈그렇다면 저 영감은 폴란드의 아우구스트 왕만큼이나 힘이 세단 말인가?〉 둥근 몽둥이 모양이 거의 만들어지자 외젠은 이렇게 혼잣말을 했다. 고리오 영감이 서글픈 표정을 지으며 자기가 만들어 낸 물건을 슬프게 바라보았고, 그 두 눈에서 눈물이 흘러나왔다. 그는 아까 은그릇을 비틀 때 켜두었던 촛불을 훅 불어서 꺼버렸다. 그리고 영감이 잠자리에 들면서 〈휴〉 하고 한숨짓는 소리가 들려왔다. 〈미쳤군〉 하고 그는 생각했다.

「가여운 것!」 고리오 영감이 큰 소리로 말했다.

이 말을 듣자 라스티냐크는 이번 일에 대해 침묵을 지키고 괜히 생각 없이 옆방 영감을 죄인으로 몰지 않는 것이 좋겠다는 판단이 들었다. 그가 다시 자기 방으로 들어가려는데, 갑자기 무어라 표현하기 힘든 소리가 났다. 그것은 누군가 헝겊 조각으로 만든 실내화를 신고 계단을 올라오는 소리임이 틀림없었다. 외젠이 귀를 쫑긋 세우고 들어 보니 아닌 게 아니라 두 남자가 번갈아 가며 숨 쉬는 소리가 들렸다. 방문이 삐걱 열리는 소리는 물론 남자들의 발소리도 못 들었는데, 문득 3층의 보트랭 씨 방에서 희미한 불빛이 보였다.

〈하숙집에 알 수 없는 일들이 많이도 생기는군!〉 하고 그는 혼잣말을 했다. 층계로 몇 계단 내려가서 귀를 기울이니 금속성의 소리가 그의 귀를 때렸다. 곧 불이 꺼지고 두 남자의 숨소리는 들리는데 이제 〈삐걱〉 하는 문소리는 들리지 않았다. 그러다가 두 남자가 계단을 내려가면서 점점 소리는 잦아들었다.

「거기 누구요?」 보케 부인이 자기 방 창문을 열면서 소리쳤다.

「제가 들어오는 겁니다, 보케 엄마!」 걸걸한 음성으로 보트랭이 말했다.

〈이상도 하지! 크리스토프가 빗장을 채웠는데 말이야.〉 외젠은 자기 방으로 들어가며 이렇게 혼잣말을 했다. 파리에서는 주변에서 일어나는 일을 제대로 알려면 잘 감시해야 한다. 이 사소한 사건 때문에 그는 야심만만하게 빠져 들고 있던 사랑의 상념에서 깨어나 공부를 시작했다. 고리오 영감에 대해 이런저런 의심이 드는 바람에 집중이 안 되는 데다가, 순간순간 그의 앞에 마치 화려한 운명을 알리는 전령처럼 자세를 취하고 서 있는 레스토 부인의 모습이 떠올라 더욱더 산만해진 그는 마침내 자리에 누워 두 주먹을 불끈 쥔 채 잠이 들었다. 젊은이들은 열흘 밤을 꼬박 공부에 바치자고 생각하면 그중 7일 밤은 자느라 보내 버리는 법이다. 밤을 새워 공부하려면 스무 살은 넘어야 한다.

다음 날 아침, 짙은 안개가 파리를 온통 뒤덮고 흐릿하게 만들어 버려 평소 누구보다 정확한 사람들도 시간을 착각했다. 사업상의 약속들도 여지없이 깨졌다. 다들 오전 8시인 줄 알고 갔는데 실제 시간은 정오였다. 이날 아침 9시 반, 보케 부인은 아직도 침대에서 꼼짝 않고 있었다. 크리스토프와 뚱보 실비도 늦잠을 자고 일어나 태평하게 커피를 마시고 있었다. 원래 하숙인들에게만 내놓는, 우유를 듬뿍 넣은 커피였다. 실비는 자기가 우유를 이렇게 10분의 1씩이나 몰래 챙겨 먹는 것을 보게 부인이 모르게 하려고 오래오래 우유를 끓이곤 했다.

구운 빵 조각을 커피에 적시면서 크리스토프가 말했다. 「실비, 보트랭 씨 말야, 어쨌든 좋은 사람 같아. 그런데 그가 간밤에 두 사람을 봤대. 만약 주인아주머니가 그것 때문에 걱정할지 모르니까 아무 말도 하면 안 돼.」

「보트랭 씨한테 뭐 받기라도 했어?」

「이번 달 치라며 5프랑을 주더라고. 그러니까 〈입 다물라〉는 얘기지.」

「깍쟁이가 아닌 보트랭 씨와 쿠튀르 부인 빼고, 나머지 다른 사람들은 설날 우리한테 오른손으로 돈을 줬다가도 나중에 왼손으로 도로 뺏으려고 한다니까.」 실비가 말했다.

「주긴 뭘, 쥐뿔이나! 잘나 빠진 동전으로 기껏해야 1백 수.[25] 고리오 영감이 손수 자기 구두를 꿰매 신은 지 벌써 2년이나 됐어. 구두쇠 푸아레는 구두약도 없이 지낸다고. 자기 헌 구두에 구두약을 바르느니 차라리 그 돈으로 술을 마시겠지. 가난뱅이 대학생은 40수를 준다니까. 그것 갖고는 내 구둣솔 값도 안 되지. 그리고 자기 헌 옷도 장에 갖다 판다니까. 참 웃기는 집구석이지!」 크리스토프가 말했다.

실비가 커피를 조금씩 꼴깍꼴깍 마시면서 말했다. 「흥! 그래도 이 동네에서 우리 일자리가 아직은 최고라니까. 우린 여기서 잘살고 있잖아. 그런데 참, 보트랭 어르신이 무슨 말이라도 하던가, 크리스토프?」

「응, 며칠 전에 길에서 어떤 남자 분을 만났더니 이런 말을 하데. 〈구레나룻을 염색한 몸집 좋은 남자 분이 혹시 이 집에

25 1수는 1프랑의 4분의 1에 해당한다.

사시나요?〉그래서 내가 말했지. 〈아뇨. 그분은 구레나룻에 염색 안 하시는데요. 그 쾌활한 분은 그럴 시간이 없습지요.〉 내가 이 이야기를 보트랭 씨한테 했더니 이렇게 말하더군. 〈잘했어, 이 사람아! 항상 그렇게 대답하게. 우리의 약점을 남이 알게 하는 것보다 더 기분 나쁜 일은 없지. 그렇게 되면 혼담도 막히고 말일세.〉」

「그런데 시장에 갔더니 어떤 사람이 나를 꾀어서 그분이 몸에 셔츠를 걸쳤는지 알아보려고 하더군. 참 웃기는 일도 다 있어! 아 참!」 그녀가 잠시 하던 말을 끊더니 이렇게 말했다. 「발드그라스의 시계가 10시 15분 전을 치네. 그런데 아무도 꼼짝을 안 하고 있어.」

「아! 뭐 그야, 다들 외출했나 보지. 쿠튀르 부인과 그 방 처녀는 일찌감치 8시에 생테티엔 성당에 좋으신 주님 만나러 갔지. 고리오 영감은 짐 꾸러미 하나 들고 나갔고. 대학생은 수업 끝나고 10시나 돼야 들어올 거고. 내가 계단 청소하면서 그들이 나가는 걸 봤어. 고리오 영감은 쇳덩이처럼 단단한 것을 들고 나가다가 나랑 부딪혔어. 그 영감님 대체 무슨 일을 하는 거지? 다른 사람들은 모두 팽이 돌리듯 그 노인을 놀려 먹고 있지만 어쨌든 좋은 사람이야. 다른 사람들 모두를 합해도 그 영감 하나만 못하지. 별로 주는 건 없지만 가끔씩 나를 심부름 보내는데, 가라고 한 부인들 댁에 가면 그 여자들은 옷도 예쁘게 입고 내게 팁을 듬뿍 주던데.」

「영감이 자기 딸이라고 하는 그 여자들 말이야? 아유, 딸이 한 열두 명은 되겠네.」

「내가 심부름 간 건 항상 두 집뿐인걸. 여기 왔던 그 두 여자 집.」

「주인아주머니가 왔다 갔다 하네. 또 난리 나겠다. 난 가 봐야 해. 우유 좀 봐줘, 크리스토프. 고양이 조심하고.」

주인 여자가 말했다.

「아니 실비, 벌써 10시 15분 전인데 늘어지게 자는데도 날 깨우지 않다니! 이런 일은 한 번도 없었잖아.」

「안개가 하도 심하게 끼어서요.」

「아침은?」

「아! 이 집 하숙인들은 모두 뭐에 씌었는지 꼭두새벽부터 다들 튀어 버렸어요.」

「제대로 말해, 실비. 이른 시각부터 나갔다고 해야지.」 보케 부인이 말을 받았다.

「아! 아주머니, 이제 그렇게 말할게요. 어쨌든 10시에 아침 드시게 해드릴게요. 미쇼네트하고 푸아로[26]는 꼼짝도 안 했어요. 집에는 그 둘밖에 없고요. 나무 둥치처럼 꼼짝 않고 자고 있어요.」

「아니, 실비, 두 사람을 같이 묶어 말하네. 마치…….」

「마치, 뭐요? 둘이 한 쌍인데요 뭐.」 실비가 바보같이 투박한 웃음을 흘리며 말했다.

「그것 참 이상하구나, 실비. 간밤에 보트랭 씨가 어떻게 크리스토프가 문에 빗장을 건 다음에 들어온 거지?」

「그와 정반대예요, 아주머니. 크리스토프가 보트랭 씨 소리를 들었고 내려가서 현관문을 열어 줬어요. 아주머니가 잘못 생각하신 거예요.」

「내 웃옷 좀 주렴. 그리고 얼른 가서 점심 준비 어찌 되어

26 미쇼노 양과 푸아레 두 사람의 이름 뒷부분을 일부러 이렇게 슬쩍 바꿔서 말하고 있다.

가나 봐. 양고기 남은 것은 감자랑 해서 만들고, 오븐에 구운 배를 내놓아. 한 개에 2리야르[27]짜리 배로 해.」

잠시 후, 보케 부인이 1층으로 내려올 때 마침 그녀의 고양이가 우유 사발을 덮고 있던 접시를 발로 쳐 떨어뜨리고 재빨리 핥아먹는 중이었다.

「이 고양이 새끼!」 보케 부인이 소리 질렀다. 고양이는 도망쳤다가 다시 와서 그녀의 다리에 제 몸을 비볐다. 「그래, 그래, 어디 아양 떨어 봐, 이 늙은 겁쟁이야.」 보케 부인이 말했다.

「실비! 실비!」

「예, 왜요 마님?」

「도대체 고양이가 뭘 마신 거야?」

「저 짐승 같은 크리스토프 녀석 잘못이에요. 내가 우유에 뚜껑 좀 덮어놓으라고 말했는데. 어디로 간 거야? 마님, 걱정 마세요. 이 커피는 고리오 영감한테 주면 돼요. 물을 좀 타도 영감은 몰라요. 그 무엇도 주의를 기울이지 않거든요. 심지어 무얼 먹는지도 상관 안 한다고요.」

「이 엉큼한 영감은 어딜 간 거야?」

보케 부인이 접시를 내놓으면서 물어 보았다.

「누가 알겠어요? 악마 5백 마리 장사하나 보죠 뭐.」

「내가 너무 많이 잤구나.」 보케 부인이 말했다.

「그래도 아주머니는 장미꽃처럼 산뜻하신걸요.」

바로 이때 누가 시를 읊는 소리가 들리더니, 보트랭이 걸걸한 소리로 노래 부르며 응접실로 들어왔다.

---

27 1리야르는 1수의 4분의 1에 해당한다.

나는 오랫동안 세상을 돌아다녔다네.
사람들은 가는 곳마다 날 보았다네.[28]

「오, 오! 안녕하세요, 보케 부인.」 그가 주인 여자를 보고 인사하더니 능글맞게도 보케 부인을 두 팔로 감싸 안았다.

「아유, 그만 좀 해요.」

「〈무례한 녀석〉이라고 하시죠, 왜. 자, 어디 한번 그렇게 말해 보실래요? 자, 제가 함께 상을 차리죠. 아! 저 참 싹싹하죠, 안 그래요?」 그가 말했다.

갈색 머리, 금발 머리 여자들의 환심을 사고
사랑하고, 한숨짓고……
닥치는 대로.

「제가 방금 이상한 걸 보았답니다.」

「뭔데요?」 과부 보케 부인이 물었다.

「고리오 영감이 8시 반에 도핀 거리에 있더군요. 낡은 식기나 금은 장식품을 사들이는 금속 세공품점에 있더라고요. 영감은 가게 주인에게 꽤 큰돈을 받고 도금한 은 식기 등을 팔던데요. 그 분야 전문가가 아닌 사람치고는 꽤나 잘 우그러뜨려 놓은 식기들이더군요.」

「아니, 정말요?」

「그렇다니까요. 왕립 역마차를 이용해서 외국으로 나가는 친구 하나를 데려다 주고 이리로 돌아오는 길이었죠. 나는

28 니콜로 이수아르의 코믹 오페라 「모나리자 혹은 모험을 좇는 사람들」에 나오는 아리아의 가사.

일이 어찌 되나 보려고 고리오 영감을 기다렸어요. 재미있는 건, 영감은 이 동네의 그레 길로 다시 올라오더니, 곱세크라고 하는 잘 알려진 고리대금업자 집으로 들어갔다는 겁니다. 곱세크는 자존심 강한 재밌는 친구인데, 자기 아버지의 뼈를 갖고 도미노 게임을 할 만한 인간이죠. 유대인인지, 아랍인인지, 그리스인인지, 보헤미아 출신 집시인지, 아무튼 정체를 알아내기 무척 힘든 사람이라니까요. 은행에 저축도 꼬박꼬박 하고 있는 작자고요.」

「그럼 도대체 그 고리오 영감은 무슨 일을 하는 사람이지요?」

「아무 일도 안 한답니다. 아, 다 된 일을 망치는 짓은 하죠. 여자들을 좋아하다가 쫄딱 망할 만큼 어리석은 바보지요.」 보트랭이 대답했다.

「저기 영감님이 오시네!」 실비가 말했다.

「크리스토프, 나하고 같이 내 방에 좀 올라가세.」 고리오 영감이 소리쳤다.

크리스토프는 고리오 영감 뒤를 따라갔다가 곧 도로 내려왔다.

「어딜 가는 거야?」

보케 부인이 하인에게 물었다.

「고리오 영감님 심부름 갑니다.」

〈이게 뭔데?〉라고 물으며 보트랭이 크리스토프의 손에서 편지 한 장을 빼앗아 읽어 보았다. 거기에는 이렇게 쓰여 있었다. 〈아나스타지 드 레스토 백작 부인 귀하.〉

「자네가 간다고?」 보트랭은 편지를 크리스토프에게 돌려주며 말을 이었다.

「엘데르 거리로요. 이 편지는 꼭 백작 부인 본인께만 전하라는 명령을 받았습죠.」

「속에는 뭐가 들었지?」 보트랭은 편지를 햇빛에 비춰 보면서 말했다. 「돈인가? 아닌데.」 그는 봉투를 살짝 열어 보았다. 「약속 어음이군! 쳇! 여자 후릴 줄 아는군. 젊은 척하는 늙은이 같으니라고. 자, 어서 가봐, 이 녀석. 너 팁깨나 두둑이 받겠구나.」

그가 크리스토프를 자기 쪽으로 돌려 세우더니 넓적한 손으로 그의 머리를 매만져 주며 말했다.

아침 식탁이 차려졌다. 실비는 우유를 데우고 있었다. 보케 부인은 난로에 불을 피웠고 보트랭은 계속 이런 구절을 콧노래로 읊조리며 그녀를 도왔다.

나는 오랫동안 세상을 돌아다녔다네.
사람들은 가는 곳마다 날 보았다네.

식사 준비가 다 되자 쿠튀르 부인과 타유페르 양이 들어왔다.

「아유, 이렇게 일찍 어딜 다녀오시나요?」 보케 부인이 쿠튀르 부인에게 물었다.

「생테티엔뒤몽 성당에 가서 기도하고 오는 길이에요. 오늘이 우리가 타유페르 씨 집에 가야 하는 날이거든요. 가엾은 저 애는 사시나무처럼 떨고 있네요.」

쿠튀르 부인이 난로 앞에 가 앉으며 말했다. 난로의 불구멍 앞에 구두를 대니 김이 무럭무럭 났다.

「그럼 불 좀 쬐어요, 빅토린.」 보케 부인이 말했다.

「아버지의 마음을 풀어 달라고 하느님께 기도하는 건 좋

65

아요, 아가씨.」 보트랭이 의자 하나를 고아 처녀 앞으로 밀어주면서 말했다. 「하지만 그걸로 다 되는 건 아니죠. 돌고래같이 잔인한 아버지에게 그가 한 일을 이야기해 줄 친구가 필요하지요. 사람들 말로는 당신 아버지 수중에 3백만 프랑이 있다고들 하는데 그 야만인 같은 사람은 당신에게 지참금도 주지 않잖아요. 요즘에는 아름다운 아가씨도 당연히 지참금이 있어야죠.」

「가엾어라. 자, 아가씨, 괴물 같은 당신 아버지는 사서 불행을 벌고 있다니까요.」 보케 부인이 말했다.

이 말에 빅토린의 두 눈에 그렁그렁 눈물이 괴었고, 과부보케 부인은 쿠튀르 부인이 눈짓을 하자 하던 말을 그쳤다.

「그 사람을 보고 말할 수만 있다면, 그래서 돌아가신 부인이 남긴 마지막 편지를 전할 수 있기만이라도 한다면 좋겠어요. 우편으로 보내는 것은 한 번도 엄두를 못 내보았답니다. 그가 내 글씨체를 알고 있으니까요……」 출납 지불관의 아내였던 과부 쿠튀르 부인이 말했다.

보트랭이 중간에 끼어들며 소리 높여 말했다.

「오, 죄 없는 여인들이여, 불행하고 박해받는 여인들이여!」[29]

「그러니까 그런 지경이란 말씀이죠? 며칠 안으로 내가 당신 일에 개입해 드리리다. 그러면 모든 게 잘 풀릴 겁니다.」

빅토린이 촉촉이 젖은, 그러면서도 타오르는 눈길을 보트랭에게 던졌지만, 그는 그런 눈길에 감동하지 않았다. 빅토린이 이렇게 말했다.

「오! 선생님! 저희 아버지를 만나게 되신다면, 아버지의 애

---

29 〈죄 없는, 불행하고 박해받는 여인〉이라는 제목의 통속극을 패러디한 발리송 드 루즈몽의 팬터마임에서 따온 말.

정과 어머니의 명예가 저에겐 세상 모든 부를 다 합친 것보다 훨씬 소중하다고 꼭 전해 주세요. 만약 선생님이 아버지의 가혹한 마음을 조금이라도 풀어 주실 수만 있다면, 저는 선생님을 위해 하느님께 기도하겠어요. 물론 그 은혜는 잊지 않을 테고요……」

「나는 오랫동안 세상을 돌아다녔다네.」

보트랭이 빈정대는 듯한 음성으로 노래를 불렀다.

바로 이때, 고리오 영감과 미쇼노 양과 푸아레가 식당으로 내려왔다. 실비가 양고기 남은 것을 요리하느라 밀가루를 버터에 볶는 냄새가 풍기자, 그 냄새를 맡고 내려온 것 같았다. 하숙인 일곱 사람이 서로 아침 인사를 하면서 식탁에 둘러앉자, 시계가 10시를 쳤고 길에서는 대학생 외젠의 발소리가 들렸다.

「아! 외젠 씨. 오늘은 다들 함께 아침을 드시겠네요.」 실비가 말했다.

대학생은 하숙인들에게 인사를 하고 고리오 영감 옆에 앉았다.

그는 양고기를 듬뿍 덜고, 보케 부인이 계속 눈대중으로 재어 보고 있는 빵을 제 몫으로 한 조각 썰면서 말했다.

「방금 희한한 일이 한 건 있었답니다.」

「한 건이라고요!」 푸아레가 말했다.

「아니! 왜 놀라십니까? 저 학생은 그런 일이 있을 만도 한데요.」

보트랭이 푸아레에게 말했다.

타유페르 양이 수줍게 대학생을 잠시 흘깃 바라보았다.

「무슨 일인지 우리한테 좀 이야기해 줘요.」 보케 부인이 말했다.

「어제 제가 보세앙 자작 부인 댁 무도회에 갔었는데요. 그분은 제 친척이고, 멋진 저택을 갖고 있죠. 집 안의 방마다 비단으로 도배를 하고요. 아무튼 그분이 훌륭한 연회를 베풀었고, 전 거기서 아주 왕처럼 즐겼죠.」

「틀레.」 보트랭이 중간에 말을 막으며 말했다.

「아니, 무슨 말씀을 하시려는 거죠?」 외젠이 격한 어조로 물었다.

「〈틀레〉라고 했소. 루아틀레는 왕보다 더 즐기니까 말이오.」[30]

「맞소. 왕보다도 근심 걱정이 없는 그 작은 새였으면 좋겠군요, 나도. 왜냐하면……..」

따라하기쟁이인 푸아레가 말했다.

〈어쨌든〉 하고 그의 말을 중간에 끊으며 대학생이 아까 하던 말을 이었다.

「저는 무도회에서 가장 아름다운 여인들 중 한 분하고 춤을 추었어요. 매혹적인 백작 부인, 제가 지금까지 본 중 가장 황홀한 여성이었죠. 복숭아꽃으로 머리 장식을 하고, 허리에는 향기 가득한 꽃다발을 달았어요. 하지만 이런! 여러분이 그녀를 직접 보았어야 해요. 춤추느라 한껏 생기발랄해진 여인을 말로는 그려 낼 수가 없군요. 그런데 오늘 아침 9시에 그레 길에서 그 여신 같은 백작 부인을 만난 겁니다. 오! 가슴이 쾅쾅 뛰더군요. 나는 속으로 그려 보았지요……..」

30 루아틀레roitelet는 〈굴뚝새〉라는 뜻으로 여기서는 외젠이 〈루아roi(왕)〉처럼 즐겼다고 하자 보트랭이 말을 받아 그 뒤에 〈틀레〉를 붙여, 〈루아틀레〉처럼 즐겼다고 말장난을 한 것이다.

「그녀가 여기 왔다는 것은……. 그 여자는 아마 고리대금업자 곱세크 영감에게 가는 길이었을 거요. 만약 파리에서 아무 여자나 붙잡고 그 마음속을 샅샅이 파헤쳐 본다면 그 속엔 연인보다 앞서 고리대금업자가 있을 거요. 당신이 본 그 백작 부인은 아나스타지 드 레스토라고 하고 엘데르 거리에 살지요.」보트랭이 이 대학생에게 깊은 눈길을 주면서 말했다.

이 이름이 나오자 대학생은 보트랭을 뚫어지게 쳐다보았다. 또한 고리오 영감이 갑자기 고개를 들더니 근심이 가득하면서도 빛나는 눈길로 두 사람을 쳐다보았고, 그의 눈길에 다른 하숙인들은 깜짝 놀랐다.

「크리스토프가 너무 늦게 도착했나 보구먼. 그 애는 이미 나갔을 테니…….」고리오가 괴로운 듯 큰 소리로 말했다.

「내 그럴 줄 알았지요.」

보트랭이 몸을 굽혀 보케 부인의 귀에 입을 대고 말했다.

고리오는 자기가 무엇을 먹는지도 모르는 채, 그저 건성으로 먹고 있었다. 이 순간처럼 그가 바보스럽고 뭔가에 몰두한 듯이 보인 적은 없었다.

「보트랭 씨, 대체 누가 당신에게 그녀 이름을 말해 준 겁니까?」

외젠이 물었다.

「아, 아! 고리오 영감은 그 이름을 잘 알고 있었지! 왜, 나라고 알면 안 되란 법 있소?」

보트랭이 말했다.

「고리오 영감님.」대학생이 외쳤다.

「뭐라고! 그러니까 어제 그 애가 아주 예뻤다는 말인가요?」 가엾은 노인이 물었다.

「누구요?」

「레스토 부인 말이오.」

「저 늙은 욕심쟁이 좀 보라지. 눈이 그냥 반짝반짝 하네요.」 보케 부인이 보트랭에게 말했다.

「그럼 저 영감이 그 여자 기둥서방인가?」 미쇼노 양이 나지막한 소리로 대학생에게 말했다.

「오! 그럼요! 정말 정신없을 만큼 아름다웠지요.」 외젠이 말을 이었다. 고리오 영감은 외젠을 삼킬 듯이 바라보았다. 「만약 보세앙 부인만 없었다면, 나의 여신 같은 그 백작 부인은 무도회의 여왕이 되었을 텐데 말입니다. 젊은이들은 오직 그녀에게만 눈길을 주었지요. 저는 그녀에게 열두 번째로 춤 신청을 했어요. 그녀는 카드릴 춤이 나올 때마다 번번이 다 춤 신청을 받아 주었답니다. 다른 여자들은 화가 났지요. 어제 딱 한 사람만 행복했다면 그건 분명 그 여자였을 거예요. 돛을 활짝 편 범선, 달리는 말, 그리고 춤추는 여인, 이것보다 더 아름다운 건 없다고 할 수 있지요.」

「어제는 공작 부인 댁에서 행운에 들뜰 대로 들떠 있다가, 오늘 아침은 어음 할인업자 집에서 기가 죽을 대로 죽어서……. 이것이 바로 파리 여자랍니다. 자신의 끝 간 데 없는 사치를 남편이 감당 못 하면 그녀들은 자신을 팔지요. 자신을 팔 수 없으면, 어머니 배를 갈라 그 속에서라도 뭔가 번쩍해 보일 것을 찾을 겁니다. 한마디로 그 여자들은 오만 가지 짓거리들을 한다니까요. 안 봐도 뻔하지 뻔해!」 보트랭이 말했다.

아까 대학생의 말을 들으며 화창한 날의 태양처럼 반짝 빛나던 고리오 영감의 얼굴이 보트랭의 이 혹독한 말에 돌연 어두워졌다.

보케 부인이 말했다.

「그런데 아까 그 한 건 이야기는 어떻게 된 거죠? 그 여자와 말을 해보았나요? 그 여자에게 법률 공부 하고 싶으냐고 물어 봤어요?」

「부인은 저를 못 봤어요. 하지만 파리 최고의 미인 중 한 분과 그레 길에서 아침 9시에 우연히 마주친다는 것…… 틀림없이 새벽 2시에 무도회에서 집으로 갔을 텐데 말이지요…… 이상하지 않나요? 이런 특이한 일이 일어날 수 있는 곳은 파리밖에 없어요.」 외젠이 말했다.

「에이! 그보다 더 우스운 이야기도 무지 많다오.」 보트랭이 소리쳤다.

타유페르 양은 건성으로, 듣는 둥 마는 둥 하고 있었다. 그만큼 그녀는 이날 해야 할 일을 어떻게 할지 골똘히 생각하고 있었다. 쿠튀르 부인이 그녀에게 일어나라는 몸짓을 하더니 외출복으로 갈아입으러 갔다. 두 여자가 나가자 고리오 영감도 그들을 따라 나갔다.

보케 부인이 보트랭과 다른 하숙인들에게 말했다. 「저 영감 보았죠? 그 여자들 때문에 영감이 파산한 게 확실해요.」

「그 아름다운 레스토 백작 부인이 고리오 영감의 여자라니! 남들이 무슨 소리를 해도 난 절대 못 믿겠어요.」

대학생이 소리쳤다.

보트랭이 그의 말을 가로막으며 말했다. 「하지만 우리도 자네를 믿게 만들려 하지 않는다네. 자네는 아직 너무 젊어서 파리를 잘 몰라. 좀 더 있으면 우리가 〈정열에 먹혀 버린 남자들〉이라고 부르는 인간들을 파리에서 만나게 될 걸세…….」

이 말에 미쇼노 양은 지적인 표정을 지으며 보트랭을 바라보았다. 마치 트럼펫 소리를 듣고 있는 연대(聯隊)의 말과도 같았다. 「아, 아!」 보트랭이 하던 말을 끊고 그녀에게 심오한 시선을 던지며 말했다. 「우리라고 우리 나름의 작은 정열이 없겠는가?」(노처녀는 마치 동상을 보는 수녀처럼 눈을 내리깔았다.) 보트랭이 말을 이었다. 「보라고! 그런 사람들은 어떤 생각을 제 것으로 하면 절대 놓지를 않지. 그들은 특정한 샘에서 길어 올린 특정한 물에 대해서만 갈증이 있어. 대개 썩은 물이지. 그런 물을 마시기 위해서라면 처자식도 팔아넘길 거고 악마에게 영혼도 팔 걸세. 어떤 사람들에게는 그 샘이 노름, 증권, 그림 수집이나 곤충 수집, 음악이고 또 어떤 사람에게는 맛난 음식을 해주는 여자이기도 하지. 그런 사람들은 세상 모든 여자를 준다 해도 다 비웃고 오로지 자기 정열을 채워 줄 단 한 여자만을 원한다니까. 그런데 그 여자는 그를 전혀 사랑하지 않는 경우가 많지. 그리고 그를 함부로 대하고, 작은 만족의 조각들을 비싸게 판다고. 그런데 말이지! 내가 말하는 그런 난봉꾼들은 지치지도 않고 마지막 남은 이불마저 전당포에 잡혀서 최후의 한 푼까지 그 여자한테 갖다 준다니까. 고리오 영감도 바로 그런 작자들 중 하나야. 백작 부인은 그를 착취하고 있어. 왜냐하면 영감이 신중한 사람이니까. 바로 이런 게 소위 멋진 사교계라는 거야! 가엾은 영감은 오직 그녀만 생각하지. 자네 눈에도 보이겠지만, 정열을 빼면 그는 그저 짐승이야. 하지만 일단 그녀 얘기만 나오면 그의 얼굴은 다이아몬드처럼 반짝거린다네. 이 비밀을 짐작하긴 어렵지 않지. 영감이 오늘 아침 주물(鑄物) 은식기를 갖고 나가서, 그레 길에 있는 곱세크 영감네 가게로 들어가는 것을 난 보았어. 주목해 보게! 집에 돌아온 그는 레스토 백작 부인 집에 저 바보 같은 크리스토프를 보낸 거야. 크리스토프가 우리에게 약속 어음이 들어 있던 편지 봉투의 주소를 보여 줬지. 백작 부인이 늙은 고리대금업자 집에도 갔다면, 아주 급해서 간 게 뻔하지. 고리오 영감은 그녀를 위해 기둥서방답게 돈을 대주었고 말이야. 그 속내를 확실하게 알려면 두 가지 생각을 한데 합쳐서는 안 되지. 이보게 젊은 학생, 이것만 보아도 증명이 되지 않나. 자네의 그 백작 부인이 웃고 춤추고 온갖 교태를 부리고, 복숭아꽃을 이리저리 흔들고 드레스 자락을 살포시 치켜들고 있을 때 사실 그녀는 그러니까 곤경에 처해서 부도난 어음, 아니면 애인의 약속 어음 생각을 하고 있었단 말이지.」

「당신 말씀을 들으니 진실을 알고 싶어 미치겠군요. 내일 레스토 백작 부인 댁으로 가겠습니다.」 외젠이 큰 소리로 말했다.

「그래, 내일 레스토 부인 집에 가보아야 해.」 푸아레가 말했다.

「거기 가면 아마도 고리오 영감이 베푼 것만큼 돌려받으러 와 있는 걸 보게 될 테니.」

외젠이 역겨운 듯이 말했다. 「아니, 그렇다면 당신의 파리는 시궁창이네요.」

「그것도 아주 웃기는 시궁창이지. 거기서 마차 타고 다니며 진흙 묻히는 건 선남선녀, 걸어 다니며 진흙 묻히는 건 건달들이지. 불행히도 거기서 뭐라도 하나 훔쳤다가는 법원 광장에 세워져 만인의 구경거리가 되는 거야. 1백만 프랑을 훔치면 파리의 살롱에서 미덕 있는 자로 공인받게 되고, 경찰과 법원에 3천만 프랑을 내면 그런 도덕을 견지할 수 있다네. 웃기지!」보트랭이 말했다.

보케 부인이 소리쳤다. 「뭐라고요! 고리오 영감이 은 식기 세트를 녹였다고요?」

「뚜껑에 비둘기 두 마리가 그려진 것 아니던가요?」외젠이 물었다.

「바로 그거예요.」

「그럼 영감님이 무척 아끼던 건데……. 영감님은 대접과 접시를 우그러뜨리면서 울었어요. 제가 우연히 그 모습을 보았거든요.」외젠이 말했다.

「목숨처럼 아끼던 물건인데.」보케 부인이 말했다.

「자, 봤죠. 영감이 얼마나 정열에 불타면 그랬을지……. 그 여자는 영감의 영혼을 애태우는 여자라고요.」보트랭이 소리 높여 말했다.

외젠은 자기 방으로 올라갔다. 잠시 후 쿠튀르 부인과 빅토린은 실비가 잡아 준 마차에 올라탔다. 푸아레는 미쇼노 양에게 한 팔을 내주어 둘이 팔을 끼고 식물원으로 두 시간쯤 산보하러 나갔다.

「저것 봐! 거의 결혼한 사이 같네. 오늘은 처음으로 함께 외출하네요. 둘 다 하도 바짝 말라서 서로 부딪치면 라이터처럼 불이 붙을 거예요.」뚱보 실비가 말했다.

「미쇼노 양의 숄을 조심해야겠네. 부싯돌처럼 불이 붙을 것 같으니 말이야.」웃으면서 보케 부인이 말했다.

오후 4시에 집에 들어온 고리오는 연기를 내며 타오르는 두 개의 등잔 불빛 속에서 빅토린의 눈이 빨개진 것을 볼 수 있었다. 보케 부인은 이날 오전 타유페르 씨를 찾아갔다가 허탕 친 이야기에 귀를 기울이고 있었다. 타유페르는 자기 딸과 이 늙은 여인을 응대하는 것이 짜증스러워서 두 여자가 제 발로 자기에게 올 때까지 기다렸다가 찾아와서야 비로소 자기 입장을 설명했던 것이다.

쿠튀르 부인이 보케 부인에게 말했다.

「부인, 한번 생각해 보세요. 그 사람은 심지어 빅토린에게 앉으라는 말도 안 했죠. 그래서 빅토린은 계속 서 있었답니다. 내게는 화도 내지 않고 아주 냉정하게 말하더군요. 집에 까지 찾아와 봐야 소용없으니 헛수고 말라고. 그리고 딸이라고 부르지도 않으며, 빅토린이 자기를 귀찮게 하는 것이 오히려 그녀 자신의 정신을 해치는 거라고도 했어요. (1년에 한 번 간 건데, 괴물 같은 인간!) 그리고 빅토린의 어머니는 시집 올 때 무일푼이었으니 주장할 재산이 하나도 없다고 했는데, 이게 제일 지독한 말이었죠. 그래서 가엾은 빅토린은 눈물을 펑펑 쏟았답니다. 그리고 자기 아버지의 발밑에 엎드려 용기를 내어 말했지요. 이렇게 주장하는 것은 오직 어머니를 위해서라고. 아버지의 뜻에 군소리 없이 순종하겠지만 제발 돌아가신 불쌍한 어머니가 남긴 유서는 읽어 달라고. 저 애는 세상에서 가장 아름답고 공감을 불러일으키는 말을 하면서 아버지에게 그 유서를 보여 주었지요. 하느님이 그런 말을 불러 주신 것 같아요. 왜냐하면 가엾은 저 아이는 영감에 가득 차 있었거든요. 그 말을 듣고 나는 마치 짐승처럼 엉엉 울었답니다. 그런데 그 끔찍한 인간은 어떻게 했는지 아세요? 손톱을 깎던 그는 가여운 타유페르 부인이 눈물로 적시며 썼던 그 편지를 받아들고는 〈됐어!〉 하면서 벽난로에 던져 버렸어요. 그러고는 딸에게 그만 일어서라고 했죠. 그런데 딸은 아버지의 두 손을 잡고 손에 입 맞추려 했고, 그는 손을 확 빼버리더군요. 정말 극악무도한 인간 아닌가요? 그 인간의 멍청이 같은 아들이 들어왔는데 자기 누이에게 인사도 안 하더군요.」

「그럼 그 둘은 괴물들이군요!」

고리오 영감이 말했다.

영감의 탄식에 주목하지도 않고 쿠튀르 부인은 말했다. 「게다가, 부자 둘이서 나에게 인사를 하더니 사업상 바쁜 일이 있어 미안하다며 나가 버렸어요. 찾아간 결과가 고작 이거랍니다. 적어도 그는 자기 딸을 보기는 한 거죠. 어떻게 자기 딸을 딸이 아니라고 부정할 수 있는지 모르겠어요. 딸이 자기 판박이처럼 꼭 닮았는데도 말이에요.」

여기 사는 하숙인과 와서 끼니만 해결하는 사람들이 하나씩 둘씩 모여들어 서로 인사를 나누고, 파리의 어떤 계층에서는 제법 재치 있는 것으로 치부되는 하잘것없는 얘기들을 서로 주고받았다. 이야기는 주로 바보 같은 소리들투성이였고, 특히 몸짓이나 발음이 중요한 역할을 했다. 이런 이야기에 쓰이는 속어들은 계속 달라진다. 그래서 그 중심이 되는 농담은 절대로 한 달 이상 가지 않는다. 정치적 사건, 법원에 계류 중인 재판, 길거리의 노래, 배우의 익살, 모든 것이 이러한 재치 있는 말장난을 부추기는 데 쓰인다. 이 농담 놀이란 무엇보다도 생각과 말들을 운전대처럼 잡고 서로 응수하는 것이었다. 최근 발명된 디오라마는 파노라마보다 더 심한 착각을 일으켜 화제가 되었는데, 그 때문에 몇몇 화가의 작업실에는 끝에 〈라마〉라는 말을 붙여 말하는 농담이 생겨났다. 보케 하숙집의 단골인 어느 젊은 화가가 이 집에 이런 유행을 퍼뜨렸다.

「좋아요 푸아레 선생! 선생의 상테라마[31]는 어떠신가요?」 박물관 직원이 말했다. 그러더니 대답을 기다리지도 않고 〈여자 분들, 마음이 슬프시지요〉라고 쿠튀르 부인과 빅토린에게 말했다.

「가서 저녁이나 먹을까요? 내 작은 위가 〈발뒤꿈치까지〉 내려갔어요.」 라스티냐크의 친구인 의대생 오라스 비앙숑이 소리쳤다.

「지독하게 〈프루아토라마〉[32]인데요! 그러니 고리오 영감, 움직이쇼! 제길, 영감의 발이 난로 불구멍을 다 차지하고 있잖소.」 보트랭이 말했다.

「저명하신 보트랭 선생님, 왜 〈프루아토라마〉라고 하시나요? 그건 틀리고 〈프루아도라마〉가 맞는데요.」 비앙숑이 말했다.

「아뇨, 법칙상 〈프루아토라마〉가 맞아요. 〈발이 시리다〉라고 할 때도 〈제프루아토피에〉[33]라고 하니까요.」 박물관 직원이 말했다.

「아, 아!」

「여기 뻬딱한 법학 박사, 라스티냐크 후작 전하가 오시네요. 오! 다른 분들도! 오!」 비앙숑이 마치 외젠의 목을 조르듯 꽉 죄면서 소리쳤다.

미쇼노 양이 가만히 들어와서 아무 말 없이 좌중에 인사를

31 〈상테 _santé_〉는 건강이라는 뜻인데 여기에 말장난으로 끝에 붙이는 〈라마〉를 붙여 말을 만든 것.

32 〈추운데요〉라는 말 〈프루아드 _froid_〉에 〈라마〉를 붙여서 말장난을 하고 있다.

33 _J'ai froid au pied._

77

하고 세 여자 곁에 가서 앉았다.

「난 저 늙은 박쥐 같은 여자만 보면 언제나 몸서리 쳐진다니까요.」 비앙숑이 미쇼노 양을 가리키며 나지막한 소리로 보트랭에게 말했다. 「갈 박사[34]의 학설을 연구한 제가 보기엔 저 여자 두개골은 마치 유다의 두개골 같아요.」

「당신이 그걸 어떻게 알죠?」

보트랭이 물었다.

「누군들 그걸 모르겠어요! 내 명예를 걸고 말하지만, 머리가 하얗게 센 저 늙은 여자는 내가 보기에는 대들보까지 갉아먹고야 마는 그 기다란 벌레 같다니까요.」

비앙숑이 말했다.

40대 남자 보트랭이 자기 구레나룻을 빗질하며 말했다.

「자, 젊은 친구, 이 말 좀 들어 보오.」

　　장미는 장미의 삶을 살았네,
　　단 하루 아침을.

「아, 아! 여기 대단한 〈수포라마〉[35]가 옵니다!」

묽은 수프가 담긴 그릇을 수긋한 자세로 들고 들어오는 크리스토프를 보면서 푸아레가 말했다.

「죄송합니다만, 이건 〈양배추 수프〉[36]랍니다.」 보케 부인이 말했다.

젊은이들은 모두 폭소를 터뜨렸다.

---

34 Franz-Joseph Gall(1758~1828). 골상학을 확립한 독일 의사.
35 수프를 갖고 말장난하는 것.
36 〈양배추 수프〉는 프랑스어로 〈수포슈soupe aux choux〉이다.

「망했어, 푸아레!」

「푸아르르르레트! 망했어!」

「보케 엄마에게 2점 드려요.」보트랭이 말했다.

「오늘 아침 안개 누구 눈여겨보신 분 있나요?」박물관 직원이 말했다.

「전에 없는 미친 듯한 안개였어요. 음습하고 우울하고 파리하고 힘 없이 축 늘어진 것이었죠. 고리오 같은 안개였다니까요.」비앙숑이 대답했다.

「고리오라마. 왜냐하면 한 치 앞도 볼 수 없었으니까.」화가가 말했다.

「어! 〈가오리오트〉[37] 경, 송아지 같은 그가 문제군요.」음식을 내오는 문 근처, 식탁 맨 끝에 앉은 고리오 영감은 빵 한 조각을 냅킨에 싸서 냄새를 맡으며 고개를 들었다. 이렇게 빵 냄새를 맡는 버릇은 오랜 장사꾼들의 습관으로, 그에게도 가끔 보였다.

「아니! 영감님은 빵이 맛이 없으신가 보네요?」수저와 접시가 부딪치는 소리와 사람 목소리를 제치고 보케 부인이 확 튀는 음성으로 날카롭게 소리쳤다.

「아니, 그 반대입니다. 이건 에탕프산(産) 밀가루로 만든 빵이네요. 최고급 밀가루죠.」

「그걸 어떻게 아시죠?」

외젠이 물었다.

「흰 빛깔과 맛을 보면 알지요.」

「냄새 맡으시는 걸 보니 코로 맛을 보시나 보네요. 워낙 아

---

37 이때부터 하숙인들은 〈고리오〉라는 이름을 이상하게 발음하며 말장난들을 치고 있다.

끼면서 살다 보니 이제는 부엌 냄새를 들이마시면 배가 차는 방법을 찾으셨나 보군요.」 보케 부인이 말했다.

「그러면 발명 특허를 받으세요. 한재산 모으실 겁니다.」

박물관 직원이 소리쳤다.

「가만 좀 놔두시오. 영감님이 저러는 것을 보면 왕년에 제면업자였다는 것이 확실하잖아요.」

화가가 말했다.

「그렇다면 영감님 코는 〈코르뉘(증류기)〉인가요?」

박물관 직원이 계속 물었다.

「코르 뭐라고요?」 비앙숑이 말했다.

「코르누이으(산수유나무).」

「코르느뮈즈(백파이프).」

「코르날린(홍옥수).」

「코르니슈(마름의 열매).」

「코르니숑(작은 오이).」

「코르보(까마귀).」

「코르낙(코끼리 조련사).」

「코르노라마.」[38]

이 여덟 가지 대답이 마치 불꽃 튀듯 재빨리 식당 곳곳에서 튀어나왔다. 가엾은 고리오 영감이 마치 외국어를 알아들으려 애쓰는 사람처럼 어리벙벙한 표정으로 좌중을 바라보니 사람들은 더욱더 폭소를 터뜨렸다.

「코르 뭐요?」 그가 자기 옆에 앉은 보트랭에게 물었다.

「코르오피에[39]요, 영감님.」 보트랭이 고리오 영감의 머리

---

38 〈뿔〉을 뜻하는 〈코른corne〉에 〈라마〉를 덧붙였다.

39 *cor aux pied*. 발에 나는 티눈.

를 한 번 꽉 눌러, 쓰고 있던 모자를 영감의 두 눈까지 내려오게 하면서 말했다.

가엾은 노인은 갑작스러운 이 공격에 어안이 벙벙하여 잠시 꼼짝을 못 했다. 크리스토프는 영감이 수프를 다 먹었다고 생각하고 그의 접시를 내갔다. 그래서 고리오 영감이 자기 모자를 원래대로 다시 치켜 쓰고 나서 수저를 들고 수프를 뜨려 했지만 접시가 없어 수저로 식탁을 탁 치게 되었다. 그 자리의 모든 사람들이 와 하고 웃어 댔다.

「이보시오, 당신은 못된 장난꾼이구려. 한 번만 더 내 모자를 그렇게 깊이 씌운다면 ─」

「그렇다면 뭐요, 영감님?」 보트랭이 영감의 말을 끊고 물었다.

「그렇다면 당신은 언젠가는 그 값을 톡톡히 치르게 될 거요……」

「지옥에서요? 나쁜 아이들을 모두 처넣는 그 컴컴한 구석 말이죠?」 화가가 말했다.

보트랭이 빅토린에게 말했다. 「자! 아가씨! 아가씨는 먹지를 않는군요. 그래, 아빠가 그렇게 깐깐하게 굴었다지요?」

「끔찍한 사람이죠.」 쿠튀르 부인이 말했다.

「제정신 차리게 만들어야죠.」 보트랭이 말했다.

비앙숑 곁에 있던 라스티냐크가 말했다.

「아가씨는 양육비에 관한 소송을 제기할 수 있을 거예요. 먹지를 않으니 말입니다. 아니! 저런! 고리오 영감이 빅토린 아가씨를 찬찬히 뜯어보는 것 좀 보세요.」

노인은 먹는 것도 잊은 채 가엾은 처녀를 물끄러미 바라보았다. 그녀의 이목구비에는 진정한 고통이 배어 나왔다. 아버지를 사랑하면서 아버지에게 인정받지 못하는 자식의 괴로움이었다.

외젠이 나지막한 소리로 말했다.

「이봐, 비앙숑. 우리가 고리오 영감에 대해 잘못 알았어. 영감은 바보도 아니고 무신경한 사람도 아니야. 그에게 아까 말한 갈 박사의 학설을 적용하고 자네 생각을 말해 봐. 나는 간밤에 영감이 은 접시 하나를 우그러뜨리는 모습을 보았지. 마치 밀랍을 우그러뜨리듯이 말이야. 그 순간 영감의 얼굴 표정에서 아주 특별한 감정이 배어 나오더군. 내가 보기엔 그의 일생이 하도 수수께끼투성이라서 연구 대상이 될 것 같아. 그래, 비앙숑, 자네가 웃어도 할 수 없네. 난 농담하는 게 아니야.」

비앙숑이 말했다.

「좋아, 그는 의학적으로 하나의 사례가 될 수 있어. 원한다면, 내가 해부해 보지 뭐.」

「아니, 그의 머리를 더듬어 보지 그래.」[40]

「아! 정말, 그의 어리석음은 어쩌면 전염성일지도 몰라요.」

다음 날 라스티냐크는 아주 멋지게 차려입고 오후 3시쯤 레스토 부인 집으로 갔다. 가는 동안 그는, 흔히 청년들이 그러듯 부푼 감정으로 삶을 아름답게만 보게 만드는 엉뚱하고 정신 나간 희망에 자신을 내맡긴 채 붕 떠 있었다. 이럴 때 젊은이들은 어떤 장애나 어떤 위험도 계산하지 않고 매사에 성공만을 상상하며 자기 존재를 시적인 것으로 만든다. 그리고 자신의 미친 듯한 욕망 속에서만 존재했던 그 계획이 수포로

40 골상학의 대가 갈 박사의 학설에 따르면, 머리를 더듬어 두개골의 크기를 파악함으로써 그 사람의 정신을 알 수 있다.

돌아가면 불행해지거나 슬퍼지는 것이다. 만약 그들이 무지하지도 않고 소심하지도 않다면 사교계에 들어가는 것은 불가능할 것이다. 외젠은 옷에 흙이 튀지 않도록 몹시 조심해서 걸었다. 하지만 레스토 부인에게 무슨 말을 할까 생각하면서 걷고 있었다. 그는 자기 앞날의 토대가 될 사랑의 고백에 어떤 상황을 연출해야 유리한지 생각해 보면서 마음의 준비를 단단히 했고, 상상 속의 대화에서 대꾸할 말을 지어내고, 예리한 단어들, 탈레랑[41] 식의 문장들을 준비하였다. 그러다 그만 옷과 신발에 흙이 튀어 팔레 루아얄에서 장화를 다시 윤내어 닦고 바지에 솔질을 해야만 했다. 비상금으로 간직했던 30수짜리 동전을 내고 거스름돈을 받으면서 그는 속으로 생각했다. 〈만약 내가 부자라면, 마차를 타고 갈 테고, 그러면 내 마음대로 편안하게 생각하면서 갈 수 있었을 텐데…….〉 마침내 그는 엘데르 거리에 도착해 레스토 백작 부인이 집에 계시냐고 물었다. 그는 집 안뜰을 가로질러 걸어가면서 현관 앞에 마차 소리도 없이 나타난 자기를 홀긋홀긋 바라보는 사람들의 경멸 어린 눈길을 한 몸에 받았다. 하지만 언젠가는 승리하리라 확신하며 냉혹한 분노를 품고 남자답게 맞섰다. 안뜰로 들어갈 때 이미 자신이 열등하다는 것을 깨달았기에 그 눈짓은 그에게 더욱더 민감하게 느껴졌다. 안뜰에는 호화로운 마차들이 놓여 있었고 그중 한 대에는 멋진 말 한 필이 매여 히힝대고 있었다. 이것은 삶의 사치를 그대로 드러내 주며 파리에서 누릴 수 있는 온갖 행복이 여기서는 그저 일상적인 것이라는 사실을 암시해 주었다. 그

41 Charles-Maurice de Talleyrand-Périgord(1754~1838). 프랑스의 정치가이자 외교관.

는 내심 기분이 안 좋아졌다. 그의 머릿속에서 재기로 가득
차 열려 있던 서랍들이 닫혀 버렸고, 마치 멍텅구리가 된 듯
했다. 하인이 백작 부인에게 손님의 이름을 알리러 간 사이,
외젠은 그녀의 답을 기다리며, 응접실로 들어가는 입구에 한
다리로 서 있다가 창문 손잡이에 한쪽 팔꿈치를 기대고 무심
코 안뜰을 내다보았다. 시간이 참 지루하게 느껴졌다. 줄기
차게 밀어붙여 기적을 낳고야 마는 남부 사람 특유의 그 끈
기를 선천적으로 지니지 않았더라면 아마 그는 떠나 버렸을
것이다.

하인이 말했다.

「손님, 부인께서는 내실에 계신데 무척 바쁘십니다. 그리고
제게 아무 대답도 안 하셨습니다. 하지만 원하신다면, 살롱
에서 기다리십시오. 거기 이미 손님들이 몇 분 와 계십니다.」

한마디 말로 주인의 뜻을 파악하는 이 하인들의 놀랄 만한
능력에 감탄하며 라스티냐크는 방금 다른 하인이 나간 문을
단호하게 열었다. 외젠은 이 건방진 하인들 앞에서 이 집 사
람들을 잘 알고 있는 척하려고 그 문을 연 모양이었다. 램프,
찬장, 목욕 수건 데우는 기구 등이 있는 어떤 방으로 들어서
게 되었다. 이곳은 또한 어둠침침한 복도와 연결되어 있었
다. 응접실에서 소리 죽여 웃는 소리가 들려와 그의 혼란은
극에 달했다.

「손님, 살롱은 이쪽입니다.」하인은 짐짓 존중하는 태도로
깍듯하게 말했지만 이는 오히려 한층 더한 비웃음이 담긴 듯
했다.

외젠은 어찌나 급히 홱 돌아섰던지 욕조에 부딪혔다. 하지
만 다행히 모자가 욕조 속에 떨어지지 않게 붙잡을 수 있었

다. 이때 불 켜진 긴 복도 끝의 문이 열렸다. 라스티냐크의 귀에, 레스토 부인의 목소리와 고리오 영감의 목소리, 그리고 작별 인사로 볼에 입 맞추는 소리가 한꺼번에 들렸다. 하인을 따라 식당을 가로질러 처음 나오는 살롱으로 들어가 그곳 창문 앞에 서 보니 창문이 안뜰 쪽으로 나 있다는 것을 알게 되었다. 그는 이 고리오 영감이 정말로 자기가 아는 그 고리오 영감인지 보고 싶었다. 이상하게도 가슴이 쿵쿵 뛰었다. 그는 보트랭이 했던 그 무시무시한 이야기가 떠올랐다. 하인은 살롱 문에서 외젠을 기다리고 있었다. 하지만 그 문으로 갑자기 어떤 멋쟁이 청년이 나오더니 참을성 없는 태도로 말했다.

「나 가오, 모리스. 백작 부인께 내가 30분 이상 기다렸다고 전해 주시오.」

이렇게 무례하게 굴 권리라도 있다는 듯이 그 사람은 외젠이 멈춰 서 있는 창 쪽으로 가면서 이탈리아 가곡 같은 곡조를 흥얼거렸다. 외젠의 얼굴도 볼 겸 안뜰도 내다볼 겸 그리로 지나간 것이다.

「백작님께선 아직 조금 더 기다리시는 게 좋을 텐데요. 부인이 이제 일이 끝나셨거든요.」하인 모리스가 응접실 쪽으로 돌아가면서 말했다.

이때 고리오 영감은 작은 계단으로 해서 말이 드나드는 문 가까이까지 갔다. 영감은 훈장 단 청년이 끄는 마차가 지나갈 수 있게 큰 대문이 열린 것도 모르고 우산을 집어 들고 펴려고 했다. 고리오 영감이 황급히 뒤로 물러섰기 때문에 가까스로 마차에 깔리지 않을 수 있었다. 우산의 타프타 천에 놀란 말은 방향을 조금 틀어 계단 쪽으로 급히 달려갔다. 청년은 화난 표정으로 고개를 휙 돌려 고리오 영감을 쳐다보더니 나가기 전에 인사를 했는데, 이것은 사람들이 삶에 없어서는 안 될 고리대금업자에게 어쩔 수 없이 보내는 예우나 아니면 흠 있는 사람에게 마지못해 존경을 표하는 듯한 그런 인사였다. 하지만 고리오 영감은 호인답게 다정한 인사로 맞받았다. 이 일은 마치 번개 치듯 후다닥 일순간에 일어났다. 너무 주의를 기울이다 보니 자기가 혼자 있는 게 아님을 눈치채지 못한 외젠의 귀에 갑자기 백작 부인의 음성이 들렸다.

「아! 막심, 가려고 했군요.」 그녀는 원망과 질책이 섞인 어조로 말했다.

백작 부인은 2인승 마차가 들어온 것에 대해서는 주의를 기울이지 않았다. 라스티냐크가 휙 돌아서자 분홍색 매듭이 있는 하얀 캐시미어로 지은 화장복을 교태 있게 걸치고 아침에 여느 파리 여인들이 그러듯 머리를 대충만 빗은 백작 부인이 보였다. 그녀 몸에서는 향내가 풍겼다. 아마 방금 목욕을 한 것 같았다. 그녀의 나긋나긋해진 아름다움은 더욱 관능적으로 보였다. 두 눈은 촉촉했다. 젊은이들의 눈은 모든 것을 볼 줄 안다. 그들의 마음은 마치 식물이 공기 중에서 자기에게 적합한 물질을 빨아들이듯이 이 여인의 광채와 합일했다. 그래서 외젠은 만져 보지 않아도 이 여인의 두 손에 가득한 싱싱한 기운을 느꼈다. 캐시미어 천 너머로, 상반신의 분홍빛이 보였다. 살짝 벌어진 화장복 앞섶 틈으로 때로는 벗은 속살이 그대로 보였고, 그 위에 그의 시선이 머물렀다. 백작 부인에게는 코르셋 앞에 붙이는 고래수염으로 만든 살대도 필요 없었다. 오직 화장복의 허리띠만이 그녀의 나긋나긋한 허리 위치를 표시해 주었다. 그녀의 목은 사랑의 욕망을 불러

일으켰고, 슬리퍼 속의 두 발은 예뻤다. 막심이 그 손을 잡고 입 맞추려 할 때, 그제야 외젠은 막심의 존재를 깨달았고, 백작 부인은 외젠의 존재를 알아챘다.

「아! 당신이군요, 라스티냐크 씨. 만나게 되어 반가워요.」 그녀는 재기 발랄한 어조로 말했다.

막심은 외젠과 백작 부인을 번갈아 바라보았다. 그 눈길이 하도 의미심장하여 이 침입자를 내쫓을 만했다. 〈아, 부인! 저 웃기는 작자를 얼른 내보냈으면 좋겠군요!〉 아나스타지 백작 부인이 막심이라고 부른, 무례할 만큼 거만한 청년의 눈길에 담긴 뜻을 명확하고 알기 쉽게 해석하면 바로 이것이었다. 그녀는 막심의 얼굴을 찬찬히 보았다. 라스티냐크는 그 청년에게 격렬한 증오심을 느꼈다. 우선 막심의 곱슬곱슬하고 아름다운 금발을 보니, 자기 머리카락은 얼마나 끔찍한지 알 수 있었다. 그리고 막심이 신은 장화는 고급스럽고 깨끗했는데 자기 신발은 걸으면서 그렇게 조심을 했는데도 진흙이 좀 묻어 있었다. 또 막심은 우아하게 몸에 딱 맞는 프록코트를 입어 마치 예쁜 여자 같은 모습인데 외젠은 아직 오후 2시 반인데도 검은 야회복을 입고 있었다. 샤랑트 지방 출신의 영리한 외젠은 약자를 파멸시킬 수 있는 사람들 중 하나인 이 날씬하고 큰 키에 눈 맑고 피부색은 창백한 멋쟁이 남자가 옷차림만 보더라도 확실히 우월하다는 것을 느낄 수 있었다. 외젠의 대답을 기다리지도 않고 레스토 부인은 다른 살롱으로 쏜살같이 가버렸다. 그래서 그녀가 걸친 화장복 옷자락의 늘어진 부분이 펄럭이면서 펴졌다 접혔다 하는 것이 마치 나비같이 보였다. 막심은 그녀 뒤를 따라갔고, 외젠은 화가 나서 막심과 백작 부인 뒤를 쫓아갔다. 그러니까 커다란 살롱 벽난로 옆에 이 세 사람만 서 있게 되었다. 외젠은 저 가증스러운 막심에게 자신이 거북한 존재가 될 거라는 사실을 알아차렸다. 하지만 레스토 부인의 마음에는 안 들더라도 그 멋쟁이를 난처하게 만들어 보고 싶었다. 갑자기 보세앙 부인네 무도회에서 이 젊은이를 본 기억이 나서, 그는 막심이 도대체 레스토 부인에게 어떤 존재일까 짐작을 해보았다. 큰 바보짓을 저지르게 만들거나 큰 성공을 거두게 하는 젊은이 특유의 만용으로 그는 내심 이렇게 말했다. 〈저 치가 내 경쟁자야. 나는 저 친구를 이기고 싶어.〉 신중하지 못한 외젠! 막심 드 트라유 백작이라는 사람은 모욕을 받으면 가만히 있다가도 먼저 총을 쏘아 상대방을 죽이는 사람이라는 것을 그는 몰랐던 것이다. 외젠은 총 쏘는 솜씨가 좋았지만 아직 사격할 때 표적 스물두 개 중에 스무 개를 맞혀 본 적이 없었다. 젊은 백작은 벽난로 가까이에 있는 안락의자에 털썩 앉더니 불쏘시개를 들고 아주 격렬하고 불쾌하게 벽난로의 불 속을 들쑤셨다. 그러자 아나스타지의 아름다운 얼굴에 갑자기 수심이 가득해졌다. 백작 부인은 외젠 쪽을 돌아보더니 냉정하면서도 의문이 담긴 시선을 보냈다. 그 시선은 〈왜 안 가고 있죠?〉라고 너무도 확실히 말하고 있어서, 제대로 교육받은 사람이라면 즉시 나가라는 뜻으로 알아듣고 그렇게 했을 터였다.

외젠이 상냥한 표정을 띠고 말했다. 「부인, 저는 한시바삐 부인을 만나 뵈려고 했답니다. 이유는…….」

그가 하던 말을 딱 멈추었다. 문이 열리고 아까 본 2인승 마차를 몰던 신사가 갑자기 나타났다. 모자도 쓰지 않은 그는 백작 부인에게 인사도 하지 않은 채 외젠을 관심 있게 바라보았고 막심에게 손을 내밀며 형제 같은 투로 〈안녕하시오〉라고 인사를 했다. 외젠은 깜짝 놀랐다. 시골 출신 젊은이들은 삼각관계의 삶이라는 것이 얼마나 달콤한지 모르는 법이다.

「레스토 씨예요.」백작 부인이 남편을 외젠에게 소개하면서 말했다.

외젠은 허리를 깊이 숙여 인사했다.

「이분은 라스티냐크 씨예요. 마르시야크 집안 쪽으로 보세앙 자작 부인의 친척이고요. 지난번 자작 부인의 무도회에서 반갑게 만난 분이에요.」부인이 계속 외젠을 남편 레스토 백작에게 소개하면서 말했다.

마르시야크 집안 쪽으로 보세앙 자작 부인의 친척이라고! 백작 부인이 거의 강조까지 해가며 한 이 말은 자기 집에는 지체 높은 손님만 온다는 것을 입증하면서 느끼는 일종의 자부심에서 나온 것이었다. 이것은 마치 마술 같은 효과를 발휘했다. 백작은 냉정하게 격식을 갖추던 태도를 돌연 바꾸어 그에게 인사를 했다.

「이렇게 알게 되어서 반갑습니다.」

막심 드 트라유 백작도 외젠에게 관심 가득한 눈길을 던지더니, 방자했던 태도를 갑자기 바꿨다. 이름 하나로 생긴 강력한 이 마술 지팡이는 남부 출신 청년의 머릿속에 서른 개의 서랍을 열어 주고, 그가 미리 준비했던 재치를 부여해 주었다. 갑자기 머리에 불이 환히 켜지며 그는 파리의 상류 사회 분위기를 확실히 보게 되었다. 아직은 그에게는 어두컴컴한 분위기였지만 말이다. 보케 하숙집, 고리오 영감, 이런 것은 이 순간 그의 생각에서 아주 멀리 떠나 있었다.

「마르시야크 가문은 끊긴 줄 알았는데요?」

레스토 백작이 외젠에게 말했다.

「예, 백작님. 제 종조부님이신 라스티냐크 기사님이 마르시야크 가문의 후계자와 결혼을 하셨지요. 딸 하나를 얻으셨는데, 그 따님이 클라랭보 장군과 결혼을 하셨습니다. 그 장군님이 보세앙 부인의 외가 쪽 어른이시죠. 저희 집안은 종가는 아닙니다. 해군 중장이셨던 제 종조부님이 국왕을 섬기느라 모든 재산을 다 잃어 저희 가문은 더욱더 가난해졌지요. 혁명 정부는 동인도 회사[42]를 청산할 때 저희 집안 채권은 인정해 주지 않았습니다.」

「댁의 종조부께서는 혹시 1789년 이전에 〈방죄르〉호의 함장 아니셨나요?」

「바로 그렇습니다.」

「그렇다면 우리 할아버님과 아는 분이셨군요. 할아버님은 〈워위크〉호의 함장이셨답니다.」

막심은 레스토 부인을 바라보면서 가볍게 어깨를 으쓱 추켜올렸다. 마치 그녀에게 이렇게 말하는 것 같았다. 〈당신 남편이 저 청년과 해군 이야기를 하기 시작하면, 우린 안중에도 없을 거요.〉

아나스타지는 트라유 씨의 시선을 알아차렸다. 여자들이 지닌 놀라운 힘으로 그녀는 미소를 짓기 시작하더니 이렇게 말했다.

「이리 와요, 막심. 내가 부탁할 게 있어요. 두 분은 〈워위크〉호와 〈방죄르〉호를 타고 항해하시도록 놓아 드리죠.」

---

42 1793년의 혁명 규약으로 혁명 정부는 이 회사를 폐지했고, 회사의 주주들은 채권에 대해 환불받을 수 없었다.

그녀는 일어나더니 비웃음과 음모로 가득한 눈짓을 막심에게 보냈다. 막심은 그녀와 함께 내실 쪽으로 향했다. 프랑스어에는 합당한 단어가 없어 멋진 독일어 표현을 빌리자면, 〈이 부적절하고 격에 맞지 않는 한 쌍의 남녀〉[43]가 나가려고 방문에 이르자 백작이 외젠과 나누던 대화를 중단했다.

「아나스타지! 거기 있어요, 여보. 당신 잘 알잖소……」그가 화난 듯 소리쳤다.

「금방 와요, 금방 돌아온다고요. 잠깐이면 돼요. 막심에게 내가 부탁할 일이 있어 그래요.」그녀가 남편의 말을 끊으며 말했다.

그녀는 재빨리 돌아왔다. 제멋대로 행동하려면 남편의 성격을 살피지 않을 수 없다. 모든 여자들이 소중한 신뢰를 잃지 않으려면 어디까지 가도 되는지를 파악할 줄 알아서 일상의 소소한 일로는 절대 남편에게 충격을 주지 않듯이, 백작 부인도 백작의 목소리 억양으로 미루어, 내실에 눌러 있으면 전혀 안전하지 않겠구나 하는 걸 알아차린 것이었다. 일이 이렇게 난처하게 된 것은 외젠 탓이었다. 그래서 백작 부인은 한껏 못마땅해하는 표정과 몸짓으로 막심에게 외젠을 가리켜 보였다. 막심은 백작과 백작 부인, 외젠에게 야유라도 하듯이 이렇게 말했다. 「자, 여러분, 바쁘신데 방해가 되고 싶지 않습니다. 안녕히 계십시오.」

그러고는 자리를 떴다.

「가지 마시오, 막심!」백작이 소리쳤다.

「저녁 식사하러 오세요.」백작 부인은 다시 한 번 외젠과 백작을 남겨둔 채 막심을 따라 첫 번째 살롱으로 가서, 레스

43 왕자가 자기보다 지체 낮은 계급의 부인을 맞아들이는 결혼에 쓰이는 말.

토 씨가 외젠에게 작별 인사를 하는 데 걸릴 만한 시간 동안
둘이 함께 있었다.

라스티냐크는 그들이 깔깔 웃었다가 이야기했다가, 입 다
물었다가 하는 소리를 차례차례 들었다. 그러나 약삭빠른 그
는 레스토 씨와 함께 고담준론을 나누며 그를 치켜세우거나
토론을 하며 시간을 끌었는데, 이것은 백작 부인을 다시 만
나 고리오 영감과 그녀가 어떤 관계인지 알아내려는 것이었
다. 막심과 사랑에 빠졌으면서 또 늙은 제면업자와도 내연의
관계인 것이 틀림없는 이 여인이 그에게는 정말 수수께끼로
보였다. 그는 이 수수께끼를 꿰뚫어 보고 싶었다. 그리하여
최고로 파리 여인다운 이 여자 위에 군림하고 싶었다.

「아나스타지.」

백작이 다시금 아내를 불렀다.

「자, 가엾은 막심. 이제 어쩔 수 없네요. 오늘 저녁에 보기
로 해요…….」 그녀가 청년에게 말했다.

「나지.[44] 아까 당신의 화장복 앞섶이 살짝 열렸을 때 활활
불타는 눈으로 넘보던 그 조그만 젊은 녀석을 그만 보내 버
리길 바랍니다. 그는 아마 당신에게 애정 고백을 할 것이고,
당신을 망쳐 놓을 겁니다. 그러면 당신 때문에 나는 그를 죽
이지 않을 수 없을 겁니다.」 그가 그녀의 귀에 대고 말했다.

「막심, 미쳤어요? 저런 어린 학생들은 반대로 썩 좋은 피뢰
침 아닌가요? 틀림없이 나는 저 사람이 레스토를 꽉 잡게 만
들 거예요.」 그녀가 말했다.

막심은 웃음을 터뜨리며 백작 부인 뒤를 따라 나왔다. 부
인은 창가에 서서 그가 마차에 올라타 히힝거리는 말에 채찍

44 아나스타지의 애칭.

92

을 휘두르는 것을 지켜보았다. 그녀는 대문이 닫힌 다음에야 남편이 있는 곳으로 돌아왔다.

그녀가 들어서자 백작이 큰 소리로 말했다.

「여보, 이것 좀 보오. 이분 가족들 사시는 곳이 샤랑트 지방의 베르퇴유에서 멀지 않다오. 이분의 종조부님과 우리 할아버님이 서로 아는 사이셨다지 뭐요.」

「아, 서로 가까운 고장 출신이라니 반갑습니다.」 백작 부인이 심드렁하게 말했다.

「실은 부인이 생각하시는 것보다 훨씬 더 가깝답니다.」 나지막한 소리로 외젠이 말했다.

「뭐라고요?」 부인이 생기 있게 말했다.

「아까 댁에서 나가신 그분은 저하고 같은 하숙집, 바로 옆방에 사시는 고리오 영감이랍니다.」 외젠이 말을 받았다.

〈영감〉이라는 호칭이 붙은 이 이름이 나오자 벽난로의 불을 뒤적거리던 백작은 불쏘시개 여러 개를 불 속에 확 던져버렸다. 마치 그것들에 자기 손이 데기라도 한 듯이 말이다. 그러더니 벌떡 일어섰다.

「고리오 씨라고 부를 수도 있었을 텐데 그러십니까!」 그가 소리쳤다.

백작 부인은 우선 남편이 못 참아 하는 것을 보자 얼굴이 창백해졌고, 그다음에는 얼굴을 붉히며 누가 보아도 당황하는 모습이 되었다. 그녀는 애써 자연스러운 목소리로 짐짓이 일에 관련이 없다는 듯 대답했다.

「우리가 그분보다 더 사랑했던 사람을 찾을 수는 없답니다……」

그녀는 말을 끊고 피아노를 바라보았다. 마치 피아노를

보니 마음속에서 무슨 생각이 불쑥 치미는 것 같았다. 그리고 말했다. 「음악을 좋아하시나요?」

「아주 좋아합니다.」

뭔가 심하게 바보짓을 저질렀다는 생각이 막연하게나마 들어서 얼굴이 붉어지고 멍해진 외젠이 대답했다.

「노래는 하시나요?」

그녀가 자기 피아노로 다가가면서 이렇게 큰 소리로 말하더니 피아노 건반을 힘 있게 치면서 낮은 도에서 높은 파까지 드르륵 소리가 나게 훑어 올렸다.

「아뇨, 부인.」

레스토 백작은 되는대로 이리저리 걸어다니고 있었다.

「안됐네요. 성공의 중요한 수단 하나를 못 갖추셨네.」

그러면서 백작 부인이 노래를 불렀다.

「카-아-로 카-아-로, 카-아-아-아-로, 논 두비타-레.」[45]

외젠은 고리오 영감의 이름을 말함으로써 마술봉을 한 번 휘두른 셈이었다. 그러나 이번의 효과는 아까 〈보세앙 부인의 친척〉이라는 말이 가져왔던 효과와 정반대였다. 그가 처한 상황은, 마치 호의로 신기한 것을 좋아하는 사람 집에 초대받아 갔는데 부주의로 조각상이 가득 들어 있는 장롱을 건드려 그중 제대로 붙어 있지 않은 머리 부분 서너 개를 떨어뜨린 꼴이었다. 그는 깊은 수렁에 몸을 던지고 싶은 심정이었다. 레스토 부인의 얼굴은 메마르고 차가웠고, 무심해진 두 눈은 이 당돌한 대학생의 눈길을 피했다.

그가 말했다.

45 치마로사의 오페라 「비밀 결혼」에 나오는 한 아리아의 가사. 〈사랑하는 이여, 사랑하는 이여, 의심하지 말아요〉라는 뜻.

「부인, 레스토 씨와 이야기할 것이 있으실 테니, 제 인사를 받아 주시고, 부디 ──」

백작 부인이 몸짓으로 황급히 외젠의 말을 막으며 말했다.

「앞으로 찾아 주시면 우리 부부는 기쁘게 맞이하도록 하죠.」

외젠이 이들 내외에게 깊이 머리 숙여 인사를 하고 방에서 나오는데 레스토 씨가 뒤따라왔다. 외젠이 나오지 말라고 만류해도 그는 응접실까지 그를 바래다주었다.

백작은 하인 모리스에게 말했다.

「앞으로 저 사람이 찾아오면 무조건 우리 내외는 집에 없는 것으로 하게.」

외젠이 집 밖으로 나가려고 현관에 발을 내딛고 보니 비가 오고 있었다.

〈이런, 여기 와서 서투른 짓을 하고 말았네. 그 원인과 파장은 내가 알 수 없지. 게다가 옷과 모자까지 망쳐 버리게 되겠군. 구석에 박혀서 법전이나 들이파면서 가차 없는 법관이 될 생각이나 해야겠지. 사교계에서 제대로 처신하려면 마차, 윤나는 구두, 꼭 있어야 하는 장신구, 금 시곗줄, 아침에는 6프랑이나 하는 흰 사슴 가죽 장갑, 저녁에는 노란 장갑 등이 산더미처럼 필요한데 내가 과연 사교계에 진출할 수 있을까? 웃기는 늙은 고리오 영감 같으니, 에잇, 꺼져 버려!〉 그는 속으로 외쳤다.

길로 나가는 문 아래 그가 서 있자니 아마도 신혼부부를 방금 내려준 듯한, 그래서 주인 몰래 몇 탕 뛸 수 있는 절호의 기회를 만난 전세 마차의 마부가, 검은 정장에 흰 조끼를 입고 노란 장갑에 윤나는 장화를 신은 채 우산도 없이 서 있는 외젠을 보고 신호를 보냈다. 외젠은, 심연에 빠져 행운의 출구를 찾으려 하지만 그럴수록 젊은이를 점점 더 깊이 밀어 넣는 소리 없는 분노에 잠겨 있었다.

마부의 물음에 외젠이 고개를 끄덕이며 동의했다. 주머니에 단돈 22수밖에 없으면서 그는 마차에 올라탔다. 마차 안에는 오렌지 꽃잎 몇 개와 장식용 금박 몇 개가 떨어져 있어 방금 여기 신혼부부가 타고 있었음을 알 수 있었다.

「어디까지 모실까요?」

이미 흰 장갑을 벗은 마부가 물었다.

〈제기랄! 어쨌든 칼을 뽑았으면 호박이라도 찔러야겠지!〉 외젠은 이렇게 혼잣말을 했다.

「보세앙 저택으로 갑시다.」 그가 큰 소리로 이 말을 덧붙였다.

「어느 보세앙 댁 말씀입니까?」 마부가 물었다.

외젠을 헷갈리게 만드는 희한한 말이었다. 이 멋쟁이 숙맥은 보세앙 저택이 두 군데 더 있다는 것도 몰랐으며, 자기에게 신경 쓰지 않는 친척들이 얼마나 많은지도 모르고 있었다. 「보세앙 자작 댁, 주소는 ─」

「그르넬 거리지요.」

마부가 고개를 끄덕거리면서 그의 말을 중간에 끊으며 말했다.

「아시겠지만, 보세앙 백작 댁과 보세앙 후작 댁도 있답니다. 생도미니크 거리에 있지요.」 마부가 발판을 걷어 올리면서 이 말을 덧붙였다.

「나도 잘 알고 있어요.」

외젠이 메마른 어조로 대답했다.

〈그러니까 이제는 모든 사람이 나를 비웃고 있단 말이지!〉

바로 앞에 있는 쿠션에 모자를 던지면서 그가 혼잣말을 했다.

〈이번 행차는 왕의 몸값만큼이나 돈이 드는 일이 되겠군. 하지만 나는 내 친척 누이를 확실히 귀족처럼 방문할 거야. 고리오 영감 때문에 벌써 돈을 적어도 10프랑은 썼어. 늙은 악당 같으니! 옳지, 그 집에서 내가 겪은 일을 보세앙 부인에게 말해야지. 어쩌면 그녀를 웃길 수 있을지도 모르지. 그녀는 아마 그 꼬리 없는 늙은 쥐 같은 인간과 미녀 사이에 벌어진 불륜의 비밀을 알고 있을 거야. 비싸게만 구는 그 비도덕적인 여자에게 가서 부딪치느니 차라리 내 친척의 마음에 드는 것이 낫지. 아름다운 자작 부인의 이름만으로도 그렇게도 효과 있었는데, 그 존재 자체가 지니는 무게는 얼마나 크겠어? 높은 곳을 상대하자. 자고로 하늘에 있는 것을 공격할 때는, 신을 겨냥해야 하는 법!〉

머릿속에 떠도는 하고 많은 생각들을 짧게 요약한 것이 바로 이 말이었다. 비가 오는 것을 보니 그는 다시금 어느 정도 침착해지고 안심도 되었다. 그는 속으로 생각했다. 〈수중에 남은 소중한 5프랑짜리 은화 두 개를 이제 써버리게 되겠군. 다행히 그 덕에 마차를 탈 수 있었어. 옷, 장화, 모자가 젖지 않게 됐어.〉

그는 마부가 〈문 좀 열어 주십시오!〉 하고 외치는 소리가 들리자 기분이 좋아졌다. 금실로 장식된 붉은 복장을 한 문지기가 저택 문의 돌 빗장을 벗기자 삐걱 소리가 났다. 그러자 라스티냐크는 자기가 탄 마차가 현관을 지나고 안뜰을 돌아 계단의 유리 지붕 밑에 멈추는 것을 보며 달콤한 만족감을 맛보았다. 가장자리를 붉은 실로 장식한 툭툭한 푸른 외투를 걸친 마부가 내릴 때 디디라고 발판을 펼쳐 주었다.

마차에서 내리는 외젠의 귀에 소리 죽여 웃는 웃음 소리가
복도로부터 들려왔다. 하인 서너 명이 이미, 이 싸구려 신혼
마차를 두고 농담을 한 뒤였다. 외젠이 파리의 가장 우아한
마차 중 하나를 보는 순간, 그들이 왜 웃는지 명확해졌다. 그
멋진 마차는 원기왕성한 말 두 필이 끄는 것으로, 말들은 귀
에 장미꽃을 달고 재갈을 꽉 물고 있었다. 그리고 넥타이를
단정히 매고 머리에 염색 분을 바른 마부가, 마치 말들이 달
아나려 하기라도 하듯이 말고삐를 꽉 쥐고 있었다. 쇼세당탱
구역에 있는 레스토 부인의 집 뜰에는 스물여섯 살 먹은 남
자가 끄는 세련된 마차가 있었다. 그리고 이제 생제르맹 구
역의 이 집에 오니, 대귀족의 호사가 기다리고 있었다. 3만
프랑으로도 살 수 없을 만큼 화려한 마차였다.

〈저런 마차에는 대체 누가 타고 있을까?〉 외젠이 혼잣말
로 물었다. 파리에서 바쁘지 않은 여자란 거의 찾아볼 수 없
으며, 그런 여왕들 중 하나를 정복하려면 피보다 더 많은 돈
이 든다는 것을 그는 뒤늦게나마 깨달았던 것이다. 〈에잇! 내
친척 누이도 아마 자기 나름대로 막심 같은 연인을 두고 있
겠지.〉

그는 풀이 죽어서 계단을 올라갔다. 그의 모습이 나타나
자 유리문이 열렸다. 하인들은 마치 빗질받는 당나귀들처럼
엄숙했다. 그가 전에 참석했던 축제는 보세앙 저택의 아래층
에 있는 커다란 영빈관에서 베풀어졌었다. 그때는 초대받자
마자 무도회에 참석하느라 친척 누이인 보세앙 부인을 따로
방문할 시간 여유가 없었기 때문에, 그는 그녀가 기거하는
공간에는 아직 들어가 보지 못했다. 그러니 지체 높은 여인의
영혼과 분위기를 그대로 보여 주는 이 내밀한 멋의 경이로운

광경을 처음 보게 될 참이었다. 레스토 부인의 살롱을 이미 구경해서 비교의 기준이 생겼기 때문에 이 연구는 더욱 흥미로웠다. 4시 반에 자작 부인을 볼 수 있었다. 5분만 일찍 왔더라도 그녀는 친척 동생 외젠을 영접하지 못했을 터였다. 파리의 갖가지 범절에 관해 아무것도 모르는 외젠은 온갖 꽃으로 장식되고 금색 난간에 붉은 융단이 깔린 넓고 흰 계단을 지나 보세앙 부인 방으로 인도되었다. 입에서 입으로 전해지는 부인의 살아온 이야기, 파리의 여러 살롱에서 밤마다 귀에서 귀로 퍼져 가는 그 변화무쌍한 사연들을 외젠은 몰랐다.

3년 전부터 자작 부인은 포르투갈에서 가장 유명하고 부유한 귀족인 다주다 핀토 씨와 각별한 사이였다. 당사자들에게는 제삼자의 개입이 용납될 수 없을 만큼 너무도 매력적인 그런 관계였다. 그래서 부인의 남편인 보세앙 자작부터가, 속으로야 싫든 좋든 간에 이들의 관계를 존중함으로써 모든 이에게 모범을 보였다. 이 우정이 싹트던 초기에는, 오후 2시에 자작 부인을 찾아 왔던 사람들이 그 집에서 다주다 핀토 후작을 마주치곤 했다. 보세앙 부인은 면회를 사절해 버리면 몹시 불편하게 될 테니 그럴 수도 없어 사람들을 냉랭하게 맞아들이고 천장만 뚫어지게 바라보았다. 그래서 찾아온 사람들은 누구나 자기가 얼마나 방해가 되고 있는지를 깨달을 수 있었다. 2시에서 4시 사이에 부인을 찾아가면 그녀를 난처하게 만드는 셈이라는 것을 파리 사람들 모두가 알게 되었을 즈음에는 찾는 사람이 줄어, 보세앙 부인은 더할 나위 없이 고독한 처지가 되었다. 그녀는 남편 보세앙 씨와 다주다 핀토 씨를 대동하고 부퐁 극장이나 오페라 극장에 갔지만, 처세에 능한 보세앙 씨는 자기 아내와 포르투갈 남자가 착석

하고 나면 항상 자리를 떴다. 다주다 씨는 로슈피드 가문의 처녀와 결혼할 예정이었다. 상류 사회 전체에서 오직 한 사람만이 아직도 이 결혼을 모르고 있었다. 그것이 바로 보세앙 부인이었다. 그녀의 몇몇 친구들이 분명 막연하게나마 이 이야기를 귀띔해 주었지만, 그녀는 친구들이 자기 행복을 샘내어 훼방 놓으려 하는 것이라 생각하고 이를 웃어 넘겼다. 하지만 결혼이 곧 발표될 예정이었다. 이 포르투갈 미남은 이 결혼을 알리러 자작 부인에게 왔으면서도 아직 감히 한마디도 꺼낼 생각을 하지 못하고 있었다. 왜? 여자에게 〈최후통첩〉을 하는 것보다 더 어려운 일은 아마 없을 것이다. 어떤 남자들은, 두 시간씩이나 비탄에 빠져 하소연을 늘어놓고 나서는 기절한 시늉을 하며 정신 차리게 소금 좀 갖다 달라는 여자보다 차라리 장검을 들고 심장을 겨누며 위협하는 남자 앞에서 더 편안함을 느낀다. 그래서 이 순간 다주다 핀토 씨는 가시방석 위에 앉은 형국이었으니, 〈보세앙 부인은 이 소식을 알게 될 거야, 내가 편지를 쓸 테니까. 예의 갖춘 살인이나 다름없는 이런 말은 직접 말로 전하는 것보다 편지로 하는 것이 더 나을 거야〉라고 내심 혼잣말을 하면서 이 상황을 빠져나가려 하였다. 이때 자작 부인의 하인이 외젠 드 라스티냐크 씨의 방문을 알렸으니, 다주다 핀토 후작은 소스라칠 만큼 기뻤다. 누군가를 사랑하는 여자란 이런저런 쾌락을 맛보는 일보다는 스스로 의심할 거리를 만들어 내는 일에 훨씬 더 능한 법이라는 것을 잘 알아야 한다. 여자는 상대방에게 차일 지경이 되면, 베르길리우스의 심부름꾼이 멀리서 사랑을 예고하는 미립자 냄새를 맡는 것보다도 더 빨리 몸짓 하나하나의 의미를 알아챈다. 그러니 후작의 이 무의식적이고 가벼우면서 꾸밈없이 드러나는 전율의 몸짓을 보세앙 부인이 재빨리 포착했다는 것을 놓치지 말자. 파리에서는 어떤 집을 찾아가기 전에 반드시 그 남편, 아내, 자녀들에 관한 이야기를 그 집안 지인으로부터 들어서 미리 알아 놓아야 한다는 것을 외젠은 몰랐다. 이것은 그 집에 가서 어리석은 짓을 저지르지 않게 하려고 하는 것이다. 하지만 만일 그런 짓을 저지르게 됐다면 폴란드 사람들은 〈당신 마차에 소 다섯 마리를 비끄러매시오〉라고 말하며 그 상황을 모면하게 할 것이다. 대화하다 생기는 그런 불행한 사태를 지칭하는 표현이 프랑스어에 없다면 그 까닭은, 벌써 험담이 밖으로 어마어마하게 퍼져 나가 그런 말 자체가 필요 없기 때문일 것이다. 아까 레스토 부인 댁에서 곤경에 빠져 마차에 소 다섯 마리를 비끄러맬 시간 여유조차 없었던 외젠은, 이번에 보세앙 부인 댁에 나타나서는 소를 치는 목동 노릇을 할 수 있었다. 하지만 아까는 그가 레스토 부인과 막심 드 트라유 씨를 몹시 난처하게 만들었지만, 이번에는 다주다 씨를 곤경에서 구해 준 셈이 되었다.

〈잘 있어요〉 하고 포르투갈 남자가 서둘러 문으로 다가갈 때 외젠이 작은 살롱에 들어섰다. 회색과 분홍색으로 아기자기하게 꾸민 그 방에서는 사치라기보다 우아함이 느껴졌다.

「그런데 오늘 저녁 부퐁 극장에는 안 가나요, 우리?」

보세앙 부인이 이쪽으로 고개를 돌려 후작에게 눈길을 주며 물었다.

「갈 수가 없네요.」 그가 문고리를 잡으면서 말했다.

보세앙 부인은 자리에서 일어나더니, 외젠에게는 전혀 관심을 두지 않고 자기 곁으로 다시 와보라고 후작을 불렀다.

외젠은 선 채로, 경탄을 자아내는 부(富)의 번쩍이는 모습에 얼이 빠져서는, 〈아랍의 전설이 현실이 되었구나〉라고 생각하며 자기에게 신경도 쓰지 않는 이 여인 앞에서 몸 둘 바를 모르고 있었다. 자작 부인은 오른손 집게손가락을 들어 어여쁜 몸짓으로 후작에게 자기 앞에 있는 자리를 가리켰다. 이 몸짓에는 정열의 격렬한 독재가 깃들어 있어, 후작은 잡았던 문고리를 도로 놓고 이쪽으로 왔다. 외젠은 부러운 마음으로 그를 바라보았다.

그가 속으로 말했다. 〈저 사람이 마차를 타고 온 바로 그 사람이군! 그렇다면 파리 여자의 시선을 끌기 위해서는 멋진 말들과 하인, 엄청난 돈을 지녀야 한단 말이렷다?〉사치의 악마가 그의 심장을 물어뜯고, 이재(理財)의 열병이 엄습하고 황금에 대한 갈망으로 목이 바짝바짝 말랐다. 그는 3개월에 1백30프랑을 쓸 수 있는 처지였다. 그의 아버지, 어머니, 형제자매, 고모 모두 합쳐서 한 달에 용돈으로 쓸 수 있는 금액이라야 채 2백 프랑도 못 되었다. 이처럼 자기 상황과 앞으로 달성해야 할 목표를 재빨리 비교해 보자 그는 멍해졌다.

자작 부인이 후작에게 웃으며 말했다.

「이탈리아 극장에 당신은 왜 갈 수가 없지요?」

「일이 있어요! 영국 대사 관저에서 저녁 약속이 있다니까요.」

「그런 일은 좀 그만두세요.」

남자가 여자를 속이게 되면, 그야말로 어쩔 수 없이 거짓말에 또 거짓말을 자꾸만 쌓아 올리게 된다. 자작 부인에게 다주다 씨는 웃으면서 말했다.

「나보고 일을 그만두라고요?」

「물론이죠.」

「내가 듣고 싶었던 말이 바로 그겁니다.」

그는 섬세한 눈길로 그녀를 바라보며 이렇게 대답했는데, 다른 여자라면 모두들 이 눈길에 안심이 되었을 것이다. 그는 자작 부인의 한 손을 들어 거기에 입을 맞추더니 밖으로 나갔다.

외젠은 이젠 보세앙 부인이 자기에게 신경을 쓰겠구나 싶어 한 손으로 머리카락을 매만지며, 인사를 하려고 몸을 틀었다. 갑자기 그녀가 벌떡 일어나더니 복도 창가로 잽싸게 달려가, 다주다 씨가 마차에 올라타는 모습을 내려다보았다. 그녀는 다주다 씨가 하인에게 명령하는 말에 귀를 기울였고, 하인이 그 말을 듣고 마부에게 이렇게 되풀이하는 소리를 들었다.

「로슈피드 씨 댁으로 가시오.」

이 말과 마차 좌석 깊숙이 자리 잡고 있는 다주다 씨의 모습이 그녀에게는 청천벽력과도 같았다. 그녀는 다시 깊은 근심에 사로잡혔다. 가장 끔찍한 재앙이란 바로 이런 것이었다. 자작 부인은 다시 자기 침실로 들어가, 탁자에 앉아 예쁜 종이 한 장을 집었다.

그녀는 편지를 썼다.

〈당신이 영국 대사 관저가 아니라 로슈피드 댁에서 저녁 식사를 하신다면, 당신은 당연히 내게 설명을 하셔야 합니다. 기다릴게요.〉

이런 내용이었다.

손이 발작적으로 떨려서 모양이 엉망이 된 몇몇 글자를 수정한 다음, 그녀는 자기 이름인 클레르 드 부르고뉴[46]를 의미

---

46 〈드 부르고뉴〉는 보세앙 부인의 처녀 때 성.

하는 C자를 쓰고 초인종을 눌렀다.

금방 나타난 하인에게 그녀가 말했다.

「자크, 7시 반에 로슈피드 씨 댁으로 가서 다주다 후작님을 찾아. 만약 후작님이 거기 계시면 이 편지를 전해 드리고 답장은 달라고 하지 마. 만약 안 계시면, 돌아와서 내 편지를 돌려줘.」

「마님, 살롱에 손님이 와 계십니다.」

「아! 정말 그렇군.」 그녀는 문을 밀며 말했다.

외젠은 매우 불편해지기 시작했다. 마침내 그는 자작 부인을 보게 되었고, 그녀는 격한 감정으로 심장의 가닥가닥이 모두 떨리는 듯한 어조로 말했다.

「미안해요. 내가 몇 자 적을 게 있어서 그랬어요. 이제는 당신하고만 이야기하지요.」

그녀는 자기가 무슨 말을 하는지 자기도 모르는 상태였다. 왜냐하면 속으로는 계속 이런 생각을 하고 있었으니 말이다.

〈아! 그 사람은 로슈피드 양과 결혼하고 싶어 하는군. 하지만 자기 맘대로 그럴 수 있는 거야? 오늘 저녁, 그 결혼은 깨질 거야. 아니면 내가……. 하지만 내일이면 더 이상 그건 문제도 되지 않을거야.〉

「누님.」 외젠이 말했다.

「뭐라고요?」 자작 부인이 그에게 눈길을 주며 말했다. 그 눈길의 거만함에 외젠은 오싹해졌다.

외젠은 이 〈뭐라고요?〉 하는 소리를 이해했다. 세 시간 전부터 그는 너무 많은 것을 깨달은지라, 이제는 바짝 경계 태세에 들어갔던 것이다.

「부인.」그가 얼굴을 붉히며 말을 이었다. 그는 머뭇거리다가 계속 말했다. 「죄송합니다. 제가 워낙 후원이 필요한 처지라서, 먼 친척 관계라도 도움이 될 거라 생각했습니다.」

보세앙 부인은 빙긋이, 하지만 서글프게 웃었다. 그녀는 이미 이런 분위기에서 은연중 으르렁대고 있는 불행을 감지했던 것이다.

외젠이 계속 말했다. 「제 가족들이 처해 있는 상황을 아신다면, 대자(代子)를 위해 주변의 장애물을 없애 주고 보호해 주는 전설 속 요정 역할을 부인께서 기꺼이 해주실 것 같습니다.」

그녀가 웃으며 말했다. 「그래서요, 내 친척 아우님! 내가 어떤 도움을 줄 수 있다는 말이지요?」

「그걸 제가 알겠습니까? 그늘 속으로 사라져 가는 먼 친척 관계의 끈으로나마 당신과 가까이 지낼 수 있다면 그것만으로도 대단한 행운이지요. 부인 때문에 제 마음을 다잡을 수가 없습니다. 제가 방금 드린 말씀이 무슨 소린지 벌써 모르겠네요. 부인은 제가 파리에서 알고 지내는 단 한 분의 지인입니다. 아! 저는 부인의 치마를 꿰매 드리고 싶어 하는 가여운 아이처럼, 저를 좀 받아 주십사고 부탁하면서 상의를 드리고 싶었답니다.」

「나를 위해 사람을 죽일 수도 있겠어요?」

「두 사람도 죽일 수 있지요.」외젠이 말했다.

「이런 어린애 같으니! 그래요, 당신은 정말 어린애예요.」

눈물 몇 방울이 떨어지려는 것을 억지로 참으며 그녀가 말했다.

「당신이라면 아마 사랑에 신실하겠지요!」

「오!」 그는 머리를 끄덕였다.

자작 부인은 야심만만한 이 청년의 대답 때문에 그에게 무척이나 깊은 관심을 보였다. 남부 출신의 이 청년이 처음으로 계략대로 원하는 바를 얻어 낸 것이었다. 레스토 부인의 푸른색 내실과 보세앙 부인의 장밋빛 살롱 사이를 오가며, 그는 아무도 가르쳐 주지 않는 〈파리의 법〉을 3년은 배운 것 같았다. 그 법이란 것은 사회의 고등 법률을 이루는 것으로 잘 습득하여 실천한다면 어떤 것도 다 해낼 수 있는 그런 것이었다.

「아, 참!」

외젠이 말했다.

「전에 이 댁 무도회에서 레스토 부인을 보았지요. 그런데 제가 오늘 아침에 레스토 부인 댁에 갔답니다.」

「당신이 갔다니 그 부인은 틀림없이 무척 난처했겠네요.」 보세앙 부인이 미소 지으며 말했다.

「네! 그렇죠. 만약 부인께서 도움 주기를 거절하신다면 저는 아무것도 모르는 놈인지라 모든 사람들에게 맞서게 될 겁니다. 파리에서 젊고 아름답고 부유하고 우아한 여성이면서 일 없이 한가한 분을 만나기란 무척 어렵다고 생각됩니다. 그런데 저는 부인 같은 분들이 그렇게도 잘 설명할 줄 아는 것, 바로 인생이라는 것을 제게 가르쳐 줄 여자 분이 한 사람 필요합니다. 트라유 씨 같은 남자는 어디서나 찾을 수 있을 겁니다. 그래서 저는 부인께 수수께끼 같은 말의 뜻을 여쭤 보고 제가 저지른 바보짓이 도대체 어떤 것들인지 말해 주십사 하고 여기 왔습니다. 아까 저는 어떤 영감에 대해 이야기를 했답니다……」

〈랑제 공작 부인이 오셨습니다〉라고 하인 자크가 외젠의 말을 끊으며 알리자, 외젠은 몹시 기분 상해 격렬한 몸짓을 보였다.

「만약 성공하고 싶다면, 우선 그렇게 속을 다 드러내 보이는 행동을 하지 말아요.」

자작 부인이 나지막이 말했다.

「아! 안녕, 어서 와요.」 자작 부인은 자리에서 일어서서 공작 부인에게 다가가 그녀의 두 손을 꼭 잡으면서 말했다. 마치 친자매에게 하듯이 무척이나 다정스럽고 반갑게 손을 잡았고, 공작 부인도 한껏 정다운 몸짓으로 이에 화답했다.

〈두 사람은 좋은 친구로군. 이제부터는 나에겐 여자 보호자가 두 사람 생기겠는걸. 이 두 여성은 틀림없이 똑같은 애정을 갖고 있을 거야. 그리고 저 공작 부인도 아마 내게 관심을 갖겠지.〉 라스티냐크는 속으로 이렇게 생각했다.

「우리 앙투아네트! 내가 무슨 좋은 생각을 했기에 이렇게 당신을 만나는 운이 찾아왔을까요?」

보세앙 부인이 말했다.

「다주다 팬토 씨가 로슈피드 씨 댁으로 들어가는 것을 제가 보았어요. 그래서 부인이 혼자 계시겠구나 생각했지요.」

공작 부인이 이런 치명적인 말을 내뱉는 동안에도 보세앙 부인은 입을 뾰로통하게 내밀지도 않고 얼굴도 붉히지 않았다. 시선은 그대로 평정을 유지했고, 얼굴은 환하게 빛나는 것 같았다.

「다른 일이 있으신 줄 알았더라면……」 공작 부인이 외젠 쪽을 돌아보면서 이 말을 덧붙였다.

「이분은 제 친척인 외젠 드 라스티냐크 씨랍니다. 몽리보 장군님 소식 혹시 아세요? 세리지가 어제 그러던데 요즘 그분을 뵌 사람이 없다는군요. 그분 오늘 혹시 부인 댁에 안 오셨나요?」 자작 부인이 말했다.

그간 정신없이 푹 빠져 있던 몽리보 장군에게서 버림받은 것으로 알려진 공작 부인은 이 질문이 가슴을 콱 찌르는 것을 느끼고 얼굴을 붉히며 대답했다.

「어제 그분은 엘리제 궁에 계셨답니다.」

「왕실 경비대 근무일이었군요.」

보세앙 부인이 말했다.

「클라라, 내일이면 다주다 핀토 씨와 로슈피드 양의 결혼이 발표된다는 거 알고 있죠?」 공작 부인이 악의가 넘실대는 눈길을 던지면서 말을 이었다.

너무나도 충격적인 이 말에 자작 부인은 얼굴이 창백해졌지만 짐짓 웃으며 대답했다.

「어리석은 사람들이 재미로 퍼뜨리는 소문 중 하나죠 뭐. 다주다 씨가 뭐가 아쉬워서, 포르투갈의 명문인 자기 집안을 로슈피드 가문과 합치겠어요? 로슈피드 집안이야 엊그제 겨우 귀족이 된 사람들인데요.」

「하지만 베르트 로슈피드 양은 연금이 모두 합쳐 20만 프랑이나 된다고 하더라고요.」

「다주다 씨는 워낙 부자라서 그런 계산을 할 필요도 없어요.」

「하지만 로슈피드 양은 매력적이죠.」

「아!」

「어쨌든 그분은 오늘 거기서 저녁 식사를 해요. 결혼 조건도 다 정해졌어요. 부인이 그렇게까지 모르고 있다니, 신기하고 놀라울 정도군요.」

「그런데 당신은 무슨 바보짓을 한 거죠?」

보세앙 부인이 외젠에게로 말을 돌렸다.

「저 가여운 어린애 같은 청년은 세상에 갓 던져져서, 지금 우리가 하는 이야기 같은 건 전혀 알아듣지도 못한답니다. 우리 앙투아네트, 저 사람에게 선의를 베풀어 줘요. 그리고 아까 그 문제는 두었다가 내일 이야기합시다. 알겠죠? 내일 이면 모든 것이 아마도 공식화될 테니, 여기서 계속한다면 당신은 확실히 비공식적으로 나도는 소문만 좋아하는 사람이 될 거예요.」

보세앙 부인이 말했다.

공작 부인은 외젠 쪽으로 시선을 돌렸다. 한 남자를 발끝에서 머리끝까지 감싸고 납작하게 만들어 영(零)의 상태로 돌려 버리는 거만한 시선이었다.

「부인, 저는 제 자신도 모르게 레스토 부인의 가슴에 비수를 꽂은 격이 되었습니다. 모르고 그랬다는 것이 바로 제 잘못이지요.」

대학생은 좋은 머리를 꽤나 잘 굴려 두 여인이 주고받는 일견 다정한 듯한 말 속에 숨은 신랄한 야유를 알아채고 말을 계속해 나갔다.

「자, 보세요. 당신은 아마 자신에게 해를 끼치고 그 해악의 비밀 속에 숨어 있는 사람들이 두려울 겁니다. 반면, 상처가 얼마나 깊은지도 모르면서 남에게 상처 주는 사람은 어리석고 아무것도 이롭게 쓸 줄 모르는 어설픈 인간으로 여겨져 모든 사람에게 멸시를 받지요.」

보세앙 부인은 그에게 눈길을 주었다. 감사와 위엄을 한꺼번에 담을 줄 아는 고귀한 영혼의 눈길이었다. 그 눈길은, 방금 전에 공작 부인이 외젠의 가치를 평가하느라 그에게 던졌던 집달리 같은 눈길 때문에 입은 마음의 상처를 달래 주는 연고와도 같았다.

외젠이 말을 계속했다.

「제가 레스토 백작의 호의를 얻어 냈다고 한번 생각해 보세요.」

그는 겸손하면서도 짓궂은 태도로 공작 부인 쪽으로 돌아서며 말했다.

「그런데 저는 아직 지지리도 가난하고 외톨이인 초라한 대학생에 지나지 않죠.」

「그런 말 말아요, 라스티냐크 씨. 우리 여자들도, 남들이 아무도 원치 않는 것은 절대 원하지 않아요.」

「에이! 제 나이 겨우 스물둘입니다. 이 나이에 걸맞은 불운쯤이야 감당할 줄 알아야지요. 게다가 저는 지금 고백성사를 하는 셈인데, 이리 어여쁜 고백소에서는 도무지 무릎을 꿇을 수가 없어요. 다른 고백소에서였다면 자책할 죄도 이런 아름다운 곳에선 범하게 되는걸요.」

공작 부인은 이런 반종교적 발언에 대해 냉정한 태도를 취하고 방금 외젠이 보인 저속한 취향에 금기의 표시라도 하듯, 자작 부인에게 말했다. 「이분이 이젠 아주……」

보세앙 부인은 자기 친척 동생과 공작 부인을 두고 놀리듯 웃기 시작했다.

「그래요, 이젠 갈수록 태산이네요. 그래서 그는 고상한 취향을 가르칠 여선생을 찾고 있어요.」

「공작 부인, 우리를 매혹시키는 것의 비밀을 알고 싶어 하는 건 당연하지 않습니까?」 외젠이 말을 이었다.

(그는 혼잣말로 이렇게 말했다. 〈이런, 내가 이발사나 하는 말을 하고 있군.〉)

「저는 레스토 부인이 트라유 씨의 정부라고 알고 있어요.」

공작 부인이 말했다.

「저는 그것에 대해서는 아무것도 몰랐습니다. 그래서 얼떨결에 두 분 사이에 뛰어들었지요. 어쨌든 그 부군과는 꽤 잘 통했어요. 부인 때문에는 잠시 괴로움을 겪기도 했답니다. 비밀 계단으로 나가다가 복도 끝에서 백작 부인께 작별의 입맞춤을 하는 어떤 사람을 보고서, 그 사람이 제가 아는 사람이라고 두 내외분께 감히 이야기를 했다가 말이죠.」

외젠이 다시 말했다.

「그게 누군데요?」 두 여인이 물었다.

「생마르소 동네 구석에 박힌 집에서 한 달에 40프랑으로 살아가는 노인이죠. 가난한 학생인 저처럼 말입니다. 모두가 놀리는 그야말로 박복한 노인인데 우리는 그를 고리오 영감이라고 부른답니다.」

「아니, 당신은 정말 어린애 같군요. 레스토 부인은 고리오 씨 딸이에요.」

자작 부인이 소리쳤다.

공작 부인이 이어 말했다.

「그 제면업자의 딸이죠. 제과업자 딸과 같은 날 국왕께 인사드렸던 그 자그만 여자, 클라라, 기억 안 나요? 그때 국왕께서 웃기 시작하셨고, 라틴어로 밀가루에 대해 재미있는 말을 한마디하셨지요. 뭐더라? 사람들이……..」

「〈에유템 파리나에.〉[47]」 외젠이 말했다.

47 〈같은 밀가루로〉라는 뜻의 라틴어.

「그래요, 그거예요!」 공작 부인이 말했다.

「아! 그럼 그분의 아버지시군요.」 외젠이 두렵다는 듯한 몸짓을 하면서 말했다.

「그렇다니까요. 그 영감에게 딸이 둘 있는데, 거의 미쳤다는 소리를 들을 만큼 두 딸을 애지중지하죠. 두 딸 모두 아버지를 거의 나 몰라라 하는데도 말이에요.」

그러자 자작 부인이 랑제 공작 부인을 쳐다보며 물었다.

「둘째 딸이 은행가와 결혼했는데, 그 남편 성(姓)이 독일 성이죠. 뉘싱겐 남작 아니던가요? 그녀 이름이 델핀 아닌가요? 오페라 극장에서 옆쪽 지정석에 앉곤 하는 금발 여인 아니에요? 부퐁 극장에도 오고, 티내면서 아주 큰 소리로 웃는 그 여자?」

그러자 공작 부인은 미소 지으며 말했다.

「아니, 이거 정말 감탄스럽네요. 당신은 사람들에게 왜 그리도 많이 관심을 갖죠? 아나스타지 같은 밀가루 집 딸 일에 관여해서 밀가루투성이가 되는 건, 레스토 씨처럼 그녀와 미친 듯 사랑에 빠지거나 해야 있을 수 있는 일인데…… 오! 그렇다고 레스토가 장사를 잘한 건 아닐 거예요. 지금 그녀는 트라유 씨 손아귀에 있는데, 그 사람이 그녀를 망칠 거예요.」

「그 두 여자는 자기 아버지도 모른 척했답니다.」

외젠이 거듭 말했다.

「그래요! 그녀들의 아버지. 사람들 말로는 그 아버지가 딸들에게 각각 50만인가 60만 프랑을 주었대요. 시집 잘 보내행복하게 해주려고요. 자기 몫으로는 겨우 연금 8천에서 1만 프랑밖에 안 남기고 말이에요. 두 딸이 항상 딸 노릇을 할 것이라 믿고서 말이지요. 두 딸 집을 오가는 두 집 살림을 혼자 그려 보며, 사랑받고 공경받으며 살려니 생각한 거죠. 2년 만에 두 사위는 장인을 마치 한심하기 짝이 없는 비렁뱅이처럼 자기들 사회에서 추방해 버렸답니다……」

최근 들어 가족에 대한 순수하고 거룩한 감정으로 심기일전했던 외젠의 눈에서 눈물 몇 방울이 흘러내렸다. 그는 아직도 흔히 젊은이들이 갖고 있는 매력적으로 보이는 신념에서 헤어나지 못했고, 파리 문명의 격전장에 첫걸음을 내디뎠을 따름이었다. 진실한 감정이란 너무도 잘 소통되는지라 잠시 이들 세 사람은 잠자코 서로를 바라보았다.

그러다 랑제 부인이 말했다. 「네, 그런 일은 아주 끔찍해 보이지만 그래도 매일 우리 눈앞에서 일어나잖아요. 거기엔 원인이 있지 않겠어요? 자, 내게 말 좀 해봐요. 당신은 사위라는 게 무언지 한 번이라도 생각해 보았나요? 사위라는 사람을 위해 당신이나 나나 우리 모두 귀한 어린 딸을 애지중지 키우죠. 딸은 17년 동안 집안의 기쁨이 되니, 아마 시인 라마르틴이라면 〈순백의 영혼〉이라고 표현하겠죠. 그런데 나중에는 집안의 기쁨이 아니라 역병(疫病)이 되어 버린다니까요. 사위라는 작자는 우리에게서 딸을 빼앗아 가면 우선 딸의 사랑을 도끼로 찍듯이 찍어 가지고 차지해서는 그 천사 같은 아이의 심신에서 가족에게 가졌던 모든 감정을 잘라내 버리는 거예요. 바로 어제만 해도 딸이 우리에게 전부였고 우리는 딸에게 전부였는데, 다음 날이 되면 딸아이는 우리의 원수가 된다니까요. 이런 비극이 날마다 일어나는 게 눈앞에 보이지 않나요? 어떤 집에서는 아들을 위해 모든 것을 희생한 시아버지에게 며느리가 도저히 그럴 수 없을 만큼 버릇없이 굴고, 또 어떤 집에 가면 사위가 장모를 내쫓지요. 요즘 같

은 사회에서 그게 뭐가 그리 극적인 일이겠느냐고 하는 사람
도 있겠지요. 하지만 사위 때문에 생기는 우여곡절이란 무시
무시해요. 요즘 세상에서 결혼 자체가 아주 어리석은 일이
되어 버린 것은 두말할 것도 없고요. 그 제면업자 노인에게
무슨 일이 닥친 건지 난 환히 알겠어요. 그 〈포리오〉[48]……,
기억나는 것 같네요.」

「부인, 포리오가 아니라 고리오랍니다.」

「그래요, 그 〈모리오〉라는 사람은 혁명 때 자기 구역[49]의
구역장이었답니다. 그 극심한 식량난 속에서 그는 밀거래(密
去來)를 해서 밀가루를 원래 시세보다 열 배나 비싸게 팔아
돈을 모으기 시작했죠. 그는 밀가루라면 원하는 만큼 구할
수 있었죠. 우리 할머니의 재산관리인이 그에게 엄청난 돈을
받고 밀가루를 팔았다니까요. 그 고리오라는 사람은 아마도
그 사람들 모두가 그랬겠지만 공안 위원회[50]와 이익을 나눠
가졌을 거예요. 재산 관리인이 우리 할머니께 그랑빌리에에
안심하고 그냥 계셔도 된다고 했던 기억이 나요. 왜냐하면
할머니네 밀이 훌륭한 시민증이 되었으니까요. 자! 남의 목
을 탁탁 치는 자들에게 밀을 팔던 이 〈로리오〉라는 사람에겐
단 한 가지 열정밖에 없었답니다. 사람들 말로는, 그가 딸들
을 그렇게도 애지중지했다고 해요. 맏딸은 레스토 집안으로
출가시켰고, 작은딸은 뉘싱겐 남작 집안에 시집갔어요. 뉘싱
겐은 왕당파고 부자 은행가죠. 당신도 잘 아시겠지만요. 제

48 여기서부터 고리오 영감을 멸시하는 뜻에서 일부러 이름 맨 앞 자음 G를
다른 자음으로 바꾸어 가며 부르고 있다.

49 혁명 기간 동안 파리는 48구역으로 나뉘어 있었다.

50 1793년 4월에 설립된 기구로, 로베스피에르의 영향 아래 공포 정치의
도구가 되었다.

정 치하에서 그 두 사위는 93년도[51]의 주역이었던 늙은이 한 사람을 집에 두고 있는 게 도무지 격에 맞지 않는다고 생각했지요. 보나파르트 때라면 또 그런대로 괜찮았겠지만요. 부르봉 왕조가 복고되자, 영감은 레스토 씨에게 짐이 되었고, 은행가 사위에게는 더욱 그랬지요. 그래도 여전히 아버지를 사랑했던 두 딸은 염소와 양배추처럼 안 맞는 아버지와 남편을 어떻게든 잘 어울리게 해보려 했어요. 딸들은 집에 아무도 없을 때면 고리오 영감을 맞아들였죠. 딸들은 애정 담긴 듯한 말을 지어냈죠. 〈오세요, 아빠. 이제는 전보다 나을 거예요. 우리끼리만 있을 테니까요!〉 이러면서요. 난 말이죠, 진실한 감정에는 눈도 있고 머리도 있다고 생각해요. 그러니 그 가엾은 〈93년 공포 정치 시대 사람〉의 가슴은 피를 흘렸겠죠. 딸들이 자기를 부끄럽게 여긴다는 것을 안 거예요. 그리고 만약 딸들이 남편을 사랑한다면 자신은 사위들에게 해가 되고 있다는 사실도요. 그러니 희생해야 했지요. 그는 자기희생을 한 거예요. 왜냐하면 아버지니까. 그는 스스로 추방당하는 편을 택했지요. 딸들이 만족하는 것을 보고 그는 잘했다는 것을 깨달았어요. 이 작은 범죄에서 아버지와 두 딸은 공범이었죠. 이런 일은 어디서나 볼 수 있어요. 〈도리오〉 영감이 두 딸의 살롱에 있다면 기름 얼룩 같은 존재 아니었겠어요? 영감 때문에 남들도 거북해지고 자기도 입장이 난처했을 테니 말이에요. 이 아버지에게 닥친 일은 가장 사랑하는 남자와 함께 있는 더없이 아름다운 여자에게도 똑같이 일어날 수 있는 일이에요. 만약 그 여자가 자기 사랑을 다 쏟아 부어 상대방 남자를 거북하게 만든다면 그는 떠나 버리

51 프랑스 대혁명 후 로베스피에르의 공포 정치가 시작된 1793년을 말한다.

죠. 그녀에게서 도망치기 위해 그는 비겁한 짓들을 해요. 사람의 모든 감정이라는 게 바로 그런 거예요. 우리의 마음은 보물이죠. 그것을 단번에 비워 버리면 파산하고 말아요. 또 어떤 사람이 수중에 한 푼도 없다는 것이 용서 못 할 일이듯이, 감정을 송두리째 다 내보여 준다는 것도 용서 못 할 일이지요. 그 아버지는 모든 걸 다 내주었어요. 20년간 뼈까지 다 빼주고 사랑을 퍼주기만 한 거예요. 그는 자기 재산을 하루아침에 다 주어 버렸어요. 레몬즙을 실컷 짜내고 나서, 남은 레몬 껍질을 딸들이 길모퉁이에 버린 셈이지요.」

〈세상은 파렴치해요〉라고 자작 부인이 숄의 실을 풀어내면서 눈도 치켜뜨지 않고 말했다. 그녀는 랑제 부인이 방금 이 이야기를 하면서 자기를 두고 한 말 때문에 상처를 입었던 것이다.

「파렴치하다고요! 아니에요.」

공작 부인이 말을 이었다.

「세상은 세상대로 가고 있을 뿐이지요. 당신에게 이렇게 말하는 것은, 내가 세상에 호락호락 속지 않는 여자라는 것을 보여 주기 위해서예요. 나도 당신처럼 생각해요.」

그녀가 자작 부인의 손을 꼭 잡으며 말했다. 「세상은 진흙 구덩이랍니다. 그러니 우리라도 고고한 곳에 있기 위해 노력합시다.」

그녀는 일어서서 보세앙 부인의 이마에 입을 맞추면서 이렇게 말했다.

「당신 지금 정말 아름답군요. 내가 지금껏 본 중에서 가장 안색이 좋아요.」

그러더니 부인의 친척 외젠을 보며 고개를 가볍게 까딱 숙인 후 나가 버렸다.

「고리오 영감은 대단한 양반이군요!」

영감이 밤중에 은 식기를 우그러뜨리던 모습을 되새기며
외젠이 말했다.

보세앙 부인은 그 말을 듣지 못하고 생각에 잠겨 있었다.
얼마 동안 침묵이 흐르고 난 뒤 가엾은 대학생 외젠은 부끄
러우면서도 어리둥절한 기분에 감히 자리를 뜨지도, 그냥 있
지도, 그렇다고 이야기를 하지도 못했다.

「세상은 파렴치하고 심술궂어요.」

마침내 자작 부인이 말했다.

「우리에게 불행이 닥치면 여지없이 그걸 말해 주러 올 준
비가 된 친구 하나쯤은 늘 있게 마련이죠. 와서는 우리의 가
슴을 비수로 후벼 내는데, 어찌나 솜씨가 좋은지 우린 그 짓
을 당하면서도 칼자루가 멋지다고 감탄을 하고 말죠. 그쯤
되면 벌써 풍자에다 조롱이 나오게 마련이죠. 아! 내가 나 자
신을 방어해야지!」

그녀는 왕년의 귀부인답게 머리를 꼿꼿이 치켜들었다. 그
러자 자부심 강한 그녀의 눈에서 불꽃이 번쩍 일었다. 그녀
가 외젠을 보고 말했다.

「아, 거기 있었군요!」

「예. 아직 있습니다.」

그가 민망스러워하며 말했다.

「아! 라스티냐크 씨, 세상을 대할 때에는 그럴 가치가 있는
만큼만 하면 돼요. 당신, 출세하고 싶죠? 내가 도와줄게요.
여자들의 타락상이 어느 정도인지 그 깊이를 알게 될 테고,
남자들의 비참한 허영심이 얼마나 대단한지도 헤아리게 될

거예요. 세상이라는 책을 읽을 만큼 읽었지만 그래도 내가 아직 모르는 부분들이 있었어요. 이제 난 다 알아요. 냉정하게 계산하면 할수록, 당신은 앞으로 더욱 나아가게 될 거예요. 인정사정없이 후려치면 남들은 당신을 두려워할 거예요. 남자든 여자든 사람을 대할 때는, 마치 당신이 마차를 갈아타려고 역에 내릴 때마다 배고파 죽거나 말거나 더이상 신경 쓰지 않는 말[馬]이라 생각하고 받아들여요. 그렇게 하면 당신이 바라는 바의 정상(頂上)에 다다를 수 있을 거예요. 잘 아시겠지만, 만약 당신에게 관심 갖는 여자가 없다면 당신은 이 바닥에서 아무것도 아닌 사람이 될 거예요. 당신에게는 젊고, 돈 많고, 우아한 여자가 필요해요. 하지만 혹시라도 당신에게 진실한 감정이 있다면, 그런 감정일랑 보물처럼 감춰 두어요. 그걸 조금이라도 드러내 보이지 말아요. 그랬다가는 패자가 될 테니. 그러면 당신은 더 이상 남을 혹사하는 자의 입장에 서지 못하고 피해자가 되어 버릴 거예요. 혹시라도 사랑을 하게 되거든 비밀을 잘 지켜요! 당신이 마음을 열어 보이는 상대방이 누군지를 잘 알기 전에는 절대 비밀을 말하지 말아요. 아직 존재하지 않는다 해도 그 사랑의 감정을 미리 보호하려면 이 세상을 경계하는 법을 배워야 해요. 내 말 잘 들어요, 미구엘[52]……(그녀는 자기도 모르게 외젠의 이름을 연인의 이름과 착각했다). 두 딸이 그 아버지를 버리며 죽기를 바라는 것보다 더 무서운 일이 있어요. 그건 바로 두 자매간의 경쟁심이랍니다. 레스토 씨는 귀족 가문에서 태어났으니, 그의 아내는 상류 사회에 편입되어 널리 알려졌지요. 하지만 그 부자 동생, 그러니까 미인인 델핀 드 뉘싱겐 부인

52 여기서 〈미구엘〉은 보세앙 자작 부인의 연인 다주다 후작의 이름이다.

은 재력가의 아내인데 속상해서 죽을 지경이지요. 질투로 속이 타거든요. 그녀는 언니하고는 아주 멀리 떨어져 지내요. 말이 언니지 더 이상 언니가 아니에요. 두 자매는 서로 아는 척도 안 하지요. 마치 그 아버지를 나 몰라라 하듯이 말입니다. 그러니까 뉘싱겐 부인은 만약 우리 집 살롱에 들어올 수만 있다면 생라자르 거리에서부터 그르넬 거리 사이에 있는 진흙을 모두 핥으라 해도 핥을 사람이에요. 그녀는 드 마르세가 자기 목적을 달성시켜 줄 거라 믿고 그의 노예가 되어 그를 귀찮게 했지요. 그런데 드 마르세에겐 그녀가 안중에도 없었어요. 당신이 만약 그녀를 나와 한 번 만나게 해준다면, 그녀의 총애를 받게 될 겁니다. 그녀는 당신을 더없이 아껴 줄 거예요. 그러고 나서 할 수 있거든 그녀를 사랑해 봐요. 아니면 그녀를 이용하든가 말이에요. 난 성대한 파티에서 그녀를 한두 번 만날 수는 있어요. 사람이 많이 붐빌 때 말이죠. 하지만 오전에는 절대 우리 집에 들이지 않을 거예요. 그저 인사만 하면 그걸로 됐죠. 당신은 고리오 영감 이름을 입 밖에 낸 죄로 백작 부인 댁에 출입 금지 당했어요. 그래요, 이제 당신이 레스토 부인 집에 스무 번 간다면 스무 번 다 그녀는 부재중일 거예요. 당신은 그 집에서 쫓겨난 거라니까요. 그래요! 고리오 영감이 당신을 델핀 드 뉘싱겐 부인에게 소개해 주었으면 좋겠네요. 아름다운 뉘싱겐 부인이 당신에게는 간판 역할을 할 거예요. 그녀가 각별하게 생각하는 남자가 한번 되어 봐요. 그러면 여자들이 당신에게 푹 빠져 달려들 거예요. 그녀의 경쟁자, 그녀의 친구들, 그녀의 가장 친한 벗들이 당신을 그녀 곁에서 떼어 놓고 싶어 할 거예요. 다른 여자가 이미 선택한 남자를 사랑하는 여자들이 세상에는 많으니까요. 마치 우리가 쓴 모자를 뺏어 쓰고는 우리 생활 방식이 자기 것이 되기를 바라는 소시민들이 있듯이 말이에요. 당신은 성공할 거예요. 파리에서 성공이란 모든 것이죠. 즉 힘의 열쇠란 말이에요. 만약 여자들이 당신을 재기 발랄하고 재능 있는 남자로 생각한다면, 남자들도 그걸 믿을 거예요. 당신이 특별히 그들을 실망시킬 만한 언행을 하지 않는다면 말이죠. 그렇게 되면 당신은 뭐든지 원해도 되고, 어디든 발을 들여놓을 수 있어요. 그러면 사교계의 실체를 알게 될 거예요. 속고 속이는 자들의 모임이라는 것을 말이지요. 속는 자도 속이는 자도 되지 말아요. 이 미궁 속에 들어가기 위한 아리아드네의 실처럼 내 이름을 쓸 수 있도록 해줄게요. 하지만 내 이름을 욕되게는 하지 말아요.」

그녀는 다시금 목을 숙여 마치 여왕이 대학생에게 보내는 듯한 시선을 던지면서 그에게 말했다.

「내 이름을 깨끗하게 나에게 돌려줘요. 자, 이제 가봐요. 우리 여자들도 치러야 할 전투가 있답니다.」

「혹시 광산을 폭파하러 갈 선의의 남자가 필요하신가요?」 외젠은 그녀의 말을 끊고서 물었다.

「그렇다면요?」 그녀가 말했다.

그는 자기 가슴을 두드려 보이며, 친척 누이의 미소에 자기도 미소로 답하고 방을 나왔다. 5시였다. 외젠은 배가 고팠고, 저녁 식사 시간에 맞추어 하숙집에 들어가지 못할까 봐 걱정이 되었다. 이런 두려움 때문에, 재빨리 마차로 달려 갔다. 그는 파리 시내에서 이렇게 할 수 있다는 게 참 다행이라고 느꼈다. 이처럼 순전히 기계적인 기쁨 때문에, 그는 밀려드는 상념 속에 온전히 빠져 들 수 있었다. 그 나이 또래의 젊은이가 남의 멸시를 받게 되면 화를 내고, 분노하고 사회 전체를 주먹질로 위협하며, 복수하려 하며 또한 자기 자신에 대해 미심쩍어하는 법이다. 라스티냐크는 이 순간 〈당신은 백작 부인네 집에서 쫓겨난 셈이에요〉라는 말을 상기하고 흥분해 있었다. 가야지! 그는 속으로 말했다. 〈만약 보세앙 부인 말이 맞다면, 그러니까 내가 그 집에서 쫓겨난 것이라 면…… 나는…… 레스토 부인은 앞으로 어느 집의 살롱에 가 든지 거기 있는 나와 마주치게 될 것이다. 무기 다루는 법, 권 총 쏘는 법을 배워서 그녀의 연인 막심을 죽여 버려야지! 그 렇다면 돈은?〉 그의 양심이 외쳤다. 돈은 어디서 구할 텐가? 갑자기 레스토 부인 집에 펼쳐진 부(富)가 그의 눈앞에서 빛 났다. 처녀 적의 고리오 양이 틀림없이 흠모하였을 사치를 그는 그곳에서 보았었다. 금장식, 누가 보아도 값비싸 보이 는 물건들, 머리는 텅텅 빈 졸부의 사치, 남자에게 의지해 사 는 여인의 낭비를 보았다. 이런 매혹적 영상이 갑자기 보세 앙 부인의 대저택 때문에 산산이 부서졌다. 파리 사교계의 최 상류층 쪽으로 옮겨간 그의 상상력이 머릿속에 해로운 오만 가지 생각을 불어넣으면서 그의 의식과 사고를 확 넓혀 놓았 다. 그는 있는 그대로의 세상을 보았다. 법과 도덕은 부자에 게서 아무 힘도 발휘하지 못한다. 그리고 〈이 세상 최후의 논 리〉를 돈에서 보았다.

뇌브생트주느비에브 길에 도착하자 그는 재빨리 자기 방 에 들어갔다 와 마부에게 10프랑을 주었다. 그러고는 구역질 나는 식당으로 갔다. 그곳엔 마치 외양간의 꼴 시렁에 모여 든 짐승들이 먹이를 먹듯 평소 저녁 먹는 열여덟 명이 모여 앉아 식사하는 중이었다. 이런 비참한 광경과 식당의 꼴이 그에게는 끔찍하게 보였다. 방금 머물다 온 곳과 격차가 워낙 심하고 너무도 극과 극의 대조를 이루는 바람에, 외젠의 마음속에는 도에 넘치게 야심이 확 타올랐다. 한편으로는 더할 나위 없이 우아한 사교계의 신선하고 매력적인 이미지와, 예술과 사치에 둘러싸인 젊고 생기발랄한 얼굴들, 시정 가득한 열정적 얼굴들이 떠올랐고, 다른 한편으로는 진흙으로 테를 두른 을씨년스러운 그림들과 정열이 소진되고 남은 것이라고는 핏줄과 눈 코 입뿐인 얼굴들이 떠올랐다. 버림받은 여인의 분노 때문에 보세앙 부인이 그예 입 밖에 내고야 만 가르침, 궤변 같은 그 제안이 기억에 되살아났고, 곤궁이 거기에 토를 달아 준 셈이었다. 라스티냐크는 부를 거머쥐기 위해서는 평행한 두 개의 참호를 뚫겠다고 마음먹었고, 학문과 사랑을 발판 삼아 박식한 법학자와 사교계의 총아가 되기로 결심했다. 그런데 그는 아직도 참으로 어린애였다! 이 두 선은 결코 서로 합치될 수 없는 점근선(漸近線)[53]인 것이다.

「우리 후작 나리, 몹시 우울해 보이시네?」

가슴속 가장 깊은 곳에 감추어 둔 비밀에 접근하는 듯한 눈길을 주면서 보트랭이 외젠에게 말했다.

외젠은 대답했다.

「지금 저는 후작 나리라는 농담에 대꾸할 만한 기분이 아닙니다. 여기 파리에서 정말 후작이 되려면 연 10만 프랑의 수입은 있어야 하죠. 그런데 행운의 여신이 보케 하숙집에서 사는 사람을 총애한다고 말할 수야 없지요.」

보트랭은 아버지 같으면서도 경멸 어린 표정으로 라스티

---

53 발자크는 여기서 〈평행선〉이라고 써야 할 것을 착각하여 〈점근선〉이라고 쓰고 있다.

냐크를 바라보았다. 마치 〈애송이 녀석! 내가 널 삼키면 한 입이면 딱 되겠네!〉라고 말하는 것 같았다. 그러더니 이렇게 말했다.

「자네 지금 기분이 안 좋구먼. 아마 아름다운 레스토 백작 부인에게 작업을 걸었다가 성공 못 한 모양이군.」

「그분 아버님이 우리 하숙집의 같은 식탁에서 식사를 하는 분이라고 말했다가 부인에게 출입 금지를 당했거든요.」

라스티냐크가 큰 소리로 말했다.

저녁을 먹던 사람들 모두가 서로 쳐다보았다. 고리오 영감은 시선을 내리깔고 돌아서더니 눈을 수건으로 닦았다.

영감이 옆에 앉은 사람에게 말했다.

「당신 담배 연기가 내 눈에 들어갔잖소.」

「이제부터 고리오 영감님을 괴롭히는 사람은 나를 공격한 셈입니다.」 외젠은 영감 옆에 앉은 사람을 쳐다보며 말했다.

「영감님은 우리 모두를 합친 것보다 더 가치 있는 분입니다. 여자 분들은 빼고요.」

그가 타유페르 양 쪽을 돌아보면서 말했다.

이 말이 결론처럼 되어, 외젠이 말하고 나자 모두들 침묵을 강요받기라도 한 듯이 조용해졌다. 보트랭만 이죽거리며 외젠에게 말했다.

「고리오 영감님을 자네가 돌봐 드리려면, 그리고 영감님의 책임 있는 보호자가 되려면, 검을 잘 다루고 총도 잘 쏠 줄 알아야 하는데.」

「제가 그렇게 하면 되죠.」

외젠이 말했다.

「그렇다면 오늘 당장 전투 시작인가?」

「어쩌면 그럴지도 모르죠. 하지만 아무한테도 저의 일을 보고할 의무는 없습니다. 밤에 남들이 무슨 일을 하는지 제가 알아보려 하지 않는 것이나 마찬가지로요.」

라스티냐크가 대답했다.

보트랭은 라스티냐크를 삐딱하게 쳐다보았다.

「이보게, 꼭두각시에게 속고 싶지 않다면 그 꼭두각시극 무대 속으로 완전히 들어가야 한다네. 무대 막에 뚫린 구멍으로 빠끔히 들여다보는 걸로 만족하면 안 되네.」

외젠이 무장 태세를 갖추는 것을 보고 그가 덧붙였다.

「이제 이만하면 충분히 이야기했네.」

저녁 식사 분위기는 어둡고 냉랭해졌다. 고리오 영감은 외젠이 한 말 때문에 깊은 시름에 잠긴 나머지, 사람들이 자기를 대하는 마음이 바뀌었다는 것, 그리고 박해하는 이들을 입 다물게 만든 이 청년이 자기편을 들어 주었다는 것도 깨닫지 못했다.

「고리오 씨가 그럼 그 백작 부인의 아버지라는 건가?」

보케 부인이 나지막한 소리로 말했다.

「남작 부인의 아버지이기도 하죠.」

라스티냐크가 대꾸했다.

「그럴 수밖에 없지. 내가 영감 머리를 만져 봤더니 혹이 딱 하나밖에 없던걸. 부성(父性)의 혹 말이야. 그건 〈영원한 아버지〉라는 혹일 거야.」

비앙숑이 라스티냐크에게 말했다.

외젠은 너무 심각해져서 비앙숑의 농담에도 웃지 않았다. 그는 보세앙 부인이 해준 조언을 활용하고 싶었고, 어디서 어떻게 돈을 구할 수 있을지 혼자 속으로 묻고 있었다. 텅 비었으면서 동시에 꽉 찬, 세상이라는 초원이 눈앞에 펼쳐지는 것을 보며 그는 더럭 근심이 들었다. 저녁 식사가 끝나자 다들 가버리고 식당에는 외젠만 남았다.

「그러니까 당신이 내 딸을 만난 거요?」고리오 영감이 감동받은 목소리로 물었다.

영감 때문에 깊은 생각에서 퍼뜩 깨어난 외젠은 영감의 손을 잡고, 왠지 마음이 애틋해져서 찬찬히 그를 바라보았다.

「영감님은 훌륭하고 점잖은 분이십니다. 따님들에 대해서는 나중에 이야기하지요.」그는 고리오 영감의 말에 귀 기울이고 싶지 않아 자리에서 일어나 자기 방으로 올라가서 어머니에게 이런 편지를 썼다.

사랑하는 어머니, 저에게 내어 주실 세 번째 젖가슴이 있는지 한번 보세요. 저는 지금 빨리 돈을 마련해야만 하는 처지랍니다. 1천2백 프랑이 필요해요. 어떤 일이 있더라도 그 돈이 있어야 합니다. 제 부탁에 대해 아버지께는 아무 말씀도 하지 마세요. 아마 아버지는 반대하실 겁니다. 그런데 저는 그 돈이 없으면 절망에 빠져 머릿속의 골이 타들어 갈 지경이랍니다. 돈이 필요하게 된 동기는 어머니를 뵙게 되면 바로 설명해 드릴게요. 지금 제가 처한 상황을 어머니께 이해시켜 드리려면 책을 몇 권 써야 할 테니 말입니다. 사랑하는 어머니, 저는 빚진 것은 전혀 없어요. 하지만 만약 어머니가 저에게 주신 생명을 제가 잘 지켰으면 하신다면, 이 돈을 저에게 마련해 주셔야만 해요. 참, 그리고 저는 보세앙 자작 부인 댁에 찾아갔고, 그분이 저의 보호자 역할을 해주셨습니다. 사교계에 진출해야 하는데 깨끗한 장갑을 살 돈도 한 푼 없어요. 오로지 빵과 물만 먹으며 살 수도 있고, 필요하다면 굶을 수도 있어요. 하지만이 바닥에서는 포도밭을 일궈 낼 곡괭이 같은 도구인 돈없이는 지낼 수가 없군요. 제게 중요한 것은 저의 길을 개척하느냐 아니면 진흙탕 속에 남아 있느냐 하는 겁니다. 어머니가 저에게 쏟으시는 희망 모두 잘 알고 있어요. 그리고 그것을 얼른 실현시키고 싶어요. 사랑하는 어머니, 갖고 계신 옛날 보석을 몇 개 파세요. 제가 곧 다른 것을 사드릴 테니까요. 저는 우리 집안 사정을 잘 아니까, 그런희생이 얼마나 값진 것인지도 잘 압니다. 그리고 아무 대가 없이 그런 일을 하시라고 부탁하는 게 아니라는 걸 꼭믿어 주셨으면 합니다. 만약 그렇다면 저는 사람이 아니라괴물입니다. 제 간청이 오직 절박한 필요성에서 나온 것이라고 생각해 주세요. 우리의 미래 전체가 이 보조금에 달려 있고, 이것으로 저는 전투의 길을 헤쳐 나가야 한답니다. 왜냐하면 파리 생활은 끝없는 전투나 다름없거든요. 만약 제가 부탁한 금액을 채우기 위해 고모님이 지니신 레이스를 파는 수밖에 다른 방도가 없다면, 제가 나중에 더예쁜 것으로 보내 드리겠다고 고모님께 말씀드려 주세요. 운운.

그는 두 누이동생에게도 각각 편지를 써서, 모아 놓은 돈을 좀 부탁한다고 했다. 그리고 기꺼이 오빠에게 희생을 보여 줄 누이들이 가족에게 어떠한 말도 하지 않고 돈을 보낼수 있도록, 그는 처녀들의 가슴속에 팽팽히 당겨진 명예의 심금을 울리고 그 섬세한 성정을 자극했다. 이 편지를 다 쓰고 나자 그는 의외로 가슴이 두근거리며 몸이 바르르 떨리는 것을 느꼈다. 고독 속에 파묻힌 두 누이의 영혼이 얼마나 고결한지 이 야심 많은 청년은 잘 알고 있었다. 두 누이에게 어떤 고통을 주게 될지도 알았고, 또 누이들의 기쁨이 얼마나 클지도 알고 있었다. 사랑하는 오빠에게는 비밀로 하고, 집 안 깊숙한 곳으로 가 얼마나 즐겁게 둘이서 대책을 세울지 말이다. 외젠의 양심이 환한 빛을 발하자 그의 눈에는 몰래 저희들의 작은 보물을 세어 보는 누이들의 모습이 보였다. 아무도 몰래 그 돈을 오빠에게 보내 주려고 처녀다운 깜찍한 꾀를 요리조리 짜내는 모습, 숭고한 희생을 위해 난생 처음 남을 속이려 애를 쓰는 모습이 보였다. 〈누이의 마음은 티 없는 다이아몬드고, 애정의 심연이야!〉라고 그는 속으로 말했다. 편지를 쓴 것이 부끄러웠다. 누이들의 서원은 얼마나 강렬하며, 하늘을 향해 비상하는 그들의 영혼은 얼마나 순수한가! 아들이 부탁한 금액을 모두 보내 주지 못한다면 어머니 마음은 얼마나 괴로울 것인가! 이런 아름다운 감정, 두려운 희생은 그로 하여금 델핀 드 뉘싱겐 부인 집에 이르게 하는 디딤돌이 되리라. 가족이라는 거룩한 제단에 뿌려진 향의 마지막 알갱이인 양, 눈물 몇 방울이 그의 눈에서 흘러나왔다. 그는 절망으로 가득 찬 마음에 안절부절못하며 걸어다녔다. 고리오 영감이 반쯤 열린 자기 방 문틈으로 그의 이런 모습을 보더니 들어와서 말했다.

「왜 그러시오, 젊은이?」

「아! 착하신 영감님. 영감님이 아버지이시듯, 저도 아직 아들이고 오빠랍니다. 영감님이 아나스타지 백작 부인 때문에 걱정되어 떨고 계실 만도 해요. 백작 부인은 막심 드 트라유 씨에게 마음을 주었는데 그 사람이 백작 부인을 망칠 것입니다.」

고리오 영감은 뭐라고 몇 마디 웅얼대면서 뒤로 물러났는데, 외젠은 그 말의 의미를 파악하지 못했다. 다음 날, 라스티냐크는 써놓은 편지를 우체국에 가서 부쳤다. 마지막 순간까지 그는 망설였지만 결국 우체통에 편지를 던져 넣으며 속으로 이렇게 말했다. 〈난 성공할 거야!〉 이건 노름꾼의 말이나 큰 배를 타고 지금까지 구해 낸 사람보다는 잃은 사람이 더 많은 선장의 말처럼 치명적인 말이었다. 며칠 뒤, 외젠은 레스토 부인 집에 갔지만 들어갈 수는 없었다. 세 번이나 다시 그 집에 갔지만, 가는 족족 문은 닫혀 있었다. 막심 드 트라유 백작이 그 집에 없을 만한 때에 갔는데도 그랬다. 자작 부인의 말이 맞았다. 대학생 외젠은 더 이상 공부를 하지 않았다. 그는 강의 시간에 가서 출석 부를 때 대답만 겨우 하고 정작 수업은 빼먹었다. 그는 대부분의 대학생들처럼 시험 기간에만 공부를 하기로 한 것이다. 2학년과 3학년 등록을 한꺼번에 몰아서 하고, 법학은 맨 마지막 순간에 한꺼번에 제대로 배우겠다고 마음먹었다. 이렇게 해서 그에겐 파리라는 망망대해를 마음대로 항해하고 여자들에게 잘해 주거나 행운을 낚을 수 있는 15개월간의 여유가 생겼다. 이번 주에만 두 번 보세앙 부인을 만나러 갔는데, 갈 때마다 마침 다주다 후작의 마차가 그 집에서 나오고 있었다. 생제르맹 구역에서 가장 시심(詩心)이 풍부한 인물로 유명한 이 여인은 로슈피드 양과 다주다 핀토 후작의 결혼을 유예시켜 며칠간은 의기양양해 있었다. 하지만 행여 자기의 행복을 잃을까 두려워 어느 때보다도 가슴 태우는 나날을 보냈고, 이것이 오히려 파국을 재촉했다. 다주다 후작과 로슈피드 집안은 죽이 맞아서 이러한 불화와 임시변통을 다행스럽게 생각하고 지켜 보았다. 보세앙 부인이 이 결혼을 받아들이고 마침내 남자들의 삶에서 예견된 미래에 대해 생각하느라 그녀의 낮 시간을 다 보내게 되기를 그들은 바란 것이다. 날마다 새로워지는 더없이 거룩한 약속에도 불구하고, 다주다 씨는 그러니까 연극을 하는 셈이었고, 자작 부인은 기꺼이 속고 있는 셈이었다. 〈고귀하게 창문으로 뛰어내리는 대신, 그녀는 차라리 계단에서 굴러 떨어지는 편을 선택할 거야〉라고 그녀의 가장 친한 친구인 랑제 공작 부인은 말했다. 그럼에도 불구하고 이 마지막 빛은 꽤 오래 빛나서 자작 부인은 파리에 남아 젊은 친척 외젠을 도와주었고 그에게 일종의 맹목적인 애정을 쏟아부어 주었다. 그 누구의 눈길에서도 동정이나 진정한 위안을 찾을 수 없는 상황에 놓인 그녀에게 외젠은 더할 나위 없는 헌신과 자상함을 보여 주었다. 이런 경우 만약 어떤 남자가 여자에게 부드러운 말을 해준다면 그건 이해타산에 따라 이야기하는 것이다.

뉘싱겐 부인 집에 접근을 시도하기 전에 이 바닥을 완벽하게 알아야겠다는 마음에서 라스티냐크는 고리오 영감이 이제껏 살아온 삶의 진상을 알아보는 일에 달려들었고, 몇몇 정보를 수집했는데, 그것을 요약하면 다음과 같았다.

장조아킴 고리오는 대혁명 이전에는 제면 공장의 평범한 일개 직공이었다. 그가 다니던 공장의 주인은 우연히도 1789년 대혁명 때 첫 봉기의 희생자가 되었는데, 그렇게 되자 수완 좋고 능수능란하며 검소한 고리오는 주인의 자산을 사들였다. 그는 알오블레[54] 근처의 쥐시엔 거리에 살았는데 그 위험

54 〈보리 도매 시장〉이라는 뜻.

한 시대에 가장 영향력 있는 인물들로부터 자기 사업을 보호받기 위해 자기 구역의 구역장직을 맡았다. 그의 지혜는, 옳건 그르건, 식량이 부족한 시절에 돈을 모을 수 있는 원천이었다. 파리의 곡물 값이 엄청나게 오르자 평민들은 죽기 살기로 빵집 문간에 몰려들었다. 하지만 일부 특수 계층 사람들은 야단법석 떨지 않고 조용히 파스타를 사러 식품점에 갔다. 이런 세월을 살면서 공화국 시민 고리오 영감은 재산을 모았고, 나중에는 그 어마어마한 돈 덕택에 특권까지 누리며 사업을 할 수 있었다. 상황에 따라 적절한 능력을 발휘하는 사람들 모두가 체험하는 일이 그에게도 일어났다. 그의 평범함이 그를 구해 주었다. 게다가 부자라도 더 이상 위험하지 않을 때가 되어서야 비로소 남들에게 그의 재산이 알려졌기 때문에, 그는 누구에게도 시기심을 불러일으키지 않았다. 그는 있는 머리를 다 짜내 곡물 장사에 몰두했던 것 같다. 보리든, 밀가루든, 곡물 찌꺼기든, 그 품질이며 산지를 알아보고 물건이 잘 보존되도록 살피고 유통을 예측하고, 풍작과 흉작을 예견하고 싼 가격에 낟알을 사들이고, 시칠리아, 우크라이나 등지에서 물건을 들여오는 일에는 고리오 영감을 당해 낼 자가 없었다. 그가 사업을 이끌어 나가고 곡물 수출과 수입에 관한 법에 관해 설명하고 그 법의 정신을 연구하고 그 맹점을 파악하는 것을 보면 아마 그가 국가 부처의 장관도 능히 할 수 있으리라는 판단이 들 만했다. 참을성 많고 활동적이며 정력적이고 꾸준하고 실행이 빠른 그는, 독수리 같은 시선을 던지며 모든 것을 앞질렀고 예견했으며 모든 것을 파악하고 교묘히 감추었다. 일을 구상하는 데는 외교관 같고, 전진하는 데는 군인 같았다. 하지만 자기의 전문 분야인 장사에서 빠져나와, 몇 시간 동안 빈둥거리며 단출하고 컴컴한 가게 문기둥에 어깨를 대고 서 있다 보면 그는 다시 멍청하고 거친 노동자가 되어 버렸다. 추론을 이해하지 못하고 정신의 온갖 쾌락에 무감각한 남자, 공연 보러 가면 잠들어 버리는 남자, 파리의 돌리방 영감[55]처럼 오직 바보짓만 잘하는 사람이 되었다. 이런 성격을 가진 사람들은 대부분 서로 꼭 닮았다. 그들의 마음속에는 거의 모두 숭고한 감정이 자리 잡고 있다. 제면업자 고리오의 마음을 가득 채운 것은 두 가지 배타적인 감정이었는데, 마치 곡물 장사가 뇌 속의 지성을 모두 써버린 것처럼 그의 내면에 있는 물기 역시 빨아들인 것이다. 그의 아내는 브리 지방의 부유한 농부의 외동딸이었는데, 그에게는 종교적 숭배의 대상이자 무한한 사랑의 대상이었다. 고리오는 아내의 연약하면서도 강인하고, 민감하면서도 사랑스러운 성격에 감탄했다. 자기 성격과는 확연한 대조가 되었던 것이다. 남자의 가슴속에 타고난 감정이 자리한다면, 그것은 순간순간 연약한 존재를 보호한다는 자부심 아닐까? 거기에 사랑이라는 감정, 쾌락을 불러일으키는 모든 것에 대한 감사의 감정을 덧붙여 보라. 그러면 정신적으로 불가사의한 무수한 행동들이 모두 이해될 것이다. 7년간 구름 한 점 없는 온전한 행복을 누리고 나서, 불행히도 영감은 아내를 잃었다. 이때는 감정의 영역을 벗어나서 아내가 남편을 쥐락펴락하기 시작하려는 시기였다. 아마 그녀가 살아 있었다면 영감의 무기력한 본성을 계발했을 것이고, 그 본성에다 세상과 인생사에 관한 지성을 불어 넣어 주었을지

55 데포르주의 희극 「귀머거리 혹은 만원 주막」에 등장하는 우스꽝스러운 영감.

도 모를 일이다. 이런 상황에서 고리오의 마음속에는 부성애라는 감정이 점점 더 발달해서 이성을 잃을 정도가 되었다. 죽음으로 꺼져 버린, 아내에게 쏟던 애정을 그는 두 딸들에게 옮겨 쏟아부었다. 딸들도 처음에는 그의 사랑을 완벽하게 충족시켜 주었다. 중간 상인들이나 농장 주인들이 앞 다투어 딸을 주겠다며 영감의 재혼을 권유했는데, 아무리 눈이 번쩍할 만한 제안을 받아도 그는 홀아비로 그냥 살겠다고 했다. 그가 좋아하던 유일한 사람인 장인이 끈질기게 주장한 바는, 비록 죽은 아내일망정 아내를 배신하는 행동은 하지 않겠다고 사위 고리오가 맹세했다는 것이었다. 이 숭고한 광기를 이해 못 하는 시장 상인들은 이를 두고 농지거리를 하며 고리오에게 몇몇 괴상한 별명을 붙여 주었다. 그중 어떤 상인은 사업상 가진 술자리에서 그 별명을 말했다가 고리오 영감으로부터 어깨를 보기 좋게 한 방 맞고 머리부터 오블랭 거리로 냅다 내동댕이쳐졌다. 고리오가 두 딸에게 물불 안 가리고 쏟는 헌신, 그 샘 많고도 세심한 사랑은 너무도 잘 알려져 있어, 어느 날 그의 경쟁자 중 한 사람이 그를 시장터에서 몰아내고 자기가 곡물 사업의 왕초가 되려고 델핀이 방금 마차에 치었다고 말했다. 영감은 핼쑥하게 질린 창백한 얼굴로 즉시 시장을 떠나 집으로 갔다. 이 거짓말 때문에 상반된 여러 감정이 치밀어 올라 그는 며칠 동안 앓았다. 영감은 비록 이 장사꾼의 어깨에는 치명적인 타격을 가하지 않았지만 그를 위험한 상황에 두고 파산하도록 만들어 아예 중앙 시장에서 몰아내 버렸다. 두 딸의 교육도 당연히 분에 넘치게 시켰다. 연 수입 6만 프랑 이상의 부자이면서 자기 자신을 위해서는 단돈 1천2백 프랑도 쓰지 않는 고리오의 행복은, 딸들이 품은 환상을 채워 주는 것이었다. 가장 훌륭한 선생을 골라 딸들이 제대로 교육받은 티가 나도록 온갖 재능을 갖추도록 했다. 두 딸에게는 말벗해 주는 처녀도 한 사람 붙어 있었다. 딸들에게는 다행스러운 일인 것이, 이 여자는 재치와 고상한 취미를 두루 갖추고 있었다. 딸들은 승마도 했고, 마차도 갖고 있었고, 마치 부유한 늙은 영주의 정부라도 되는 듯 풍족한 생활을 했다. 아무리 돈이 많이 드는 일이라도 딸들이 하고 싶다면 아버지가 부랴부랴 그 소원을 들어주었다. 그는 이렇게 딸들에게 해 바치고도 그 보답으로는 오직 한 번 자기를 쓰다듬어 달라고 할 뿐이었다. 고리오는 딸들을 천사의 반열에 올려놓았다. 그러니까 당연히 자기보다 딸들의 위상이 더 높았다. 가여운 영감!

그는 딸들이 자기에게 잘못하는 것까지도 사랑했다. 딸들은 출가할 나이가 되자 각자 취향대로 남편을 선택할 수 있었다. 딸들은 각자 아버지 재산의 반을 지참금으로 가져가게 되어 있었다. 미모 덕분에 레스토 백작의 구혼을 받은 아나스타지는 귀족적인 성향을 지녀, 아버지의 집을 떠나 상류 사회로 성큼 도약할 수 있었다. 델핀은 돈을 좋아했다. 그녀는, 독일 출신으로 신성 로마 제국의 남작이 된 은행가 뉘싱겐 씨와 결혼했다. 고리오는 그 뒤로도 계속 제면업에 종사했다. 딸들과 사위들은 그가 이 장사를 계속하는 것을 달가워하지 않았다. 영감이 평생 이 일을 해왔는데도 말이다. 5년간 그 일을 그만두라는 딸과 사위들의 종용을 받다가 마침내 그는 자기 상점의 주식과 최근 몇 년간의 이익금을 챙겨 은퇴하기로 했다. 그가 살러 들어온 하숙집의 여주인 보케 부인은, 그의 재산이 연간 8천에서 1만 프랑 정도 될 것이라고 추측했다. 두 딸이 남편들 때문에 아버지를 집에 모시는 것뿐만 아니라 남 보는 앞에서 집 안에 맞아들이는 것조차 마다하는 것을 보고, 영감은 절망 끝에 결국 이 하숙집에 투숙하게 되었던 것이다.

이러한 정보는 영감으로부터 주식을 사들인 뮈레 씨가 고리오 영감에 관해 알고 있는 내용 전부였다. 랑제 공작 부인이 하는 말을 듣고 라스티냐크가 생각했던 내용이 이렇게 해서 확인되었다. 어둡게 묻혀 있는, 그러나 몸서리치게 무서운 파리의 비극을 보여 주는 진술은 여기서 끝을 맺는다.

제2장

사교계 입성

12월 첫 주가 끝나 갈 무렵, 라스티냐크는 편지 두 통을 받았다. 한 통은 어머니가, 또 한 통은 큰 누이동생이 보낸 것이었다. 너무도 눈에 익은 글씨들을 보자 그는 안심이 되어 가슴이 뛰면서도 두려워 떨리기까지 했다. 얇은 종이에 쓰인 두 편지에는 그가 품은 희망의 생사를 판가름하는 선고문이 들어 있는 셈이었다. 비록 부모의 절망을 떠올리면서 두려운 마음을 품기는 했지만, 그는 부모가 자기를 각별히 사랑한다는 것을 너무도 잘 아는 터라 자기가 그들의 마지막 피 한 방울까지 빨아먹은 것이 아닐까 두려웠다. 어머니의 편지 내용은 이러했다.

사랑하는 내 아들아, 네가 부탁한 것을 보낸다. 이 돈을 잘 쓰거라. 설령 네 목숨을 구하는 일이라 하더라도 이제 다시 한 번 이런 큰돈을 아버지 몰래 구할 수는 없을 거란다. 아버지가 아시게 되면 우리 내외 사이도 안 좋아질 거야. 이 돈을 구하려면 우리 땅을 저당 잡혀야 한단다. 내가 모르는 너의 그 계획이라는 것이 얼마나 중요한지 판단할 수는 없다만, 대체 어떤 계획이기에 내게 털어 놓는 것조차 꺼려진다는 말이냐? 책을 몇 권 써야만 설명이 되는 것도 아니고, 나 같은 어머니들이란 그저 한마디면 족할 텐데. 그리고 그 한마디면 불확실한 것에 대한 걱정이 모두 사라질 텐데 말이다. 네 편지를 받고 괴로웠다는 것을 감출 수 없겠구나. 사랑하는 아들아, 그래 대체 내 마음에 그토록 두려움을 줄 수밖에 없게끔 너를 몰아간 그 감정이 무어란 말이냐? 넌 내게 편지를 쓰면서 틀림없이 많이 괴로웠을 거야. 나도 네 편지를 읽으면서 많이 괴로웠으니 말이다. 그러니까 어떤 길에 투신하고 있는 거냐? 너의 인생, 너의 행복은 현재의 네가 아닌 그럴 듯한 모습으로 보이는 것과 연결되어 있는 것 같구나. 그러니까 네가 감당할 수 없는 돈을 쓰고 소중한 공부 시간을 낭비해야만 진출할 수 있는 그런 세계를 드나드는 일에 연결되어 있는 것 같다는 말이다. 하지만 우리 착한 아들 외젠, 엄마의 마음을 믿어 다오. 옳지 못한 길로는 대의에 이르지 못한단다. 너 같은 상황에 있는 젊은이에게는 인내와 체념이 미덕이 되어야 해. 지금 널 나무라는 게 아니다. 우리가 보내는 이 돈에 어떤 씁쓸한 감정도 덧붙이고 싶지 않구나. 내가 하는 말은 자식을 믿고 또 앞날을 내다보는 어머니로서 하는 말이란다. 너의 의무가 무엇인지 네가 잘 알듯이, 네 마음이 얼마나 순수하며 너의 의도가 얼마나 훌륭한 것인지 나도 알고 있단다. 그러니 두려움 없이 너에게 말할 수 있어. 자, 사랑하는 내 아들, 앞으로 걸어가거라. 난 엄마라서 떨고 있지만 우리는 기원하고 축복하면서 네 걸음걸음마다 애정을 담아 함께할 거야. 애야, 부디 신중하게 처신해라. 어른들처럼 현명해야 한단다. 네게 소중한 다섯 사람의 운명이 너 하기에 달려 있으니 말이다. 그래, 우리의 모든 행운은 너에게 달려 있어. 네 행복이 우리의 행복이듯이 말이다. 우리 모두는 하느님께 기도한다. 네가 하는 일에 부디 함께하십사고. 마르시야크 고모님은 이런 상황에서 정말 지금껏 들어 보지 못한 선한 마음을 보여 주셨단다. 네가 장갑에 대해 말한 것까지 마음에 담고 계셨단다. 고모는 맏이인 너에겐 약하다고 말씀하시더구나. 외젠, 고모를 많이 사랑해 드려라. 네가 성공하고 나면 고모가 널 위해 하신 일을 내가 다 말해 주마. 그러지 않고 지금 말하면 고모가 보낸 돈이 너에게 너무 부담이 될 테니까. 추억이 담긴 물건을 희생한다는 게 어떤 건지 너희들은 모른다! 하지만 너희들을 위해서라면 무엇인들 희생하지 못하겠니? 고모가 네 이마에 입 맞춰 안부 전한다고 전해 달라신다. 그리고 이 입맞춤으로 네가 자주 행복할 수 있도록 힘을 전해 주고 싶다고 하시는구나. 착하고 인품 좋으신 고모님은, 만약 손가락에 통풍만 없다면 너에게 편지를 쓰셨을 거야. 아버지는 잘 지내신단다. 1819년 수확은 우리가 기대했던 것 이상이야. 그럼 잘 있거라, 우리 아들. 네 누이들에 대해서는 따로 이야기하지 않으마. 로르가 너에게 편지를 쓰니 말이야. 그 애가 집안의 소소한 일들에 대해 즐겁게 종알대며 알려 주겠지. 오! 그래 성공하거라, 내 아들 외젠. 너로 인해 난 너무도 생생한 고통을 알게 되었고 두 번 다시 이 고통을 견디긴 힘들겠다. 자식에게 줄 재산이 있었으면 하고 바라다 보니, 가난이 무언지 알겠더구나. 자, 그럼 잘 있거라. 또 소식 전하며 지내자. 엄마가 너에게 보내는 입맞춤을 받아 주렴.

외젠은 편지를 다 읽고 눈물을 흘렸다. 그리고 은 식기를
우그러뜨려 내다 팔아서 딸의 빚을 갚아 주던 고리오 영감을
생각했다. 〈우리 어머니는 당신이 지닌 보석을 우그러뜨리신
셈이야! 고모님은 아마 옛 추억이 어린 물건 몇 개를 파시면
서 우셨을 거야! 네가 무슨 권리로 아나스타지를 단죄하지?
그녀가 자기 애인을 위해서 한 일을 너는 이기적으로 네 미래
만 생각하고 똑같이 한 셈인데 말이야! 그녀와 너 중 누가 더
나을까?〉 그는 혼잣말을 했다. 외젠은 참을 수 없는 뜨거운
감정이 차 올라 창자가 끊어질 듯 아팠다. 그는 사교계를 단
념하고 이 돈을 안 받고 싶었다. 그는 고결하고 아름다운, 남
모를 회한을 느꼈다. 그렇지만 사람들이 동류의 인간을 판단
할 때 이러한 회한의 미덕을 높이 평가하는 일은 거의 없다.
다만 법관에게 실형을 선고 받은 범죄자들이 회한으로 인해
하늘의 천사들로부터 사면받는 일은 종종 있다. 라스티냐크
는 누이의 편지를 펼쳤다. 티 없이 맑고 단정한 누이의 글을
읽다 보니 그의 마음도 상쾌해졌다.

오빠, 오빠의 편지가 때맞춰 도착했어요. 아가트와 나
는 우리의 돈을 여러 가지 방법으로 쓰고 싶었지요. 그래
서 막상 무엇을 살지 결론은 내리지 못하고 있었답니다.
오빠는 마치 임금님의 시계들을 뒤집어 엎어 버린 스페인
왕의 하인같이 행동했고, 그것 때문에 우리는 결정을 내릴
수 있었어요. 사랑하는 외젠 오빠, 정말이지 우리는 하고
싶은 것 중 어떤 것을 먼저 해야 하나 하는 문제로 항상 말

다툼을 해왔고, 우리가 하고 싶은 것 모두가 다 포함되게 끔 돈을 쓰려면 어떻게 해야 할지를 미처 생각 못 하고 있었다니까요. 아가트는 기뻐서 팔짝 뛰더군요. 한마디로 우리 둘이 어찌나 온종일 정신 나간 애들같이 굴었던지(고모님 표현) 엄마가 엄한 표정으로 〈애들아, 너희들 왜 그러니?〉 하고 물으실 정도였어요. 만약 우리가 꾸중을 좀 들었다면 더 기뻤을 거예요. 여자는 자기가 사랑하는 사람을 위해 괴로움을 당하면 기뻐지는 게 틀림없어요! 하지만 이런 기쁨 가운데 혼자 곰곰이 생각해 보니 좀 슬퍼지네요. 아마 나는 못된 아내가 될 거예요. 난 돈을 너무 많이 쓰잖아요. 허리띠도 벌써 두 개나 샀는걸요. 내 코르셋의 구멍을 뚫기 위한 예쁜 송곳도 하나 샀고요. 이런 하잘것없는 것들을 샀기 때문에 나는 뚱뚱이 아가트보다 가진 돈이 적었어요. 아가트는 알뜰해서 푼돈을 까치처럼 착착 모아 두었더군요. 글쎄 2백 에퀴[1]나 있지 뭐예요! 가여운 오빠, 내겐 50에퀴밖에 없었답니다. 난 그 벌을 단단히 받은 셈이에요. 내가 샀던 허리띠를 우물 속에 던져 버리고 싶은 마음이었고, 앞으로도 그 허리띠를 하고 다니면 마음이 아플 거예요. 내가 그 허리띠를 오빠한테서 훔친 셈이니 말이지요. 아가트는 착하기도 하지. 나한테 이렇게 말하더군요. 〈우리 둘이 가진 돈을 합쳐서 3백50프랑을 오빠한테 보내 주자!〉라고 말이에요. 그리고 어떤 일이 있었는지 있는 그대로 오빠에게 이야기하는 것이 좋겠네요. 오빠 부탁대로 하려고 우리가 어떻게 했는지 아시겠어요? 우리는 영광스러운 이 돈을 가지고 집을 나섰어요. 그리고 큰길에 다다

1 1에퀴는 금화의 경우 5프랑, 은화의 경우 3프랑에 해당한다.

른 후 뤼페크까지 달려가서 그랭베르 씨에게 우리가 갖고 간 돈을 다 내드렸어요. 그랭베르 씨는 왕립 운송 회사 사무실을 운영하고 있거든요. 돌아오는 길엔 우리의 발걸음이 제비처럼 가벼웠죠. 〈행복해서 우리 마음이 이렇게 기쁜 걸까?〉라고 아가트가 물었어요. 우리는 별의별 이야기를 다 나눴지만 여기서 그걸 되풀이하진 않을래요. 오빠 얘기를 너무 많이 했으니 말이에요. 오! 사랑하는 우리 오빠, 파리 사람이 된 오빠, 우린 오빠를 무척 사랑해요. 간단히 말하면 이게 전부예요. 이건 비밀인데요, 고모님 말씀이, 우리 자매처럼 얼굴이 깜찍한 애들은 못하는 게 없대요. 심지어 입 다무는 것까지도 잘한대요. 엄마는 고모랑 같이, 이유는 모르겠지만 앙굴렘에 가셨는데, 이번 여행에 숨은 고도의 정치적 문제에 관해서는 두 분 다 입 다물고 계세요. 사실 이 여행은 오랜 협의 끝에 이루어진 거였어요. 그런데 그 논의에서 우리는 제외되었답니다. 남작님도 마찬가지고요.

이곳, 라스티냐크 왕국에는 중대한 추측이 난무하고 있어요. 왕비 마마를 위해 모슬린 드레스에 잔잔한 꽃무늬를 수놓는 왕녀들도 깊은 비밀 속에서 작업 중이랍니다. 이젠 두 폭만 마저 하면 돼요. 베르퇴유 쪽의 담은 쌓지 않기로 결정되었어요. 거기엔 울타리를 두를 거예요. 가난한 사람들은 거기서 과일과 과수장(果樹墻)을 잃겠지만 우리는 외지인에게 보여 줄 멋진 경치를 얻을 수 있지요. 우리 집안 유산 상속인으로 추정되는 분께 손수건이 필요하다면, 마르시야크 마나님이 폼페이아와 에르퀼라눔이라는 이름이 붙은 가방을 뒤진 끝에 네덜란드제 비단을 찾아냈다는 걸 알려 드려요. 고모님 자신도 그런 것을 소장하고 있는 줄은 모르셨죠. 아가트와 로르 두 공주는 마나님께서 명령을 내리시면 실과 바늘을 쥐고 불그레한 손을 움직여 복종할 거예요. 동 앙리와 동 가브리엘 두 왕자는 포도를 배터지게 먹어치워 두 누이를 화나게 만들었어요. 그리고 아무것도 배우려 하지 않고 새 둥지나 찾아다니며 장난치고, 국가에서 정한 법률을 어기고 버들가지를 잘라서 장난하는 나쁜 버릇을 아직도 갖고 있답니다. 보통 본당 신부님이라고 불리는 교황의 특사께서는, 거룩한 문법 규칙을 공부하지 않고 계속 딱총나무 장난감 총만 가지고 놀려고 한다면 이들을 파문시키겠다며 겁을 주고 계세요.

자 그럼 안녕, 사랑하는 오빠. 오빠의 행복을 기원하는 마음과 사랑을 이렇게 가득 담은 편지는 이제껏 없었을 거예요. 그러니 다음번에 집에 오면 우리에게 이야기 많이 해주셔야 해요. 내가 큰 누이동생이니 나에겐 다 이야기해주시고요. 고모님 눈치를 보니 오빠가 사교계에서 이미 성공을 거두었다는 걸 추측할 수 있네요.

한 숙녀 이야기만 하고, 나머지에 대해서는 입을 다문다.[2]

오빠는 우리랑 잘 통한다니까요! 그러니 외젠 오빠, 오빠가 원한다면 우리가 손수건 없이 지내더라도 오빠 셔츠를 만들어 줄 생각이에요. 이 문제에 대해 속히 답을 줘요. 바느질 잘된 멋진 셔츠가 급히 필요하다면 우리는 얼른 만

---

2 코르네이유의 희곡 「시나」에 나오는 구절, 〈물에 대해, 티베르 강에 대해 이야기하고, 나머지에 대해서는 입을 다문다〉를 패러디한 것.

들기 시작해야 하니까요. 그리고 만약 파리에 우리가 모르는 셔츠 디자인이 유행하고 있다면 그 견본을 우리에게 보내 줘요. 특히 소매 부분을. 안녕! 안녕! 오빠의 이마 왼쪽, 내 차지인 관자놀이 부분에 입맞춤을 보내요. 이후 지면은 아가트 몫으로 남겨 둘래요. 아가트는 내가 지금 쓴 글 한 마디도 읽지 않겠다고 약속했어요. 좀 더 확실하게 하려고 나는 그 애가 오빠에게 편지 쓰는 동안 옆에 붙어 앉아 있을 거예요.

오빠를 사랑하는 누이동생

로르 드 라스티냐크

〈오! 그래. 어떤 일이 있더라도 재산을 만들어야 해! 이런 헌신에 대한 보답은 보물로도 할 수 없어. 나는 이들에게 행복이란 행복은 모두 안겨 주고 싶어.〉 외젠은 속으로 말했다. 그는 잠시 쉬었다가 다시 이렇게 말했다. 〈1천5백50프랑! 한 푼 한 푼마다 효과가 있어야만 해! 로르 말이 맞아. 내겐 거친 천으로 만든 셔츠밖에 없어. 타인의 행복을 위해서라면 여자는 도둑만큼이나 약삭빨라지는군. 티 없이 맑은 어린애지만 나에 관해서는 선견지명을 보이는 내 누이는, 마치 지상의 여러 잘못들을 잘 이해 못 하면서도 용서해 주는 하늘의 천사 같아.〉

이제 세상이 그의 것이었다! 벌써 양복점 재단사를 불러서 치수를 재게 하고, 그의 솜씨를 탐색하고, 그를 자기 사람으로 만들었다. 트라유 씨를 보고 라스티냐크는 젊은이의 인생에 재단사가 미치는 영향을 깨달았던 것이다. 양복쟁이는 불구대천의 원수 아니면 영수증이 맺어 준 친구,[3] 둘 중 하나다.

자기 일의 장인 정신을 체득한 남자, 그리고 스스로를 젊은 이들의 현재와 미래를 이어 주는 끈이라고 자처하는 재단사를 외젠은 자기 전속 재단사로 만난 것이다. 감사하는 마음이 든 라스티냐크는 나중에 〈그의 바지 두 벌이 연금 2만 프랑짜리 혼인을 맺어 주었네〉라고 말해 이 사람이 큰돈을 벌게 해주었다.

1천5백 프랑과 맘대로 입을 수 있는 의복! 이 가난한 남부 출신 청년은 더 이상 거리낄 게 없었다. 그는 상당한 금액을 주머니에 넣고서 젊은이 특유의 뭐라 형언할 수 없는 표정을 하고 점심 식사를 하러 내려갔다. 대학생의 주머니에 돈이 스르르 미끄러져 들어가는 순간, 그의 내면에서는 기막힌 기둥 하나가 벌떡 일어섰고, 그는 거기에 기댔다. 그는 스스로가 자기 지렛대를 괼 만한 받침대라고 생각했다. 발걸음은 경쾌했고 의기충천한 시선은 앞을 똑바로 향했으며 몸놀림은 민첩했다. 그 전날만 해도 그는 마치 남한테서 몇 대 얻어맞은 듯 초라하고 숫기 없는 모습이었다. 그런데 바로 다음날은 한 나라의 수상이 나타난다 해도 몇 대 칠 것 같은 기세였다.

그의 마음속에서는 이제껏 없던 현상들이 생겨났다. 그는 모든 것을 원했고, 모든 것을 할 수 있을 것 같았으며, 금지된 것도 욕심을 냈다. 그는 쾌활하고 너그러워졌으며 풍부한 감성을 마구 발산했다. 한마디로, 이제까지 날개 없던 새가 훨훨 날 수 있게 된 셈이었다. 무일푼이었던 이 대학생은 마치 수많은 위험을 무릅쓰고 뼈다귀 하나를 훔쳐 낸 강아지처

3 여기서, 그리고 다른 소설에서 발자크는 자기가 많은 외상을 지고 있는 단골 재단사 뷔송을 빗대어 언급하고 있다.

럼, 그 기쁨의 뼈다귀를 입에 물고 그 안의 골수를 빨아 대고는 좋아서 뛰어다녔다. 호주머니 속에서 금화 몇 푼을 이리저리 굴려 보는 즐거움을 만끽한 외젠은 금화를 하나하나까지 자세히 세어 보고 흐뭇하여 하늘로 훨훨 날아갈 듯했다. 이제는 〈가난〉이라는 단어가 무슨 뜻인지도 더 이상 알 수 없었다. 파리가 온통 그의 것이었다. 모든 것이 빛나고, 모든 것이 반짝이며 타오르는 나이였다! 아무도, 어떤 남자도 여자도 넘보지 못할 활발한 힘이 넘치는 나이! 설령 빚이 있거나 대단한 걱정거리가 있다 해도, 그래서 오히려 모든 쾌락이 몇 배로 늘어나는 그런 나이! 센 강 왼쪽 기슭 생자크 거리에서 생페르 거리 사이를 거닐어 보지 않은 사람은 삶에 대해 아무것도 모른다. 보케 부인이 후식으로 내놓고 한 조각에 1리야르 받는 익힌 배를 꿀꺽 삼키면서 라스티냐크는 혼잣말을 했다. 〈아! 만약 파리의 여자들이 이걸 안다면 다들 사랑받으려고 여기로 몰려들 텐데 말이야!〉 이때 왕립 운송 회사의 배달부가 창살문에 달린 초인종을 누르고는 식당으로 들어왔다. 그는 외젠 드 라스티냐크 씨가 누구시냐고 묻더니, 외젠에게 소포 꾸러미 두 개와 서명할 장부를 건네주었다. 라스티냐크는 보트랭의 날카로운 눈길을 받고, 마치 매운 채찍 한 방을 맞은 듯한 느낌이었다.

「이제 검술 배울 돈과 사격 훈련할 돈이 생겼군그래.」 보트랭이 그에게 말했다.

「보물선이 도착했네요.」 보케 부인이 소포를 쳐다보면서 말했다. 미쇼노 양은 자기 욕심이 드러나 보이게 될까 봐 돈에 눈길 주기를 꺼리고 있었다.

「참 좋은 어머니가 계시군요.」 쿠튀르 부인이 말했다.

「외젠 씨는 좋은 어머니가 계시군요.」 푸아레 씨가 되풀이했다.

「그렇군, 어머니가 출혈을 하셨구면.」 보트랭이 말했다.

「이제 당신은 온갖 연극을 하고, 사교계에 가고, 거기서 지참금을 낚고, 머리에 복숭아꽃 장식을 한 백작 부인들과 춤도 출 수 있게 됐소. 하지만 청년, 내 말 믿어요. 사격장에 자주 다니라니까.」

보트랭은 자기 적수에게 총을 겨누는 것 같은 몸짓을 했다. 라스티냐크는 배달부에게 팁을 주려고 했지만 주머니에 아무것도 없었다. 보트랭이 자기 주머니를 뒤지더니 배달부에게 20수를 주었다.

「자네는 신용이 좋으니까.」

보트랭이 외젠을 쳐다보며 말했다.

라스티냐크는 그에게 고맙다고 하지 않을 수 없었다. 비록 보세앙 부인 집에서 돌아오던 날 몇 마디 신랄한 말을 주고받은 뒤로 보트랭이란 사람이 그에게는 참을 수 없는 존재가 되었지만 말이다. 그 뒤로 일주일간, 외젠과 보트랭은 만나도 잠자코 입 다물고 서로를 관찰했다. 외젠은 왜 그랬을까 하고 자문해 보았지만 소용없는 일이었다. 아마 그런 생각이 머리에 떠오르는 힘과 정비례해서 그 생각들은 밖으로 투사되어, 마치 박격포에서 발사되는 포탄을 유도하는 수학의 법칙처럼 뇌가 보내는 바로 그곳에 떨어지게 되는 모양이다. 그 효과는 다양하다. 사상이 깃들면 만신창이가 되어 버리는, 본성이 연한 사람들이 있는가 하면, 철통같이 강하게 무장된 성격도 있는데, 그런 사람들의 성벽 같은 머리통에 타인의 의지가 부딪히면 마치 벽에 부딪힌 총탄처럼 납작 찌그러져 떨어져 버리는 법이다. 또한 솜 같은 본성을 지닌 사람들도 있는데 그런 경우, 마치 포탄이 각면보(角面堡)의 무른 흙 속에 들어가면 속도가 느려지듯이 남의 생각이라는 것이 자기 안에 들어오면 맥을 못 추게 쫙 빨아들여 마침내 소멸시키는 것이다. 라스티냐크는 화약으로 가득 찬 머리를 갖고 있어 조금만 충격을 받아도 폭발해 버린다. 그는 너무도 젊어서 자기도 모르는 사이에 다양한 생각들이 투사되고 수없이 기이한 현상을 낳는 감정들에 전염된다. 그의 도덕적 시야는 스라소니처럼 밝은 눈이 볼 수 있는 범위만큼 넓었다. 그가 쓰는 말의 이중적 의미는 하나하나가 신비로운 폭을 지녀 유연성이 있었고, 마치 갑옷의 허점을 능숙하게 알아내는 검객처럼 경탄을 자아냈다. 한 달 전부터는 외젠의 결점만큼이나 장점도 많이 발전하고 있었다. 그의 결점들은 사교계와 점점 늘어나는 그의 욕망 탓에 생겨나는 것이었다. 그의 장점 중에는, 어려움이 닥쳐도 그것을 해결하기 위해 곧장 전진하는 남부 사람 특유의 민첩함도 있었다. 그런 기질 덕분에 루아르 강 남쪽 출신의 사람들은 어떤 불확실한 상황 속에서도 그냥 뭉개고 있지를 못한다. 북부 사람들은 이 장점을 결점이라고 부른다. 설령 이런 기질 덕택에 뮈라[4]가 호강을 하게 되었다 하더라도 또 이런 기질이 그의 죽음의 원인도 되었다는 것이 북부 사람들의 얘기다. 여기서 이런 결론을 내려야겠다. 남부 출신 사람이 북부 사람의 계교와 루아르 강 이남 사람의 대담성을 잘 조화시킬 수만 있다면 그는 완벽하고, 스웨덴 왕[5]으로 계속 재위할 수 있다고 말이다. 라스티냐크는

---

4 Joachim Murat(1767~1815). 프랑스의 장군이며, 나폴리의 왕으로 쫓겨난 뒤 다시 왕위를 찾으려다 잡혀서 사형당했다.

보트랭의 포화를 맞으며 지내다 보니 이 사람이 자기 친구인지 적인지를 금방 알 수 있었다. 가끔씩 이 특이한 인물이 자기의 열정을 꿰뚫어 보고 자기 마음속을 읽고 있는 것 같았다. 반면 보트랭은 완전히 꽉 닫혀 있어서 모든 걸 알고 모든 걸 보면서도 아무 말도 하지 않는 스핑크스 같은 부동(不動)의 깊이를 지니고 있었다. 자기 주머니가 두둑하다는 느낌이 들자 외젠은 반항심이 생겼다.

남은 커피를 마지막 몇 모금까지 맛있게 마시고는 나가려고 자리에서 일어서는 보트랭에게 그가 말했다.

「좀 기다려 주세요.」

「왜?」

40대의 보트랭이 챙 넓은 모자를 쓰고 철제 지팡이를 잡으며 물었다. 그는 종종, 도둑 넷이서 덮쳐도 두려워하지 않을 사람처럼, 그 지팡이를 사방으로 빙빙 돌리곤 했다.

「돈을 돌려 드리려고요.」

라스티냐크는 그에게 말한 뒤, 재빨리 소포 꾸러미 하나를 뜯어 1백40프랑을 세어서 보케 부인에게 주었다.

「친한 사이일수록 계산은 정확해야죠. 이걸로 올 연말까지 제 하숙비는 다 드린 겁니다. 여기 1백 수만 잔돈으로 좀 바꿔 주세요.」 그는 과부 보케 부인에게 말했다.

「친한 사이일수록 계산은 정확해야지.」 푸아레가 보트랭을 바라보며 이 말을 되풀이했다.

「여기 20수 받으세요.」

<hr/>

5 프랑스 장군으로 나폴레옹의 심복이었다가 그에게 반기를 들고 스웨덴 왕 샤를 14세가 되었던 샤를 장바티스트 베르나도트Charles Jean-Baptiste Bernadotte(1764~1844)를 가리킨다.

가발 쓴 스핑크스에게 은화 한 닢을 건네며 라스티냐크가
말했다.

「내게 뭔가 빚지는 게 두려운 모양일세?」

보트랭이 다 알겠다는 듯한 시선을 외젠의 영혼 깊이 찔러
넣으며 큰 소리로 말했다. 그러고는 빈정대는 듯하면서 디오
게네스처럼 냉소적인 웃음을 씩 지어 보였다. 그 미소는 외젠
이 지금까지 마주칠 때마다 수없이 화를 내려고 했던 바로
그 미소였다.

「아…… 네.」 외젠은 대답하고 소포 꾸러미 두 개를 손에
들고 자기 방으로 올라가려고 자리에서 일어났다.

보트랭은 살롱으로 통하는 식당 문으로 나가고, 외젠은
계단으로 통하는 문으로 나가려는 참이었다.

그때 보트랭이 살롱으로 나가는 문을 지팡이로 탁 때리며
외젠을 차갑게 쳐다보고 그쪽으로 다가오면서 말했다.

「라스티냐코라마 후작님, 방금 내게 한 말은, 정확히 말하
자면 예의 바른 말이 아니라는 것, 아시오?」

라스티냐크는 식당 문을 닫고 보트랭을 데리고 계단 밑,
식당과 부엌 사이 네모진 공간으로 갔다. 그곳은 마당으로
나가는 큰 문이 있고 쇠창살을 두른 긴 유리창이 위쪽에 나
있는 곳이었다. 부엌에서 나오는 실비가 보는 앞에서 외젠은
말했다.

「보트랭 씨, 저는 후작이 아닙니다. 그리고 제 이름은 라스
티냐코라마가 아닙니다.」

「저 사람들 저러다 싸우겠네.」

미쇼노 양이 무심한 듯 말했다.

「싸운다고!」

푸아레가 되풀이했다.

「당연히 안 싸우죠.」

돈다발을 쓰다듬으면서 보케 부인이 말했다.

「하지만 저분들, 보리수나무 밑으로 가는데요.」

빅토린 양이 일어서서 정원을 내다보며 외쳤다.

「그렇지만 저 가엾은 청년 말이 옳아요.」

「자, 방으로 올라가자, 애야. 저런 일은 우리와는 상관없는 일이야.」

쿠튀르 부인이 말했다.

쿠튀르 부인과 빅토린이 자리에서 일어나자, 식당 문에 뚱보 실비가 나타나 길을 막았다.

「안 싸우긴요. 보트랭 씨가 외젠 씨에게 〈우리 이야기 좀 하자!〉하더니 그의 팔을 붙들고 채소밭으로 걸어가던데요.」

이때 보트랭이 나타났다.

그가 싱글거리며 말했다.

「보케 엄마, 겁내지 마세요. 보리수나무 밑에서 권총 연습 좀 해볼 참인데요, 뭘.」

「오! 보트랭 씨」

빅토린이 두 손을 모으며 말했다.

「무엇 때문에 외젠 씨를 죽이려고 하시는 거죠?」

보트랭은 두 걸음 뒤로 물러나 빅토린을 빤히 바라보았다.

「이건 또 얘기가 달라지네요.」

그가 빈정거리는 목소리로 크게 말하자 가엾은 처녀는 얼굴을 붉혔다.

「그 사람 참 친절한 사람이죠?」

그가 말을 이었다.

「아가씨 말을 들으니 생각이 떠오르는군요. 내가 당신들 두 사람을 행복하게 해드리리다, 예쁜 아가씨.」

쿠튀르 부인은 자기 보호 아래 있는 이 처녀의 팔을 잡고 가면서 귀에 대고 말했다.

「아니, 빅토린, 오늘 아침 왜 이래.」

「내 집 안에서 권총 쏘는 건 안 돼요. 이웃 사람들이 모두 깜짝 놀라고, 경찰도 오지 않겠어요. 그것도 이 시간에!」

보케 부인이 말했다.

「자, 자, 마음 가라앉히세요, 보케 엄마. 우리가 사격을 하더라도 아주 얌전하게 할 테니 말입니다.」

보트랭이 말했다.

그는 라스티냐크가 있는 곳으로 가서 친근하게 그의 팔을 잡았다.

「서른다섯 걸음 떨어진 곳에서 총알을 다섯 발이나 명중시켰다는 걸 내가 증명해도 자네는 기가 꺾이지 않겠지. 내 보기에 자네는 내게 화를 내는 것 같은데, 그러다가는 바보처럼 죽게 될 수도 있다네.」

「이제 뒤로 물러나는군요.」 외젠이 말했다.

「내 화를 돋우지 말게나.」 보트랭이 말했다.

「오늘 아침은 춥지도 않으니 저기 좀 앉아 보게.」

그는 초록색 페인트를 칠한 의자를 가리키며 말했다.

「저기 앉으면 아무도 우리 소리를 듣지 못할 걸세. 내 자네와 이야기할 것이 있네. 자네는 선량한 청년이고 난 자네가 잘못되길 바라지 않아. 자네를 좋아한다네. 불사…… (아 이런, 이런!) 아니, 보트랭의 이름을 걸고 말이야. 왜 자네를 좋아하는지 이제 말해 주겠네. 그 전에 말해 둘 것은, 내가 마치 자네를 만든 사람처럼 자네를 속속들이 알고 있다는 걸세. 그리고 그걸 자네에게 증명해 보일 거고. 가방을 거기 놓아 두게나.」

그는 원탁을 가리키며 말을 이었다.

라스티냐크는 돈을 원탁 위에 놓고, 죽인다는 이야기를 하더니만 또 마치 보호자처럼 구는 이 남자의 갑작스러운 변화에 강렬한 호기심을 누르지 못하고 자리에 앉았다.

「내가 누군지, 내가 무얼 했는지, 지금 무얼 하고 있는지, 정말로 알고 싶은가?」

보트랭이 말을 이었다.

「이보게, 자네는 너무 호기심이 많아. 자, 마음을 차분히 하고. 그 밖의 다른 이야기도 많이 해줄 테니까. 나도 온갖 산전수전 다 겪은 사람이라네. 우선 내 말을 좀 들어 보고 대답은 그다음에 하게나. 내가 지내온 삶을 세 단어로 하면 이거라네. 나는 누구인가? 보트랭. 나는 무엇을 하는가? 내가 하고 싶은 것을. 자 넘어가세. 내 성격을 알고 싶은가? 나한테 잘해 주는 사람 혹은 나하고 마음이 통하는 이에게는 착한 사람. 그런 사람들에게는 못 해줄 일이 없지. 그들이 내 다리뼈를 발로 찬다 하더라도 나는 〈조심해!〉란 말을 하지 않아. 하지만 언감생심! 날 못살게 굴거나 내 맘에 들지 않는 인간들한테는 악마처럼 심술궂다네. 그리고 사람 하나 죽이는 것쯤이야 내가 우습게 생각한다는 것을 자네에게 알려 두는 것이 좋겠네!」

그는 침을 탁 튀겨 가며 말했다.

「단지 정말 죽여야 할 때는 제대로 죽이려고 노력하지. 난 이른바 예술가라네. 내 이래 봬도 〈벤베누토 첼리니[6] 회고

153

록〉도 읽었지. 그것도 이탈리아어로 말이야! 나는 당당한 익살꾼이었던 그 사람한테서 우리를 함부로 죽여 대는 〈섭리〉라는 것을 모방하는 법과 도처에 있는 아름다움을 사랑하는 법을 배웠지. 게다가 홀로 만인에 대적하고 행운을 거머쥔다는 것은 해볼 만한 게임 아닌가? 현 사회의 무질서한 구조에 대해 곰곰이 생각해 보았다네. 이보게, 결투란 어린애 장난이며 바보짓일세. 살아 있는 두 사람 중 한 사람이 사라져야만 한다면, 되는대로 결투에 달려드는 인간은 멍청이란 말이야. 결투? 동전 던져서 앞이 나오느냐 뒤가 나오느냐 그거야, 그거라고! 난 연달아 총알 다섯 발을 과녁에 명중시켰어. 그것도 쏠 때마다 번번이 다른 과녁에 말이야. 게다가 과녁에서 서른다섯 보나 떨어져서 말이지! 그런 재주를 갖춘 사람은 자기가 목표하는 인간을 반드시 맞혀 쓰러뜨린다고 믿게 되지. 그런데, 난 스무 발자국 거리에서 어떤 사람을 향해 쏘았는데 빗나갔다네. 그 웃기는 놈은 일생 권총 한 번 다뤄 본 적 없는 놈이라네. 자!」

이 특이한 남정네는 조끼를 벗고 마치 곰의 등판처럼 황갈색 갈기 같은 털이 북슬북슬 나서 일종의 혐오감에다 두려움까지 자아내는 앞가슴을 내보이면서 말했다. 「그 풋내기 놈이 내 가슴 털을 이렇게 눌어붙게 만들었지.」

라스티냐크의 손가락을 잡아 자기 가슴에 난 상처에 갖다 대면서 그가 덧붙였다.

「그 당시 난 어린애였어. 자네 또래였지, 스물한 살. 그때는 아직 무언가를 믿었지. 여인의 사랑, 숱한 어리석은 것들

6 Benvenuto Cellini(1500~1571). 르네상스 시대 이탈리아의 조각가이자 금속 세공사. 파란만장한 삶을 산 것으로 유명하다.

을. 아마 자네도 그런 짓거리들을 잔뜩 하게 되겠지. 우리 둘은 결투를 할 수도 있었네. 안 그런가? 자네는 날 죽일 수도 있었을 걸세. 내가 땅에 넘어져 있다고 한번 생각해 보게. 자네는 어디에 있겠나? 줄행랑을 쳐서 스위스로 가야 하겠지. 가뜩이나 없는 자네 아버지 돈을 축내면서 말이야. 난 자네를 깨우쳐 주겠네. 현재 자네가 처한 상황을 말일세. 하지만 이 세상의 일들을 충분히 검토해 본 다음에 취할 태도는 딱 두 가지, 〈멍청하게 복종하느냐 아니면 반항하느냐〉밖에 없다는 것을 깨달은 자답게 자네보다 우월한 위치에서 그리 하겠네. 나는 아무것에도 복종하지 않네. 어때, 확실한가? 지금 자네가 살아가는 방식대로라면 자네에게 뭐가 필요한지 알고 있나? 1백만 프랑이 필요하지. 그것도 급히 말이야. 그 돈 없으면 우리는 생클루 그물[7]에 담겨 떠다니면서 지고(至高)의 존재가 과연 있는지 보러 다니기나 하겠지. 그 1백만 프랑을 내가 자네에게 줌세.」

그는 외젠을 바라보며 잠시 말을 멈추었다.

「아, 아! 자네의 소중한 보트랭 아빠에게 이제는 좀 나은 표정을 짓는군그래. 이 말을 듣는 자네 모습은 마치 〈오늘 저녁에 만납시다〉라는 애인의 말을 듣고 고양이가 혀로 입술에 묻은 우유를 핥듯 화장을 하는 처녀 같네. 잘됐어. 자, 이제 우리 둘만의 이야기를 하자고! 우리 계산서는 이렇다네, 젊은이. 저기 시골에 아버지, 어머니, 고모님, 두 누이동생(열여덟 살과 열일곱 살짜리), 두 남동생(열다섯 살과 열 살짜리), 이것이 자네 승객 명단이야. 고모님이 두 누이를 길러 주시고. 마을 성당의 신부님이 와서 두 남동생에게 라틴어를 가

7 센 강에 빠진 시체를 건지는 그물.

르치지. 식구들은 흰 빵보다는 밤으로 쑨 죽을 더 많이 먹고, 아버지는 짧은 바지 하나도 아껴 입고, 어머니는 여름, 겨울 각각 외출복 한 벌씩으로 버티고, 누이동생들은 겨우겨우 알 아서 앞가림을 해나가지. 난 다 알아. 나도 남쪽에 살아 보았 거든. 모든 게 자네 집 형편과 같지. 자네에게 일 년에 1천2백 프랑을 송금해야 하는데 자네 집안의 얼마 안 되는 땅뙈기에 서 나는 소출은 3천 프랑밖에 안 된다면 말일세. 식모 하나, 그리고 일 봐주는 하인도 하나 있겠지. 체면은 차려야 하니 까. 아버지는 곧 죽어도 남작이신데 말이야. 그리고 우리 말 이야, 우리에겐 야심이 있네. 친척으로는 보세앙 집안이 있지 만 마차도 못 타고 걸어 다니고, 재산을 원하지만 한 푼도 없 고, 보케 엄마가 해주는 라타투유[8]나 먹으면서 생제르맹 구 역의 멋진 만찬을 동경하지. 초라한 침대에서 자면서 저택을 원해! 난 자네 같은 사람들의 욕망을 탓하지는 않네. 이보게 나, 누구나 야심을 갖는 건 아니라네. 여자들에게 물어보게 나. 어떤 유의 남자를 찾느냐고. 그야 야심만만한 남자지. 그 들은 허리도 더 튼튼하고, 피 속에 철분도 더 풍부하고, 심장 은 다른 남자들보다 더 뜨겁다네. 여자들은 강할 때 더욱 행 복하고 아름답다고 생각하기 때문에 그 어떤 남자보다도 엄 청나게 힘 좋은 남자를 선호한다네. 설령 그 남자 때문에 자 기 몸이 으스러진다 해도 말이지. 내가 자네 맘속의 욕망을 총정리해서 질문을 던져 보겠네. 이런 질문일세. 우리는 몹시 배가 고픈데, 우리 이빨은 날카로워. 뭔가 냄비에 넣고 끓여 먹을 만한 것을 마련하려면 어떻게 해야겠나? 우선은 법전 을 씹어 먹어야겠지. 그건 재미도 없고 아무짝에도 배울 것

8 여러 가지 채소를 섞어서 볶고 삶아 조리한 프랑스 남부의 음식.

이 없네. 하지만 그렇게 해야지. 좋아. 그렇다 치자고. 변호사가 되었다가 중죄 재판소장으로 승진하고, 부자들에게 마음 놓고 잠들어도 좋다는 것을 증명해 주기 위해 자기보다 훨씬 값어치 있는 가여운 놈팡이 어깨에 T. F.[9]라는 낙인을 찍어서 징역살이를 보내는 거지. 그건 재미없고 시간도 너무 오래 걸려. 우선은 2년간 파리에서 지겹게 기다려야지. 먹음직스러운 〈간식거리〉들을 손도 못 댄 채로 바라만 보면서 말이야. 결코 충족되지 않는 욕망을 품고만 있는 것은 피곤한 일이야. 만약 자네가 창백하고 연체동물 같은 성격이라면, 두려워할 게 하나도 없어. 하지만 자네는 사자처럼 펄펄 끓는 피를 지녔고 하루에도 바보짓을 스무 가지는 저지를 만큼 식욕이 왕성하지 않은가. 그러니 자네는 하느님의 지옥에서 우리가 보던 중 가장 끔찍한 이 고통에 넘어가고야 말 걸세. 자네가 현명한 사람이며 우유를 마시고 비가(悲歌)를 짓는다는 건 인정하네. 자네는 너그러우니, 멀쩡한 개가 미친개가 될 정도로 심한 권태와 결핍을 겪고 나서 그 어떤 웃기는 작자의 대용품 노릇부터 시작해야 할 거야. 연봉으로 고작 1천 프랑을 받고 도시의 어느 외진 곳에서 시작해야 한다는 말이지. 마치 푸줏간 개에게 수프를 던져 주듯이 말이야. 도둑을 쫓아가며 짖고, 부자를 위해 변호하고, 가슴이 따뜻한 사람들을 단두대로 보내. 그럴 수밖에 없지! 후견인이 없다면 시골 법정에서 푹푹 썩게 되겠지. 서른 살쯤에는 연봉 1천2백 프랑을 받는 법관이 되어 있겠지. 그때까지 법복을 벗지 않는다면 말일세. 마흔쯤 되면 연금 약 6천 프랑의 지참금을

---

9 〈강제 노역 *Travaux forcés*〉이라는 말의 첫 글자들로, 징역을 선고받은 죄수에게 찍던 낙인.

지난 방앗간집 부유한 딸내미와 결혼을 하겠지. 고마운 일이야. 후견인을 찾게나. 그러면 서른 살에 연봉 3천 프랑을 받는 초심 재판소 검사가 될 테니 말이야. 그리고 시장 따님과 결혼할 테지. 만약 자네가 마치 마뉘엘 대신 빌렐을 읽는 짓[10]처럼(마뉘엘과 빌렐은 각운이 잘 맞는군. 그래서 양심의 가책이 좀 덜하네그려) 정치적으로 잔머리 굴리는 비열한 짓들을 한다면, 자네는 마흔 살에 검사장이 되고, 국회의원도 될 수 있을 걸세. 하지만 여보게, 명심하게. 그나마 있는 양심에 오점을 남기게 될 테고, 20년간 남들 모르게 가난에 찌들어가며 지겨운 생활을 하겠지. 그리고 누이들은 혼기를 놓친 노처녀가 될 테고. 프랑스 전체를 통틀어 검사장 자리는 스무 개밖에 없다는 것을 자네에게 지적해 주고 싶네. 그런데 그 자리를 노리는 후보자들은 2만 명이고 말이야. 그 후보자 중에는 한 계급 오르기 위해서라면 가족도 팔아넘길 만한 웃기는 위인들도 없지 않다네. 이 직업이 구역질 나거든 다른 것을 보세나. 라스티냐크 남작님께서는 변호사가 되고 싶으신가? 오, 변호사 좋지! 10년간 고생하면서 다달이 1천 프랑을 쓰고 서재와 사무실을 차리고, 사교계에 드나들고, 사건을 맡으려고 소송 대리인의 옷자락에 입을 맞추고 혓바닥으로 법정 바닥을 비질하듯 싹싹 쓸어야 하지. 이 직업이 당신을 좋은 길로 인도한다면 나는 하지 말라고는 안 하겠네. 하지만 파리에서 쉰 살에 연봉 5만 프랑 이상 버는 변호사를 다

---

10 빌렐 백작Joseph de villèle(1773~1854)은 극우 왕당파의 총수로 1822년부터 1828년까지 장관과 참사원 의장을 지냈다. 마뉘엘Charles X. Jacques-Antoine Manuel(1775~1827)은 종종 그에게 맞섰던 자코뱅파의 원칙주의자이다.

섯 명만 찾아보게나. 아! 만일 내 영혼을 이렇게 망쳐야만 한 다면 차라리 해적이 되는 편을 택하겠네. 그리고 돈은 어떻 게 벌 것인가? 이 모든 게 결코 유쾌한 일이 아니라네. 부인 의 지참금이 수입이 되겠지. 결혼하고 싶은가? 그건 목에 돌 덩어리를 하나 매다는 격이라네. 그리고 만약 돈 때문에 결 혼한다면, 자네의 명예, 고결함은 어떻게 될 것인가? 인간 사 회의 오랜 관습에 맞서 지금 당장 반항을 시작하는 것이 낫 지. 결혼한다는 건 여자 앞에서 뱀처럼 살살 기고, 장모의 발 바닥을 핥고, 돼지도 역겨워할 만한 비열한 짓들을 하는 것 말고 뭐 별다른 것인 줄 아는가? 푸아! 그래도 결혼에서 행 복만을 찾는다면 또 몰라. 하지만 그런 결혼 생활은 하수구 의 돌멩이만큼이나 불행할 걸세. 아내와 싸우느니 차라리 남 자들과 제대로 싸움을 벌이는 것이 한결 낫다네. 이게 인생 의 교차로라네, 젊은이. 어디 골라 보게나. 자네는 이미 골랐 지. 친척 누이 보세앙 댁에 갔었고, 거기서 사치가 뭔지 냄새 를 맡아 보았지. 고리오 영감 딸 레스토 부인 집에 가서는 파 리 여자라는 게 무엇인지를 냄새 맡아 보았고 말이야. 이제 돌아온 자네 얼굴에는 〈출세〉라는 단어가 명백히 쓰여 있네. 무슨 수를 쓰든 출세하겠다는 뜻이겠지. 난 속으로 말했지. 〈옳거니! 여기 나랑 어울리는 장정이 하나 있구면.〉 자네에 겐 돈이 필요했겠지. 그런데 어디서 돈을 구하겠나? 자네는 누이들의 피를 짜냈어. 남자 형제란 많든 적든 어느 정도는 누이들에게 〈사기〉를 치는 법이라네. 자네가 바랐던 1천5백 프랑은 어쨌든 우려냈는데, 5프랑짜리 은화보다는 밤[栗]이 훨씬 많은 자네 고향에서 온 그 돈이 약탈에 나선 군인들만 큼이나 금방 사라져 버릴 거라는 건 하느님이 아시지! 그다음에는 어떻게 할 텐가? 일을 할 텐가? 자네가 지금 생각하는 그런 일이라는 것은 기껏해야 노년에, 보케 하숙 같은 집에 방 한 칸 보장해 줄 정도라네. 푸아레 같은 재주꾼일지라도 말일세. 순식간에 자금을 모으는 것이 지금 자네 같은 처지에 있는 젊은이 5만 명이 다들 해결하겠다고 나서는 문제라네. 자네도 그 5만 명 중 하나인 거지. 자네가 기울여야 하는 노력과 치열한 싸움을 한번 생각해 보게나. 독 안에 든 거미들처럼 서로가 서로를 먹어치워야 하는 거지. 좋은 자리가 5만 개나 있는 건 아니니 말일세. 이 바닥에서 사람들이 어떻게 자기 길을 뚫어 나가는지 자넨 아는가? 반짝반짝하는 천재로 뜨든가, 그걸 못 하면 재주 좋게 타락의 길로 들어서는 거지. 마치 대포의 포탄처럼 이 수많은 군중 속에 강력히 파고들어 가거나 아니면 몹쓸 역병처럼 슬그머니 그 대열에 스며드는 것이지. 정직이란 아무 소용도 없다네. 사람들은 천재의 위력 앞에서 굽신거리지만 사실은 그 능력을 증오하고, 그 천재를 어떻게든 비방하려 하지. 왜냐하면 천재는 남과 나누지 않고 자기 것을 가져가니까. 하지만 그가 끈질기게 버틴다면 사람들은 굽힐 수밖에 없다네. 한마디로 상대방을 진흙 속에 매장해 버릴 수 없을 때 비로소 무릎을 꿇고 존경하는 것이지. 타락은 제멋대로 날뛰고, 재능은 희귀하다네. 그래서 부패야말로 사방에 넘쳐 나는 용렬함의 무기인 셈이지. 자네도 도처에서 그 무기의 뾰족한 끝을 느낄 걸세. 남편이 몽땅 합쳐서 연봉 6천 프랑을 버는데 제 몸치장에 1만 프랑 이상을 쓰는 여자들을 자넨 보게 될 걸세. 1천2백 프랑 버는 월급쟁이가 땅을 사는 것도 보게 될 걸세. 롱샹의 한길 복판으로 남 보란 듯이 달리는 상원의원 아들의 마차에 동승하기 위해 몸을 파는 여자들도 볼 수 있다네. 딸이 빚진 약속어음을 갚아 주어야만 하는 가엾은 바보 고리오 영감을 자네도 보았지. 그 딸의 남편은 연 수입이 무려 5만 프랑인데 말일세. 파리에선 두 걸음만 내딛어도 지옥 같은 함정을 만나게 된다네. 내 머리를 걸고 장담하네만, 자네 마음에 드는 첫 번째 여자 집에서 자네는 그 함정에 빠지게 될 걸세. 설령 그 여자가 부자고 미인이고 젊다 하더라도 말일세. 모든 여자들이 법에 얽매이고, 별의별 문제를 두고 남편과 싸우고 있다네. 애인, 옷, 아이들, 살림살이 또는 허영을 위해 행해지는 거래를 자네에게 설명하자면 한도 끝도 없을 걸세. 미덕을 위해 그런 거래가 행해지는 경우는 드물다네. 그건 확신해도 좋네. 그러니 정직한 사람은 공공의 적이지. 하지만 정직한 사람이란 도대체 어떤 사람이라고 생각하나? 파리에서 정직한 사람이란, 입 다물고 나누기를 거부하는 사람일세. 도처에서 자기가 한 일에 대해 결코 보상받지 못한 채 힘든 일을 하는 저 가엾은 노예들, 내가 〈하느님의 둔재 집단〉이라고 부르는 사람들이 그들이지. 물론, 그들이 어리석은 짓을 해서 피운 꽃에는 미덕도 있지만 그것이 바로 그들의 참상이지. 만약 하느님이 최후의 심판 때 참석하지 않는 짓궂은 장난을 친다면, 이런 양심 바른 사람들이 얼굴 찡그릴 모습이 벌써부터 보인다네. 그러니 자네가 얼른 큰돈을 손에 넣고 싶다면, 이미 부자거나 아니면 부자처럼 보이기라도 해야 한다네. 부자가 되려면 이 바닥에서는 크게 여러 건 해야 한다는 말이야. 안 그러면 사기를 치는 거지. 미안하지만, 만약 자네가 감당할 수 있는 1백 가지 직업 중에 급속도로 성공하는 사람이 열 명 정도 된다면, 대중은 그런 사람들을 도둑놈이라고 부를 걸세. 자, 자네의 결론을 이끌어 내보게나. 이게 바로 진짜 인생의 모습인 거야. 부엌보다 더 멋질 것도 없고 부엌만큼이나 고약한 냄새도 많이 나지. 음식을 훔쳐 먹고 싶으면 손을 더럽혀야 하는 거야. 단지 손을 잘 씻는 법은 알아두게. 우리 시대의 도덕은 이게 전부라네. 내가 자네에게 이렇게 세상 이야기를 해주는 것은, 내가 세상을 알고, 세상이 나에게 그럴 권리를 주었기 때문이네. 내가 세상 탓을 한다고 생각하나? 천만에. 세상은 항상 이랬어. 도덕군자들은 절대 세상을 바꾸지 못해. 사람은 불완전한 존재야. 때로는 어느 정도 위선적이고 말이야. 그런데 순진한 얼간이들은 풍속이 바르다느니 아니라느니 하고 떠들어 대지. 나는 민중 편을 든답시고 부자들을 비난하지 않네. 위에 있으나 밑에 있으나 중간에 있으나 사람은 다 똑같다네. 이렇게 높은 곳에 있는 인간 1백만 명당 열 사람 꼴로 모든 것, 심지어 법률보다 위에 서는 뻔뻔한 놈도 있지. 내가 그런 사람 중 하나야. 고개를 빳빳이 쳐들고 곧장 앞으로 나아가게. 하지만 욕심, 중상모략, 비열함과는 맞서 싸워야겠지. 모든 이들에 맞서서 싸워야 한다고. 나폴레옹은 오브리[11]라는 이름의 국방부 장관을 만났는데 그가 나폴레옹을 식민지로 보낼 뻔했지. 매일 아침 일어날 때 전날 가졌던 것보다 더 많은 의지가 있는지 점검해 보게. 내 자네에게 아무도 거절 못 할 제의를 하나 하겠네. 내 말 잘 들어 보게. 내게 한 가지 생각이 있다네. 예컨대 미국 남부 같은 곳에 1십만 에이커쯤 되는 커다란 영지를 마련해서 그야말로 대부족장 같은 삶을 사는 거야.

11 François Aubry(1750~1802). 공안 위원회 위원으로서 전쟁을 진두지휘할 때 이탈리아 군대의 지휘관이었던 나폴레옹을 해임했던 인물.

난 대농장 주인이 되어 노예들을 거느리고, 소, 담배, 목재를 팔아서 1백만 달러쯤 거뜬히 벌어들이고, 마치 절대 군주처럼 내 뜻대로 하고 사는 거지. 석고 땅굴에 웅크리고 살아가는 형국인 이곳에서는 생각할 수도 없는 인생이지. 난 대단한 시인이라네. 직접 시를 쓰지는 않지만 내 행동과 감정 속에 내 시가 있어. 지금 내 수중에 5만 프랑이 있는데, 흑인 노예를 겨우 40명 살 수 있는 돈이야. 난 20만 프랑이 필요해. 왜냐하면 난 족장같이 살고 싶은데 흑인 노예 2백 명은 사야 내 성에 찬다니까. 흑인 말일세, 알겠나? 이들은 고분고분한 아이들이라 맘대로 다루어도 호기심 많은 검사가 와서 추궁하지 않는다네. 이런 흑인을 밑천 삼아 10년 후면 난 3백만 내지 4백만 프랑을 벌게 될 거야. 내가 성공한다면 아무도 내게 〈넌 누구냐?〉라고 묻지 않을 걸세. 나는 4백만 프랑의 사나이, 미합중국 시민이 되는 거지. 그때는 내 나이 쉰 살일 테고, 아직 타락하지는 않고 내 식대로 재미있게 즐기며 살겠지. 요컨대, 만약 내가 자네에게 1백만 프랑의 지참금을 안겨준다면 자네는 내게 20만 프랑을 줄 텐가? 커미션 20퍼센트야. 엉! 너무 비싸다고? 그 대신 자네는 귀여운 아내에게 사랑받으면 되지. 일단 결혼하면 근심, 회한 등을 아내에게 표현할 테고, 보름 동안 슬픈 기색을 보이는 거야. 어느 날 밤, 낯간지러운 행동을 좀 한 다음에, 한 번 입 맞추고 그다음 입맞춤을 하기 전 짬을 내어 아내에게, 실은 빚이 20만 프랑 있노라고 고백하는 거야. 〈내 사랑!〉 이러면서 말이지. 이런 신파극은 가장 고상한 청년들도 날마다 하는 연극이라네. 젊은 여인은 자기 마음을 사로잡은 남자에게는 절대 돈주머니를 닫지 않는 법이라네. 자네가 승산이 없다는 생각이 드나? 아니라네. 자네는 한 건 해서 20만 프랑을 되찾을 방법을 찾을 수 있을 걸세. 그 돈과 자네 같은 총기만 있으면 원하는 만큼 상당한 재산을 축적할 수 있을 걸세. 고로 자네는 반년 만에 자네의 행복과 정다운 아내의 행복, 보트랭 아범의 행복을 얻을 수 있을 거란 말이지. 겨울에 땔나무가 없어서 손을 호호 불고 있는 자네 가족의 행복은 차치하고라도 말일세. 내가 자네에게 제안하는 내용이나 부탁하는 내용에 대해 놀라지 말게나! 파리에서 거행되는 멋진 결혼식 60건 중에 이런 거래로 이뤄지는 결혼이 47건은 된다네. 공증인 협회가 아무개에게 압력을 넣어서……」

「제가 어떻게 하면 되는 건데요?」

라스티냐크가 게걸스럽게 보트랭에게 물었다.

「할 일이 거의 없지.」

낚싯대 끄트머리에 물고기의 입질을 느끼는 낚시꾼의 은근한 표현처럼 자기도 모르게 기쁨의 몸짓을 해보이면서 보트랭이 대답했다.

「내 말 잘 들으라고! 박복하고 비참한 가여운 처녀의 마음은 사랑으로 채우려는 욕망이 누구보다 강렬한 스펀지와 같아. 바짝 말라 있다가 감정 한 방울만 떨어졌다 하면 즉시 누글누글하게 풀어지는 스펀지 말이야. 고독하고 절망적이고 가난해서 앞으로 자기 재산이 생길 거라고는 짐작도 못 하는 젊은 처자에게 구혼을 하는 거야! 아무렴! 이건 게임에서 아주 유리한 상황이지! 당첨 번호를 미리 알고 복권을 사거나 정보를 얻고 연금에 돈을 거는 셈이지. 자네는 절대 깨질 수 없는 결혼을 말뚝 위에 세우는 거라네. 수백만 프랑이 이 처자 손에 들어오면 그녀는 그 돈을 발로 차서 자네에게 던져

줄 거야. 마치 돈이 조약돌인 것처럼 말이지. 〈자, 받아요, 아돌프! 내 사랑! 받아요, 알프레드! 받아요, 외젠!〉 만약 아돌프, 알프레드, 외젠이 그녀를 위해 희생할 만한 착한 마음만 갖고 있다면 그녀는 이렇게 말할 거야. 내가 희생이라 하는 것은 낡은 옷을 팔아서 카드랑 블뢰[12]에 같이 가서 버섯 요리를 먹는 정도지. 또 저녁이면 앙비귀 코미크 극장[13]에 가고. 손목시계를 전당포에 맡기고 그녀에게 줄 숄을 사는 거지. 수많은 여자들이 집착하는 연애편지라든가 하찮은 일 같은 것을 말하는 게 아니네. 예컨대 멀리 떨어진 사람에게 편지를 쓸 때 눈물이 떨어진 척하느라고 종이에 일부러 물방울을 떨어뜨려 번지게 한다거나 그런 짓거리 말일세. 내가 보니 자네는 사랑의 밀어를 완벽하게 꿰고 있는 것 같더군. 파리는 신대륙의 숲과 같다네. 알겠나? 그 숲에서는 일리노이족, 휴런족[14] 같은 스무 가지 야만 종족들이 다양한 집단 사냥으로 잡아들인 노획물을 먹고 살고 있다네. 자네는 1백만 프랑을 사냥하는 사냥꾼이고, 그 돈을 손에 넣으려고 덫, 피리, 끈끈이 등을 사용하지. 사냥하는 방식도 여러 가지가 있다네. 어떤 사람은 지참금을 사냥하고, 어떤 사람은 증권을 사냥하고,[15] 어떤 사람은 남들의 양심을 낚시질하고,[16] 어떤 사람들은 정기 구독자들의 손발을 꽁꽁 묶어서 팔아넘기지.[17] 포획물을 푸짐하게 잡아 가지고 돌아오는 자는 축하 인사를 받

---

12 〈푸른 숫자판〉이라는 뜻으로, 파리 상류 사회 인사들이 출입하는 탕플 대로의 이름난 음식점.

13 탕플 대로에 있는 연극 공연장으로 주로 통속극을 상연하였다.

14 북미 대륙의 인디언 종족 이름.

15 증권이 최대의 이익을 얻을 수 있을 때 증권 시장에 파는 것.

16 유권자들의 표를 돈으로 산다는 뜻.

고, 고품격 상류 사회에 받아들여지지. 이렇게 호의적인 토양을 그냥 옳다고 인정하세나. 세상에서 가장 비위 잘 맞춰 주는 도시가 바로 자네가 상대하고 있는 파리라네. 설령 유럽 모든 수도의 자부심 강한 귀족들이 파렴치한 백만장자를 자기들과 같은 급으로 인정해 주지 않으려 한대도, 파리는 그를 두 팔 벌려 환영하고 달려가 그를 축하하고, 그가 내는 만찬을 즐기고 그의 파렴치한 짓을 부추기며 건배를 한다네.」

「그런데 그런 처녀를 어디서 찾지요?」

외젠이 말했다.

「그야 자네 가까이 있지 않나, 바로 자네 앞에 말일세!」

「빅토린 양 말인가요?」

「그렇다마다!」

「아니! 어떻게요?」

「그 처녀는 이미 자네를 사랑하고 있다네. 그 자그마한, 장래의 라스티냐크 남작 부인이 말이야!」

「그녀는 수중에 한 푼도 없는데요.」

놀란 외젠이 말을 이었다.

「아! 바로 그거야. 이제 두 마디만 더 하면 모든 게 확실히 밝혀진다네. 빅토린의 아버지 타유페르는 대혁명 기간에 친구 한 사람을 죽였다는 소문이 있는 늙은 폭력배라네. 그는 사람들의 평판쯤은 상관도 안 하는 호걸이지. 그는 은행가이자, 자신과 몇몇 사람의 주주로 구성된 타유페르 주식회사의 대표야. 아들이 하나 있는데 딸 빅토린은 제쳐 놓고 그 아들에게만 재산을 물려주고 싶어 하지. 나는 그런 정의롭지 못

17 자기가 발행하는 신문을 최고액 입찰자에게 파는 언론사 사장들을 공격하는 말.

한 일이 싫어. 나는 마치 돈키호테 같아서 강자에 대항해 약자의 이익을 수호하는 것을 즐긴다네. 만약 그의 아들을 앗아 가는 게 하느님 뜻이라면, 타유페르는 딸을 다시 찾게 될 거야. 그는 어쨌든 자기 유산의 상속자를 원하거든. 그건 그의 천성인 바보짓이지만 말일세. 게다가 그는 이제 자식을 얻을 수 없다네. 빅토린은 순하고 참한 아가씨 아닌가. 머지 않아 그녀는 독일식 금속제 팽이를 돌리듯이 아버지를 칭칭 감아서 감정의 채찍으로 씽씽 돌릴 걸세. 그녀는 자네의 사랑에 너무도 예민해서 자네를 잊지 못할 거고, 자네는 그녀와 결혼하게 될 걸세. 내가 하느님 역할을 맡아 신의 섭리를 조정해 보겠네. 내가 참 헌신적으로 잘해 주었던 친구가 하나 있지. 루아르 군 대령 출신으로 최근에는 왕실 근위대에 들어가 복무하고 있어. 그는 내 의견을 귀담아 들어서 극렬 왕당파가 되었다네. 자기 의견만 막무가내로 고집하는 바보는 아닐세. 이보게나, 내 아직도 자네에게 해줄 충고의 말이 있다면, 그건 자네의 의견이나 자네의 말에 더 이상 집착하지 말라는 것이네. 사람들이 자네에게 의견이나 말을 청하거든, 그것을 팔아넘기게. 절대로 자기 의견은 변치 않는다고 자랑하는 인간은 항상 직선으로만 가겠다는 인간, 절대 실수하지 않을 수 있다고 믿는 고지식한 얼간이지. 원칙이란 없고, 다만 그때그때 일어나는 사건들이 있을 뿐. 법칙이란 없고, 다만 상황들이 있을 뿐이야. 뛰어난 사람은 사건과 상황에 착착 맞추어 처신하면서 그것들을 주도해 간다네. 만약 고정불변의 원칙과 법칙이 있다면 사람들이 왜 우리가 셔츠를 갈아입듯 수시로 변하겠는가 말이야. 한 사람이 나라 전체보다 더 지혜로울 수는 없는 일이야. 프랑스에 가장 적게 봉사한 인간이 공화주의자라는 이유만으로 공경받고 숭배받는 존재가 되지 않나. 그런 인간은 기껏해야 〈라파예트〉[18]라는 명찰 딱지를 붙여 기계들 틈바구니에 끼워 박물관에나 갖다 넣으면 좋을 존재인데 말일세. 반면에 사람들의 돌팔매를 맞는 대공(大公)을 보세나. 인류를 경멸하여 그들이 요구하는 서약을 있는 대로 면전에 뱉어 준 그 대공[19]은 비엔나 국제회의에서 프랑스가 분할되는 사태를 막아 냈네. 그는 머리에 왕관을 받음이 마땅한데도 사람들은 그에게 진흙 덩어리를 던져 댔지. 오, 나는 일들이 어떻게 돌아가는지 잘 알지! 수많은 사람들의 비밀도 내 손아귀에 있지! 이제 됐어. 원칙의 사용법에 대해 세 사람이 동의하는 꼴을 보게 되면 그때 나는 흔들림 없는 의견을 갖게 되겠지. 그러기까지 오랜 세월 기다려 볼까! 법정에서는 법조문(法條文)에 대해 똑같은 의견을 갖는 법관 세 명을 찾아볼 수 없다네. 아까 내가 했던 그 사람 이야기를 다시 해볼까. 내가 말만 한다면 그는 예수 그리스도를 다시 십자가에 못 박는 일이라도 할 사람이야. 보트랭 아범이 말 한마디만 하면, 가여운 누이에게 단돈 5프랑도 안 보내는 이 웃기는 오빠라는 인간에게 그는 싸움을 걸 테지. 그리고…….」

여기까지 말하고 보트랭은 자리에서 일어나, 방어 자세를 취하더니 앞으로 돌진하는 검술의 달인 같은 동작을 했다.

「깜깜한 어둠 속으로 보내 버리는 거야!」 그가 덧붙였다.

「아이고 끔찍해라! 지금 농담하시는 거죠, 보트랭 씨?」 외

18 대혁명 당시 자유주의 쪽 의회 의원이었던 라파예트를 발자크는 싫어했다.
19 탈레랑 공작을 말한다.

젠이 말했다.

「이봐 이봐, 침착하라고.」

보트랭이 말을 이었다.

「어린아이같이 굴지 말게나. 하지만 만약 그렇게 하는 게 재미있다면 화를 내게! 길길이 날뛰라고! 내가 파렴치한 놈이고 무뢰한, 불량배, 강도 같은 놈이라고 말하게. 하지만 나를 사기꾼이나 첩자라고는 부르지 말게! 자, 말해 보게. 맘대로 욕을 퍼부어 보라고! 난 자네를 용서할 테니. 자네 나이에 그건 너무도 당연하지! 난 전에도 이랬어, 나는! 다만, 잘 생각해 보게. 자네는 앞으로 언젠가는 더 나쁜 짓을 할 거라고. 예쁜 여자한테 알랑거려서 돈푼깨나 받아 내겠지. 자네도 그런 생각을 했잖아! 만약 연애 쪽으로라도 기대하지 않는다면 어떻게 성공하겠나? 친애하는 대학생 양반, 미덕이란 쪼갤 수 있는 게 아니라네. 미덕이 있으면 있는 거고, 없으면 아예 없는 거지. 사람들은 과오를 저지르면 참회하라고 말하지. 이거야말로 회개라는 행위로써 죄를 씻어 버리는 멋진 장치 아닌가! 어느 정도 되는 사회적 위치에 오른 것을 뽐내기 위해 여자를 유혹하는 것, 어떤 가문의 자식들 사이를 이간질해 불화를 조장하는 것, 요컨대 쾌락이나 개인적 이익을 목적으로 이 지붕 저 지붕 밑에서 자행되는 온갖 파렴치한 행위들, 이런 것이 믿음, 소망, 사랑의 행위라고 자네는 생각하는가? 하룻밤에 순진한 사람으로부터 전 재산의 반을 후려내는 말끔한 신사에게 징역 2개월을 선고하면서, 형편이 너무도 어려워져서 1천 프랑짜리 한 장을 훔친 불쌍한 녀석은 어째서 징역살이를 해야 하지? 그것이 우리 사회의 이른바 법이라네. 법 조항이란 모조리 말도 안 되는 결론으로 귀결된다니까. 장갑 끼고 신소리 잘하는 남자가 살인을 저질렀는데, 피해자는 무고한 피를 흘리는 게 아니라 대가를 치르는 거였어. 살인자는 자물쇠 여는 작은 지렛대로 문을 열었고. 둘 다 밤에 이뤄지는 일들이지! 내가 자네에게 제안하는 일과 언젠가 자네가 실행할 일 사이에는 단지 피가 좀 더 흐르고 덜 흐른다는 차이밖에 없다네. 자네는 이 세상에서 뭔가 고정불변하는 것이 있다고 믿지! 인간을 경멸하게. 그리고 법망을 빠져나갈 수 있는 틈새들을 잘 보게나. 뚜렷한 이유도 없이 한 재산을 이루는 비밀은 바로 사람들 뇌리에서 잊히는 범죄라네. 왜냐하면 하도 감쪽같이 이루어지니까 그렇지.」

「그만 하세요, 보트랭 씨. 저는 더 이상 듣고 싶지 않습니다. 저 자신까지도 의심하게 만드시는군요. 지금은 감정에만 충실하겠습니다.」

「좋을 대로 하게나, 젊은 친구. 난 자네가 좀 더 강한 사람인 줄 알았지 뭐가.」

보트랭이 말했다.

「내 자네에게 더 이상은 아무것도 말하지 않겠네. 하지만 마지막 할 말은……」

그는 외젠을 뚫어지게 바라보았다.

「자네는 내 비밀을 알고 있다는 거지.」

보트랭이 외젠에게 말했다.

「당신을 거부하는 젊은이는 그 비밀을 잊을 줄도 압니다.」

「그 말 참 잘했네. 그 말 좋은데. 다른 사람이라면 조심성이 덜 했을 거야. 내가 자네에게 해주고 싶어 하는 일을 잘 기억하게. 보름간 여유를 주겠네. 받아들이거나 버리거나 둘 중 하나일세.」

〈이 사람 머리는 강철 같군!〉

지팡이를 겨드랑이에 끼고 태연스레 걸어가는 보트랭을 보며 라스티냐크는 혼자서 말했다.

〈보세앙 부인이 격식을 갖추어 내게 말해 준 내용을 저 사람은 적나라하게 말해 주었어. 강철 손톱으로 내 가슴을 찢어 놓았군. 나는 왜 뉘싱겐 부인 댁에 가고 싶어 하는 것일까? 내가 뭔가를 생각해 내면, 저 사람은 내 마음속의 동기를 짐작해 낸다니까. 요컨대 저 날강도 같은 인간은 미덕에 관해 사람들이나 책들이 내게 말해 주는 것보다 훨씬 많은 것을 말해 줬어. 만약 미덕이 타협을 용납하지 않는다면, 나는 내 누이들의 돈을 훔친 셈인가?〉

그는 탁자 위에 가방을 던지면서 혼잣말을 했다. 그리고 얼떨떨한 상태로 상념에 잠긴 채 잠시 자리에 앉아 있었다.

〈미덕에 충실하게 사는 것은 숭고한 순교! 아! 누구나 미덕을 믿지. 하지만 과연 누가 덕스럽단 말인가? 모든 국민들은 우상을 마음대로 고를 자유가 있어. 하지만 지구 상에 자유로운 국민이 대체 어디 있지? 내 청춘은 아직 구름 한 점 없는 하늘처럼 푸르러. 대단한 인물이나 부자가 되고 싶어 한다는 것, 그것은 거짓말하고, 굴복하고, 알아서 기고, 다시 일어나서 아첨하고, 본심을 숨기고 속이겠다고 결심하는 것 아닌가? 이미 거짓말하고, 굴복하고, 슬슬 기었던 자들의 하인이 되겠다고 동의하는 것 아닌가? 그들의 공범이 되기 전에 우선 그들을 섬겨야만 한다. 에잇! 안 되지. 나는 고귀하게, 거룩하게 일하고 싶어. 밤낮으로 일하고, 오직 내가 일한 대가로서만 돈을 벌고 싶다고. 돈벌이로는 더할 나위 없이 느린 방법이겠지만 날마다 머리를 베개에 대고 누울 때 나쁜 생각이라고는 하나도 없겠지. 자기 인생을 관조해 보아 그것이 한 송이 백합처럼 순수하다면 그보다 더 아름다운 일이 어디 있을까? 나와 삶, 이 둘은 마치 젊은이와 그 약혼녀 같아. 보트랭은 10년간 결혼 생활을 한 뒤에 생기는 일을 미리 내게 보여 주었어. 제길! 머릿속이 혼란스럽군. 아무것도 생각하고 싶지 않아. 내 마음이 좋은 안내자야.〉

이런 생각을 하던 외젠은 양복점에서 누가 찾아왔다는 뚱보 식모 실비의 목소리에 몽상에서 깨어나, 돈 가방 두 개를 한 손에 들고 재단사 앞으로 갔다. 그는 이런 상황에 짜증이 나지 않았다. 야회용 정장을 입어 본 뒤, 다시 낮에 열릴 파티에 입을 새 옷도 입어 보았다. 완전히 딴 사람이 된 것 같았다.

〈이만하면 나도 트라유 씨 못지않아. 이제야 드디어 신사의 모양새를 갖추었군!〉

그가 혼잣말을 했다.

「젊은이, 나보고 뉘싱겐 부인이 출입하는 집들을 아느냐고 물어보았소?」

고리오 영감이 외젠 방으로 들어오면서 말했다.

「예!」

「아! 그 애가 오는 월요일에 카릴리아노 원수가 주최하는 무도회에 간다오. 당신이 거기에 갈 수 있다면 내 두 딸이 거기서 재미있게 지냈는지, 옷은 무엇을 입었는지, 모두 내게 좀 들려주오.」

「그건 또 어떻게 아셨어요, 착하신 고리오 영감님?」

외젠이 영감을 난롯가에 앉히면서 물었다.

「내 딸 시중드는 하녀가 알려 줍디다. 난 테레즈와 콩스탕스를 통해서 딸들이 하는 일은 모두 알고 있지요.」

그가 쾌활한 어조로 말을 이었다. 노인은 마치 아직도 꽤나 젊어 내연의 여인 몰래 그녀 소식을 알아내고 행복해하는 연인과도 같았다.

「당신은 내 딸들을 보게 될 거요, 바로 당신이!」

노인이 순진하게도 괴로움 섞인 부러움을 표현하면서 말했다.

외젠이 대답했다.

「저는 모르겠습니다. 저는 보세앙 부인 댁에 가서 원수 부인께 저를 소개해 줄 수 있는지 물어볼 겁니다.」

이제부터는 자기가 제대로 옷을 갖추어 입고 자작 부인 집에 갈 것을 생각하니 외젠은 내심 기뻤다. 도덕군자들이 마음의 심연이라고 부르는 것은 단지 나중에 실망하게 되는 생각, 즉 개인적 이해관계에 의해 자기도 모르게 충동받는 것일 따름이다. 우여곡절이나 하고많은 수사적 허식이나 갑작스러운 마음의 변화는 우리의 쾌락을 위해 계산된 것이다. 옷을 잘 입고 장갑도 갖추어 끼고 신발도 제대로 신은 자신의 모습을 보고 라스티냐크는 자신의 덕스러운 결심을 잊어버렸다. 나이가 지긋한 사람이라면 몰라도 한창 나이의 청년은 불의 쪽으로 마음이 기울 때 정의의 거울에 스스로를 비춰 볼 엄두를 내지 못하는 법이다. 인생의 두 단계 사이의 차이점이 바로 이것이다. 며칠 사이에 옆방 이웃인 외젠과 고리오 영감은 좋은 친구가 되어 버렸다. 보트랭과 외젠 사이의 대립된 감정이 이들의 은밀한 우정을 키운 심리적 원인이었다. 우리 인간의 감정이 물리적 세계에 영향을 미친다는 것을 확인하고 싶어 하는 대담한 철학자가 있다면, 아마도 그 감정들이 정말로 물질적이라는 증거를 찾을 것이며, 감정 때문에 우리 인간과 동물 사이에 생겨나는 관계를 보면 상당한 증거를 찾아낼 수 있을 것이다. 개가 모르는 사람 앞에서 그가 자기를 좋아하는지 싫어하는지를 알아내는 시간보다 더 빨리 사람의 얼굴을 보고 그 성격을 알아맞히는 관상학자가 어디 있겠는가? 〈갈고리 모양으로 굽은 원자들(둘 사이의 공감)〉이란 누구나 쓰는 속담 같은 표현으로서, 언어 속에 남아서, 원초적 단어들에서 껍질을 벗겨 추려 내기를 좋아하는 사람들이 열심히 지어내는 철학적인 어리석은 말들을 반박해 주는 사실들 중 하나다. 사람은 자기가 사랑받고 있음을 느낌으로 아는 법이다. 감성은 모든 것에 각인되고 공간을 관통한다. 편지 한 장은 영혼이고, 사랑의 가장 값진 보물 중 하나로 자기를 생각하고 있다고 이야기하는 목소리를 너무도 충실히 반영하는 메아리다. 마치 개의 숭고한 본성만큼 생각지도 못한 감정에 고양된 고리오 영감은, 이 대학생의 가슴속에서 영감에 대한 동정심, 존경 어린 선량함, 소년 같은 공감의 낌새를 알아챘다. 하지만 지금 막 시작되는 이 관계에서는 아직 그 어떤 깊은 속 이야기도 나오지 않은 상태였다. 외젠이 뉘싱겐 부인을 만나겠다고 공공연히 말한 것은 노인 덕에 그녀 집에 소개받겠다는 속셈이 아니었다. 단지 영감이 무심코 그렇게 해줘 자기에게 많은 도움이 되었으면 하고 바란 것이었다. 고리오 영감이 외젠에게 두 딸에 관해 이야기한 것이라고는 외젠이 양쪽 집을 방문했던 날 말한 것으로, 남들 앞에서 얘기해도 좋을 만한 내용뿐이었다.

그런 이야기가 있었던 다음 날 영감은 외젠에게 말했었다. 「이봐요 학생. 당신이 내 이름을 말했다 해서 레스토 부인이 화를 낸 것이라고 어찌 생각할 수 있었단 말이오? 내 두 딸들은 나를 아주 사랑해요. 난 행복한 아버지라오. 다만 두 사위가 나에게 좀 못되게 굴었지. 나는 딸애들의 남편과 사이가 안 좋아 그 소중한 아이들이 괴로워지는 것을 원치 않았다오. 그래서 딸아이들을 몰래 보는 편을 택한 거요. 이런 은밀한 만남은 보고 싶으면 아무 때나 딸들을 볼 수 있는 다른 아버지들은 이해할 수 없는 수많은 기쁨을 내게 안겨 준다오. 나는 그렇게 보고 싶을 때 볼 수가 없다오, 알겠소? 그래서 난 날씨가 좋으면 샹젤리제 거리로 나간다오. 딸들을 시중드는 하녀들에게 애들이 외출하느냐고 물어본 다음에 말이오. 지나는 길에 딸들을 기다리지요. 마차들이 도착하면 가슴이 뛴다오. 외출복을 차려입은 딸애들을 감탄하면서 바라보지요. 딸들은 지나가면서 내게 웃어 보여요. 그러면 마치 환한 햇빛이 하늘에서 비치는 것처럼 그 웃음이 내 본성을 황금빛으로 물들여 준다오. 나는 그 자리에 남아 있지요. 딸들이 다시 그리로 올 테니까. 나는 그럼 그 애들을 다시 보는 거요! 바람을 쐬어 좋은지 얼굴들이 발그레 상기되어 있지요. 내 주변에서 사람들이 이렇게 말하는 소리가 들리오. 〈참 미인이네!〉 내 마음이 얼마나 기쁘겠소. 내 핏줄 아니오? 나는 딸애들을 끌어 주는 마차의 말들을 사랑하오. 그리고 딸들이 무릎에 안고 있는 강아지가 되고 싶다오. 나는 딸들이 누리는 즐거움을 그대로 느끼지요. 저마다 사랑하는 방식이 있는데, 내 방식은 아무에게도 해를 끼치지 않는 방식이오. 그런데 어째서 세상이 나에 대해 이러쿵저러쿵한단 말이오? 나는 내 방식대로 행복한데. 내가 저녁때, 딸들이 집에서 나와 무도회에 갈 시간에 우리 딸들을 보러 간다 해서 그게 법에 어긋난 거요? 내가 늦게 도착하여 그 집 하인들이 〈마님은 벌써 나가셨습니다〉라고 한다면 얼마나 서글픈 일이겠소. 어느 날 저녁 나는 새벽 3시까지 기다려서 나지를 보았다오. 그 애를 이틀 동안 못 보고 있었는데……. 난 좋아서 죽을 지경이었지! 제발, 나에게 이야기할 때는 내 딸들이 얼마나 착한지 그런 이야기나 해주오. 딸들은 온갖 선물을 나한테 안겨주려 한다오. 내가 못 하게 하지. 〈이런 데 돈 쓰지 말거라. 내가 이걸 갖고 무얼 하겠니? 내겐 아무것도 필요 없단다〉라고 말을 하지요. 사실 말이지, 청년, 내가 누구요? 얄궂은 시체나 마찬가지인데 내 영혼은 딸들이 있는 곳이면 어디든 가 있다오. 나중에 뉘싱겐 부인을 보게 되면 내 두 딸 중에 어느 쪽이 더 좋은지 말해 주시오.」

보세앙 부인 댁에 갈 시간이 될 때까지 튈르리 공원에서 산보나 하려고 나갈 준비를 하는 외젠을 보면서 잠시 입을 다물었다가 노인은 이렇게 말했다.

이 산보가 외젠에게는 운명의 산보였다. 몇몇 여자들이 그를 눈여겨보았다. 그는 너무도 잘생기고, 젊고, 아주 고상한 취향으로 멋지게 차려입고 있었다! 사람들이 거의 감탄하며 주목하는 대상임을 알게 되자, 그는 더 이상 누이들 생각이나 빈털터리가 된 고모 생각은 하지 않았다. 덕성에 바탕을 둔 자신의 저어하는 마음 같은 것도 생각하지 않았다. 그는 자기 머리 위에 악마가 지나가는 것을 보았다. 자칫 천사로 착각하기 쉬운 악마, 알록달록한 날개를 단 사탄은 루비를 흩뿌리고, 궁전 정면에 황금 화살을 쏘아 보내고, 여자들을 붉으락푸르락하게 만들고, 애초에는 지극히 단순했던 왕관에 어리석은 광채를 덧씌웠다. 그는 톡톡 튀는 소리를 내는 허영의 신에게 귀를 기울였다. 허영의 신의 번쩍거리는 물건은 힘의 상징으로 보였다. 하지만 보트랭의 말은 아무리 냉소적이라 할지라도 그의 마음속에 깊이 남아 있었다. 그것은 마치 짙게 화장하고 〈황금과 사랑이 넘치게 하소서!〉라고 말하는 늙은 장사꾼 할머니의 비속한 옆모습이 처녀의 추억 속에 각인되는 것과 같았다. 무심히 여기저기 쏘다니다가 5시쯤 되어 외젠은 보세앙 부인 집으로 갔다. 그런데 거기서 젊은 가슴으로서는 막아 낼 도리가 없는 지독한 충격을 받았다. 그때까지 그는 자작 부인이 귀족 교육을 받은 사람답게 예의바른 온화함과 달콤한 우아함으로 가득 찬 사람이라고 생각하고 있었다. 그리고 이런 점은 진심에서 우러나야만 완벽한 것이었다.

그가 들어가자 보세앙 부인은 쌀쌀맞은 몸짓을 했고, 딱딱 끊는 어조로 이렇게 말했다. 「라스티냐크 씨, 당신을 만날 수가 없군요. 적어도 지금은요! 볼일이 좀 있어서……..」

관찰자 입장에서 라스티냐크가 보기에, 이 말과 몸짓과 시선과 목소리의 억양은 귀족 계급의 성격과 습관을 보여 주는 것이었다. 벨벳 장갑 속에서 그는 강철 같은 손을 보았다. 세련된 범절 아래 숨겨진 이기주의를 보았고, 광칠 속에 숨은 원목을 본 것이다. 왕부터 제일 말단 귀족까지 외쳐 대는 〈내가 왕이다〉라는 소리가 그의 귀에 들려왔다. 외젠은 전에 너무 쉽게 그녀의 말에 넋을 놓았던지라 여자란 모두 고귀하다고 믿을 정도였다. 불행한 사람들이 모두 그렇듯이, 그는 선행을 베푼 자와 받은 자를 이어 주는 그 감미로운 규약에 성심성의껏 서명을 한 셈이었다. 그런데 그 규약의 첫 조항은 두 마음 사이에 완전한 평등을 인정하고 있었다. 두 존재를 하나로 묶어 주는 선행은 진정한 사랑만큼이나 이해받지 못

하는 희귀한 천상의 정열이다. 선행과 사랑, 둘 다 아름다운 영혼들이 아낌없이 베푸는 것이다. 라스티냐크는 카릴리아노 공작 부인의 무도회에 가고 싶었기에 이 터질 것 같은 감정을 그냥 꿀꺽 삼켜 버렸다.

그는 떨리는 목소리로 말했다.

「부인, 만약 중요한 일이 아니라면 제가 군이 와서 방해가 되지 않았을 겁니다. 너그럽게 생각하시어 제가 조금 있다 부인을 뵐 수 있게 허락해 주세요. 기다리겠습니다.」

「그럼 좋아요! 와서 나하고 저녁 식사 해요.」

너무 심하게 말한 것 같아서 조금 당황스러워하며 그녀가 말했다. 이 여자는 키만 큰 게 아니라 정말이지 마음도 착한 여자였던 것이다.

그녀의 태도가 돌변한 것에 감동은 했지만, 외젠은 자리를 뜨면서 속으로 이렇게 말했다. 〈설설 기는 거야. 모든 것을 견디라고. 만약 여자 중 최고의 여자가 한순간에 우정의 약속을 지워 버리고 너를 헌신짝처럼 내버린다면, 다른 사람들은 어떻겠어? 그러니 각자 알아서 자기 앞가림하는 거지 뭐. 그녀의 집이 아무 때나 가도 되는 가게도 아니고 그녀를 이용한다는 게 틀린 생각이라는 것도 사실이야. 보트랭 말처럼, 나 스스로가 대포의 포탄이 되어야 해.〉

대학생 외젠의 씁쓸한 생각은, 자작 부인과 저녁 식사를 하면서 맛보리라 기대되는 즐거움 덕분에 사라져 버렸다. 이렇게 하여, 일종의 숙명에 의해, 그의 삶 속의 하찮은 사건이 그를 어떤 행로로 몰고 갔다. 보케 하숙집의 무시무시한 스핑크스의 관찰에 따르면, 그 길은 마치 전장에서처럼 자기가 죽지 않으려면 남을 죽여야 하고 자기가 속지 않으려면 남을 속여야 하는 길이었다. 그래서 양심과 진심은 경계선에 내려 놓고 가면을 쓰고 인정사정없이 사람들을 갖고 놀며 라세데몬[20]에서처럼 남이 못 보게 자기 행운을 거머쥐어 왕관을 쓸 자격을 갖추어야 하는 것이다. 저녁에 자작 부인 집을 다시 찾아가니, 부인이 그를 대하는 태도는 항상 보여 주던 대로 우아한 상냥함이 가득한 것이었다. 두 사람은 자작이 기다리고 있는 식당으로 갔다. 그곳에는 왕정복고 시대에 최고조에 달한 호사를 뽐내듯 식탁이 화려하게 차려져 있었다. 보세앙 씨는 알 것 다 알게 된 사람들이 대개 그러하듯이 이제는 미식의 낙 말고 다른 낙이 없었다. 실제로 그는 루이 18세와 데스카르 공작과 같은 미식가였다.[21] 그래서 그의 식탁은 음식을 담는 용기와 담긴 내용물 모두 호사스러웠다. 사회적 권세가 대를 이어 내려오는 집들 중의 한 집에서 처음 식사를 한 외젠으로서는 이런 장관은 난생 처음이었다. 지난날 제국의 무도회 마지막 순서를 장식하던 저녁 식사는 안팎으로 기다리고 있는 온갖 전투에 대비하기 위해 군인들이 힘을 비축할 수 있을 정도로 진수성찬이었는데, 이즈음 들어서는 폐지되는 추세였다. 외젠은 아직까지는 무도회밖에는 참석해 본 적이 없었다. 나중에 그를 그렇게도 빼어나게 다른 사람들과 구분해 줄 침착성은 이때 막 그의 몸에 배기 시작한 것으로, 이 덕분에 그는 어수룩하게 넋을 잃지 않을 수 있었다. 그러나 상감 기법을 살린 은 식기들과 풍성한 식탁의 세세히 공

20 스파르타의 도시 이름.
21 데스카르 공작은 대혁명으로 귀족들이 대거 해외로 도피할 때 자기가 시중들었던 루이 18세를 따라갔다. 그는 미식 연구를 하다가 나중에 소화 불량으로 죽었다.

들인 숱한 자취들을 보고 소리 없이 이루어지는 식사 시중을 난생처음 감탄하며 직접 받아 보니, 상상력이 불타오르는 남자로서 이날 아침 감수하고자 했던 궁핍한 삶보다 우아하게 이어지는 이런 삶을 선호하지 않기란 참 어려운 일이었다. 그의 생각은 잠시 동안 그를 초라한 하숙집으로 밀어냈다. 그는 그 하숙집을 마음속 깊이 지긋지긋하게 생각하였기에 1월이면 이사하겠다고 스스로 맹세했다. 깨끗한 집에 살고 싶어서도 그랬지만, 또 커다란 손으로 자기 어깨를 턱 짚고 있는 듯 느껴지는 보트랭에게서 도망치기 위함이기도 했다. 파리에서 타락이라는 것이 드러내 놓고 혹은 소리 없이 취하는 온갖 모양새에 대해 생각이 미칠 때, 양식 있는 사람이라면 다음과 같은 생각들을 해보게 될 것이다. 국가는 도대체 어떤 판단 착오에 의해 이 도시에 학교를 세우고 젊은이들을 끌어 모으는 것인지, 예쁜 여자들이 대체 어떻게 이 도시에서 존경을 받는 것인지, 환전상들이 늘어놓은 금화가 나무 그릇 속에서 어찌하여 마술처럼 휙 사라지지 않는 건지 말이다. 하지만 막상 파리에서 자행되는 범죄, 심지어 청소년 경범죄의 예도 별로 없다는 것을 생각하면 서로 치고받고 싸우면서도 거의 언제나 승리하는 이 참을성 많은 탄탈로스[22]들에 대해 어찌 존경심을 갖지 않을 수 있겠는가? 설혹 이 가엾은 대학생이 파리와의 싸움에서 멋지게 그려진다면 외젠은 우리의 현대 문명에서 가장 극적인 주제가 될 것이다. 보세앙 부인이 외젠을 바라보며 무슨 말을 좀 시켜 보려고 했지만 헛일이었다. 그는 자작 앞에서는 아무 말도 하려 하지 않았다.

22 그리스 신화 속 인물로 제우스의 아들. 부유한 왕이었으나 너무 오만하여 지옥에 떨어지는 형벌을 받았다.

「오늘 저녁에 이탈리아 극장으로 날 데려가 주는 거죠?」 자작 부인이 남편에게 물었다.

「당신 말대로 한다면 그 얼마나 기쁘겠소만……」 남편은 깍듯하지만 조롱이 담긴 어조로 대답했다. 그래서 외젠은 그가 정말 그렇게 고분고분한 사람인가 보다 생각했다.

「하지만 나는 바리에테 극장에서 누굴 만나야 한다오.」

〈누군 누구겠어. 애인이지 뭐.〉

그녀는 속으로 생각했다.

「오늘 저녁에는 당신, 다주다 씨와 약속이 없나 보오?」

자작이 물었다.

「없어요.」

그녀는 좀 부아가 나서 대답했다.

「그래! 당신이 팔짱 낄 사람이 꼭 있어야 한다면, 라스티냐크 씨와 함께 가지 그러오.」

자작 부인은 미소를 지으며 외젠을 쳐다보았다.

「당신 입장에선 참 남들 입에 오르내릴 일이 될 텐데요.」

「〈프랑스 남자는 위험을 좋아한다. 왜냐하면 위험 속에서 영광을 찾기 때문이다〉라고 샤토브리앙이 말했지요.」

라스티냐크가 몸을 굽혀 인사를 하면서 대답했다.

잠시 후, 그는 마차에 타고 보세앙 부인 곁에 앉아 인기 있는 극장으로 달려가, 무대를 정면으로 바라보는 좌석으로 들어갔다. 아름답게 치장한 자작 부인과 함께 있는 자기를 극장 내의 모든 오페라글라스들이 경쟁적으로 표적 삼아 쳐다보고 있다는 걸 알고는 이게 꿈인가 생시인가 했다.

그는 황홀에 황홀을 거듭하며 걸어갔다.

보세앙 부인이 그에게 말했다.

「나한테 말을 걸어야 해요. 아, 저것 봐! 뉘싱겐 부인이 우리 좌석에서 세 자리 떨어진 곳에 앉아 있어요. 그 언니와 트라유 씨는 다른 쪽에 있고요.」

이 말을 하면서 자작 부인은 로슈피드 양이 있을 만한 좌석을 바라보았다. 그리고 거기에 다주다 씨가 없는 것을 보자 유난히 광채가 날 만큼 얼굴이 밝아졌다.

「저분은 정말 매력적이군요.」

뉘싱겐 부인을 바라보며 외젠이 말했다.

「속눈썹도 금색인걸요.」

「그건 그래요, 하지만 몸매가 얼마나 날씬하고 예쁜지!」

「손이 크네요.」

「눈이 아름답잖아요!」

「얼굴이 너무 길어요.」

「하지만 갸름한 얼굴형이 품위가 있죠.」

「품위 있어 보인다면 그녀에겐 다행이네요. 저 여자가 오페라글라스를 어떻게 눈에 댔다 떼었다 하는지 좀 보아요! 고리오 집안이라는 게 몸짓 하나하나에서 다 드러나잖아요.」

놀랍게도 자작 부인은 외젠에게 이렇게 말하는 것이었다.

보세앙 부인은 극장 안을 오페라글라스로 살피느라 뉘싱겐 부인에게는 주의를 기울이지 않는 것 같았지만, 실은 그녀의 몸짓 하나도 놓치지 않고 보고 있었다. 좌중은 모두 기막히게 아름다웠다. 델핀 드 뉘싱겐 입장에서는 보세앙 부인의 젊고 잘생기고 우아한 친척 동생의 관심을 독점하고 있다는 것이 여간 으쓱한 일이 아니었다. 외젠은 오로지 그녀만 쳐다보고 있었던 것이다.

「만약 당신이 그렇게 그녀만 계속 쳐다본다면, 소문이 퍼지게 돼요, 라스티냐크 씨. 그렇게 사람들 머릿속에 각인되면, 어떤 일에도 성공하지 못할 거예요.」

외젠이 말했다.

「누님, 당신은 이미 저를 잘 보호해 주셨어요. 이 일을 잘 마무리 짓고 싶으시다면, 이제 제 부탁은 오직 한 가지만 더 도와주십사 하는 겁니다. 그 일은 누님께는 전혀 힘들지 않고, 저에게는 커다란 도움이 되는 일입니다. 저는 벌써 반했거든요.」

「벌써?」

「예.」

「아니 저 여자에게?」

「제가 하는 이야기가 다른 데서도 들릴까요?」

그는 친척 누이에게 꿰뚫어 보는 듯한 시선을 던지며 말했다. 그리고 잠시 말을 멈추더니 다시 말했다.

「카릴리아노 공작 부인이 베리 공작 부인과 막역한 사이지요. 누님은 공작 부인을 만나셔야만 합니다. 제발 나를 저분 댁에 드나들 수 있도록 소개해 주세요. 그리고 월요일에 그녀가 여는 무도회에 절 데려가 주세요. 그러면 거기서 뉘싱겐 부인을 만날 겁니다. 만나서 첫 공격을 할 겁니다.」

「기꺼이 도와주죠. 당신이 벌써 뉘싱겐 부인에게 마음이 동하다니, 당신의 연애 문제는 아주 잘 풀려 가네요. 저기, 갈라티온 공주의 좌석에 드 마르세가 있네요. 뉘싱겐 부인은 괴로워하고, 화를 내고 있어요. 여자에게 접근하기에는 이보다 더 좋은 순간이 없지요. 특히 은행가 부인의 경우는요. 쇼세당탱 구역에 사는 저 부인들은 모두 복수를 좋아하거든요.」그녀가 말했다.

「누님 같으면 이런 경우에 어떻게 하시겠어요?」

「나라면 잠자코 견딜 거예요.」

이때 다주다 후작이 보세앙 부인의 좌석에 나타났다.

「당신을 보러 오느라 일도 제대로 못 해놓고 왔어요. 괜한 생색을 내지 않으려고 당신에게 사정 이야기를 하는 겁니다.」

자작 부인 얼굴이 환히 빛나는 것을 보고 외젠은 진정한 사랑의 표현이란 어떤 것인지를 알게 되었다. 그리고 파리 여인 특유의 교태에서 나오는 투정과 이런 사랑의 표현을 혼동하지 않는 법을 배우게 되었다. 그는 자기 친척 누이에게 감탄하는 마음으로, 입을 다물고 한숨을 내쉬며 자기가 앉았던 자리를 다주다 씨에게 내주었다.

〈누구를 이토록 사랑하는 여인이란 얼마나 고귀하고 숭고한 존재인가!〉

그가 속으로 말했다.

〈그런데 이 남자는 인형 같은 여자를 택하려고 이 여인을 배신하다니! 어떻게 이 여인을 배반할 수 있지?〉

그의 마음속에 어린아이 같은 분노가 끓어올랐다. 그는 보세앙 부인의 발치에 드러누워 데굴데굴 구르고 싶은 심정이었다. 마치 독수리가 들판에서 아직 어미젖을 빨고 있는 하얀 새끼 염소를 낚아채어 자기 둥지로 끌고 가듯이 보세앙 부인의 가슴에서 저 남자를 홱 낚아챌 수 있도록 악마의 힘을 가졌으면 하는 마음이었다. 자기 그림도 없고, 자기만의 연인도 없이 이 커다란 미의 박물관 같은 곳에 있다니 치욕스러웠다.

〈애인이 있고 거의 왕과 같은 지위를 가진다는 것이 바로 힘의 징표로군!〉

그는 이렇게 속으로 말했다. 그리고 마치 모욕당한 남자가 적수를 쳐다보듯이 뉘싱겐 부인을 바라보았다. 자작 부인은 몸을 돌려 그를 바라보더니 눈을 끔벅해 보이며 방금 그가 보여 준 분별 있는 행동에 대단한 감사를 표현해 왔다. 연극 첫 막이 끝났다.

「당신은 뉘싱겐 부인과 잘 아는 사이니, 그녀에게 라스티냐크 씨를 소개해 줄 수 있죠?」

그녀가 다주다 후작에게 물었다.

「그럼요, 저 사람을 보면 그녀도 아주 기뻐할 거예요.」 후작이 대답했다.

이 미남 포르투갈인은 자리에서 일어서서 외젠의 한 팔을 잡고, 눈 깜짝할 사이에 뉘싱겐 부인 곁으로 갔다. 후작이 그녀에게 말했다.

「남작 부인, 외젠 드 라스티냐크 기사님을 소개해 드리게 되어 영광입니다. 이분은 보세앙 자작 부인의 친척 동생입니다. 이분은 부인을 뵙고 아주 깊은 인상을 받았답니다. 그래서 저는 이분이 우상처럼 숭배하는 분 곁으로 가까이 오게 하여 이분의 행복을 더 완벽하게 만들어 주고 싶었습니다.」

이런 말을 할 때 약간 빈정대는 투였기 때문에 그의 생각이 좀 노골적으로 드러날 수도 있었지만, 교묘하게 잘 꾸며서 말했기 때문에 여자가 듣기에는 결코 기분 나쁘지 않은 소리였다. 뉘싱겐 부인은 미소를 짓더니 외젠에게 방금 나간 남편의 자리에 앉으라고 했다.

「제 옆에 계속 앉아 계시라고는 감히 못 하겠네요. 보세앙 부인 곁에 함께 있어 행복하시다면, 그 자리에 당연히 계속 계셔야지요.」

그녀가 말했다.

「하지만, 부인, 제가 여기 부인 곁에 남아 있는 게 우리 누님 마음에 드는 길일 겁니다.」

외젠이 나지막한 소리로 말했다.

「후작님이 오시기 전에 누님과 저는 부인에 대해 또 부인의 품위에 관해 이야기를 하고 있었답니다.」

그가 큰 소리로 이렇게 말했다.

다주다 씨는 자리를 떴다.

뉘싱겐 남작 부인이 말했다.

「당신 정말 제 곁에 계속 계실 건가요? 그러면 서로 자기 소개를 해야지요. 레스토 부인은 이미 당신을 보고 싶다는 간절한 마음을 내게 표현했었답니다.」

「그러니까 그분은 아주 이중적이지요. 저를 문밖으로 내치고 안 보려 했거든요.」

「뭐라고요?」

「부인, 제가 양심껏 그 이유를 알려 드리지요. 하지만 이런 비밀을 당신께 털어놓으면 너그럽게 들어 주시기를 부탁드립니다. 저는 부인의 아버님과 같은 집 옆방에 삽니다. 레스토 부인이 따님인 줄 몰랐습니다. 그래서 조심성 없이, 너무도 아무렇지 않게 영감님 이야기를 했고, 그래서 부인의 언니 되시는 분과 그 부군을 화나게 한 것입니다. 자식이 이런 불효를 범한 것에 대해 랑제 공작 부인과 제 누님이 얼마나 형편없는 일이라고 생각하는지 부인은 믿으실 수 없을 정도랍니다. 그 두 분에게 그때의 장면을 이야기했더니, 듣고는 정신 나간 사람들처럼 웃으시더군요. 그러자 보세앙 부인은 부인과 부인의 언니를 나란히 놓고 비교하면서 저에게 부인을 많이 칭찬했지요. 그리고 부인이 얼마나 제 옆방의 고리오 영감님께 잘하는지를 이야기해 주었답니다. 아닌 게 아니라, 따님들이 그분을 어찌 사랑하지 않겠습니까? 영감님은 따님들을 너무도 절절하게 사랑하시니 제가 다 질투가 날 지경입니다. 오늘 아침에도 영감님과 저는 두 시간 동안 부인 이야기를 했답니다. 그러고는 아버님께서 하신 이야기에 잔뜩 감화를 받아서 오늘 저녁에 누님과 저녁을 먹으면서, 부인이 미인이시기도 하지만 그보다 품성은 더욱 아름답다고 이야기했습니다. 그런 열렬한 찬미를 부추기려고 그런 것인지, 보세앙 부인은 저를 이곳으로 데려오면서 늘 그렇듯 상냥하게, 제가 부인을 뵙게 될 것이라고 알려 주시더군요.」

은행가 부인이 대답했다.

「아니, 그럼 제가 당신께 오히려 감사를 드려야 한다는 말씀이네요. 조금만 더 있으면 우리는 아주 오랜 친구처럼 되겠어요.」

「우정이라는 것이 부인께는 그리 저열한 감정이 아닐 테지만, 저는 결코 부인의 친구는 되고 싶지 않습니다.」

초심자가 흔히 써먹는, 이런 판에 박힌 어리석은 말들이 여자들에게는 항상 매혹적으로 들리는 법이다. 이런 내용은 말로 하지 않고 냉정하게 글로 읽을 때에만 비로소 그 초라함이 드러난다. 청년의 몸짓, 어조, 눈길이 이런 말들에 헤아릴 수 없는 가치를 부여하는 것이다. 뉘싱겐 부인은 라스티냐크가 매력적이라고 생각했다. 게다가 여자면 다 그렇겠지만 외젠이 방금 말한 것처럼 노골적인 문제들에 대해서는 무어라 할 말이 없어서 그녀는 다른 것에 대해 이야기했다.

「네, 저희 언니가 가엾은 아버지를 대하는 행동은 잘못됐어요. 아버지는 우리에게 정말 신이나 마찬가지셨죠. 제 남편 뉘싱겐 씨가 아버지를 오전에만 만나라고 엄중히 당부해서 그 점은 내가 양보했지요. 하지만 그 때문에 저는 오랫동안 아주 불행했답니다. 전 울었어요. 결혼이라는 급작스러운 사건 이후 닥치는 이런 폭력이 바로 우리 부부를 가장 흔들어 놓는 이유 중 하나였답니다. 물론 남들 눈에야 제가 파리에서 가장 행복한 여인처럼 보이겠지만, 실제로는 가장 불행한 여자랍니다. 당신에게 이렇게 말하다니 제가 미쳤다고 생각하실 거예요. 하지만 당신은 우리 아버지를 잘 아시지요. 바로 그 점에서 당신은 제게 낯선 분이 될 수 없지요.」

그녀에게 외젠이 말했다.

「당신에게 속하고자 하는 열망이 저보다 더 강한 사람은 아무도 만나 보신 적이 없을 겁니다.」

그는 영혼에 가 닿을 듯한 음성으로 말을 이었다.

「부인 같은 여성 분들 모두가 찾고 계시는 게 무엇입니까? 행복이죠. 그런데! 만약 여자에게 행복이란 것이 사랑받고 귀히 여김을 받고, 자기 갈망과 온갖 변덕스러운 생각, 슬픔, 기쁨을 솔직히 털어놓을 수 있고, 배신당할지 모른다는 두려움 없이 결점과 장점 모두 지닌 채 자기 영혼을 있는 그대로 보여 줄 수 있는 남자 친구를 갖는다는 것이라면 말이죠. 제 말 믿으세요. 그런 헌신적이면서도 항상 열정적인 마음은 환상으로 가득 찬 청년에게서밖에는 만날 수 없답니다. 그런 남자는 당신의 손짓 한 번에 죽을 수도 있고, 세상에 대해 아직 아무것도 모르고 아무것도 알고 싶어 하지 않지요. 왜냐하면 당신이 그에겐 바로 세상이기 때문입니다. 보세요, 저를. 당신은 제가 순진하다고 웃으실 겁니다. 저는 촌구석 출신으로 완전히 풋내기인 데다, 아름다운 영혼을 가진 사람들 밖에 모르고 살아왔습니다. 그리고 사랑 없이 살려고 생각하고 있었지요. 그런데 제 친척 누님을 만날 일이 생겼고, 누님은 자기 마음 너무 가까운 곳까지 나를 이끌어 주었습니다. 누님 덕에 열정의 숱한 보물들을 짐작하게 되었습니다. 저는 지금 셰뤼뱅[23]처럼 모든 여인의 연인입니다. 그 여인들 중 어느 한 분에게 헌신할 수 있을 때까지는 말입니다. 저는 여기 들어왔을 때 부인을 보면서 마치 물결에 휩쓸리듯 당신께 이끌리는 것을 느꼈습니다. 저는 이미 당신에 대해 너무도 많이 생각해 왔어요! 하지만 정말 이처럼 아름다운 분일 줄은 상상도 못 했습니다. 보세앙 부인은 부인을 너무 많이 쳐다보지 말라고 저에게 주의를 주었지요. 부인의 어여쁜 붉은 입술, 흰 피부, 그토록 부드러운 두 눈을 보는 것이 얼마나 매력적인 일인지를 그 누님은 모릅니다. 제가 지금 부인께 정신 나간 소리들을 하고 있군요. 하지만 그냥 이런 말을 하게 놓아둬 주십시오.」

감미로운 이야기를 늘어놓는 것을 듣는 것보다 더 여자들의 마음에 드는 일은 없다. 어느 누구보다 엄격하고 독실한 여자도 그런 말에는 귀를 기울인다. 심지어 그 말에 대답해서는 안 될 때라도 말이다. 이렇게 시작을 한 다음, 라스티냐크는 일부러 나지막이 낮춘 목소리로 교태를 부리며 이 말 저 말 주워섬겼다. 그러자 뉘싱겐 부인은 갈라티온 공주의 좌석을 떠나지 않고 있는 마르세 씨를 가끔씩 바라보면서 미소를 지어 외젠을 부추겼다. 라스티냐크는 뉘싱겐 부인의 남편이 그녀를 데려가려고 찾아올 때까지 곁에 함께 있었다.

23 희곡 「피가로의 결혼」에 나오는 사랑에 막 눈뜨기 시작한 청소년.

「부인, 카를리아노 공작 부인의 무도회가 열리기 전에 부인을 찾아가서 뵙는 기쁨을 누릴 수 있겠는지요?」

외젠이 말했다.

「이 사람이 당신을 좋아하니, 당신은 분명 환영받을 겁니다.」

둥근 얼굴에 위험천만한 약삭빠른 기질이 엿보이는 뚱뚱한 몸집의 알자스 출신 남작이 말했다.

〈내 작업은 잘 되어 가고 있어. 내가 《저를 사랑해 주시겠죠?》라고 말하는 것을 듣고도 그녀가 당황하지 않으니 말이야. 이제 밭을 가는 짐승에게 쟁기는 잘 매어 놨겠다, 짐승 위에 올라앉아서 한번 잘 다스려 보자고.〉

자리에서 일어서서 다주다 씨와 함께 나가는 보세앙 부인에게 인사하러 가면서 외젠은 속으로 말했다. 가엾은 대학생 외젠은 남작 부인이 딴 생각을 하고 있다는 것, 마르세 씨로부터 영혼을 갈가리 찢어 놓을 만한 결정적 편지 한 장을 기다리고 있다는 것을 몰랐다. 혼자서만 성공이라고 믿는 가짜 성공에 행복해하며 외젠은 자작 부인과 주랑(柱廊)까지 함께 가서 각자 자기가 탈 마차를 기다렸다.

「당신의 저 친척 동생은 이제 예전의 그 사람 같지 않군요.」

외젠이 가고 나자 포르투갈인 다주다 씨가 웃으며 자작 부인에게 말했다.

「꼭 은행이라도 파산시킬 사람 같아요. 뱀장어처럼 유연해서 가도 한참 갈 것 같은데. 오직 당신만이 그에게 위로가 필요한 여인을 골라 줄 수 있었소.」

외젠은 이탈리아 극장에서 뇌브생트주느비에브 길까지 걸어 돌아오면서 더없이 달콤한 계획을 짰다. 아까 자작 부인의 좌석에 있을 때나 뉘싱겐 부인의 좌석에 있을 때 레스토 부인이 자기를 주의 깊게 살펴보던 것을 그는 놓치지 않았다. 그래서 그는 레스토 백작 부인 집 문이 이제 자기에게 닫혀 있지 않으리라고 짐작했다. 그가 원수 부인의 마음에도 들려고 생각하고 있으니, 이미 파리 상류 사회에서 중요한 네 개의 인간관계가 자기 손아귀에 들어올 예정인 것이다. 그 방법을 군이 스스로에게 설명하지 않고도, 그는 이 바닥의 이해관계가 얽힌 복잡한 게임 속에서 우위를 점하기 위해서는 톱니바퀴에 꽉 매달려야만 한다고 짐작하고 있었다. 그리고 그 바퀴를 정지시킬 힘이 스스로에게 있다고 느꼈다.

〈만약 뉘싱겐 부인이 내게 관심을 보인다면, 그녀에게 남편을 꽉 잡는 법을 가르쳐 주어야지. 그 남편은 돈을 다루는 사람이니, 단번에 한재산 거머쥐게끔 나를 도와줄 수 있을 거야.〉

그는 노골적으로 이런 혼잣말을 하지는 않았다. 아직은 상황을 숫자로 환산하고 그것을 평가하고 계산할 만큼 그렇게까지 정치적이지는 못했던 것이다. 이런 생각들은 가벼운 구름 모양으로 지평선에 맴도는 정도였고, 비록 그런 생각들이 보트랭의 생각만큼 신랄한 것은 아니라 하더라도, 만약 양심의 도가니 속에 넣어 분석해 보았다면 아주 순수한 결과가 나오지는 못했을 터였다. 사람들은 이런 식의 거래를 한 결과, 이 시대가 고백하는 도덕적 해이에 이르게 된다. 이 시대에는 예전보다 반듯한 인간들을 찾아보기가 훨씬 힘들다. 결코 악에 굴복하지 않고 똑바른 직선에서 조금만 이탈한 행동도 죄로 여기는 사람들이 드물다는 말이다. 몰리에르의 〈알세스트〉, 좀 더 최근에는 월터 스코트의 작품에 나오는 제니 딘스와 그 아버지[24]는 문학 작품에서나 볼 수 있는 놀랄

191

만한 성실성을 잘 보여 준다고 할 수 있다. 어쩌면 이와 정반대 되는 작품, 즉 야심만만한 사교계의 사나이가 악을 가까이하고 양심을 되는대로 굴려 외양만 그럴듯하게 유지하면서 목적을 달성하려 할 때 겪는 우여곡절을 그린 작품이 그보다 더 아름답거나 더 극적일 수도 있다. 하숙집 입구에 다다랐을 때 라스티냐크는 이미 뉘싱겐 부인에게 푹 빠져 있었다. 그녀는 그의 눈에 날씬하고 제비처럼 날렵해 보였다. 그녀의 눈이 지닌 사람을 취하게 하는 감미로움, 섬세하고 비단결 같아서 그 아래 흐르는 피가 다 비쳐 보이는 듯한 살결, 매혹적인 목소리, 금발의 머릿결, 그 모든 것을 그는 다 기억했다. 그리고 어쩌면 그녀의 걸음걸이도 그의 피를 콸콸 흐르게 만들면서 이러한 매혹에 한몫 더하고 있는지도 모를 일이었다. 외젠은 고리오 영감의 방문을 쾅쾅 두드렸다.

「옆방 영감님, 제가 델핀 부인을 뵈었어요.」 그가 말했다.

「어디서?」

「이탈리아 극장에서요.」

「그 애가 즐거워하던가? 자, 들어와요.」 셔츠 바람으로 자다가 일어난 영감은 문을 열어 주고 재빨리 다시 자리에 누웠다.

「자, 내 딸 이야기 좀 해주오.」 영감이 요청했다.

처음으로 고리오 영감 방에 들어간 외젠은 영감 딸의 고운 맵시에 감탄한 뒤에 이 초라한 거처를 보고는 경악의 몸짓을 금할 길 없었다. 창문에는 커튼도 없었다. 벽에 붙은 벽지는 습기 때문에 여러 군데 벽에서 뜯겨 담배 연기로 노랗게 찌든

24 월터 스코트의 소설 「에든버러의 감옥」에 나오는 청교도적이고 엄격한 두 인물.

석회 벽을 드러내 보이며 바짝 오그라져 있었다. 영감은 형편없는 침대에 누워 있었는데, 얇은 이불 하나와 보케 부인의 헌 옷에서 쓸 만한 부분을 조각조각 기워 솜을 넣어 만든 발덮개밖에는 없었다. 바닥 타일은 눅눅하고 먼지가 잔뜩 덮여 있었다. 유리창 정면에 보이는 것은 장미나무로 만든 낡은 서랍장이었다. 서랍장은 앞이 불룩하게 나와 있고, 나뭇잎이나 꽃들로 장식된 덩굴 문양이랍시고 뒤틀려 보이는 구리 손잡이가 있었다. 나무 선반이 달린 오래된 가구에는 물 단지가 담긴 대야와 면도에 필요한 도구들이 들어 있었다. 구석에는 구두들이 있었고, 침대 머리맡에 있는 작은 탁자는 여닫이문도 없고 대리석도 얹지 않은 모양새였다. 한쪽 구석에는 불 피운 자취가 없는 벽난로와 호두나무로 만든 정사각형 탁자가 있는데 영감은 전에 그 탁자를 뒤집어 두 다리를 이은 가로대에 대고 은 식기를 우그러뜨렸었다. 영감의 모자가 놓여 있는 볼품없는 사무용 책상, 짚을 넣은 푹 꺼진 의자, 그리고 다른 의자 두 개, 이것이 이 비참한 방의 가구 전부였다. 누더기로 천장에 붙들어 매여 있는 침대의 쇠고리에는 붉고 흰 체크무늬 천으로 만든 형편없는 끈이 늘어져 있었다. 지붕 밑 방에 사는 아무리 가난한 하인이라도 보케 부인네 하숙집에 사는 고리오 영감만큼 세간살이가 형편없지는 않을 터였다. 이 방의 모습을 보면 썰렁하고 가슴이 미어지는 것이, 마치 감옥의 가장 을씨년스러운 독방을 보는 듯했다. 다행히도 고리오 영감은 외젠이 침대 맡 탁자에 촛대를 갖다 놓을 때 그의 얼굴에 떠오른 표정을 보지 못했다. 영감은 턱까지 이불을 뒤집어쓴 채 외젠 쪽으로 돌아누우며 말했다.

「그래! 레스토 부인과 뉘싱겐 부인 둘 중 누가 더 좋소?」

「저는 델핀 부인이 더 좋은데요. 그분이 영감님을 더 사랑하니 말입니다.」

외젠이 따뜻하게 대꾸한 이 말을 듣고 영감은 한 팔을 이불 밑에서 꺼내 외젠의 손을 꼭 잡았다.

「고마워요, 고마워.」

감동한 노인은 대답했다.

「그 애가 또 나에 대해 무슨 소릴 합디까?」

외젠은 뉘싱겐 남작 부인이 했던 말을 좋게 꾸며서 되풀이했다. 그랬더니 노인은 마치 하느님의 말이라도 듣는 듯 귀를 기울였다.

「귀여운 내 딸! 그래, 그래. 그 애는 나를 아주 사랑하지. 하지만 그 애가 아나스타지에 대해 한 말은 믿지 마오. 두 자매가 서로 질투한다니까, 알겠소? 그게 바로 아이들의 사랑을 증명해 주지. 레스토 부인도 나를 아주 사랑한다오. 내가 알지. 아버지가 자식들과 함께 있으면 마치 하느님이 우리와 함께 계신 것과 같아서, 마음속 깊은 곳까지 다 꿰뚫어 보고 내심의 의도도 다 파악한다오. 내 딸들은 둘 다 똑같이 정 많은 애들이오. 오! 사위들만 착하다면 너무 행복했을 텐데 말이지. 이 세상에 완벽한 행복이란 아마 없나 보오. 만약 내가 딸들 집에서 살았다면⋯⋯. 딸들 목소리만 들어도, 딸들이 거기 있다는 걸 아는 것만으로도, 우리 집에 그 애들이 와 있는 것처럼 여기저기 왔다 갔다 하는 모습을 보기만 해도, 가슴이 마구 뛰었을 텐데 말이오. 딸들이 옷은 잘 입었습디까?」

「예.」

외젠이 대답했다.

「하지만 고리오 영감님, 그렇게 잘사는 딸들을 두셨으면서 어떻게 이런 누추한 곳에 사실 수가 있어요?」

「아니, 이보다 더 나은 곳에 살면 뭐하게? 이런 것은 당신에게 설명을 잘 못하겠소. 해야 할 적당한 말을 난 두 마디도 할 줄 모르니 말이오.」

영감이 겉보기에는 아무렇지도 않은 듯한 투로 말했다. 그리고 자기 가슴을 두드리면서 이 말을 덧붙였다.

「요컨대 이거요. 내 인생은 내 두 딸에게 있다 이 말이오. 만약 딸들이 즐겁게 지내고 행복하고 옷도 잘 입고 화려한 융단 위를 걸어 다닌다면, 내가 무슨 옷을 걸쳤건 어떤 곳에서 잠을 자건 그게 무슨 상관이겠소? 딸들이 따뜻하면 나는 춥지 않아요. 딸들이 웃으면 나는 절대 지루하지 않다니까. 내게 슬픔이 있다면 그건 오직 딸들의 슬픔뿐. 나중에 당신도 아버지가 되어 아이들이 재잘거리는 소리를 들으면서 〈저것들이 내 몸에서 나왔지!〉하고 혼잣말을 하게 되면, 그 작은 존재들이 당신 피 한 방울 한 방울을 받아서 피어난 예쁜 꽃들이라는 걸 느끼게 될 거요. 당신은 아이들의 살갗에 꼭 붙어 있다는 생각이 들 테고, 아이들이 걸어 다니면 당신 자신도 활발하게 움직이는 느낌이 들 거요. 아이들의 목소리가 곳곳에서 내게 들려오지요. 아이들의 눈길이 슬퍼 보이면 내 피가 멈추는 것 같지요. 자기 자신의 행복보다는 아이들의 행복 때문에 더욱 행복해지는 것을 언젠가는 당신도 알게 될 거요. 이건 어떻게 설명할 길이 없구려. 사방에 편안한 느낌을 퍼뜨리는 마음속 움직임이라고나 할까. 어쨌든, 나는 세 번 사는 셈이오. 내가 재미있는 이야기 하나 해도 되겠소? 음! 나는 아버지가 되고서야 하느님을 이해하게 되었소. 하느님은 어디에나 온전히 계시지요. 왜냐하면 피조물이 하느님으로부터 나왔으니 말이오. 이보오, 나도 내 딸들을 생각하면 그렇다오. 다만, 하느님이 이 세상을 사랑하시는 것보다 내가 딸들을 더 사랑하지요. 왜냐하면 이 세상은 하느님보다 더 아름답지 못한데, 내 딸들은 나보다 더 아름다우니 말이오. 딸애들은 내 영혼에 하도 밀착되어 있어서 난 오늘 저녁 당신이 딸애들을 만나리라는 생각도 하고 있었소. 사랑받는 여인이 느끼는 그 행복감을 내 귀여운 델핀에게 느끼게 해줄 사람이라면, 나는 그 사람이 신은 신발도 닦아 주고 시키는 심부름도 다 해줄 수 있소. 그 아이의 하녀를 통해, 그 마르세 씨라는 사람이 못된 개 같은 인간이라는 것도 알게 되었소. 그놈의 목을 비틀어 놓고 싶다는 생각도 들었다오. 보석 같은 여자, 꾀꼬리 같은 목소리, 모델 같은 몸매, 그런 여자를 사랑하지 않다니! 알자스 출신의 둔해 빠진 뚱보 놈과 결혼하다니, 딸애의 눈이 어떻게 되었던 게 틀림없지! 우리 두 딸에게는 정말 상냥한 미남 청년이 남편이 되었어야 하는데……. 어쨌든, 딸아이들은 제멋대로 결혼을 해버렸다오.」

고리오 영감은 숭고해 보였다. 외젠은 타오르는 부성애로 이렇게 환해진 영감의 모습을 본 적이 없었다. 주의해서 볼 것은 감정이 확 번져가는 힘이다. 어떤 존재가 아무리 거칠다 할지라도 강하고 진실한 애정을 표현하기 시작하면 그때부터는 어떤 특별한 액체가 분비되는 건지, 얼굴 모습이 바뀌고, 몸짓에 활기가 돌고, 음성도 빛깔을 띠게 된다. 가장 멍청한 사람조차도 열정의 힘을 빌리면 실제론 눌변이어도 정신적으로 최고의 달변의 경지에 이르고, 온통 빛나는 듯 보이는 일이 종종 있다. 이 순간 영감의 목소리와 몸짓에는 위대한 배우임을 말해 주는 소통의 능력이 있었다. 우리의 아름다운 감정이라는 것도 알고 보면 의지의 시정(詩情)이 아니던가?

「그렇죠! 그 마르세라는 분과 따님이 아마 결별할 거라는 걸 아신다 해도 화를 내시지는 않겠죠. 멋쟁이 사위는 따님 곁을 떠나 갈라티온 공주에게 가서 붙었답니다. 저는 오늘 저녁 델핀 부인에게 빠져 버렸습니다.」

외젠이 말했다.

「설마!」 고리오 영감이 말했다.

「예. 따님도 제가 싫지 않은 것 같아요. 우리는 한 시간 동안 사랑에 대한 이야기를 했고요. 토요일 오후에 저는 따님을 만나러 갈 겁니다.」

「오, 당신이 그 애 마음에 든다면 나도 당신이 얼마나 더 좋아질까! 당신은 착하니 절대 그 애를 괴롭히지 않겠지요. 만약 그 애를 배신한다면 제일 먼저 당신의 목을 잘라 버릴 테요. 한 여자는 두 사랑을 하지 않는 법이오. 아시겠소? 세상에! 내가 바보 같은 소리를 하고 있구먼. 외젠 씨, 이 방은 당신이 있기에는 너무 추워요. 이런! 그럼 딸이 하는 이야기도 들었을 텐데, 딸아이가 나에 대해서는 무슨 소리를 하던가요?」

〈아무 말도 없었는데〉라고 외젠은 속으로 생각했다. 하지만 큰 소리로 이렇게 대답했다. 「따님이 진심 어린 입맞춤을 보낸다고 하더군요.」

「잘 가요, 옆방 총각. 잘 자요. 좋은 꿈 꾸고. 내 꿈은 온통 이런 말들뿐이라오. 당신이 원하는 모든 게 이루어지도록 하느님이 보호해 주시기를! 오늘 저녁 당신은 내게 착한 천사였다오. 내 딸의 기운을 내게 전해 주었으니 말이오.」

〈가엾은 영감. 대리석 심장을 가진 사람이라도 감동하겠네. 그런데 영감의 딸은 아버지 생각을 발톱의 때만큼도 하지 않고 있으니 참…….〉 외젠은 자기 방에 와서 잠자리에 누우면서 생각했다.

이 대화를 나눈 뒤로 고리오 영감은 옆방의 외젠을 뜻밖의 말동무로 생각하게 되었다. 둘 사이에 생겨난 관계는 이 노인이 타인과 맺을 수 있는 유일한 관계였다. 열정은 결코 틀린 계산을 하지 않는 법이다. 외젠이 델핀에게 소중한 존재가 된다면 자기는 딸 델핀과 조금 더 가까워지고 좀 더 나은 대접을 받게 될 것이라고 고리오 영감은 생각했다. 게다가 그는 외젠에게 자기가 겪는 고통 중에 한 가지를 털어놓은 것이었다. 영감이 하루에도 수천 번씩 행복을 빌고 있는 뉘싱겐 부인은 사랑의 달콤한 맛을 아직까지 체험하지 못했다. 영감의 표현대로라면 두말할 것도 없이 외젠은 이제껏 그가 본 가장 친절한 젊은이였고, 딸에게 결핍된 모든 기쁨을 줄 수 있을 것 같았다. 그래서 영감은 옆방 청년에게 점점 더해 가는 우정을 느꼈던 것이다. 만일 그 우정이 없었다면 우리는 아마도 이 이야기의 결말을 알 수 없었을 것이다.

다음 날 아침 식사 때, 고리오 영감이 외젠의 옆에 자리 잡고 앉아 그를 바라보는 애정의 눈길이며 그에게 건네는 몇 마디 말, 보통 때는 석고 가면 같았던 영감의 얼굴이 확 달라져 보인다는 사실 등에 하숙집 사람들은 깜짝 놀랐다. 지난번 이야기를 나눈 뒤로 외젠을 처음 보는 보트랭은 그의 영혼 속을 다 읽어 내고 싶어 하는 것 같았다. 잠들기 전에 앞으로 펼쳐질 광대한 미래를 다 재어 본 외젠은 보트랭의 계획을 돌이켜 생각해 보고는, 마치 가장 높은 덕을 갖춘 청년이 부유한 상속녀를 바라보듯이 빅토린을 쳐다보지 않을 수 없었다. 우연히도 두 사람의 눈길이 마주쳤다. 가여운 처녀는 외젠이 새 옷 입은 모습을 놓치지 않고 참 멋지다고 생각했다. 둘이 주고받은 눈짓이 의미심장하여, 라스티냐크는 자기가 저 처녀의 어렴풋한 욕망의 대상임을 믿어 의심치 않았다. 처녀들이라면 그러한 욕망을 모두 품게 되는 법이고 제일 처음 만나게 되는 매혹적인 남자에게 그런 마음을 기울이게 마련이었다. 외젠에게 〈80만 프랑이야〉라고 외치는 음성이 들리는 것 같았다. 그러나 그는 간밤의 기억 속으로 자신을 떠밀어 보냈다. 뉘싱겐 부인을 향한 목적 있는 열정이 뜻하지 않게 생겨나는 불순한 생각을 제거하는 해독제라고 생각했다.

「어제 이탈리아 극장에서 로시니의 〈세비야의 이발사〉를 공연했어요. 그렇게 감미로운 음악을 저는 이제까지 들어 본 적이 없어요. 세상에! 이탈리아 극장에 지정석을 갖고 있다는 건 얼마나 행복한 일일지……」

외젠이 지나가는 말처럼 한 이 말을, 고리오 영감은 마치 개가 주인의 움직임을 포착하듯 놓치지 않았다.

「당신 참 호강했군요. 워낙 남자들은 자기 좋은 것이면 다 하잖수.」 보케 부인이 말했다.

「거기서 어떻게 돌아왔소?」 보트랭이 물었다.

「걸어서 왔지요.」 외젠이 대답했다.

「나는 말이오, 어중간한 쾌락 같은 것은 싫다오. 나는 내 마차를 타고 거기 가고 싶소. 내 지정석을 갖고 말이오. 그리고 돌아올 때도 편하게 오고 싶소. 전부 아니면 전무(全無)! 이것이 내 신조요.」

「훌륭한 신조군요.」

보케 부인이 말을 받았다.

「영감님, 아마 뉘싱겐 부인을 보러 가시겠죠?」

외젠이 낮은 목소리로 고리오 영감에게 말했다.

「물론 부인은 두 팔 벌려 영감님을 환영할 겁니다. 부인은 영감님에게 물어서 나에 관한 갖가지 상세한 것들을 알고 싶어 하겠지요. 뉘싱겐 부인이 어떤 수를 써서라도 제 친척 누님인 보세앙 자작 부인 댁에 초대받고 싶어 한다는 것을 저는 알게 되었습니다. 제가 부인을 너무도 사랑하기에 부인에게 이런 만족을 드릴 생각을 했다는 이야기를 꼭 전해 주세요.」

라스티냐크는 재빨리 법과 대학에 등교했다. 이 끔찍한 하숙집에는 되도록 최소한의 시간 동안만 머무르고 싶었다. 너무도 생생한 희망에 사로잡힌 젊은이들이 겪곤 하는 들뜬 신열에 휩싸여서 거의 온종일 그는 빈둥대며 돌아다녔다. 보트랭이 했던 논리정연한 말 때문에 그는 사회생활에 대해 곰곰이 생각해 보았다. 그러다가 마침 뤽상부르 공원에서 친구 비앙숑을 만났다.

「왜 그렇게 심각한 얼굴을 하고 있는 건가?」

의대생 비앙숑은 그의 한 팔을 끌고 뤽상부르 궁전 앞으로 데리고 가면서 물었다.

「나쁜 생각 때문에 괴로워.」

「어떤 나쁜 생각 말인데? 생각이란 다 좋아지게 마련이야.」

「어떻게?」

「거기 굴복해 버리면 되지.」

「무슨 일인지도 모르고 웃는군. 자네 루소 읽어 봤어?」

「그럼.」

「루소가 독자에게 이렇게 묻는 부분 기억나나? 만약 독자가 파리에서 꼼짝도 안 한 채, 오로지 생각만으로 중국에 있는 어느 늙은 관리를 죽이고 부자가 될 수 있다면 어떻게 하겠느냐고 물은 것 말이야.」

「그래.」

「자넨 어때?」

「홍! 나는 서른세 명째 죽이고 있네.」

「농담하지 마. 자, 만약 그런 일이 가능하고, 고갯짓 한 번 까딱해서 이루어지는 일이라면, 자넨 할 거야?」

「그 중국 관리는 많이 늙은 노인인가? 아니, 쳇! 젊건 늙었건, 몸이 마비되었건 건강하건, 이런 일은 절대 안 되지.」

「자넨 참 훌륭한 친구야, 비앙숑. 하지만 만약 자네가 어떤 여자를 사랑해서 영혼을 뒤집어 보여 줄 정도로 푹 빠져 있다면 말이야, 그래서 그녀의 옷치장이며 마차며 그녀가 원하는 모든 것을 해주기 위해 많은 돈이 필요하다면 말이야?」

「자넨 내 이성을 다 빼앗아 버리는군. 그러고는 내가 이성적으로 생각하기를 바란단 말이야.」

「그래! 비앙숑, 난 미쳤어. 날 낫게 해줘. 나에겐 미와 순수함을 지닌 천사 같은 두 누이동생이 있어. 난 누이들이 행복했으면 해. 지금부터 5년 안에 누이들의 지참금 20만 프랑을 어디서 구하겠어? 인생에는 말이야, 크게 한 번 걸어야 할 상황이 있는 법이야. 푼돈이나 버느라고 자기 행복을 낭비하지 말아야 할 그런 상황이.」

「지금 자네 질문은 누구나 인생 초입에서 하게 되는 그런 질문이야. 그런데 자넨 어려운 매듭 같은 문제를 단칼에 해결하고 싶어 하는군. 이보게나, 알렉산더 대왕이나 되어야 그런 행동을 할 수 있지. 그렇지 않고 보통 사람들이 그랬다가는 감옥에 가게 된다고. 난 말이야, 나는 시골에서 바보같이 아버지 뒤를 이어받아서 그럭저럭 살아가는 평범한 생활이 행복하다네. 사람의 애정이란 무한한 반경 속에서나 가장 작은 원 안에서나 똑같이 가득 채워지는 것이라네. 나폴레옹이라고 저녁 식사를 두 번 했겠나. 그리고 나폴레옹도 의대생이 카퓌생 병원에서 수련의로 일할 때 두는 내연녀 숫자보다 더 많은 정부를 거느릴 수는 없다네. 여보게, 우리의 행복이란 항상 두 발과 후두부 사이의 문제라네. 그리고 한 달에 1백만 프랑이 들건 1백 루이[25]가 들건, 우리 마음속에서 내재적으로 인지되는 정도는 똑같다네. 나는 아까 말한 그 중국인을 살리는 쪽으로 결론을 내리겠네.」

「고마워, 자넨 날 도와준 거야, 비앙숑! 우리 늘 친구로 지내세.」

「그런데 말이지.」 의대생은 퀴비에 광장을 벗어나 식물원으로 들어서면서 말을 이었다.

「방금 미쇼노 양과 푸아레 씨를 보았는데, 둘이서 벤치에 앉아 어떤 남자와 이야기를 하고 있더군. 그 남자는 작년에 국회 의사당 부근에서 곤경에 빠져 있는 것을 내가 본 기억이 나는데, 그때 본 바로는 마치 경찰관이 연금으로 사는 평범한 시민으로 가장한 것 같았어. 쌍으로 붙어 다니는 그 두 남녀를 잘 연구해 보자고. 이유는 내가 말해 주지. 안녕, 이제 4시 수업 출석 부르는 거 대답하러 가야겠어.」

외젠이 하숙집으로 돌아오니, 고리오 영감이 그를 기다리고 있었다. 「자, 여기, 그 애가 보낸 편지가 있소. 글씨도 참

25 1루이는 20프랑에 해당한다.

예쁘지!」

외젠은 봉투를 뜯어 편지를 읽어 보았다.

  안녕하세요. 저희 아버지께서 당신이 이탈리아 음악을
좋아한다고 하셨어요. 극장의 제 지정석에 와서 관람해 주
시면 정말 기쁘겠습니다. 토요일에는 포도르와 펠레그리
니의 공연이 있습니다. 당신이 저의 제안을 거절하지 않을
거라고 믿어요. 남편 뉘싱겐 씨도 당신에게, 격의 없이 와
서 우리 부부와 저녁 식사를 함께 하자고 청하는 바입니
다. 만약 허락하신다면, 남편은 극장에 저와 동반해야 하
는 부부로서의 고역을 면하게 되니 정말 흡족해 할 거예
요. 답장 쓰지 않아도 되니 그냥 오십시오.

                                                      D de N

「내게도 편지를 좀 보여 주오.」

외젠이 편지를 다 읽고 나자 영감이 말했다.

「갈 거지? 그렇지?」

그가 편지지 냄새를 맡아 본 뒤 이 말을 덧붙였다.

「냄새 좋군! 그 애 손가락이 여길 만졌겠지!」

〈원래 여자가 이렇게 남자에게 매달리는 법은 아닌데. 이
여자는 나를 이용해서 마르세 씨를 돌아오게 하고 싶은 거
야. 분한 마음이 있어야 이런 짓을 할 수 있는데.〉 외젠이 혼
자 속으로 생각했다.

「그런데 젊은이는 어떻게 생각하시오?」 고리오 영감이 말
했다.

외젠은 이 당시 몇몇 여인들을 사로잡고 있던 허영심의 망

상에 대해서는 모르고 있었다. 그리고 생제르맹 구역의 살롱에 들어가기 위해서라면 은행가 부인인 델핀이 어떤 희생이라도 감수할 수 있다는 것도 미처 몰랐다. 이 당시, 생제르맹 구역의 사교계에 받아들여진 여자는 이른바 〈프티 샤토의 부인들〉[26]이라고 불리며 모든 여자들보다 우위를 차지하는 것이 대세였다. 그 프티 샤토의 부인들 중에 보세앙 부인도 있었고, 그녀의 친구 랑제 공작 부인, 모프리뇌즈 공작 부인 등이 선두를 차지하고 있었다. 쇼세당탱 구역의 여인들이 여성 중에 빼어난 별들만 반짝이는 이 우월한 동아리에 들어가기를 미칠 듯 열망한다는 것은 라스티냐크만 모르는 일이었다. 하지만 오히려 의심이 그에게 큰 도움이 되었고, 그 덕분에 그는 냉정할 수 있었으며, 주어진 조건들을 받아들이는 대신 자기가 조건을 내거는 서글픈 능력도 갖출 수 있었다.

「예, 가지요.」 그가 대답했다.

이렇게 호기심에 끌려 그는 뉘싱겐 부인 집에 가게 되었다. 사실, 만약 뉘싱겐 부인이 그를 깔보았더라면 아마도 그는 정열에 이끌려 그 집에 갔을 터였다. 다음 날 그 집으로 출발할 시간을 기다리려니 좀 조바심이 났다. 젊은이의 입장에서 첫 모험이란 첫사랑만큼이나 매력 있는 법이다. 성공할 것이라는 확신 때문에 숱한 행복이 생겨나며, 남자들은 그 행복을 입 밖에 내어 고백하지 못하고, 어떤 여자들은 그 행복 때문에 매력이 한층 더해진다. 욕망은 승리하기 쉬울 때뿐 아니라 어려울 때에도 생기는 법이다. 남자들의 열정이 촉발되거나 유지되는 것은 확실히 바로 위에 말한 두 가지 원인에 의해서이다. 이 두 가지 원인이 사랑의 제국을 둘로 분할한

26 국왕과 친한 사람들을 일컫던 말.

다. 아마도 이러한 분할은 기질이라는 커다란 문제의 결과일 것이다. 사람들이 무어라 말하건 이 결과가 사회를 지배한 다. 우울질인 사람에게는 교태의 톡톡 튀는 성질이 필요할지 모르지만, 아마 신경질적이거나 다혈질인 사람은 만약 사랑 하는 상대방의 저항이 너무 지속된다면 달아나 버릴 것이다. 달리 표현하자면, 비애가 본질적으로 점액질이라면, 감격적 정열은 담즙질이다. 무도회에 가려고 옷을 차려입으면서 외 젠은 자잘한 행복들을 모두 맛보았다. 젊은이들이 놀림을 받 을까 봐 감히 말할 엄두를 내지는 못하지만 자존심을 살살 간지럼 태우듯 부추겨 주는 그런 행복 말이다. 그는 예쁜 여 자의 눈길이 스치리라 생각하면서 자기의 굽슬굽슬한 검은 머리를 빗었다. 젊은 처녀가 무도회에 나가려고 옷을 입으면 서 함직한 유치한 몸짓도 해보았다.

그는 옷의 주름을 펴면서 자기의 날씬한 몸매를 감탄하며 바라보았다.

「확실히 나보다도 훨씬 못난 놈들이 많이 있을걸!」

그리고 하숙집에서 식사하는 사람들이 모두 식탁에 앉아 있을 무렵 식당으로 내려가서 자기의 멋진 복장이 불러일으 키는 어리석은 환성을 즐겁게 받아들였다. 이런 서민 하숙집 의 특별한 풍습 중 하나는, 정성들여 옷치장을 하면 이렇게 다들 껌뻑 넘어간다는 것이었다. 누가 새 옷을 입었다 하면 반드시 저마다 한마디씩 하곤 했다.

「쯧, 쯧, 쯧, 쯧」

비앙숑이 혀를 입천장에 부딪쳐 가며, 마치 말을 몰 때와 같은 소리를 냈다.

「풍채는 공작님이나 상원의원 같구려!」

보케 부인이 말했다.

「총각은 여자를 낚으러 가나 보네요?」

미쇼노 양이 한마디했다.

「꼬끼오!」

화가가 소리쳤다.

「사모님께 찬사를 드립니다.」

박물관 직원이 말했다.

「이분에게 부인이 있나요?」

푸아레가 물었다.

「이 부인으로 말하자면, 물 위로도 잘 가고, 혈색 좋고, 가격은 25수에서 40수 정도합니다. 최신 유행하는 격자무늬에 실과 면, 모를 섞어 세탁도 잘 되는 옷을 입었습니다. 치통뿐 아니라 왕립 의학 아카데미가 입증한 다른 질병들도 낫게 해 줍니다. 게다가 아이들에게 썩 좋지요! 두통, 위 확장, 그 밖의 식도염, 눈병이나 귓병에도 좋습니다.」

보트랭은 희극적으로 너스레를 떨며 약장사처럼 단어 단어에 힘을 주어가며 외쳤다.

「그런데 이 놀라운 물건이 과연 얼마일까요, 여러분? 2수? 아뇨. 전혀 아니죠. 위대한 몽골에서 만든 제품의 재고로, 유럽의 모든 왕들이, 심지어 바덴 대공까지도 보고 싶어 한 물건이지요! 자, 곧바로 앞으로 나와 보세요! 그리고 작은 책상으로 가세요. 자, 음악을 틀고! 브룸, 라라, 트린! 라라, 붐, 붐! 클라리넷 부는 악사님, 지금 틀리게 불고 있네요.」

그는 쉰 목소리로 말을 이었다.

「내가 손가락을 때려 줄까 보다.」

「세상에! 저 사람은 참 유쾌하기도 하지. 저 사람이 있으면 절대 심심치 않다니까요.」

보케 부인이 쿠튀르 부인에게 말했다.

희극적으로 내뱉은 앞의 말이 신호탄이 되어 웃음과 농담이 난무했다. 그러는 가운데 외젠은 쿠튀르 부인 쪽으로 몸을 숙이고 그 귀에 뭐라고 속삭이는 타유페르 양의 언뜻 지나치는 눈길을 포착할 수 있었다.

「마차가 왔어요.」

실비가 말했다.

「그런데 대체 어디서 저녁을 먹는 거지?」

비앙숑이 물었다.

「뉘싱겐 남작 부인 댁에서요. 고리오 영감님 따님이지요.」

외젠이 대답했다.

이 이름에 사람들의 시선은 왕년의 제면업자인 고리오 영감에게 쏠렸고, 영감은 부럽다는 듯한 표정으로 외젠을 물끄러미 바라보았다.

라스티냐크는 생라자르 거리에 있는 그 집에 도착했다. 날씬한 기둥과 작은 회랑이 있는 날렵하고 〈예쁘장한〉이 집은 그야말로 은행가의 저택답게 대리석 재질의 값비싼 실내 장식이며 대리석 모자이크로 장식한 층계참 같은 것이 잔뜩 들어 차 있었다. 이탈리아 그림이 여럿 걸려 있는 작은 살롱에 뉘싱겐 부인이 있었다. 그 방의 장식은 마치 카페의 장식 같았다. 남작 부인은 슬픈 기색이었다. 자기의 슬픔을 감추기 위한 그녀의 노력이 더욱더 외젠의 관심을 끌었다. 그녀의 슬픔에 그가 어떤 역할도 한 적이 없으니 더욱 그러했다. 그는 자기가 거기 있다는 것만으로도 한 여자를 즐겁게 만들어 줄 수 있다고 생각했는데, 그녀가 여전히 절망에 빠져 있으니 실망으로 그의 자존심은 상처를 받았다. 그는 그녀가 골 몰하고 있는 것이 무엇인지 추측해 본 다음 물었다.

「부인께 속마음을 털어놓으시라고 말할 권리는 제게 없겠지요, 만약 제가 부인을 귀찮게 하는 거라면 제게 솔직히 말해 주세요.」

「그냥 계세요. 당신이 가버린다면 저는 혼자 있게 될 거예요. 뉘싱겐 씨는 오늘 밖에서 저녁 식사를 한답니다. 그런데저는 혼자 있고 싶지 않아요. 정신 쏟을 곳이 필요해요.」 그녀가 말했다.

「왜 그러시는데요?」

「당신한테는 절대 말하지 않을 거예요.」

그녀가 소리 높여 말했다.

「저는 알고 싶습니다. 알고 나면 제가 뭔가 도움이 될 겁니다.」

「그럴지도 모르죠! 하지만 안 돼요. 이건 가슴 깊이 파묻어 버려야 하는 부부간의 다툼이에요. 내가 그저께 당신에게 말하지 않던가요? 나는 하나도 행복하지 않다고 말이에요. 황금 사슬이 그 무엇보다도 무겁고 힘든 법이에요.」

한 여자가 젊은 남자에게 자기가 불행하다고 말할 때, 만약 그 청년이 재기 발랄하고 옷도 잘 차려입고 호주머니에 무위도식해도 될 돈 1천5백 프랑이 있다면, 그는 분명 지금 외젠이 내심 생각한 것과 똑같이 생각할 것이다. 그리고 우쭐해질 것이다.

「더 이상 뭐 바랄 게 있으세요? 미인이시고, 젊으시고, 사랑받고, 부자시잖아요.」 그가 말했다.

「저에 대한 이야기는 하지 않았으면 해요.」

그녀가 우울하게 머리를 설레설레 저으며 말했다.

「우리 마주 앉아 같이 저녁 먹어요. 어느 곡보다 멋진 곡도 같이 들으러 가요. 내가 당신 취향에 맞긴 하나요?」

그녀가 자리에서 일어서서 더없이 우아하고 호사스러운 페르시아 무늬의 하얀 캐시미어 드레스를 보이면서 말했다.

「부인이 저의 전부라면 좋겠습니다. 부인은 매력적이세요.」 외젠이 말했다.

「그렇게 되면 당신은 아주 서글픈 재산을 지니게 되는 셈일 텐데요. 여기서 불행을 예고해 주는 것은 아무것도 없어요. 하지만 겉모습과는 달리 나는 절망에 빠져 있어요. 슬픔 때문에 잠도 못 자고, 외모도 추해질 거예요.」 그녀가 씁쓸한 미소를 지으면서 말했다.

「오! 그럴 리는 없습니다. 헌신적인 사랑으로도 지워 버릴 수 없는 그 고통이 도대체 무언지 정말 알고 싶은데요?」 외젠이 말했다.

「아! 내가 그걸 당신에게 털어놓는다면, 당신은 나를 피할 거예요. 당신이 나를 사랑한다곤 하지만 그건 남자들에게는 옷이나 마찬가지인 다정한 환심일 뿐이에요. 하지만 만약 당신이 나를 정말 깊이 사랑한다면, 당신은 끔찍한 절망에 빠지게 될 거예요. 내가 입 다물어야 한다는 것을 알겠죠?」

그녀가 말을 이었다.

「제발, 다른 이야기 해요, 우리. 자, 와서 우리 집 구경하세요.」

「아뇨, 여기 그냥 있죠.」 외젠이 뉘싱겐 부인 곁, 벽난로 앞에 있는 의자에 앉으면서 부인의 손을 믿음직스럽게 잡아 주었다.

그녀는 그가 하는 대로 그냥 놔두었고, 심지어 강렬한 감정이 드러날 만큼 강하게 외젠의 손을 잡았다.

「들어 보세요. 만약 마음에 슬픔이 있으시다면, 저에게 털어놓으셔야 합니다. 제가 사랑하는 것은 오직 지금 이대로의 부인이라는 것을 증명할 수 있어요. 고통을 저에게 이야기해 주시면, 제가 그것을 덜어 드리겠습니다. 설령 사람 여섯을 죽여야 그 고통을 없앨 수 있다 하더라도 말이지요. 안 그러시면 저는 나가서 다시는 돌아오지 않겠습니다.」

「어머!」

절망적인 생각이 엄습하는 건지, 그녀가 이마를 자기 손으로 때리면서 큰 소리로 말했다. 「그럼 지금 당장 당신을 시험해 볼래요.」

그러면서 속으로 그녀는 말했다.

〈그래, 이젠 이 방법밖에 없어.〉

그녀는 초인종을 눌러 하인을 불렀다.

「남작님의 마차, 출발 준비 되었나?」

그녀가 내실 담당 하인에게 물었다.

「예, 마님.」

「그 마차는 내가 탈 거야. 남작님께는 내 마차를 타시라고 하고. 저녁은 7시 전에는 내오지 말아 줘.」

「자, 오세요.」 그녀가 외젠에게 말했다. 외젠은 뉘싱겐 남작의 마차를 타고 이 여인 옆에 앉으니 꿈을 꾸는 것만 같았다.

「팔레 루아얄, 테아트르 프랑세 근처로 갑시다.」 그녀가 마부에게 말했다.

가는 길에 그녀는 매우 동요하는 모습이었고, 외젠이 많은 질문을 해도 대답하지 않았다. 이렇게 말없이 완고하게 버티는 것을 어떻게 생각해야 할지 알 수 없었다.

〈조금 있으면 내게서 도망치겠지.〉

그는 혼자 속으로 이렇게 생각했다.

마차가 멈추자 남작 부인은 정신 나간 소리 하지 말고 입 다물라는 듯한 표정으로 외젠을 바라보았다. 왜냐하면 외젠은 이미 제정신이 아니었던 것이다.

「정말 날 사랑하나요?」

그녀가 말했다.

「예.」

그가 마음에 밀려오는 근심을 감추면서 대답했다.

「내가 당신한테 무슨 부탁을 하더라도 나를 나쁘게 생각하지 않을 수 있어요?」

「그럼요.」

「내 말을 그대로 따라 줄 마음이 되어 있나요?」

「맹목적으로 따르지요.」

「도박장에 가본 적이 있나요?」 그녀가 떨리는 음성으로 말했다.

「한 번도 없습니다.」

「아! 숨통이 트여요. 당신은 운이 좋을 거예요. 여기 내 지갑이 있으니, 이걸 가져요! 1백 프랑이 들어 있어요. 그토록 행복하다는 나라는 여자가 지닌 건 이게 전부예요. 도박장이 어디 있는지는 모르겠지만 그중 한 곳을 찾아가요. 아, 팔레 루아얄에 하나 있다는 걸 아는데, 룰렛이라고 불리는 게임에 이 돈을 모두 걸어요. 그리고 다 잃든가, 아니면 내게 6천 프랑을 갖다 줘요. 그러면 그 대가로 나는 내 슬픔을 이야기해 줄게요.」

「지금부터 제가 하게 될 일에 대해 도통 알 수가 없어서 답답하지만, 그래도 부인 말씀대로 하죠.」

그는 이렇게 말하면서 〈그녀는 나와 함께 위험한 일을 벌이고 있으니, 이제 아무것도 내게 거절하지 못할 거야〉라는 생각 때문에 기뻤다.

외젠은 예쁜 지갑을 들고, 도박장과 제일 가까운 옷가게 주인에게 물어 9번지 건물로 달려갔다. 도박장으로 올라가 모자를 맡겼다. 들어가서는 룰렛이 어디 있느냐고 물어보았다. 단골들이 놀라 쳐다보는 가운데, 도박장 종업원이 그를 긴 탁자 앞으로 데리고 갔다. 구경꾼들이 죽 따라붙은 상태에서 외젠은 돈을 어디에 걸어야 하느냐고 수줍어하지도 않고 물었다.

「이 서른여섯 가지 번호 중 하나에 1루이를 걸고, 그 번호가 나오면 당신은 36루이를 따는 거요.」 머리가 허옇게 센 점잖은 노인이 말해 주었다.

외젠은 자기 나이와 같은 숫자인 21에 1백 프랑을 걸었다. 그가 미처 알아볼 새도 없이 놀라워하는 함성이 터져 나왔다. 자기도 모르게 딴 것이었다.

「자, 그럼 당신 돈을 집어넣어요. 이 판에서는 두 번 따지는 못한다오.」 아까 그 노인이 말해 주었다.

외젠은 노인이 건네는 쪽패를 집고 3천6백 프랑을 거둬들였고, 여전히 도박에 대해서는 아무것도 모르는 채 그 돈을 다시 빨간색 위에 놓았다. 그가 계속 룰렛 게임을 하는 것을 보고 사람들은 부러운 시선으로 바라보았다. 바퀴가 돌더니, 그는 이번에도 또 땄다. 도박장의 경리 직원이 그에게 또 3천6백 프랑을 던져 주었다.

아까 그 노인이 그의 귀에 대고 말했다.「당신은 7천2백 프랑을 딴 거요. 내 말을 믿는다면, 이제 가시오. 빨간색은 이미 여덟 번이나 나왔소. 당신이 인정 많은 사람이라면, 인생 막장에 몰린 옛 나폴레옹 시대의 군수에게 적선을 좀 해주시오. 이 좋은 조언에 감사를 표하는 셈이라 치고.」

어리벙벙한 라스티냐크는 그 백발 노인에게 10루이를 뜯겼다. 그리고 7천 프랑을 갖고 도박장을 나왔다. 아직도 도박에 대해서는 아무것도 모르는 상태였지만, 자기가 얻은 이 행복에 얼이 빠져 있었다.

「자! 이제는 저를 어디로 데려가실래요?」

그는 마차의 문이 닫히자마자 뉘싱겐 부인에게 7천 프랑을 보이면서 말했다.

델핀은 미친 듯 그를 꼭 껴안으며 쪽쪽 입을 맞추었지만, 거기엔 어떤 열정도 없었다.

「당신은 날 구해 주었어요!」 기쁨의 눈물이 그녀의 두 뺨 위로 펑펑 쏟아졌다.

「내가 모든 걸 다 말해 줄게요, 내 친구. 당신은 이제 내 친구예요. 그렇죠? 당신이 보는 나는 부자에다 풍족하고, 아무 부족함이 없죠. 아니면 겉보기엔 아무 부족함이 없어 보이거나 말이죠! 그런데! 뉘싱겐 씨는 단 한 푼도 내 맘대로 쓰지 못하게 한답니다. 집에 드는 비용, 내 마차, 극장의 내 지정석, 모두 그가 지출하죠. 남편은 일부러 내 의상비를 모자르게 줘서 나를 아무도 모르는 곤궁 속에 빠뜨리죠. 나도 자존심이 있으니 그에게 애걸은 못 하죠. 만약 남편이 원하는 값을 치르고 그의 채권을 산다면 난 인간 말종 아니겠어요? 아니, 70만 프랑을 지닌 부자인 내가 어쩌다 이렇게 다 털린 건지……. 자존심 상하고 분해요. 누구나 결혼 생활을 시작할 무렵에는 정말 젊고 순진하죠. 남편에게 돈 달라고 말을 해야 하다니, 마치 입을 찢는 것 같았죠. 난 결코 그런 말을 할 엄두를 못 냈어요. 내가 아껴 모아 둔 돈과 가엾은 아버지가 주신 돈을 조금씩 썼지요. 그러다가 빚을 지게 되었고요. 결혼은 내게 가장 끔찍한 실망의 연속이었어요. 이루 말로 다 표현 못 하겠네요. 뉘싱겐 씨와 각방을 쓰면서 살지 않고 같이 있어야 한다면 난 차라리 창밖으로 뛰어내리는 게 낫다는 것, 그 사실만 아시면 돼요. 젊은 여자로서 보석이며 그때그때 갖고 싶은 것들을 사느라 진 빚을 남편에게 고해야 했을 때(가엾은 우리 아버지는 우리가 원하는 것이라면 뭐든 안 된다고 하는 법이 없으셨기에, 그게 습관이 된 거죠), 나는 순교 같은 고통을 겪었어요. 하지만 마침내 용기를 내어 사실대로 말했죠. 내 몫의 재산이 있지 않느냐고요. 뉘싱겐은 버럭 화를 내면서, 끔찍한 나 때문에 자기는 파산할 거라나요! 나는 땅속으로 천길만길 들어가 숨고 싶은 심정이었죠. 남편이 내 지참금을 가로채서는 자기가 그 돈을 쓰는 거예요. 그때부터는 내 개인 지출 명목으로 얼마씩 정기적으로 돈을 주었는데, 나는 체념하고 그 돈을 받아들여야 했지요. 가정의 평화를 위해서 말이에요. 그 뒤로, 나는 당신도 아는 그 어떤 분의 자존심에 부응하고자 했어요. 만약 그가 나를 속였다 해도, 나는 그가 고귀한 사람이라고 인정할 수밖에 없을 거예요. 하지만 결국 그는 비열하게도 나를 떠나 버렸어요! 사람이라면 절망에 빠졌을 때 돈을 한 뭉치 쥐어 주며 도와준 여자를 절대 버려서는 안 되죠. 항상 사랑해야죠! 스물한 살의 아름다운 영혼을 지닌 당신, 젊고 순수한 당신은, 어떻게 한 남자의 돈을 받을 수 있느냐고 내게 묻겠지요? 세상에! 행복할 수 있게 힘이 되어 준 존재와 모든 것을 나누는 건 당연한 일 아닌가요? 자기의 모든 것을 주었다면, 누가 이 모든 것의 일부분에 대해 걱정할 수 있겠어요? 돈은 거기에 애정이 담기지 않을 때 비로소 문제가 되지요. 사람은 일생 동안 연결되어 있는 것 아닌가요? 많이 사랑받는다고 느낄 때에 결별을 예견하는 사람이 누가 있겠어요? 영원한 사랑을 맹세하는데, 그때 어떻게 자기만의 이익을 따로 챙길 수 있겠어요? 뉘싱겐이 나에게 6천 프랑을 주는 것을 아예 거부했을 때 내 고통이 얼마나 심했는지, 당신은 몰라요. 오페라에서 만나는 자기 정부에게는 매달 6천 프랑을 주면서 말이에요. 나는 자살하고 싶어요. 더할 나위 없이 미친 생각들이 내 머릿속에 오간답니다. 내 몸시중 드는 하녀의 처지가 부러울 때도 있었어요. 아버지를 만나러 간다는 것, 그것도 미친 짓이죠! 아나스타지와 나는 아버지의 목을 조른 셈이에요. 가여운 아버지는 만약 자신의 값어치가 6천 프랑이 나간다면 자신이라도 내다 파셨을 분이에요. 내가 아버지한테 가는 건 아버지를 절망에 빠뜨리는 공연한 짓이 될 거예요. 당신은 나를 수치와 죽음에서 구해 주었어요. 나는 고통에 취해 있었거든요. 아! 내가 당신에게 설명해야 했던 것이 이거랍니다. 나는 당신과 있으면 정말 이성을 잃을 만큼 푹 빠졌어요. 당신이 내 곁을 떠나면, 그래서 당신이 시야에서 안 보이면, 나는 어디론가 도망치고 싶었어요. 어디로? 나도 몰라요. 이것이 파리에 사는 여자들 중 절반 정도의 생활이죠. 겉으로는 화려한데, 영혼 깊은 곳에는 혹독한 근심들이 도사리고 있어요. 지금의 내 처지보다 훨씬 더 불행한 가엾은 인간들을 난 알아요. 게다가 자기에게 돈을 대주는 남자들에게 거짓 추억을 만들게 할 수밖에 없는 여자들도 있답니다. 그렇지 않은 다른 여자들은 남편 돈을 슬쩍할 수밖에 없는 처지지요. 어떤 남편들은 2천 프랑짜리 캐시미어를 보고도 5백 프랑에 그냥 얻은 줄 알지요. 또 어떤 남편들은 5백 프랑짜리 캐시미어 한 장이 1천 프랑인 줄 알기도 하고요. 아이들은 굶기면서 드레스 하나 사려고 돈을 긁어모으는 가난한 여자들도 가끔 있답니다. 나로 말하면, 나는 이런 치사한 배신 같은 것은 하지 않는답니다. 내 마지막 고민은 이거였지요. 남편을 손아귀에 넣으려고 남편에게 자신을 파는 여인들도 있지만, 적어도 나, 나는 자유로운 여자라고요! 뉘싱겐이 나를 금으로 온통 뒤집어씌워 줄 수도 있을 거예요. 하지만 나는 내가 높이 평가할 수 있는 남자의 가슴에 머리를 기대고 우는 편이 나아요. 아! 오늘 저녁 마르세 씨는 나를 마치 자기가 산 여자처럼 쳐다볼 권리가 없어요.」

그녀는 외젠에게 눈물을 보이지 않으려고 두 손에 얼굴을 파묻었다. 외젠은 그녀의 얼굴을 들어 찬찬히 들여다보았다. 그녀는 숭고해 보였다.

「돈에 감정을 섞는 것, 그건 끔찍하지 않아요? 당신은 나를 사랑할 수 없을 거예요.」 그녀는 말했다.

여성들을 이토록 위대하게 만드는 섬세한 감정들과 현 사회의 구조 탓으로 범하지 않을 수 없는 잘못들, 이 두 가지가 섞여서 외젠의 마음을 마구 흔들어 놓았다. 외젠은 고통의 비명을 질렀다. 그리고 너무 순진해서 오히려 신중치 못한 행동을 하는 이 미인에 대해 감탄하여 부드럽게 위로의 말을 해주었다.

「이 일로 나에 대해 경계하지는 말아요. 안 그러겠다고 내게 약속해 줘요.」

그녀가 말했다.

「아, 부인! 제가 어떻게 그럴 수 있겠습니까.」

그가 말했다.

그녀가 그의 손을 잡더니, 고마움과 상냥함이 가득 담긴 몸짓으로 그 손을 자기 가슴에 갖다 댔다.

「당신 덕분에 내가 다시 자유롭고 명랑해진 거예요. 그동안 쇠로 만든 손에 짓눌리는 것처럼 살았답니다. 이제는 단순하게 살고 싶고, 아무 돈도 쓰고 싶지 않아요. 나를 그냥 내 모습대로 보아 주겠죠, 내 친구, 맞죠? 이 돈은 가져요. 양심에 거리낌 없이 말하는데, 난 당신에게 3천 프랑의 빚이 있는 거예요. 왜냐하면 나는 당신과 나눠 가진 것으로 생각하고 있으니까요.」 그녀는 지폐 여섯 장만을 집어 들면서 말했다.

외젠은 마치 숫처녀처럼 한사코 나머지 돈을 안 받으려 했다. 하지만 〈만약 당신이 나와 한편이 아니라면 나는 당신을 내 적수처럼 바라볼 거예요〉라고 하는 델핀의 말에 그는 돈을 받았다.

「이건 불행이 닥칠 경우를 대비한 밑천입니다.」 그가 말했다.

「내가 두려워하던 말이 바로 그건데요.」

얼굴이 창백해지며 그녀가 소리쳤다.

「당신에게 내가 무엇이 되길 원한다면, 다시는 도박장에 가지 않겠다고 내게 맹세해요. 세상에! 내가 당신을 타락시키다니! 난 괴로워서 죽고 말 거예요.」

그들은 목적지에 도착했다. 이러한 궁핍과 풍요의 대조에 외젠은 얼떨떨했고, 그의 귀에는 보트랭의 음울한 말들이 울려왔다.

「거기 앉아요.」

남작 부인이 침실로 들어오며 벽난로 옆에 있는 긴 의자를 가리키면서 말했다.

「난 아주 힘든 편지를 한 장 쓸 거랍니다! 조언 좀 부탁해요.」

「쓰지 마세요. 지폐를 봉투에 넣고, 주소를 써서, 하녀 편에 보내세요.」

외젠이 말했다.

「아, 당신은 정말 친절한 사람이군요! 교육을 잘 받고 자랐다는 것이 바로 이거예요! 그야말로 순수한 보세앙 집안 사람다워요.」

그녀가 미소 지으며 말했다.

〈이 여자 참 매력적이야.〉

외젠은 점점 더 그녀에게 빠져 가면서 혼잣말을 했다. 그가 방을 둘러보니, 방에서는 돈 많은 창부의 우아한 관능이 풍겨 나왔다. 「마음에 들어요?」 그녀가 하녀를 부르려고 초인종을 누르며 말했다.

「테레즈, 이걸 직접 마르세 씨께 갖고 가서, 그분 본인께 드려. 그분이 안 계시면, 편지를 내게 도로 갖고 와야 해.」

테레즈는 출발하면서 외젠에게 얄궂은 눈초리를 던지고 갔다. 저녁 식사가 차려졌다. 라스티냐크는 뉘싱겐 부인에게 한 팔을 맡겼고 부인은 그의 팔짱을 낀 채 그를 집 안의 멋진 식당으로 데리고 갔다. 그는 친척 누이 집에서 보고 감탄했던 호사스러운 상차림을 이 집 식당에서 다시 보게 되었다.

「이탈리아 극장에 가는 날은 나하고 같이 여기서 저녁 식사 해요. 그리고 나랑 동반해서 극장에 가요.」

「이런 달콤한 삶이 지속된다면야 그게 버릇이 되겠지요.

하지만 저는 가난한 학생인지라 출세를 해야 한답니다.」

「출세야 하게 되겠죠.」

그녀가 웃으면서 말했다.

「봐요, 모든 게 다 잘된다니까요. 나도 이렇게 행복할 줄은 예상 못 했어요.」

여인들은 본성상, 가능한 것으로써 불가능을 입증하고 예감으로 사실을 망치는 경우가 종종 있다. 뉘싱겐 부인과 라스티냐크가 부퐁 극장의 지정석에 입장할 때, 뉘싱겐 부인은 매우 만족한 기색으로 몹시 아름다워 보였다. 사람들은 저마다 소소한 험담들을 늘어놓았다. 여자들이 여기에 맞설 대책이 없다 보니 종종 기분 내키는 대로 지어낸 헛소리까지 믿게 되는 것이다. 파리를 알게 되면 사람들은 파리에 관해 이러쿵저러쿵하는 이야기는 아무것도 믿지 않고 파리에서 행해지는 일에 관해 아무 말도 하지 않는다. 외젠과 남작 부인은 서로 손을 꽉 잡고 음악이 주는 느낌에 대해 의견을 주고받았다. 그들에게 이날 저녁은 취할 듯 감미로운 저녁이었다. 그들은 함께 극장을 나왔고, 뉘싱겐 부인은 외젠을 퐁뇌프까지 다시 데려다 주고 싶어 했다. 그녀는 팔레 루아얄에서는 그렇게도 따뜻하게 그에게 퍼붓던 입맞춤을 가는 동안 마차에서는 내내 안 된다며 허락하지 않았다. 외젠은 그녀의 앞뒤 안 맞는 행동을 탓하였다.

그녀는 대답했다.

「입맞춤은 뜻밖의 헌신에 대한 감사였지요. 하지만 지금은 입맞춤이 하나의 약속이 되잖아요.」

「그런데 배은망덕하게도, 지금은 나에게 한 번도 입맞춤을 해주려 하지 않는군요.」

그는 화를 냈다. 연인을 애타게 만드는 조바심의 몸짓을 하면서 그녀는 그에게 한 손을 내밀었고 그가 냉정하게 손을 잡자 오히려 그녀는 아주 기뻐했다.

「월요일 날, 무도회에서 봐요.」

그녀가 말했다.

아름다운 달빛 속을 걸어가면서, 외젠은 진지하게 깊은 생각에 빠졌다. 그는 행복하면서 동시에 불만스럽기도 했다. 이 사랑의 모험이 아마도 파리에서 가장 어여쁘고 우아한 여인 중 한 사람이며 갈망의 대상인 그 여자를 그에게 안겨 주는 것으로 귀결될 것 같아서 행복했고, 한편으로는 자신의 출세 계획이 거꾸로 뒤집혀 버리는 것을 보니 불만스러웠다. 이때 그는 비로소 전전날 자기가 빠져 들었던 애매모호한 생각들의 실체를 확실히 알게 되었다. 실패를 통해 우리는 자신이 품은 자부심의 힘을 알게 된다. 외젠이 파리 생활을 즐기게 되면 될수록, 미미하고 가난한 채 이대로 살고 싶다는 생각은 점점 없어졌다. 그는 주머니에 들어 있는 1천 프랑짜리 지폐를 쥐어 구기면서 그 돈을 자기 것으로 하기 위해 이 것저것 기분 좋은 궁리들을 했다. 마침내 그는 뇌브생트주느비에브 길에 다다랐다. 그리고 방으로 올라가는 계단 맨 위에 이르자 고리오 영감이 문을 열어 놓아 등불 켜놓은 것이 보였다. 영감의 표현에 따르자면, 외젠이 〈딸 이야기 들려주기〉를 잊어버릴까 봐 그렇게 한 것이었다. 외젠은 그에게 아무것도 감추지 않았다.

「아니!」 고리오 영감은 질투로 심한 절망에 빠져서 소리쳤다. 「딸들은 내가 파산한 줄 아는군. 내게는 아직도 1천3백 프랑의 연금이 있는데! 세상에! 가엾은 것, 이리로 올 것이지! 내 연금 증서를 팔면 되는데. 원금에서 필요한 돈을 쓰고 나머지 금액으로 종신 연금을 만들 수 있는데. 사람 좋은 옆 방 총각, 왜 그 애의 곤경을 나한테 알려 주지 않았소? 어떻게 얼마 안 되는 그 불쌍한 돈 1백 프랑으로 도박을 감행할 마음이 들었단 말이오? 마음이 찢어지는구려. 사위 놈들이라는 게 그렇다니까! 오, 내가 잡으면 그놈들 목을 졸라 버릴 테야. 세상에! 울던가요, 그 애가 울더냐고요?」

「제 조끼에 얼굴을 대고요.」 외젠이 말했다.

「오! 그 조끼를 이리 줘요. 아니! 이 옷에 내 딸의 눈물이 묻었단 말이지, 내 사랑하는 델핀, 어릴 때는 한 번도 울 일이 없던 그 애가! 오! 내가 다른 조끼를 사줄 테니, 이 조끼일랑 이제 입지 마시오. 그 조끼를 내게 두고 가요. 계약서에 따르면 그 애는 자기 재산을 마음대로 쓸 수 있어야만 하오. 아! 내가 내일 당장 데르빌 변호사를 만나러 가리다. 난 법을 알고 있고, 이래 봬도 늙은 늑대란 말이오. 정정하던 내 이빨을 되찾겠소.」

「자요, 영감님, 여기 제가 돈을 따서 드리자 부인이 제게 주고 싶다며 남긴 1천 프랑이 있습니다. 조끼에 넣어서 잘 간직하세요.」

고리오는 외젠을 바라보더니 손을 내밀어 그의 손을 잡았다. 영감의 손 위에 그가 흘린 눈물이 떨어졌다.

「당신은 꼭 성공할 거요. 하느님은 공평하시다오. 그렇잖소? 내 이래 봬도 정직한 걸로는 한몫하는 사람인데, 당신 같은 사람은 정말 흔치 않다오. 그러니 나의 사랑스러운 자식이 되어 주겠소? 자, 어서 자요. 잠이 잘 올거요. 당신은 아직 아이 아버지가 아니니 말이오. 그 애가 울었다는데, 내 딸이 고통받는 동안에도 나는 여기 태평하게 앉아서 바보처럼 먹고 있었단 말이오. 두 딸이 눈물 흘리지 않게 하려면 성부, 성자, 성신이라도 팔아넘길 수 있는 내가 말이오!」 노인이 말했다.

「저는 일생 정직한 인간이 될 거라고 믿습니다. 자기 양심의 소리를 따르면 기쁨이 있지요.」 외젠이 자리에 누우면서 말했다.

은밀히 선행을 하는 건 신을 믿는 사람들밖에 없다. 그런데 외젠은 신을 믿었다. 그다음 날, 무도회 시간이 되자 라스티냐크는 보세앙 부인 집으로 갔고, 그녀가 그를 카릴리아노 공작 부인에게 데려가 소개해 주었다. 그는 원수 부인의 더할 나위 없이 극진한 환대를 받았고, 그녀 집에서 뉘싱겐 부인을 다시 만났다. 델핀은 외젠에게 더 잘 보이고 싶어서 모든 이의 환심을 살 만큼 잘 치장하고 왔다. 그녀 자신은 조바심을 숨기고 있다고 생각했지만 사실은 외젠의 눈짓 한 번을 안달하며 기다리고 있었다. 여인의 감정을 추측할 줄 아는 사람이 볼 때, 이 순간은 더할 나위 없는 행복으로 가득 차 있었다. 남으로 하여금 자기 의견을 기다리게 하고 자기 즐거움을 교태 부리며 짐짓 감추고, 입 밖에 내어 말하는 근심 걱정 속에서 그 사람 내심의 고백을 찾아내고, 미소로 흩어 버릴 두려움을 즐기면서 누가 만족을 느끼지 못하랴? 이 무도회가 벌어지는 동안, 외젠은 자기 위치의 폭을 재어 보고, 보세앙 부인의 친척 동생이라는 것이 알려진 뒤 사교계에서 가질 수 있는 위치를 실감하게 되었다. 이미 뉘싱겐 남작 부인을 정복하는 일은 성취되었는데, 그로 인해 그가 매우 돋보이게 되니 젊은이들은 부러운 시선을 그에게 던지고 있었다. 그런 몇몇 젊은이와 문득 마주치면서 그는 처음으로 자부심이 주는 즐거움을 맛보았다. 이 살롱 저 살롱으로 여러 집단을 만나고 다니면서, 그는 남들이 자기의 행복을 칭찬하는 소리를 들었다. 여자들은 모두 입을 모아 그가 성공할 거라고 예견했다. 델핀은 외젠을 잃게 될까 두려워, 전전날에는 그렇게도 안 된다고 했던 입맞춤을 이날 저녁에는 마다하지 않기로 했다. 이 무도회에서 라스티냐크는 수많은 초대를 받았다. 친척 누이 보세앙 부인은 그를 몇몇 여자들에게 소개해 주었는데, 하나같이 품위를 자랑하고 집도 멋지기로 소문난 여자들이었다. 그는 파리의 가장 으리으리하고 아름다운 세계로 날아 들어가는 자신의 모습을 보았다. 그러니까 이날 저녁은 그에게 눈부신 시작의 매혹으로 가득한 저녁이었고, 그는 노년까지 틀림없이 이날 저녁을 기억할 터였다. 마치 젊은 처녀가 대성공을 거둔 무도회를 기억하듯이 말이다. 다음 날, 점심을 먹으면서 그가 하숙인들이 모두 보는 앞에서 고리오 영감에게 전날의 성공담을 들려주고 있을 때, 보트랭이 악마 같은 미소를 짓기 시작했다.

이 신랄한 논리학자는 큰소리로 말했다. 「그래서 자네는, 첨단을 걷는 젊은이가 뇌브생트주느비에브 길에 있는 보케하숙집에 거주할 수도 있다고 생각하나? 물론 이 하숙집은 어느 면에서 보나 무한히 존경할 만한 하숙집인 것은 맞네만, 유행에 이보다 더 뒤처지는 집도 없지. 인심 넉넉하고 라스티냐크 씨라는 명사가 잠시 거처했던 숙소임을 내세울 수는 있겠지만, 어쨌든 이 집은 뇌브생트주느비에브 길에 있고 호사라고는 모르지. 왜냐하면 순수히 〈파트리아르칼로라마〉[27]한

---

27 〈파트리아르칼〉은 〈가부장적인〉이라는 형용사인데, 여기서도 역시 앞서 나온 대로 〈라마〉라는 접미사를 붙여서 말장난을 이어가고 있다.

집이니까.」

보트랭은 아버지 같으면서도 빈정대는 투로 말을 이었다.

「이보게 젊은 친구, 파리에서 제대로 행세하고 싶다면, 말세 필에다 낮에 탈 이륜마차 한 대, 저녁에 타고 다닐 2인승 사륜마차 한 대가 있어야 한다네. 마차에만 도합 9천 프랑은 들어야 하지. 그리고 양복점에 3천 프랑, 향수 가게에 6백 프랑, 구두 가게에 3백 프랑, 모자 가게에 3백 프랑을 쓰지 않는다면 자네 팔자에 걸맞지 않게 사는 셈이 되네. 옷 세탁비는 1천 프랑쯤 들겠지. 첨단을 걷는 젊은이는 셔츠 같은 것도 허술히 말고 아주 빵빵한 걸로 챙겨 입어야 하는 법이지. 사람들이 젊은이들에게서 가장 자주 뜯어보는 게 바로 그것 아니던가? 연애와 교회는 자기들의 제단에 멋진 제단 보를 덮길 원하거든. 자 그럼 벌써 1만 4천 프랑 아닌가. 도박, 내기, 선물 등에 허비하는 돈은 언급하지도 않았네. 용돈 2천 프랑도 계산에 안 넣을 수 없지. 나는 그런 생활을 해보아서, 그렇게 사는 데 드는 씀씀이를 알지. 이런 첫손 꼽히는 필수 사항에다가 식비 3천 프랑, 그리고 집값 1천 프랑을 더해 보게. 자, 여보게, 1년에 2만 5천 프랑은 우습게 들어가지. 그 돈이 없으면 곤경에 빠진다고. 남들이 비웃게 되고, 우리의 미래도, 성공도, 사귀는 여자들도 모두 물거품이 되어 버리는 거야. 하인과 시종은 계산에 넣지도 않았네. 자네의 연애편지를 크리스토프 같은 녀석을 시켜 전하겠나? 그런 편지를 지금 쓰는 그런 종이에다 쓰겠나? 그건 자살 행위나 다름없지. 경험이 풍부한 이 늙은이 말을 좀 믿게나!」

그가 힘을 주어 강조까지 하면서 말을 이었다.

「아니면 미덕이 가득한 지붕 밑 방으로 이사 가게나. 거기서 일과 결혼하게나. 아니면 다른 길을 택하든가.」

　이러면서 보트랭은 한쪽 눈을 찡긋했다. 그 시선은 지난번에 외젠을 타락시키기 위해 그의 가슴에 씨를 뿌려 둔 유혹적 논의를 환기시키는 눈길이자 그때 했던 말을 함축하는 시선이었다. 그는 또 타유페르 양도 흘긋 보면서 그렇게 눈을 찡긋했다. 여러 날이 흘렀고, 그 며칠간 라스티냐크는 더없이 산만한 생활을 했다. 거의 매일 뉘싱겐 부인을 동반하여 사교계 모임에 가서 저녁 식사를 같이했다. 새벽 3, 4시에 집에 들어왔다가 정오쯤 일어나서 세수하고 옷 차려입고, 날씨가 좋으면 델핀과 함께 불로뉴 숲에 산보하러 갔다. 대추야자나무의 참을성 없는 암술이 수술의 꽃가루를 기다리듯 불타는 정열로 모든 정보와 모든 유혹을 열망하면서, 그는 모든 일에는 대가를 톡톡히 치러야 한다는 것도 모른 채 시간을 펑펑 썼다. 그는 규모가 큰 도박을 했으며, 많이 잃기도 하고 많이 따기도 했다. 그러면서 어느덧 파리 청년의 바른길을 벗어난 삶에 익숙해지게 되었다. 처음 딴 돈 중에서는 1천 5백 프랑을 어머니와 누이들에게 보냈다. 지난번에 빌린 금액에다 예쁜 선물까지 곁들여 보냈다. 보케 하숙집을 떠나고 싶다고 예고는 하였지만 그는 1월 말인데도 여전히 거기 살고 있었고, 이사 갈 방법도 딱히 알지 못했다. 젊은이들은 거의 모두 어떤 법칙에 종속되어 있다. 이것은 분명하게 설명할 수는 없지만 쾌락을 향해 뛰어드는 일종의 광기와 젊음에서 연유한 것이다.

　부자건 가난하건, 살면서 꼭 필요한 곳에 쓸 돈은 절대 부족하지만, 그때그때 마음 내키는 대로 쓸 돈은 언제나 찾아내게 마련이다. 외상으로 얻어지는 모든 것에 대해서는 돈을 펑펑 쓰지만, 그때 당장 지불해야 하는 것에 대해서는 인색하다. 자기들이 가지고 있는 모든 것을 낭비함으로써 지금 갖지 못한 것에 대해 복수하는 것 같이 보인다. 좀 더 문제를 구체적으로 제기하자면, 대학생은 자기 옷보다 모자에 훨씬 더 공을 들인다. 양복점은 벌어들이는 돈이 엄청나게 많으니 기본적으로 외상을 잘 준다. 반면에 모자 장수는 모자 값이 얼마 안 되므로 대학생을 협상해야만 하는 사람들 중에서도 가장 다루기 힘든 사람으로 손꼽는다. 비록 극장의 칸막이 좌석에 앉은 젊은이가 눈에 확 띄는 기막힌 조끼를 입고 있다 할지라도, 예쁜 여자들이 오페라글라스로 지켜볼 때는 과연 그 젊은이가 양말까지 제대로 신고 있는지가 의심스럽다. 양말 장수도 또한 그의 지갑을 축내는 바구미 같은 존재인 것이다. 라스티냐크의 처지는 그 정도였다. 보케 부인에게는 늘 빈털터리지만, 허영심을 채우는 씀씀이에는 항상 가득 차 있는 그의 지갑은, 미치광이처럼 돈이 있고 없고의 기복이 너무 심해서, 당연히 지출해야 할 돈도 내지 못하였다. 그의 자부심을 정기적으로 구겨 버리는 이 누추하고 냄새 나는 하숙집을 떠나려면 주인 여자에게 한 달 치 하숙비를 내고 멋쟁이 청년에게 걸맞은 새 집에서 쓸 가구도 구입해야 하지 않겠는가? 그건 여전히 불가능한 일이었다. 청년들은 도박에 필요한 돈을 충당하기 위해, 돈을 땄을 때 단골 보석상에서 비싸게 주고 산 손목시계와 금줄을 그들의 어둡고도 은근한 친구인 전당포로 거리낌 없이 들고 갈 줄은 알지만, 밥값이나 방세를 내야 할 때, 또는 때깔 좋은 삶을 살아가는 데 없어서는 안 될 물품들을 구입할 때는 소심하고 위축되었다. 저급한 필요나 일상적 욕구 충족을 위해 진 빚에 대해서는 이제 아무 생각도 떠오르지 않았다. 요행을 믿고 되는대로 살아 본 사람들이 대부분 그렇듯이, 그는 돈 있는 사람들이 보기에는 신성불가침의 존재인 빚쟁이에게 마지막 순간이 되어서야 빚을 갚았다. 밀린 빵 값이 환어음이라는 무시무시한 형식으로 제시되자 그제야 비로소 돈을 치른 미라보처럼 말이다. 이 무렵 라스티냐크는 가진 돈을 이미 잃고 빚도 진 상태였다. 고정 수입 없이 이런 생활을 계속해 나갈 수 없다는 것을 그는 깨닫기 시작하고 있었다. 하지만 임시변통으로 살아가는 처지에 심한 타격을 받아 신음하면서도 그는 자기가 이런 분에 넘치는 향락을 단념할 수 없다는 걸 느꼈고, 어떻게 해서든 그런 생활을 계속해 나가고 싶었다. 출세를 위해 기대했던 우연도 헛된 꿈이 되어 버렸고, 현실적인 장애는 점점 커져 가기만 했다. 뉘싱겐 부부의 가정 비밀을 알게 되면서, 연애를 출세의 도구로 만들려면 어떤 수치라도 다 감내하고 청춘의 과오를 속죄하는 고상한 생각들일랑 아예 단념해야 한다는 것도 그는 알게 되었다. 외적으로는 휘황찬란한 생활이지만 회한의 〈가책〉에 갉아 먹히고, 그 덧없는 쾌락의 값비싼 대가로 끊임없이 고민해야만 하는 삶이었다. 그는 그런 삶을 배필로 택한 셈이고, 마치 라브뤼예르의 〈방심한 사람〉[28]처럼 수렁의 진창을 침대 삼아 뒹굴고 있었다. 하지만 그는 〈방심한 사람〉처럼 아직은 자기 옷만 더럽히고 있을 뿐이었다.

「그래, 우리가 중국 관리를 죽인 건가?」

어느 날 비앙숑이 식탁에서 물러나면서 그에게 말했다.

「아직 아니지. 하지만 그 관리는 죽어 가고 있다네.」

28 라브뤼예르가 쓴 『성격들』에 나오는 인물.

그가 대답했다.

의학도 비앙숑은 이 말을 농담으로 받아들였지만, 그것은 농담이 아니었다. 오랜만에 이날 하숙집에서 저녁을 먹은 외젠은 식사하면서도 생각에 잠긴 모습이었다. 후식이 나왔을 때도 자리를 뜨지 않고 그냥 식당에 남아 타유페르 양 옆에 앉아서 가끔씩 그녀에게 의미심장한 눈길을 던졌다. 몇몇 하숙인들은 아직도 식탁에 앉아 호두를 먹고 있었고, 또 어떤 사람들은 막 시작된 토론을 하면서 여기저기 어슬렁거렸다. 거의 매일 저녁 그들은 그 대화에 관심 가는 정도에 따라서 혹은 소화가 잘 되느냐 안 되느냐에 따라서 내키는 대로 행동했다. 겨울이면 식당에 있던 사람들이 8시 전에 다 나가는 일은 드물었다. 8시면 여자들 네 사람만 남아서, 방금 전 남자들이 모여 있을 때 어쩔 수 없이 입 다물어야만 했던 분풀이라도 하듯 자기들끼리 수다를 떨었다. 외젠의 몰두한 모습에 놀란 보트랭은 처음에는 바삐 나가려는 듯하더니, 외젠의 눈에 띄지 않게끔 처신하면서 마지막까지도 식당을 나서는 하숙인들과 함께 나가지 않고 엉큼하게도 그곳에 눌러 앉았다. 그는 외젠의 영혼에서 뭔가를 읽었고, 결정적인 어떤 조짐을 예감한 것이다. 라스티냐크는 사실 많은 젊은이들이 체험해 보았을 만한 곤경에 처해 있었다. 사랑에 빠진 건지 교태를 부리는 것인지, 파리에 널리 퍼져 있는 여자들 특유의 외교술을 모두 동원하여 뉘싱겐 부인은 라스티냐크로 하여금 진실한 열정의 고민이란 고민은 모두 맛보게 만들었다. 그녀는 보세앙 부인의 친척 동생인 외젠을 옆에 두기 위해 항간의 평판까지도 안 좋게 만들었지만, 외젠이 겉으로 누리는 듯 보이는 권리를 실제로 부여하는 것은 망설이고 있었다.

한 달간 외젠의 감각을 너무도 자극해 온 그녀는 마침내 그의 마음을 점령하기에 이르렀다. 이 관계의 초기에는 외젠이 주도권을 잡고 있는 것 같았지만, 나중에는 뉘싱겐 부인이 더 강한 쪽이 되어 버렸다. 그것은 파리의 젊은이 한 사람 안에 깊이 각인된 두세 사람의 선악의 모든 감정들을 외젠의 마음속에 꿈틀거리게 한 덕택이었다. 이는 그녀가 마음속으로 계산한 것이었을까? 아니다. 여자들은 언제나 진실하다. 심지어 가장 거짓스러운 행동을 하는 와중에도 그렇다. 왜냐하면 여자들은 자연스러운 몇몇 감정에 승복하기 때문이다. 델핀은 갑자기 이 청년에게 자기 마음속의 많은 왕국을 점령당하고 너무 많은 애정을 보여 준 나머지 자존심을 세우고 싶은 감정을 어쩌지 못했던 것 같다. 그래서 그녀는 자기가 양보한 사항들을 뒤집거나 유예시키면서 자존심을 만족시킬 수 있었던 것이다. 파리 여자가 열정에 이끌려 가는 바로 그 순간에도 추락하기를 망설이며 자기 장래를 다 맡기려 했던 상대방의 마음을 시험해 보는 것은 너무도 당연한 일이다. 당시는 뉘싱겐 부인이 처음으로 자신의 기대를 모두 드러내고 젊은 이기주의자에게 쏟아부은 일편단심이 제대로 인정받지 못한 뒤였다. 그러니 그녀가 의심을 품는 것도 무리는 아니었다. 아마도 그녀는 단숨에 성공해서 자존심이 강해진 외젠의 행동거지에서 두 사람이 처한 야릇한 상황으로부터 온 일종의 경멸감을 알아차린 것 같다. 그녀는 아마도 외젠 나이의 남자에게는 군림하는 듯 보이고 싶었을 것이다. 그리고 자기를 버린 그 남자 앞에서 너무 오랫동안 작아져 있었기 때문에 외젠 앞에서는 커 보이고 싶었을 것이다. 그녀는 외젠이 자기를 쉽게 손에 넣을 수 있는 여자라고 생각하기를 원치 않았다. 그 이유는 그녀가 마르세 씨의 애인이었다는 것을 외젠이 알고 있기 때문이었다. 요컨대, 어디를 보나 괴물 같은 바람둥이 청년과 겪 낮은 쾌락을 맛본 뒤에 사랑의 꽃이 활짝 핀 지역을 거닐며 달콤함을 실컷 맛보다 보니, 그 모든 모습에 감탄하고, 그 살랑거리는 소리에 오래 귀 기울이며, 쓰다듬듯이 불어오는 순결한 미풍에 오래 몸을 맡기는 것이 그녀에겐 하나의 매혹이었을 것이다. 진정한 사랑이 그릇된 사랑의 대가를 치르고 있는 셈이었다. 처음 당하는 배신 때문에 젊은 여인의 마음속에서 얼마나 많은 꽃이 꺾여 버리는지를 남자들이 깨닫지 못한다면 이런 오해는 불행히도 빈번히 발생할 것이다. 그 이유가 무엇이든 간에, 델핀은 라스티냐크를 갖고 놀고 있었고 또 그걸 즐기고 있었다. 아마도 자기가 사랑받고 있다는 것을 잘 알고 있었고, 여인의 숭고한 기쁨으로 연인의 슬픔도 멎게 해줄 자신이 있었기 때문일 것이다. 외젠은 자존심 때문에 자신의 첫 전투가 패배로 끝나지 않기를 바랐고, 첫 번째 성(聖) 위베르 축일에 자고새를 꼭 잡고야 말겠다는 사냥꾼처럼 끈질기게 계속 투쟁해 가고 있었다. 그의 고뇌와 타격받은 자존심, 진실인지 거짓인지 알 수 없는 절망 때문에 외젠은 점점 더 이 여자에게 집착하게 되었다. 파리의 사교계 전체가 뉘싱겐 부인을 그의 사람이라고 생각하고 있었는데, 정작 그의 입장에서 부인과 처음 만난 날보다 진전된 것은 아무것도 없었다. 여인의 사랑이 주는 기쁨보다 교태가 주는 이득이 더 많다는 것을 아직 모르는 그는 어리석은 분노에 빠져 들었다. 그녀와 사랑을 두고 실랑이를 벌이는 동안 라스티냐크가 첫 과실을 얻는 수확을 올린다 해도, 그 과실들은 싱싱하고 새콤하고 맛있는 만큼 더 비싼 대가를 치르게 하는 법이다. 돈 한 푼 없고 미래도 없는 자신의 모습을 보면서, 그는 양심의 소리는 무시하고 일전에 보트랭이 타유페르 양과의 결혼을 부추기며 가능성을 보여 준 출세의 기회에 대해 생각하곤 했다. 그러니까 이즈음 형편이 이렇게도 곤궁해져 있다 보니, 종종 그를 매혹하던 시선을 지닌 두려운 스핑크스 보트랭의 계교에 자기도 모르게 거의 굴복하게 된 것이다. 푸아레와 미쇼노 양이 식당을 떠나 방으로 올라갔다. 라스티냐크는 그의 양 옆에 보케 부인과 난롯가에서 졸며 털실로 옷소매를 뜨고 있는 쿠튀르 부인만이 있다고 생각하고는 빅토린 타유페르 양을 무척 애틋한 눈길로 바라보았고, 시선을 느낀 그 아가씨는 눈을 내리깔았다.

「외젠 씨, 무슨 속상한 일이라도 있으세요?」

빅토린 양이 잠시 침묵을 지키다가 말했다.

「속상한 일 없는 사람이 있겠습니까! 우리 젊은이들이 언제든 바칠 준비가 되어 있는 희생에 대한 보답으로 헌신적인 사랑을 듬뿍 받을 수 있다는 확신만 있다면야, 속상한 일이 하나도 없겠지만요…….」

라스티냐크가 대답했다.

타유페르 양은 대답 대신 그를 또렷이 쳐다보았다.

「당신은 지금 자기 마음을 확실히 안다고 생각합니다. 하지만 그게 결코 변치 않는다고 대답할 수 있겠습니까?」

가엾은 처녀의 입술에는 마치 영혼에서 샘솟아 나온 빛과 같은 미소가 어렸고, 그 미소로 그녀의 얼굴이 눈에 띄게 빛나는 바람에, 외젠은 이렇게도 생생하게 피어나는 감정을 일으킨 것이 두려워졌다.

「뭐라고요! 만약 막대한 재산이 하늘에서 당신 앞으로 떨어진다면, 그래서 당신이 부자가 되고 행복해진다면, 그래도 당신은 곤궁할 때 마음에 두었던 젊은이를 여전히 사랑할 수 있겠습니까?」

그녀는 예쁘게 머리를 끄덕거렸다.

「불행한 젊은이라도요?」

또 한 번 끄덕거렸다.

「지금 무슨 바보 같은 소리를 하는 거예요?」

보케 부인이 소리쳤다.

「그냥 두세요. 우리끼리만 알아듣는 이야기를 하고 있는 거예요.」

외젠이 대답했다.

「그러니까 기사 외젠 드 라스티냐크 씨와 빅토린 타유페르 양 사이에 결혼 약속이 있다 이 말씀인가?」

보트랭이 갑자기 식당 문 앞에 나타나더니 굵은 음성으로 말했다.

「아! 깜짝 놀랐잖아요.」

쿠튀르 부인과 보케 부인이 동시에 말했다.

「저는 더 나쁜 선택을 할 수도 있는데요.」

보트랭의 목소리를 듣고 지금껏 느껴 본 중에 가장 잔혹한 느낌을 받은 외젠이 웃으며 이렇게 대답했다.

「짓궂은 농담들 좀 하지 말아요, 남자 분들.」

쿠튀르 부인이 이렇게 말했다.

「자 애야, 우리 방으로 올라가자.」

보케 부인은 두 여자를 따라가 버렸다. 두 여자의 방에서 저녁 시간을 보내면 자기 초와 땔감이 절약되니 그런 것이다. 외젠은 혼자 남아 보트랭과 대면하게 되었다.

「자네가 이 지경까지 올 줄 나는 잘 알고 있었지.」

보트랭이 철통 같은 냉정함을 간직한 채 외젠에게 말했다.

「하지만, 내 말 들어 보게! 나도 남들처럼 세심한 면은 있다네. 지금 이 순간에 결정하지 말라고. 자네는 지금 보통 때의 상태가 아니니까 말이야. 자네 지금 빚이 있지. 자네가 나한테 오도록 결심하게 만드는 것이 열정이나 절망이 아니고 이성이었으면 한다네. 아마 자네는 몇천 에퀴쯤이 필요하겠지. 자, 갖겠나?」

이 악마 같은 사내는 주머니에서 지갑을 꺼내더니 지폐 석장을 꺼내 외젠이 보는 앞에서 펄렁거렸다. 외젠은 이보다 더 혹독할 수는 없는 상황에 처해 있었다. 도박을 하다가 다주다 후작과 트라유 백작에게 잃은 2천 프랑의 빚이 있었다. 그 돈이 없어서 그는 레스토 부인 집에 찾아가 저녁 시간을 보낼 엄두를 못 내고 있었다. 그 집에서는 그가 오려니 하고 있었는데도 말이다. 그저 과자나 먹으며 차 마시는 격식 없는 저녁 모임이었지만, 혹 휘스트를 하다가 6천 프랑을 잃을 수도 있는 자리였던 것이다.

외젠이 경련하듯 부르르 떨리는 것을 힘겹게 감추면서 말했다. 「이보십시오. 지난번 당신이 저에게 그런 말을 털어놓은 뒤로, 제가 신세를 진다는 것은 불가능하다는 사실을 이해하시겠지요.」

「아무렴! 자네가 다른 식으로 말한다면 나는 괴로웠을 거야.」

유혹자가 말을 이었다.

「자네는 잘생기고 세심한 청년이야. 사자처럼 자부심 강하고, 처녀처럼 부드러운 젊은이란 말이지. 악마에게 더없이 좋은 먹잇감이겠지. 난 젊은이의 그런 장점이 좋거든. 보다 정치적으로 두세 번만 더 신중하게 생각해 본다면 세상을 있는 그대로 보게 될 거야. 비범한 사람은 미덕을 보여 주는 몇몇 자잘한 장면을 연기하면서도 객석에 앉은 멍청이들의 큰 박수를 받는다니까. 아! 만약 자네가 내 제자가 된다면 자네를 무소불위로 만들어 주지. 그 어떤 욕망을 품더라도 바로 그 순간에 이루어질 걸세. 명예, 재산, 여자, 무엇을 원하든지 말이야. 문명 전체를 한 덩어리로 뭉쳐 자네에게 줄 수도 있네. 자네는 우리의 총애하는 자식, 귀한 막내가 될 것이며, 우리 모두는 자네를 위해서라면 기꺼이 진이 빠지도록 일할 수도 있다네. 자네에게 장애가 되는 것은 뭐든 뭉개 없애 주지. 만약 아직도 거리낌이 있다면, 그건 자네가 나를 악당으로 여기기 때문 아닌가? 하지만 자네가 아직도 간직하고 있다고 생각하는 만큼의 성실성을 지닌 튀렌 원수[29]도 산적들과 거래를 하면서 전혀 자신이 타락했다고 생각하지 않았다네. 자네는 내 은덕을 입고 싶지 않은 건가, 응? 입으면 또 어떤가?」

보트랭이 비죽이 미소를 흘리면서 말을 이었다.

「이 쪽지들을 받아서 여기다가 가로로 써주게나.」

그가 인지 한 장을 떼면서 말했다.

「〈일금 3천5백 프랑 정히 영수함. 1년 내 상환〉 그리고 날짜를 쓰게! 이익이 상당히 커서 자네는 아마 거리끼는 마음이 싹 사라질 걸세. 자네는 나를 유대인이라고 불러도 되네. 그리고 모든 감사의 빚은 이미 청산된 것으로 생각해도 좋네. 오늘 당장부터 나를 경멸해도 된다는 말일세. 훗날 자네

---

29 튀렌 자작Vicomte de Turenne(1611~1675)이라고도 한다. 프랑스의 원수. 군대를 지휘하는 데 대단한 책략가로 알려진 인물.

는 나를 좋아하게 될 게 확실하니 말이야. 자네는 나에게서 저 무한한 심연, 광대하고도 집약된 감정, 즉 어리석은 자들이 악덕이라 부르는 것을 발견하게 될 걸세. 하지만 자네는 나를 비겁하거나 배은망덕하다고 생각하지 않을 거야. 어쨌든 나는 체스의 말로 치자면 졸도 아니고 비숍도 아니고 루크라네.」

「당신은 도대체 어떤 분이죠? 나를 괴롭히려고 태어난 사람이죠?」

외젠이 큰 소리로 말했다.

「천만에, 나는 자네가 남은 일생 동안 진흙을 피해서 살아가도록 내 몸에 진흙을 묻히고 싶어 하는 선한 사람이지. 자네는 도대체 저 사람이 왜 저렇게 헌신적으로 구는 걸까 속으로 묻고 있지? 음! 언젠가 내 가만히 귀에 대고 말해 주지. 우선 나는 사회 질서의 본성과 사회라는 기계가 돌아가는 방식을 보여 주어 자네를 깜짝 놀라게 했지. 하지만 자네의 첫 공포는 마치 전장에 징집된 병사의 공포처럼 사라질 걸세. 그리고 왕위에 오른 자를 섬기기 위해 죽어도 좋다고 결심한 병사들처럼 인간을 생각하는 것에도 익숙해질 걸세. 시대는 많이 변했어. 옛날에는 용감한 자에게 이렇게 말했지. 〈여기 1백 에퀴를 줄 테니 아무개를 죽여 주시오.〉 그리고 아무것도 아닌 일에 한 사람을 뚝딱 처치하고 나서는 아무 일도 없었다는 듯이 저녁을 먹었다. 지금은 평판을 전혀 해치지 않고, 끄덕하는 고갯짓 한 번에 큰 재산을 주겠다고 내가 제안을 하는데도 자네는 망설인단 말이야. 물러 터진 시대야.」

외젠은 계약서에 서명한 후, 그것을 내주고 지폐를 받았다.

보트랭이 말을 이었다. 「좋아! 자 이제는 이치대로 한번 이

야기해 보자고. 난 이제 몇 달 있으면 미국으로 떠나려고 하
네. 담배 농장을 하러 가지. 우정의 여송연을 자네에게 보내
주겠네. 내가 부자가 된다면 자넬 도와줌세. 내가 자식을 두
지 않는다면(아마 그럴 걸세. 접목으로 나를 이 세상에 다시
심어 놓는 일에는 관심 없는 사람이니까), 내 재산을 자네에
게 남길 걸세. 남자들 세계에서 친구라는 게 바로 이런 것 아
닌가? 난 자네를 좋아한다네. 난 말이야, 나는 남에게 헌신적
으로 잘해 주려는 열정이 있어. 이미 그렇게 했고. 이보게, 나
는 다른 사람들이 사는 세계보다 한층 높은 세계에 살고 있
네. 나는 행동을 수단으로 여기고, 내 눈에는 오직 목표만 보
인다네. 나에게 사람이란 무엇인가? 이것!」

그는 엄지손톱을 이빨 밑에 넣어 찢 소리를 내면서 말했다.
「사람이란 전부 아니면 아무것도 아니지. 이름이 푸아레일
경우는 아무것도 아닌 것만도 못한 존재야. 마치 빈대 새끼
처럼 깔아뭉개 버릴 수 있지. 납작하면서 냄새도 지독하거
든. 하지만 자네 같은 사람일 경우, 사람은 신이야. 인간이란
더 이상 인두겁을 쓴 기계가 아니라, 가장 아름다운 감정이
움직이는 극장이라고. 나는 오직 감정으로만 살아간다네.
감정, 그건 생각 속의 세상이 아닌가? 고리오 영감을 좀 보
게. 두 딸이 영감에게는 온 우주 아닌가. 그가 창조물 가운데
로 나아갈 때 방향을 잡아 주는 실이 바로 두 딸이라네. 그
래! 산전수전 다 겪으며 인생을 살아 본 나에게는 진정한 감
정이란 딱 하나만 있지. 그건 남자 대 남자의 우정이야. 피에
르와 자피에,[30] 그들이 바로 내 열정의 대상이라네. 나는 「구

30 영국 작가 토머스 오트웨이가 쓴 비극 「구원받은 베니스」는 주인공 자
피에가 모사꾼인 피에르에게 느끼는 우정을 주제로 삼았다.

236

원받은 베니스」를 외우고 있지. 동지가 〈가서 시체를 매장하자〉고 말할 때 한마디도 내뱉지 않고 도덕을 위배하지도 않으면서 따라갈 수 있는 털북숭이들을 얼마나 보았나? 내가 바로 그런 일을 했다네. 아무한테나 이런 식으로 이야기해 주진 않지. 하지만 자네, 자네는 출중한 사람이고, 자네에겐 뭐든지 말할 수 있지. 자네는 뭐든 이해할 수 있고 말이야. 자네는 난쟁이들이 사는 늪 속에 발을 담그고 오래 첨벙거리지 않을 사람이네. 그래! 바로 그거야. 자네는 결혼할 걸세. 각자 자기에게 적당한 뾰족한 칼을 밀고 나가자고! 내 것은 쇠처럼 단단해서 절대 물렁물렁해지지 않는다니까. 헤, 헤!」

보트랭은 외젠이 아니라고 말하는 대답을 듣고 싶지 않은 듯 얼른 나가 버렸다. 하지만 사실은 외젠의 마음을 편하게 해주려고 그런 것이다. 그는 사람들이 자기 앞가림을 하거나 비난받을 만한 행동을 정당화할 때 보이는 미미한 저항이나 갈등의 비밀을 알고 있는 것 같았다.

〈마음대로 하라지. 나는 절대 타유페르 양과 결혼하지 않을 테니 말이야!〉

외젠이 속으로 말했다.

냉소적인 생각과 사회를 몽땅 깔보는 만용 때문에 외젠의 눈에는 이 사내가 크게만 보였다. 그리고 이런 자와 협약을 체결했다는 생각만 해도 속에서 공포가 일었다. 라스티냐크는 옷을 차려입고 마차를 불러 레스토 부인 집으로 갔다. 한 걸음 한 걸음이 그대로 상류 사회 한복판으로 걸어 들어가는 진군이 되었다. 며칠 전부터 레스토 부인은 언젠가는 어마어마한 영향력을 행사하게 될 것 같은 이 청년을 한층 더 잘 보살펴 주고 있었다. 그는 트라유 씨와 다주다 씨에게 빚진 돈을 갚고 휘스트 게임을 밤새 한판 벌여 전에 잃은 돈을 다시 땄다. 앞길이 구만리 같은 숙명론자 대부분이 그렇듯이 미신에 의지하는 그는 자기가 올바른 길을 벗어나지 않고 꾸준히 견뎠기에 하늘이 그 대가로 이런 행복을 준 것이라 생각하고 싶었다. 다음 날 아침, 그는 부랴부랴 보트랭에게 가서 아직도 자기가 써준 어음을 갖고 있느냐고 물었다. 그렇다는 대답을 듣자 그는 기뻐서 어쩔 줄 몰라 하며 그에게 3천 프랑을 내주었다.

「모든 게 잘돼 가는군.」 보트랭이 말했다.

「하지만 저는 당신과 공범은 아닙니다.」 외젠이 말했다.

「알아, 알아.」 보트랭이 그의 말을 막으며 대답했다. 「아직도 어린애 같은 소리를 하는구먼. 사소한 일에 목숨 걸지 말게나.」

제3장

불사신

그로부터 이틀 뒤, 푸아레와 미쇼노 양이 파리 식물원의 한적한 오솔길 벤치에 앉아, 의대생 비앙숑이 보기에 수상한 구석이 많은 웬 남자와 이야기를 나누고 있었다.

「미쇼노 양, 왜 그리 걱정을 하시는지 저는 모르겠군요.」

공뒤로 씨가 말했다.

「왕국의 경찰청장 각하께서는 말입니다…….」

「아! 왕국의 경찰청장 각하라고요?」

푸아레가 되풀이했다.

「예, 각하께서 이 사건을 직접 챙기고 계시다니까요.」

공뒤로가 말했다.

뷔퐁 거리에 사는 연금 생활자라 자칭하는 이 사내가 〈경찰〉이라는 말을 쓰면서 선량한 이의 가면 뒤에 숨은 제뤼살렘 거리[1]의 형사 모습을 언뜻 내비치는 이 순간, 아무리 생각 없는 사람이라고는 해도 부르주아의 미덕을 갖춘 관리 출신 푸아레가 그의 말에 계속 귀 기울이고 있다는 것은 누가 봐도 예사롭지 않은 광경이었다. 하지만 이보다 더 자연스러

---

1 비밀 경찰청 건물이 자리 잡고 있던 길.

운 일은 없었다. 이미 몇몇 관찰자들이 말한 것을 종합해 보면, 지금까지 그 내용이 발표되지는 않았지만, 어수룩한 사람들 중에서도 푸아레가 좀 별종에 속한다는 것을 잘 알 수 있다. 펜대를 굴리는 월급쟁이 족속이 있다. 그들은 위도 1도에서 3도 사이에서 예산에 꽉 짜여 살고 있다. 위도 1도는 연봉 1천2백 프랑의 행정적 그린랜드라 할 수 있는 지역이며, 위도 3도는 연봉 3천에서 6천 정도의 좀 더 융숭한 대우가 시작되는 온대 지역으로 상여금도 나오고 문화생활은 어렵더라도 특별 수당이라는 꽃이 피어나는 지역이다.

이런 하급 관리들의 비열한 편협성을 한층 잘 드러내 주는 특성 중 하나는, 「바그다드의 칼리프」의 마법 주문 〈일 본도 카니*Il Bondo Cani*〉[2]에 해당하는 〈경찰청장 각하〉라는 다섯 단어[3] 아래 알아볼 수 없는 서명으로 직원에게 알려지고, 납작 찌그러진 사람들의 눈에는 신성불가침의 권력을 지닌 이 경찰청 전체의 위대한 총수에게 무의식적이고 기계적이며 본능적으로 바치는 일종의 존경이다. 신자들에게 교황이 절대적 존재이듯이, 직원들 눈에는 경찰청장 각하가 행정적으로 그렇다. 그가 휘두르는 광휘는 그의 행동과 말과 그의 이름으로 발표되는 이야기에 모두 전해진다. 그는 자신을 꾸며 주는 〈각하〉라는 장식으로 모든 것을 덮고, 자기가 명하는 모든 행동을 합법화한다. 그 의도의 순수함과 의지의 신성함을 입증해 주는 〈각하〉라는 호칭은 아무리 용납할 수 없는 생각이라도 무사통과시키는 여권 같은 역할을 한다. 이

2 보엘디외의 코믹 오페라 「바그다드의 칼리프」에서 칼리프 이사운이 쓰는 마법 주문을 여기에 인용한 것.
3 프랑스어로는 다섯 단어이다. *Son excellence Monseigneur le Ministre*.

가엾은 사람들은 자신의 이익을 위해서라면 하지 않을 일도 〈각하〉라는 호칭만 나오면 바로 서둘러 수행한다. 마치 군대 병사들이 그러하듯, 관공서 직원들도 수동적으로 순종한다. 이런 체계는 양심을 숨 막히게 틀어막고 사람을 아무것도 아닌 것으로 만들어 버린다. 그리고 시간이 흐르면서 마치 정부라는 기계에 맞는 나사나 태엽처럼 인간을 적응시키고야 만다. 인간을 잘 분간하는 공뒤로 씨는 푸아레를 보고 그런 얼간이 관료 중 하나임을 재빨리 파악했고, 자기 계획을 털어놓고 푸아레를 현혹시켜야 할 순간이 되자 때맞추어 〈데우스 엑스 마키나〉[4]에 해당하는 말, 즉 부적 같은 〈각하〉라는 말을 꺼낸 것이다. 공뒤로의 눈에, 푸아레는 남자 미쇼노였다. 마치 미쇼노가 그의 눈에 여자 푸아레로 보인 것처럼.

「각하가 몸소, 청장 각하께서……. 아! 이렇게 되면 말이 아주 달라지는 거죠.」

푸아레가 말했다.

「당신은 이분의 판단이라면 확실히 믿으시는 것 같은데, 방금 이분 말씀 들으셨죠?」

가짜 연금 생활자 공뒤로가 미쇼노 양에게 말을 건넸다.

「각하는 지금, 보케 하숙집에 거주하는 자칭 보트랭이라는 작자가 툴롱 감옥에서 탈옥한 죄수라고 완전히 확신하고 계십니다. 툴롱에서 그는 〈불사신〉이라는 별명으로 알려져 있다네요.」

「아, 불사신! 그 이름대로라면 그는 참 행복한 사람이군요.」

푸아레가 말했다.

---

4 *Deus ex machina*. 출구가 없는 극 중의 상황을 매듭지어 주는 사람 또는 사건.

「그럼요.」

형사가 말을 이었다.

「이것은 그가 지금까지 아무리 대담한 짓을 결행했어도 절대 목숨을 잃지 않을 만큼 운이 좋았기에 붙여진 별명이랍니다. 그러니 그가 정말 위험한 사람이라는 걸 아시겠죠! 그에겐 장점도 많아서 남들 보기에 특별하게 보인답니다. 사형선고를 받은 것조차도 그 세계에서는 무한히 명예로운 일로서⋯⋯.」

「그럼 그 사람은 명예로운 사람인가요?」

푸아레가 물었다.

「그 나름으로는 그렇겠죠. 그는 남의 죄를 자기가 기꺼이 뒤집어썼답니다. 노름깨나 하고 다니던 이탈리아 청년이 저지른 죄인데, 그는 이 젊은이를 꽤나 좋아했죠. 그 뒤 청년은 군대에 들어가서 나무랄 데 없이 잘 지냈다고 하더군요.」

「그런데 만약 경찰청장 각하께서 보트랭 씨가 그 〈불사신〉이라고 확신하신다면, 도대체 제가 왜 필요한 거죠?」

미쇼노 양이 물었다.

「아! 그렇군요. 정말 방금 그 말대로 청장 각하께서 그렇게 확신하신다면⋯⋯.」

푸아레가 말했다.

「확신이라는 말은 적절한 말이 아닙니다. 단지 그렇게 추측할 뿐이지요. 자, 이제 두 분은 곧 이 문제를 이해하게 될 겁니다. 〈불사신〉이라는 별명을 가진 자크 콜랭은 감옥을 세 군데나 거치면서 죄수들의 전폭적인 신뢰를 얻었답니다. 죄수들은 그를 대표자 겸 재정 관리자로 뽑았고요. 이런 일을 맡아서 크게 돈을 벌었답니다. 그건 난놈이라야 할 수 있는 일이지요.」

공뒤로가 말했다.

「아, 아! 미쇼노 양, 지금 이 말을 알아들으시겠어요? 이분이 그를 보고 〈뛰어난〉 사람이라네요. 하긴 복역수로 몸에 불로 지진 자국이 있으니 그렇기는 하겠네요.」[5]

푸아레가 말했다.

형사가 말을 이었다.

「보트랭이라고 사칭하는 이자는 복역수들의 돈을 받아서 불리고 보관해 주거나 탈옥하는 죄수들의 자금으로 쓰고, 죄수들이 유언으로 돈을 남겼을 경우에는 그 가족이나 정부(情婦)에게 보내 준답니다.」

「정부라니! 부인이겠지요.」

푸아레가 주위의 눈길을 모으며 이렇게 말했다.

「아닙니다. 죄수는 보통 비합법적인 아내만 두지요. 그걸 우리는 내연의 처라고 부르고요.」

「그럼 그들은 모두 내연 관계로 살고 있나요?」

「결국 그렇지요.」

「거참! 이런 불미스러운 짓거리는 청장 각하께서 그냥 눈 감아 주실 리가 없는데. 당신은 각하를 직접 만나 뵐 수 있으니, 내 보기엔 인류를 사랑하는 마음을 지닌 듯한 당신이 이런 자들의 비도덕적인 소행에 대해 각하께 확실히 알려 드려야 할 것 같습니다. 그런 자들이 사회의 여타 사람들에게 아주 나쁜 본을 보이고 있잖습니까.」

5 프랑스어 marqué는 두 가지 뜻을 지녔다. 하나는 〈뛰어난〉이라는 뜻이고 또 하나는 〈표시된〉이라는 뜻인데 지금 푸아레는 이 두 뜻을 이용해 말장난을 하고 있다.

푸아레가 말했다.

「하지만 정부가 그들을 감옥에 넣는 건 온갖 미덕의 표본으로 보이려는 게 아니죠.」

「그건 그래요. 그래도, 그렇게 좀 해주십시오.」

「아니, 이봐요, 저분 말씀 좀 하게 놔두지그래요.」

미쇼노 양이 푸아레에게 말했다.

공뒤로가 하던 말을 이었다.

「아시겠지만, 세간에서 엄청난 액수에 이른다고들 하는 그의 불법 자금 수사에 정부는 큰 관심을 가지고 있습니다. 그 〈불사신〉은 동료 죄수들이 지닌 돈뿐만 아니라 〈일만 명 조합〉에서 나오는 돈도 은닉하여 거액을 보유하고 있지요.」

「1만 명의 도둑!」

푸아레가 놀라서 외쳤다.

「아뇨, 〈일만 명 조합〉이란 규모가 큰 일만 하고 1만 프랑 정도 벌 수 있는 일이 아니면 아예 관여하지 않는 큰 도둑들의 연합이랍니다. 이 단체는 중죄 재판소로 곧장 보내질 놈들 중에서도 가장 고수들로만 이뤄져 있어요. 그들은 법을 환히 꿰고 있어, 사형 선고 받을 짓 같은 건 아예 하지도 않는답니다. 콜랭은 그들이 신뢰하는 인물이자 그들의 고문 격이죠. 막대한 재산에 힘입어 이 사람은 자기만의 정보기관을 만들었는데, 범위가 아주 넓은 관계망을 가지고 도저히 알아낼 수 없도록 신비의 연막을 치지요. 1년 전부터 우리가 첩자를 파견해 그 작자 주위를 둘러싸고는 있지만, 지금까지 그 통속을 알 수가 없었어요. 그의 금고와 재능은, 그러니까 계속 악덕을 조장하고 사회와 끝없이 맞서 싸우는 〈나쁜 놈들〉 떼거리를 유지해 주는 데 쓰이는 셈이지요. 〈불사신〉을 잡아서 그의 금고를 장악하면 악을 뿌리째 뽑아 버리게 되는 셈이죠. 그래서 그를 잡는 일이 국가적 문제, 고도의 전략을 써야 할 문제가 되었답니다. 이 과업이 성공할 수 있도록 돕는 사람들은 성공하면 그만큼 더 영광을 안게 되는 셈이죠. 선생도 다시 행정부에 취직할 수 있고 경찰서 서기가 될 수도 있지요. 퇴직 연금을 꼬박꼬박 탈 수 있는 자리 아닙니까.」

「그런데 어째서 그 〈불사신〉은 금고를 갖고 도망치지 않을까요?」

미쇼노 양이 말했다.

「오! 만약 그가 감옥 죄수들의 돈을 꿀꺽한다면 어딜 가든 그를 살해할 임무를 띤 자가 뒤를 쫓을 텐데요. 그리고 금고란 양갓집 규수 납치하듯 그렇게 쉽게 갖고 튈 수 있는 물건이 아니랍니다. 게다가 콜랭은 그런 짓은 못 하는 작자지요. 그렇게 하면 스스로 명예를 더럽혔다고 생각할 자랍니다.」

「당신 말이 맞습니다. 그렇게 한다면 완전히 불명예스럽게 되는 거죠.」

푸아레가 말했다.

「그렇다고 해도 왜 그를 덜컥 체포하지 못하는지 납득이 안 되네요.」

미쇼노 양이 물었다.

「그건요! 제가 대답을 하죠⋯⋯. 그런데⋯⋯.」 푸아레가 미쇼노 양의 귀에 대고 말했다.

「저분 좀 중간에 제 말 막고 끼어들지 못하게 해주세요. 안 그러면 이 이야기는 절대 끝이 나지 못할 테니 말입니다. 저 영감님은 남이 항상 자기 이야기에 귀를 기울일 만큼 재산이 많으신가 보죠. 〈불사신〉은 여기로 오면서 정직한 사람의 탈

을 뒤집어썼답니다. 파리의 선량한 시민으로 위장하고 잘 드
러나지 않는 허름한 하숙집을 거처로 삼은 거죠. 간교한 놈
이라니까요! 여간해서는 꼬리가 잡히지 않지요. 보트랭 씨는
뭔가 중요한 일을 하는 인정받는 인물인 거죠.」

「당연히 그렇겠네.」

푸아레가 중얼거렸다.

「혹 잘못해서 진짜 보트랭이라는 사람을 체포하는 경우,
경찰청은 파리의 사업계나 여론과 등지게 될 겁니다. 그러면
경찰청장 각하는 겁쟁이가 되고 적들이 생기겠지요. 만약 실
수라도 한다면 그 자리를 노리는 사람들이 갖가지 험담을
하고 멋대로 공격을 퍼부어 각하를 자리에서 물러나게 할 겁
니다. 이 일은 코냐르 사건[6]처럼 처리해야 해요. 만약 체포
한 게 진짜 생텔렌 백작이라면 우린 무사하지 못할 테니까
요. 그러니 잘 확인을 해야지요.」

「예, 하지만 그러려면 예쁜 여자가 하나 필요하겠군요.」

미쇼노 양이 힘주어 말했다.

「〈불사신〉은 여자한테 곁을 주지 않을 겁니다. 비밀 하나
알려 드리죠. 그는 여자를 좋아하지 않아요.」

형사가 말했다.

「그런데 이 일에 내가 무슨 쓸모가 있는지 모르겠네요. 제
가 2천 프랑을 받고 이 일을 맡겠다고 동의한다는 걸 가정하
면 말이지요.」

「이보다 더 쉬운 일은 없어요.」

정체 모를 이 남자가 말했다.

6 제정 시대와 왕정복고 시대에, 실제로는 탈옥수면서 일명 생텔렌 백작
이라고 불렸던 피에르 코냐르가 육군 중령까지 하다가 1819년 체포된 사건.

「전혀 위험은 없지만 졸도 시킬 수 있는 리쾨르[7]를 조금 드리겠어요. 그걸 마시면 뇌일혈 비슷한 증상이 일어나지요. 이것은 포도주와 커피에도 섞을 수 있는 약이랍니다. 그가 기절하면 당장 당신은 그를 침대로 떠메고 가서 옷을 벗기고 죽었나 안 죽었나를 살펴보는 겁니다. 당신 혼자만 있게 되면 그의 어깨를 한 번 딱 때려 보십시오. 그러면 그 어깨에 도형수라고 낙인찍힌 글자들이 나타나는 게 보일 겁니다.」

「그것쯤이야 일도 아니네요.」

푸아레가 말했다.

「자, 그럼 동의하시는 거죠?」

공뒤로가 처녀로 늙은 노파에게 말했다.

「그런데, 혹시 낙인된 글자가 없더라도 제가 2천 프랑을 받게 되나요?」

미쇼노 양이 말했다.

「아니죠.」

「그렇다면 그 경우 수당은 얼마가 될까요?」

「5백 프랑이죠.」

「이런 일을 하는데 그렇게 적은 돈을 주다니. 이렇게 하나 저렇게 하나 양심에 걸리는 건 마찬가지인데요. 저도 제 양심을 진정시켜야지요.」

「당신은 아주 양심적인 분이라고 확신합니다. 뿐만 아니라 아주 상냥하고 말귀도 잘 알아듣는 분이시고요.」

「그렇다면, 만약 그 사람이 〈불사신〉 맞다면 3천 프랑을 주세요. 그리고 그냥 평범한 시민이라면 아무것도 주지 마시고요.」

7 알코올을 증류해 만든 독주.

미쇼노 양이 말했다.

「좋습니다. 하지만 내일 일을 처리한다는 조건입니다.」

공뒤로가 말했다.

「아직 안 돼요. 제가 고백 성사를 드리는 신부님께 의논해 봐야 해요.」

「빈틈없는 분이군요!」

형사가 자리에서 일어나며 말했다.

「그럼 내일 봅시다. 만약 급히 내게 말할 것이 있다면 생트 샤펠 성당 뜰에서 안으로 더 들어가 맨 끝에 있는 생탄 골목으로 오십시오. 아치 아래 통로에 문이 딱 하나 있어요. 거기서 공뒤로 씨를 찾아왔다고 하세요.」

퀴비에 교수의 강의를 듣고 집으로 돌아오던 비앙숑은 〈불사신〉이라는 꽤나 특이한 말이 들려오자 귀가 쫑긋했고, 유명한 보안 경찰 부장이 〈좋습니다〉라고 말하는 걸 들었다.

「왜 이야기를 매듭짓지 않았어요? 종신 연금 3백 프랑도 받을 수 있는데.」 푸아레가 미쇼노 양에게 말했다.

「왜 그랬냐고요? 잘 생각을 해봐야지요. 만약 보트랭 씨가 그 〈불사신〉이 맞다면, 어쩌면 그 사람과 잘 합의 보는 게 더 유리할 수도 있어요. 하지만 그에게 돈을 요구했다가는 사실을 미리 알려 주는 게 되어 버리죠. 그리고 그는 한 푼도 안 내고 뺑소니칠 거예요. 그렇게 되면 모든 일을 끔찍하게 망치는 거죠.」

푸아레가 말을 이었다.

「설령 그가 미리 알게 된다고 해도, 그분이 아까 말한 대로 그는 감시를 받고 있다지 않소? 문제는 당신인데, 그렇게 되면 당신은 모든 걸 잃을 거요.」

〈나는 그를 전혀 좋아할 수 없어. 그 인간! 그가 나한테 하는 말은 모조리 불쾌한 내용뿐이야.〉

미쇼노 양이 속으로 생각했다.

「그래도 당신은 최선을 다해야지요. 내가 보기에는 그분이 썩 괜찮은 사람 같던데……. 옷도 아주 깔끔하게 입었고 말이오. 아까 그분 말씀대로 범인을 사회에서 제거한다는 것은 준법 행위지요. 범인이 아무리 덕이 많은 척할 수 있는 인간이라도 말입니다. 세 살 버릇 여든까지 간다고, 혹시 그가 우리 모두를 죽여 버리겠다는 엉뚱한 생각을 한다면? 아니, 맙소사! 그렇게 되면 그 살인은 우리 책임이 될 거요. 우리가 첫 번째 희생자가 될 거라는 건 물론이고요.」

미쇼노 양은 자기 관심사에 몰두하여, 마치 제대로 잠기지 않은 수도꼭지에서 뚝뚝 떨어지는 물방울처럼 푸아레의 입에서 줄줄이 쏟아져 나오는 말들에 귀 기울일 여념이 없었다. 이 늙은이는 일단 말을 시작했다 하면, 미쇼노 양이 그만하라고 말할 때까지 마치 태엽을 감아 놓은 기계 장치처럼 계속 말을 했다. 첫 주제에 관해 이야기를 시작한 다음에는 전혀 반대되는 주제로 옮겨 가서 떠들어 대면서도 결론은 아무것도 없었다. 보케 하숙집에 돌아오자 그는 끊임없이 예증과 인용을 이어 나가면서 라굴로 씨와 모랭 부인 사건[8]에서 자기가 증인으로 법정에 출두했을 때 진술한 말까지 늘어놓았다. 하숙집에 들어온 미쇼노 양은, 타유페르 양과 친밀하게 담소에 열중해 있는 외젠 드 라스티냐크를 놓치지 않고 눈여겨보았다. 두 사람은 어찌나 이야기에 푹 빠져 있는지

---

8 1812년에 일어난 사건으로, 모랭 부인이 라굴로에게 서명을 강요하고 살해하려 했다가 징역을 선고받았다.

한집에 사는 두 늙은이가 식당을 가로질러 지나가도 전혀 주의를 기울이지 않았다.

「결국 저렇게 되고 마네요.」

미쇼노 양이 푸아레에게 말했다.

「저 두 사람, 일주일 전부터 서로 넋이라도 뺏을 것처럼 뚫어지게 쳐다보더니만.」

「그렇군요. 그래서 그녀는 유죄 선고를 받았지요.」

「누가요?」

「모랭 부인 말이오.」

「지금 난 빅토린 양 이야기를 하고 있잖아요.」

미쇼노가 주의도 기울이지 않고 푸아레 방으로 들어가면서 말했다.

「그런데 모랭 부인 이야기로 답을 하다니. 대체 그 여자가 누구죠?」

「빅토린 양이 그래 무슨 죄가 있다는 거지요?」

푸아레가 물었다.

「그 처녀의 죄라면, 외젠 드 라스티냐크를 좋아한 거지요. 그리고 지금 자기가 어디로 가게 될지도 모르면서 앞으로만 내닫고 있다니까요, 가엾고 순진한 처녀 같으니!」

외젠은 오전 내내 뉘싱겐 부인 때문에 절망에 빠져 있었다. 내심 그는 완전히 보트랭에게 항복한 상태였다. 그 특이한 인간이 자기에게 왜 그리 우정을 보이는지 그 동기라든가 이런 동맹이 장차 어떻게 될 것인지 짐작해 볼 마음도 없이 말이다.

외젠이 한 시간 전부터 타유페르 양과 달콤한 약속을 주고받으며 발을 들여놓은 심연에서 그를 끌어내리려면 기적이라도 일어나야 했다. 빅토린은 마치 천사의 음성을 듣는 듯한 기분이었다. 하늘이 그녀 앞에 활짝 열리고, 보케 하숙집은 극장의 무대 장치 담당자들이 전면에 칠하는 환상적 색채로 치장된 것 같았다. 그녀는 사랑하고, 사랑받고 있었던 것이다. 적어도 그녀는 그렇게 믿었다! 하숙집 사람들의 성가신 눈길을 피해 몰래 마련한 이 시간에 라스티냐크를 보고 그의 말을 듣고 있노라면 어떤 여자인들 그렇게 믿지 않겠는가? 외젠은 자기 양심과 싸우면서, 자기가 나쁜 짓을 하고 있으며 그럴 의도가 있다는 것을 알기 때문에 더더욱 한 여자를 행복하게 해주어서 이 가벼운 죄를 갚으리라고 마음먹었다. 그는 이 절망 때문에 더욱 멋진 모습이 되었고, 가슴에 활활 타는 지옥불로 인해 더욱 빛났다. 다행히도 기적이 일어났다! 보트랭이 식당으로 명랑하게 들어오더니, 자기가 지옥 같은 재능을 발휘해서 엮어 준 두 젊은이의 속마음을 읽어냈다. 갑자기 그는 목 쉰 굵은 음성으로 이런 노래를 불러, 두 사람의 기쁨을 방해했다.

나의 팡셰트는 매력적이야.
단순해서 말이지.[9]

빅토린은 이제껏 살아오며 겪은 불행만큼이나 커다란 행복감을 지닌 채 자리를 떴다. 가여운 처녀! 손 한 번 잡는 것, 뺨에 라스티냐크의 머리카락이 스치는 것, 입술의 온기가 느껴질 만큼 귀에 바짝 대고 그가 말하는 것, 떨리는 한 팔로 그녀 허리를 꽉 껴안는 것, 그녀 목에 그가 입맞춤하는 것, 이

9 장바티스트 비알이 지은 통속 희극 「질투하는 두 사람」에 되풀이해서 나오는 대사.

런 것이 그녀에게는 정열이 넘치는 결혼 약속과도 같았다. 그 근처에 있던 뚱보 식모 실비가 빛이 환한 이 식당으로 여차하면 들어오려 하는 통에, 이들의 약속 장면은 유명한 연애 이야기에 나오는 더없이 아름다운 헌신의 증언 장면보다도 한층 더 열렬하고 생생하며 절실하였다. 우리 선조들의 아름다운 표현에 따르면, 〈일과(日課) 기도 후의 기도〉라 할 수 있는 이 행위는 한 주 걸러 한 번씩 꼬박꼬박 고백 성사를 하는 신앙심 깊은 이 처녀에게는 마치 죄처럼 보였다. 그녀는 훗날 부자가 되고 행복해졌을 때 자기를 온통 내주면서 건넬 보물보다 훨씬 많은 영혼의 보물을 이때 아낌없이 퍼부어 준 셈이었다.

「이제 일은 성사되었네. 두 건달이 결투를 한다네. 모든 게 제대로 진행되었어. 의견 차이가 문제였네. 우리의 비둘기가 나의 매를 모욕했다네. 내일, 클리냥쿠르[10] 성곽에서 8시 반일세. 타유페르 양은 가만히 여기 앉아 커피에 버터 바른 빵이나 적셔 먹고 있으면, 그 시간에 저절로 아버지의 애정과 재산을 물려받게 되는 거라네. 어때, 재미있지? 그 조그만 청년 타유페르는 검술에 무척 능한 데다 카드놀이에서 아주 유리한 패를 잡은 것처럼 자신만만하다네. 하지만 내가 지어낸 검법으로 공격하면 그는 피를 흘리게 될 걸세. 칼을 높이 쳐들어 상대의 이마를 찌르는 방법이지. 그 공격법을 내 자네에게 보여 줌세. 기막히게 유용한 기술이니까.」

보트랭이 외젠에게 말했다.

라스티냐크는 멍청한 표정으로 아무 말 없이 듣고만 있었다. 이때 고리오 영감, 비앙숑, 그리고 몇몇 하숙인들이 들어

10 파리 북쪽 근교의 지명.

254

왔다.

「내가 원하는 대로 됐군.」

보트랭이 그에게 말했다.

「자네가 무슨 일을 하는지는 알고 있지. 좋았어, 내 새끼 독수리! 자넨 이제 사람들을 다스리게 될 걸세. 자네는 강하고 딱 부러지고, 용감해. 그런 자네를 난 높이 평가한다네.」

그가 외젠의 손을 잡으려 하자 라스티냐크는 자기 손을 확 뺐다. 그리고 창백한 얼굴로 의자에 털썩 주저앉았다. 바로 앞에 늪처럼 고인 피가 그의 눈에 보이는 것 같았다.

「아! 우리에겐 아직도 미덕에 푹 젖은 기저귀가 몇 개 있구먼.」

보트랭이 나지막한 소리로 말했다.

「멍청한 돌리방 같은 타유페르 영감 수중에는 3백만 프랑이 있어. 난 그의 재산을 알고 있네. 지참금이 생기면 자네는 새색시 혼례복 빛깔처럼 신수가 훤해질 거고, 자네 눈으로 직접 그걸 보게 될 거야.」

라스티냐크는 이제 더 이상 망설이지 않았다. 이날 밤까지는 타유페르 부자에게 이 사실을 미리 알려 주러 가야겠다고 그는 마음먹었다. 이때 보트랭이 그의 곁을 떠났고, 고리오 영감이 외젠의 귀에 대고 말했다.

「이봐요, 당신 지금 슬프군! 내가 기분 풀어 줄 테니, 자 이리 와보시오!」

그러더니 제면업자 노인은 등잔 하나를 집어 가느다란 초에 불을 붙였다. 외젠은 호기심에 가슴 설레며 그를 따라갔다.

「자, 당신 방으로 들어가요.」

이미 실비에게 부탁해서 외젠 방의 열쇠를 받아 놓은 영감이 말했다.

「오늘 아침 당신은 그 애가 당신을 사랑하지 않는다고 생각했지, 안 그렇소?」

그가 말을 이었다.

「그 애는 당신을 억지로 보내 버렸고, 당신은 화가 나고 절망해서 가버렸지. 그건 어리석은 짓이었다오! 그 애는 날 기다리고 있었다오. 알겠소? 우리는 사흘 뒤 당신이 들어가 살게 될 멋진 아파트에 마무리 손질을 하러 가던 참이었다오. 그 애는 당신을 깜짝 놀라게 만들어 주고 싶어 했소. 하지만 난 이제 더 이상 그 비밀을 당신에게 감추지 않겠소. 그 집은 아르투아 거리, 그러니까 델핀이 사는 생라자르 거리에서 엎어지면 코 닿을 만큼 가까운 곳에 있다오. 거기 가면 당신은 왕자처럼 살게 될 거요. 마치 새색시를 위해 마련한 것 같은 가구에다 한 달 전부터 우린 여러 가지를 장만해 왔다오. 당신에겐 아무 말도 안 하면서 말이오. 내 대리인이 일을 시작했고, 내 딸은 지참금의 이자로 1년에 3만 6천 프랑을 받게 된다오. 그러면 나는 그 아이 몫의 돈 중에 80만 프랑을 확실한 부동산에 투자하라고 요구하게 할 생각이라오.」

외젠은 잠자코 팔짱을 끼고 어질러진 초라한 방 안을 이리저리 걸어 다녔다. 고리오 영감은 외젠이 등 돌린 틈을 타서 벽난로 위에 붉은 모로코 가죽으로 만든 상자 하나를 올려놓았다. 그 상자에는 라스티냐크 가문의 문장이 금박으로 새겨져 있었다.

가엾은 영감이 말했다.

「이보오, 이 모든 일에 내가 팔 걷어붙이고 개입했다니까. 하지만 내겐 사실 이기심도 꽤 많다오. 당신이 다른 동네로 이사 간다는 사실에 난 관심이 많소. 내가 뭘 물어보더라도 대답을 거절하지 마오. 알겠소?」

「원하시는 게 뭔데요?」

「당신이 거처할 방 바로 위 6층에, 그 방에 딸린 작은 방이 하나 있소. 내가 거기 살려고 하는데, 안 되겠소? 난 점점 늙어 가고, 딸들에게서 너무 멀리 떨어져 있잖소. 당신에게 방해되지 않을 거요. 그저 거기 살겠다는 거지. 밤마다 우리 딸 이야기를 내게 해주오. 그래도 성가시지는 않겠지? 당신이 집에 들어올 때 내가 침대에 누워 있다가 인기척을 듣고 혼자 이렇게 말하겠지. 〈저 친구가 방금 내 귀여운 델핀을 만나고 왔구나. 그가 그 아이를 무도회에 데리고 갔구나. 딸애는 저 친구 때문에 행복하구나.〉 만약 내가 아플 때라면 자네가 집에 들어오는 소리, 왔다 갔다 하는 소리가 들려와서 내 마음은 편안히 위안 받을 거요. 당신 속에 가득 찬 내 딸아이를 느낄 수 있을 테니까! 집에서 한 걸음만 내디디면 샹젤리제 거리, 딸애들이 매일 지나다니는 곳이오. 난 항상 딸들을 볼 거요. 때로는 아이들이 지나간 뒤에야 늦게 그 자리에 도착할 수도 있지만. 그리고 딸애가 아마 당신 집에도 오겠지요! 딸이 오는 소리가 내 귀에 들릴 테고 아침에 입는 비단 겉옷을 걸치고 종종걸음 치며 새끼 고양이처럼 다정히 걸어가는 걸 볼 수 있겠지. 딸애는 한 달 전부터 옛날 모습, 그러니까 쾌활하고 말쑥한 처녀 때 모습을 되찾았다오. 그 애의 영혼은 아팠다가 나아가는 중이고, 그 애가 행복한 건 당신 덕이오. 오! 난 당신을 위해 불가능한 일이라도 다 할 테요. 딸애가 방금 돌아오면서 내게 이렇게 말합디다. 〈아빠 저는 정말 행복해요!〉라고. 딸들이 격식을 차려 〈아버지〉라고 날 부를 때면 난 얼어붙는 것 같소. 하지만 〈아빠〉라고 부르면 아직도

애들의 어린 모습을 보는 듯하고 내 추억이 모두 살아난다
오. 그럴 때는 내가 아이들 아버지 노릇을 더 잘하는 것 같소.
내 딸들이 아직 아무의 소유도 아니라고 생각하게 된다오!」

영감은 눈에 어린 눈물을 닦으며 울고 있었다.

「그런 말을 들어 본 지 무척 오래되었고, 딸이 내게 팔짱
끼라고 팔을 내준 지도 오래되었다오. 오! 그래, 두 딸 중 하
나와 나란히 서서 걸어 본 지가 10년이나 되었다오. 딸이 입
은 드레스에 내 몸이 스치고, 딸의 걸음에 내 걸음을 맞추며
온기를 나누면 얼마나 좋은데! 어쨌든, 난 오늘 아침 델핀을
여기저기 데리고 다녔소. 그 애와 함께 가게에도 들어갔소.
그리고 다시 그 아이를 자기 집에 데려다 주었다오. 오! 나를
당신 가까이에 두어 주오. 가끔은 당신에게 도움을 줄 누군
가가 필요할 거요. 그럴 때 내가 있잖소. 오! 그 퉁퉁한 나뭇
등걸 같은 알자스 놈이 죽으면, 그놈이 앓는 통풍이 위장까
지 올라가 준다면, 내 가엾은 딸은 행복할 텐데! 당신이 내
사위가 될 텐데. 남 보란 듯이 그 애의 남편이 될 텐데 말이
오. 에잇! 그 애는 이 세상의 기쁨은 아무것도 모르니 너무도
불행하다오. 그래서 무슨 잘못을 한다 해도 난 그 애를 용서
해요. 하느님도 틀림없이 자식 사랑하는 아버지 편을 들어
주실 거요. 그 애는 당신을 너무도 사랑해요!」

그가 잠시 쉬었다가 고개를 끄덕이며 말했다.

「아까 나하고 가면서 그 애가 당신 이야기를 했다오. 〈아
버지, 그 사람 참 괜찮죠, 그렇죠? 마음도 좋은 사람이에요!
내 이야기도 하던가요?〉라고. 아르투아 거리에서부터 파노
라마 골목까지 가면서 줄곧 당신 이야기를 하더군. 그러더니
마침내 제 마음을 내 마음속에 쏟아 붓는 거요. 그 시간 내내

나는 더 이상 늙은이가 아니었고, 몸무게가 1온스도 안 나가
는 것처럼 가벼웠다오. 당신이 내게 1천 프랑짜리 지폐를 주
더라고 딸에게 말했다오. 오! 사랑스러운 딸은 감동해서 눈
물을 보이더군. 그런데 저 벽난로 위에 있는 것은 뭐요?」고
리오 영감은 라스티냐크가 움직이지 않고 가만히 있는 것을
보더니 조바심에 몸이 달아 마침내 이렇게 말했다.

외젠은 완전히 얼이 빠져서 멍한 표정으로 옆방 영감을 바
라보았다. 내일 벌어질 거라고 보트랭이 예고한 그 결투와
외젠이 품어 온 가장 간절한 소망의 실현이 너무도 극렬한 대
조를 이루어, 그는 마치 악몽을 꾸는 듯한 느낌이었다. 벽난
로 쪽으로 돌아서서 보니 작은 정사각형 상자가 보였다. 상
자를 열어 보니 브레게[11]의 제품인 손목시계가 종이에 싸인
채 들어 있었다. 시계를 싼 종이에는 이런 말이 쓰여 있었다.

당신이 시시각각 늘 내 생각을 해줬으면 해요. 왜냐하
면……
    델핀

이 마지막 말은 아마도 그들 사이에 있었던 어떤 장면을
암시하는 것 같았다. 외젠은 이 글을 읽고 가슴이 뭉클했다.
그의 문장(紋章)이 상자 안쪽의 금 바탕에도 새겨져 있었다.
그가 그렇게도 오랫동안 갖고 싶어 했던 이 보석, 시곗줄, 태
엽 감는 나사, 세공, 디자인, 이 모든 것이 그가 원하던 바와
딱 들어맞았다. 고리오 영감의 얼굴은 환히 빛났다. 이 선물

11 Abraham Bréguet(1743~1823). 당시 가장 유명한 시계상으로 최고
급 손목시계를 만들었다.

을 받고 외젠이 깜짝 놀라는 것을 세세한 부분까지 딸에게 말해 주기로 약속한 것 같았다. 이 두 젊은이의 감정에서 영감은 제삼자의 입장이었지만, 그도 둘만큼이나 행복해 보였던 것이다. 그는 이미 자기 딸 입장에서나 자기 자신의 입장에서 모두 라스티냐크를 좋아하고 있었던 것이다.

「오늘 저녁 그 애를 보러 간다오. 딸은 당신을 기다리고 있소. 뚱뚱보 알자스 놈은 늘 드나드는 그 무용수 여자 집에서 저녁을 먹는다오. 아, 아! 내 대리인이 사위 놈에게 그가 한 행실을 탓했더니, 그놈 참 멍청하더군, 내 딸을 사랑하다 못해 숭배한다고까지 주장하는 게 아니겠소? 내 딸에게 손만 대면 내가 그놈을 죽여 버려야지. 내 딸 델핀이 그 녀석의…… (그는 한숨지었다) 그걸 안다는 생각만으로도 나는 죄를 범할 것 같소. 하지만 그러면 살인 행위가 될 테지. 그놈 생김새는 돼지 몸뚱이에 송아지 대가리가 붙은 격이오. 날 당신과 함께 있게 해주겠소?」

「예, 착하신 고리오 영감님, 제가 영감님을 좋아한다는 것, 잘 아시잖아요…….」

「알겠소. 나를 남부끄럽게 생각하지 않는구려, 당신은! 자 한번 껴안아 봅시다.」 그는 외젠을 품에 꽉 껴안았다.

「당신은 딸애를 아주 행복하게 해줄 거요. 그러겠다고 약속해요! 오늘 밤에 그 애한테 가려오?」

「오, 그럼요! 미룰 수 없는 일 때문에 외출해야 한답니다.」

「내가 뭔가 도움이 될 수 있을까?」

「그럼요! 제가 뉘싱겐 부인 댁에 가는 동안 영감님은 타유페르 양 부친 댁으로 가셔서, 엄청나게 중요한 일로 이야기할 게 있으니 저녁때 한 시간만 제게 시간을 내달라고 전해 주십시오.」

고리오 영감이 표정을 바꾸면서 말했다.

「그렇다면 그게 정말이오? 저 아래층 바보들 말대로 당신은 타유페르 씨 딸에게 청혼을 하려는 거요? 세상에! 고리오 식으로 본때를 보여 주는 게 뭔지 당신은 모르지. 만약 당신이 우리를 속인다면, 주먹다짐을 해야 할 거요. 오! 그럴 수는 없어.」

「저는 세상에서 오직 한 여자만 사랑한다고 맹세합니다. 조금 전에야 비로소 그걸 알았습니다.」

외젠이 말했다.

「아, 다행이군!」 고리오 영감이 말했다.

「그런데 타유페르 씨 아들이 내일 결투를 합니다. 그가 죽을 거라고들 하더군요.」

외젠이 말을 이었다.

「그게 당신하고 무슨 상관이오?」

고리오가 말했다.

「하지만 아들을 거기에 못 가게 하라고 그분에게 말을 해 줘야 합니다……」

외젠이 큰 소리로 말했다.

이때 문간에서 보트랭의 목소리가 들려와 그는 하던 말을 멈추었다. 보트랭은 이런 노래를 부르고 있었다.

오 리샤르, 오 나의 왕이시여!
세상이 그대를 버립니다……[12]

12 앙드레 모데스트 그레트리가 지은 코믹 오페라 「사자 심장 리샤르 왕」에 나오는 유명한 아리아의 가사.

브룸! 브룸! 브룸! 브룸! 브룸!

난 오랫동안 세상을 돌아다녔다네.
세상 사람들은 나를 보았다네…….

트랄라, 라, 라, 라…….

「자, 위층 분들, 수프가 다 됐습니다. 모두들 식사하려고 기다리고 계세요.」크리스토프가 외쳤다.

보트랭이 말했다.

「자, 보르도 포도주 한 병 마시러들 오시오.」

「이 손목시계 예쁘지 않소? 우리 딸 감각이 세련됐지, 안 그런가?」고리오 영감이 말했다.

보트랭, 고리오 영감, 라스티냐크는 같이 식당으로 내려갔고, 남들보다 늦어 식탁에 셋이서 나란히 앉게 되었다. 보케 부인 눈에는 그렇게도 다정한 보트랭이 이날 저녁엔 유난히 재치를 떨어 댔지만, 외젠은 저녁 먹는 동안 그를 더없이 냉정하게 대했다. 보트랭은 톡톡 튀는 재담을 계속하여 좌중의 흥을 돋우었다. 이렇게도 태연자약하고 침착한 태도를 보이다니, 외젠은 경악을 금치 못했다.

「오늘은 또 어딜 갔다 오셨기에 방울새처럼 기분이 이리 좋으실까?」

보케 부인이 보트랭에게 말했다.

「저는 사업이 잘될 때면 언제나 명랑해요.」

「사업이라고요?」

외젠이 물었다.

「아무렴, 그렇지. 물건 일부를 넘겨주었는데, 중개료가 쏠쏠하게 떨어질 거라니까요, 미쇼노 양.」

독신의 노파 미쇼노가 자기를 꼼꼼히 뜯어보고 있다는 걸 알아차리고 그가 말했다.

「제 얼굴에 뭐 마음에 안 드는 점이라도 있나요? 날 그렇게 뚫어지게 쳐다보시니 말입니다. 있으면 말을 하셔야죠! 그래야 마음에 들도록 제가 바꿀 거 아닙니까. 자, 푸아레 씨, 우린 그런 걸 갖고 서로 화내지는 않지요, 안 그래요?」

그가 늙은 사무원을 흘끔 곁눈질하며 말했다.

「제길! 당신은 익살꾼 에르퀼의 모델이나 서면 좋겠네요.」

젊은 화가가 보트랭에게 말했다.

「아무렴, 좋지! 미쇼노 양께서 페르라셰즈 묘지의 비너스 여신 모델을 선다면 말이오.」

보트랭이 말했다.

「그럼 푸아레는요?」

비앙숑이 물었다.

「오! 푸아레는 푸아레의 모델을 서야지. 과수원의 신이 될 텐데! 푸아레라는 이름이 〈푸아르〉[13]에서 나왔으니 말이오……」

「물렁한 배!」

비앙숑이 다시 말을 받았다.

「그러니까 당신은 배와 치즈 그 사이쯤 되겠네요.」

「바보 같은 소리들 좀 작작하고! 당신이 갖고 있는 보르도 포도주나 우리한테 한턱 내시지그래요. 포도주 병이 저기 빠끔 보이네. 그 술 마시면 우리 기분도 좋아지고, 게다가 위장에도 좋다잖아요.」

13 〈배〉라는 뜻의 프랑스어 *poire*.

보케 부인이 말했다.

보트랭이 말했다.

「여러분, 의장 마님께서 우리보고 질서를 지키라고 하시네요. 쿠튀르 부인과 빅토린 양은 여러분의 익살스러운 말들을 못마땅해하지 않을 겁니다. 하지만 고리오 영감님의 순진무구함을 존중해 주십시오. 제가 보르도 포도주를 한 〈병라마〉[14] 드리지요. 이 포도주는 라피트[15]의 이름 때문에 곱절로 유명해진 술이지요. 그러니까 정치적 연관은 없다 이 말이죠. 자, 엉큼한 녀석!」

보트랭이 꼼짝 않고 있는 크리스토프를 쳐다보며 말했다.

「이리 와, 크리스토프! 네 이름 안 들려? 엉큼한 녀석, 술 좀 가져와 봐!」

「여기 있어요.」 크리스토프가 술병을 내밀면서 말했다.

외젠과 고리오 영감의 잔에 술을 따른 다음 보트랭은 자기 잔에도 조금 따랐다. 그리고 옆의 두 사람이 마시는 동안 자기도 맛을 보더니 갑자기 얼굴을 찌푸렸다.

「이런 빌어먹을! 코르크 마개 냄새가 나잖아. 이건 너나 마셔, 크리스토프. 그리고 우리한테는 다른 술 갖다 줘. 오른쪽, 알지? 우리가 모두 열여섯 명이니, 여덟 병 갖고 내려와.」

「당신이 호기 있게 한턱 내시니 저도 밤[栗] 1백 개를 내죠.」 화가가 말했다.

「오, 오!」

---

14 앞에 나오는 〈라마〉라고 칭하는 말장난의 연장선상에서 보트랭은 병을 〈병라마〉라 부르고 있다.

15 은행가이자 정치가였던 자크 라피트의 이름은 포도주 생산지의 이름과 같다.

「부우우!」

「프르르르!」

저마다 탄성을 터뜨리는 소리가, 마치 폭죽의 불꽃이 연달아 탁탁 터지는 것 같았다. 「자, 보케 엄마, 엄마는 샴페인 두 병만 내슈.」

보트랭이 보케 부인에게 소리쳤다.

「뭐라고요! 왜 아예 집을 한 채 내놓으라고 하시지? 샴페인 두 병! 12프랑인데! 어디서 땅을 파면 12프랑이 나오나, 안 되지! 하지만 외젠 씨가 돈을 낸다면야 카시스 술을 좀 대접하지요.」

「마치 천상의 식량인 만나처럼 우리를 정화해 주는 보케 부인의 카시스랍니다.」

의대생 비앙숑이 나지막한 소리로 말했다.

「입 좀 닥치겠나, 비앙숑? 만나 이야기만 들으면 속이 그냥…… 그래, 샴페인으로 합시다. 돈은 제가 내지요.」

라스티냐크가 큰 소리로 말했다.

「실비, 비스킷과 작은 생과자 좀 내와.」

보케 부인이 말했다.

「부인의 작은 생과자는 너무 커요. 곰팡이도 슬었고요. 하지만 비스킷이라면, 가져와요.」

보트랭이 말했다.

순식간에 보르도 포도주가 돌고, 좌중은 흥이 나서 설치고, 즐거움은 더해 갔다. 그악스러운 웃음이 터지는 중에 갖가지 짐승을 흉내 낸 소리도 터져 나왔다. 박물관 직원은 발정 난 고양이의 야옹 소리를 흉내 냈다. 이것은 마치 파리 시내에서 물건 파는 소리와 비슷했다. 그러자 여덟 사람이 이렇게 떠들어 댔다.

「칼 갈아요, 칼!」

「작은 새들에게 줄 모이요!」

「재미 한번 봐요, 아주머니들, 여기 재미 볼 일이 있어요!」

「도자기 땜질 합니다!」

「배 타요, 배!」

「마누라 두들기듯 옷도 먼지떨이로 두드려 봐요!」

「앵두요, 달콤한 앵두!」

최고상은 비앙숑에게 돌아갔다. 그가 코맹맹이 소리로 〈우산 사세요!〉라고 소리쳤던 것이다. 잠깐 사이에 포복절도 할 만큼 난리가 나고 대화가 횡설수설이 되자 보트랭이 오페라의 지휘자처럼 주변을 정리했다. 그러면서 그는 이미 술 취한 듯한 외젠과 고리오 영감을 살펴보았다. 그들은 의자에 등을 기대고, 익숙지 않은 이 소동을 심각한 표정으로 물끄러미 바라보았다. 하지만 술은 거의 마시지 않았다. 둘 다 오늘 저녁에 해야 할 일을 골똘히 생각하고 있었지만 막상 자리를 떨치고 일어나기는 쉽지 않았다. 그들의 표정 변화를 곁눈질로 흘긋흘긋 계속 살피던 보트랭은, 두 사람의 눈이 가물거리고 감기려는 듯한 순간을 포착하여 라스티냐크의 귀에 대고 이렇게 말했다. 「이 친구야, 아무도 이 보트랭 아범과 싸울 만큼 꾀가 많지 않아. 게다가 보트랭은 자네를 너무 좋아해서 바보짓을 하게 그냥 두진 않는다네. 내가 뭔가 결심을 하면, 그 길을 막을 수 있는 건 오직 하느님뿐이라고. 아! 우리는 타유페르 영감에게 미리 알려 주러 가려 했었지. 초등학생 같은 잘못을 저지를 뻔한 거야. 화덕은 뜨겁게 달구어졌겠다, 밀가루는 충분히 치댔겠다, 이제 반죽 넣고 굽기만 하면 되는데. 내일이면 우린 구워진 빵을 아사삭 씹고 머리 위론 빵부스러기를 날릴 텐데. 그런데 화덕에 빵 반죽을 넣지 못하게 한다고, 우리가? 안 돼, 안 되지. 모든 게 구워질 텐데! 우리에게 만약 사소한 회한이 있다 하더라도 소화돼서 그런 건 다 날아가 버릴 거야. 우리가 한숨 자는 사이에, 백작 프랑세시니 대령이 칼끝을 놀려 미셸 타유페르의 상속 재산을 넘겨줄 텐데 말이야. 오빠의 재산을 상속받으면 빅토린은 자그마치 연금 1만 5천 프랑이 생기는 거야. 내 이미 알아봤다네. 그래서 빅토린 어머니가 남긴 유산이 30만 프랑이 넘는다는 것도 알지……」

외젠은 이 말을 들었지만 대답할 수가 없었다. 혀가 입천장에 딱 달라붙은 느낌이었고, 도저히 꼼짝 못할 만큼 졸려서 비몽사몽에 빠져 있었다. 그의 눈에는 이미 식탁도, 거기 앉은 사람들의 얼굴도 빛나는 안개 같은 것을 통해서만 보일 뿐이었다. 곧 시끄러운 소리가 잦아들고, 하숙인들은 하나씩 둘씩 식탁을 떠났다. 그리고 보케 부인, 쿠튀르 부인, 빅토린 양, 보트랭, 고리오 영감, 이렇게만 남았을 때 라스티냐크는 보케 부인이 술병들에 남은 술을 비워 다른 병에 가득 채우는 것을 보았는데, 그건 마치 꿈결 같았다.

「아! 다들 미쳤어! 다들 젊어서 그래!」 과부 보케 부인이 말했다.

외젠이 알아들을 수 있는 말로는 이 말이 마지막이었다.

「이런 한판의 희극을 벌일 수 있는 사람은 보트랭 씨밖에 없지요. 이런, 크리스토프는 코를 드르렁드르렁 골고 있네요.」 실비가 말했다.

「안녕, 보케 엄마.」 보트랭이 말했다.

「저는 극장에 가서 〈황량한 산〉에 나오는 마르티 씨나 감탄하면서 구경하렵니다. 『고독자』[16]의 일부분을 각색한 대단한 작품이죠. 원하신다면, 우리 집 여자 분들과 보케 엄마를 내 그리로 모시고 가죠.」

「고맙긴 합니다만……」 쿠튀르 부인이 말했다.

「뭐라고요, 이보세요!」

보케 부인이 소리쳤다.

「『고독자』를 각색한 연극을 안 보겠다고요? 아탈라 드 샤토브리앙[17]이 쓴 작품인데, 우리가 그토록 좋아하며 읽었던 거잖아요. 너무 아름다운 소설이라 지난여름 보리수나무 아래서 눈물을 펑펑 쏟으면서 읽었지요. 부인이 항상 챙겨 주는 아가씨 빅토린에게도 가르침이 될 수 있는 도덕적인 작품인데요?」

「연극 보러 가는 것은 우리에겐 금지랍니다.」

빅토린이 대답했다.

「허, 이것 보게나, 두 분은 벌써 꿈나라로 가셨군.」

보트랭이 고리오 영감과 외젠의 머리를 익살맞게 흔들어 대며 말했다.

외젠이 제대로 잘 수 있게 그의 머리를 의자에 잘 기대 주며, 보트랭은 외젠의 이마에 다정스럽게 입을 맞추고 이런

---

16 다를랭쿠르 자작이 1821년 발표한 소설 『고독자』를 픽스레쿠르가 통속극으로 각색했다. 장바티스트 마르티는 당시 탕플 대로의 극장에서 공연하던 유명한 연극배우. 이 소설의 여주인공 엘로디는 은자로 변장한 샤를 왕의 유혹을 받는다.

17 보케 부인은 『고독자』를 쓴 다를랭쿠르 자작과 작가 샤토브리앙을 혼동하고 있고, 샤토브리앙의 본래 이름 〈르네〉 대신 그가 쓴 소설 주인공 이름인 〈아탈라〉를 착각해서 붙여 부르고 있다.

노래를 불렀다.

> 자거라, 내 사랑!
> 그대를 내 항상 지켜 주리니.[18]

「저분 아픈 것 아닌지 모르겠어요.」

빅토린이 말했다.

「그럼 곁에서 좀 보살펴 주지 그래요.」

보트랭이 말을 이었다.

보트랭은 빅토린에게 귓속말을 했다.

「그런 건 순종적인 아가씨가 해야 할 의무예요. 저 청년은 당신을 사랑한다고요. 내 미리 말하지만, 당신은 그의 아내가 될 거라니까요, 아무튼.」 하더니 소리를 높여 말했다.

「연애 소설은 모두 〈그들은 온 나라 사람들의 존경을 받고, 행복하게 살면서 많은 자녀를 낳았다〉 이렇게 끝나지요. 자, 엄마.」

이번에는 보케 부인 쪽으로 돌아서서 그녀를 껴안아 주며 말했다.

「모자를 쓰고 예쁜 꽃무늬 옷을 입어요. 백작 부인의 스카프를 두르고요. 내가 가서 여러분이 타고 갈 마차를 잡아 올게요.」 그러더니 노래를 부르면서 나갔다.

> 해야, 해야, 신성한 해야,
> 호박을 익게 만드는 너…….[19]

18 「몽유병자」라는 희극에 삽입된 로망스의 후렴구.
19 아마도 이 당시에 유행하던 노래의 후렴구인 듯하다.

「세상에, 참! 쿠튀르 부인, 지붕 위에서 산다고 해도 저 사람은 날 행복하게 살게 해줄 것 같아요. 자.」

그녀는 고리오 영감 쪽으로 돌아서며 말했다.

「고리오 영감, 저 구두쇠 늙은이는 어디 한군데도 날 데리고 갈 생각을 해본 적이 없다니까. 맙소사! 저러다 쓰러질 거야! 노망날 나이의 노인이 추하기도 하지. 가진 게 없으면 잃을 것도 없다고들 하건만……. 실비, 영감님을 방으로 모셔다 드려.」

실비는 영감의 겨드랑이를 잡아 그를 간신히 걷게 하고 방에 올라가서는 영감을 마치 짐 덩어리처럼 옷 입은 채로 침대 위에 그냥 던졌다.

「가엾은 젊은이, 꼭 아가씨 같네. 이 사람은 지나치다는 게 무언지도 모르는 사람이야.」

쿠튀르 부인이 두 눈을 덮은 외젠의 머리칼을 양쪽으로 쓸어 올려주면서 말했다.

「아! 내가 31년간 하숙을 치는 동안 참 많은 젊은이들이 내 집을 거쳐 갔지만, 외젠 씨만큼 이렇게 상냥하고 빼어난 사람은 못 봤다우. 자는 얼굴도 참 잘생겼지! 쿠튀르 부인, 이 사람 머리를 부인 어깨에 좀 기대게 해줘요. 저런! 이 사람이 빅토린 양의 어깨에 머리를 기대네. 젊은이들은 하느님이 지켜 주시지요. 조금만 더 기울였다가는 의자 모서리에 머리를 부딪히겠군. 저렇게 둘이 있으면 참 예쁜 한 쌍이 되겠는데 말이야.」

「이봐요. 그만 좀 하세요. 지금 그런 말씀은 좀…….」

쿠튀르 부인이 소리쳤다.

「뭐 어때요! 저 사람은 어차피 듣지도 못하는데. 자, 실비, 와서 나 외출복 입는 것 좀 도와줘. 전신 코르셋을 입어야겠어.」

「아, 아주머니, 전신 코르셋 말이에요? 방금 저녁 드셨는데…… 안 돼요. 코르셋을 꽉 조여 줄 사람이 필요하다면 누구 딴 사람을 찾아보세요. 하필 왜 아주머니를 돌아가시게 하는 사람이 저여야 하나요. 목숨이 달린 일인데 신중하지 못하시네요.」

「난 괜찮아. 보트랭 씨 체면을 세워 드려야 하잖니.」

「그러니까 아주머니는 나중에 유산을 물려줄 사람들을 참 사랑하시는군요?」

「가자, 실비, 따지지 말고.」

과부 보케 부인이 나가면서 말했다.

「저 나이에…….」

빅토린에게 자기 여주인을 가리켜 보이면서 식모 실비가 말했다.

이제 식당에는 쿠튀르 부인과 그녀의 보호를 받는 빅토린만 남았고, 외젠은 빅토린의 어깨에 기대어 자고 있었다. 크리스토프가 드르렁거리며 코 고는 소리가 조용한 집 안에 울려 퍼져, 아이처럼 얌전히 자는 외젠의 모습이 더욱 돋보였다. 여자의 모든 감정이 한껏 벅차오르면서, 빅토린은 자기 가슴 위에서 쿵쿵 뛰는 젊은이의 심장을 죄의식 없이 자연스레 느낄 수 있게 해주는 이 상황이 마냥 행복했다. 그리고 그녀의 표정에는 상대방을 감싸 주는 모성애가 보였고, 그런 생각이 그녀를 뿌듯하게 했다. 가슴속에 차오르는 숱한 생각들을 관통하여 젊고 순수한 열기를 주고받음으로써 자극되는 관능의 혼란스러운 충동이 솟구쳐 올랐다.

「가여운 아이 같으니!」

쿠튀르 부인이 빅토린의 손을 꼭 쥐면서 말했다.

순진하면서도 괴로워하는 처녀의 얼굴을 노부인은 감탄하며 바라보았다. 빅토린의 얼굴에는 행복의 광채가 덮여 있었다. 빅토린은 마치 중세의 소박한 그림 한 폭을 닮았다. 화가가 다른 모든 부수적인 것은 무시하고 단지 차분하고 자부심 강한 붓놀림의 마술만 간직하여 마치 하늘의 황금빛에 물든 노란 색조의 얼굴만 집중적으로 그려 놓은 듯했다.

「이분은 두 잔밖에 안 마셨어요, 아주머니.」

빅토린이 외젠의 머리카락에 자기 손가락을 넣어 빗처럼 쓸어 주면서 말했다.

「애야, 만약 술꾼이라면 다른 이들처럼 술통을 달고 다녔을 테지. 이 사람이 이렇게 취했다는 건 오히려 칭찬할 일이란다.」

이때 길에서 마차 소리가 들려왔다.

처녀가 말했다.

「아주머니, 보트랭 씨가 오셨어요. 외젠 씨를 좀 붙들어 주세요. 이렇게 있다가 보트랭 씨 눈에 띄고 싶지 않아요. 그 사람 표정을 보면 왠지 영혼이 더러워지는 것 같고, 여자를 보는 눈길은 마치 옷을 벗기는 것처럼 거북스러워요.」

쿠튀르 부인이 말했다.

「아니야, 네가 잘못 생각했어! 보트랭 씨는 반듯한 사람이야. 돌아가신 우리 집 양반 쿠튀르 씨하고 좀 비슷하지. 욱하는 성격이지만 심성은 착하고, 퉁명스럽지만 남에게 잘해 주잖아.」

이때 보트랭이 살며시 들어와서 등잔불 빛이 쓰다듬어 주는 듯한 이 두 젊은이의 그림 같은 모습을 지켜보았다.

팔짱을 끼면서 그가 말했다.

「아 이런! 『폴과 비르지니』를 쓴 베르나르댕 드 생피에르가 이 장면을 봤다면, 영감을 받아 멋진 글을 썼을 텐데요. 젊음이란 참 아름답지요, 쿠튀르 부인. 잘 자게, 가엾은 친구.」 그가 외젠을 물끄러미 바라보며 말했다.

「때로는 잠자는 동안 좋은 일이 찾아오기도 하니까요, 부인.」 그가 과부 쿠튀르 부인에게 말을 건넸다.

「이 청년에게 자꾸 내 마음이 가고 감동받는 건, 그 영혼의 아름다움이 준수한 외모와 조화를 이룬다는 걸 알기 때문이지요. 보세요. 천사가 천사의 어깨에 기댄 것 같지 않나요? 이 친구는 사랑받을 만한 사람입니다! 만약 내가 여자라면 저 사람을 위해 죽고 싶은 게 아니라 (아니지, 그렇게 바보스럽진 않죠!) 살고 싶을 겁니다.」

그는 몸을 숙여 쿠튀르 부인의 귀에 대고 작은 소리로 말했다.

「두 사람을 보고 이렇게 감탄하면서, 하느님은 저들을 서로의 사람이 되라고 창조했다는 생각을 금할 길이 없군요. 하느님의 섭리는 잘 감추어져 있지만, 간혹 허리와 가슴을 시험해 본답니다.」

뒤의 말을 할 때는 큰 소리로 외쳤다.

「젊은이들 둘이 이렇게 똑같은 순수함과 인정으로 결합되어 있는 걸 보니 앞으로는 그대들이 결코 떨어질 수 없는 사이라고 나는 생각할 수밖에 없네. 하느님은 공정하시지. 하지만……」 그는 처녀에게 말했다.

「내가 그대들 관상을 보니 앞으로 잘살 거 같아요. 빅토린 양, 내게 손을 한번 줘볼래요? 내가 손금을 좀 봤고, 종종 길

조를 미리 알려 주기도 했다오. 그러니 자, 두려워 말아요. 오! 이게 뭐야? 정직한 사람으로서 이름을 걸고 말하는데, 당신은 머지않아 파리에서 가장 부유한 상속인이 될 것이오. 당신을 사랑하는 남자를 행복으로 가득 채워 주게 된다오. 아가씨 부친이 아가씨를 집으로 부르게 된다니까. 아가씨는 작위도 있고, 젊고, 잘생겼고, 아가씨를 숭배하는 남자와 결혼할 거요.」

이때 예쁘게 차린 과부 보케 부인이 아래층으로 내려오는 둔탁한 발소리에 보트랭은 예언을 중단했다.

「별처럼 아름다운 〈보케르〉[20] 엄마가 오시는군. 당근처럼 꽁꽁 끈으로 동여매고 말이지. 그런데 너무 숨 막히게 하는 것 아닌가요?」

그가 코르셋의 고리 위에 손을 대면서 보케 부인에게 말했다.

「앞가슴은 잘 죄어졌는데요, 엄마. 그런데 만약 울면 폭발할 거예요. 그렇지만 폭발하면 제가 골동품 수집상처럼 조심스럽게 잔해를 주워 담을게요.」

「저이는 프랑스식으로 여자의 환심 사는 말들을 할 줄 안다고요.」

보케 부인이 몸을 숙여 쿠튀르 부인의 귀에 대고 말했다. 「자 안녕, 젊은이들.」

보트랭이 외젠과 빅토린 쪽을 돌아보며 말했다.

「내가 그대들을 축복하지.」

두 사람의 머리에 자기 손을 갖다 대면서 보트랭이 말했다.

「내 말 믿어요, 아가씨. 올곧은 사람의 기원은 빈말이 아니라 틀림없이 행복을 가져다준답니다. 하느님이 듣고 계세요.」

20 보트랭이 일부러 〈보케〉를 장난스럽게 발음한 것.

「안녕, 친구.」

보케 부인이 쿠튀르 부인에게 말하면서 나지막한 소리로 이렇게 덧붙였다.

「보트랭 씨가 나한테 무슨 생각을 품은 것 같아요?」

「음! 음!」

「아! 사랑하는 아주머니, 저 사람 좋은 보트랭 씨 말이 정말이라면!」

쿠튀르 부인과 단둘이 남게 되자 빅토린이 한숨짓고 자기 손을 보면서 말했다.

「하지만 그렇게 되려면 한 가지가 이루어져야 한단다. 너의 괴물 같은 오빠가 말에서 떨어져야만 한다고.」

노부인이 말했다.

「아! 아주머니.」

「세상에! 아무리 원수라도 잘못되길 바라는 건 죄겠지. 그래! 난 그런 생각을 했다고 신부님께 고백할 거야. 실상, 난 그의 무덤에 착한 마음을 담은 꽃다발을 갖다 놓으련다. 나쁜 놈 같으니! 자기 어머니를 위해 몇 마디 말할 용기도 없는 놈이 꿍꿍이속으로 네 몫의 어머니 유산까지 차지하고 말이지. 내 친척 언니인 너의 어머니는 상당한 재산을 갖고 있었지. 너에게 불행한 일은, 결혼 계약서에 어머니가 지참금으로 갖고 온 그 돈에 대해서는 전혀 언급이 없었다는 거야.」

「제 행복의 대가가 누군가의 목숨이라면 저는 괴로울 거예요. 그리고 제가 행복해지기 위해 우리 오빠가 사라져야 한다면 전 차라리 계속 여기서 사는 게 나아요.」

빅토린이 말했다.

「세상에! 너도 종교심 가득한 저 선한 보트랭 씨 말 들었지? 나는 그가 다른 이들처럼 신앙 없는 사람이 아니라는 것을 알게 되어 기뻤지. 믿음 없는 사람들은 하느님에 대해 말할 때 악마보다도 더 존경심 없이 말을 한단다. 그런데 어느 길이 신의 섭리에 더 합당한지를 누가 알 수 있겠니?」

쿠튀르 부인이 하던 말을 이었다.

두 여자는 실비의 도움을 받아 결국 외젠을 그의 방으로 옮겨 침대에 눕혔고, 실비는 그의 옷을 벗겨 편하게 해주었다. 방에서 나가려고 쿠튀르 부인이 등을 돌리자, 빅토린은 외젠의 이마에 입맞춤을 하고는 이 죄짓는 듯한 도둑 키스로 말미암아 느낄 수 있는 행복을 한껏 만끽했다. 그녀는 외젠의 방을 찬찬히 둘러보며, 이날 있었던 수많은 행복들을 모아 마음속에 한 폭의 그림을 그렸다. 그리고 자기 방에 돌아와 그것을 오랫동안 들여다보고 파리에서 가장 행복한 사람이 되어 잠이 들었다.

보트랭이 외젠과 고리오 영감에게 마취제가 든 포도주를 마시게 하는 빌미가 된 이 떠들썩한 한판 잔치가 바로 그의 파멸에 결정적인 사건이 되었다. 비앙숑은 반쯤 취해서, 미쇼노에게 〈불사신〉에 대해 물어봐야겠다고 생각했던 것을 잊어버렸다. 만약 그가 그 이름을 입 밖에 냈더라면, 분명 보트랭이 바짝 경계를 했을 것이다. 아니 보트랭이 아니라 본명으로 부르자면 감옥의 유명 인사 중 하나인 자크 콜랭이 말이다. 콜랭의 관대함을 믿고 그에게 미리 사실을 알려 주어 밤사이 도망치게 하는 게 차라리 낫지 않을까 하고 미쇼노가 내심 계산하고 있던 순간, 보트랭이 그녀에게 〈페르라셰즈 묘지의 비너스〉라는 별명을 붙이는 바람에 그녀는 이 탈옥수를 경찰에 넘겨야겠다고 결심하게 되었다. 그녀는 바로 푸아레와 함께 하숙집을 나와, 아직도 〈공뒤로〉라는 이름의 고급 관리를 찾아가야 되는 줄로 믿고 생탄 골목에 있는 공안 경찰 부장을 찾아갔다. 그곳 사법경찰 부장은 그녀를 점잖게 맞이했다. 그리고 대화로 모든 걸 정확히 전달한 뒤, 미쇼노 양은 보트랭 어깨에 찍힌 죄수 낙인을 확인할 수 있도록 물약을 달라고 요청했다. 생탄 골목의 그 거물이 사무용 책상 서랍에서 약병을 찾으며 흡족한 몸짓을 보이자, 미쇼노 양은 이번 일이 그냥 탈옥한 죄수 한 사람을 잡는 정도가 아니라 훨씬 중요한 뭔가가 있는 것 같다고 짐작했다. 머리를 짜내어 생각해 보니, 감옥의 배신자들이 폭로한 몇 가지 정보에 근거하여 경찰이 막대한 금품을 때맞춰 덮치려고 기다려 온 것이 아닌가 하는 의심이 들었다. 그녀가 이 여우 같은 남자에게 이런 의심을 털어놓자 그는 씩 웃기 시작했고, 그녀의 의심을 다른 데로 돌리려고 했다.

「잘못 생각하신 겁니다. 콜랭은 도둑들 중에서도 가장 위험한 〈소르본〉이랍니다. 그것뿐입니다. 나쁜 놈들이 그놈을 잘 압니다. 그는 그들의 깃발이며 지주이고, 한마디로 그들의 나폴레옹 보나파르트입니다. 그놈들은 모두 그를 좋아해요. 그 웃기는 놈은 절대 자기 〈트롱슈〉를 그레브 광장[21] 단두대에 호락호락 내놓을 자가 아닙니다.」

미쇼노 양이 이 말을 이해하지 못하자, 그는 자기가 방금 사용한 은어 두 마디를 그녀에게 설명했다. 〈소르본〉은 살아 있는 사람의 머리, 즉 의견과 생각을 말하는 은어라고 했다. 〈트롱슈〉는 머리를 가리키는데 목이 잘리면 얼마나 아무것도 아닌 것이 되어 버리는가를 표현하는 경멸적인 말이라고

21 파리 시청 앞 광장으로, 당시 주요한 처형이 이곳에서 이루어졌다.

했다.

「콜랭이 우리를 갖고 놀고 있습니다. 우리가 영국식 쇠몽둥이를 갖고 그들 일당과 맞설 때, 만약 체포되면서 그들이 조금이라도 저항할 생각을 한다면 그들은 죽을 수도 있습니다. 우리는 내일 아침 콜랭을 죽일 수 있는 몇 가지 계획을 갖고 있지요. 이렇게 하면 기소, 감시 비용, 음식 이런 것도 모두 필요 없고 아예 놈들 일당을 싹 쓸어 버릴 수 있지요. 각종 절차며 증인 소환 비용, 증인에게 지급하는 일당, 형 집행 비용, 저 악당 놈들을 합법적으로 소탕하는 데 드는 비용을 모두 합한다면 당신이 받게 될 3천 프랑보다 훨씬 많이 듭니다. 시간도 절약되죠. 〈불사신〉 그놈의 배를 총검으로 한 번 팍 찌르면, 1백 건의 범죄를 미연에 방지할 수 있고, 경범죄 재판소 부근에서 얌전히 진 치고 있을 못된 놈들 50명의 타락을 막을 수 있답니다. 훌륭한 경찰이란 바로 이런 거죠. 진정한 박애주의자들에 따르면, 이렇게 행동하는 것이 바로 범죄를 예방하는 일입니다.」 경찰 부장이 말했다.

「그럼요, 국가에 공헌하는 일이지요.」

푸아레가 말했다.

서장이 대답했다.

「그렇고말고요! 당신은 오늘 저녁에는 말이 되는 소리를 하시는군요. 그렇죠, 물론이죠, 우리는 국가에 공헌하는 거죠. 그러니 참 세상이 우리에게는 불공정하다니까요. 우리는 사회에 너무도 커다란 봉사를 하고 있는데 사람들은 알아주질 않습니다. 한마디로, 편견을 딛고 일어서는 뛰어난 사람이 있고, 통념 그대로의 선행이 아닐 때에도 그 선행에 뒤따르는 불행을 감수하는 그리스도 신자가 있는 법이지요. 파리는 파리입니다. 아시겠습니까? 이 말이 내 일생을 설명해 주지요. 당신께 인사드리게 되어 영광입니다, 미쇼노 양. 내일 제가 〈왕의 정원〉[22]에 부하들을 데리고 가 있겠습니다. 크리스토프를 뷔퐁 거리에 있는 공뒤로 씨 집으로 보내세요. 제가 있었던 그 집 말입니다. 그리고 푸아레 씨, 제가 무슨 일이든 다 해결해 드리지요. 혹시 도난 당한 물건이라도 있으시다면, 제게 말씀하세요. 되찾아 드리지요. 언제든 도와 드리겠습니다.」

「이것 좀 봐요!」

푸아레가 미쇼노에게 말했다.

「경찰이라는 말만 들으면 놀라서 정신 못 차리는 바보 천치들이 간혹 있지요. 그런데 저 서장은 아주 친절한 사람이고, 그가 당신에게 요청하는 일도 실은 오가다 나누는 안부 인사만큼이나 간단한 일이네요.」

다음 날은 틀림없이 보케 하숙집 역사상 가장 특이한 날들 중 하나로 남게 될, 그런 날이었다. 이 평화로운 생활 속에서 이제껏 가장 두드러진 사건이라면, 가짜 앙베르메닐 백작 부인이 혜성처럼 나타났던 정도였다. 하지만 이 대단한 날 벌어진 기막힌 사건 앞에서는 모든 것이 빛을 잃게 된다. 보케 부인이 그 뒤로 남들과 대화할 때면 두고두고 입에 올리게 될 사건이 일어나는 것이다. 우선 고리오와 외젠 드 라스티냐크는 이날 오전 11시까지 잠을 잤다. 보케 부인은 게테 극장[23]에서 돌아와 아침 10시 반까지 침대에 누워 있었다. 보트랭이 따라 준 포도주를 남김없이 다 마셔 버린 크리스토

22 두 사람이 앞에서 공뒤로를 만났던 〈식물원〉과 같은 장소.
23 통속극을 상연하던 탕플 대로의 극장.

279

프도 늦잠을 자니, 하숙집의 일들은 모두 지연되었다. 푸아레와 미쇼노 양은 아침 식사 시간이 늦어져도 불평하지 않았다. 빅토린과 쿠튀르 부인은 늦잠을 잤다. 보트랭은 8시도 안 되어 외출했다가 아침 식사가 차려질 때쯤 돌아왔다. 그러니 11시 15분에 실비와 크리스토프가 방마다 문을 두드리며 아침 준비가 되었다고 알리고 다닐 때, 뭐라고 불평하는 사람은 아무도 없었다. 실비와 크리스토프가 없는 동안 미쇼노 양이 제일 먼저 식당으로 내려와 보트랭이 쓰는 은잔에 무슨 액체를 부어 놓았다. 다른 잔들과 마찬가지로 보트랭이 마실 커피에 들어갈 우유가 데워지고 있었다. 처녀 노파 미쇼노는 이날 아침 하숙집의 특별한 상황을 이용하여 자기가 해야 할 일을 수행한 것이었다. 얼마 후 하숙인 일곱 사람이 식탁에 모여 앉게 되었다.

두 팔을 한껏 펴 기지개를 켜며 외젠이 맨 나중에 식당으로 내려왔고, 웬 심부름꾼이 와서 그에게 뉘싱겐 부인의 편지 한 장을 전해 주었다. 편지 내용은 이랬다.

내 사랑, 나는 당신에 대해 거짓된 허영도 없고 분노도 없어요. 자정을 넘겨 2시까지 당신을 기다렸어요. 사랑하는 사람을 기다린다는 것! 이 고통을 아는 사람은 아무에게도 그런 고통을 강요하지 않지요. 당신이 사랑을 처음 해본다는 것을 알겠어요. 대체 무슨 일이 일어난 거죠? 걱정이 되네요. 내 마음의 비밀을 드러내는 것이 두렵지 않았다면, 당신에게 생긴 일이 행복한 일인지 불행한 일인지 알아보러 갔을 거예요. 하지만 이 시간에 외출한다는 것은 걸어서 가든 마차로 가든, 낭패스러운 일이 아니겠어요?

내가 여자라는 게 불행이라고 느꼈어요. 나를 안심시켜 줘요. 그리고 아버지가 당신에게 말씀하셨는데도 못 온 이유를 설명해 줘요. 화는 나겠지만 당신을 용서하겠어요. 몸이 아픈가요? 왜 그렇게 멀리 살고 있지요? 제발 한마디만 해줘요. 곧 만날 거죠, 그렇죠? 당신이 바쁘다면 한마디만 해주면 충분해요. 이렇게 말해 줘요. 지금 달려간다고. 아니면 아프다고요. 만약 당신 몸이 좋지 않다면, 아버지가 와서 말해 주셨을 거예요. 그러니 대체 무슨 일이 일어난 거죠?

「그래, 무슨 일이 일어난 거지?」

외젠이 서둘러 식당으로 들어가면서 그 편지를 마저 다 읽지도 않고 구겨 쥐며 소리쳤다.

「지금 몇 시죠?」

「11시 반이오.」

보트랭이 커피에 설탕을 넣으며 말했다.

탈옥수는 외젠에게 냉정하면서도 매혹적인 눈길을 주었다. 남달리 사람을 끄는 힘을 지닌 사람들이 천성적으로 잘 던지는 그런 시선이었다. 이것은 또 사람들 말로는 정신 병원에서 미쳐 날뛰는 광인도 진정시킨다고 했다. 외젠은 사지가 덜덜 떨렸다. 길에서는 마차 소리가 들려왔고, 타유페르 씨네 제복을 입은 하인이 당황한 기색으로 서둘러 들어왔다. 쿠튀르 부인은 금방 그 하인을 알아보았다.

하인이 큰 소리로 말했다.

「아가씨, 아버님께서 부르십니다. 대단히 불행한 일이 일어났습니다. 프레데리크 도련님이 결투를 하여 검에 이마를

찔렸습니다. 의사들은 살아날 희망이 없다고 합니다. 도련님
께 작별 인사를 할 시간 여유도 있을지 없을지 모르겠습니
다. 이미 의식이 없거든요.」

「가여운 청년!」

보트랭이 외쳤다.

「연금이 3만 프랑이나 되는 사람이 어떻게 싸울 수가 있
지? 정말이지 청년들은 제대로 처신할 줄을 모른다니까.」

「보트랭 씨!」

그에게 외젠이 소리쳤다.

「그래, 왜 그러나, 이 사람아?」

보트랭이 태연히 커피를 마저 마시면서 말했다. 미쇼노 양
이 바짝 주의를 기울이면서 이 동작을 계속 빤히 보고 있었
다. 어찌나 주의를 기울였던지, 그녀는 모두가 다 깜짝 놀란
이 특별한 결투 사건에 마음이 동요되지도 않았다.

「파리에서는 매일 아침 결투가 벌어지지 않나요?」

「나하고 같이 가자, 빅토린.」

쿠튀르 부인이 말했다.

두 여자는 숄도 안 두르고 모자도 안 쓴 채 부랴부랴 자리
를 떴다. 가기 전에 빅토린은 눈물을 펑펑 흘리며 외젠에게
〈우리의 행복이 내게 눈물을 흘리게 할 줄은 몰랐어요!〉라고
말하는 듯한 눈길을 던졌다.

「아유! 그러면 당신은 예언자인가요, 보트랭 씨?」

보케 부인이 말했다.

「저는 뭐든 다 된답니다.」

자크 콜랭이 말했다.

「희한하기도 하지!」

보케 부인이 이 사건에 관해 의미 없는 말들을 죽 주워섬기면서 말을 이어 갔다.

「죽음은 미리 의논하지 않고 우리를 덮치지요. 젊은이들이 노인보다 앞서 가는 경우도 종종 있어요. 우리 여자들은 결투를 안 해도 되니 다행이에요. 하지만 여자들에겐 남자들은 없는 병도 있지요. 또 우리 여자들은 아이를 낳지요. 어머니가 되면서 생기는 병은 오래간답니다. 빅토린에게는 얼마나 행운인지! 빅토린 아버지는 딸을 인정하지 않을 수 없게 되었으니 말이에요.」

「그렇죠!」

보트랭이 외젠을 보면서 말했다.

「어제만 해도 무일푼이었는데, 오늘 아침에는 백만장자가 되었잖아요.」

「자 봐요, 외젠 씨. 당신은 제대로 짚었다니까요.」

보케 부인이 큰 소리로 말했다. 이 소리에 고리오 영감은 외젠을 쳐다보고는, 외젠이 손에 들고 있던 구겨진 편지에 눈을 돌렸다.

「끝까지 다 읽지도 않았구먼! 이건 무슨 뜻이지? 자네도 다른 남자들과 같은 남자인가?」

영감이 그에게 물었다.

「보케 부인, 저는 절대로 빅토린 양과 결혼하지 않을 겁니다.」

외젠이 어찌나 끔찍하고 역겹다는 듯 말하던지 옆에 있던 사람들이 모두 깜짝 놀랐다.

고리오 영감은 외젠의 손을 꼭 쥐었다. 손에 입맞춤이라도 할 태세였다.

「오! 오! 이럴 때 쓸 만한 이탈리아 말이 있지. 〈콜 템포(시간이 가면)〉라고 말이야.」

보트랭이 말했다.

「지금 전 대답을 기다리고 있습니다.」

뉘싱겐 부인의 심부름을 온 하인이 라스티냐크에게 말했다.

「간다고 전해 주시오.」

하인은 물러갔다. 외젠은 속이 심하게 부글부글 끓어올라 신중한 태도를 취할 수가 없었다.

「어떡하라고! 증거도 없는데!」

그는 큰 소리로 이렇게 혼잣말을 했다.

보트랭은 미소 짓기 시작했다. 이 순간, 은잔에 담겼던 물약이 그의 위(胃)에 스며들어 작용하기 시작했다. 그런데도 이 도형수는 어찌나 건장한지, 벌떡 일어서서 라스티냐크를 쳐다보고 굵직하게 울리는 목소리로 이렇게 말했다.

「젊은이, 좋은 일은 자고 있을 때 찾아오는 법이라네.」

그러더니 죽은 사람처럼 뻣뻣해져서 나자빠졌다.

「그러니까 하늘의 심판은 확실히 있어.」

외젠이 말했다.

「아니! 가엾은 보트랭 씨에게 무슨 일이 일어난 거예요?」

「뇌일혈이에요.」

처녀로 늙은 노파 미쇼노가 소리쳤다.

「실비, 자, 가서 의사 선생 좀 모셔 와.」

보케 부인이 말했다.

「아! 라스티냐크 씨, 얼른 비앙숑 씨 집으로 달려가 줘요. 실비는 우리 의사 선생 그랭프렐 씨를 못 만날지도 몰라.」

라스티냐크는 이 무시무시한 동굴을 떠날 핑계가 생긴 게 다행인지라, 냉큼 뛰어 그 자리를 떠났다.

「크리스토프, 자, 약국에 뛰어가서 뇌일혈을 치료하는 약 좀 달라고 해.」

크리스토프도 나갔다.

「아니, 고리오 영감님, 이 사람을 저 위층 방으로 떠메어 가게 좀 도와주세요.」

사람들이 보트랭의 몸을 들어 가까스로 층계를 올라 그의 방 침대에 눕혔다.

「나는 당신들에게 아무짝에도 쓸모가 없잖소. 난 딸을 보러 가려오.」

고리오 영감이 말했다.

「이기주의자 늙은이 같으니!」

보케 부인이 소리쳤다.

「가버려요! 개죽음이나 당하길 빌겠수.」

「에테르가 있는지 가서 좀 찾아봐 줘요.」

미쇼노 양이 푸아레의 도움으로 보트랭의 옷을 벗겨 놓고는 보케 부인에게 말했다.

보케 부인은 자기 방으로 내려가고 미쇼노 양만이 이 난리 판의 주역으로 남게 되었다.

「자, 그의 셔츠를 벗기고 얼른 반대쪽으로 돌려 뉘어요! 내가 그의 나체를 보게 되지 않도록 뭔가 도움 되는 일을 좀 해 달라고요. 그렇게 멍청하게 있지만 말고.」

미쇼노가 푸아레에게 말했다.

보트랭을 돌려 뉘고 나자, 미쇼노 양은 그의 어깨를 한 번 세게 때렸다. 그랬더니 빨개진 자리 한복판에 숙명의 그 두 글자 T와 F가 하얗게 나타났다.

「이것 보게나! 당신은 정말 순식간에 사례금 3천 프랑을 벌었네요.」

푸아레가 서서 보트랭을 붙잡고는 큰 소리로 말했다. 그 사이에 미쇼노 양은 보트랭에게 셔츠를 다시 입혔다.

「어이쿠! 무겁기도 해라.」

푸아레가 보트랭을 침대에 눕히며 다시 말했다.

「조용히 해요. 금고가 있을 텐데…….」 노처녀가 벽을 꿰뚫을 듯 노려보며 금고를 찾으면서 대차게 말했다. 그녀는 이 방 안의 아무리 하잘것없는 가구라도 빼놓지 않고 악착같이 살펴보았다.

「어떤 핑계를 대서라도 저 책상을 열어 볼 수만 있다면 좋을 텐데…….」

그녀가 말했다.

「그러면 안 될 텐데요…….」

푸아레가 말했다.

「아뇨. 훔친 돈은 모든 이의 돈이었지만, 이젠 이미 그 누구의 돈도 아니죠. 그런데 시간이 없어요. 보케 부인 목소리가 들리네요.」

그녀가 대답했다.

「여기 에테르 갖고 왔어요. 아이구 세상에, 오늘은 정말 희한한 일만 생기는 날이네요. 맙소사! 저 사람은 저렇게 아플 사람이 아닌데. 얼굴이 병아리처럼 하얗군.」 보케 부인이 와서 말했다.

「병아리처럼?」

푸아레가 되풀이했다.

「심장은 규칙적으로 뛰네요.」

보케 부인이 보트랭의 가슴에 손을 대보고 말했다.

286

「규칙적으로요?」

푸아레가 놀라서 물었다.

「상태가 아주 좋아요.」

「그런 것 같아요?」

푸아레가 물었다.

「에구! 자는 것 같네요. 실비는 의사를 부르러 갔어요. 이 것 좀 봐요, 미쇼노 양. 이 사람이 에테르 냄새를 맡고 있어요. 아! 〈경련〉[24]을 하네. 맥박은 좋아요. 터키 사람처럼 씽씽해요. 미쇼노 양, 자 보세요. 가슴에 털이 모피처럼 북슬북슬하지요. 이 사람 백 살까지 너끈히 살겠네! 가발도 잘 붙어 있고요. 이런, 풀로 붙여 놨잖아. 가짜 머리칼이군, 빨간 걸 보니. 머리칼이 빨간 사람들은 속속들이 좋은 사람이거나 아니면 철저히 악한 사람이라고 하던데……. 그럼 이 사람은 좋은 사람이겠죠?」

「목매달기에 좋은 사람이겠죠.」

푸아레가 말했다.

「예쁜 여자의 목을 말하려고 한 거죠.」

미쇼노 양이 힘주어 소리쳤다.

「푸아레 씨, 어서 가보세요. 남자들이 아플 때 간호하는 게 우리 여자들의 일이죠. 게다가 당신은 나가서 산보나 하시는 게 좋겠어요. 보케 부인과 나는 이 소중한 보트랭 씨를 잘 지키고 있을 테니까요.」

푸아레는 군소리 없이, 마치 주인이 발로 한 번 탁 차니까 강아지가 나가듯이 밖으로 나갔다. 라스티냐크는 바람을 쐬

24 〈경련〉을 말한다. 원본에서는 spasme(경련)을 보케 부인이 sepasse라고 말한 것으로 나와 있다.

며 걷고 있었다. 그는 숨이 막혔다. 정해진 시각에 저질러진 이 범죄, 그는 전날 이 일을 막으려 했었다. 그런데 어떤 일이 일어났나? 자기는 어떻게 했어야 하나? 그는 자기가 이 사건의 공범이라는 것을 생각하며 부르르 떨었다. 보트랭이 침착한 것이 더욱더 무서웠다.

〈그런데 만약 보트랭이 아무 말도 없이 죽는다면…….〉

라스티냐크는 혼자 생각했다.

그는 한 떼의 사냥개에게 쫓기기라도 하는 듯, 뤽상부르 공원의 오솔길을 걸었다. 그리고 정말 사냥개들 짖는 소리가 들려오는 것 같았다.

「그런데 자네는 〈필로트〉 신문 읽어 보았나?」

비앙숑이 외젠에게 소리쳤다.

「필로트」란 티소 씨가 발행하는 급진적 신문으로, 조간신문이 나오고 몇 시간 뒤 지방에 지방판을 보내는데, 여기에는 그날의 소식 등이 실린다. 지방에서는 이 신문이 다른 신문들보다 24시간 빠른 소식을 전해 주게 된다.

「그 신문에 재미있는 기사가 났다네.」

코생 병원 수련의인 비앙숑이 말했다.

「타유페르 씨 아들이 옛 근위대 출신 프랑셰시니 백작과 결투를 했는데 백작은 그의 이마를 칼로 찔러 두 치나 되는 상처를 냈대. 이제 빅토린 아가씨는 파리에서 가장 부자 신붓감이 되었지. 어때, 사람들이 이걸 알았더라면? 죽음이란 정말 얼마나 우연에 좌우되는 게임[25]인지 몰라! 빅토린이 자네를 좋게 보고 있다는 게 사실이야?」

---

25 원문을 직역하면 〈30-40〉 게임. 상황이 순간순간 역전될 수 있는 우연에 의존하는 카드 게임.

「닥쳐, 비앙송. 난 절대 그 여자와 결혼 안 해. 나는 아주 매력적인 여인을 사랑하고 있고, 또 사랑받고 있어. 난……」

「자네가 그런 말 할 때 보면 마치 그 여자를 배신하지 않으려고 안간힘을 쓰고 있는 것 같아. 타유페르 씨 재산을 다 포기할 만큼 대단한 그 여자를 어디 한번 내게 보여 줘.」

「그러니까 악마라는 악마는 모두 내 뒤를 쫓고 있는 건가?」 라스티냐크가 소리쳤다.

「무슨 악마가 누구 뒤를 쫓아다닌다는 거야? 자네 미쳤어? 자, 손 좀 이리 내봐. 내가 맥 좀 짚어 보게. 열이 있군그래.」 비앙송이 말했다.

「보케 하숙집이나 얼른 가봐. 그 악당 보트랭이 방금 전에 시체처럼 쓰러졌다고.」

「아! 내가 확인하고 싶었던 의혹을 자네가 더 궁금하게 만들어 주는군.」

비앙송이 라스티냐크만 혼자 남겨 놓고 그 자리를 떠나면서 말했다.

법대생 외젠의 긴 산책은 엄숙했다. 그는 어찌 보면 자기 양심을 한 번 점검해 본 것이었다. 그가 문질러 보고, 검사해 보고, 망설였다면, 모든 시도에 저항하는 철봉같이 단련된 이 매섭고 지독한 토론에서 적어도 그의 성실성은 살아남았다. 그는 고리오 영감이 전날 밤 그에게만 은밀히 해주었던 이야기를 기억했고, 델핀 집 근처 아르투아 거리에 그를 위해 골라 놓은 아파트를 떠올렸다. 그는 그녀의 편지를 다시 꺼내 또 한 번 읽고, 거기에 입을 맞추었다. 〈이런 사랑이 내 구원의 닻이야〉라고 그는 혼자 생각했다.

〈불쌍한 노인은 가슴 아파 무척 괴로워했어. 그는 자기 슬

폼에 대해 아무 말도 하지 않지만, 누군들 그걸 짐작 못 하겠
어! 그래! 내가 아버지처럼 그분을 돌봐 드릴 거야. 수많은
즐거움도 맛보게 해드리고. 만약 그녀가 날 사랑한다면, 종
종 내 집에 와서 아버지 곁에서 낮 시간을 보내겠지. 그 키 큰
레스토 백작 부인은 염치없는 여자야. 아버지를 문지기로 세
울 여자지. 소중한 델핀! 영감님에겐 그 딸이 더 낫지. 사랑
받을 만한 여자야. 아! 오늘 밤 나는 그러니까 행복할 거야!〉

　그는 선물로 받은 시계를 꺼내, 감탄하면서 들여다보았다.
〈내 일은 모두 다 성공했어! 영원히 서로 사랑하는 사이라면,
서로서로 도와 줄 수 있는 거야. 난 이걸 받아도 돼. 난 분명
출세할 거고, 그러면 모든 걸 백배로 갚아 줄 수 있어. 우리
사이에는 죄가 될 것도 없고, 아무리 엄격한 미덕을 적용해
도 눈살 찌푸릴 만한 것이 전혀 없지. 점잖은 사람들도 얼마
나 많이 이런 관계를 맺는데. 그래! 우리는 아무도 속이지 않
아. 사람은 거짓말 때문에 사악해지거든. 거짓말한다는 것,
그건 포기하는 것이 아닐까? 그녀는 남편과 떨어져 지낸 지
오래됐어. 난 말할 거야, 그 알자스 출신 남편에게. 당신이 행
복하게 해줄 수 없는 여자는 나에게 양도하라고 말이야.〉

　라스티냐크의 마음속 싸움은 오래 끌었다. 자신이 승리하
는 게 틀림없다고는 해도, 누를 길 없는 호기심 때문에 오후
4시 반, 저녁 어스름이 내릴 무렵, 보케 하숙집 쪽으로 다시
발걸음을 옮겼다. 마음속으로는 그 집을 영영 떠나 버리겠다
고 맹세를 하면서도 말이다. 그는 보트랭이 죽었는지 알고
싶었다. 비앙숑은 보트랭에게 토하는 약을 처방해 줄 생각을
하고, 그가 토해 낸 내용물을 병원으로 갖고 가 화학적 분석
을 받게 하려고 했다. 미쇼노 양이 굳이 그 토한 것을 내다

버리라고 고집을 피우니, 그의 의혹은 더욱 굳어졌다. 게다가 보트랭이 너무도 빨리 회복되었기 때문에, 비앙숑은 하숙집의 이 쾌활한 바람잡이를 제거하려는 모종의 음모가 있을 거라고 짐작하게 되었다. 라스티냐크가 하숙집으로 들어갔을 때, 보트랭은 식당 난로 옆에 서 있었다. 하숙인들은 타유페르 씨 아들의 결투 소식에 관심을 보이며, 그 사건의 세세한 부분과 그것이 빅토린의 운명에 미칠 영향에 대해 궁금해하며, 여느 때보다 훨씬 이른 시간에 고리오 영감만 빼고는 모두 모여서 이 이야기를 나누고 있었다. 외젠의 눈이 흔들림 없는 보트랭의 눈과 마주쳤다. 보트랭의 시선은 성큼 앞서서 외젠의 가슴속을 꿰뚫어 보고 심금을 울려, 외젠은 흠칫 전율을 느꼈다.

「자! 사랑하는 젊은이, 죽음은 아무리 오랫동안 싸워도 내겐 못 당할 걸세. 이 부인들에 따르면, 나는 황소도 못 버티고 죽었을 만한 뇌일혈을 당당히 이겨냈다네.」 탈옥수가 그에게 말했다.

「아! 정말 황소라고 할 만하지요.」

보케 부인이 소리쳤다.

「내가 살아난 걸 보게 돼서 기분이 나쁜가? 이런 건 겁나게 강한 남자한테나 있는 일일 거야!」

보트랭이 라스티냐크의 귀에 대고 말했다. 보트랭은 자기가 라스티냐크의 속생각을 꿰뚫어 본다고 생각했다.

「아! 그러게요. 미쇼노 양께서 그저께 〈불사신〉이라는 별명을 가진 남자 이야기를 하시던데. 그 이름이 당신과 잘 어울리겠네요.」

이 말이 보트랭에게는 청천벽력과 같은 효과를 가져왔다.

그는 창백해지더니 비틀거렸고, 자석처럼 사람을 끄는 그의 강렬한 눈길이 마치 한 줄기 햇빛처럼 미쇼노 양에게 가서 떨어졌다. 이처럼 의지가 담긴 시선에 미쇼노 양은 오금에 힘이 빠졌다. 그녀는 의자 위에 그대로 털썩 무너지듯 앉아 버렸다. 푸아레는 미쇼노 양이 위험에 빠진 것을 알고 얼른 그녀와 보트랭 사이에 끼어들었다. 탈옥수의 얼굴은 이제껏 본성을 감추던 선한 가면을 벗고서 그악스러울 만큼 의미심장하게 변했다. 아직 이 극적인 사건에 대해 아무것도 몰라 하숙인들은 모두 어안이 벙벙한 상태였다. 이때 여러 사람의 발소리와 함께, 군인들이 거리에서 총을 탕탕 쏘는 소리가 들려왔다. 콜랭이 자기도 모르게 창문과 벽을 살피며 빠져나갈 곳을 찾고 있을 때, 응접실 문으로 네 사람이 들이닥쳤다. 첫 번째 사람은 공안 경찰 부장, 나머지 셋은 보안 경찰관들이었다.

「법률과 국왕의 이름으로.」

보안 경찰관들의 이 말은 놀라서 웅성거리는 사람들 소리에 묻혀 버렸다.

곧 식당에는 침묵만 흘렀다. 하숙인들은 세 경찰관에게 통로를 내주기 위해 뿔뿔이 흩어졌다. 경찰관들은 모두 옆 주머니에 손을 넣어 장전된 소총을 쥐고 있었다. 경찰관에 뒤이어 나타난 헌병 두 사람이 살롱 문을 차지했고, 또 다른 두 사람이 계단으로 나가는 문을 막아섰다. 하숙집 정면을 따라 나 있는, 조약돌 깔린 보도에는 이들의 발소리와 여러 군인들의 총소리가 울려 퍼졌다. 〈불사신〉이 달아날 수 있는 희망은 모두 막혀 버렸고, 모두의 시선이 꼼짝 못하게 그 한 사람만을 향하고 있었다. 경찰 부장이 똑바로 그에게 가서 우선 그의 머리를 한 대 때렸다. 어찌나 세게 때리던지 썼던 가발이 벗겨져 달아나고 콜랭의 머리가 끔찍한 상태 그대로 노출되었다. 벽돌색 붉은 머리카락을 바짝 깎아 힘과 지략이 섞인 무시무시한 성격을 드러내 주는 머리와 얼굴은 몸통과 조화를 이뤄 마치 지옥 불이 비추듯 환히 빛나 보였다. 사람들은 저마다 보트랭이라는 남자의 과거와 현재와 미래, 그가 지닌 요지부동의 교의, 쾌락에 대한 신조, 생각과 행위에 깃든 빈정거림이 부여하는 권위, 그리고 어떤 일이라도 해낼 수 있는 조직력을 이해할 수 있었다.

그의 얼굴로 피가 확 몰려 올라왔고, 두 눈은 마치 살쾡이 눈처럼 번쩍거렸다. 그가 어찌나 포악한 기운으로 제자리에서 뛰어올라 울부짖던지, 하숙인들은 모두 무서워서 비명을 질렀다. 사자 같은 이런 몸짓과 하숙인들의 아우성을 빌미로 하여 경찰관들은 소총을 꺼내 들었다. 콜랭은 그들이 지닌 무기의 공이치기 부분이 번쩍이는 것을 보고는 자기에게 닥친 위험을 감지했다. 그리고 재빨리 인간이 지닌 최고의 힘을 보여 주었다. 두렵고도 장쾌한 광경이었다! 그의 얼굴 모습은, 산이라도 들어 올릴 듯한 기세로 끓어오르는 수증기로 가득 찼다가 차가운 물 한 방울로 눈 깜박할 사이에 사라져 버리는 냄비에 견줄 만했다. 그의 분노를 냉각시킨 물방울은 바로 전광석화같이 빠르게 돌아가는 생각이었다. 그는 쓱 미소를 짓고는 자기 가발을 바라보았다.

「당신은 예의하고는 거리가 멀군.」

그가 보안 경찰 부장에게 말했다. 그러면서 두 손을 경찰들에게 내밀고 고갯짓 한 번 까딱하여 그들을 불렀다.

「여러분, 나에게 수갑을 채우든지, 내 양손 엄지에 쇠사슬을 묶든지 하시오. 난 저항하지 않겠다고 여기 계신 분들을 증인 삼아 맹세하오.」

이 인간 화산으로부터 용암과 불이 어찌나 빠른 속도로 들락날락하는지 그것을 보고 사람들이 감탄하며 웅성거리는 소리가 식당 안에 울려 퍼졌다.

「어처구니없지? 법정에 피고나 조달하는 이 양반아.」 도형수 콜랭이 유명한 공안 경찰 부장을 쳐다보며 말을 이었다.

「자, 옷 벗으라고.」

생탄 골목에서 온 경찰 부장이 경멸이 가득한 표정으로 그에게 말했다.

「무엇 때문에? 여자 분들도 계신데. 난 아무것도 부정하지 않고, 이렇게 순순히 투항하잖소.」

그는 잠시 쉬었다가, 뭔가 놀라운 말을 하려는 연사처럼 좌중을 둘러보았다.

「적으시오, 라샤펠 영감.」

서류 가방에서 체포 조서를 꺼내 들고 식탁 끝에 앉아 있던 머리가 하얗게 센 작달막한 노인을 향해 그가 말했다.

「나는 자크 콜랭, 일명 〈불사신〉임을 인정하오. 20년 징역형 선고를 받은 죄수요. 그리고 내 별명은 함부로 훔쳐 쓴 이름이 아니라는 것을 방금 내가 증명해 보였소.」

그리고 하숙인들에게 말했다. 「내가 한 손만 조금 쳐들었어도, 저 세 명의 밀고자들은 보케 엄마 댁 마룻바닥에 내 피를 온통 쏟게 했을 거라니까. 이 웃기는 놈들이 간계를 꾸미느라 작당을 하고 있으니 말이야.」

보케 부인은 이 말을 듣고 기분이 나빴다.

「맙소사! 병이 날 지경이네. 내가 어제 저 사람과 게테 극장에 갔다니.」

그녀가 실비에게 말했다.

「잘 생각해 보세요, 엄마.」

콜랭이 말을 이었다.

「어제 게테 극장의 내 지정석에 같이 간 게 운 나쁜 일인가 요?」

그가 소리를 높였다.

「당신은 우리보다 나은가요? 우리가 어깨에 진 파렴치함 이 당신들 마음속에 있는 파렴치함보다는 덜합니다. 타락한 사회의 무기력한 구성원들인 당신들 말이오. 당신들 중 가장 낮다는 인간도 내게는 저항하지 못했소.」

그의 눈길이 라스티냐크에게 가서 멎었다. 보트랭은 그에 게 희한하게도 거친 얼굴 표정과는 대조되는 점잖은 미소를 지어 보였다.

「어쨌든 우리가 했던 거래는 여전히 유효하다네, 이 사람 아. 자네가 승낙할 경우에 말일세! 알겠나?」

그는 노래를 불렀다.

나의 팡셰트는 매력적이야.
단순해서 말이지.

「곤란해하지 말게. 내가 돈 받아 내는 방법을 알아. 사람들 은 내가 두려우니까 나한테 사기는 못 치지, 나한테는!」 그가 말을 이었다.

감옥에 있는 죄수들의 행동거지와 거기서 쓰는 언어, 기분 좋다가도 갑자기 무시무시한 분위기로 넘어가는 변화, 함부

로 구는 태도, 천박함, 이런 것이 이 고함소리와 이 남자에 의
해 느닷없이 표현되었다. 이 남자는 더 이상 평범한 한 남자
가 아니라, 타락한 국민 전체, 야만적이면서 논리적이고 거칠
면서도 유연한 종족의 전형이었다. 한순간에 콜랭은 지옥의
시(詩)가 되어 버렸고, 그 시 속에는 뉘우침이라는 감정 딱
하나만 뺀 인간의 모든 감정이 그려져 있었다. 그의 시선은
항상 전쟁을 원하는 악마의 시선이었다. 라스티냐크는 마치
자기의 나쁜 생각들에 대해 속죄라도 하듯 이 남자와의 공모
관계를 인정하면서 눈을 내리깔았다.

「누가 날 밀고한 거지?」

모인 사람들에게 콜랭이 무서운 눈길을 이리저리 보내면
서 말했다. 그러다가 미쇼노 양에게 눈길을 멈추면서 말했다.

「너지, 경찰 앞잡이 할망구! 넌 나한테 가짜 뇌일혈이 일어
나게 했어. 호기심 많은 년! 내가 두 마디만 하면 일주일 안
에 네 목을 톱으로 잘라 버리게 만들 수도 있어. 난 널 용서
하지, 그리스도 신자니까. 게다가 날 팔아넘긴 건 네가 아니
야. 그럼 누구지? 아, 저 위층 내 방을 뒤지고 있군.」

보안 경찰관들이 그의 장을 열어젖히고 물건들을 압수하
는 소리를 듣고 그가 소리쳤다.

「새들은 이미 둥지를 떠났어. 어제 날아갔다니까. 그러니
당신들은 아무것도 알 수가 없지. 내 장부는 몽땅 여기 들어
있다고.」

그가 자기 이마를 두드리며 말했다.

「누가 날 팔아먹었는지 알겠군. 그 빌어먹을 〈필 드 수
아〉[26] 놈이 틀림없어. 안 그래, 순경 영감?」

26 〈필 드 수아〉는 〈비단실〉이라는 뜻.

296

그가 경찰 부장에게 말했다.

「저 위층의 지폐만 있다면 합의는 너무나 잘 되지. 이젠 아무것도 없어. 이 밀고자들아. 필 드 수아, 그놈은 보름 안에 잡혀 끝장날 거야. 당신 수하의 헌병 모두를 동원해서 그를 보호한다 해도 말이야. 저 미쇼노라는 여자한테는 도대체 무얼 준 거야?」

그가 경찰관에게 물었다.

「몇천 프랑? 내 값어치가 그것보다는 더 나가지. 골수 종양 걸린 니농, 누더기 걸친 퐁파두르, 페르라셰즈 묘지의 비너스. 만약 네 년이 내게 미리 알려 주었더라면, 내게서 6천 프랑을 받을 수 있었는데 말이야. 아! 넌 그 생각도 못 했지. 남의 몸을 팔아넘기는 더러운 년, 네가 제대로 생각만 했더라면 나도 더 좋은 길이 있었을 텐데 말이야. 그래, 성가시고 돈도 많이 드는 이 여행을 피하려고 난 그 돈을 기꺼이 냈을 거야.」

그는 사람들이 자기 손에 수갑을 채우는 동안 계속 말했다.

「저 인간들은 날 갖고 끊임없이 무슨 일을 꾸며 가면서 그걸 즐길 거야. 나를 멍청하게 만들기 위해서 말이지. 저것들이 나를 곧장 감옥으로 보낸다면, 센 강가의 오르페브르 강둑[27]을 경찰들이 아무리 돌아다닌다 해도 난 곧장 내 업무에 착수할 텐데. 거기 가면 모두들 저희들 대장, 즉 이 선한 〈불사신〉을 탈옥시키려고 안 할 짓이 없을걸! 당신들 중에 나처럼 날 위해 뭐든지 할 수 있는 형제를 1만 명 너끈히 넘게 가진 사람이 하나라도 있나?」

그가 자랑스럽게 물었다.

27 파리 경찰청이 위치한 곳.

「난 여기에 착한 마음이 있거든.」

그는 자기 가슴을 두드리면서 말했다.

「난 아무도 배신한 적이 없어! 자, 경찰 앞잡이 할망구! 이걸 좀 보라고.」

그가 노처녀를 향해 말했다.

「그들은 두려워하면서 날 쳐다보지만, 너를 보면 역겨워서 저 사람들 심장이 뒤집혀. 네 몫이나 주워 챙기지그래.」

그는 하숙집 사람들을 찬찬히 바라보며 잠시 뜸을 들였다.

「당신들, 바보요? 죄수 처음 봤소? 콜랭이라는 이름의, 낙인 찍힌 이 죄수, 여기 있는 이 사람은 남들보다 덜 비겁한 인간이오. 그리고 장 자크[28]가 말한 대로, 사회 계약이 주는 깊은 실망에 저항하는 인간이라오. 난 장 자크의 제자라는 게 영광스럽소. 요컨대, 나는 정부와 그 숱한 법정, 헌병, 예산, 이런 것에 대항하여 혼자 싸우는 사람이고, 그런 것들을 조롱하고 있는 거요.」

「이런! 인물이 기막히게 좋으니 그림 그리면 딱 좋겠는데.」

화가가 말했다.

보트랭이 보안 경찰 부장 쪽으로 돌아서면서 이런 말을 덧붙였다.

「말해 봐, 사형 집행관 전하의 시종님, 과부[29]의 집행관. 착하게 좀 굴어 봐. 나를 팔아넘긴 게 〈필 드 수아〉 그놈 맞는지 말해 보라고! 난 그놈이 다른 사람 대신 죄를 뒤집어쓰는 걸 바라지 않아. 그러면 옳지 못한 일이 될 테니까.」

이 순간 보트랭 방의 모든 것을 다 열어 보고 방의 물건들

28 장 자크 루소를 말한다.
29 죄수들이 단두대를 두려워하여 갖다 붙인 별칭.

을 목록으로 작성한 형사들이 식당으로 들어와서 이번 작전의 대장인 보안 경찰 부장에게 낮은 목소리로 보고를 했다. 조서 작성은 완료되었다.

「이보시오들.」

콜랭이 하숙인들을 향해 말했다.

「이자들이 나를 끌고 가오. 여러분은 내가 여기 사는 동안 다들 내게 참 잘해 주셨지요. 내가 두고두고 고맙게 생각할 거요. 내 작별 인사를 받아 주시오. 여러분에게 프로방스의 무화과를 보내 드려도 되겠지요.」[30]

그는 몇 걸음 내딛더니 다시 돌아서서 라스티냐크를 바라보았다.

「잘 있게, 외젠. 자네가 곤경에 처할지 몰라, 내가 자네의 충실한 친구 하나를 남겨 두고 가네.」

그가 방금 했던 연설의 격한 어조와는 달리 부드럽고 서글픈 음성으로 말했다.

수갑을 찼는데도 그는 자기 방어 자세를 취할 수 있었고, 검술의 달인처럼 〈하나, 둘!〉 하고 외치며 오른발을 앞으로 내밀었다.

「불행한 일이 생기면 그에게 말하게. 사람이건, 돈이건, 자네는 모두 얻게 될 테니까.」

이 특이한 인물은 마지막 말을 워낙 익살스럽게 했기 때문에 라스티냐크와 본인, 두 사람만이 그 뜻을 알 수 있었다. 헌병과 군인과 경찰관들이 빠져나가자, 주인아주머니의 관자놀이를 식초로 문질러 대던 실비는 놀란 하숙인들을 바라

---

30 툴롱 감옥으로 잡혀가게 되니 남쪽 프로방스 지방의 과일을 보내겠다고 하는 말.

보았다.

「아! 어쨌든 좋은 분이었는데.」

그녀가 말했다.

방금 있었던 장면으로 하숙생들을 사로잡았던 갖가지 격
앙된 감정의 매혹이 실비의 이 말 때문에 사라져 버렸다. 이
순간, 하숙인들은 서로를 살펴보더니만 일제히 미라처럼 말
라빠지고 쌀쌀맞은 처녀 노파 미쇼노에게 눈길을 던졌다. 난
로 옆에 웅크리고 앉은 그녀는 마치 등잔불이 드리운 그림자
가 자기 시선에 나타난 표정을 미처 다 감추어 주지 못할까
봐 염려하는 듯 두 눈을 내리깔고 있었다. 오래전부터 하숙
인들의 반감을 자아내던 이 얼굴이 갑자기 드러나자, 좌중으
로부터 수근대는 소리가 들리기 시작했다. 그리고 이것은 완
벽하게 일치된 음으로 모두 똑같이 느끼는 역겨움을 드러내
며 은근하게 울려 퍼졌다. 노처녀 미쇼노는 그 소리를 듣고
도 그대로 눌러앉아 있었다. 비앙숑이 처음으로 옆 사람에게
몸을 숙이며 말했다.

「저 노처녀가 이대로 우리와 같이 계속 저녁을 먹는다면,
난 이 하숙을 나가 버릴 거예요.」

그가 목소리를 낮춰 말했다.

눈 깜짝할 사이에 푸아레만 빼고 하숙인 모두가 의대생 비
앙숑의 제안에 동의했고, 비앙숑은 모두의 의견 일치에 힘을
받아 늙은 하숙인 푸아레 쪽으로 다가갔다.

「미쇼노 양과 특별히 친하신 아저씨가 말 좀 해주세요. 지
금 당장 여기서 나가야 한다는 걸 저분에게 알려 주시라고요.」

「지금 당장?」

푸아레가 놀라서 되풀이했다.

그리고 처녀로 늙은 노파 곁으로 가서 몇 마디 귓속말을
했다.

「하지만 난 하숙비를 벌써 다 냈는데요. 누구나 그렇지만,
나도 돈 낸 만큼 여기 사는 거죠.」

그녀가 하숙인들에게 독사 같은 눈초리를 보내며 말했다.

「그런 건 걱정 마세요. 우리가 돈을 모아서 환불해 드릴 테
니까요.」

라스티냐크가 말했다.

「당신은 콜랭 편을 드는군요. 그 이유를 아는 건 어렵지
않죠.」

미쇼노가 외젠에게 독기와 의문을 품은 시선을 던지며 말
했다.

이 말에 외젠은 그녀에게 확 달려들어 목이라도 조를 듯이
자리에서 튀어 일어났다. 배신의 기미가 느껴지는 그 눈길이
외젠의 마음속에 끔찍한 빛 한 줄기를 던졌던 것이다.

「그냥 놔두세요.」 하숙인들이 소리쳤다.

라스티냐크는 팔짱을 끼고 말없이 가만히 있었다.

「저 여자 유다와 얼른 끝장을 봅시다.」

화가가 보케 부인에게 말했다.

「보케 부인, 만약 당신이 미쇼노를 내보내지 않는다면, 우
리 모두 이 집구석을 떠날 거고, 가는 곳마다 이 집에는 첩자
와 죄수들만 산다고 말하고 다닐 거예요. 만약 내보낸다면,
우리는 이번 일에 대해 모두 입을 다물 겁니다. 사실 생각해
보면 이런 일은 아무리 수준 높은 사회에서도 일어날 수 있
는 일이니까요. 복역수의 이마에 낙인을 찍고, 절대 파리의
일반 시민으로 가장하거나 어리석게 익살꾼 행세를 하지 못

하도록 엄금하지 않는 한 말입니다.」

이 말에 누워 있던 보케 부인은 기적적으로 건강을 되찾아 벌떡 일어나 팔짱을 끼고 두 눈을 말갛게 떴다. 눈에 눈물 자국은 없었다.

「그런데 화가 양반. 그러면 당신은 우리 하숙집이 망했으면 좋겠수? 보트랭 씨가 저렇게…… 오! 세상에 하느님 맙소사!」

이 대목에서 그녀는 스스로 말문이 막혀 말을 끊었다.

「제대로 행세할 때 쓰던 이름으로 그 사람을 부르게 되네요, 나도 모르게. 안 그래도 지금 보트랭이 살던 방이 비는데, 사람들 모두 제 집을 찾아 들어간 이 비수기에 방이 둘이나 더 비어 버려 세 줄 사람을 찾아야 하다니…….」

「여러분, 우리 모두 모자를 씁시다. 그리고 소르본 광장, 플리코토 식당[31]으로 저녁 먹으러 갑시다.」

비앙숑이 말했다.

보케 부인은 한눈에 척 보고 어떻게 하는 것이 가장 이득이 될지를 계산하고는, 미쇼노 양에게 달려갔다.

「자, 내 친애하는 벗, 설마 우리 하숙집이 망하는 걸 바라진 않겠지요, 그렇죠? 저 남자 분들이 날 어디까지 몰아붙이는지 방금 봤고요. 자, 얼른 당신 방에 올라가서 오늘 밤 안으로 정리해 주세요.」

「천만에, 그건 아니죠. 지금 당장 나가 달라는 거예요.」

하숙인들이 소리쳤다.

「아니, 가엾은 저분은 아직 저녁도 안 먹었는데요.」

푸아레가 동정하는 투로 말했다.

「어디든 맘대로 가서 먹으라지.」

31 파리의 대학가 라탱 구역에서 인기 있던 식당.

여러 사람이 한꺼번에 말했다.

「나가라, 고자질쟁이 년!」

「나가라, 고자질쟁이 놈들!」

「여러분!」

숫양이 발정하면 용기를 내듯 갑자기 불쑥 용기가 치솟은 푸아레가 외쳤다.

「여자 분을 좀 존중해 주십시오.」

「고자질쟁이가 무슨 남녀 따져요.」

화가가 말했다.

「꼴 난 여자라마!」[32]

「문(門)라마로 나가시지!」

「여러분, 이건 무례한 짓이오. 사람을 내보낼 때에는 격식을 갖춰야지요. 우리는 돈을 냈으니, 여기 계속 살 테요.」

푸아레가 모자를 쓰고 미쇼노 양 옆의 의자에 앉으면서 말했다. 보케 부인은 미쇼노 양을 계속 타이르고 있었다.

「나쁜 사람, 이 나쁜 사람, 나가라고!」

화가가 우스꽝스러운 투로 말했다.

「자, 만약 당신이 안 나가면, 우리가 나갑니다, 우리가요.」

비앙숑이 말했다.

그러자 하숙인들은 하나로 뭉쳐서 응접실 쪽으로 움직였다.

「자, 어떻게 하겠수? 난 망했어요. 당신은 그냥 여기 눌러 살 수는 없어요. 저 사람들이 난폭한 행동이라도 할 기세잖아요.」

보케 부인이 소리를 높였다.

미쇼노 양이 일어섰다.

32 뒤에 〈라마〉를 붙이는 하숙인들의 언어유희가 여기서 되살아난다.

「나간다!」

「안 나간다!」

「나간다!」

「안 나간다!」

번갈아 가며 내뱉는 이 말과 자기에게 쏟아지기 시작한 적의에 밀려, 미쇼노 양은 보케 부인과 작은 소리로 몇 마디 주고받고는 정말 나가지 않을 수 없게 되었다.

「난 뷔노 부인네 하숙집으로 가요.」

미쇼노 양이 협박하는 투로 말했다.

「어디든 맘대로 가슈.」

자기 집과 경쟁 관계에 있는 터라 자기가 엄청 싫어하는 하숙집을 택한 것에서 잔인한 모욕을 느낀 보케 부인이 이렇게 말했다.

「뷔노 하숙집으로 가라니까요. 그 집 포도주는 염소가 마시고 뱅뱅 돌아 춤을 춰 댈 정도고, 허드레 재료를 되파는 가게에서 사온 것들로 음식을 만들어 먹이지.」 하숙인들은 쥐 죽은 듯 조용하게 두 줄로 섰다. 푸아레는 너무도 애틋하게 미쇼노 양을 바라보았다. 그녀 뒤를 따라가야 할지 그냥 남아야 할지를 몰라서 무척이나 곤란한 모습이었다. 그 여자가 떠나서 속이 시원한 하숙인들은 웃어 대기 시작했다.

「자, 영차, 푸아레. 어서 가시지!」 화가가 그에게 소리 질렀다.

박물관 직원이 잘 알려진 로망스 곡조의 첫 부분을 우스꽝스럽게 부르기 시작했다.

> 시리아로 떠나는구나.
> 젊은 미남 뒤누아…….[33]

「자, 어서 가요, 가고 싶어 죽겠으면서. 〈누구나 자기 나름의 쾌락을 좇게 마련인걸.〉[34]

비앙숑이 말했다.

「〈누구나 자기 맘에 드는 특이한 여자를 좇아가는 법.〉 이게 베르길리우스의 그 구절을 의역한 거죠.」

복습 교사가 말했다.

미쇼노 양이 푸아레를 쳐다보며 그의 팔을 끼려는 몸짓을 했기 때문에, 그는 이 호소를 거절할 수 없어 처녀 노파에게 의지가 되어 주었다. 박수갈채와 함께 한바탕 폭소가 터졌다.

「브라보, 푸아레!」

「저 늙은 푸아레!」

「아폴론 푸아레!」

「마르스(군신) 푸아레!」

「용감한 푸아레!」

이렇게 사람들이 외쳐 댔다.

이때 심부름꾼 하나가 들어와 보케 부인에게 편지를 전했고, 그녀는 그 편지를 읽더니 의자에 털썩 주저앉았다.

「아니, 이제 내 집엔 불 지르는 일만 남았군. 이게 웬 청천벽력이람. 타유페르 씨 아들이 3시에 죽었대요. 그 불쌍한 청년이 희생되고 우리 집에 하숙하는 두 여자가 잘되길 바랐던 내가 천벌을 받은 거야. 쿠튀르 부인과 빅토린은 자기들 물건을 갖고 나가겠다는군요. 이제 빅토린 아버지 집에 들어가 살게 된다네요. 타유페르 씨는 말벗으로 과부 쿠튀르 부인과

---

33 라보르드 백작이 작사를 하고 오르탕스 여왕이 곡을 붙인 연가(戀歌).

34 베르길리우스 시의 일부분. 비앙숑은 이 부분을 〈*Trahit sua quemque voluptas*〉라고 원어인 라틴어로 말해서 비아냥대는 효과를 내고 있다.

함께 들어와 살아도 된다고 딸에게 허락했대요. 이제 방이 넷이나 비고, 하숙인은 다섯이나 줄어드네!」

주저앉은 그녀는 거의 엉엉 울 지경이었다.

「우리 집에 액운이 끼었구먼.」

그녀는 소리쳤다.

문득, 이 집 앞에 마차 멈춰서는 소리가 들렸다.

「또 무슨 나쁜 일이 있나 봐요.」

실비가 말했다.

고리오 영감이 갑자기 행복해서 화색이 도는 얼굴을 하며 들어왔다. 회춘했다고 생각될 만한 모습이었다.

「고리오가 마차를 타다니, 해가 서쪽에서 뜨겠구먼.」

하숙인들이 말했다.

영감은 곧장, 구석에서 생각에 잠겨 있는 외젠에게 가더니 그의 팔을 잡았다.

「이리 와보게.」

그가 명랑하게 말했다.

「영감님은 지금 무슨 일이 벌어졌는지 모르시는 겁니까? 보트랭이 실은 탈옥수였고, 지금 막 체포되어 갔어요. 그리고 타유페르 씨 아들이 죽었고요.」

외젠이 말했다.

「그래서! 그게 우리와 무슨 상관이오?」

고리오 영감이 대꾸했다. 「나는 자네 집에서 내 딸과 저녁을 먹을 거라고. 알겠소? 딸이 기다리고 있다니까. 자, 어서 오라고!」

그는 라스티냐크의 팔을 세차게 잡아 끌어 억지로 걷게 만들었다. 이것은 마치 그가 자기의 정부나 되는 듯 강제로 데

306

려가는 꼴이었다.

「저녁 먹읍시다.」

화가가 소리쳤다.

순식간에 저마다 자기 의자에 자리 잡고 식탁에 빙 둘러앉았다.

「이럴 수가! 오늘은 아주 모든 게 재수 없는 날이네. 양고기에 껍질 콩 넣고 만든 스튜가 냄비에 눌어붙었어요. 이런! 탄 것을 드시게 됐네요, 어쩔 수 없이!」

보케 부인은 평상시 식탁에 앉던 열여덟 사람 중 열 사람만 있는 것을 보고 한마디도 할 엄두가 안 났다. 하지만 하숙인들은 저마다 그녀를 위로하고 기분 좋게 해주려고 애를 썼다. 처음에는 여기 식사만 하러 오는 외부인들이 보트랭과 그날 있었던 사건에 대해 서로 이야기를 나누었고, 그들은 곧 자기들이 나누는 대화에 말려들어서 결투, 도형장, 정의 (正義), 법률 개정, 감옥, 이런 이야기까지 하기 시작했다. 그러다 보니 자크 콜랭 이야기나 빅토린과 그 오빠 이야기로부터는 천길만길 떨어진 화제로 옮겨 가 있었다. 비록 열 사람뿐이었지만 스무 명은 모인 것처럼 어찌나 크게 이야기를 했는지, 평소보다 사람 수가 더 많은 것 같았다. 이날의 저녁 식사가 바로 전날과 다른 점이라면 이것뿐이었다. 다음 날이 되면 파리의 일상적 사건들 속에서 또 다른 씹을 거리를 찾는 이 이기적인 사회에서는 덤덤함이 습관이 되어 모든 것을 압도해 버렸고, 보케 부인 자신도 뚱보 실비의 목소리가 주는 희망으로 마음을 달랬다. 외젠에겐 마치 헛것을 본 것 같은 하루였다. 강한 성격과 명석한 두뇌에도 불구하고 외젠은 여러 상념들을 어떻게 정리해야 할지 몰랐다. 그는 마차에

올라 고리오 영감 곁에 앉았다. 영감이 늘어놓는 말에는 평
소의 그답지 않은 기쁨이 드러났고, 숱한 격정을 겪고 난 외
젠의 귀에는 그 소리가 마치 꿈속에서 들려오는 듯 왕왕 울
렸다.

「오늘 아침에야 끝났다네. 우리 셋이 같이 저녁을 먹는 거
야. 같이 말이야! 알겠나? 내 딸, 내 귀여운 델핀과 같이 식사
해 본 지가 무려 4년이나 되었다네. 오늘 저녁 내내 그 애를
내가 독차지해야겠어. 우리는 오늘 아침부터 자네 집에 있었
다네. 난 일꾼처럼 옷을 걷어붙이고 일을 했지. 가구 나르는
것도 도와주고. 아! 델핀이 식사 때 얼마나 상냥한지 자네는
모를 걸세. 나를 잘 챙겨줄 거야. 〈자, 아빠, 이것 좀 드셔 보
세요. 맛있어요〉 하면서 말이지. 그러면 난 먹을 수가 없네.
오! 이제 곧 우리가 그런 시간을 갖게 되겠지. 딸아이와 푸근
한 맘으로 함께 있어 본 게 얼마나 오랜만인지!」

「하지만 오늘은 세상이 거꾸로 뒤집히다시피 한 날인데요?」
외젠이 영감에게 말했다.

「뒤집혔다고? 아니 세상이 이렇게 제대로였던 적은 그 어
느 시대에도 없었다네. 거리에는 즐거운 얼굴들뿐이고, 사람
들은 서로 악수를 하고, 반갑다고 껴안고 인사를 나누지. 세
상 사람들이 모두 자기 딸네 집에 저녁 먹으러 가는 것처럼
행복해 보여. 마치 딸이 카페 데 장글레[35]의 주방장에게서 주
문해 온 맛난 저녁을 맘껏 먹게 되는 듯 말이지. 하지만 아무
러면 어때! 딸 곁에 앉아 먹는다면 쓸개즙이라도 꿀맛 아니
겠소.」

「이제 좀 살 것 같네요.」

35 극장들이 밀집한 파리의 대로변에 있던 가장 유명한 최고급 레스토랑.

외젠이 말했다.

「자, 속도 좀 내시오, 마부.」

고리오 영감이 마차 앞 유리창을 열면서 소리쳤다.

「더 빨리 좀 가주오. 당신이 아는 그 주소로 10분 안에 가 준다면 팁으로 5프랑을 줄 테니.」

이렇게 팁을 약속하니 마부는 번개처럼 빨리 파리를 가로 질러 마차를 몰았다.

「저 마부가 길을 제대로 찾지 못하는군.」

고리오 영감이 말했다.

「그런데 대체 저를 어디로 데려가시는 거죠?」

라스티냐크가 영감에게 물었다.

「당신 집으로.」

영감이 대답했다.

마차는 아르투아 거리에서 멈췄다. 영감이 제일 먼저 내렸고, 마부에게 10프랑을 집어 주었다. 자기 기쁨이 극에 달하면 아무것도 개의치 않는 홀아비다운 씀씀이였다.

「자, 올라가자고.」

영감이 말했다. 그는 라스티냐크를 붙들고 안뜰을 가로질러 외관이 아름다운 새 집 뒤편에 위치한 건물 4층의 아파트 문 앞까지 갔다. 고리오 영감이 초인종을 누를 필요도 없었다. 뉘싱겐 부인의 몸시중 드는 하녀 테레즈가 문을 열어 주었다. 응접실 하나, 작은 살롱 하나, 침실, 그리고 정원이 내다보이는 서재를 갖춘 아담한 독신자용 아파트였다. 작은 살롱의 가구 배치와 장식은 다른 살롱들과 비교해도 손색이 없을 만큼 아름답고 우아했다. 그는 불빛 가운데 델핀을 알아보았다. 그녀는 구석의 난롯가에 놓인 2인용 의자에서 일어나 벽난로에 열 가리개를 두르고, 그에게 애정이 담뿍 담긴 목소리로 말했다.

「물정 모르는 사람, 그러니까 당신은 가서 모셔 와야 오는 사람이군요.」

테레즈가 나갔다. 외젠은 양팔 벌려 델핀을 품에 꼭 껴안고 기쁨의 눈물을 흘렸다. 하루 동안 벌어진 여러 자극적인 일들 때문에 마음과 머리가 피폐해진 라스티냐크는 아까 본 일들과 방금 본 이곳의 모습이 이루는 극한적 대조로 신경이 바짝 곤두섰다.

「저 친구가 널 사랑한다는 걸 난 잘 알고 있었단다.」

고리오 영감은 딸에게 아주 작은 소리로 이렇게 말했다.

이 마술 지팡이가 어떻게 휘둘려진 것인지 영문도 모르는 채, 외젠은 말 한마디 내뱉을 기운도 없이 탈진하여 2인용 의자에 뻗어 버렸다.

「자, 좀 와서 봐요.」

뉘싱겐 부인은 외젠의 손을 잡고 침실로 데리고 가면서 말했다. 침실의 융단이며 가구며 소소한 것들까지도 델핀의 집 침실을 그대로 축소해서 빼다 박은 모습이었다.

「여긴 침대 하나가 없네요.」

라스티냐크가 말했다.

「그렇군요.」

그녀가 얼굴을 붉히며 그의 손을 꼭 잡고 말했다.

외젠은 그녀를 바라보았다. 그는 아직 젊지만, 사랑에 빠진 여자의 가슴에 담긴 진정한 수줍음이 무언지 알 것 같았다.

「당신은 영원히 사랑받아야 할 여인입니다. 우리가 서로 너무도 잘 이해하니까 제가 감히 말하지만요, 열렬하고 성실한 사랑일수록 은밀하고 신비로워야만 합니다. 우리의 비밀을 아무에게도 내보이지 마십시오.」

그가 델핀의 귀에 대고 말했다.

「오! 나야 〈아무〉가 아니지.」

고리오 영감이 투덜대는 투로 말했다.

「아버님은 〈우리〉라는 걸 잘 아시면서 그러시네요…….」

「아, 난 바로 그걸 원했지. 나에게 신경 쓰지 마오. 알았지? 난 어디에든 있는 정령처럼, 있는 듯 없는 듯 드나들 테니 말이야. 눈에는 안 보여도 여기 있다는 걸 알 수 있는 그런 정령처럼 말이지. 자! 델피네트, 니네트, 데델![36] 〈아르투아 거리에 멋진 아파트가 하나 있다. 그걸 잘 꾸며서 그에게 주자〉라고 내가 말한 건 잘한 것 아니냐? 넌 원치 않았지. 아! 너의 기쁨을 만들어 준 사람은 나란다. 너를 낳은 사람도 이 아비이고 말이다. 아비란 행복하려면 그저 늘 주어야 하는 사람이지. 항상 준다는 것, 아버지 노릇이란 바로 그런 거야.」

「지금 뭐라고 하셨어요?」

외젠이 말했다.

「그래요, 저 애는 이걸 원치 않았다니까. 사람들이 같잖은 소리들을 할 거라며 두려워하더군. 세상 사람들의 말이 행복의 기준이나 되는 것처럼 말이야! 하지만 지금 저 애가 하는 일은 여자라면 누구든 꿈꾸는 일이잖소…….」

고리오 영감은 자기 혼자만 이야기를 하고 있었다. 뉘싱겐 부인이 라스티냐크를 서재로 데리고 갔기 때문이다. 서재에서는 아주 가벼운 입맞춤이지만 쪽 하는 소리가 울렸다. 아무 부족함이 없어 보이는 이 방은 아파트 전체의 우아한 분

---

36 영감은 딸 델핀을 여러 가지 애칭으로 부르고 있다.

위기와 잘 어울리는 듯했다.

「당신이 바라는 걸 우리가 잘 알아맞힌 건가요?」

그녀가 응접실로 돌아와 식탁에 앉으면서 물었다.

「그럼요. 너무 잘 알아맞힌 거죠. 아! 너무도 완벽한 이 호사, 실현된 이 멋진 꿈, 젊고 우아한 삶의 시심(詩心), 이런 것이 너무 잘 느껴져서 저에겐 과분하다고 말할 수조차 없네요. 그런데 전 당신께 이런 것을 받을 수가 없네요. 저는 아직 너무 가난해서…….」

「아! 벌써부터 나에게 저항하는군요.」

그녀는 여자들이 마음에 가책이 있을 때 짐짓 아무것도 아니라는 듯 치부하며 그것을 털어 버리려고 그러는 것처럼 입을 화난 듯 귀엽게 쑥 내밀어 보이면서 조롱과 권위를 담아 말했다.

외젠은 이날 종일 너무도 엄격하게 자기를 다그쳤고, 그가 빠져 허우적댈 뻔한 심연의 깊이를 보트랭 체포 사건으로 실감하게 되어 고상한 감정과 조심성이 더욱 투철해져 있었다. 그래서 자신의 관대한 생각에 대해 마치 어르듯 반박하는 그녀의 말에 굴복할 수 없었다. 그는 깊은 슬픔에 휩싸였다.

「뭐라고요! 거절한다는 거예요?」

뉘싱겐 부인이 말했다.

「이런 거절이 무슨 의미인지 알죠? 당신은 앞날에 확신이 없는 거죠. 나와 엮일 엄두를 못 내는 거예요. 그러니까 내 사랑을 배신하게 될까 봐 두려운 거죠? 당신이 날 사랑한다면, 그리고 내가…… 당신을 사랑한다면, 어째서 이렇게 별것 아닌 호의 앞에서 뒤로 물러서는 거죠? 독신자 혼자 기거할 이 살림을 모두 마련하면서 내가 얼마나 기뻤는지 안다면, 당신은 망설이지 않을 거예요. 그리고 내게 용서를 구할 거예요. 내겐 당신 몫으로 쓸 돈이 있었고, 난 그걸 제대로 잘 쓴 거죠. 그게 다예요. 당신은 다 큰 어른이라고 생각하고 있지만, 실은 어리군요. 그보다 훨씬 큰 것도 내게 요구하면서(그녀는 정열에 불타는 외젠의 눈길을 포착하고 속으로 〈아!〉 했다) 하찮은 것에 대해서는 격식을 차리네요. 당신이 나를 사랑하지 않는다면, 오! 그래요, 받아들이지 말아요. 내 운명은 한마디에 달려 있어요. 말해 봐요!」

그녀는 잠시 말을 멈추었다가 아버지 쪽으로 돌아서며 말했다.

「아니, 아버지, 이 사람을 제대로 설득 좀 해주세요. 우리의 명예에 대해 나도 자기만큼 민감하다는 것을 생각하고나 있는 걸까요?」

고리오 영감은 이런 귀여운 말다툼을 보며, 아편쟁이같이 끊임없는 미소를 지어 보였다.

「이런, 어린애 같으니라고! 당신은 이제 막 인생 초입에 있어요.」

그녀가 외젠의 손을 잡으며 말을 이었다.

「수많은 사람들이 넘지 못하는 장벽이 당신 앞에 있고 여자의 손이 그 장벽을 치워 주는데, 당신은 뒤로 물러나는군요! 아니 당신은 성공한다니까 그러네요. 멋지게 출세할 거예요. 잘생긴 이마에 성공이라고 쓰여 있어요. 내가 지금 빌려 주는 것을 나중에 성공해서 갚으면 안 되나요? 옛날 귀부인들도 자기가 아끼는 기사에게 갑옷, 칼, 투구, 쇠줄로 짠 전투복, 말 이런 것들을 주어서 그들이 시합에 나가 자기 이름을 걸고 싸울 수 있게 하지 않았나요? 그런데 외젠, 내가 선

313

물하는 것은 뭔가 해보고자 하는 남자에게 꼭 필요한 도구이
자 이 시대의 무기예요. 지금 당신이 살고 있는 그 다락방이
아빠 방과 비슷하게 생겼다면 참 보기 좋기도 하겠네요. 자,
우리 이제 저녁 먹어야죠? 날 속상하게 만들고 싶어요? 자,
대답해 봐요!」

그녀가 외젠의 손을 잡고 흔들면서 말했다.

「이런! 아빠, 이 사람이 마음을 정하게 좀 만들어 보세요.
안 그러면 난 나가서 이 사람을 다시는 보지 않을래요.」

「내가 자네 마음을 잡아 주지.」

고리오 영감이 황홀경에서 깨어나며 말했다.

「내 소중한 외젠, 자네는 유대인들에게서 돈을 빌리려 하
는 거지, 아닌가?」

「그러지 않을 수 없는 처지입니다.」

외젠이 말했다.

「좋아, 내가 막아 주지.」 영감은 닳고 닳아 볼품없는 가죽
지갑을 꺼내며 말을 이었다. 「내가 유대인 고리대금업자가
된 거야. 내가 청구서의 금액을 다 갚았네. 여기 있네. 이제
자네는 단 한 푼도 빚진 게 없다네. 대단한 금액은 아니고, 기
껏해야 5천 프랑이지. 내가 그 돈을 빌려 준 걸로 하면 돼, 바
로 내가! 자네는 거절 못 할 걸세. 난 여자가 아니니까. 종이
한 장에 고맙다고 써서 나중에 건네주게나.」

외젠과 델핀의 눈에는 동시에 눈물 몇 방울이 흘러내렸다.
두 사람은 깜짝 놀라 서로를 쳐다보았다. 라스티냐크는 손
을 내밀어 영감의 손을 꼭 잡았다.

「자, 왜 이래! 너희는 내 자식들 아니냐?」

고리오가 말했다.

「그렇지만, 가엾은 아버지, 도대체 어떻게 그렇게 하신 거예요?」

뉘싱겐 부인이 물었다.

「아! 내가 이 친구를 네 집 근처에 와서 살도록 하자고 했을 때, 결혼을 앞둔 신부처럼 이것저것 사들이는 네 모습을 보면서 〈이 애 형편이 어려워지겠군!〉 하고 생각했지. 내 소송 대리인 말로는, 네 남편에게 제기한 소송에서 그자가 네 재산을 내놓게 될 때까지는 반년 넘게 걸린다더구나. 그래서 내가 1천3백50프랑짜리 영속 연금 공채를 팔았단다. 또 1만 5천 프랑의 종신 연금을 담보로 해서 1천2백 프랑을 만들었지. 그리고 나머지 돈으로 가게에 물건 값을 냈어. 애들아, 나는 저 하숙집 꼭대기 방에 살면서 1년에 1백50프랑만 내면 돼. 하루에 2프랑이면 왕자처럼 남부럽지 않게 살 수 있어. 그러고도 나머지 돈은 수중에 있을 거고. 나는 돈 쓸 데가 없고, 옷도 거의 필요 없단다. 보름 전부터 난 남몰래 빙그레 웃으며 〈애들이 행복하겠지!〉라고 혼잣말을 했단다. 자, 그래, 행복하지 않으냐?」

「오! 아빠, 아빠!」

뉘싱겐 부인이 앉아 있는 아버지에게 펄쩍 뛰어오르면서 말했다. 아버지는 그런 딸을 무릎에 받아 앉혔다. 그녀는 아버지 뺨에 여러 번 쪽쪽 입을 맞추고, 자기 금발로 아버지의 볼을 쓰다듬었다. 그리고 기쁨으로 빛나는 노인의 얼굴에다 눈물을 뚝뚝 흘렸다.

「사랑하는 아버지, 아버지야말로 진짜 아버지세요! 하늘 아래 아버지 같은 분은 둘도 없어요. 외젠은 이미 아버지를 무척 좋아하고 있었고, 지금도 그럴 거예요.」

딸의 심장이 자기 심장 위에 바짝 붙어서 뛰는 것을 10년 만에 처음 느껴 본 고리오 영감이 말했다.

「델피네트, 나 이러다 기쁨에 겨워 죽을 것 같구나! 내 가없은 심장이 터질 것 같아. 자, 외젠 씨, 우린 이제 돈 계산은 다 끝난 거요!」

노인이 딸을 미친 사람처럼 너무도 거칠게 껴안자 딸이 이렇게 말했다.

「아! 아파요, 아빠.」

「내가 널 아프게 했구나!」

얼굴이 창백해지면서 영감이 말했다. 그는 고통에 겨워 초인적인 표정으로 딸을 보았다. 부성(父性)의 그리스도라 할 수 있는 그의 모습을 잘 그리려면, 구세주 예수가 인간을 위해 겪은 수난을 조형화한 거장들의 그림에서나 비교 대상을 찾아야 할 터였다. 고리오 영감은 자기 손가락으로 꽉 누르고 있던 딸의 허리띠에 살며시 입을 맞추었다.

「아냐, 아니야, 내가 널 아프게 한 게 아니란다.」

그는 미소를 지으며 따지듯 딸에게 말했다. 「소리를 질러서 나를 아프게 한 건 너란다. 그게 더 비싼 대가를 치러야 하는 일이지.」

이 대목에서 그는 딸의 귀에 조심스럽게 입을 맞추면서 이렇게 말했다.

「저 친구는 소중해. 그러니 그를 잡아야 해. 안 그러면 저 친구는 화를 낼 거야.」

외젠은 이 영감의 끝 간 데 없는 헌신을 보고 아연실색했다. 그리고 젊은이의 믿음에서 나오는 순진한 감탄을 표하며 영감을 바라보았다.

「저는 이 모든 것을 받을 만한 가치 있는 사람이 되겠습니다.」

외젠이 소리 높여 말했다.

「오, 나의 외젠, 지금 방금 한 말은 참 아름다운 말이에요.」

뉘싱겐 부인이 외젠의 이마에 입을 맞추었다.

「이 사람은 너 때문에 타유페르 양과 그 처녀의 재산 수백만 프랑도 마다했단다.」

고리오 영감이 말했다.

「그래, 그 아가씨가 자네를 좋아했지. 그리고 오빠가 죽었으니 이제 그 처녀는 떼부자가 되었잖나.」

「오! 그런 말씀은 왜 하세요?」

외젠이 큰 소리로 말했다.

「외젠, 오늘 저녁은 아쉽네요. 아, 난 당신을 정말 사랑하고 언제까지나 사랑할 거예요!」

「네가 결혼한 뒤로 가장 좋은 날이 오늘이구나.」

고리오 영감이 소리쳤다.

「하느님이 얼마든지 내게 고통을 주셔도 좋다. 너희들 때문에 고통스러운 일만 아니라면 말이다. 난 이렇게 말할 거야. 올해 2월에는 사람이 태어나 일생 동안 맛볼 수 있는 행복보다 더 큰 행복을 난 누렸다고. 피핀,[37] 나 좀 보렴.」 영감이 딸에게 말했다.

「저 애 참 미인이지? 안 그런가? 말 좀 해봐요. 저렇게 살색이 예쁘고 귀여운 보조개를 지닌 여자, 많이 만나 보았소? 아니지, 그렇지? 자, 저 사랑스러운 여성을 만든 게 바로 나라오. 이제부터 자네 때문에 행복해진 내 딸은 천배나 더 나은 인물이 될 거요. 난 지옥에 가도 좋다오, 옆방 총각. 만약

37 델핀의 또 다른 애칭.

내게 주어질 천국의 몫이 필요하니 떼어 달라고 자네가 말한다면 난 다 주겠소. 자, 먹자고, 먹어. 모든 게 우리 것이니.」

영감은 자기가 무슨 말을 하는지 모르는 채 말을 이어 갔다.

「가엾은 아버지!」

영감이 자리에서 일어나 딸 쪽으로 가서 딸의 머리를 붙들고 땋아 내린 머리 한복판에 입을 맞추면서 말했다.

「애야, 네가 이 아비를 얼마나 손쉽게 행복하게 만들어 줄 수 있는지 알았으면 좋겠구나! 이따금 날 보러 올라오렴. 난 저 위층 방에 있을 테니. 엎어지면 코 닿을 거리잖니. 오겠다고 약속해 다오, 어서!」

「네, 갈게요, 사랑하는 아버지.」

「또 한 번 말해 다오.」

「네, 좋으신 아버지.」

「이제 그만 하렴. 그 소리를 자꾸 듣다가는 백번쯤 말해 달라고 하겠구나. 이제 저녁 먹자.」

그날 저녁은 내내 어린애 장난처럼 보낸 시간이었다. 셋 중에서도 고리오 영감이 가장 정신 나간 사람같이 굴었다. 그는 딸의 발치에 드러누워 양발에 입을 맞추었다. 그리고 딸의 두 눈을 오래오래 들여다보았다. 자기 머리를 딸이 입은 드레스에 비벼 대기도 했다. 아주 젊고 더없이 애틋한 애인이나 할 것 같은 정신 나간 짓들을 노인은 해댄 것이다. 델핀이 외젠에게 말했다.

「봤죠? 아버지랑 같이 있으면 온통 아버지한테만 신경 써야 해요. 때로는 그게 아주 불편하기도 할 거예요.」

외젠은 이미 여러 번 질투심이 치미는 것을 느꼈다. 하지만 온갖 배은망덕한 언행의 원리를 함축하고 있는 이 말을 비난

할 수 없었다.

「그럼 이 아파트 손질은 언제 다 끝나나요? 그럼 오늘 저녁은 이대로 우리 헤어져야 하겠죠?」 외젠이 방을 둘러보면서 말했다.

「그래요. 하지만 내일 와서 같이 저녁 먹어요. 내일은 이탈리아 극장에 가는 날이에요.」 그녀가 부드럽게 말했다.

「난 1층에 가 있으마.」

고리오 영감이 말했다.

자정이었다. 뉘싱겐 부인의 마차가 대기하고 있었다. 고리오 영감과 외젠은 보케 하숙집으로 돌아가면서 델핀에 대해 이야기를 주고받았다. 이야기를 하면 할수록 두 사람의 격렬한 열정을 표현하는 데도 경쟁 같은 것이 생겨났다. 일체의 사리사욕에 물들지 않은 아버지의 사랑이 워낙 끈질기고 대단하다 보니 외젠의 애정을 압도했고, 그것은 외젠도 눈감아 버릴 수 없는 사실이었다. 아버지 눈에는 우상인 딸이 항상 순수하고 아름다웠고, 딸에 대한 찬미는 지난날에 대해서나 미래에 대해서나 점점 더해만 갔다. 보케 부인은 난로를 옆에 두고, 실비와 크리스토프 사이에 우두커니 앉아 있었다.

늙은 하숙집 여주인은 마치 카르타고의 폐허에 남은 마리우스처럼 거기 있었다. 그녀는 실비와 함께 슬픔에 잠겨, 이제 달랑 둘 남은 하숙인을 기다리고 있었다. 바이런 경이 타소에게 상당히 아름다운 탄식[38]을 바치기는 했지만, 보케 부인의 입에서 터져 나오는 탄식의 심오한 진실을 따라가려면 멀었다.

38 영국의 시인 바이런은 이탈리아의 시인 타소의 삶에서 영감을 받아 「타소의 탄식」이라는 작품을 썼다.

「실비, 그러니까 내일 아침에 준비해야 될 커피는 석 잔밖에 안 되는 거지? 아니! 사람들이 다 빠져나간 우리 집, 가슴 미어지지 않아? 하숙인들이 없으면 산다는 게 대체 뭐람? 아무것도 아니지. 내 집에 살던 사람들이 쓰던 가구도 다 없어졌어. 삶이란 가구들 가운데 있는 건데…… 내가 하늘에 무슨 죄를 지었기에 이런 재앙이 몽땅 나한테 닥치는 거지? 우리 집에 장만해 둔 껍질콩과 감자는 20인분이나 되는데, 경찰이 내 집에 들이닥치다니! 그럼 이제 우리는 감자만 먹고 지내게 되는 거야! 크리스토프를 내보내야겠어!」

사부아 지방 출신인 크리스토프가 자고 있다가 후다닥 깨어나 말했다.

「부르셨어요?」

「가여운 녀석! 꼭 집 지키는 강아지 같네.」

실비가 말했다.

「지금은 사람들이 저마다 집을 구해 들어앉은 비수기인데, 어디서 우리 집에 하숙할 사람을 찾겠어? 생각할수록 미치겠네. 게다가 속을 알 수 없는 미쇼노란 여자 때문에 푸아레까지 나가 버리고 말이야! 그 여자가 그를 도대체 어떻게 해서 저리 단단히 비끄러맸기에 강아지처럼 졸졸 뒤를 따라 나가느냐고 글쎄.」

「아, 글쎄, 저런 처녀 노파들은 그런 수단이 보통 아니라니까요.」 실비가 고개를 끄덕이며 말했다.

「사람들이 불쌍한 보트랭 씨를 졸지에 징역수로 만들어 버렸어. 그래, 실비, 이건 나도 어쩔 수가 없는데, 난 아직도 그 사실을 믿을 수가 없구나. 그렇게 쾌활한 사람이 말이야, 한 달에 15프랑씩 내고 글로리아 커피도 사 마시고, 하숙비도 꼬박꼬박 제때에 내던 사람이!」

「그리고 인심도 좋으셨죠!」

크리스토프가 말했다.

「뭔가 잘못됐을 거예요.」

실비가 말했다.

「아니야, 그 사람이 자백했잖아. 게다가 이런 일들이 모두 내 집에서, 고양이 한 마리 지나다니지 않는 이 동네에서 일어났다니! 정말이지 내가 꿈을 꾸고 있나 봐. 왜냐하면, 봐, 루이 16세가 그런 일을 당하는 것도 보았고, 나폴레옹 황제가 몰락하는 것도 보았고, 그 황제가 다시 돌아왔다가 또 다시 몰락하는 것도 봤지만, 그런 건 모두 일어날 수 있는 일들이잖아. 하지만 보통 사람들이 사는 하숙집에선 그런 일이 생길 기회가 전혀 없는데 말이지. 국왕 없이는 살 수 있지만, 밥 없이는 못 살지. 그런데 〈드 콩플랑〉 집안의 성씨를 갖고 태어난 어엿한 내가 온갖 맛있는 것은 다 해 먹였건만, 세상의 종말이 다가온 게 아니고서야 원……. 아니야, 바로 그거야. 세상의 끝장이 온 거야.」 보케 부인이 말했다.

「그런데 소문에 듣자니, 아주머니께 이 모든 폐를 끼친 미쇼노 양이 연금 3천 프랑을 타게 된다지 뭐예요.」

실비가 목청을 높였다.

「그년 얘긴 내 앞에서 하지 마! 그 몹쓸 년! 게다가 설상가상으로, 뷔노 하숙집으로 들어간다지. 무슨 짓이라도 할 수 있는 년이라니까. 틀림없이 다른 끔찍한 짓거리도 했을 거야. 젊었을 때 사람도 죽이고 돈도 훔쳤을 거야. 그 가엾은 사람 대신 그년이 징역살이를 해야 하는 건데……..」 보케 부인이 말했다.

바로 이 순간 외젠과 고리오 영감이 초인종을 눌렀다.

「아! 변함없는 손님 둘이 왔네.」

과부 보케 부인이 한숨을 내쉬며 말했다.

그런데 변함없는 두 하숙인은, 이 집에서 일어난 재난은 그리 기억하지 못하고, 쇼세당탱 쪽으로 이사하게 될 거라고 여주인에게 거리낌 없이 알렸다.

「아, 실비! 마지막으로 또 이런 타격이! 두 분이 나한테 아주 죽으라고 하는구려. 내 위(胃)를 딱 때리는구먼. 위에 무슨 작대기 같은 게 들어앉은 것 같네. 오늘 하루가 내 머릿속에선 10년 같네요. 이러다가는 정말이지 미쳐 버릴 거예요! 장만해 둔 껍질콩은 어떻게 하지? 아! 이제 이 집에 나 혼자 남게 되면, 크리스토프, 넌 내일 나가라. 잘 가요, 두 분. 잘 주무시고.」

「아주머니가 왜 저러시지?」

외젠이 실비에게 물어보았다.

「왜는요! 그 일이 있고 나서 모두들 나가잖아요. 그러니 아주머니 머리가 아플 수밖에요. 아니, 아주머니 우는 소리가 들리네요. 하긴 울면 좀 나아지겠죠. 아주머니 밑에서 일하면서 눈물 흘리시는 건 진짜 처음 보네요.」

다음 날, 보케 부인은 자기표현을 빌자면, 〈이성을 되찾았다〉. 마치 하숙인을 몽땅 잃어 인생이 기울어 버린 여자처럼 괴로워하는 것 같았지만 그러면서도 이성은 말짱했다. 그래서 진정한 고통이라는 게 무엇인지, 즉 이해관계가 엉망으로 구겨지고 평소의 습관이 깨어진 데서 오는 깊은 고통이 무엇인지를 보여 주었다. 사랑했던 여자가 살던 곳을 떠날 때 그곳을 바라보는 연인의 시선도 보케 부인이 텅 빈 식탁을 바라보는 시선보다 더 슬프지는 않을 터였다. 며칠 있으면 병원 수련의 근무 기간이 끝나는 비앙숑이 아마 여기 와서 자기의 빈자리를 채우게 될 것이고, 박물관 직원도 쿠튀르 부인이 있던 방을 쓰고 싶다고 종종 말했기 때문에 곧 이 하숙집도 다시 활기를 띨 거라고 외젠은 보케 부인을 위로했다.

「제발 그렇게 되면 얼마나 좋겠수. 하지만 여긴 불운이 덮쳤다니까. 열흘 못 가서 죽음도 덮칠 거요. 두고 봐요. 죽음이 와서 누굴 데려갈지.」

그녀는 식당을 침울하게 바라보면서 외젠에게 말했다.

「이사하는 게 잘한 거네요.」

외젠이 고리오 영감에게 아주 작은 소리로 말했다.

「아주머니, 고양이 미스티그리를 사흘째 못 봤어요.」 실비가 황급히 뛰어와서 말했다. 「아! 그래, 내 고양이가 죽었다면, 우리 곁을 떠났다면, 나는…….」

가엾은 과부는 말을 채 맺지 못하고 두 손을 모으더니, 무서운 예감에 짓눌려서는 의자에 앉은 채 뒤로 벌렁 넘어갔다.

정오쯤 팡테옹 근처 동네에 오는 집배원이 외젠에게 보세앙 가문의 문장으로 봉인된 편지 한 통을 전해 주었다. 우아한 이 편지 봉투 안에 든 것은, 한 달 전부터 보세앙 자작 부인 집에서 열린다고 예고된 대무도회에 뉘싱겐 부부를 청하는 초대장이었다. 여기에는 외젠에게 보내는 글도 동봉돼 있었다.

외젠, 뉘싱겐 부인에 대한 내 마음을 당신이 기꺼이 전해 줄 거라고 생각했어요. 보내 달라고 했던 초대장을 여기 보냅니다. 그리고 레스토 부인의 동생 분과도 이 기회에 알게 되면 참 좋겠어요. 그러니 그 아름다운 분을 우리 집에 모시고 와요. 그런데 그분이 당신의 사랑을 독차지하지는 않게 해요. 내가 당신에게 품은 애정에 대한 보답으로 당신도 내게 사랑을 많이 보여 줘야 하잖아요.

보세앙 자작 부인

이 초대장을 다시 읽으면서 외젠은 혼잣말을 했다. 〈아니, 보세앙 부인이 뉘싱겐 남작이 오는 것은 원치 않는다고 분명하게 말하고 있군그래.〉

그는 재빨리 델핀 집으로 갔다. 델핀에게 기쁜 소식을 전해 주고 그 대가도 받게 되리라 생각하니 가면서도 행복했다. 뉘싱겐 부인은 목욕 중이었다. 라스티냐크는 내실에서 기다리는 동안, 피 끓는 청년답게 조바심에 애태우며, 2년간 열망해 온 애인 갖기를 어서 실현하고 싶어 몸이 달았다. 젊은이의 일생에 두 번은 찾아오지 않는 그런 감정이었다. 한 남자가 집착하는 정말로 여자다운 최초의 여자, 즉 파리 사교계가 원하는 화려한 광채를 거느린 채 그에게 나타나는 여자에게 결코 경쟁자란 없다. 파리에서의 사랑은 모든 점에서 다른 사랑들과 다르다. 파리에서는, 이른바 사심 없는 애정에 대해 저마다 예의상 번지르르하고 판에 박힌 언사를 늘어놓지만, 어떤 남녀도 여기에 속아 넘어가지 않는다. 파리라는 도시에서는 여자란 그저 마음과 감각만 만족시켜서 되는 것이 아니라, 삶을 이루는 숱한 허영에 대해 훨씬 많은 것을 만족시켜야 할 의무가 있다는 것을 속속들이 알고 있다. 특히 이곳에서 사랑이란 본질적으로 허풍스럽고 당돌하며 소비적이고 야바위꾼 같고 사치스러운 일이다. 루이 14세 당시

궁정의 모든 여자들이 라발리에르 양을 부러워했는데, 그것
은 루이 14세가 자기 옷소매가 하나에 수천 프랑이나 되는
비싼 것임을 잊어버리고 자기 아들 베르망두아 공작[39]이 궁
정 사교계에 수월하게 출입하도록 해주려고 그것을 찢어 줄
정도로 라발리에르 양에게 홀딱 빠져 있었기 때문이다. 왕이
이 정도라면 나머지 사람들에게는 더 무엇을 요구할 수 있겠
는가? 젊고 볼 일이며, 부유하고 작위도 갖고 볼 일이다. 할
수만 있다면 더 나은 지위를 갖추고 볼 일이다. 우상 앞에 태
울 향을 더 많이 가져올수록, 그 우상은 당신을 더욱 호의적
으로 대할 것이다. 어쨌든 그렇게 할 우상이 있는 사람이라
면 말이다. 사랑이란 하나의 종교이며, 사랑을 떠받드는 신
봉 행위는 그 어떤 종교의 신앙 행위보다 돈이 더 많이 든다.
사랑은 금방 지나가 버리며, 불량배가 지나간 뒤처럼 주변에
온통 황폐한 자취만을 남긴다. 감정의 사치는 지붕 밑 방의
시(詩)인데, 이런 풍요로움이 없다면 다락방의 사랑은 어떻
게 될까? 파리 법전(法典)의 이 엄격한 법칙도 고독한 영혼에
게는 예외가 된다. 사회적 교의에 절대 휩쓸리지 않고 맑은
물이 끊임없이 흐르는 샘 근처에서 사는 사람, 자신의 초록
색 그늘에서 벗어나지 않으며 자신을 위해 모든 사물에 기록
돼 있고, 또 자기 자신의 내면에서도 찾을 수 있는 그 언어에
귀 기울이며 행복해하는 영혼, 땅 위의 인간 군상을 통탄하
며 날개가 돋기를 참을성 있게 기다리는 그런 영혼 말이다.
그러나 라스티냐크는 대부분의 젊은이들과 비슷해서 위대함
의 단맛을 무르익기 전에 미리 맛보고, 세상이라는 투기장에
완전무장한 채 등장하고 싶어 했다. 아마도 세상을 제압할

39 루이 14세와 라발리에르 양 사이에서 태어난 사생아.

힘이 자기에게 있다고 느낀 것 같다. 하지만 그런 야망의 목적이나 수단에 대해서는 잘 알지 못하는 상태였다. 삶을 가득 채워 주는 순수하고 신성한 사랑이 없다면, 권력을 향한 이런 갈증, 사리사욕을 모두 벗어던지고 한 나라의 위대함을 자신의 목적으로 삼는 것은 멋진 것이 될 수 있다. 그러나 외젠은 아직 인생의 흐름을 관조하고 인생을 판단할 수 있는 그런 경지에 이르지 못한 상태였다. 그때까지 아직 시골 출신 애송이에 불과한 그는 푸른 나뭇잎처럼 덮고 있는 신선하고 달콤한 생각의 매력을 완전히 떨쳐 내지도 못했다. 그는 파리의 루비콘 강을 건널까 말까 끊임없이 망설였다. 호기심에 불타면서도, 그는 여전히 속으로는 자기 성(城)을 지닌 시골 귀족의 행복한 삶을 동경하고 있었다. 그런데 그 전날 델핀이 새로 마련한 그 집에 있다 보니 끝까지 마음에 거리껴지던 몇 가지 점들이 사라져 버렸다. 마치 오래전부터 출생이 주는 도덕적 이득을 누려 왔듯이 그날은 돈이 주는 물질적 이득을 누리면서, 그는 촌놈의 탈을 완전히 벗어 버리고 새로운 자리에 사뿐히 안착하여 멋진 미래를 내다보고 있었다. 이렇게 자기 방이나 다름없이 되어 버린 예쁘장한 내실에 나른하게 앉아 델핀을 기다리다 보니, 그는 작년에 파리에 올라왔던 라스티냐크와는 너무도 동떨어진 자기 모습을 볼 수 있었다. 그때의 자기와 하도 멀어져서, 도덕적 안경을 쓰고 자기를 잘 들여다보며 지금 이것이 정말 자기 맞는지 스스로 묻고 있었다.

「부인께서 방에 들어오셨습니다.」

하녀 테레즈의 말에 그는 흠칫 놀랐다.

델핀이 충분히 쉰 것 같은 상큼한 모습을 하고 벽난로 옆

2인용 의자에 편히 앉아 있는 게 보였다. 물결처럼 퍼진 모슬린 드레스를 입고 앉은 그녀의 자태는 꽃 속에 열매가 맺힌 인도산 관엽 식물과 비교하지 않을 수 없었다.

「아, 당신이 와 있었군요!」

그녀가 반가워하며 말했다.

「내가 무엇을 갖고 왔는지 어디 알아맞혀 보세요.」

외젠은 옆에 앉아 그녀의 한 팔을 끌어당겨 손에 입을 맞추면서 말했다.

뉘싱겐 부인은 초대장을 읽으며 기쁜 몸짓을 보였다. 그녀는 촉촉이 젖은 눈으로 외젠 쪽을 돌아보더니, 그의 목을 양팔로 껴안고 허영심 가득한 환각에 취해 그를 자기 쪽으로 끌어당겼다.

「내가 이렇게 행복한 건 당신(그녀는 귀에 대고는 〈자기〉라고 하면서 〈테레즈가 욕실에 있어요. 조심해요!〉라고 속삭였다) 덕분이군요. 그래요, 난 이걸 감히 행복이라고 부를래요. 당신으로 말미암아 얻은 것이니, 자존심의 승리, 그 이상의 것 아닌가요? 나를 사교계에 소개해 주려는 사람은 아무도 없었어요. 지금 당신은 나를 파리 여자처럼 좀스럽고 경박하고 가볍다고 생각할 거예요. 하지만 내 친구, 생각해 봐요. 난 모든 걸 당신을 위해 희생할 각오가 되어 있어요. 그리고 내가 생제르맹의 사교계에 가고 싶어 전에 없이 안달이 난 것도 당신이 거기 있기 때문이라고요.」

외젠이 말했다.

「보세앙 부인이 자기 무도회에 뉘싱겐 남작님이 오는 걸 원치 않는다고 말하는 것 같지 않아요?」

「그렇죠.」

남작 부인이 그 편지를 외젠에게 돌려주며 말했다.

「이런 여자들은 오만하기가 타고난 천재 수준이에요. 도도하지만 아무러면 어때요. 난 갈래요. 언니가 분명 거기 올거예요. 언니가 지금 거기 가려고 멋진 의상을 준비하고 있다는 걸 난 알아요, 외젠.」

그녀가 나직한 목소리로 말을 이었다.

「언니는 끔찍한 의혹을 털어 버리려고 거기 가는 거예요. 언니에 관해 도는 소문 몰라요? 뉘싱겐이 오늘 아침 내게 오더니 어제 클럽 모임에서 사람들이 거리낌 없이 그 이야기를 하더라고 그러더군요. 여자로서의 명예와 가문의 명예가 어찌 되는 건지, 맙소사! 가엾은 언니 때문에 내가 공격받고 상처받은 것 같은 느낌이었어요. 몇몇 사람 말을 들어 보면 트라유 씨는 자그마치 10만 프랑이나 되는 수표를 발행했나 봐요. 이 수표들은 거의 모두가 부도가 났고, 그 때문에 트라유 씨는 추적을 받게 되었고요. 이런 극한 상황에서 언니는 자기 집에 있던 다이아몬드를 어느 유대인에게 팔았나 봐요. 언니가 몸에 걸고 있는 걸 당신도 보았을 거예요. 아름다운 다이아몬드 장신구들이죠. 언니의 시어머니 레스토 부인이 물려준 보석이에요. 어쨌든, 이틀 전부터 세간의 관심거리는 바로 이 다이아몬드뿐이라니까요. 아나스타지 언니는 금박 드레스를 주문해 입고 보세앙 부인 댁에 모인 손님들 전체의 시선을 끌고 싶어 해요. 그 무도회에 온갖 광채를 뿜으며 다이아몬드 장식을 몽땅 달고 참석해서 말이지요. 하지만 난 언니보다 처지고 싶지는 않아요. 언니는 항상 나를 짓밟으려고 노력했어요. 내게 잘해 준 적이 없고요. 언니 심부름을 그렇게 많이 해주었고, 언니가 돈이 없을까 봐 항상 돈을 마련해 주던 나를 말이죠. 하지만 세상이야 그냥 제멋대로 흘러가게 놔둬요. 오늘은 정말로 행복하게 지내고 싶어요.」

라스티냐크는 새벽 1시인데도 계속 뉘싱겐 부인 집에 눌러 있었다. 부인은 연인끼리 하는, 다가올 기쁨으로 가득 찬 작별의 몸짓을 아낌없이 퍼부었다. 하지만 그녀는 우울한 표정으로 말했다.

「난 겁이 많아요. 미신도 잘 믿고요. 내 예감에다 당신 맘에 드는 이름을 붙여 줘요. 내가 하도 미신적이라서, 내 행복의 대가로 무슨 끔찍한 재앙을 겪게 될까 싶어 떨리네요.」

「어린애 같으니라고.」

외젠이 말했다.

「아! 오늘 밤에는 나 어린애 맞아요.」

그녀가 웃으며 말했다.

외젠은 다음 날은 꼭 이사할 거라 생각하면서 보케 하숙집으로 돌아왔다. 돌아오는 길에 그는 아직도 입술에 행복의 맛이 남아 있는 젊은이라면 으레 꾸는 아름다운 몽상에 빠졌다.

라스티냐크가 자기 방문 앞을 지나갈 때 고리오 영감이 말했다.

「그래서 어땠어?」

「아! 내일 다 말씀드리죠.」

외젠이 대답했다.

「다 말해야 하오, 알았지?」

영감이 큰 소리로 말했다.

「이제 잘 자고, 내일 우리의 행복한 생활을 시작하자고.」

제4장
아버지의 죽음

다음 날, 고리오와 라스티냐크가 하숙집에서 출발하려고 짐꾼이 얼른 와주기만 기다리고 있는데, 정오쯤 웬 마차가 와서 바로 보케 하숙 현관문 앞에 멈춰 서는 소리가 뇌브생트주느비에브 거리에 울려 퍼졌다. 뉘싱겐 부인이 마차에서 내리더니, 아버지가 아직도 이 하숙집에 계시느냐고 물었다. 그렇다고 실비가 대답하자, 그녀는 재빨리 계단을 올라갔다. 외젠은 자기 방에 있었는데 옆방의 영감은 외젠이 집에 있는 줄 몰랐다. 점심 먹을 때 그는 고리오 영감에게 이따가 오후 4시에 아르투아 거리의 그 집에서 보자고 하면서, 거기 갈 때 자기 물건들을 좀 갖다 주십사고 부탁했었다. 그러나 영감이 이삿짐 짐꾼들을 부르러 간 사이에 외젠은 학교에 가서 얼른 출석에 대답만 하고 하숙집으로 돌아와 있는데, 외젠이 들어오는 걸 아무도 못 보았던 것이다. 고리오 영감이 또 극성을 떨며 자기 하숙비를 대신 치러 버릴 것만 같아서 그런 폐를 끼치고 싶지 않았던 외젠은 보케 부인과 직접 돈 계산을 하려고 했었다. 보케 부인이 외출하고 없었기 때문에 외젠은 자기 방으로 올라가 혹시 뭐 두고 온 것이 없나 살폈고, 그러다가 자기 탁자 서랍 속에서 전에 보트랭에게 끊어 주었던 백지 어음을 보게 되었다. 방에 올라와 보기를 정말 잘했다 싶었다. 그 어음은 그가 돈을 지불한 날 아무 생각 없이 그냥 거기 던져둔 것이었다. 벽난로에 불이 없으니 어음을 태울 수는 없고 잘게 찢어서 버리려고 생각하는데, 그때 델핀의 목소리가 들려왔고, 아무 소리도 내고 싶지 않았던 그는 설마 델핀이 자기에게는 숨기는 것이 하나도 없겠지 싶어 그대로 방에 남아 있다가 그녀가 하는 말을 전부 듣게 되었다. 그런데 첫 마디부터, 부녀간에 오가는 대화가 하도 흥미로워 귀를 쫑긋 세우고 듣지 않을 수 없었다.

그녀가 말했다.

「아! 아버지. 아버지가 때맞춰 제 재산을 점검해 볼 생각을 하신 덕분에 정말 고맙게도 저는 파산을 모면했어요! 제가 이렇게 얘기해도 되겠지요?」

「그래, 지금 집이 비어 아무도 없단다.」

고리오 영감이 목소리를 바꿔 말했다.

「아버지, 왜 그러세요?」

뉘싱겐 부인이 말을 이었다.

「방금 네 말이 내 머리를 도끼로 한 번 내려친 셈이로구나. 애야, 하느님이 널 용서하시기를! 내가 얼마나 널 사랑하는지 넌 모른다. 그걸 알았다면 그런 얘기를 그렇게 불쑥 꺼내지는 않았을 게다. 특히 절망할 게 전혀 없는데 말이다. 조금 있다가 어차피 아르투아 거리의 새집에서 만날 텐데도 날 찾아 여기로 오다니, 그리도 급박한 일이 생긴 게냐?」

「예, 아버지. 재앙이 닥칠 때 저절로 튀어나오는 반응을 어찌 억누를 수 있겠어요? 제가 미쳤죠! 아버지의 소송 대리인이 얼마 전에 우리를 보고, 어쩌면 나중에 불행한 일이 터질 수도 있다고 예고는 해주더군요. 장사를 하셨던 아버지의 오랜 경험이 우리에게 필요하게 되어, 물에 빠진 사람이 지푸라기라도 잡고 매달리듯 이렇게 허겁지겁 뛰어온 거예요. 데르빌 씨가 자기에게 숱한 억지소리를 늘어놓으며 어깃장을 부리는 뉘싱겐을 보고는 재판소장의 인가가 곧 날 거라며 재판에 들어가게 될 거라고 했어요. 남편이 오늘 아침 제 방에 들어오더니 우리 부부가 함께 파산했으면 좋겠느냐고 묻더군요. 이 일에 대해서는 아무것도 모른다고 저는 대답했죠. 내게도 지녔던 재산이 있고 그 재산은 내 소유여야 한다고, 이 복잡한 일의 해결에 관한 모든 것은 내 소송 대리인이 알아서 처리한다고 했죠. 이 문제에 관해 저는 아무것도 모르고 아무 이야기도 들을 수 없다고 했고요. 아버지도 이런 말을 하라고 저한테 그러신 것 맞죠?」

「잘했다.」

고리오 영감이 대답했다.

「그래요. 남편은 자기 사업이 어떻게 되어 가고 있는지 저한테 말해 주더군요. 방금 시작한 여러 회사에 전 재산에다 제 돈까지 다 털어 넣었대요. 그 사업에는 남편 돈과 제 돈 말고도 엄청난 돈이 더 들어가야 했다는군요. 제 지참금을 내놓으라고 밀어붙이면 파산하게 될 거라는 거예요. 하지만 제가 1년을 기다려 준다면 토지를 이용한 사업에 제 돈을 투자해서 두세 배로 불려 주겠다고, 자기 명예를 걸고 맹세한대요. 그 토지 사업이 잘되면 거기서 얻은 모든 재산은 제 것이 된다는 이야기예요. 아버지, 그는 성실하게 설명했고, 저는 두려웠어요. 자기 행동을 용서해 달라고 빌더군요. 제 이름으로 된 사업을 남편이 마음대로 할 수 있게 해준다면 저도 뭐든 내키는 대로 해도 좋다고 했어요. 자기 말이 진심이라는 것을 증명하기 위해 제가 원하면 언제든 데르빌 씨를 불러 제 소유로 되어 있는 모든 문서들이 합당하게 기재된 것인지 확인할 수 있게 해주겠다고 약속했어요. 그러니까 한마디로, 손발 다 묶인 채 제게 투항해 온 셈이지요. 앞으로 2년간 가계 경비를 자기가 알아서 지출하게 해달라더군요. 그리고 자기가 내주는 금액보다 더 많이 지출하지 말아 달라고 간청했어요. 자기는 이제 겨우 체면만 유지할 수밖에 없다는 것을 증명해 보인 셈이죠. 그리고 그 춤추는 여자와도 관계를 정리하고 아주 빡빡하게, 하지만 아무도 모르게 절약을 하며 살 수밖에 없을 거라는 얘기도 했어요. 자기의 신용도를 떨어뜨리지 않고 지금 투자한 사업이 끝을 볼 때까지 가려면 그래야 한다는 거예요. 그래서 제가 막 뭐라고 했어요. 그를 막다른 곳까지 몰아붙여 조금이라도 더 알아내려고 아무것도 못 믿겠다고 했지요. 그는 자기 장부를 보여 주더니 끝내는 울더군요. 남자가 그 지경이 된 것은 처음 보았어요. 제정신이 아닌 듯 자살하겠다고 하고, 횡설수설 헛소리를 했어요. 보기 안됐더군요.」

델핀이 말했다.

「그래서 너는 그 허황된 수작을 믿는단 말이구나.」

고리오 영감이 소리쳤다.

「그놈이 아주 연기도 잘하는구먼! 나도 사업하면서 독일 사람들 여럿 만나 보았지. 거의 다 믿을 만한 사람들이지. 선의로 가득 찬 사람들이고. 하지만 솔직하고 호인 같은 모습을 겉으로 보이면서 약삭빠른 사기꾼 같은 짓을 하기 시작하면, 그보다 더 막돼먹은 놈들은 없을 거야. 네 남편은 너를 이용해 먹고 있단다. 상황이 여기저기서 죄어드는 것이 느껴지니, 짐짓 죽은 척하면서 자기 명의보다는 네 명의를 앞세워 뭐든 제 맘대로 해보고 싶은 거야. 이런 상황을 이용해서 자기가 벌인 장사를 일으켜 세우고 저 편해지고 싶은 거지. 그는 불성실한 데다 약삭빠르기까지 한 놈이야. 나쁜 놈이라니까. 안 돼, 안 돼, 내가 죽어 페르라셰즈 묘지에 묻힐 때에 내 딸들을 빈손으로 두고 떠나면 안 되지. 난 아직도 사업이라면 좀 안단다. 그놈이 제 말로는 자기 자본금을 여러 회사에 투자했다고 하지만 말이다, 그의 이익은 증권과 증서, 계약서에 기재되니 그걸 보여 달라고 해. 그리고 너와 함께 청산하자고 하라고. 우리는 가장 좋은 투기 사업을 선택해서 기회를 잡고, 〈델핀 고리오, 뉘싱겐 남작과 재산 문제에서는 별도의 주체인 부인〉이라는 이름으로 등기를 하자. 그런데 그놈은 우리를 바보로 아는 것 같군. 너를 돈도 없고 빵도 없이 그냥 둔다면 이틀 정도 내가 참아 낼 수 있을 거라고 생각한 게 아니더냐? 단 하루 낮, 하룻밤이라도 나는 그걸 견딜 수 없을 거야. 두 시간도 견딜 수 없어! 만약 그것이 사실이 된다면, 난 더 이상 살아갈 수가 없을 거야. 그런데 뭐라고! 내 인생 중 40년을 꼬박 일만 하래도 하겠어. 등짐을 지라면 지겠어. 소낙비처럼 땀을 흘리라면 흘리겠어. 내 천사들아, 일생 동안 너희를 위해 이 아비는 궁핍하게 지낼 수 있단다. 너희가 있기에 모든 노동이, 모든 짐이 가벼웠으니까. 그런데 지금 와서 내 재산이, 내 삶이 연기가 되어 날아가 버린다고! 그걸 생각하면 난 분해 죽겠다. 천지신명께 맹세코, 우리는 그놈이 한다는 짓거리를 명명백백히 밝혀낼 거야. 장부며 금고, 회사, 모두 확인해 봐야지! 네 몫의 재산이 고스란히 잘 있다는 게 증명되지 않는다면 나는 잠도 못 자고, 눕지도 못 하고, 먹지도 못해. 천만다행하게도 너는 재산상으로는 그놈 과 분리되어 있어. 소송 대리인으로는 데르빌 씨가 있고. 다행히 그는 정직한 사람이지. 하느님 덕분에 네 1백만 프랑과 연금 5만 프랑은 네가 간직할 거야, 죽는 날까지. 만약 안 그러면 내가 파리에서 가만 안 놔두고 한판 붙어야지. 아! 만약 법정 판결에서 우리가 패한다면 난 국회에 호소를 할 거야. 네가 수중에 돈을 지니고 편안하고 행복하게 사는 것을 확실히 알기만 해도 내 모든 병이 나아지고 슬픔이 진정된단다. 돈이란 바로 삶이야. 돈이면 안 되는 게 없지. 그 뚱보 알자스 놈은 대체 무슨 소리를 지껄이는 거야? 델핀, 그 뚱뚱한 짐승 같은 놈에게 한 치도 양보 말아라. 그놈은 너를 사슬로 묶어서 불행하게 만든 놈이야. 그놈한테 네가 필요하다면 우리는 그놈을 호되게 다뤄서 제대로 걸어가게 만들어야지. 맙소사, 화가 머리끝까지 치밀어 오르는구나. 머릿속에서 뭔가 활활 타는 것 같다. 내 딸 델핀에게 지푸라기만 남았다니! 오! 내 피핀, 네가! 세상에, 내 장갑 어디 있지? 가자! 어서 가자. 내가 직접 다 보아야겠다. 장부며 사업이며 금고, 현재 진행 중인 서신 같은 걸 다 봐야겠다고. 네 재산에 위험이 없다는 걸 내 눈으로 똑똑히 봐야만 내 마음이 편하겠어.」

「아버지! 신중하게 하세요. 이 일에 조금이라도 복수심을 나타내시거나 지나친 적의를 보이시면, 전 끝장이에요. 그이는 아버지를 알아요. 제가 아버지 영향으로 제 재산을 걱정하고 있다는 것을 그는 아주 잘 알아요. 하지만 확실히 말씀드릴 수 있는 건, 그가 제 돈을 자기 손에 쥐고 있고 그렇게

338

쥐고 싶어 했다는 거예요. 그 나쁜 놈은 전 재산을 거머쥐고 튀어 달아나면서 우리를 빈털터리로 남겨 둘 수도 있는 사람이라고요! 제가 그를 추적해서 스스로 불명예를 자초하지 않을 거라는 걸 그는 잘 알아요. 그는 강하면서 약해요. 전 모든 걸 다 따져 보았어요. 우리가 그를 막다른 골목으로 몰면, 저는 파산이에요.」

「그러면 그 자식이 사기꾼이란 말이냐?」

「그럼요! 그렇다니까요, 아버지.」

델핀이 울며 의자에 털썩 주저앉으면서 말했다.

「저를 그런 인간과 결혼시켰다고 슬퍼하실까 봐 아버지께 그런 이야기를 털어놓지 않으려 했어요. 떳떳하지 못한 행실과 양심, 영혼과 육체, 그 남자에게서는 모든 게 아귀가 맞아떨어져요! 무서운 일이지요. 전 그이를 미워하고 경멸해요. 그래요, 그가 제게 한 말을 다 듣고 나니 더 이상 그 사악한 뉘싱겐을 존중할 수 없어요. 자기가 말한 그런 유의 머리 굴리는 사업에 뛰어들 수 있는 사람이라면 염치라고는 조금도 없는 거죠. 그리고 그의 마음을 속속들이 읽었기 때문에 저는 더 걱정이 돼요. 제 남편이라는 그 사람은 아예 저에게 자유를 내걸며 제안했어요. 아버지는 그게 무슨 뜻인지 아시죠? 불행한 일이 터질 경우 저를 그 사람 손아귀에 넣고 도구로 쓰겠다, 즉 제 명의를 빌려 준다는 데 동의만 하면 제가 뭘 해도 상관없다는 얘기지요.」

「하지만 법이라는 것이 있잖니! 그따위 못된 사위 놈을 위해서는 그레브 광장의 단두대도 있고 말이다. 사형 집행인이 없다면 내 손으로 직접 목을 잘라 버릴 거야.」

고리오 영감이 버럭 소리쳤다.

「안 돼요, 아버지. 그에게 맞설 수 있는 법이란 없어요. 그가 하는 말 한두 마디만 들어 보세요. 교묘하게 돌려서 표현했답니다. 〈둘 중 하나요. 당신이 한 푼도 없이 파산하든가, 아니면 내가 사업을 잘 이끌어가게 놔두든가. 왜냐하면 내가 공범으로 선택할 수 있는 사람은 당신밖에 없으니까.〉 자 이 말 보면 뻔하죠? 그는 아직도 저에게 집착하고 있어요. 제가 아내로서 성실한 것이 안심되는 거죠. 제가 그 사람 재산은 자기 마음대로 쓰게 두고 제 재산에 만족할 거라는 것을 그는 알고 있어요. 이런 식의 제휴는 정직하지 못하고 도둑놈 심보인 거죠. 하지만 거기에 저는 동의해야만 하고 안 그러면 파산하고 말 거라는 얘기예요. 그는 저의 양심을 매수하고, 그 대가로 제가 마음대로 외젠의 여자 노릇을 하게 놔두는 거죠. 〈네가 잘못을 범하는 걸 허락할 테니, 나도 불쌍한 사람들을 망하게 하는 죄를 짓건 말건 놔두어라〉 이거죠. 이런 식으로 표현하면 명확한가요? 그 사람이 〈사업한다〉는 게 뭔지 아버지는 아세요? 자기 이름으로 나대지(裸垈地)를 사들여서 유령 인물로 하여금 거기다 집을 짓게 해요. 그 사람들이 업자들 모두와 거래 계약을 체결해요. 업자들은 실제로 집값을 장기 어음으로 지불하죠. 그리고 처음에 아주 미미한 금액만 내고는 제 남편에게 건물 양도 영수증을 써주는 데 동의해요. 그러면 남편은 그 집들의 소유주가 되는 거죠. 한편 그 유령 인물들은 파산을 해버림으로써, 속아 넘어간 업자들은 끝장을 보는 것이죠. 뉘싱겐 가문의 버젓한 이름이 불쌍한 건설업자들 눈속임에 쓰이는 거예요. 저는 이 사실을 알았어요. 또 필요한 경우에는 막대한 금액을 지불했다는 걸 증명하기 위해서 뉘싱겐이 암스테르담, 런던, 나폴리, 비엔나 등에 거액의 유가 증권을 보냈다는 것도 알았어요. 우리가 어떻게 해서 그런 걸 포착하겠어요?」

고리오 영감의 무릎이 마루에 부딪히는 둔탁한 쿵 소리가 외젠 귀에 들렸다. 영감이 방바닥에 넘어진 것 같았다.

「하느님 맙소사, 내가 무슨 짓을 한 거지? 내 딸을 그 한심한 놈에게 주다니. 그는 맘만 먹으면 딸의 모든 것을 내놓으라고 할 놈이야. 용서해라, 내 딸아!」

노인이 울부짖었다.

델핀이 말했다.

「네, 제가 수렁에 빠져 있다면 아마 아버지의 잘못도 있을 거예요. 결혼할 때 우린 거의 분별이 없었어요! 세상을 알겠어요? 사업, 남자, 풍속을 알기나 하나요? 우리 대신 아버지들이 생각을 해주어야 하지요. 사랑하는 아버지, 전 아버지 탓을 하는 건 전혀 아니에요. 이 말을 용서하세요. 이 점에서 잘못은 전적으로 저한테 있어요. 울지 마세요, 아빠.」

그녀가 아버지의 이마에 입을 맞추면서 말했다.

「너도 울지 마라, 우리 델핀. 어디 네 눈 좀 보자. 내가 뽀뽀해서 눈물을 닦아 주어야겠구나. 자! 이제 다시 머리를 써서, 네 남편이 헝클어 놓은 사업의 실타래를 풀어 봐야겠다.」

「아니에요, 제가 할 테니 놔두세요. 제가 할 수 있을 거예요. 그 사람은 저를 사랑해요. 그 사람한테 제가 미칠 수 있는 영향력을 발휘해서 어느 만큼의 부동산을 제 앞으로 해놓도록 만들겠어요. 어쩌면 알자스 지방 뉘싱겐의 땅을 제 이름으로 다시 사게 할 수 있을 거예요. 그는 그 토지에 집착하거든요. 다만 한 가지, 내일 오셔서 그의 장부와 사업을 검토해 주세요. 데르빌 씨는 상업적인 거라고는 전혀 몰라요. 아,

아니에요. 아버지, 내일은 오지 마세요. 피가 거꾸로 돌게 되는 것은 싫어요. 보세앙 부인의 무도회가 모레 열려요. 거기 갈 때 예쁘고 편안한 모습으로 가서 사랑하는 외젠을 영예롭게 만들어 주기 위해 몸단장을 하고 싶어요! 그럼 그의 방을 보러 가요.」

이때 마차 한 대가 뇌브생트주느비에브 거리에 멈추었고, 계단에서는 레스토 부인이 실비에게 이렇게 말하는 소리가 들렸다.

「안에 아버지 계시지?」

외젠은 재빨리 침대에 누워 자는 척해야지 생각했는데, 이 상황 덕분에 다행히 곤경을 모면했다.

「아! 아버지, 사람들이 아나스타지 언니에 관해 이야기하는 것 들으셨어요? 언니네 부부도 이상한 일이 생긴 것 같던데요.」

델핀이 언니 목소리를 알아듣고는 물었다.

「아니 뭐라고! 그럼 나는 끝장이야. 불행이 겹치면 내 불쌍한 머리는 견딜 수 없을 거다.」

고리오 영감이 말했다.

「안녕하셨어요, 아버지.」 백작 부인이 들어오며 말했다.

「아! 너 와 있었구나, 델핀.」

레스토 부인은 동생과 마주치니 당황스러운 듯했다.

「안녕, 나지 언니. 내가 여기 있는 게 이상한가 보네? 나야 뭐 매일 아버지 뵈러 오는데.」

델핀이 말했다.

「언제부터?」

「그야 언니가 여길 가끔이라도 왔다면 알 수 있었을 테지.」

「빈정거리지 마라, 델핀.」

백작 부인이 비통한 목소리로 말했다.

「난 무척 불행하단다. 가엾은 우리 아버지, 저 큰일 났어요! 오, 이번에는 진짜 큰일이에요!」

「무슨 일인데, 나지?」

고리오 영감이 소리쳤다.

「내게 다 말해 봐라, 애야.」

아나스타지는 낯빛이 창백해졌다.

「자, 델핀, 언니를 좀 잡아 주렴. 언니한테 잘해 주고 말이야. 내가 할 수만 있다면 너를 더욱더 사랑할 거다.」

「가엾은 나지 언니, 말해 봐. 언니를 항상 사랑해서 언니가 무슨 일을 해도 용서해 줄 단 두 사람이 여기 있잖아. 가족의 사랑이란 그 무엇보다도 확실하다는 것 알지?」 뉘싱겐 부인이 언니를 자리에 앉히면서 말했다.

그녀가 언니에게 소금을 갖다 주어 코로 맡게 하자, 백작 부인은 제 정신을 차렸다.

「난 속상해서 죽겠구나.」

고리오 영감이 말했다. 그리고 벽난로의 석탄불을 뒤적이며 말을 이었다.

「자, 둘 다 이리 가까이 좀 와보렴. 춥구나. 무슨 일이냐, 나지? 얼른 말해. 너 때문에 죽을 지경이다……」

「글쎄, 남편이 다 알고 있어요. 아버지, 생각해 보세요. 얼마 전, 막심의 그 어음 생각나시죠? 그러게요! 그게 처음 일이 아니었어요. 제가 그전에도 이미 많이 갚아 준 상태였답니다. 1월 초쯤에 트라유 씨가 무척 서글퍼 보이더군요. 사랑하는 사람들의 마음은 쉽게 읽을 수 있잖아요. 사소한 것 갖고도 충분히 알 수 있죠. 게다가 예감이라는 것도 있고요. 어쨌든 그는 그전 어느 때보다도 더 사랑이 넘치고 다정다감했어요. 그럴수록 저는 더 행복했죠. 가엾은 막심! 그의 말로는 자기 마음속으로 제게 영영 잘 있으라는 작별 인사를 하고 있었다고 해요. 그는 머리를 총으로 쏘아 자살하려 한 거죠. 결국 내가 그를 들볶고 애원하고 했지요. 두 시간이나 그의 무릎에 앉아 있었어요. 그는 빚이 10만 프랑이라고 했어요! 오, 아빠, 10만 프랑이요! 저는 미칠 것 같았어요. 아버지 수중에는 그런 돈이 없었죠. 제가 다 써버렸으니까⋯⋯.」

「없단다. 어디 가서 도둑질해 오지 않고서야 그런 돈은 마련할 수도 없겠지. 하지만 나지, 훔치러 가야겠지. 난 가련다!」

마치 죽어 가는 사람의 신음 소리처럼 음울하게 내뱉은 이 말, 무능한 신세로 전락한 부성애의 고통을 드러내는 이 말에, 자매 둘 다 말을 멈추었다. 심연에 던져진 돌멩이처럼 아득한 깊이를 드러내 주는 이 절망의 외침을 듣고 어떤 이기주의자인들 냉담할 수 있을까?

「제 것이 아닌 물건을 처분해서 돈을 마련했어요, 아버지.」

백작 부인이 펑펑 울며 말했다.

델핀은 마음이 안돼서 언니의 목에 고개를 묻고 울었다.

「그럼 모든 게 사실이었구나.」

그녀가 말했다.

아나스타지는 고개를 숙였고, 뉘싱겐 부인은 언니의 몸을 껴안아 다정히 입 맞추고, 자기 가슴에 언니를 기대게 하며 말했다.

「여기 있는 우리는 언니를 비난하지 않고 사랑하잖아.」

언니에게 델핀이 말했다.

고리오 영감이 희미한 목소리로 말했다.

「내 천사들아, 왜 너희 결혼 생활이 이리 불행해야 하지?」

두 사람이 보여 준 따뜻하고 생생한 애정의 증거에 힘을 받아 백작 부인이 말을 이었다.

「막심의 목숨을 구하고 제 행복을 살리기 위해서, 저는 레스토가 그리도 아끼는 그 집안의 다이아몬드를, 그 사람 것이랑 제 것이랑 모두 팔아 버렸어요. 아버지도 아시는 그 고리대금업자 곱세크 씨요, 어떤 것에도 절대 감동 안 하는 지옥이 빚어낸 그 인간에게 다이아몬드를 갖고 가서 팔았죠. 팔았다고요! 아시겠어요? 막심은 살아났어요! 하지만 저는, 저는 죽었어요. 레스토가 모든 걸 알았거든요.」

「누가 말했는데? 어떻게 알았어? 내 그 녀석을 죽여 버려야지!」

고리오 영감이 소리쳤다.

「어제, 남편이 자기 방으로 오라고 부르기에 갔지요. 그랬더니 목소리가······. (오! 그 목소리만으로도 충분히, 모든 게 짐작되었어요.) 그가 이러더군요. 〈아나스타지, 당신 다이아몬드 어디 있지?〉 〈내 방에 있지요〉 그랬더니 남편이 저를 쳐다보면서 말했어요. 〈아니, 여기 있는데. 내 서랍장 위에 말이오.〉 그러더니 자기 손수건으로 싸놓은 보석함을 보여 주는 거예요. 〈이게 어디서 났는지 당신은 알겠지?〉 그가 말했어요. 저는 남편 무릎에 쓰러져서 막 울었죠. 제가 어떻게 죽었으면 좋겠느냐고 물었어요.」

「아니 그런 말을 했단 말이야!」

고리오 영감이 소리쳤다.

「하느님의 거룩한 이름을 걸고 확실히 말하는데, 너희 둘에게 해를 끼치는 놈은 내가 살아 있는 한 불에 천천히 태워서 죽여 버린다! 그래, 갈기갈기 찢어서, 마치…….」

고리오 영감은 입을 다물었고, 미처 끝내지 못한 말이 그의 목구멍에서 사라졌다.

「글쎄, 델핀, 남편이 내게 요구한 일은 죽기보다 더 어려운 일이란다. 내가 들은 말을 그 어떤 여자도 듣게 되지 않기를…… 하느님 부디!」

「그놈을 죽여 버릴 테다.」 고리오 영감이 태연하게 말했다. 「그놈 목숨은 하나뿐이지만. 내게는 두 번 죽음을 당해도 싼 놈이지. 그런데 뭐라고 했기에?」

영감이 아나스타지를 보며 말을 이었다.

「글쎄 말이죠…….」

백작 부인이 잠시 쉬었다가 하던 이야기를 계속했다.

「저를 보면서 이러는 거예요. 〈아나스타지, 난 모든 걸 침묵 속에 묻어 버렸어. 우리는 계속 같이 살 거요. 우린 자식들도 있으니까. 난 트라유 씨를 죽이지 않을 거요. 죽이려다 실패할 수도 있을 테니, 다른 방법으로 그를 없애려면 인간 사회의 정의와 정면충돌하게 될 테고. 당신 품속에 안긴 채로 그놈을 죽인다면 그건 자식들의 명예를 더럽히는 일이 될 거요. 하지만 당신이 낳은 아이들, 그 애들의 아버지, 나, 이 중 누구도 파멸하는 꼴을 보지 않도록 내가 당신에게 두 가지 조건을 제시하겠소. 대답하시오. 당신이 낳은 자식 중에 내 아이가 있소?〉 그렇다고 대답했지요. 〈어느 아이요?〉라고 묻더군요. 〈큰아들 에르네스트〉라고 했더니 〈좋아. 이제부터 한 가지는 내 말대로 따르겠다고 맹세해요〉라고 했어요. 그래서 맹세했지요. 〈내가 요구할 때 당신의 재산을 매각하는 문서에 서명해야 하오〉 이러더군요.」

「서명하면 안 된다.」

고리오 영감이 외쳤다.

「절대 그건 서명하지 말아라. 아! 레스토, 자네는 한 여자를 행복하게 해준다는 것이 무언지 모르는군. 여자는 행복이 있는 곳에서 행복을 찾으려 하는데, 자네는 그 어리석은 무능함으로 아내를 벌하다니……. 내가 여기 있어, 내가. 당장 멈추라고! 그는 길을 가다가 나를 보게 될 거야. 나지, 마음 편히 먹어라. 아, 그는 자기 재산을 물려줄 자식에게 집착하는군! 좋아, 좋아. 내가 그의 아들을 주먹으로 한 대 패주지. 제길, 그 아들이 내 손자 아니냐. 그러니 나도 얼마든지 그 애를 볼 수 있지. 내가 그 애를 시골 고향 마을에 데려다 놓고 보살펴 줄 테니 마음 놓아라. 이젠 우리 둘이 일대일로 맞서 보자고 말해서 그 괴물 같은 놈을 항복하게 만들 테다! 제 아들을 차지하고 싶으면, 내 딸 재산을 딸에게 주라고. 그리고 마음대로 살게 해주라고.」

「아버지!」

「그래, 네 아버지 여기 있다! 아, 나는 진짜 아버지야. 이 웃기는 대단한 신사 놈들, 내 딸들을 함부로 다루지 말란 말이야! 제길, 나도 내 핏줄에 뭐가 흐르는지 모르겠군. 호랑이의 피가 흐르는 모양이야. 그 두 녀석을 잡아먹고 싶은 걸 보면 말이지. 오, 내 새끼들아! 대체 이게 너희 인생이란 말이냐? 아니 그건 내 죽음이지. 내가 이승에 없으면 너희는 어떻게 되겠니? 아버지란 자식이 수명 다할 때까지 살아야 하는가 보다. 맙소사, 하느님이 만든 세상은 왜 이리 제대로 안 되어 있는 건지! 사람들 말로는 하느님에게도 아들이 하나 있다는

347

데, 우리가 자식들 때문에 속상하지 않게 해주셔야지요, 하느님! 내 사랑스러운 천사들아, 너희들은 괴로울 때나 여기 오는구나. 너희는 내게 너희가 흘리는 눈물만을 보여 주는구나. 그래, 그래, 너희는 날 사랑해. 내가 알지. 여기 와서 하소연하렴! 내 마음은 넓어서 모든 걸 받아들일 수 있단다. 그래, 설령 너희가 내 심장을 찢어 놓는다 하더라도, 그 찢긴 조각조각이 모여 다시 아버지의 심장이 된단다. 너희의 고통을 내가 받아서 대신 아파하고 싶구나. 아! 어렸을 땐 너희도 참 행복했는데…….」

「좋은 시절은 그때뿐이었어요. 널따란 다락방에 쌓인 밀가루 포대들 위에서 미끄럼을 타며 놀던 그때는 어디로 갔을까요?」

델핀이 말했다.

「아버지! 그게 다가 아니랍니다.」

아나스타지가 고리오 영감의 귀에 대고 이렇게 말하자 영감은 소스라치게 놀랐다. 「그 다이아몬드는 10만 프랑에 팔린 게 아니에요. 막심은 고소를 당했어요. 이제 1만 2천 프랑만 갚아 주면 돼요. 막심은 이제 더 이상 도박은 안 하고 행실 바르게 지내겠다고 제게 약속했어요. 세상에서 제게 남은 건 이제 그의 사랑뿐이에요. 그런데 그를 제 사람으로 하는 데에 너무 비싼 값을 치렀기 때문에 만약 그가 제 곁을 떠난다면 죽어 버릴 것 같아요. 저는 그 사람 때문에 재산, 명예, 평화, 자식들, 모든 걸 희생했어요. 오! 적어도 막심이 자유롭고, 명예롭게 되기만 하면 좋겠어요. 그가 세상에서 버젓이 자기 몫을 할 수 있게 된다면 좋겠어요. 지금은 그이가 제게 책임져야 하는 것이 단지 행복만이 아니에요. 우리가 낳은 자식들은 무일푼이 될 거예요. 만약 그가 생트펠라지 감옥[40]에 들어간다면 모든 게 끝장이에요.」

「내겐 그 돈이 없단다, 나지. 더 이상, 더 이상 아무것도 없단다! 세상이 끝난 것 같구나. 오! 세상은 무너져 내릴 거야. 확실해. 그렇게 되기 전에 얼른 가거라, 도망치란 말이다. 아! 내게 아직도 은제 혁대들, 식기 여섯 벌 등 내 생에 처음으로 가져 본 물건들이 있어. 결국 이제 내 수중에 남은 것은 종신 연금 1천2백 프랑뿐이구나.」

「그럼 영속 연금은 어떻게 하셨죠?」

「쥐꼬리만큼만 남겨 놓고는 다 팔았지. 피핀에게 아파트를 장만해 주느라 1만 2천 프랑이 들었단다.」

「네 집 말이야, 델핀?」

레스토 부인이 동생에게 물었다.

「오, 그러면 어때서! 1만 2천 프랑이 들었단다.」

「알겠네, 라스티냐크 씨를 위해서 그런 거겠지요. 아, 델핀, 그만 해. 내가 어떤 처지에 있는지 좀 봐.」

백작 부인이 말했다.

「애야, 라스티냐크 씨는 자기가 사귀는 여자를 파산시킬 리 없는 청년이란다.」

「고마워, 델핀. 이렇게 위기에 처하게 해줘서. 나는 네가 이보다는 좀 더 낫게 해줄 걸로 기대했어. 하지만 너는 나를 한 번도 사랑한 적이 없지.」

「무슨 소리, 델핀은 너를 사랑한단다, 나지.」

고리오 영감이 소리를 높였다.

40 파리 5구에 있던 감옥으로, 1826년까지는 부채를 갚지 못한 죄수들만 수감되었다.

「방금도 그렇게 말했고. 우리는 네 이야기를 하고 있었단다. 너는 아름다운데, 자기는 그저 예쁠 뿐이라고 저 애가 내게 그러더라.」

「저 애요! 쟤는 아주 냉정하게 아름답죠.」

백작 부인이 말했다.

델핀이 얼굴을 붉히며 말했다.

「내가 그렇다면, 그러는 언니는 나에 대해 어떻게 행동했어? 나를 모른 척하고, 내가 방문하고 싶어 하는 집집마다 내게 문을 닫아 버리게 만들었지. 하여튼 나를 힘들게 만들 기회는 조금도 놓치지 않았어. 그리고 내가 언니처럼, 가엾은 아버지 재산을 1천 프랑씩 1천 프랑씩 가져가서 아버지를 지금처럼 무일푼으로 만들어 놓았느냐고? 자, 이게 언니가 저질러 놓은 결과잖아. 나는 내가 할 수 있는 만큼 아버지를 뵈러 왔고, 아버지를 내쫓지도 않았고, 아버지가 필요할 때만 와서 손을 핥지도 않았어. 아버지가 그 돈 1만 2천 프랑을 나를 위해 쓰셨다는 것도 몰랐어. 난 그래도 정도가 있어. 그건 언니도 알지! 게다가 아빠가 내게 선물을 주셨을 경우도 내가 달라고 한 적은 한 번도 없었어.」

「너는 나보다 행복했어. 마르세 씨는 부자잖아. 너도 익히 알다시피 말이야. 넌 항상 돈처럼 천박했어. 이제 안녕, 나한테는 동생도 없고, 또……..」

「닥쳐, 나지!」

고리오 영감이 소리쳤다.

「세상이 믿지 않는 내용을 그렇게 되풀이할 수 있는 사람은 언니밖에 없어. 언니는 괴물이야.」

델핀이 말했다.

「애들아, 애들아. 입 좀 다물어라. 안 그러면 너희 보는 앞에서 내가 죽어 버린다.」

「자, 나지 언니, 내가 용서할게.」

뉘싱겐 부인이 계속 말했다.

「언니는 불행하지. 하지만 나는 언니보다는 형편이 나아. 언니를 돕기 위해서 내가 어떤 일이라도 할 수 있다고, 심지어 내 남편 방에도 들어갈 수 있다고 생각하고 있었는데 그런 말을 하다니…… 남편 방에 들어가는 건 나를 위해서도 누굴 위해서도 못 할 짓이라고. 9년 전부터 언니가 나에게 행한 못된 짓을 생각하면, 언닌 지금 이런 대접 받아도 싸다고.」

「애들아, 애들아, 서로 안아 주렴!」

아버지가 말했다.

「너희 둘은 천사야.」

「아뇨, 놔두세요.」

고리오가 한 팔을 잡고 안으려 하자 아버지의 포옹을 밀쳐 내면서 백작 부인이 소리쳤다. 「저 애는 나를 동정하는 마음이 내 남편만큼도 없어요. 그래도 사람들은 저 애가 모든 덕성의 표본이라고들 하겠지요!」

「나라면, 트라유 씨 때문에 20만 프랑 넘게 갖다 바쳤다고 고백하느니, 마르세 씨에게 빚을 지고 있는 것으로 남들이 알고 있는 편이 더 낫겠어.」

뉘싱겐 부인이 말했다.

「델핀!」

백작 부인이 동생 쪽으로 한 발 다가서면서 소리쳤다.

「언니는 나를 헐뜯지만, 나는 언니에게 진실을 말하는 거야.」

차갑게 남작 부인이 응수했다.

「델핀, 너는…….」

아버지가 후다닥 이쪽으로 와서 아나스타지를 말리고, 그녀의 입을 손으로 막아서 말을 못 하게 했다.

「어머, 아버지! 손으로 뭐 만지셨어요?」

「그래, 맞아. 내가 잘못했구나.」

가여운 영감은 바지에 두 손을 닦으면서 말했다. 「하지만 너희들이 올 줄은 몰랐다. 내 이사하려던 중이었지.」

그는 델핀을 향한 분노를 자기 쪽으로 돌린 것을 다행스럽게 생각했다.

그가 자리에 앉으면서 말을 이었다.

「아! 너희들 때문에 억장이 무너지는 것 같다. 애들아, 난 죽을 것 같구나. 머릿속이 마치 불타는 것처럼 열을 받고 있어. 그러니 얌전히 굴어다오. 서로 위해 주어라! 너희 때문에 죽을 것 같다. 델핀, 나지, 자, 너희 말이 맞기도 하지만 틀리기도 해. 자, 델핀.」

영감은 눈물이 그렁그렁한 눈으로 남작 부인을 바라보며 말했다.

「언니에게 1만 2천 프랑이 필요하다니, 구해 보자꾸나. 서로 그렇게 쳐다보지 말거라.」

그는 델핀 앞에 무릎을 꿇고 앉았다.

「네가 언니에게 용서를 구해서 나를 기쁘게 해주렴. 언니가 더 불행하잖니, 안 그러냐?」

영감은 델핀 귀에 대고 이렇게 말했다.

「가엾은 나지 언니. 내가 잘못했어. 안아 줘.」

고통이 아버지의 얼굴에 새겨 놓은 생경하고 광기 어린 표정에 깜짝 놀라 델핀이 말했다.

「아! 너희가 내 마음을 달래 주는구나.」

고리오 영감이 부르짖었다.

「그런데 1만 2천 프랑은 또 어디 가서 구하지? 내가 대리 군 복무자[41]로 지원이라도 할까?」

「아, 아버지, 안 돼요, 안 돼.」

두 딸이 아버지를 에워싸면서 말했다.

「그렇게까지 생각하시니 하느님이 상을 주실 거예요. 그 보상에는 우리 생명을 다 드려도 충분치 못할 거예요. 안 그 래, 나지?」

델핀이 말을 이었다.

「그리고, 가엾은 아버지, 그래 봤자 밑 빠진 독에 물 붓기 예요.」

백작 부인이 한마디 거들었다.

「피를 갖고는 아무것도 할 수 없을까?」

절망한 노인이 소리쳤다. 너를 구해 주는 사람에게 난 헌신하련다, 나지! 그를 위해서라면 사람도 죽일 수 있어. 보트 랭처럼 할 거야. 징역살이라도 하러 갈 거야! 난 ―」

이러다가 그는 마치 벼락이라도 맞은 듯 말을 뚝 끊었다.

「더 이상 아무것도 없어!」

그가 머리를 쥐어뜯으며 말했다.

「어디 가야 돈을 훔칠 수 있지? 그런데 훔칠 거리를 찾기 는 더욱 어렵겠어. 그리고 은행을 털려고 해도 사람과 시간 이 있어야 하지. 자, 난 죽어야겠다. 이제 죽는 일만 남았어. 그래, 난 이제 쓸모없는 인간이란다. 이제 아버지도 아니야! 딸이 부탁하는데, 딸이 필요하다는데……. 그런데 한심한 나

41 돈 많은 사람들 대신 군 복무를 해주는 사람.

는 빈손이니…… . 아, 종신 연금을 팔아먹은 못된 늙은이, 그런데 너에겐 딸들이 있잖느냐! 그럼 딸들을 사랑하지 않는 건가? 죽어라, 죽어. 개 같은 인간이니 개처럼 뒈져 버려! 그래, 난 개만도 못한 인간이야. 개는 이렇게 행동하지 않지. 오, 내 머리! 머리가 펄펄 끓는구나!」

「아니, 아빠, 정신 차리세요.」

두 딸이 아버지를 감싸고 그가 벽에 머리를 찧지 못하게 막았다.

그는 흐느껴 울었다. 외젠은 깜짝 놀라서, 아까 보트랭 앞으로 썼던 어음을 집어 들었다. 그 어음의 인지에는 훨씬 큰 금액이 적혀 있었다. 그는 그 숫자를 고쳐 고리오 앞으로 된 1만 2천 프랑짜리 어음으로 만들어 가지고 영감 방에 들어갔다.

「부인, 여기 필요하신 돈 전액이 있습니다.」

외젠은 어음을 보여 주면서 말했다.

「제가 자다가 말씀하시는 소리에 깼습니다. 그리고 제가 고리오 영감님께 드릴 돈이 있다는 게 생각났습니다. 여기 이 어음을 교환할 수 있을 겁니다. 제가 확실히 지불할 것입니다.」

백작 부인은 꼼짝 않고 서서 어음을 손에 들고 있었다. 그녀가 창백한 얼굴로 분노와 광기에 바르르 떨며 말했다.

「델핀, 네가 한 모든 걸 다 용서했어. 그건 하느님도 아실 거야. 하지만 이건! 어떻게 이분이 방에 계신데, 넌 그걸 알고 있으면서도 내 비밀, 내 삶, 내 아이들의 삶, 내 수치, 내 명예, 이 모든 걸 저분에게 공개하도록 가만 내버려 둘 수 있지? 이렇게 복수하는 넌 옹졸한 인간이야. 자, 이제 너는 내게 아무것도 아니야. 난 너를 증오한다. 내가 할 수 있는 모든 나쁜 짓을 다 너에게 할 거야. 나는…….」

분노에 차서 그녀는 목구멍이 말라붙어 말을 잇지 못했다.

「아니, 이 사람은 내 아들이나 마찬가지야. 내 자식, 네 동생, 너의 구세주란다. 그러니 이 친구를 안아 줘라, 나지. 자, 난 이 친구를 안고 입 맞추잖니.」

영감은 미친 듯 외젠을 끌어안으면서 말을 이어 갔다. 「오, 내 아들! 난 자네에게 아버지 이상이 될 거야. 난 가족이 되어 주고 싶어. 난 신이 되어, 우주를 자네 발치에 던져 주기라도 하고 싶어. 아니, 나지, 이 사람에게 입 맞춰 주라니까 그러는구나. 이 사람은 남자가 아니고 천사야, 진정한 천사라고!」

「그냥 두세요, 아버지. 언니는 지금 미쳤어요.」

델핀이 말했다.

「미쳤다고! 미쳤다고! 그럼 너는, 넌 뭐야?」

레스토 부인이 물었다.

「얘들아, 너희들 계속 이러면 난 죽는다.」

노인이 마치 총탄에 맞은 듯 자기 침대에 쓰러지면서 외쳤다.

「쟤들이 날 죽이네!」

그가 중얼거렸다.

백작 부인은 외젠을 바라보았고, 외젠은 이 격한 장면에 어안이 벙벙하여 움직이지도 못하고 서 있었다. 그를 보고 백작 부인이 말을 걸었다.

「이보세요.」

영감의 조끼는 델핀이 재빨리 벗겨 놓았으나 아나스타지는 아버지를 아랑곳하지 않았다.

「부인, 제가 지불하고 입 다물겠습니다.」

외젠이 질문을 기다리지도 않고 대답했다.

「언니가 아버지를 돌아가시게 했어!」

델핀이 기절한 영감을 언니에게 가리켜 보이며 말했다. 아나스타지는 가버렸다.

「난 저 아이를 얼마든지 용서한다.」

영감이 눈을 뜨면서 말했다.

「지금 저 애의 상황이 끔찍해서 아무리 머리가 맑은 사람도 돌아 버릴 정도야. 나지를 위로해 줘라. 그 애에게 잘해 줘. 죽어 가는 이 불쌍한 애비에게 그러겠다고 약속해라.」

그가 델핀의 한 손을 꼭 잡으며 말했다.

「대체 왜 그러시는데요?」

그녀가 너무 두려워서 물었다.

「아무것도, 아무것도 아니야……. 지나갈 거야. 무언가가 내 머리를 꽉 누르고 있어. 두통이란 거지. 가여운 나지, 앞날이 어떨는지!」

이때 백작 부인이 다시 들어와 아버지의 무릎에 털썩 앉더니 〈용서해 주세요!〉라고 소리쳤다. 고리오 영감이 말했다.

「자, 봐라, 넌 전보다 지금 내게 훨씬 더 잘못하고 있는 거야.」

백작 부인이 라스티냐크에게 말했다.

「이보세요, 고통 때문에 제가 예의 없이 굴었어요. 내게는 남동생뻘인가요?」

눈에 눈물이 가득 괸 백작 부인이 라스티냐크에게 손을 내밀며 말했다.

「언니, 우리 나지 언니, 모든 걸 잊어버려요.」

델핀이 언니를 꺼안았다.

「아니, 난 기억할 거야, 나는!」

아나스타지가 말했다.

「천사들아, 내 눈을 가린 장막을 거둬 다오. 너희 목소리를 들으니 힘이 나는구나. 한 번 더 서로 껴안아 보렴. 그래, 나지, 이 어음이 너를 구해 주겠지?」

「그랬으면 좋겠어요. 그런데요 아빠, 여기에 서명 좀 해주실래요?」

「보자, 그걸 잊어버리다니, 나도 참 바보 같구나! 하지만 아까는 정말 내 상태가 안 좋았단다. 나지, 날 원망하지 말거라. 힘든 상황에서 벗어나면 사람을 시켜 알려 다오. 아니야, 내가 가마. 아니야, 내가 가면 안 되지. 난 이제 더 이상 네 남편을 볼 수가 없다. 바로 죽여 버릴 것 같으니 말이다. 네 재산을 함부로 했다가는, 그때는 내가 갈 거야. 어서 가거라, 애야. 그리고 막심이 철 좀 들도록 해보렴.」

외젠은 어리둥절했다.

「저 가여운 아나스타지 언니는 좀 욱하는 성격이지만, 마음은 착해요.」

뉘싱겐 부인이 말했다.

「어음 뒷면에 서명받으려고 다시 온 거죠.」

외젠이 델핀 귀에 대고 말했다.

「그렇게 생각하세요?」

「나도 그렇게 믿고 싶진 않지만, 언니를 조심하세요.」

그는 마치 감히 입 밖에 낼 엄두가 안 나는 어떤 생각을 하느님에게 고백하려는 것처럼 눈을 들면서 대답했다.

「네, 언니는 항상 어느 정도는 희극 배우 같은 데가 있었어요. 그리고 가엾은 아버지는 언니 표정에 속아 넘어가 쩔쩔매곤 하셨죠.」

「좀 어떠세요, 고리오 영감님?」

라스티냐크가 노인에게 말했다.

「좀 잤으면 좋겠구먼.」

외젠은 고리오를 도와 자리에 눕도록 해주었다. 그리고 영
감이 델핀의 손을 잡은 채로 잠이 들자, 델핀은 방을 빠져나
갔다.

「오늘 밤 이탈리아 극장에서 봐요. 그때 아버지가 어떠신
지 말해 줘요. 내일은 당신 이사하는 날이죠. 당신이 사는 방
좀 볼게요. 오, 세상에!」

그녀가 방에 들어가며 외젠에게 말했다.

「아니 당신은 우리 아버지보다 더 안 좋은 처지에서 살고
있었군요. 외젠, 그런데도 당신이 보여 준 행동은 아주 좋았
어요. 당신을 더욱더 사랑하게 될 것 같아요. 하지만 이봐요,
만약 당신이 한재산 모으고 싶다면, 그렇게 1만 2천 프랑을
마구 써버리면 안 돼요. 막심 드 트라유 백작은 도박꾼이에
요. 언니는 그 꼴을 보고 싶어 하지 않지요. 그는 태산 같은
황금 더미를 잃었다 땄다 할 줄 아는 그 장소에 가서 1만 2천
프랑을 구할 수도 있었을 텐데…….」

신음 소리가 들리자 그들은 다시 고리오 영감에게 달려갔
다. 겉보기에는 영감이 잠든 것 같았다. 하지만 이들 두 연인
이 가까이 다가가자 영감이 〈내 딸들은 행복하지 못해!〉라고
말하는 소리가 들렸다. 잠들었건 깨어 있건 이 말의 억양이
딸의 가슴에 너무도 생생하게 와 닿아, 그녀는 아버지가 누
워 있는 허름한 침대에 다가가서 아버지 이마에 입을 맞추었
다. 영감이 눈을 뜨고 말했다.

「델핀이구나.」

「예. 좀 어떠세요?」

그녀가 물었다.

「괜찮다. 걱정 마라. 이제 나가 볼 거야. 자, 자, 내 자식들아, 행복하거라.」

영감이 말했다.

외젠은 델핀을 집까지 바래다주었다. 그러나 집에 두고 온 고리오 영감의 상태가 걱정되어 그는 그녀가 저녁 먹자는 것을 마다하고 보케 하숙집으로 되돌아왔다. 그랬더니 고리오 영감이 막 식탁에 앉으려 하고 있었다. 비앙숑이 이 제면업자의 얼굴을 잘 살펴볼 수 있는 자리에 앉아 있었다. 영감이 빵을 집어 어떤 밀가루로 만들어졌는지 알아보려고 냄새 맡는 모습을 보자, 외젠은 자기가 어떤 행동을 하는지 전혀 모르고 기계적으로 행동하고 있다는 사실을 관찰해 내고, 음울한 표정을 지었다.

「코생 병원 수련의 선생, 내 옆으로 좀 와보게.」

외젠이 비앙숑에게 말했다.

비앙숑은 영감 옆에 앉는 것보다 낫겠다 싶어 냉큼 자리를 옮겨 그리로 갔다.

「상태가 어떻지?」

「내가 잘못 보고 있는 게 아니라면, 영감님은 이제 틀렸어! 영감님 몸에서 무슨 일이 벌어진 게 틀림없다네. 내가 보기에는, 저 노인은 절박한 장액성 뇌일혈의 위험을 받고 있는 것 같아. 얼굴 아래쪽은 꽤나 편안하지만, 얼굴 위쪽의 눈매를 잘 보면 자기도 모르게 눈이 이마 쪽으로 쏠려 있지 않나. 자, 보라고. 게다가 눈은 특이한 상태로, 뇌에 장액이 침범해 들어갔다는 것을 보여 주고 있지. 자잘한 먼지로 가득 찬 것 같이 보이지 않나? 내일 아침이 되면 좀 더 잘 알 수 있을 거야.」

「무슨 처방이 없을까?」

「아무것도 없어. 사지 말단 부위, 다리 쪽으로 향하는 반응의 원인을 찾아낸다면 죽음을 늦출 수 있을지도 몰라. 하지만 내일 저녁에도 이 증세가 계속된다면 가엾은 저 노인은 끝장이야. 병이 무슨 일로 생겼는지 자네는 아나? 영감님은 급격한 충격을 받아서 그것 때문에 정신 상태가 망가진 게 틀림없어.」

「그렇군.」

두 딸이 끊임없이 아버지의 마음을 만신창이로 만들어 놓은 것을 기억하며 라스티냐크가 말했다.

〈적어도, 델핀은 아버지를 사랑해, 그 딸은!〉 외젠이 속으로 외쳤다.

그날 저녁, 이탈리아 극장에서 라스티냐크는 뉘싱겐 부인에게 너무 걱정하지 않게 하려고 주의했다.

외젠이 첫 마디를 꺼내자 델핀은 이렇게 대답했다.

「걱정 마세요. 아버지는 강한 분이에요. 다만, 오늘 아침에 우리가 아버지 마음을 좀 흔들어 놓긴 했지요. 우리의 재산이 문제였죠. 그런데 이 불행이 얼마나 큰 건지 생각해 보았나요? 전에는 죽을 만큼 크게 걱정했던 것들이었는데 당신의 애정 덕분에 이젠 별 신경 쓰지 않고 살아갈 수 있을 거예요. 이제는 단 한 가지 걱정밖에 없어요. 내게는 유일한 불행이죠. 그건 삶의 기쁨을 누리게 해준 이 사랑을 잃어버릴까 하는 걱정이에요. 이 감정 말고는, 모든 게 나와는 상관없어요. 난 이제 세상에서 더 이상 어떤 것도 사랑하지 않아요. 나한테는 당신이 전부예요. 부자로 사는 행복을 내가 느낀다면, 그건 당신 맘에 좀 더 들기 위해서 그런 거예요. 부끄럽지만 나는 아버지의 딸이기보다는 당신의 여자예요. 왜냐고요? 나도 몰라요. 내 인생 전체가 당신에게 달려 있어요. 아버지는 내게 심장을 주셨지만, 당신은 그 심장을 쿵쿵 뛰게 했어요. 온 세상이 나를 손가락질한대도 상관없어요! 저항할 길 없는 감정 때문에 내가 저지른 죄를 당신이 받아 준다면 말이에요. 당신이 날 원망할 권리는 없어요. 당신은 나를 불효녀라고 생각하나요? 오, 아니에요. 우리 아버지같이 좋은 아버지를 사랑하지 않을 수는 없죠. 우리의 통탄할 만한 결혼생활의 당연한 귀결을 아버지가 보시지 못하게 할 수 있었을까요? 아버지는 왜 딸들의 결혼을 막지 않으셨을까요? 우리를 위해 깊이 생각하는 것이 아버지가 할 일 아니었을까요? 이제는 알겠어요, 아버지도 우리만큼 고통받으신다는 것을. 하지만 우리가 어떻게 할 수 있었겠어요? 아버지를 위로한다고요? 우리가 무얼 어떻게 위로할 수 있겠어요. 우리가 체념하면 차라리 우리가 비난하고 한탄하는 것보다 아버지는 더욱더 괴로워하셨을 거예요. 사노라면 모든 게 쓰디쓰기만 한 그런 상황들이 있지요.」

외젠은 잠자코 있었고, 그녀의 진실한 감정이 순진하게 표현되는 것을 들으니 마음이 애틋해졌다. 파리 여자들이 종종 위선적이고, 허영에 들떠 있고, 자기밖에 모르고, 교태나 부리고, 냉정하다고는 하지만, 그런 파리 여자가 진정으로 사랑할 때에는 다른 여자들보다 더 풍부한 감정을 자신의 열정에 쏟아 붓는다는 것이 확실했다. 그녀들은 자잘한 일들을 바탕으로 스스로 성장하고 속 좁은 행동과 마음을 뛰어넘어 숭고한 존재가 되는 것이다. 그리고 여인들이 특별한 애정으로 말미암아 가장 근본적인 혈육의 정에서 분리되고 멀어질 때, 더없이 자연스러운 이 감정을 판단하기 위해 발휘되는 그 심오하고 현명한 정신에 외젠은 이미 감동받았다. 뉘싱겐 부인은 외젠이 입 다물고 있는 것에 충격을 받았다.

「대체 무슨 생각 하고 있어요?」 그녀가 물었다.

「아까 당신이 한 얘기가 아직도 내 귀에 들리는 것 같아요. 지금까지는 당신이 나를 사랑하는 것보다 내가 더 많이 당신을 사랑한다고 생각했어요.」

그녀는 빙긋 웃더니 자기가 느끼는 기쁨을 억누르고, 예의에 벗어나지 않는 범위 내에서만 대화하려고 했다. 젊고 신실한 사랑의 떨리는 표현을 그녀는 한 번도 들어 본 적이 없던 것이다. 몇 마디만 더 하면 그녀는 더 이상 스스로를 주체할 수 없었을 것이다.

그녀가 화제를 바꾸면서 말했다. 「외젠, 그럼 당신은 무슨 일이 일어나고 있는지 모른단 말인가요? 파리 사교계 사람들 모두가 내일 보세앙 부인 집에 모여요. 로슈피드 양과 다주다 후작은 그들이 합의한 내용을 아무것도 누설하지 않기로 했어요. 하지만 국왕께서 내일 결혼 계약에 서명을 하시는데, 당신의 가엾은 친척 누이만 아직 아무것도 몰라요. 그녀는 내일 집에 사람들을 맞이해야 할 텐데, 다주다 후작은 그 무도회에 가지 않을 거예요. 지금 사람들은 온통 그 얘기만 하고 있어요.」

「그런데 세상은 그런 파렴치한 일을 두고 좋다고 웃고, 거기 아주 푹 빠져 있군요! 그럼 당신은 보세앙 부인이 그 일로 죽어 버릴 정도라는 걸 모르나요?」

「몰라요. 그런 부류의 여자들을 당신은 모르는군요. 어쨌든 파리 사람들 모두가 그 집에 모일 거고, 나도 갈 거죠. 하지만 그 행복을 누리게 된 건 당신 덕이에요.」 델핀이 빙긋 웃으며 말했다.

라스티냐크가 물었다.

「하지만, 이번 소문도 파리에 걸핏하면 도는, 말도 안 되는 그런 소문 아니겠어요?」

「내일이면 진실을 알게 되겠죠.」

외젠은 보케 하숙집으로 돌아가지 않았다. 그는 새로 생긴 아파트를 맘껏 누리지 않을 수 없었다. 그 전날은 새벽 1시에 어쩔 수 없이 델핀 곁을 떠나왔지만, 이날은 델핀이 새벽 2시경에 그의 곁을 떠나 집으로 돌아갔다. 그는 다음 날 꽤나 늦잠을 잤고, 정오경 뉘싱겐 부인을 기다렸다. 그녀는 와서 그와 함께 점심을 먹었다. 두 젊은이는 이런 멋진 행복에 탐닉하느라 고리오 영감은 거의 잊어버리다시피 했다. 자기 것이 된 이 우아한 것들 하나하나에 익숙해져 가는 것은 그에게 길고 긴 축제와도 같았다. 뉘싱겐 부인이 거기 있어 모든 것에 새로운 가치를 부여했다. 그러다가 4시경, 두 연인은 이집에 와서 머물면 행복하겠다고 하던 영감의 말이 기억나서 영감 생각을 하게 되었다. 외젠은 만약 영감님이 아프다면 어서 이리로 모셔 와야 한다고 말하고 델핀을 남겨 두고 보케 하숙집으로 달려갔다. 식탁에는 고리오 영감도 비앙숑도 없었다.

화가가 말해 주었다.

「아 글쎄, 고리오 영감은 걷지도 못하게 되었다니까. 비앙숑이 저 위층 방 영감님 곁에 있어요. 영감님은 쓰러지기 전에 두 딸 중 하나인 레스토라마 백작 부인을 만났어요. 그러더니 외출하려고 했고, 그래서 병세가 악화됐지요. 우리 하숙집을 멋지게 장식한 분이 사라질 것 같네요.」

라스티냐크는 계단 쪽으로 달려갔다.

「이봐요, 외젠 씨!」

「외젠 씨, 주인아주머님이 부르세요.」

실비도 소리쳤다.

「외젠 씨, 고리오 씨와 당신, 두 분은 2월 15일에 나가기로
되어 있어요. 그런데 15일이 사흘이나 지나 오늘이 18일이
니, 당신이나 영감님이나 새로 한 달 치 하숙비를 내야지요.
하지만 만약 당신이 고리오 영감님 하숙비를 보증하겠다면,
그냥 지금 말로만 해도 돼요.」

「왜요? 믿지를 못하시나요?」

「믿다니! 만약 영감님이 정신을 못 차리고 돌아가시면, 딸
들은 한 푼도 안 낼 거예요. 그리고 영감님이 걸치던 누더기
모두 합해 봤자 10프랑어치도 안 될 테고. 영감님이 오늘 아
침, 마지막 남은 식기들을 갖고 나가더라고요. 그 이유는 모
르죠. 젊은 사람처럼 차려입고 나갑디다. 지금 할 소린지는
몰라도, 난 그때 영감님이 볼연지라도 바른 줄 알았다니까
요. 회춘한 것처럼 보여서 말이죠.」

「제가 모두 보증 서죠.」

외젠이 두려움에 부르르 떨며, 파국을 예감하면서 말했다.

그는 고리오 영감 방으로 올라갔다. 노인은 침대에 누워
있고, 비앙숑이 곁에 있었다.

「안녕하세요, 영감님.」

외젠이 말했다.

영감은 부드럽게 미소 지었고, 흐릿한 두 눈을 그에게 돌
리면서 대답했다.

「그 애는 잘 있나?」

「잘 있죠. 영감님은요?」

「괜찮네.」

「영감님을 피곤하게 하지 마.」

비앙숑이 외젠을 방구석으로 끌고 가면서 말했다.

「그런데 상태는 어때?」

라스티냐크가 말했다.

「기적이나 일어나야 목숨을 구할 수 있어. 장액성 뇌일혈이 터졌어. 지금 겨자 고약을 붙여 드린 상태야. 다행히 약효가 있어서 영감님은 차도를 보이셨어.」

「영감님을 다른 곳으로 옮겨도 될까?」

「그건 안 돼. 여기 그냥 두어야 하고, 몸을 움직이거나 감정을 자극하는 일은 피해야 해.」

「착한 비앙숑, 우리 둘이서 돌봐 드리자.」 외젠이 말했다.

「우리 병원 과장 선생님을 오시라고 했어.」

「아, 그래서?」

「내일 저녁이면 뭐라고 말씀이 있을 거야. 오늘 근무를 마치고 오시겠다고 약속했거든. 불행한 것은 이 망할 고리오 영감이 오늘 아침에 무슨 신중치 못한 일을 저질렀는데, 거기에 대해서 설명하려 하질 않는 거야. 노새처럼 고집이 세더군. 내가 말을 하면 영감님은 대답을 안 하려고 자는 척하거든. 아니면 눈을 뜨고 있을 경우엔 끙끙 앓기 시작하지. 오늘 아침 무렵 영감님은 외출해서, 파리 시내를 걸어 어디론가 갔어. 지닌 것 중에 돈 될 만한 것은 모두 갖고 나갔어. 뭔지 알 수 없는 망할 놈의 거래를 하느라 무리를 한 거야. 딸 하나가 왔더군.」

「백작 부인이? 키 크고 갈색 머리에 또렷한 눈이 반짝거리고, 발이 예쁘고, 몸매가 유연하던가?」외젠이 물었다.

「그래.」

「잠시만 영감님과 나, 둘만 있게 해주게. 내가 영감님 속 얘기를 털어놓게 할 테니. 내겐 다 얘기하실 거야.」

「난 그동안 가서 저녁 먹고 오겠네. 다만 한 가지, 영감님을 너무 흥분시키지 않도록 해. 아직도 희망이 조금은 있으니 말이야.」

「그건 안심해.」

둘만 있게 되자 고리오 영감이 외젠에게 말했다.

「우리 딸들이 내일은 아주 재미있겠네. 큰 무도회에 가는 날이니 말이오.」

「아버님, 오늘 아침에 대체 뭘 하신 겁니까? 뭘 하셨기에 주무셔야 할 이 밤에 이렇게 편찮으신 거예요?」

「아무것도 안 했네.」

「아나스타지가 왔지요?」

라스티냐크가 물었다.

「응, 왔었지.」고리오 영감이 대답했다.

「그럼, 저한테는 아무것도 숨기지 마세요. 이번에는 또 무슨 부탁을 하던가요?」

「아!」

영감이 말을 하기 위해 있는 힘을 다 끌어 모으면서 이야기를 이어갔다. 「그 애는 정말 불행하네. 자, 이 사람아, 나지는 다이아몬드 사건이 터진 뒤로 수중에 한 푼도 없다네. 내일 그 무도회에 가려고 보석만큼이나 잘 어울리는 금박 장식 드레스를 한 벌 주문했다네. 그 옷을 만든 그 나쁜 여자가 글쎄 외상으로 주지 않겠다고 해서 하녀가 옷값으로 1천 프랑을 대신 내주었대. 가여운 나지, 그 지경이 되다니! 내 가슴이 찢어지더군. 하지만 하녀는 그 레스토라는 놈이 나지에게 신용을 싹 거둬 버리는 것을 보고는 자기 돈을 못 받게 될까 봐 겁이 나서 그 옷을 만든 여자와 짜고 1천 프랑을 내야만 옷을 갖다 주겠다고 한 거지. 무도회는 내일이고, 옷은 다 되었는데, 나지는 절망에 빠졌지. 내 식기를 빌려서 그것을 잡혀 돈을 마련하고 싶어 했어. 그 애의 남편은 온 파리 사람들에게 그 애가 내다 팔았다는 그 다이아몬드를 보여 주려는 목적으로 자기 아내가 무도회에 오기를 바라는 거요. 그 애가 그 괴물 같은 놈에게 〈내게 1천 프랑 빚이 있어요. 갚아 줄래요?〉라고 말할 수 있겠나? 없지. 난 그걸 이해했지. 동생 델핀은 기막히게 차려입고 무도회에 올 텐데, 아나스타지가 동생만 못해서야 안 되지. 그러니 그 애는 눈물을 펑펑 흘리더군, 내 가엾은 딸이! 난 어제 수중에 1만 2천 프랑이 없었던 게 어찌나 창피하던지 내 비참한 인생의 남은 시간이나마 다 주고라도 그 잘못을 만회하고 싶었다네. 알겠나? 나는 모든 것을 참아 낼 힘이 있었지. 하지만 마지막으로 이렇게 돈이 없는 상황에 그만 가슴이 미어지더군. 오! 난 한두 푼도 벌지 못해서 옷도 수선해서 입고 있잖나? 혁대를 6백 프랑에 팔았고, 종신 연금 증서를 일시불 4백 프랑에 곱세크 영감에게 1년간 잡혔네. 그러면 뭐 어떤가! 빵은 먹을 수 있을 텐데! 젊었을 때는 빵만 있으면 충분했거든. 지금도 그러면 됐지 뭐. 적어도 내 딸 나지는 멋진 밤을 보낼 수 있을 테니 말이야. 그 애는 아주 멋질 거야. 여기 내 베개 밑에 1천 프랑짜리 지폐가 있다네. 내 머리 밑에 가여운 나지를 기쁘게 해줄 것이 있다 생각하니 마음이 훈훈해지는구먼. 딸애는 그 못된 하녀 빅투아르를 내쫓을 수 있게 됐어. 주인을 믿지 않는 하인 봤나? 내일이면 난 괜찮을 거고, 나지는 10시에 올 거야. 딸들이 나를 보고 아프다고 생각하는 걸 원치 않아. 그러면 그 애들은 절대 무도회에 가지 않고 나를 간호할 테니 말이야. 나지는 내일 나를 마치 자기 자식처럼 껴안아 주겠지. 그 애가 쓰다듬어 주면 나는 나을 걸세. 그러니 내가 약국에 1천 프랑을 쓸 일이 아니잖은가? 만병통치약 같은 내 딸 나지에게 그 돈을 주는 게 훨씬 낫지. 난 어려운 형편이 된 딸을 위로해 줘야 해. 그러면 종신 연금을 저당 잡힌 잘못도 만회할 수 있겠지. 딸애는 깊은 수렁 맨 밑바닥에 있는데, 나는 이제 더 이상 그 애를 거기서 끌어내 줄 만큼 강하질 못해. 오! 난 다시 장사를 해야겠어. 오데사에 가서 곡물을 사야겠어. 거기서 사면 밀이 여기보다 세 배는 싸지. 곡물을 현물 그대로 들여오는 것은 금지된 일이지만, 법을 만드는 사람들은 밀을 원료로 가공해 내는 일까지 금지할 생각은 못 했지. 헤, 헤! 난 오늘 아침 그 생각을 해냈어, 내가! 전분으로 해서 팔면 아주 크게 벌 수 있지.」

〈영감님이 미쳤군.〉

외젠이 노인을 보면서 속으로 말했다.

「자, 쉬세요. 이야기는 그만 하시고…….」

외젠은 저녁 먹으러 내려가고, 비앙숑이 다시 올라왔다. 그리고 두 사람은 번갈아 환자를 지키면서 그 밤을 지새웠다. 한 사람은 의학 서적을 읽으며, 또 한 사람은 어머니와 누이들에게 편지를 쓰면서 시간을 보냈다. 다음 날, 환자의 증세는 비앙숑에 따르면 희망적인 전조를 보인다고 했다. 그러나 나아지려면 지속적으로 간호를 해야 하는데 그럴 수 있는 사람은 오직 이 두 대학생뿐이었다. 이 둘은 당시 유행하던 민간 치료법을 모두 시도했다. 영감의 쇠약해진 몸에 거머리를 붙여 나쁜 피를 빨아 내게 했고, 찜질, 족욕, 그 밖의 의학적 조치를 취했는데, 그런 일에는 이 두 청년의 힘과 헌신이 필요했다. 레스토 부인은 오지 않았다. 그녀는 심부름꾼을 보내 자기 몫의 돈을 찾아갔다.

「난 그 애가 직접 올 줄 알았는데…… . 하지만 뭐 나쁜 일은 아니야. 그 애도 걱정했을 테지.」

이러한 상황이 다행스럽다는 듯 영감이 말했다.

저녁 7시에 하녀 테레즈가 델핀의 편지를 갖고 왔다.

아니 뭘 하고 있는 거예요, 당신? 겨우 사랑받는가 했더니, 벌써 난 버림받은 건가요? 마음과 마음을 터놓고 속 이야기를 나누면서 당신은 내게 아름다운 영혼을 보여 주었지요. 너무도 아름다운 영혼이어서, 감정에 많은 뉘앙스를 갖고 있어도 늘 충실한 사람으로 남을 수밖에 없을 거예요. 「이집트의 모세」[42]에 나오는 기도를 들으며 당신이 〈어떤 사람들에게는 똑같은 음표로 생각되지만, 또 어떤 사람들에게는 음악의 무한성을 느끼게 하지!〉라고 말한 대로 말이에요. 오늘 저녁 내가 보세앙 부인의 무도회에 가려고 당신을 기다린다는 것을 유념해요. 분명 다주다 씨의 결혼 계약서는 오늘 아침 궁정에서 서명이 되었대요. 그런데 가엾은 보세앙 자작 부인은 2시에야 비로소 그걸 알았죠. 온

42 로시니가 성서를 소재로 하여 작곡한 오페라. 프랑스어 번안판은 1827년 파리 오페라 극장에서 상연되었다.

파리 사교계 사람들이 그녀 집으로 갈 거예요. 마치 사형 집행이 확실한 날이면 그레브 광장에 군중이 꽉 차듯이 말이에요. 그 여자가 자기 고통을 잘 감출지, 아니면 비극적 결단을 내릴지 보러 간다는 건 끔찍한 일 아닌가요? 내가 이미 그 집에 가본 적이 있다면 난 물론 안 가겠지요. 하지만 이제 그녀는 손님 초대를 안 할 테고, 그러면 내가 했던 모든 노력은 다 허사가 되겠죠. 내 처지는 다른 이들의 처지와는 아주 달라요. 게다가 난 당신을 위해서도 그 집에 갈 거예요. 기다릴게요. 두 시간 후 당신이 내 곁에 있지 않다면, 그런 배신을 내가 용서할지 모르겠군요.

라스티냐크는 펜을 들어 이렇게 답했다.

당신 아버님께서 소생하실 수 있는지 알아보려고 의사를 기다리고 있어요. 지금 돌아가시려는 상태입니다. 내가 당신에게 의사의 통보를 갖고 갈게요. 그런데 혹시 사망 선고를 갖고 가게 될까 봐 두렵습니다. 당신이 무도회에 갈 수 있다면 알게 될 겁니다. 사랑을 보내며.

의사는 8시 반에 왔는데, 희망적인 의견이 아니었고, 그렇다고 죽음이 임박했다고 생각하지도 않았다. 그는 병세가 좋아졌다 나빠졌다 번갈아 가며 되풀이될 것이라고 했고, 거기에 영감의 목숨과 의식이 달려 있다고 했다.

「어쩌면 속히 숨을 거두시는 것이 나을지도 모르겠습니다.」

이것이 의사의 마지막 말이었다.

외젠은 고리오 영감의 간호를 비앙숑에게 맡기고, 뉘싱겐 부인에게 슬픈 소식을 전하러 가는 게 좋겠다고 생각했다. 아직은 가족의 의무를 잊지 않고 있는 딸들이 이 소식을 들으면 틀림없이 모든 기쁨을 뒤로 하리라 믿었다.

「그래도 어쨌든 즐겁게 보내라고 그 애에게 말해 주오.」

까부라져 있는 것 같던 고리오 영감이 라스티냐크가 나가려는 순간 자리에서 벌떡 일어나 앉더니 큰 소리로 말했다.

외젠은 비통에 빠진 모습으로 델핀 앞에 나타났다. 델핀은 머리를 잘 단장하고 신발도 신고 이제 무도회용 드레스만 입으면 되는 상태였다. 그러나 화가가 그림에 마지막 화룡점정을 하듯이, 마지막 몸단장에는 그림의 배경을 칠하는 데 드는 시간보다도 더 많은 시간이 들었다.

「아니 뭐예요, 옷도 제대로 안 갖춰 입었잖아요?」

그녀가 말했다.

「아니, 부인, 아버지께서…….」

「또 아버지 얘기예요.」

그녀가 말을 끊으며 소리쳤다. 「내게 아버지께 어떻게 해야 하는지를 가르치려 하지 마세요. 난 오래전부터 우리 아버지를 알아 왔어요. 한마디도 하지 말아요, 외젠. 당신이 제대로 복장을 갖추고 나면 당신 말을 들을래요. 테레즈가 당신 집에 모든 걸 준비해 두었어요. 내 마차도 대기하고 있으니, 그걸 타고 다시 와요. 아버지 이야기는 무도회에 가면서 해요. 일찌감치 출발해야 해요. 마차들이 줄을 설 텐데 가다가 막히게 되면, 운이 좋아야 밤 11시에 입장하게 될 테니까요.」

「부인!」

「자, 아무 말 말고.」 그녀가 목걸이를 가지러 내실로 뛰어가면서 말했다.

「자, 가시라니까요, 외젠 씨. 마님이 화내시겠어요.」

하녀 테레즈가 이런 식의 세련된 부친 살해에 기가 질려 버린 외젠을 떠밀며 말했다.

그는 더없이 슬프고 낙심하여 옷을 입으러 갔다. 그의 눈앞에 보이는 세상은 진흙투성이 대양과 같아서, 한 인간이 발을 잘못 디디면 목까지 잠겨 버리는 곳이었다.

〈이곳에서는 비열한 범죄만이 자행될 뿐이다! 차라리 보트랭이 더 위대해.〉 그가 혼잣말을 했다. 그는 세 가지 사회 모습을 보았었다. 복종, 투쟁, 저항, 즉 가족, 세계, 보트랭이었다. 그는 어느 편도 들 엄두를 내지 못했다. 복종이란 따분한 것이고, 저항은 불가능했다. 그리고 투쟁은 불확실했다. 그의 생각이 가족에게로 향했다. 그는 이 평온한 삶의 순수한 감동을 기억했고, 자기를 극진히 아껴 주는 사람들 틈에서 보낸 날들을 떠올렸다. 가정의 자연법칙에 순응하면서 이 소중한 존재들은 충만하고 지속적이며 근심 없는 행복을 찾았다. 이런 생각에도 불구하고 그는 델핀에게 가서 사랑의 이름으로 효의 미덕을 당부하며 순수한 영혼의 믿음을 토로할 용기는 나지 않았다. 이미 시작된 그의 교육은 열매를 맺은 상태였다. 그는 이미 이기적으로 사랑하고 있었다. 눈치 빠른 그는 델핀의 마음이 지닌 본성을 알아볼 수 있었다. 그녀가 아버지의 시체를 딛고 무도회에 갈 수 있는 여자라는 것을 예감한 것이다. 하지만 그는 그녀를 이치에 맞게 설득할 힘도 없었고, 그렇다고 그녀 마음에 안 들게 행동할 용기도, 그녀 곁을 떠나 버릴 만한 미덕도 없었다. 〈이런 상황에서 그녀에게 맞서서 이치로 따지고 들면 그녀는 그런 나를 절대 용서하지 않을 거야〉라고 그는 생각했다. 그리고 그는 의사가 한 말을 되짚어 보며, 고리오 영감이 자기가 생각하는 것만큼 그렇게 위중한 병자가 아니라고 애써 생각하면서 마음을 달랬다. 마침내 그는 델핀을 정당화할 살인적 논리들을 자꾸 쌓아 갔다. 그녀는 자기 아버지의 상태가 어떤지를 모른다. 영감 자신도 만약 그녀가 아버지를 보러 간다면 어서 무도회장으로 돌아가라고 할 것이다. 완고한 형식을 갖춘 사회 규범은 이런 일을 철저히 단죄하지만, 성격 차이, 이익 및 상황의 다양성으로 말미암아 가족 내에 도입된 수많은 변화는 이것을 눈감아 주기도 한다. 외젠은 자기 자신을 속이고 싶었고, 정부인 델핀을 위해 자신의 양심을 희생할 태세가 되어 있었다. 이틀 전부터 그의 삶에서 모든 것이 변했다. 그 여자는 그의 삶을 무질서하게 만들었고, 가족도 빛을 잃게 만들었으며, 자기에게 유리하게 모든 것을 거머쥐었다. 델핀과 라스티냐크는 서로가 서로에 의해 가장 강렬한 향락을 맛볼 수 있는 조건 아래 만나게 된 것이었다. 잘 준비된 그들의 열정은, 열정을 죽이는 요소 즉 향락에 의해 더욱 커졌다. 이 여자를 소유하게 되면서 외젠은 지금까지는 그저 이 여자를 갈망해 왔을 따름임을 알게 되었다. 행복을 맛본 다음 날에야 비로소 그는 이 여자를 사랑하게 된 것이다. 사랑이란 어쩌면 쾌락이 인정할 때 비로소 가능할 따름인지도 모른다. 파렴치하건 숭고하건 그가 이 여인을 연모하는 것은 그녀가 지참금처럼 갖다 준 관능적 쾌락 때문이었다. 또한 델핀이 라스티냐크를 사랑하는 것도 마치 탄탈로스가 배고픔을 채워 주고 말라붙은 목구멍의 갈증을 풀어 준 천사를 사랑한 것이나 마찬가지였다.

「그래, 아버지는 좀 어떠세요?」

그가 무도회 복장을 갖추고 다시 돌아오자 뉘싱겐 부인이 물었다.

「극도로 안 좋으십니다. 만약 당신이 아버지에 대한 애정을 증명해 보이고 싶다면, 얼른 서둘러서 아버님을 뵈러 갑시다.」

그가 대답했다.

「아, 그래요. 하지만 무도회 끝나고 가요. 착한 외젠, 얌전히 있어요. 날 가르치려 들지 말아요. 자, 가요.」

그들은 출발했다. 외젠은 얼마간 입 다물고 잠자코 있었다.

「도대체 왜 그래요?」

그녀가 말했다.

「아버님의 신음 소리가 들리는 것 같아요.」

그가 화가 난 투로 대답했다. 그리고 젊은이다운 혈기가 담긴 달변으로, 레스토 부인이 허영심 때문에 어떤 지독한 행동을 했는지를 이야기하기 시작했다. 아버지의 마지막 헌신이 빚어낸 치명적 위기, 아나스타지의 금박 장식 달린 드레스가 어떤 값을 치러야 했는지, 이런 것도 이야기했다. 델핀은 울었다.

〈내 모습이 흉해지겠구나.〉델핀은 이렇게 생각했다. 그리고 흐르던 눈물은 말랐다.

「아버지를 지켜 드리러 가겠어요. 아버지 머리맡을 떠나지 않을 거예요.」

그녀가 다시 말했다.

「아! 이제야 내가 원했던 모습을 보여 주네요.」 라스티냐크가 소리쳤다.

마차 5백 대에 켜진 등불이 보세앙 저택 부근 일대를 환하게 밝히고 있었다. 불빛을 받은 문 양쪽으로 경찰 한 사람이

왔다 갔다 하고 있었다. 이 대단한 여자가 몰락하는 순간을
보려고 엄청난 수의 사람들이 저마다 허겁지겁 서둘러 몰려
드는 바람에, 저택 1층의 방들은 뉘싱겐 부인과 라스티냐크
가 들어서자 이미 꽉 찬 상태였다. 루이 14세 때문에 애인을
감옥까지 보내야 했던 〈그랑드 마드무아젤〉[43]의 집에 궁정
사람들 모두가 몰려든 그때 이후로, 보세앙 부인의 재앙만큼
요란하게 알려진 사건은 없었다. 이런 상황에서 거의 왕가나
다름없는 부르고뉴 가문의 막내딸인 보세앙 부인은 자기에
게 닥친 불행에 초연한 모습을 보이며 마지막 순간까지 사교
계를 제압했다. 그녀는 오직 자기 열정의 승리를 위해서만
사교계 사람들의 허영심을 용납했다. 파리 최고의 미인들의
아름다운 옷차림과 미소는 이 집의 여러 살롱들마다 활기를
불어넣었다. 궁정의 가장 지체 높은 남자들, 대사, 장관, 각계
의 저명인사들이 십자 훈장, 대훈장, 여러 색깔의 수장을 달
고 자작 부인 주위에 속속 모여들었다. 여왕에겐 사막 같은
이 궁전의 황금빛 천장 아래서 오케스트라는 다양한 음악을
연주하였다. 보세앙 부인은 첫 번째 살롱 문 앞에 서서 이른
바 〈친구〉라는 사람들을 접견하고 있었다. 흰옷을 입고, 단
아하게 땋아 내린 머리에 아무 장식도 달지 않은 그녀는 침
착해 보였고, 고통이나 자부심이나 거짓 기쁨 그 어느 것도
드러내지 않았다. 아무도 그녀의 영혼 속을 읽어 낼 수 없었
다. 마치 대리석으로 만든 니오베[44] 상 같았다. 그녀가 절친

43 〈귀공녀〉라는 뜻. 여기서는 이 이름으로 널리 알려진 몽팡시에 공작 부
인 안 마리 루이즈 도를레앙을 가리킨다.
44 고통의 화신인 신화 속 인물. 아폴론과 아르테미스의 복수에 의해 열네
명의 자식을 잃은 여인.

한 친구들에게 지어 보이는 미소는 때로는 비웃음 같기도 했다. 그러나 그녀는 평소와 다름없었고, 행복의 광채로 더욱 돋보였을 때의 그 모습 그대로여서, 아무리 무감각한 사람도 그녀를 보고 감탄하지 않을 수 없었다. 마치 로마의 젊은 아가씨들이 죽어 가면서도 미소 지을 줄 아는 검투사에게 박수를 보내는 것과도 같았다. 사교계 사람들은 여자 수장 중 한 사람에게 작별 인사를 하기 위해 이렇게 잘 치장하고 나와 있는 듯했다.

「당신이 오지 않을까 봐 떨고 있었어요.」

그녀가 라스티냐크에게 말했다.

「부인, 저는 마지막까지 남아 있으려고 왔습니다.」

그녀의 말을 책망으로 받아들인 그는 울컥하는 목소리로 대답했다.

「좋아요.」

그녀가 외젠의 손을 잡으며 말했다.

「당신은 아마 여기 있는 사람들 중에 내가 자랑스럽게 생각할 수 있는 유일한 사람일 거예요. 이봐요, 당신이 항상 사랑할 수 있는 여자를 사랑하도록 해요. 그리고 어느 여자도 버리지 말아요.」

그녀는 라스티냐크의 팔을 잡고 사람들이 카드놀이를 하고 있는 살롱의 소파로 데리고 갔다. 그리고 그에게 말했다.

「지금 후작님 댁으로 가줘요. 내 하인 자크가 당신을 태워다 줄 거예요. 그에게 전할 편지가 있어요. 난 그에게 내가 보낸 편지들을 달라고 했어요. 후작이 편지 전부를 당신에게 줄 거예요. 그럴 거라고 생각하고 싶어요. 편지를 받거든, 내 방으로 올라와요.」

그녀는 일어서더니, 가장 친한 친구 랑제 공작 부인 앞으로 갔다. 라스티냐크는 로슈피드 저택에 가서 다주다 후작이 계시냐고 물었다. 후작은 그 집에서 전날 밤을 보낸 것 같았고 실제로 거기에 있었다. 후작은 그를 데리고 자기 집으로 가서, 상자 하나를 외젠에게 주며 말했다.

「이 안에 다 있소.」

그는 외젠에게 이야기를 하고 싶어 하는 듯했다. 무도회에서 있었던 일들과 자작 부인에 대해 물어보려고 그러는 것 같기도 하고, 아니면 이미 그가 자기 결혼에 대해 절망하고 있다는 사실을 털어놓고 싶어서 그러는 것 같기도 했다. 하지만 그의 눈에서는 한 가닥 자존심이 빛나고 있었다. 그는 자신의 가장 고귀한 감정에 대해서는 비밀을 지키는 놀랄 만한 용기를 지닌 사람이었다.

「자작 부인에게 나에 대해서는 아무 말도 하지 말아 주오, 친애하는 외젠.」

그는 애정이 담긴 서글픈 동작으로 라스티냐크의 손을 꽉 쥐며 그만 가보라는 몸짓을 했다. 외젠은 보세앙 저택으로 돌아와 자작 부인 방으로 안내되었다. 방에서는 부인이 떠날 채비를 하고 있었다. 그는 벽난로 곁에 앉아 삼나무로 만든 작은 편지함을 보고, 깊은 우울에 빠졌다. 그에게 보세앙 부인은 『일리아드』에 나오는 여신들에 비견할 만한 인물이었던 것이다.

「아, 내 친구.」

자작 부인이 들어와 라스티냐크의 어깨에 한 손을 올려놓으며 말했다.

그는 친척 누이가 울고 있다는 걸 알아챘다. 한 손은 들고 다른 한 손은 바르르 떨면서 눈은 위를 향해 있었다. 그녀는 갑자기 편지함을 들더니 그것을 불 속에 던져 넣고 타들어 가는 것을 지켜보았다.

「사람들이 춤을 추네요! 그들은 모두 정확한 시간에 왔는데 죽음은 늦게야 오겠지. 쉿! 내 친구.」

무슨 말을 하려는 라스티냐크의 입에 자기 손가락을 갖다 대며 그녀가 말했다.

「더 이상 파리도, 사람들도 날 보지 못할 거예요. 새벽 5시에 노르망디 시골 오지로 떠나 거기 파묻혀 지낼 거예요. 오후 3시부터 난 떠날 채비를 해야 했어요. 증서에 서명하고, 여러 가지 일처리도 하고. 그러느라 아무도 보낼 수가 없더 군요. 그 집……..」

그녀는 말을 하다 멈추었다.

「그 사람이 그…… 집에 있던 게 확실하군요.」

그녀는 또 고통에 겨워 말을 멈추었다. 이런 순간에는 모든 것이 고통이며, 어떤 말들은 입 밖에 내는 것조차 불가능했다.

「어쨌든, 당신이 나를 위해 오늘 저녁 이 마지막 일을 해줄 거라고 믿었어요. 내 우정의 징표를 주고 싶어요. 난 종종 당신을 생각할 거예요. 착하고 고귀하고 젊고 순수하게 보였던 당신은 요즘 세상에서 보기 드문 사람이에요. 이따금 나를 생각해 주었으면 해요. 자요.」

그녀가 주변을 살펴보면서 말했다.

「여기 이 상자 속에 내 장갑을 넣어 놓았어요. 무도회나 공연 보러 가기 전에 이 장갑을 낄 때면 내가 아름답다고 느꼈죠. 왜냐하면 내가 행복했으니까. 그리고 내가 이 장갑을 만지는 건 거기에 어떤 우아한 생각을 남길 때뿐이었어요. 이 안에는 나의 많은 부분이 들어 있어요. 이젠 더 이상 없는 보세앙 부인의 모든 것이 말이에요. 자 이걸 받아 줘요. 아르투아 거리의 당신 집에 이걸 가져다 놓으라고 할게요. 뉘싱겐 부인은 오늘 저녁 정말 좋아 보이네요. 그 여자를 많이 사랑해 줘요. 우리가 서로 못 본다 해도, 내 친구, 내게 잘해 줬던 당신의 행복을 바라는 내 마음은 확실히 믿어 주세요. 내려가요. 내가 운다고 사람들이 생각하게 두고 싶지 않아요. 내앞에는 영원이 펼쳐지고, 난 거기서 홀로 있게 될 거예요. 거기선 아무도 내게 눈물의 의미를 물어보지 않겠죠. 한 번만 더 이 방을 보고 가야지.」

그녀는 그 자리에 멈춰 섰다. 그러더니 손으로 두 눈을 가린 다음에 눈물을 닦고 찬물로 눈을 씻은 후 외젠의 한 팔을 끼었다.

「자, 가요.」 그녀가 말했다.

라스티냐크는 그녀가 고상하게 괴로움을 억제하는 것을 지켜보며 마음이 찡하는 감동을 받았는데, 이것은 아직 다른 어디서도 느껴 보지 못한 것이었다. 무도회장으로 돌아오면서 외젠은 보세앙 부인과 함께 방을 한 바퀴 돌아보았다. 이것이 그가 이 우아한 여성에게 마지막으로 베푼 섬세한 배려였다. 곧 그는 레스토 부인과 뉘싱겐 부인을 알아보았다. 백작 부인은 다이아몬드로 치장하여 아주 멋졌는데, 그것은 그녀가 마지막으로 그렇게 몸에 치장해 보는 것일 터였다. 그녀의 자부심과 사랑이 아무리 강하다 하더라도 그녀는 남편의 시선을 견뎌 내기 힘들어 보였다. 이 광경을 보니 라스티냐크의 마음은 또 슬퍼졌다. 그러자 두 자매의 다이아몬드 장식 아래로 고리오 영감이 누워 있는 허름한 침대가 그의 눈에 다시 어른거렸다. 그의 우울한 태도를 자작 부인은 오해하고, 잡았던 그의 팔을 놓았다.

「자! 당신의 즐거움을 방해하지 않을래요.」

그녀가 말했다.

곧 델핀이 외젠을 찾았다. 델핀은 자기가 자아낸 효과에 마냥 흐뭇했고, 자기가 받아들여지기를 바랐던 이 사교계가 자기에게 보내는 예찬을 외젠의 발치에 갖다 바치지 못해 안달이 나 있었다.

「당신은 나지 언니를 어떻게 생각해요?」

그녀가 외젠에게 말했다.

「자기 아버지의 죽음까지도 어음 할인해서 써버린 사람이죠.」

라스티냐크가 말했다.

새벽 4시쯤, 살롱에 모여 있던 군중은 점점 흩어지기 시작했다. 그러자 곧 음악 소리도 들리지 않게 되었다. 랑제 공작 부인과 라스티냐크는 커다란 살롱에 둘만 남았다. 자작 부인은 살롱에 외젠만 있겠거니 생각하고는, 보세앙 씨에게 작별 인사를 한 다음 살롱으로 왔다. 보세앙 씨는 〈당신 잘못 생각한 거요. 당신 나이에 은둔 생활을 하러 가다니! 우리와 함께 그냥 살아요〉라는 말을 되풀이하고는 잠자러 갔다.

공작 부인을 보자 보세앙 부인은 깜짝 놀라서 탄성을 억누르지 못했다.

「내가 짐작은 했어요, 클라라. 이제 떠나면 안 돌아온다고요. 하지만 내 말을 들어 보지도 않고, 그리고 우리가 서로의 마음을 충분히 나누지도 않은 채로 떠나진 않겠죠.」 랑제 공작 부인이 말했다.

그녀는 친구의 팔을 붙잡고 옆 살롱으로 데리고 가서, 눈에 눈물이 그렁그렁한 채 친구를 쳐다보면서 품에 꼭 껴안고 양 볼에 입을 맞추었다.

「냉정하게 당신을 떠나보내고 싶진 않아요, 내 친구. 그렇게 한다면 너무 무거운 회한이 남을 거예요. 당신은 자신을 믿듯이 나를 믿어도 좋아요. 당신은 오늘 저녁 대단했어요. 난 내가 당신 친구 될 만한 자격이 있다고 생각했고, 당신에게 그걸 증명해 보여 주고 싶어요. 난 당신에게 잘못한 게 있어요. 내가 항상 잘했던 것은 아니에요. 용서해요, 내 친구. 당신에게 상처를 주었을지도 모르는 일 모두를 내 잘못으로 인정해요. 내가 한 말들 거둬들이고 싶어요. 우리 두 사람의 영혼은 똑같은 고통으로 이어져 있고, 우리 둘 중에 누가 더 불행할지 모르겠네요. 몽리보 씨는 오늘 저녁 여기에 오지 않았어요. 무슨 소린지 알겠지요? 오늘 무도회에서 당신을 본 사람이면 절대 당신을 잊어버리지 못할 거예요. 난, 마지막 노력을 해봐요. 만약 내가 실패하면, 수녀원에 들어가려고 해요. 그런데 당신은 어디로 가지요?」

「노르망디 지방, 쿠르셀로 가요. 사랑하고, 기도하고, 하느님이 이 세상에서 날 데려가시는 날까지 그렇게 하려고요. 아, 라스티냐크 씨! 이리 오세요.」

자작 부인이 감동한 음성으로, 외젠이 기다리고 있다고 생각하며 말했다. 외젠은 무릎을 꿇고 친척 누이의 한 손을 잡고 거기 입 맞추었다.

「앙투아네트, 안녕! 행복하게 살아요.」

보세앙 부인이 말을 이었다. 그리고 외젠에게 이렇게 말했다.

「외젠, 행복하게 살아요. 당신은 젊고 뭔가를 믿을 수 있어요. 세상을 떠나 은둔하러 가면서, 마치 죽음을 맞는 사람처럼 나는 내 주변으로부터 신실한 마음과 종교적인 감동을 받게 되었네요.」

라스티냐크는 보세앙 부인이 여행용 사륜마차에 탄 것을 보고, 그녀의 눈물 젖은 작별 인사를 받은 다음, 새벽 5시쯤 그곳을 떠났다. 제아무리 고귀한 신분의 사람도 마음의 법칙에서 예외가 될 수는 없어서 슬픔 없이 살 수 없는 것이다. 습기 차고 쌀쌀한 날씨에 외젠은 보케 하숙집까지 걸어서 돌아왔다. 그의 교육은 이렇게 끝난 셈이었다.

라스티냐크가 영감 방에 들어서자 비앙숑이 말했다.

「불쌍한 고리오 영감님을 구할 수 없을 것 같네.」

외젠은 잠든 노인을 바라본 다음 이렇게 말했다.

「이보게 친구, 자네는 자네 욕망에 일정 한계선을 긋고 겸손하게 운명을 따라가게. 나는 지옥에 있다네. 그런데 난 지옥에 그대로 남아 있어야만 해. 사람들이 자네에게 사교계에 대해 아무리 나쁜 이야기를 한다 해도 그 말을 믿게나! 황금과 보석 쪼가리들로 뒤덮인 이 끔찍한 곳은 유베날리스라도 그대로 그릴 수는 없을 거야.」

다음 날, 외출해야만 하는 비앙숑이 오후 2시에 라스티냐크를 깨워서 고리오 영감을 지켜 달라고 부탁했다. 영감의 상태는 오전에 이미 더욱 악화돼 있었다.

의대생은 이렇게 말했다.

「이제 이틀도 못 사실 거야, 아니 어쩌면 여섯 시간도. 그렇지만 우리는 병마와 싸우는 걸 멈출 수야 없지. 영감님에게 비용이 많이 드는 치료를 해드려야 할 거야. 우리는 영감님의 간병인 노릇을 잘하겠지만, 내게는 한 푼도 없다네. 영감님 주머니와 장롱을 다 뒤져 보아도 정말 무일푼이야. 영감님이 정신이 있을 때 물어보았는데, 정말 한 푼도 수중에 없다는 거야. 자네는 있나?」

「20프랑 남아 있어. 이 돈으로 도박하러 가겠네. 딸 거야.」 라스티냐크가 대답했다.

「만약 잃으면?」

「영감님 사위와 딸들에게 돈을 달라고 해야지.」

「그들이 안 준다면?」

비앙숑이 말을 이었다. 「지금 가장 급한 일은 돈을 구하는 게 아니야. 영감님 몸에 끓는 겨자 고약을 발라 줘야 해. 발에서부터 허벅지 중간쯤까지. 만약 영감님이 소리라도 지르면 방도가 있을 거야. 어떻게 하면 되는지 알지? 게다가 크리스토프가 도와줄 거야. 난 약국에 가서 필요한 약품을 모두 구해 보겠네. 가엾은 영감님을 우리 병원 임종 병동으로 진작 옮겨 가지 못한 게 불행이네. 거기 가 있었으면 좀 더 나았을 텐데. 자, 내가 자리를 잡아 줄 테니 가세. 그리고 내가 돌아올 때까지는 영감님 곁을 떠나지 말게.」

두 청년은 노인이 누워 있는 방으로 들어갔다. 외젠은 경련이 일어난, 허옇고 심히 쇠약한 그 얼굴의 변화에 겁을 먹었다.

「자, 어떠세요, 아버님?」

그가 침대 위로 몸을 굽히면서 물어보았다.

고리오 영감은 흐리멍덩한 눈을 들어서 외젠을 아주 주의 깊게 바라보았지만 그를 알아보지는 못했다. 외젠은 이 광경을 견딜 수가 없었고, 눈물이 그의 눈을 적셨다.

「비앙숑, 창문에 커튼을 쳐야 하지 않을까?」

「아니. 공기가 좋든 나쁘든 그건 이제 영감님에겐 별 상관
없어. 영감님이 덥거나 춥거나 하는 걸 느낀다면 정말 다행이
게? 하지만 탕약을 좀 끓이고 여러 가지를 준비하려면 불이
있어야 하지. 내가 나뭇단을 보내 줄 테니, 그걸로 우리가 장
작을 구할 때까지 써보자고. 어제, 그리고 간밤에 자네 몫의
장작과 노인이 쓰던 토탄 덩어리를 모두 때버렸어. 방에 습
기가 차서 벽에서 물이 뚝뚝 떨어졌거든. 그렇게 때보았자
방을 겨우 말릴 정도였지. 크리스토프가 빗자루로 방을 쓸었
어. 그야말로 외양간 같더구먼. 노간주나무를 땠더니 냄새가
너무 지독했어.」

「세상에! 아니 딸들은 뭘 하는 거지!」

라스티냐크가 말했다.

「자, 영감님이 마실 것을 달라고 하면 이걸 드리게.」

수련의 비앙숑은 라스티냐크에게 커다란 흰색 물병을 가
리키며 말했다.

「만약 끙끙 앓는 소리가 들리고 배가 뜨겁거나 딱딱해지
면 크리스토프의 도움을 받아서 약을 드려. 알겠지? 만약 혹
시라도 영감님이 많이 흥분하거나 말을 많이 한다거나, 그러
니까 착란 상태를 보이면, 그냥 두게. 그건 나쁜 징후가 아니
니까 말이야. 하지만 그럴 경우엔 크리스토프를 코생 병원으
로 보내. 나나 아니면 내 동료가 와서 환자 몸 위에 솜을 태
우는 요법을 실시할 테니까. 오늘 아침 자네가 자는 동안 갈
박사님 제자 한 사람과 시립 병원 주임 의사, 그리고 또 우리
병원 의사와 함께 대대적으로 진찰을 해보았다네. 그 의사들
소견으로는 희한한 증세들이 있다는 거야. 그래서 우리는 이

병의 경과를 지켜보아 의학적으로 상당히 중요한 여러 점들에 관해 명확히 알아보자고 했네. 그중 한 사람의 주장으로는, 장액이 누르는 힘이 어느 한 내장 기관에만 심하게 쏠리게 되면 특이한 현상으로 발전할 수 있다는 것이네. 그러니혹시 영감님이 말을 한다면, 그 말을 잘 듣고 그 이야기가 어떤 종류의 생각에 속한 건지를 확인하게. 즉 기억, 통찰, 판단의 결과인지, 물질 혹은 감정에 몰두하는지, 계산을 하는지, 아니면 과거로 돌아가는지 요컨대 우리에게 정확한 보고를할 수 있게 해주게. 어쩌면 장액이 무더기로 침범한 것일 수도 있어. 그러면 지금 상태처럼 영감님은 백치 상태로 돌아가시게 되지. 이런 종류의 병에서는 모든 게 아주 이상하다네! 만약 여기가 터지면……」

비앙숑은 환자의 후두부를 가리키며 말했다.

「이상한 현상들이 발생하지. 뇌가 몇몇 기능을 회복해서, 사망 시점이 더 늦추어지지. 장액이 뇌에서 방향을 바꿔서 다른 경로로 흐를 수도 있는데, 그 흐름이 어떤지는 해부를 해봐야 알 수 있네. 불치병자만 수용하는 병원에 있는 어떤 노인은 정신이 몽롱한 상태인데 장액이 터져서 척추를 따라 흘러내렸다네. 그는 끔찍한 고통을 받지만, 계속 살아 있다네.」

「우리 딸들은 재미있게 지냈나?」

고리오 영감이 외젠을 알아보고 물었다.

비앙숑이 말했다. 「오! 그저 딸들 생각뿐이군. 간밤에도백번이 넘게 〈딸들이 춤을 추네! 드레스를 입었어〉라고 하더라니까. 딸들 이름을 부르더군. 특유의 어조로 〈델핀! 우리델핀! 나지!〉 하고 불러 대니 나도 눈물이 나더군. 제기랄!그야말로 눈물바다가 될 지경이었다니까.」

의대생이 말했다.

「델핀, 델핀 거기 있지, 아닌가? 난 그렇게 알고 있었는데.」

노인이 말했다. 그리고 노인의 두 눈은 미친 사람 같은 활기를 되찾아 벽이며 문을 두리번거렸다.

「난 내려가서 실비에게 겨자 고약을 준비하라고 얘기하겠네. 지금 고약 붙이면 딱 좋아.」

비앙숑이 큰 소리로 말했다.

라스티냐크는 노인 곁에 혼자 남았다. 침대 발치께에 앉아서 차마 보기 괴롭고 두려운 노인의 얼굴을 뚫어지게 보고있었다.

「보세앙 부인은 가버리고, 이 노인은 죽어 가고. 아름다운 영혼들은 이 세상에 오래 머물 수 없구나. 하긴, 위대한 감정들이 치사하고 편협하고 피상적인 사회와 어떻게 한통속이될 수 있겠어?」

간밤에 참석했던 축제의 영상이 그의 기억에 떠오르며, 이 빈사의 침대 모습과 대조를 이루었다. 불쑥 비앙숑이 다시나타났다.

「이런, 외젠. 내가 방금 우리 주임 의사 선생님을 만났어. 그래서 뛰어 돌아왔네. 만약 노인이 정신이 돌아온 모습을 보이거나 말을 하거나 하면 목덜미에서 허리 끝나는 부분까지 겨자 고약을 다 발라 준 다음 우리를 부르게.」

「고맙네, 비앙숑.」

외젠이 말했다.

「오! 이건 주목해야 할 의학 증상이야.」

의대생은 초심자다운 열정을 가득 담아서 말했다.

「자, 이 가엾은 노인을 애정으로 돌볼 사람은 그러니까 나

하나뿐이란 말이지.」

「만약 자네가 오늘 아침에 날 보았다면, 그런 말은 안 할 걸세.」

비앙숑이 외젠의 말에 기분 나빠하지 않으면서 말을 이었다.

「치료 경험이 많은 의사들은 오직 병만을 보지. 내 눈에는 아직 환자가 보인다네, 이 사람아.」

곧 일어날 발작을 걱정하면서 그는 외젠과 노인만 남겨 두고 자리를 떴다.

「아! 자네로군. 내 사랑하는 외젠.」

고리오 영감이 외젠을 알아보고 말했다.

「좀 괜찮으세요?」

외젠이 노인의 손을 잡으며 물었다.

「그래, 집게로 죄는 것처럼 머리가 아프더니만 이제는 나아졌어. 내 딸들 보았나? 딸들이 곧 올 거야. 그 애들은 내가 아프다는 걸 알게 되면 바로 달려올 텐데. 쥐시엔 거리에서 살 때엔 그 애들이 나를 그렇게도 잘 간호해 주었는데……. 세상에, 애들을 맞이하려면 내 방이 깨끗해야 할 텐데. 어떤 젊은이 하나가 내 토탄을 다 때버렸다네.」

「크리스토프가 오는 소리가 나네요. 그 젊은이가 영감님께 보내온 장작을 크리스토프가 이리로 갖고 오고 있어요.」

외젠이 말했다.

「좋아! 그런데 장작 값은 어떻게 내지? 내겐 한 푼도 없는데 말이야. 이보게, 난 다 주어 버렸다네, 전부 다. 난 이제 동냥이나 해야 하는 신세가 되었어. 그런데 그 금박 드레스는 예쁘던가? (아, 괴롭군!) 고맙네, 크리스토프, 하느님이 상을 주실 거야! 이 사람아, 내 수중엔 이제 아무것도 없다네.」

「내가 돈을 충분히 주지, 너하고 실비에게.」

외젠이 크리스토프 귀에 대고 말했다.

「내 딸들이 오겠다고 했지, 그렇지, 크리스토프? 자, 한 번 더 가봐. 내가 5프랑 줄 테니. 가서 딸들에게 내가 지금 상태가 안 좋다고 말하고, 내가 두 딸을 안아 보고 싶다고, 죽기 전에 한 번 더 보고 싶어 한다고 전해 줘. 그 말을 전해 주는데 딸들을 너무 놀라게 하지는 말고 말이야.」

라스티냐크가 신호를 보내자 크리스토프는 자리를 떴다.

노인이 말을 이었다.

「딸들은 올 거야. 내가 그 애들을 알지. 착한 델핀, 내가 죽으면 그 앤 얼마나 슬퍼할까! 나지도 마찬가지야. 난 죽고 싶지 않아. 딸들을 울리고 싶지 않아. 착한 외젠, 죽는다는 건 더 이상 딸들을 못 본다는 거야. 죽으면 가는 그곳에서 나는 너무도 지루할 거야. 아버지에게 지옥이란 아이들 없이 지내는 것이지. 딸들이 결혼한 뒤로 나는 이미 지옥 체험을 했다네. 내 천국은 옛날 살던 쥐시엔 거리의 집이었어. 이봐, 내가 만일 천국에 간다면 난 영혼이 되어 딸애들 곁으로 돌아올 수 있을 거야. 그런 이야기를 들은 적이 있어. 그 이야긴 정말인가? 쥐시엔 거리에 살던 때의 딸들 모습이 지금 그대로 보이는 것 같네. 아침이면 애들이 아래층으로 내려왔지. 〈아빠, 안녕히 주무셨어요?〉 이렇게 말하면서 말이야. 난 애들을 무릎에 앉히고, 숱한 장난을 걸고, 일부러 놀려 주곤 했지. 애들은 다정하게 나를 쓰다듬었어. 매일 아침 우리는 다 같이 아침을 먹었고, 저녁도 같이 먹었네. 한마디로 나는 아버지였고 내 아이들의 사랑을 맘껏 누렸다네. 쥐시엔 거리에 살 때, 아이들은 따질 줄 몰랐고 세상에 대해서는 아무것도 몰랐지.

나를 아주 좋아했어. 오 맙소사! 왜 그 애들이 계속 어린 딸들로 남아 있지 않을까? (오, 아파라. 머리가 부서지는 것 같네.) 아! 용서해라, 내 자식들아! 끔찍하게 아프구나. 이것이 진정한 고통이어야 하는데, 너희 덕분에 나는 아픔에도 아주 단단하게 되었단다. 오, 딸아이들 손을 잡을 수만 있다면 하나도 아프지 않으련만! 딸들이 올 거라고 생각하나? 크리스토프는 정말 바보 같구먼! 내가 딸들한테 직접 갔어야 하는 건데……. 크리스토프는 내 딸들을 보겠지. 그런데 자네는 어제 무도회에 있었잖은가. 그러니 어제 내 딸들이 어땠는지 말해 주게. 아이들은 내 병에 대해서는 아무것도 몰랐지, 그렇지? 알았다면 춤도 못 추었겠지, 가엾은 아이들! 오, 난 더 이상 앓고 싶지 않아. 딸들에겐 내가 너무도 필요한걸. 딸들의 재산이 지금 위험한 지경인데. 게다가 그 돈을 차지하려는 남편 놈들이 어떤 놈들인데 말이야. 날 낫게 해주오, 날 낫게 해주오. (오, 정말 아프군! 아, 아, 아!) 이것 보게, 내가 나아야 하지 않겠나. 아이들에게 돈이 필요하니 말이야. 어디 가면 돈을 벌 수 있는지 내가 아는데. 난 전분을 만들러 오데사에 갈 테야. 난 꾀가 많은 사람이라 수백만 프랑을 벌 수 있어. (오, 너무 아프군!)」

고리오는 고통을 참으려고 젖 먹던 힘까지 그러모아 온갖 노력을 다하는 모습을 보이더니 잠시 침묵을 지켰다.

「만약 딸애들이 여기 있다면 나는 아프다고 하소연하지 않을 거야. 왜 불평을 하겠나?」 그가 말했다.

갑자기 가벼운 혼수상태가 찾아왔고, 오래 지속됐다. 크리스토프가 돌아왔다. 고리오 영감이 잠든 줄 알고 라스티냐크는 크리스토프에게 큰 소리로 심부름 갔던 일을 보고하게 했다.

「먼저 백작 부인 댁에 갔습죠. 부인에게 제가 무슨 이야기를 할 수가 없더군요. 부인은 남편 분과 함께 중대한 사건을 두고 다투고 있더군요. 제가 꼭 말해야 한다고 하니, 레스토 씨가 직접 나와 제게 이렇게 말했어요. 〈고리오 씨가 죽어 간다고, 거 잘됐군! 그게 제일 잘한 선택이지 뭐. 사업상 중대한 일 처리를 마무리하기 위해 난 레스토 부인이 필요해. 모든 일 처리가 끝나면 부인이 갈 거야.〉 그분은 화가 난 기색이었어요. 나오려고 하는데 제가 보지 못했던 문으로 부인이 들어오시더니 저한테 이렇게 말했어요. 〈크리스토프, 내가 지금 남편과 논쟁 중이라고 아버지께 말씀드려라. 지금 남편 곁을 떠날 수가 없다고. 내 자식들의 생사가 달린 문제란다. 모든 게 끝나면, 바로 내가 갈 테니.〉 남작 부인 이야기는 또 달라요! 그분은 뵙지도 못했고, 이야기를 할 수도 없었어요. 그분 내실 담당 하녀가 이렇게 말했어요. 〈아! 부인은 무도회에서 5시 15분에 돌아오셔서 지금 주무시고 계셔. 정오 전에 깨우면 꾸중을 하실 거야. 부인께서 날 부르시면 그때 아버님이 더 안 좋아지셨다고 전하지. 혹 나쁜 소식이 있으면, 그건 언제든 부인께 말씀드릴게.〉 제가 아무리 간청해도 소용이 없었어요. 아 그래요! 저는 남작님께 말씀드리겠다고 사정사정했는데, 그분은 외출하셨더군요.」

「그럼 두 딸 중에 하나도 안 올 거란 말이야!」

라스티냐크가 소리쳤다.

「내가 두 사람에게 편지를 써야겠어.」

「둘 중 어느 하나도 안 온다고!」

노인이 윗몸을 벌떡 일으키며 대꾸했다. 「다투고 있고 자고 있어서 안 온단 말이지. 그럴 줄 알았어. 죽을 때가 되면 자식이 무언지 알 수 있지. 아, 내 친구, 결혼하지 마오. 자식도 낳지 마오! 부모는 자식들에게 생명을 주지만, 자식들은 죽음을 준다오. 부모는 자식들을 세상에 맞아들이지만, 자식들은 부모를 세상에서 쫓아낸다오. 아니, 아이들이 안 온다고! 난 10년 전부터 그걸 알고 있었어. 가끔씩 혼잣말로 그런 이야기를 하곤 했지. 하지만 그걸 진짜로 믿을 엄두는 못 냈지.」

노인의 두 눈에서 눈물이 흘러나와 벌건 눈가에 맺혔다.

「아! 만약 내가 부자였다면, 내가 딸들에게 내 재산을 다 주어 버리지 않고 갖고 있었더라면, 딸들은 왔을 테지. 내 뺨에 입 맞추며 뺨을 핥아 댔을 테지. 난 저택에 살았겠지. 멋진 방들과 하인들, 나만을 위한 불도 피울 수 있었을 테지. 그리고 딸들은 남편과 자식들을 다 데려와서 눈물을 펑펑 흘리며 울었겠지. 그 모든 걸 다 누릴 수 있었으련만……. 하지만 아무것도 없어. 돈이면 모든 게 다 생기지. 심지어 딸들까지도. 오, 내 돈아, 어디에 있느냐? 남겨 줄 보물이 내 수중에 있다면 딸들이 내게 붕대를 매주고 간호해 주었겠지. 딸들 목소리도 들을 수 있고 모습도 볼 수 있었겠지. 아! 내 사랑하는 자식 같은 자네, 내 유일한 자식, 나는 이렇게 버림받고 비참한 신세가 더 낫네. 적어도 불행한 자가 사랑받을 때는 그 사랑이 진짜 사랑이라는 걸 확신하게 되니까. 아니야, 난 부자가 되고 싶어. 딸들을 볼 수 있을 테니. 세상에, 사람 일을 누가 알겠는가? 딸애들은 둘 다 목석 같은 마음을 가졌어. 내가 그 애들을 너무 사랑해서 그 애들은 나에 대한 사랑이 없는 거야. 아버지란 항상 부자여야 하고, 자식들은 말들처럼 굴레를 씌워서 꽉 쥐고 있어야 하는데, 나는 딸들 앞에서 무릎을 꿇었으니⋯⋯. 한심한 것들! 10년 전부터 딸들은 나에게 못되게 굴면서도 아주 당당했어. 그 애들이 결혼 초기에 나에 대해 얼마나 소소한 것까지 챙겨 주었는지 자네가 안다면! (오, 잔인한 순교와도 같은 고통이네!) 딸애들 각자에게 근 80만 프랑씩을 주었으니, 딸들이나 그 남편들이나 나한테 심하게 대할 수가 없었지. 나를 초대하면 〈아버지, 이리 오세요. 사랑하는 아버지, 저리 앉으세요〉 했고, 딸들 집에는 언제나 내 몫의 식기가 준비되어 있었지. 사위들과 저녁 식사도 종종 하고, 사위들은 나를 정중하게 대했지. 그때는 아직 내 수중에 뭔가 있는 것 같이 보였던 거야. 왜 그랬을까? 내 재산에 대해서 아무 말도 안 했는데 말이야. 두 딸에게 80만 프랑씩 주는 사람은 돌볼 가치가 있는 사람이었던 거지. 그래서 세심하게 챙겨 주었지만, 그건 내 돈 때문에 그런 거야. 세상은 아름답지 못해. 나는 그걸 보았다고. 난 말이야, 마차로 공연에도 데리고 갔고, 내 마음 내키는 대로 야회에도 늦게까지 참석하곤 했지. 나는 그 애들을 내 딸이라고 사람들에게 이야기했고, 딸들도 사람들에게 나를 아버지라고 털어놓았지. 난 아직도 약아서 아무것도 놓치지 않는다네. 모든 게 거짓 꾸밈이라는 것을 난 잘 알고 있었지. 하지만 악(惡)에는 치료약도 없는 법. 나는 딸애들 집에서 식사할 때 우리 하숙집 아래층 식당에서만큼 맘이 편하지 않았다네. 나는 뭐라 이야기를 해야 할지 몰랐지. 사교계 사람들이 내 사위 귀에 대고 〈이분은 누구시죠?〉라고 물으면 〈재산이 상당히 많은 아버님이십니다. 부자시거든요〉라고 대답했고, 〈아, 그런가요!〉 사람들이 그랬지. 그럼 사람들은 돈 때문에 존경하는 시선으로 나를 보았어. 가끔 내가 그들에게 좀 폐를 끼쳤다 해도, 나는 내가 잘못한 것에는 제대로 보상해 주었다네. 게다가 완벽한 사람이 어디 있나? (내 머리가 깨지는 것 같아!) 사랑하는 외젠, 지금 난 죽기 전에 치러야 할 만큼의 고통을 받고 있네. 하지만 이건 아무것도 아니야. 언젠가 내가 어리석은 이야기를 해서 아나스타지를 창피하게 했고, 그 때문에 그 애가 나를 처음으로 쏘아보았을 때 내가 느낀 고통에 비하면 이건 아무것도 아니라네. 그 아이의 시선을 받자 내 혈관이 모두 터지는 것 같았다네. 나는 모든 걸 알고 싶었지만, 내가 알게 된 것은 내가 너무 범속한 인간이라는 사실뿐이었지. 다음 날 위로받으려고 델핀 집으로 갔지. 그런데 거기서도 내가 바보 같은 짓을 해서 델핀이 화를 냈어. 그래서 나는 미친놈같이 되었다네. 일주일 동안 어쩔 바를 모르고 지냈네. 딸들 집에 찾아가서 아이들을 볼 엄두도 못 냈지. 애들이 뭐라 할까 두려워서 말이야. 그래서 딸들 집 문간에 서 있었네. 오 하느님, 하느님께서도 아시지요, 제가 견뎌 온 참상과 고통을……. 내가 이렇게 늙고 삭아 버리고 허옇게 되기까지 긴 세월 동안 받아 온 수모를 하느님께서는 다 아시면서, 대체 무엇 때문에 오늘날 이렇게 고통을 받게 하십니까? 난 딸들을 지나치게 사랑한 죗값을 충분히 치렀어. 딸들은 내 사랑에 대해 멋지게 복수를 했고, 마치 사형 집행인처럼 나를 괴롭혔지. 그래, 아버지란 이렇게도 어리석은 것! 난 그 애들을 너무도 사랑해서 마치 노름꾼이 도박장으로 반드시 돌아가듯 그 애들에게로 번번이 돌아가곤 했지. 내 딸들, 그건 내가 끊지 못하는 악덕이었어. 그 애들은 내 애인이었고, 한마디로 전부였지. 딸들은 둘 다 뭔가를 필요로 했어. 장신구 같은 것들. 그 애들을 시중드는 하녀들이 내게 그걸 말해 주었지. 그러면 나는 그 애들에게 좋은 대접 받으려고 그런 것들을 마련해 주었지. 하지만 그 애들은 어쨌든 내게 세상에서 어떻게 처신해야 하는지 작은 교훈을 준 셈이야. 오! 딸들은 다음 날까지 기다리는 법이 없었지. 그 애들은 나를 부끄럽게 생각하여 얼굴을 붉히기 시작했어. 자식을 잘 기른다는 것이 바로 이런 거라니! 그렇다고 내 나이에 학교를 다니며 배울 수도 없었고. (아, 끔찍하게 아프다. 하느님! 의사 선생! 의사 선생! 차라리 내 머리를 확 열어 버린다면 덜 아프련만.) 내 딸, 내 딸, 아나스타지, 델핀! 보고 싶구나. 경찰을 보내서 강제로 그 애들을 데려와 주오. 정의는 내 편이야. 모든 게 내 편이야. 자연, 법, 모든 게. 난 항의해. 아버지가 짓밟힌다면 나라도 망할 거야. 그건 확실해. 사회, 세계, 모두가 부성(父性) 위에서 굴러가는데, 만약 자식들이 아버지를 사랑하지 않는다면 모든 게 무너지지. 오! 아이들이 무슨 소리를 하건, 딸들을 보고 목소리를 듣고 싶어. 그 애들 목소리를 들을 수만 있다면, 내 고통도 진정될 텐데, 특히 델핀. 딸애들이 여기 오면 말해 주오. 그렇게 냉정하게 날 쳐다보지 말라고. 아, 내 좋은 친구, 외젠! 황금같이 반짝이던 눈길이 갑자기 잿빛 납처럼 바뀌는 것을 본다는 게 무엇인지 자네는 모를 거야. 딸들의 눈길이 더 이상 나를 보며 반짝이지 않았던 그날부터 내가 있는 곳은 늘 겨울이었다오. 내게는 꾹꾹 눌러 삼킬 슬픔밖에 없었지. 그리고 나는 실제로 그 슬픔을 눌러 삼켰지. 난 모욕당하고 창피당하기 위해 살아온 거야. 난 딸들을 너무도 사랑해서 온갖 모욕을 꾹 참아 왔지. 딸들은 별것 아닌 소소한 기쁨을 내게 주는 대신 그런 모욕으로 대가를 치르게 했어. 아비가 딸들을 보려고 숨어 있어야 하다니! 난 그 애들에게 내 생명을 주었는데, 지금 애들은 나에게 단 한 시간도 주지를 않는구려. 목이 말라. 배가 고파. 가슴이 타는 것 같아. 딸들은 내 지독한 고통을 덜어 주러 오지 않을 테지. 나는 죽어 가는데. 그게 느껴지는데. 제 아비의 시체를 밟고 걷는다는 게 무언지 딸년들은 모르는구나! 하늘에는 하느님이 계셔서 우리도 모르게 대신 복수를 해주신다네. 우리 아버지들의 복수를. 오, 딸애들이 올 거야! 오너라, 사랑하는 내 새끼들, 와서 내게 입 맞춰 다오. 마지막 입맞춤, 임종 때 받는 성체처럼 저승길의 양식이 될 그 입맞춤을 해다오. 아비는 너희를 위해 하느님께 기도하련다. 하느님은 말씀하실 거야. 너희는 착한 딸들이었다고. 하느님은 너희 편을 들어 주실 거야! 어쨌든 너희들은 죄가 없단다. 딸들은 죄가 없다오, 내 친구! 모든 사람에게 그건 확실히 말해 주오. 사람들이 내 문제로 딸아이들에게 근심을 끼치지 않도록 말이오. 모든 건 내 잘못이오. 그 애들이 나를 멸시하도록 내가 버릇을 들인 거지. 난 그게 좋았다네. 그건 다른 사람뿐 아니라 인간의 법이나 신의 법과도 상관없어. 하느님이 나 때문에 아이들에게 벌을 주신다면 하느님은 공정하시지 못한 거야. 내가 제대로 처신할 줄을 몰랐던 거지. 내 권리를 포기하는 바보짓을 한 거지. 딸들을 위해서라면 내 품위야 떨어져도 좋으리. 어쩌란 말인가! 아무리 아름다운 천성도, 아무리 고상한 영혼도 아버지로서 자식에게 한없이 너그럽게 구는 그런 타락에는 쉽게 빠져 버렸을 걸세. 난 한심한 놈이고, 벌받아 마땅한 놈이야. 딸들의 무질서한 삶은 오직 나 혼자 빚어낸 일이지. 내가 딸들을 망쳐 놓았으니까. 딸들은 옛날에 사탕을 원했듯이 지금은 쾌락을 원해. 나는 그 애들의 처녀 시절에 하고 싶은 것은 얼마든지 할 수 있게 언제나 허용해 주었어. 열다섯 살에 딸들 소유의 마차가 있었으니 말 다했지! 그 애들의 뜻을 거스르는 건 아무것도 없었지. 다 내 죄라네. 하지만 사랑 때문에 죄인이 된 거라네. 딸들의 목소리를 들으면 내 마음이 열렸네. 그 애들 목소리가 들려. 딸들이 오는 거야. 오! 그래, 딸들은 올 거야. 법에도 아버지의 임종을 보러 가는 것이 옳다고 되어 있어. 법은 내 편이야. 게다가 마차 한 번 타는 값밖에 안 들잖아. 마차 삯은 내가 낼 테야. 내가 딸들에게 수백만 프랑을 남겨 준다더라고 편지를 쓰게! 정말이야. 난 오데사에 가서 파스타를 만들 거야. 내가 방법을 알거든. 내 계획대로 하면 수백만 프랑을 벌게 돼. 아무도 못 해본 생각이지. 밀이나 밀가루처럼 운송 과정에서 상하지는 않을 거야. 그래, 그래, 전분? 그걸로 또 수백만 프랑 벌게 되겠지. 자네는 거짓말하지 않겠지. 딸들에게 수백만 프랑이라고 말해 주게나. 어쨌든 딸들은 탐욕 때문에 올 거야. 차라리 속임을 당하는 게 나아. 난 딸애들을 보겠네. 내 딸들을 원해! 내가 만든 아이들인데! 내 것인데!」

그는 누웠던 윗몸을 일으키고는 흰 머리카락이 마구 헝클어진 채 위협하는 듯한 표정을 있는 대로 드러내며 외젠에게 말했다.

「자, 우리 고리오 영감님, 누우시죠. 제가 따님들에게 편지를 쓸게요. 따님들이 안 온다면, 비앙숑이 돌아오는 대로 바로 제가 가보겠습니다.」 외젠이 그에게 말했다.

「안 온다면?」 노인이 흐느끼면서 이 말을 되풀이했다. 「난 이미 죽었을 텐데, 화가 치밀어 올라서, 울화가 터져서 죽었을 텐데! 분노가 치밀어 오르네. 지금 이 순간, 내 일생이 눈에 보이네. 나는 속았어. 딸들은 날 사랑하지 않아. 한 번도 사랑한 적이 없어. 그건 확실해. 딸들이 안 왔다면, 앞으로도 안 올 걸세. 딸들이 늦어지면 늦어질수록 그 애들이 내게 와서 기쁨을 줄 마음을 먹을 가능성은 더 적어져. 내가 그 애들을 알지. 딸들은 내 슬픔, 내 고통, 내게 필요한 것, 이런 것을 전혀 짐작할 줄도 몰랐어. 내 죽음도 마찬가지로 전혀 짐작하지 못할 테고. 딸들은 내 사랑의 비밀조차도 모른다네. 그래, 알겠어. 창자까지 다 열어 보여 주던 내 습관 탓에 그 애들에겐 내가 해준 모든 일이 값어치 없는 일이 되어 버린 거야. 딸애들이 내 두 눈을 파내 달라고 부탁했다면, 난 〈자, 파내렴!〉 하고 말했을 거야. 내가 너무 바보지. 그 애들은 세상의 아버지가 모두 자기 아버지 같다고 생각하네. 사람은 항상 자기 가치를 생색내야 하는 법인데……. 딸들의 자식들이 내 복수를 해주겠지. 하지만 여기 온다면 그건 저희의 이익 때문이야. 그러니 딸들에게 미리 알려 주게. 그 애들은 자기 스스로를 망치고 있다고. 딸들은 한 번에 모든 죄를 범하고 있어. 자, 가서 말해 주게. 안 오는 것은 아버지를 죽이는 일이라고. 이 죄를 하나 덧붙이지 않더라도 이미 충분히 많은 죄를 범했다고 말이야. 나처럼 큰 소리로 말해 주게. 〈어이, 나지! 어이, 델핀! 당신들에게 그렇게도 잘해 주셨던 아버지, 지금 고통받고 계신 아버지에게 가봐요!〉라고. 아무것도, 아무도 없네. 그럼 나는 개처럼 죽게 되는 건가? 버림받는 것, 이게 바로 나에게 주어진 보상이군. 염치없는 년들, 못된 것들. 난 그년들을 증오하고 저주해. 밤이면 관에서 벌떡 일어나 그것들을 다시 저주하려네. 내 친구들이여, 내가 틀렸나?

딸년들의 행동은 정말 막돼먹지 않았나? 안 그런가! 내가 무슨 소리를 하고 있지? 델핀이 왔다고 자네가 내게 알려 주지 않았던가? 둘 중에 그래도 델핀이 낫지. 외젠, 자네가 내 아들이네, 자네가! 델핀을 사랑해 주게. 그 애에게 아버지가 되어 주게. 나지는 정말로 불행하다네. 그리고 그 애들의 재산은……. 아, 하느님, 저는 죽습니다, 너무 괴롭군요. 제 목을 잘라 주세요. 그저 심장만 남겨둬 주세요.」

「크리스토프, 가서 비앙숑을 데려와. 그리고 마차도 불러 오고.」 노인의 탄식과 절규가 심상찮아 더럭 겁이 난 외젠이 소리쳤다.

「제가 따님들을 찾아가 볼게요, 우리 고리오 영감님. 제가 그들을 데려다 놓을게요.」

「억지로, 억지로라도 데려와! 근위대를 불러. 일선 부대를 부르든가. 뭐든지 다!」

이성이 빛나는 마지막 시선을 외젠에게 던지며 영감이 말했다.

「정부에다 말해. 검사한테 말해. 그 애들을 데려다 달라고. 난 그러길 원해!」

「하지만 영감님이 따님들을 저주하셨잖아요.」

「누가 그런 말을 해?」

노인이 깜짝 놀라 말했다.

「내가 딸들을 사랑한다는 걸 자네는 잘 알고 있잖나. 내가 그 애들을 애지중지한다는 걸……. 애들을 보면 내 병은 나을 걸세. 자, 착한 내 이웃, 내 소중한 자식, 자, 자넨 착한 사람 아닌가, 자넨. 자네에게 감사하고 싶네. 하지만 자네에게 줄 거라고는 죽어 가는 자의 축복밖에 없군. 아! 적어도 델핀만이라도 보고, 그 애에게 자네한테 은혜를 갚으라고 말하고 싶어. 언니가 못 온다면 그 애를 내게 데려다 주게. 오고 싶지 않다고 하면 자네가 더 이상 그 애를 사랑하지 않겠다고 말해 주게. 그 애는 자네를 사랑하니까 올 거야. 마실 물 좀 주게나. 창자가 타는 것 같아. 내 머리에 무얼 좀 얹어 주게나. 내 딸들의 손을 얹어 준다면 난 살아날 텐데. 난 그걸 느끼는데……. 하느님 맙소사! 내가 가버리면 딸들의 재산은 누가 다시 일굴까? 딸들을 위해 오데사에 가고 싶어. 오데사에, 파스타를 만들러 가고 싶어.」

「이걸 마셔 보세요.」외젠이 죽어 가는 노인의 몸을 자기 왼팔로 안고 오른팔로는 탕약을 한 잔 가득 들고서 말했다.

「자네는 부모님을 사랑해야 하네, 자넨!」

노인이 힘 빠진 두 손으로 외젠의 한 손을 꼭 쥐고 말했다.

「내가 딸들을 못 보고 죽는 거 자넨 이해하지? 계속 목이 마른 채 물 한 모금 못 마시고……. 이게 바로 내가 10년간 살아온 삶이라네. 내 두 사위는 딸들을 죽인 거나 다름없어. 그래, 딸들이 결혼한 뒤로는 난 딸이 없었던 셈이야. 아버지들이여, 결혼에 관한 법을 만들라고 국회에 요청하시오. 요컨대 딸들을 사랑한다면 결혼시키지 마시오. 사위란 딸의 모든 것을 망쳐 놓는 악당 놈이야. 모든 걸 더럽히지. 이제 결혼은 안 돼! 결혼이 우리 딸들을 빼앗아 가서 우리는 죽을 때도 딸이 없는 거야. 아버지의 죽음에 관한 법을 만드시오. 이 법은 무시무시한 법이야. 복수! 딸들을 못 오게 하는 건 사위들이야. 그놈들을 죽여 버려! 레스토라는 놈을 죽이고, 알자스 놈도 죽여. 그것들은 날 죽인 살인자들이야! 죽든가 아니면 내 딸들을 내놓든가! 아, 끝났어! 나는 딸들도 없이 죽네! 딸들! 나지, 피핀, 자, 와다오! 너희 아버지가 떠난다…….」

「고리오 영감님, 진정하세요. 자, 가만히 계세요. 흥분하지 마시고요. 생각도 하지 마세요.」

「딸들을 못 보다니……. 이건 지독한 고통이야!」

「보시게 될 겁니다.」

「정말인가?」 정신이 헷갈린 노인이 소리 질렀다. 「오, 그 애들을 본다고! 내가 딸들을 보고 그 목소리를 듣게 된다고! 난 행복하게 죽겠네. 그래, 그래, 난 더 이상 살기를 바라지 않네. 삶에 집착하지 않아. 고통만 점점 더해지는걸. 하지만 딸들을 보고 그 애들의 옷을 만져 본다면 얼마나 좋을까! 아, 애들이 입은 옷만이라도! 아무리 작은 것이라도 내가 딸애들의 무언가를 느낄 수 있게 해주오! 그 애들의 머리카락을 갖게 해주오……. 머리카…….」

그는 마치 망치에 한 대 얻어맞은 듯 베개에 머리를 떨어뜨렸다. 두 손은 딸들의 머리카락을 움켜쥐려는 듯 이불 위에서 허우적댔다.

「나는 그 애들을 축복하네, 축복…….」

그가 애를 쓰면서 말했다.

그는 갑자기 까부라졌다. 바로 이때 비앙숑이 들어왔다.

「크리스토프를 만났네. 그가 마차를 불러올 거야.」

비앙숑은 이렇게 말하고 환자를 들여다보고는 억지로 노인의 눈꺼풀을 위로 치켜 올려 보았다. 두 사람은 노인의 한쪽 눈이 온기도 없고 흐리멍덩한 것을 보았다.

「다시 정신이 들진 않을 거야, 내 생각에는.」

비앙숑이 말했다. 그는 맥박을 짚어 보고 몸을 더듬어 보고 영감의 가슴에 손을 대보았다.

「심장은 계속 뛰고 있지만, 이런 상태는 오히려 불행이야. 차라리 돌아가시는 게 나으련만!」

「그러게 말이야.」

라스티냐크가 말했다.

「자넨 왜 그래? 얼굴이 죽은 사람처럼 창백하군.」

「친구, 난 방금 절규하고 한탄하는 소리를 들었어. 하느님은 있어! 오, 그래, 하느님은 있어. 그리고 하느님은 우리에게 더 나은 세계를 만들어 놓았어. 만약 그게 아니라면 우리가 사는 이 땅은 무의미해. 일이 이렇게까지 비극적으로 되지 않았더라면 난 눈물 바람이었을 거야. 하지만 지금은 내 심장과 위장이 끔찍하게 조여 와 울 수가 없네.」

「이봐, 이제 여러 가지 일을 해야 해. 그런데 돈은 어디서 구하지?」

라스티냐크가 자기 시계를 꺼냈다.

「자, 이걸 얼른 전당포에 갖고 가. 어서! 1분이라도 낭비할까 두렵네. 난 크리스토프를 기다리고 있겠네. 내 수중엔 한 푼도 없는데, 돌아오는 길에 치러야 할 마차 삯은 어쩌지.」

라스티냐크는 서둘러 계단을 내려가, 엘데르 거리의 레스토 부인 집으로 향했다. 가는 동안 방금 그가 목격한 끔찍한 광경에 충격을 받아 분노가 후끈 달아올랐다. 레스토 부인 집 응접실에 도착하여 그녀가 있는지 물었다. 하인들의 대답은 어디 있는지 안 보인다는 것이었다.

「아니, 부인의 아버님이 돌아가시려고 해서 온 거요.」 그가 하인에게 말했다.

「저희는 백작님으로부터 엄명을 받았습니다.」

「레스토 백작님이 집에 계시다면, 그분 장인어른이 어떤

상황인지 말씀드리고, 내가 지금 당장 그분께 할 얘기가 있
다고 전하게.」

외젠은 오랫동안 기다렸다.

〈어쩌면 지금 영감님은 돌아가실지도 몰라.〉

외젠이 생각했다.

내실 담당 하인이 그를 첫 번째 살롱으로 안내했다. 거기
엔 레스토 씨가 있었지만, 서 있는 외젠에게 앉으라는 말도
없이 불기 없는 벽난로 앞에서 그를 맞았다.

라스티냐크가 그에게 말했다.

「백작님, 장인어른께서 지금 누추한 거처에서 돌아가시려
고 합니다. 장작을 사서 땔 돈 한 푼 없습니다. 지금 임종의
순간에 딸을 보고 싶어 하셔서……」

레스토 백작이 냉정하게 대답했다.

「고리오 씨에 대해 내가 애정이 별로 없다는 것은 알아차
리셨을 텐데요. 그는 레스토 부인의 성질을 망쳐 놓았고, 내
인생을 불행하게 만든 장본인입니다. 그를 보면 난 내 휴식의
적(敵)이 보입니다. 그가 죽든 살든 나와는 완전히 무관한 일
이오. 그에 대한 내 감정은 바로 이겁니다. 세상은 나를 비난
할 수도 있겠지요. 난 여론 같은 것은 경멸합니다. 바보들이
나 나와 무관한 자들이 나를 어떻게 생각할까 신경 쓰는 것
보다 훨씬 중요한 일들이 내겐 많이 있습니다. 레스토 부인
으로 말하자면 지금 외출할 수 있는 상태가 아니오. 게다가
난 그 사람이 집을 떠나는 것을 원치 않아요. 그 사람 아버지
에게 말해 주시오. 그 사람이 나와 내 자식에 대한 의무를 다
하면 아버지를 보러 갈 거라고요. 만약 그 사람이 자기 아버
지를 사랑한다면, 단시간 내에 자유로워질 수 있겠지요……」

「백작님, 백작님의 처사를 판단하는 것은 제 소관이 아닙니다. 백작님은 부인의 주인이십니다. 하지만 백작님의 성실성을 제가 믿어도 좋습니까? 그렇다면 이건 꼭 전해 주겠다고 약속해 주십시오. 부인의 아버님이 사실 날이 단 하루도 안 남았다는 것과 머리맡에 딸이 안 보이자 그분이 딸을 이미 저주했다는 것을 말입니다.」

「그 사람에게 직접 말하시오.」

외젠의 억양에서 발산되는 분노의 감정에 다소 충격받은 레스토 씨가 말했다.

라스티냐크는 백작의 안내로 평소 백작 부인이 거처하는 살롱으로 들어갔다. 부인은 눈물을 펑펑 흘리며 마치 죽고 싶어 하는 여자처럼 안락의자에 푹 파묻혀 앉아 있었다. 그녀를 보니 외젠은 불쌍한 마음이 들었다. 라스티냐크를 쳐다보기 전에 그녀는 남편에게 두려운 눈길을 던졌고, 그것은 정신적, 육체적 독재에 짓눌린 그녀의 힘이 완전히 기진맥진한 상태임을 말해 주고 있었다. 백작이 고개를 끄덕거리자 그녀는 허락이라도 받은 듯 입을 열었다.

「다 들었어요. 아버지께 말씀드려 주세요. 만약 아버지가 지금 내가 처한 상황을 아신다면 날 용서하실 거라고 말이에요. 난 이런 고통을 받을 줄은 미처 생각 못 했는데, 내 힘으로는 어쩔 수 없네요. 하지만 끝까지 버텨 볼래요.」

그러더니 그녀는 남편에게 말했다.

「나는 애들의 엄마예요. 우리 아버지께 말해 줘요. 내가 겉보기와 달리, 아버지께 욕먹을 짓을 한 게 없다고 말이에요.」

그녀는 절망에 빠져서 외젠에게 소리쳤다.

외젠은 이 여인이 끔찍한 위기에 처해 있음을 짐작하고 이들 부부에게 인사를 하고는 어리둥절한 상태로 그 자리를 빠져나왔다. 레스토 씨의 어조는 더 어째 보아야 소용없다는 것을 보여 주었고, 아나스타지가 더 이상 자유로운 몸이 아님을 알 수 있었다. 그는 뉘싱겐 부인 집으로 달려갔다. 그녀는 침대에 누워 있었다.

「내 가엾은 친구, 나는 몸이 아파요. 무도회에서 나오면서 감기에 걸렸어요. 폐렴이 아닐까 겁이 나네요. 의사를 기다리는 중이에요.」

「설령 지금 당신에게 죽음이 입술까지 차오른 상태라 하더라도, 난 당신을 아버지 곁으로 끌고 가야겠어요.」

외젠이 그녀의 말을 끊고 말했다.

「아버지가 당신을 부르고 계시다고요! 아버지의 가벼운 신음 소리 한마디라도 들을 수 있다면 아프다는 생각이 싹 달아나 버릴 겁니다.」 외젠이 그녀의 말을 끊고 말했다.

「외젠, 우리 아버지는 당신이 말하는 것만큼 아픈 게 아닐 거예요. 하지만 당신 눈에 내가 조금이라도 잘못한 것으로 보인다면 난 절망이에요. 그러니 당신이 원하는 대로 행동하겠어요. 아버지는 제가 알아요. 만약 지금 나가서 내 병이 악화된다면 아버지는 슬퍼서 돌아가실 거예요. 그래요, 의사가 오면 바로 가죠. 아! 그런데 당신은 왜 내가 준 그 시계를 안 차고 있죠?」

그녀는 시곗줄이 눈에 띄지 않자 이렇게 물었다. 외젠은 얼굴을 붉혔다.

「외젠, 만약 당신이 그 시계를 벌써 팔았거나 잃어버린 거라면…… 오! 그러면 정말 안 되는데…….」

외젠은 델핀의 침대 위로 몸을 숙이고 그녀의 귀에 대고 말했다.

「그게 알고 싶어요? 자, 알게 해주죠! 당신 아버님께는 오늘 저녁 입게 될 당신의 수의조차 살 돈도 없어요. 당신의 그 시계를 전당포에 잡혔어요. 내게는 한 푼도 없었어요.」

델핀은 갑자기 침대에서 튀어 일어나서 책상으로 달려가더니 지갑을 챙겨 라스티냐크에게 주었다. 그녀는 초인종을 눌러 하녀를 부르더니 소리쳤다.

「내가 갈게요, 내가 가요. 외젠. 옷 좀 입고요. 아니, 괴물같이 보이겠네. 자, 내가 당신보다 먼저 도착할 거예요. 테레즈!」

그녀가 내실 시중드는 하녀에게 큰 소리로 외쳤다.

「가서 뉘싱겐 남작님께 좀 올라오시라고 해. 할 얘기가 있다고, 지금 바로.」

외젠은 죽어 가는 노인에게 두 딸 중 하나라도 온다고 알릴 수 있어 다행이라 생각하며 밝아진 마음으로 뇌브생트주느비에브 길의 하숙집에 도착했다. 그는 타고 온 마차의 마부에게 돈을 주려고 지갑을 뒤졌다. 그렇게도 부유하고 우아한 그 여자의 지갑에는 겨우 70프랑이 들어 있었다. 계단 맨 꼭대기에 올라가니, 고리오 영감을 비앙숑이 붙들고 병원에서 온 외과 의사가 내과 의사 입회 아래 어떤 처치를 하고 있는 것이 보였다. 의학상 마지막으로 할 수 있는 치료 방법으로, 노인의 등에 뜸을 뜨고 있었다. 하지만 소용없어 보였다.

「뜨거운 게 느껴지시나요?」

의사가 물었다.

고리오 영감은 외젠을 흘긋 보더니 대답했다.

「딸애들이 오는군, 그렇지?」

「나을 수 있을 것 같은데요. 말씀을 하시잖아요.」

외과 의사가 말했다.

「예, 델핀이 제 뒤에 옵니다.」

외젠이 대답했다.

「이것 보게나! 영감님이 딸들 이야기를 하더니만 그다음에는 말뚝에 묶인 사람처럼 물을 달라고 소리를 질렀네.」 비앙숑이 말했다.

「그만 하십시오. 더 이상 할 수 있는 게 없어요. 이제 살릴 수가 없습니다.」 내과 의사가 외과 의사에게 말했다.

비앙숑과 외과 의사는 죽어 가는 노인을 악취 나는 허술한 침대에 엎드린 자세로 다시 눕혔다.

의사가 말했다.

「그래도 내의는 갈아입혀야 하는데……. 가망은 전혀 없지만, 노인의 존엄성은 존중해 드려야지. 난 다시 오겠네, 비앙숑. 만약 계속 신음하면 횡격막 위에 아편을 좀 발라 드려.」

외과 의사와 내과 의사가 나갔다.

「자, 외젠, 용기를 내, 이 사람아! 영감님에게 흰 셔츠를 입혀 드리고 침대를 바꾸어야 해. 가서 실비에게 시트 좀 갖고 올라와서 우리를 도와 달라고 말해.」

둘만 남게 되자 비앙숑이 라스티냐크에게 말했다.

외젠이 아래층으로 내려가 보니, 보케 부인은 실비와 함께 상을 차리고 있었다. 라스티냐크가 몇 마디를 하자마자, 과부 보케 부인은 그에게 오더니 돈도 잃고 싶지 않고 손님 성질을 건드리고 싶지도 않은 의심 많은 장사꾼 여자같이 날카로우면서 부드러운 태도로 말했다.

「사랑하는 외젠 씨, 고리오 영감님에게 이제 한 푼도 없다는 것은 나만 아는 게 아니라 당신도 잘 알지요. 눈이 뒤틀리며 죽어 가는 사람에게 시트를 준다는 건 그냥 잃어버린다는 얘기잖아요. 게다가 시신 싸는 천으로 시트 하나를 더 버려야 할 테니 말이에요. 그러니 당신이 내게 낼 돈은 이미 44프랑 있는 거예요. 시트 값 40프랑에 다른 소소한 것 몇 가지, 실비가 갖다 줄 등불 값, 이것 모두 합하면 적어도 2백 프랑은 될 거예요. 나 같은 불쌍한 과부로선 지금 그냥 잃어버릴 상황이 아닌 돈이죠. 에잇! 말은 정확하게 합시다, 외젠 씨. 닷새 전부터 우리 집에 귀신이 붙었는지 내가 이미 돈을 꽤나 잃었잖아요. 당신이 말한 대로 저 영감이 며칠 전에 나가기만 했어도 난 단돈 10에퀴라도 줬을 거예요. 저렇게 있으니 우리 집 하숙인들에게 충격이잖아요. 돈만 조금 든다면 병원으로 데려가게 했을 텐데. 당신도 한번 내 입장이 되어 봐요. 우선 무엇보다 내 하숙이 우선이죠. 이 하숙집이 바로 내 삶인데.」

외젠은 재빨리 고리오 영감 방으로 올라갔다.

「비앙숑, 시계 값은?」

「여기 탁자 위에 있네. 3백60프랑쯤 남아 있어. 우리가 그간 외상으로 한 것 모두 갚았어. 전당포에서 끊어 준 전표가 돈 밑에 있네.」

「자요, 부인. 이걸로 계산하세요. 고리오 씨는 이제 당신 집에 머물 시간이 얼마 안 남았어요⋯⋯.」

라스티냐크가 무섭게 계단을 쿵쾅 뛰어 내려와서 말했다.

「그래요, 누워서 두 발이 먼저 문을 나가게 되겠군요. 가엾은 영감님.」

그녀가 2백 프랑을 세며 반은 명랑하고 반은 우울한 어조로 말했다.

「계산 끝냅시다.」 라스티냐크가 말했다.

「실비, 시트를 드려. 그리고 위층에 가서 이분들 좀 도와드려.」

「실비도 잊지 말아요. 벌써 이틀째 밤을 새우고 있잖아요.」 보케 부인이 외젠의 귀에 대고 말했다.

외젠이 등을 돌리자마자 보케 부인은 식모에게 달려갔다.

「일곱 번 뒤집어서 다시 쓰는 시트를 꺼내. 아무렴, 그것도 죽은 사람용으로야 황송하지 뭐.」

그녀가 실비의 귀에 대고 말했다.

이미 몇 계단 올라간 외젠은 늙은 하숙 여주인의 말을 듣지 못했다.

「자, 셔츠를 입히자고. 영감님을 똑바로 들어 주게.」

비앙숑이 말했다.

외젠은 침대 머리 쪽으로 가서 죽어 가는 노인의 몸을 들어 올렸다. 비앙숑이 노인이 입고 있던 상의를 벗기자 노인은 마치 자기 가슴 위에 있는 뭔가를 계속 지키려는 듯한 몸짓을 하며 하소연하듯 불분명한 발음으로 고함을 질러 댔다. 마치 크나큰 고통을 표현하려는 짐승 같았다.

「오, 오! 우리가 조금 전에 등에 뜸질을 하려고 영감님한테서 풀어 냈던, 머리카락으로 만든 작은 띠와 작은 메달 목걸이를 달라는 거야. 가엾은 분! 다시 걸어 드려야겠어. 저기 벽난로 위에 두었거든.」

외젠은 가서 잿빛 금발 머리카락을 띠 모양으로 땋아 엮은 것을 가져왔다. 아마도 고리오 영감님 부인의 머리카락인 듯했다. 작은 메달의 한쪽에는 아나스타지, 다른 한쪽에는 델핀이라고 쓰인 것을 읽을 수 있었다. 항상 노인의 가슴에 간직되어 있던 마음의 영상이었을 것이다. 메달 속에 든 머리카락은 너무도 가늘고 여려서 두 딸이 아주 어릴 때 잘라 간직한 것이 틀림없었다. 이 메달 목걸이를 다시 걸어 주자 노인은 듣기에 소름이 돋을 만큼 만족을 나타내는 〈끙〉 소리를 오랫동안 냈다. 이것은 그의 감성의 마지막 반향 중 하나였고, 우리의 공감이 시작되고 전해지는 미지의 중심부에서 울려 나오는 소리 같았다. 경련이 일어난 얼굴에는 병적인 기쁨의 표정이 떠올랐다. 두 대학생은 사고가 정지된 뒤에도 여전히 살아남은 감정의 힘에 무서운 감동을 받고, 새된 소리로 좋아서 고함을 내지르는 빈사의 노인 위에 각자 뜨거운 눈물을 뚝뚝 흘렸다.

「나지! 피핀!」

영감이 말했다.

「아직 살아 있어.」

비앙숑이 말했다.

「살아 있다는 게 무슨 소용 있을까요?」

실비가 물었다.

「고통받는 데에 소용이 있지.」

라스티냐크가 대답했다.

친구 외젠에게 자기를 따라하라는 신호를 보낸 뒤, 비앙숑은 무릎을 꿇고 앉아 두 팔을 환자의 넓적다리 아래쪽으로 넣었고 라스티냐크는 침대 반대쪽에서 똑같이 하여 양손으로 노인의 등을 받쳤다. 실비는 죽어 가는 노인의 몸이 번쩍 들려지면 밑의 시트를 빼내어 새로 가져온 시트로 갈아 씌울 준비를 하고 있었다. 아마도 두 사람이 흘리는 눈물을 보고 착각을 한 것인지, 고리오는 마지막 남은 힘을 짜내어 양손을 뻗더니 침대 양쪽에 있는 두 대학생의 머리에 손을 대고 둘의 머리카락을 세차게 움켜잡았다. 그리고 희미하게 〈내 천사들!〉 하는 소리가 들렸다. 이 말과 동시에 허공으로 날아간 영혼 때문에 더욱 강조된 두 단어, 두 번의 중얼거림이었다.

「가엾은 영감님.」

제아무리 끔찍하고 제아무리 아무 생각 없이 나온 거짓말이라 해도 그 거짓말이 마지막으로 격앙시킨 지고한 감정이 그대로 묻어난 이 탄성에 가슴이 뭉클해진 실비가 말했다.

이 아버지의 마지막 탄식은 틀림없이 기쁨의 탄식이었을 것이다. 이 탄식은 그의 일생을 표현한 것이었는데, 그는 이번에도 잘못 생각한 것이었다. 고리오 영감의 몸은 다시 그의 초라한 침대에 경건하게 눕혀졌다. 이 순간부터 의식을 잃고 더 이상 쾌락과 고통을 느끼지 못하는 듯, 그의 얼굴에는 오직 기계 같은 몸속에서 생사를 오가며 벌어지는 싸움의 흔적만이 남아 있었다. 이제는 단지 죽기까지의 시간이 얼마나 남았느냐 하는 문제일 따름이었다.

「아마 몇 시간 동안 이런 상태로 있다가 아무도 모르게 돌아가시게 될 거야. 심지어 이제는 신음 소리도 안 내시네. 뇌 기능이 완전히 멈춘 것 같아.」

바로 그때 계단에서 웬 젊은 여자가 헐떡거리며 올라오는 소리가 들렸다.

「너무 늦게 오는군.」

라스티냐크가 말했다. 온 사람은 델핀이 아니라 델핀의 하녀 테레즈였다.

「외젠 씨, 주인님 내외분 사이에 아주 심한 싸움이 일어났

어요. 가여운 부인께서 아버지를 위해 돈을 요구했다가 말이
지요. 부인은 기절하셨고, 의사가 왔어요. 사혈을 해야 한대
요. 부인께선 계속 〈아버지가 돌아가시는데……. 아빠를 보고
싶어!〉라고 외쳤어요. 마음이 찢어지는 것 같은 소리였죠.」

「됐소, 테레즈. 온다 해도 이제 소용이 없어요. 고리오 씨
는 이제 더 이상 의식이 없으니까.」

「가엾은 영감님! 이 지경으로 아프시다니!」 테레즈가 말했다.

「이제 저는 필요 없겠죠? 4시 반이니, 저는 가서 저녁 준비
를 해야 해요.」

실비는 이렇게 말하고 나가다가 계단 꼭대기에서 레스토
부인과 부딪힐 뻔했다.

백작 부인의 출현은 심각하고 두려운 것이었다. 그녀는 단
한 개의 등불이 어슴푸레하게 밝혀 주는 임종의 침대를 바라보
며, 아직도 삶의 마지막 떨림이 남아 파닥거리는 아버지의 얼
굴을 보고는 눈물을 흘렸다. 비앙숑은 조심스레 자리를 떴다.

「좀 더 일찍 집에서 빠져나올 수가 없었어요.」 그녀가 라
스티냐크에게 말했다.

외젠은 슬픔에 가득 차서 알겠다고 고개를 끄덕거렸다. 레
스토 부인은 아버지의 손을 잡고 거기에 입을 맞추었다.

「용서하세요, 아버지! 제 목소리가 들리면 무덤에서도 다
시 오실 거라고 하셨죠. 그럼 잠시만 다시 살아나셔서 뉘우
치는 당신 딸을 축복해 주세요. 제 말 좀 들어 보세요. 무서
운 일이에요! 이제부터 이승에서 제가 받을 수 있는 축복이
란 아버지의 축복뿐이에요. 모두가 나를 미워하는데, 오직
아버지만이 저를 사랑하세요. 제 자식들조차도 저를 미워할
거예요. 저도 같이 데려가 주세요. 아버지를 사랑할게요. 보

살펴 드릴게요. 아, 이제 안 들리시는군요. 미치겠어요.」

그녀는 주저앉아서 무릎을 꿇고 정신이 오락가락하는 듯한 표정으로 아버지의 유해를 물끄러미 바라보았다. 그녀는 외젠을 보며 말했다.

「정말 완벽한 불행이에요. 트라유 씨는 떠났고, 어마어마한 빚만 남겨 놓았어요. 그래서 난 그가 날 속였다는 것을 알게 되었죠. 남편은 결코 날 용서하지 않을 테고, 난 남편보고 내 재산을 맘대로 하라고 맡겼어요. 난 내 모든 환상을 잃었어요. 오! 나를 그렇게도 애지중지하는 마음을 가진 유일한 분(그녀는 아버지를 가리켰다). 난 누굴 위해 배신했던가! 난 아버지를 멸시하고 밀어내고 온갖 못된 짓을 했어요. 난 얼마나 파렴치한 인간인지!」

「아버지는 그걸 알고 계십니다.」

라스티냐크가 말했다.

바로 이때 고리오 영감이 눈을 떴다. 그러나 그건 경련 때문에 눈이 뜨인 것이었다. 혹시 살아날지도 모른다는 희망을 내비치는 백작 부인의 몸짓은 죽어 가는 이의 눈만큼이나 보기에 끔찍한 모습이었다.

「아버진 내 말이 들리실까?」

백작 부인이 이렇게 소리치다가 아버지 옆에 앉으면서 〈아니야〉 하고 혼잣말을 했다.

레스토 부인이 아버지 곁을 지키고 싶다는 뜻을 표했기 때문에 외젠은 뭐라도 좀 먹기 위해 아래층으로 내려왔다. 하숙인들이 이미 모여 있었다.

화가가 말했다. 「그래 어때, 저 위층에서는 이제 〈시체라마〉를 보게 될 것 같은데?」

「샤를, 농담을 하려거든 좀 덜 침울한 주제를 갖고 하는 게 좋겠는데 말이야.」

「그럼 이제 이 집에선 웃지도 못하는 건가?」

화가가 말을 이었다.

「비앙숑 말로는 영감이 이제 의식도 없다고 하던데 뭐 어때?」

「그래요, 살아왔던 대로 죽을 테지요.」

박물관 직원도 말을 받았다.

「아버지가 돌아가셨어요!」

백작 부인이 소리쳤다.

무섭게 부르짖는 이 소리에 실비, 라스티냐크, 비앙숑이 위층으로 올라가니 레스토 부인은 기절해 있었다. 그녀를 정신 차리게 한 다음, 그들은 대기하고 있던 마차에 그녀를 태웠다. 외젠은 테레즈의 손에 그녀를 맡기며, 뉘싱겐 부인 댁으로 좀 모시고 가라고 했다.

「오, 정말 돌아가셨어.」

비앙숑이 다시 내려오며 말했다.

「자, 다들 식사하세요. 수프가 식겠어요.」

보케 부인이 말했다.

두 대학생은 나란히 앉았다.

「이제 어떻게 해야 하지?」

외젠이 비앙숑에게 말했다.

「내가 눈을 감고 제대로 눕혀 드렸어. 구청의 의사가 사망을 확인하면 우리는 사망 신고를 하러 가야 하고, 그다음에는 수의를 입혀서 매장하는 거지. 이 외 뭘 어떡하겠나?」

「이제 영감은 이렇게 빵 냄새를 맡아 보지도 못하겠군.」

하숙인 한 사람이 영감의 찡그린 표정을 흉내 내면서 말했다.

복습 담당 교사가 말했다.

「이런 제기랄, 여러분, 고리오 영감 이야길랑 좀 그만합시다. 제대로 먹지도 못하겠네. 한 시간 전부터 무슨 얘길 해도 다 영감에 대한 거였잖소. 파리라는 좋은 도시의 특권 중 하나는 거기서 태어나 살다가 죽어도 아무도 당신에게 주의를 기울이지 않는다는 것이오. 오늘 죽은 사람만 해도 예순 명이나 되는데, 파리의 그 숱한 죽음을 일일이 불쌍하게 생각하려오? 고리오 영감이 뒈지면 잘된 일이지 뭐야! 만약 그 영감을 좋아하는 사람이라면 가서 지켜 주구려. 우리는 조용히 식사 좀 하게 두고 말이오.」

「오, 그래요. 돌아가신 게 차라리 다행이지요. 가엾은 영감님, 사시는 동안 궂은일도 참 많았던 것 같은데 말이에요.」

과부 보케 부인이 말했다.

외젠에게는 〈부성〉을 대표하는 것으로 생각됐던 한 존재에 대한 추도의 말이 고작 이것이었다. 여기 와서 식사하는 하숙인 열다섯 명은 평소처럼 수다를 떨기 시작했다. 외젠과 비앙숑이 식사를 마쳤지만, 포크와 수저 소리, 담소하는 소리, 무심하고 게걸스러운 이 사람들이 보이는 다양한 표정과 무덤덤한 태도, 이 모든 것이 끔찍하기만 해서 그 자리에서 얼어붙을 지경이었다. 두 사람은 집을 나와 밤중에 망자 곁을 지키며 기도해 줄 신부를 찾으러 갔다. 그들이 쓸 수 있는 돈은 얼마 안 되었기 때문에 죽은 영감에게 마지막 도리를 다하기 위해서는 돈을 잘 아껴서 써야 했다. 밤 9시쯤, 영감의 시신은 아무것도 없는 방에 등불 두 개만 밝혀 놓은 가운데, 가죽 띠를 십자로 걸어 맨 대 위에 안치되었다. 사제 한 사람이 시신 옆에 와서 앉았다. 잠자기 전에 라스티냐크는 장례 의식에 드는 비용과 운구 비용을 신부에게 물어보았고, 뉘싱겐 남작과 레스토 백작에게 편지를 써서 집사를 통해 매장하는 데까지 드는 모든 비용을 보내 달라고 부탁했다. 그는 서둘러 크리스토프에게 편지를 들려 보냈고, 자리에 누워 피곤에 짓눌린 채 잠이 들었다. 다음 날 아침, 두 시간 뒤, 비앙숑과 라스티냐크는 직접 사망 신고를 하러 가야만 했고, 정오경 사망이 공식적으로 확인되었다. 두 시간이 지나도 두 사위 중 한 사람도 돈을 보내오지 않았고, 그들 대신 어느 누구도 오지 않았다. 그래서 라스티냐크가 신부님께 사례금을 지불해야만 했다. 실비가 영감을 천으로 감싸 염하고 수의를 입힌 대가로 10프랑을 청구했다. 외젠과 비앙숑이 앞으로 발생할 비용을 계산해 보니, 만약 망자의 혈족들이 전혀 관여를 하지 않는다면 자기들 둘이 지닌 돈으로는 장례 비용이 빠듯했다. 그래서 의대생이 자기 병원에서 싼 값으로 살 수 있는 가난한 사람들이 쓰는 관을 배달시켜 직접 시신을 입관하기로 했다.

「그 웃기는 놈들에게 보기 좋게 한 방 먹여.」

비앙숑이 외젠에게 말했다.

「가서 페르라셰즈 묘지에 장지를 5년 계약으로 사고, 성당과 장의사에게 3급 장례를 부탁하게. 만약 사위와 딸들이 자네가 쓴 비용을 내지 않겠다고 하면, 묘비에 이렇게 새기도록 해. 〈레스토 백작 부인과 뉘싱겐 남작 부인의 아버지인 고리오 씨, 두 대학생의 비용으로 묻혀 여기 잠들다〉라고.」

외젠은 뉘싱겐 부부와 레스토 부부에게 갔다가 허탕을 치고 난 뒤에야 친구의 조언대로 했다. 양쪽 집에서 그는 정문 이상 더 들어가지 못했다. 양쪽 집 문지기들이 주인의 엄명을 받았던 것이다. 그들은 이렇게 말했다.

「주인님 내외분은 아무도 접견하지 않으시겠답니다. 아버님께서 돌아가셔서 두 분은 더없이 깊은 슬픔에 잠겨 계십니다.」

파리 사교계를 꽤나 경험해 본 외젠은 만나겠다고 더 고집 부려서는 안 된다는 것을 알았다. 델핀에게 다가갈 수 없는 자기 처지를 생각하니 가슴이 이상하게 죄어들었다.

그는 문지기 방에서 델핀에게 몇 자 적었다. 「패물을 파세요. 그래서 아버지를 마지막 거처에 제대로 모실 수 있도록 하세요.」

그는 이 쪽지를 잘 봉해 남작 댁의 문지기에게 주면서 하녀 테레즈에게 이걸 전해서 남작 부인이 읽을 수 있도록 해달라고 했다. 하지만 문지기는 이 쪽지를 뉘싱겐 남작에게 전했고, 남작은 그것을 불 속에 던져 버렸다. 할 수 있는 모든 조치를 해본 다음 외젠은 3시쯤 하숙집으로 돌아왔는데, 중문의 인적 없는 길에 두 의자를 가져다 놓고 그 위에 둔 검은 천으로 대충 덮인 관을 보자 눈물을 참을 수 없었다. 성수가 가득 담긴 은도금한 구리 접시에 아직 아무도 건드리지 않은 허름한 관수기[45]가 들어 있었다. 문에 검은 장막조차 드리워 있지 않았다. 호화로운 치장도, 참석자도, 친구도, 친척도 없는 빈자의 죽음이었다. 병원에 출근해야 했던 비앙숑이 라스티냐크에게 쪽지로 자기가 성당 측과 논의한 것을 써놓았다. 그 쪽지 내용은, 미사를 신청하려면 엄청난 비용이 들기 때문에 비용이 덜 드는 위령 기도로 그쳐야 한다는 것과 전할 말을 알려 주어 크리스토프를 장의사에게 보내 놓았다는 것이었다. 비앙숑의 쪽지를 다 읽은 외젠은 보케 부인이 영감

45 장례 등의 가톨릭 종교 의식에서 강복을 위해 성수를 뿌릴 때 쓰는 도구.

의 두 딸 머리카락이 들어 있는 금으로 된 둥글고 작은 메달을 들고 있는 것을 보았다.

「어떻게 감히 그걸 가져갈 생각을 하셨죠?」

그가 말했다.

「뭐 어때요! 그럼 이것도 같이 묻어야 하나? 금인데.」

실비가 말했다.

「아무렴! 두 딸을 대신할 수 있는 유일한 물건인데 영감님이 적어도 이건 같이 가져가셔야지.」

외젠이 분노하며 말했다.

운구 마차가 도착하자 외젠은 관을 위층으로 옮겨 관에 박힌 못을 빼고 영감의 가슴 위에 그 메달을 엄숙하게 올려놓았다. 그 물건은 델핀과 아나스타지가 어리고 티 한 점 없이 순수해서, 영감이 심하게 단말마의 고통을 받으면서 했던 말처럼, 그들이 아직 〈따지고 들 줄 모르던〉 시절과 관련된 것이었다. 두 명의 장의사 직원과 더불어 라스티냐크과 크리스토프 두 사람만이 뇌브생트주느비에브 길에서 멀지 않은 생테티엔뒤몽 성당으로 운구 마차를 따라갔다. 성당에 도착하자 시신은 나지막하고 어두운 작은 경당에 놓여졌다. 외젠은 주변을 둘러보며 고리오 영감의 두 딸이나 사위들을 찾아보았지만 소용없었다. 달랑 그와 크리스토프 두 사람뿐이었다. 크리스토프는 가끔씩 후하게 팁을 주던 영감님에게 자기의 마지막 도리를 다해야 된다고 생각했다. 장례를 집전할 두 사제와 성가를 불러 줄 아이, 전례를 보조할 복사를 기다리며, 라스티냐크는 아무 말도 꺼낼 수 없어 크리스토프의 손만 꼭 잡고 있었다.

「예, 외젠 씨. 정직하고 좋은 분이었지요. 남들보다 큰 소리로 말씀하시는 법이 없었고요. 아무에게도 해를 끼치지 않고 나쁜 일도 하지 않은 분이었죠.」

크리스토프가 말했다. 두 사제, 성가 부르는 아이, 복사가 왔고, 무료로 기도를 해줄 만큼 교회가 부유하지 않았기 때문에 70프랑의 사례금을 받고 해줄 수 있는 최선의 의식을 베풀어 주었다. 두 성직자는 시편의 〈구하소서〉와 〈깊은 구렁 속에서〉를 낭송했다. 의식은 20분간 진행되었다. 묘지까지 갈 마차는 한 대뿐이었는데 신부 한 사람과 성가 부르는 아이, 외젠과 크리스토프가 탈 수 있었다.

「뒤따르는 조문 행렬이 없으니 빨리 갈 수 있겠어요. 시간에 늦지 않게 말입니다. 지금 5시 반이네요.」

그러나 시신을 운구 마차에 옮겨 싣자 사람이 타지 않은, 레스토 백작과 뉘싱겐 남작 집안의 문장이 그려진 마차가 나타나 페르라셰즈 묘지까지 그 뒤를 따라갔다. 6시에 고리오 영감의 시신은 무덤구덩이 속에 내려졌다. 무덤 주위에는 딸들이 보낸 사람들이 서 있다가 외젠이 돈을 내어 노인의 영혼을 위해 바치는 짤막한 기도가 끝나자마자 사제와 함께 사라졌다. 매장 일꾼 두 사람은 흙을 몇 삽 떠서 관 위에 덮어 안 보이게 하고는 일어섰다. 일꾼 중 한 사람이 라스티냐크에게 가서 팁을 좀 달라고 했다. 외젠이 자기 주머니를 뒤져 보니 한푼도 없었다. 어쩔 수 없이 크리스토프에게 1프랑을 꾸어야 했다. 돈을 꾼 것 자체는 별것 아닌 일이었지만 라스티냐크의 마음에는 이로 인해 무서운 슬픔이 밀려왔다. 해는 지고 축축한 땅거미가 신경을 자극했다. 그는 무덤을 바라보다가 그곳에 청춘의 마지막 눈물을 묻어 버렸다. 순수한 마음의 거룩한 감정에서 우러나온 눈물, 떨어진 그 땅에서 다시 샘솟아 하늘까지 향하는 그런 눈물이었다. 그는 팔짱을 끼고 구름을 물끄러미 바라보았고, 외젠의 이런 모습을 보다가 크리스토프는 가버렸다.

혼자 남은 라스티냐크는 묘지의 높은 언덕 쪽으로 몇 걸음 걸어 올라가, 등불이 켜지기 시작하는 센 강의 양쪽 기슭을 따라 구불구불 누워 있는 파리를 보았다. 그의 시선이 거의 탐욕스럽게 집착한 곳은 방돔 광장의 기둥과 앵발리드의 둥근 지붕 사이, 그가 뚫고 들어가고 싶어 했던 그 멋진 사교계 사람들이 살고 있는 곳이었다. 웅웅거리는 벌집 같은 이곳에 그는 미리 꿀을 빨아내기라도 할 듯한 시선을 던지며 이거창한 말을 던졌다.

「자, 이제 파리와 나, 우리 둘의 대결이다!」

그리고 그 사회에 대한 첫 도전의 행동으로, 라스티냐크는 뉘싱겐 부인 집에 저녁을 먹으러 갔다.

사셰, 1834년 9월

역자 해설
〈인간 희극〉의 길들이 만나는 네거리 광장
『고리오 영감』

만약 발자크Honor de Balzac를 처음 접하는 독자라면, 어떤 소설부터 읽는 것이 좋을까? 다양한 답이 있을 수 있겠지만, 『고리오 영감Le Père Goriot』이 여러모로 보아 추천할 만하다. 혹 다른 작품들부터 읽는다 해도 결국 발자크의 광활하고 풍부한 세계로 들어서게 되겠지만, 그중에서도 『고리오 영감』은 이 작가의 세계를 더욱 빨리, 수월하게 파악하게 해 주는 작품이라 할 수 있다. 발자크가 다룬 중심 주제, 작품 세계의 뼈대를 이루는 생각과 이야기, 그가 남긴 불멸의 야심작이라고 할 〈인간 희극La Comédie humaine〉을 채우는 주요 등장인물들을 이 안에서 모두 만나게 되기 때문이다.

『고리오 영감』은 어떤 시대 배경에서 쓰였으며 발자크의 창작 역정에서 어떠한 비중을 차지하는지 우선 짚어 봐야 할 것이다. 1799년 프랑스 중부 투렌 지방의 도시, 투르에서 태어나 1850년 파리에서 51세 나이로 생을 마감하기까지 오노레 드 발자크 생애의 중요한 궤적은 뒤의 〈연보〉에 정리된 바와 같다. 그의 삶의 자취를 더듬어 보면서, 『고리오 영감』이 창작된 시대와 소설 속의 시공간에 대해 살펴보자.

이 책의 이야기는 1819년으로 거슬러 올라간다. 샤랑트 지방 출신의 갓 스물 넘은 외젠 드 라스티냐크가 파리에 유학 와 허름한 보케 하숙집에 살며 옆방의 고리오 영감을 알게 된다. 이 시기의 프랑스는 혁명 후의 반동으로 왕정이 복고되어, 루이 18세가 통치하고 있다. 늙은 옛 귀족들이 다시금 권력을 잡은 폐쇄적 분위기로, 나폴레옹 시대와 그 이전 대혁명 시대의 흔적을 지우고 구체제로 회귀하려는 시점인 것이다. 이때 파리에 새로 진입하는 풋내기 청년이 어떻게 야심을 펼쳐 가는지, 그리고 흘러간 시대에 한재산을 모았지만 딸들을 위해 모두 소진하고 홀로 남은 〈퇴물〉 고리오 영감은 어떻게 몰락해 가는지가 바로 이야기의 큰 축을 이룬다. 이 무렵의 파리는 수없이 화려한 유혹이 넘실대는 세계로 청년 라스티냐크 앞에 다가선다. 센 강 좌안(左岸) 생제르맹 구역의 내로라하는 저택의 살롱들, 이 〈귀족의 영역〉은 더없이 세련된 취향이 지배하는 공간이다. 고급 극장들은 열광하는 관중들로 넘치고, 그중에서도 인기 절정의 이탈리아 극장이 로시니 오페라의 화려함과 활력으로 열광하는 딜레탕트들을 끌어당긴다. 한편 센 강 우안(右岸) 쇼세당탱 구역에서는 금융 부르주아 계층이 자본의 축적을 바탕으로 그 세력을 막대하게 늘려 가는 중이다. 투자로 부가 증가하면서 욕심도 늘어난다. 이탈리아 대로의 〈댄디족〉들이 즐기는 멋진 차림새와 호사스러운 생활은 많은 사람들이 부러워한다. 욕심을 부추기고, 야망을 키우고, 에너지를 뿜어내는 시대 한복판에서 사회 주류에 편입되고 나아가 고위층으로 도약하고 싶어 조바심 내는 청년상의 대표적 인물이 바로 외젠 드 라스티냐크이다.

실제로 발자크가 이 소설을 집필하던 시점에 좀 더 가까운 1830년의 7월 혁명은 19세기 전반부의 정치, 문화, 정신사에 전환점이 되었다. 왕정복고 시대의 폐쇄된 사회가 혁명으로 갑자기 개방되는 듯했고 일견 모든 것이 가능한 새 시대가 열리는 것 같았지만, 강요된 침묵과 억압 속에서 정치적, 금전적 이익이 곧 우위를 점하게 된다. 1830년 10월에 발자크는 〈도로가 재포장되면서 7월 혁명은 그 밑에 묻혀 버렸다〉고 썼다. 루이 필립이 왕위에 오르고 부르봉 왕조 대신 오를레앙 가문이 권좌를 차지했다. 부르주아 사회에서 구질서로의 회귀는 곧 좌절된 도약을 의미하며, 이로부터 싹트는 환멸로 인해 사람들은 전력투구하여 모든 것을 바꾸겠다는 꿈을 포기하게 된다.

바로 이때 1834년 12월부터 『파리 평론 Revue de Paris』지에 연재되기 시작하여 1835년에 책으로 출간된 『고리오 영감』은 발자크의 방대한 작품 세계 속에서 마치 커다란 〈네거리〉와 같은 작품으로 여겨지고 있다. 그의 〈인간 희극〉을 이루는 숱한 길들이 여기서 만나고 또 여기서 다른 소설들로 길이 연결된다는 점에서 그러하다.

이 소설을 쓰면서 발자크는 〈나는 지금 그야말로 천재가 되는 중이니 축하해 줘!〉라고 자랑스러워했다고 한다. 외로운 유년 시절 발자크의 유일한 친구였고, 훗날 최초의 발자크 전기를 쓰기도 한 여동생 로르에게 토로한 말이다. 그만큼 이 소설에 정열을 쏟아 창작하는 모습이 상상된다. 이런 자신감은 발자크가 자기 작품 전체에 정합성을 부여할 역동적 원칙을 『고리오 영감』에서 찾아냈기 때문이라 할 수 있다. 그 원칙이란, 장차 〈인간 희극〉을 이루게 될 몇몇 기본 인물들이 체계적으로 다른 작품들에도 재등장하는 것이다. 이런 새로운 착상에 스스로 고무돼, 발자크는 현실 세계 못지않게 완벽하고 활기 있는 세계를 소설로 재창조하겠다는 야심찬 계획을 더욱 힘 있게 추진할 수 있었던 것이다. 〈인간 희극〉을 구상한 발자크의 의도는 그저 일련의 소설 연작을 쓰겠다는 수준이 아니라 독자들 앞에 자신의 〈세계관〉을 투사하고 자신의 세계를 창조 혹은 재창조하는 것이었다. 이런 대작 〈인간 희극〉을 구성하는 90편의 소설 중에서도 단연 으뜸인 것이 바로 『고리오 영감』이다.

『고리오 영감』은 발자크가 〈인물의 재등장〉이라는 야심찬 기법을 실현한 첫 소설이라 할 수 있다. 주인공 라스티냐크는 이미 그 전에 쓴 소설 『상어 가죽 La Peau de chagrin』에도 등장한다. 그리고 보트랭, 뉘싱겐 부인, 보세앙 부인, 의사 비앙숑, 랑제 공작 부인 등 주요 등장인물들과 라스티냐크는 『고리오 영감』 이후 발표된 소설들에도 나온다. 그러니 『고리오 영감』이야말로 발자크의 소설 세계를 열어 주는 작품이라고 볼 수 있다. 꾸준히 발자크를 읽어 가는 독자라면 이 소설에서 처음 만난 등장인물들을 그 뒤에 다른 작품들 속에서 다시 만나며 더욱 심층 탐구할 수 있다. 등장인물의 측면에서만 보더라도 『고리오 영감』은 〈인간 희극〉을 구성하는 신경줄의 핵심이라고 볼 수 있는 것이다.

발자크가 〈인간 희극〉이라는 대작의 전체적 구도를 구상하기 시작한 것은 1834년이다. 단테의 『신곡 La Divina Commedia』이 신의 관점에서 인간 삶의 조건들을 재현한 〈신적 희비극〉이라면 이것의 대척점에 있는 〈인간 희극〉은 인간 사회에서 일어나는 희비극, 즉 인간의 드라마를 재현한다는 의미에서 이러한 제목이 붙은 것이다. 〈인간 희극〉을 구성하는 작품들은 세 갈래로 나뉜다. 첫째가 〈풍속 연구〉로, 여기에 들어가는 것이 〈사생활의 정경들〉, 〈지방 생활의 정경들〉, 〈파리 생활의 정경들〉, 〈정치 생활의 정경들〉, 〈군인 생활의 정경들〉, 〈전원 생활의 정경들〉이다. 둘째는 〈철학적 연구〉로 사물의 〈원인〉을 파헤친 소설들이며, 셋째가 〈분석적 연구〉로 삶의 〈원리들〉에 천착하는 소설들이다. 『고리오 영감』은 이 중 첫 번째인 〈풍속 연구〉, 그중에서도 〈사생활의 풍경들〉의 갈래에 들어가는 작품이다.

1832년, 발자크는 부르주아 왕정의 천박성에 맞서는 자신의 입장을 공공연히 발표한다. 왕권 수호주의자로서 자신의 생각을 천명하고, 강한 권력만이 사회의 단합을 가져올 수 있다고 믿는다. 강력한 왕이 있어 종교로 단합된 사회에 자기 에너지를 고루 나누어 주는 것을 꿈꾼다. 1833년 『시골 의사 Le Médecin de campagne』에서 발자크는 〈신앙을 갖는 대신, 우리에겐 《이익》이 있다〉라고 썼다. 경제적 자유주의로 인해 사회는 개개인으로 해체돼 개인주의가 발호하고 공동의 믿음은 파괴된다. 또 1842년 〈인간 희극〉을 전집으로 출간할 때에 서문에서는 〈두 가지 영원한 진리, 즉 종교와 왕정에 힘입어〉 글을 쓴다고 말한다. 『고리오 영감』의 맥이 『잃어버린 환상 Illusions perdues』의 환멸로 이어지지만, 발자크 소설에서는 환멸이 무기력이나 회한을 통해 표현되지는 않는다. 반대로 발자크는 환멸로 인해 오히려 사회를 보는 비판적 시각을 예리하게 세우며, 글 속에 정복의 에너지를 풀어놓는다. 그 에너지를 한 몸에 구현하는 인물이 외젠 드 라스티냐크이다.

파리 주류 사회로의 편입을 갈망하는 시골 출신 청년 라스

티냐크는 출세를 위한 재력과 수완이 부족하다. 먼 친척 누
이인 보세앙 자작 부인을 통해 파리 사교계에 조금씩 입문해
가는 한편, 거처하는 하숙집 옆방의 고리오 영감에게 관심을
갖고 영감의 비밀을 알아 가게 된다. 두 딸에게 모든 것을 내
주고도 보살핌을 받지 못해 말년에 싸구려 하숙집에서 살아
가는 이 노인의 과거와 현재의 삶이 주로 라스티냐크의 관찰
과 하숙인들의 눈과 입을 통해 드러난다. 호방한 하숙인인
척하며 살고 있는 탈옥수 보트랭은 라스티냐크의 야망을 짐
작하고 얄궂은 거래를 제안한다. 이익과 돈이 지배하는 사회
에서 필수적인 결탁과 음모를 그는 다른 많은 인물들처럼 나
름대로 익히고 있다. 자신의 이익을 초월한 인물은 소설 속
에 단 두 사람 있는데, 그것은 바로 자신은 돌보지 않고 자식
에게 모든 것을 쏟지만 버림받는 부성애의 화신 고리오 영감
과 사교계와 애인으로부터 배신당하고 은거하여 아픔을 영
적으로 승화시키는 보세앙 부인이다. 냄비 속에 물이 끓듯이
보케 하숙집의 이 방 저 방에는 열정과 야심이 들끓고 있다.
보케 하숙집이라는 공간이 바로 발자크의 거대한 건축물
〈인간 희극〉의 한 층을 이루고 있기 때문이다. 라스티냐크가
접근하는 파리의 주류 인물들은 불쌍한 고리오 영감의 두 딸
들이다. 그중 첫딸에게서는 아버지를 언급했다 하여 거부당
하고, 둘째딸 델핀과 인연을 맺게 된다. 남편과(의 결혼 생활
이) 행복하지 못한 델핀과 외젠이 내연의 관계를 맺는 데에
는 아이러니컬하게도 고리오 영감의 적극적인 도움이 크다.
그러나 아버지에게 드나들며 온갖 도움을 받은 딸들은 비참
하게 병들어 죽어 가는 노인 곁에 결국 오지 않고 외젠은 고
리오의 임종을 지키며 장례를 지내 준다. 그리고 이 청년은

파리와의 정식 대결을 위해 델핀 드 뉘싱겐을 만나러 그녀의 집으로 간다.

주제 면에서 보더라도 역시『고리오 영감』은 〈인간 희극〉의 〈네거리 광장〉 같은 구실을 한다. 발자크의 소설 세계를 가득 채우고 있는 권력에의 의지, 사회, 돈, 출세 지상주의, 외곬의 열정(집착) 등과 같은 주제가『고리오 영감』속에 모두 응축되어 있다. 소설 첫 부분부터 사회적인 두 공간이 서민들의 공간(보케 하숙집 식당)과 사교계의 살롱(보세앙 부인의 집)으로 대조되면서, 독자는 이 두 공간이 주인공이 〈지금 몸담은 곳〉과 〈앞으로 몸담고 싶어 하는 곳〉을 대표한다는 것을 알 수 있다. 하지만 전자에서 후자로 이행하는 주인공은 결국 범속하고 비천한 하숙집에서나, 사교계의 으뜸가는 우아한 공간에서나 똑같은 교훈을 얻을 뿐이다. 예컨대 고리오의 재산을 탐내 한때는 짝이 되기를 꿈꾸지만 노인이 빈손이 되자 가차 없이 경멸하는 보케 부인의 모습이나 지참금을 위해 대가문의 딸과 결혼하는 다주다 후작 같은 귀족의 모습은 별다를 바가 없는 것이다. 다주다 후작에게 배신당한 귀족 부인의 눈물을 구경하러 무도회에 몰려드는 사교계 속물들의 잔혹성은 고리오를 멸시하고 그의 죽음에도 눈 하나 깜짝하지 않는 하숙인들의 잔인함과 일치한다. 보세앙 부인집에서 아직 애송이인 라스티냐크가 부인들의 환심을 사려고 쏟아 놓는 감언이설이나 보케 하숙 식탁에 둘러앉은 하숙인들의 바보 같은 농담들이나 우매하기는 마찬가지다. 소설속 푸아레 같은 인물은 소시민적 멍청함의 극치를 구현하는 인물이라 할 수 있어 플로베르의『부바르와 페퀴셰』를 연상시킨다.

우아함으로 포장된 인물이든 보트랭처럼 평민의 탈을 쓴
범죄자이든, 결국 라스티냐크에게 들려주는 말은 같다. 결국
사회는 가차 없이 악랄한 것이고, 그에 대응하는 법은 그 사
회를 〈정복〉하는 것이라는 말이다. 그래서 〈자, 이제 파리와
나, 우리 둘의 대결이다!〉라는 말이 최종 결론을 대신하게 되
는 것이다. 하지만 발자크의 인물들은 못마땅한 사회를 파괴
하는 혁명가도 아니며 그 사회를 피해 숨는 은둔자도 아니
다. 〈인간 희극〉의 여러 작품에 출몰하는 주요 인물 보트랭
도 마찬가지다. 탈옥한 죄수의 신분을 숨기고 사회의 변방에
서 살아가며 사회를 증오하고 경멸하고 그 모순을 폭로하지
만 그는 사회를 파괴하는 혁명가는 절대 아니며 오직 사회를
이용해서 자기 이득을 얻어 내는 것이 목적일 뿐이다. 결국
〈인간 희극〉 전체를 움직이는 동력이란 〈권력에의 의지〉라
고 할 수 있으며, 이는 바로 당시 발자크가 속한 계층인 부르
주아지의 상승 의지와 연결된다.

　　1834년 7월 혁명 후 루이 필립의 7월 왕정 초기에는 돈이
모든 것을 지배하고 오로지 치부(致富)만이 지상 목표였는
데, 자신의 지위 상승과 출세에 대한 야망으로 가득했던 발
자크는 엄청난 부채에 시달리며 이 소설을 썼다. 그의 상황
에서 〈쓴다〉는 것은 돈과 명성을 동시에 얻는 최후의 수단이
었던 것이다. 발자크의 과도한 집필 동기가 빚 갚기였다면,
그의 인물 라스티냐크의 행동 동기는 출세다. 이 젊은 청년
은 여자를 원하지만 사랑에 대한 갈증이나 젊음의 혈기 때문
이 아니라 오직 출세의 발판으로서 욕망하는 것이다. 소설을
읽어 가며 어리숙하던 어린양이 차츰 사나운 사자가 되고 숫
기 없는 학생이 능란한 남자가 되어 가는 과정을 관찰하는

것은 자못 흥미로운 일이다. 그의 변신을 촉발하는 것은 〈사회〉이고 〈화려한 딸들로부터 속절없이 버림받는 부성애의 화신 고리오〉다.

　젊다, 세상에 대해 목마르다, 여자에 굶주렸다, 그런데 이제 두 저택의 문이 자기에게 열렸다! 무릎은 쇼세당탱 구역의 레스토 백작 부인 집에다 꿇고, 발은 생제르맹 구역의 보세앙 자작 부인 집에 들여놓자! 눈길 한 번에 파리의 한다하는 집 살롱 깊숙이 한달음에 들어가, 거기 사는 여자의 가슴에서 도움과 보호를 찾아낼 만큼 잘생긴 청년이라고 믿는다! 절대 떨어지지 않는 줄타기꾼처럼 확실하게 걸어가야 할 팽팽한 밧줄을 멋지게 한번 발로 탁 차줄 만큼 야심만만함을 느끼고, 균형 잡는 데 더할 나위 없이 좋은 최고의 막대를 매력적인 여인에게서 찾아낸다! 토탄 난로 옆에서 가난에 찌든 채 법전과 씨름하며 이런 생각을 하는데 지고지순한 모습으로 한 여인이 앞에 우뚝 선다면, 누군들 외젠처럼 깊은 생각에 잠겨 앞날을 설계하고 성공으로 가득한 미래를 상상해 보지 않겠는가? (본문 55~56면)

이 소설의 또 다른 주제는 돈과 무모한 열정이다. 앞에서 말한 대로 『고리오 영감』은 라스티냐크의 〈성장 소설〉이면서 또한 근대 사회를 상징하는 공간 파리의 영화와 악덕(惡德), 금전만능의 사회상을 고리오라는 인물의 몰락을 중심으로 통렬히 파헤친 〈사회 소설〉이기도 하다. 여기서 돈은 처음부터 구체적이고 정확한 숫자로 표시된다. 고리오 영감의 하숙비와 연금, 라스티냐크가 고향집에서 한 달에 송금받는 액수, 이 모든 것이 때로 따분하고 지겨울 정도로 적나라하게 표현된다. 금전 문제와 관련되지 않은 고리오 영감을 상상할 수 없을 정도로, 모든 것은 영감의 남은 연금 문제, 빚 문제, 딸들 대신 갚아 주는 어음 문제, 심지어 얼마 남지 않은 값나가는 물건을 전당포에 가서 돈으로 바꾸는 문제 등과 사사건건 연관된다. 고리오는 구두쇠이기는커녕 더할 나위 없이 너그럽고 딸들을 위해서는 물 쓰듯 돈을 쓰는 아버지로 그려지는데, 이는 곧 그의 집착, 과도한 열정의 대상이 돈이 아닌 자식이라는 점을 보여 준다. 오직 돈만이 딸들의 관심과 사랑을 확보해 줄 수 있기 때문에, 그의 모든 돈이 이러한 목적으로 소진된 다음에 그에게 남는 것은 오직 비참한 종말뿐이다. 라스티냐크의 경우에는 돈보다는 사회(사교계)에 편입되는 것이 당면 과제이다. 그는 먼 친척의 연줄로 일단 사교계에 입문은 하는데, 그곳 생활을 하기 위해서 무엇보다 돈이 필요하다. 라스티냐크에게나 고리오에게나 〈돈〉은 열정보다도 한층 더 힘센 그 무엇, 없어서는 안 될 필수 요소이다. 자본주의 시대가 본격적으로 도래했다는 사실은 〈돈〉이 소설 속에서 갖는 위상만 보더라도 적나라하게 표출된다. 시간적 배경은 아직 구체제가 마지막 힘을 발휘하고 있는 1819년이지만 곧 머지않아 신분을 제치고 〈돈〉의 전성시대가 시작된다. 소설 속에서 보세앙 부인은 델핀의 남편 뉘싱겐이 아무리 부유하다 해도 초대하고 싶지 않다고 밝히는데, 이러한 일은 1830년 이후 현실을 있는 그대로 묘사한 소설에서는 찾아볼 수 없는 일이다. 1830년의 7월 혁명은 부르주아지의 완승으로, 프랑스 자본주의는 상승 물결을 타며 권력의 힘이 귀족에게서 금융 자본의 수중으로 넘어간 것이다.

발자크의 〈인간 희극〉의 많은 인물들은 지나친 집착에 의해 파국을 맞는다. 여기서는 고리오 영감이 딸들에 대한 과도한 집착과 헌신 때문에 파멸하듯이 다른 소설의 인물들도 돈이나 여자에 대한 집착 때문에 파국을 맞는다. 부성애처럼 순수한 것이든 혹은 돈이나 여자처럼 부정한 것이든 상관없이, 비정상적으로 과도한 집착은 사람을 잠식하여 결국 망하게 만든다는 공통점을 갖는다. 대체로 발자크 소설의 주인공들은 물질적 궁핍이나 출세라는 야망의 압박 속에서 사회나 혹은 자신에게 파괴적인 방식으로 에너지를 소진한다. 발자크의 인물들이 공통적으로 가지고 있는 중요한 특징은 그들 대부분이 이 같은 생명력을 탕진하는 사람들이라는 점이다. 그래서 그의 인물들은 욕망의 화신이면서 동시에 그 희생양도 되는 편집광적 성격을 지닌다. 그 대표적인 예가 바로 고리오 영감이다. 특히 1830년대 이후에 발표되는 소설들의 구조를 보면, 준비와 전개 단계가 지루하게 펼쳐지다가, 고전 비극에서처럼 고조된 긴장이 일시에 폭발하면서 자연스럽게 파국에 이르게 된다. 이는 『고리오 영감』에서도 예외가 아니다. 맹목적이고 절대적인 부성애 때문에 불행해지고 죽음에 이르는 고리오 영감을 발자크는 사실 옹호가 아니라 단죄하고 있는 것 같다. 설령 그것이 일견 성스러운 부성애로 보일지라도, 실제로 그 부성애는 자신도 제어하지 못하고 상식선을 넘어선 고삐 풀린 열정이 되어 버렸기 때문에 작가가 긍정적으로 보는 요소가 아닌 것이다. 〈인간 희극〉의 다른 소설들 속에서 돈이나 애정, 사치에 대한 맹목적 몰입에 대해 작가가 부정적인 시각을 견지하듯이 말이다. 그가 몸담았던 시대에도 여전히 그 힘을 떨치던 낭만주의적 세계관, 즉 운명적이고 파멸적인 사랑을 떠받드는 관점 대신에 사랑이라도 어디까지나 동력의 원천이 되는 사랑, 세속적 성공의 힘이 되는 사랑 쪽의 편을 들어 주고 있다는 점에서 발자크는 자본주의가 시작되는 시대에 사실주의의 첫발을 내디딘 작가라고 볼 수 있다.

〈부성애의 그리스도〉라고까지 불리는 불쌍한 아버지 고리오의 삶을 묘사한 이 소설을 쓰면서 발자크는 실제로 자기 작품의 〈아버지〉로서 자부심을 느낀 것 같다. 발자크는 이 소설을 쓰던 1834년에 누이에게 보낸 편지에 종종 〈난 아버지다. 내가 너에게 말해 주고 싶었던 비밀이 바로 이거다〉라고 쓴 바 있다. 자기가 창조한 인물들의 〈아버지〉임을 기뻐하면서 펜 끝으로는 이렇게도 비극적인 부성의 신화를 빚어내고 있었던 것이다. 겉으로는 이렇게 자전적인 울림을 주는 것 같지만 좀 더 깊이 들어가 보면 고리오 영감으로 형상화된 인물 속에서는 다중적이고 심층적인 여러 의미를 추출해 낼 수 있다. 그는 대혁명기에 부를 쌓은 19세기 초 부르주아들의 실재를 보여 주는 사회적 인물인 동시에 자식을 지나치게 사랑해서 오히려 잘못된 길로 인도하는 왜곡된 가정 윤리의 표본이다. 게다가 〈영원한 아버지(절대적인 아버지)〉라는 신화적 표상까지 한 몸에 갖고 있다. 이 신화적 표상에 발자크가 내심 진정한 점수를 주고 있지 않다는 것은 앞에 말한 바와 같다.

소설에 표현된 여러 요소 중에서 발자크의 실생활과 일치하는 면은 여러 곳에서 볼 수 있다. 예를 들면 작품 속 라스티냐크의 동생들 이름이 발자크의 실제 동생들의 이름(로르, 앙리)과 똑같다. 또한 발자크도 처음 작가가 되기로 마음먹고는 라스티냐크가 살던 방 같은 초라한 다락방에서 힘든 시절을 보냈고, 사교계 생활에 입문하여 화려한 속물 청년들과 서로 멋을 겨루기도 했다. 여성에 대한 정열과 관심도 일치한다. 유년기와 소년기에 어머니 사랑이 부족했던 발자크는 20대에 〈딜렉타〉라는 별명을 지닌 22세 연상의 드 베르니 부인을 만나 애정을 쏟았고, 그녀가 죽은 후엔 우크라이나의 열렬한 독자로 편지를 보내온 〈이국 여인〉(처음엔 자기 이름을 감추고 이렇게 칭했다) 한스카 부인과 오래 사랑을 나누다가 우여곡절 끝에 1850년 결혼식을 올리고 바로 죽음을 맞는다. 그러므로 『고리오 영감』은 작가 자신이 체험한 현실에서 풍부한 소재를 길어 올려 그것을 소설의 보편성으로 변모시킨 작품이라고 할 수 있다.

『고리오 영감』에서 가장 수수께끼 같고 문제 제기적 기능을 하는 인물 보트랭 역시 탈옥수로 경찰 대장까지 지낸 실존 인물 비도크를 모델로 삼았다고 한다. 야생적이고 길들일 수 없는 난폭한 힘을 상징하는 이 인물은 특히 작품 속에서 〈목소리〉로 형상화될 때가 많다. 코믹 오페라의 후렴 한 소절을 흥얼대기도 하고 은밀한 거래에서는 〈불안하게 만드는 기이함〉을 지니는 반항적인 인물로서, 일상 속에 환상적인 것을 재생해 내는 발자크 특유의 능력을 잘 보여 준다.

한편 선량한 수련의 비앙숑 같은 인물은 당시의 의학 발달 상황을 잘 보여 주며 독자는 이 인물을 통해서 갈 박사의 골상학 등 당시의 과학 지식도 얻게 된다. 발자크는 이 인물에 몰두한 나머지, 실제 죽어 가는 병석에서 의사를 찾을 때 자기도 모르게 〈비앙숑〉을 부를 정도였다고 한다.

발자크는 〈인간 희극〉의 인물들을 통하여 당시 사회에 살고 있던 인간의 전형을 그려 내려고 했다. 그러기 위해 그는 소설 속 등장인물을 둘러싸고 있는 환경을 세세히 묘사하고 환경에서 그 인물의 특성을 밝히려고 했다. 그래서 때로는 가구들과 벽지와 의복까지 자세하고 면밀하게 묘사하고 있다. 특히 첫머리에서 하숙집이 위치한 동네 묘사로부터 시작하여 하숙집의 부분 묘사로, 그리고 다시 보케 부인의 복장(치마) 묘사로까지 초점이 옮겨 가는 것은 많은 평론과 논문에 인용되는 부분이다. 무엇보다 보케 부인의 치마가 보케 하숙집 전체를 〈요약해 주는〉 방식이 주목할 만하다. 또한 그 인물의 성격을 표현하기 위해서 작중 인물의 직업을 자세하게 설명하는 경우도 보게 된다.

소설이 전개됨에 따라 외젠 드 라스티냐크가 점점 더 많은 만남을 갖게 되고, 결정적 선택에 직면하면서 자신의 인격을 구축해 간다는 점에서 보자면 『고리오 영감』은 교양 소설 내지 성장 소설이라고도 할 수 있다. 19세기 교양 소설을 보면, 고귀한 탄생의 광휘가 사라지고 부르주아 계층에 기반을 둔 사회에서 어떻게 출세하느냐라는 〈상승의 역학〉이 주인공의 궤적을 뒷받침한다. 주인공은 다양한 상황과의 만남을 통해 교훈을 얻고 본보기를 정해 그를 좇으며, 주변에서 밀어 닥치는 악영향에도 휩쓸리지 않고 자신만의 인성을 확립해 간다. 그러므로 주인공의 지리적 궤적은 내적, 심적인 궤적과 그 맥을 같이하여 마침내 종국의 해방(작품 속에서는 고리오 영감을 장례 지낸 뒤 묘지에서 파리를 내려다보며 한판 승부를 거는 함성)에 이르게 되는 것이다.

그러므로 이 소설에서 파리는 단순히 공간적 배경에 그치는 것이 아니라 그 자체가 〈행위자〉라고 할 수 있다. 이 이야기는 겉으로는 화려하나 부패와 악덕에 찌든 귀족 사회와 보케 하숙집으로 대표되는 탐욕스럽고 잡스럽지만 역동적인 소시민 사회, 이 두 공간을 축으로 펼쳐진다. 그런데 전자는 다시 구체제의 〈신분〉이 지배하는 공간(생제르맹 구역), 신흥 금융가 계층의 〈돈〉이 지배하는 공간(쇼세당탱 구역)으로 나뉜다. 양쪽을 넘나들다가 마침내 두 쪽 어디에도 (즉 두 딸 중 어느 누구에게도) 받아들여지지 않은 고리오 영감을 눈물로 장례 지낸 라스티냐크는 파리 동북쪽의 페르라셰즈 묘지에 우뚝 서서 정복의 대상인 〈파리〉를 내려다본다.

혼자 남은 라스티냐크는 묘지의 높은 언덕 쪽으로 몇 걸음 걸어 올라가, 등불이 켜지기 시작하는 센 강의 양쪽 기슭을 따라 구불구불 누워 있는 파리를 보았다. 그의 시선이 거의 탐욕스럽게 집착한 곳은 방돔 광장의 기둥과 앵발리드의 둥근 지붕 사이, 그가 뚫고 들어가고 싶어 했던 그 멋진 사교계 사람들이 살고 있는 곳이었다. 웅웅거리는 벌집 같은 이곳에 그는 미리 꿀을 빨아내기라도 할 듯한 시선을 던지며 이 거창한 말을 던졌다.
「자, 이제 파리와 나, 우리 둘의 대결이다!」 (본문 419면)

외젠이 높이 평가했거나 외젠에게 일종의 〈멘토〉가 되어 준 인물들은 결국 모두 나락으로 떨어진다. 고리오 영감은 부성애 때문에 재산을 탕진하고 비참하게 병들어 죽고, 외젠을 사교계에 입문시킨 순수하면서도 명철한 보세앙 부인은 사랑에 배신당해 지방의 수녀원에 은둔하게 된다. 또한 하숙집 안에서 외젠의 인생 안내자를 자처하던 보트랭은 탈옥수의 정체가 밝혀져 체포된다. 남는 것은 〈파리〉와의 맞대결에서 정복이냐 실패냐 기로에 선 외로운 주인공뿐이다. 〈성공이 모든 것, 즉 힘의 열쇠가 되는〉 파리라는 안타고니스트(주인공과 대립하는 상대)와 외젠 드 라스티냐크라는 프로타고니스트(주인공)의 정면 승부로『고리오 영감』은 막을 내리면서 앞으로 〈인간 희극〉의 새 장을 열어 준다. 라스티냐크는 끝내 이 대결에서 성공하여 〈인간 희극〉의 다른 작품들에서 승승장구하게 된다.

이 작품의 평가 가운데 작가의 과장과 여과 없는 감정 표출은 때로 결점으로 꼽히기도 한다. 예컨대 이 소설이 발표되었을 당시『르 콩스티튀시오넬Le Constitutionnel』지의 한 평론가는 이렇게 평했다. 〈발자크의 최대의 결점은 과장이다. 작가가 표출하는 특징은 처음에는 순수하고 진실하지만, 그다음에는 그 특성들을 지나치게 많이 과장시켜 인물들은 찡그린 모습이 되어 버린다. ……그래서 첫 부분은 잘 나가고 흥미 가득한『고리오 영감』이 극적인 사건들이 일어나면서는 급전직하한다.〉

이런 혹평도 있지만 전체적으로『고리오 영감』이 갖는 무게와 가치에 대해서는 많은 비평가들이 입을 모은다. 특히 보들레르는 〈발자크의 중요하면서도 위대한 점은, 그가 전망을 지닌 견자(見者), 그것도 열정적인 견자였다는 것이다. 그의 모든 인물은 생명력으로 불타는 열정을 지녔고, 그 열정이 작가 자신의 생기를 북돋워 주었다. 발자크의 소설은 꿈처럼 다채로운 색깔을 지녔다. ……그의 등장인물은 저마다, 비록 하찮은 문지기조차도 천재성을 지니고 있다. 모든 인물은 뼛속 깊이 의지로 가득 찬 영혼들이다〉라고 평하고 있다.

1834년 한스카 부인에게 보낸 편지에서 보듯, 발자크는 〈부르주아 하숙집에 살며 6백 프랑의 연금을 받는 한 착한 아버지가, 5만 프랑의 연금을 받는 딸들을 위하여 자신의 모든 것을 희생하고 개처럼 죽어 가는 모습을 그리고자〉『고리오 영감』을 구상했다. 그리고 그는 이어지는 〈인간 희극〉의 많은 작품들을 쓰기 위해 목숨을 담보할 만큼 과도한 노동을 해야만 했다. 지나친 양의 커피를 마시고 밤을 새워 가면서까지 글쓰기를 멈추지 않았던 발자크의 하루 일과는 다음과 같았다고 한다. 자정부터 아무도 만나지 않고 열 시간 이상 내리 집필을 한 후, 아침 시간은 출판사와 채권자들의 독촉을 처리하고 몰아닥치는 교정쇄를 수정하면서 보낸다. 그다음에 식사 시간, 그 후엔 원고 작업 혹은 교정 작업. 오후 5시에야 작업은 멈춘다. 그리고 저녁 외식, 혹은 방문. 그리고 짧은 수면. 다시 자정에는 작업 시작. 소설의 등장인물들처럼 작가 역시 거대한 작품을 완성하는 무리한 작업 속에서 차차 소진되어 갔다. 자정부터 시작하여 열 몇 시간을 내처 쓰는 초인적인 작업 뒤에는 엄청난 정정과 고쳐 쓰는 작업이 이어졌다. 〈『고리오 영감』은 아름다운 작품이지만, 괴물처럼 슬픈 작품이기도 합니다. 완벽하기 위해서는 파리의 정신적 하수구를 보여 주어야 했고, 그래서 역겨운 상처 같은 효과를 자아냈습니다〉라는 것이 작가의 진술한 고백이었다. 심신의 고투 끝에 나온 산물인 그의 작품을 읽고 또 읽으면서 19세기 전반을 가득 채웠던 거장의 필력을 21세기에 새롭게 느껴 보는 것은 독자의 몫이 될 터이다.

번역의 원본으로는 갈리마르 출판사에서 1971년 〈폴리오 클라시크〉 판으로 첫 출간되고 2000년 〈라 비블리오테크 갈리마르〉 판으로 개정 출간된 *Le père Goriot*를 사용하였다. 원문에 충실하면서도 자연스럽게 전달될 수 있는 번역을 추구하였지만, 혹 오류가 있다면 모두 옮긴이의 책임이다. 책이 나오기까지 여러모로 애쓰신 열린책들에 고마움을 전한다.

임희근

오노레 드 발자크 연보

1799년 출생 5월 20일 프랑스 중부 도시 투르에서 오노레 발자크 태어남. 아버지 베르나르 프랑수아 발자크와 어머니 로르 살랑비에 사이의 4남매 중 장남. 그가 태어날 때 투르 주둔 22사단 식량 보급 책임 관리였던 아버지는 53세, 어머니 21세. 부모의 엄청난 나이 차이, 그리고 어머니의 민감한 성격과 막내아들 앙리(어머니가 불륜으로 낳은 아버지 다른 동생)에 대한 편애로 말미암아 발자크는 행복한 유년을 누리지 못함. 원래 〈발자크〉라는 성 앞에 귀족 가문을 뜻하는 〈드de〉가 들어가지 않았으나 둘째 여동생 로랑스의 출생신고 때(1802)부터 가족의 성에 〈드〉를 붙이기 시작.

1804년 5세 투르에 있는 르게 학원에 통학생으로 입학.

1807년 8세 방돔의 오라토리오 수도회 부속 중학교에 기숙생으로 입학. 이때까지 한 살 아래인 누이동생 로르와 함께 투르 교외에 있는 유모 집에서 자라남.

1813년 14세 가족과 완전히 떨어져 생활하면서 많은 책을 읽음. 지나친 독서 때문에 건강을 해쳐 집으로 가서 휴식을 취함.

1814년 15세 몇 개월간 투르 중학교로 통학하며 학업 지속. 아버지의 전근으로 발자크 가족은 파리의 마레 구역으로 이주함. 르피트르 기숙학교에서 공부.

1816년 17세 파리 소르본 대학에 입학하여 1819년까지 법학 공부. 소송 대리인 기요네 드 메르빌(훗날 〈인간 희극〉의 등장인물 데르빌의 모델이 된 사람)의 법률 사무소에서, 그 후엔 공증인 파세의 사무실에서 연수생으로 일함. 그러면서 소르본 대학교의 문학 강의 청강. 이때의 연수 경험이 발자크에게 깊은 영향을 남김.

1819년 20세 아버지의 퇴직으로 가족이 파리 교외 빌파리지로 이사. 아버지의 친구이자 공증인인 파세의 사무실에 취직하라는 가족의 권유를 마다하고 작가가 되겠다고 선언. 파리 레디기에르 거리 9번지에 지붕 밑 방을 얻어 첫 습작에 들어감. 고전 비극을 깊이 연구하여 운문으로 된 비극 『크롬웰*Cromwell*』을 썼지만 혹평을 받음. 철학적 이야기 『스테니*Sténie*』와 『팔튀른*Falthurne*』도 집필하지만 이 역시 별 주목을 받지 못함.

1820년 21세 파리의 자기 방과 빌파리지의 본가를 오가며 지냄. 누이동생 로르가 결혼하여 바이외에 정착. 이때 누이동생의 기숙학교 시절 친구인 쥘마 카로를 알게 됨. 쥘마는 발자크가 죽을 때까지 그의 충실한 친구이자 조언자 역할을 함.

1822~1824년 23~25세 22세 연상인 첫사랑 로르 드 베르니 부인을 만남. 르푸아트뱅, 아라고 등과 의기투합하여 문우(文友)가 됨. 이들과 합작하여 『비라그의 상속녀*L'Héritière de Birague*』, 『장루이*Jean-Louis*』, 『마지막 요정*La dernière fée*』(이상 1822년 작), 『아네트와 범인*Annette et le Criminel*』(1824년 작) 등 여러 편의 소설을 써서 가명[론느 경(卿), 오라스 드 생토뱅]으로 출판함. 익명으로 『장자권에 대하여*Du droit d'aînesse*』, 『예수회 정사(正史)*Histoire impartiale des jésuites*』도 출간.

1825년 26세 소설로 빛을 보지 못하자 주변에서 돈을 얻어 출판사를 차려 몇 권의 책을 내고, 이어 인쇄업과 활자 주조업에까지 손을 대지만 파산. 이로써 가족의 재정도 파탄이 나 일생 이 빚에 시달리게 됨. 이때 인쇄업에 뛰어든 것을 계기로 빅토르 위고 등과 교류하게 됨. 파산 후 문학으로 돌아와, 『선남선녀 코드*Code des gens honnêtes*』, 『반클로르*Wann-Chlore*』(1825) 집필.

1826년 27세 『파리의 간판에 관한 비판적, 일화적 소사전*Petit dictionnaire critique et anecdotique des enseignes de Paris*』(1826) 등을 집필. 다브랑테스 공작 부인과 사귐.

1829년 30세 아버지가 83세로 별세. 역사 소설『마지막 올빼미당*Le dernier Chouan*』을 집필 출간. 몇 년 후 처음으로 발자크라는 본명을 밝히고 제목을 〈올빼미당*Les Chouans*〉으로 바꾸어 출간되는 이 소설은 〈인간 희극*La Comédia humaine*〉의 첫 작품이 되어 어느 정도 성공을 거둠. 이어『결혼의 생리학*Physiologie du mariage*』을 출간하여 엄청난 성공을 거둠.

1830년 31세 본격적인 사교 생활 시작. 메를랭 백작 부인, 소피 게, 레카미에 부인 등의 살롱에 출입. 많은 신문에 기고. 6~9월에 로르 드 베르니 부인과 함께 그르나디에르에 거주.『사생활의 정경*Scènes de la vie privée*』 및 몇몇 작품이 출간되어 성공을 거둠. 결정적으로 자신이 주력할 소설 분야를 발견. 이때 쓴 작품으로는『옹크린 고양이의 집*La maison du chat-qui-pelote*』,『이중 가족*Une double famille*』,『부부의 평화*La paix du menage*』,『곱세크*Gobseck*』,『사막의 열정*Une passion dans le désert*』 등 다수.

1831년 32세 소설『상어 가죽*La peau de chagrin*』의 대성공으로 문인으로서 탄탄한 지위 확보하는 등 결실이 많았던 한 해.『사라진*Sarrasine*』,『플랑드르의 예수 그리스도*Jésus-Christ en Flandre*』,『알려지지 않은 걸작*Le Chef-d'œuvre inconnu*』,『저주받은 아이*L'enfant maudit*』 등 여러 편의 소설을 씀.『서른 살 여인*La Femme de trente ans*』 집필 시작. 멋을 추구하는 댄디즘에 빠져 카시니 가(街)의 아파트에 고급 가구를 들여놓고 멋진 마차를 사들이며, 유명 디자이너 뷔송에게 값비싼 옷을 주문해 입는 등, 그의 낭비벽이 본격적으로 시작됨.

1832년 33세 왕당파로 국회의원 출마 계획. 그의 일생에서 가장 중요한 여인이 될 우크라이나의 귀족 에블린 한스카 부인으로부터 첫 편지를 받음. 이후 한스카 부인과 편지 왕래 계속.『우스꽝스러운 콩트*Les Ceut contes drolatiques*』 1차분 10여 편 출간.

1833년 34세 『우스꽝스러운 콩트』 2차분 10편과 『루이 랑베르*Louis Lambert*』, 『외제니 그랑데*Eugénie Grandet*』, 『페라귀스*Ferragus*』, 『시골 의사*Le Médecin de campagne*』 등의 작품 집필. 감탄으로 가득 찬 한스카 부인의 편지를 받고 그녀에게 연애편지를 보냄. 9월 스위스 뇌샤텔에서 처음으로 한스카 백작 부인과 직접 만나 연인이 됨.

1834년 35세 제네바에서 한스카 부인을 전해 성탄절부터 이해 2월까지 다시 만남. 엄청난 집필과 왕성한 사교 생활. 1833년 12월부터 『파리 평론*La Revue Parisienne*』에 『고리오 영감*Le Pére Goriot*』 연재를 시작하여 1834년 9월에 집필 완료. 루아르 강변의 사셰 성(마르곤 씨 저택)에 은둔하면서 『세라피타*Séraphita*』와 『고리오 영감』을 집필함. 오스트리아 대사관에서 만난 기도보니 비스콘티 백작 부인과 사귐. 손잡이에 황금 사과가 달리고 터키석으로 장식된 지팡이를 짚고 다니는 등 극도로 사치스러운 생활을 함. 『랑제 공작 부인*La Duchesse de Langeais*』과 『절대의 추구*La Recherche de l'bsolu*』 출간.

1835년 36세 『고리오 영감』 출간. 1833년부터 구상했던 인물들을 처음으로 이 소설에 재등장시킴. 〈인간 희극〉의 여러 작품이 지니는 통일성이 부각됨. 『결혼 계약*Le contrat de mariage*』, 『금빛 눈의 소녀*La fille aux yeux d'or*』, 『골짜기의 백합*Le lys dans la vallée*』, 『화해한 멜모트*Melmoth réconcilié*』, 『해변의 드라마*Un drame au bord de la mer*』, 『세라피타』 출간. 채권자들을 피하기 위해 파리 근교 샤이오의 바타유 거리에 가명으로 아파트를 세내어 이사. 『금빛 눈의 소녀』에서 묘사된 규방에서 연달아 16시간 집필. 하지만 이 집에서 비스콘티 백작 부인과 밀회도 즐김. 이해 5월 비엔나에서 한스카 부인을 다시 만남. 불로니에르에 가서 앓아누운 드 베르니 부인 곁에 머묾.

1836년 37세 『파리 연대기*La Chronique de Paris*』지 창간. 유산상속 문제로 분쟁에 휘말린 비스콘티 일가에 도움을 주려 이탈리아 여행을 하면서 남장을 한 카롤린 마르뷔티 부인과 동행. 두 사람이 토리노에 머묾. 드 베르니 부인 사망. 사셰 성에 체류. 『무신론자의 미사*La messe de l'Athée*』, 『금지*L'interdiction*』, 『파시노 칸*Facino Cane*』, 『카트린 드 메디치에 관해*Sur Catherine de Médicis*』 등 출간.

1837년 38세   비스콘티 일가의 문제 해결을 위해 다시 이탈리아 여행을 떠나 밀라노, 베네치아, 제노아, 피렌체 등지를 돌아다님. 베르데 출판사에 진 빚 때문에 추적하는 집달리를 피해 비스콘티 가(家)에 은신. 사셰 성 체류.

1838년 39세   친구 카로, 프라펠의 집에 머묾. 노앙으로 조르주 상드를 방문. 3~6월에는 사르데냐 섬에 가서 옛 로마인들이 채굴하던 은광(銀鑛) 탐방. 1837년에 제노아의 거간으로부터 이야기를 들어 알게 된 이 광산을 재개발할 회사를 만들어 부자가 될 꿈을 꿈. 이 꿈은 허황된 계획은 아니었지만 이 여행에서는 별 결과를 얻지 못함. 게랑드에 체류. 파리의 카시니 가, 바타유 가(街)의 두 아파트는 처분하고 비스콘티 부부와 함께 자르디에 정착. 소설 『뉘싱겐 상사 *La maison Nucingen*』, 『마을 사제 *Le curé de village*』 출간.

1839년 40세   8년 전부터 알고 지내던 공증인 페텔이 아내와 하인을 살해한 혐의를 받자 그의 무죄를 주장하는 회고록 한 편을 출간하지만 실패함. 7월에 그가 있는 영지 자르디에 찾아온 빅토르 위고와 함께 점심 식사를 하며 아카데미 프랑세즈에 대한 위고의 생각을 들음. 『이브의 딸 *Une fille d'ève*』(『잃어버린 환상 *Illusions perdues*』의 속편) 탈고. 『창녀들의 흥망성쇠 *Splendeurs et misères des courtisanes*』와 『카디냥 공주의 비밀 *Les secrets de la princesse de Cadignan*』 집필 시작.

1840년 41세   『고리오 영감』을 각색한 연극 「보트랭 *Vautrin*」이 포르트 생마르탱 극장에서 상연되지만 실패. 주연배우가 루이 필립을 흉내 냈다 하여 이 연극이 상연 금지됨. 이해 창간된 『파리 평론』을 혼자서 편집하고 이 평론지에 『파르마의 수도원 *La Chartreuse de Parme*』을 예찬하는 글을 써서 게재. 이 잡지는 3호까지 나오고 폐간됨. 발자크는 〈자르디〉 저택을 손해 보고 매도, 그 후 파리 근교 파시의 바스 가(街)로 이사, 어머니와 함께 살다가 곧 따로 살게 됨. 『피에레트 *Pierrette*』, 『피에르 그라수 *Pierre Grassou*』, 『집시의 왕자 *Un Prince de la bohème*』 등 출간.

1841년 42세   과로로 건강이 심히 악화됨. 10월 2일 서점 연합과 〈인간 희극〉 출판 계약서 체결. 『두 새색시의 회고록 *Mémoires de deux* *jeunes mariées*』, 『가짜 정부*La fausse maîtresse*』, 『위르쉴 미루에*Ursule Mirouët*』, 『어두운 사건*Une ténébreuse affaire*』 출간.

1842년 43세 한스카 부인의 남편 한스카 백작이 얼마 전 사망했음을 알게 되어 계속 한스카 부인에게 편지를 쓰고 그녀를 생각함. 이때부터 그녀와의 결혼을 큰 목표로 함. 4월에 〈인간 희극〉 출간 시작. 첫 권의 마지막 판에는 서문이 들어 있음. 『어느 인생의 시작*Un début dans la vie*』 출간. 9월에 〈인간 희극〉 제2권, 11월에 제3권을 간행. 『현대사의 이면*L'Envers de I istoire Contemporaine*』 집필 시작.

1843년 44세 러시아 상트페테르부르크에 여행 가서 한스카 부인과 다시 만남. 베를린, 포츠담, 라이프치히, 드레스덴, 리에주, 브뤼셀을 거쳐 파리로 돌아오면서 여러 박물관 방문. 만성 뇌질환(거미막염) 진단을 받음. 〈인간 희극〉 제5~8권 출간. 『오노린느*Honorine*』, 『지방의 뮤즈*La Muse du département*』 출간. 『잃어버린 환상』 탈고.

1844년 45세 건강이 점점 더 악화되는데도 과도한 작업 계속. 『모데스트 미뇽*Modeste mignon*』, 『고디사르 2세*Gaudissart II*』 집필. 『서른 살 여인』 탈고. 『농민들*Les Paysans*』 앞부분이 『라 프레스*La presse*』지에 발표됨(이 작품은 더 이상의 진전 없이 처음부터 다시 쓰게 됨). 한스카 부인에게 고양된 감정을 담은 편지를 씀. 그의 편지에서 낙담이 엿보이기 시작함(러시아 법으로는 내국인의 재산을 외국인에게 양도하는 것이 금지되어 있기 때문).

1845년 46세 드레스덴에 가서 그곳으로 여행 온 한스카 부인과 그녀의 딸, 사윗감을 만나고 함께 이탈리아를 여행함. 한스카 부인과 딸이 파시의 발자크 집에 한 달간 머무름. 『사업가*Un homme d'ffaire*』 집필, 『부부 생활의 소소한 참상*Petites misères de la vie conjugale*』 탈고.

1846년 47세 한스카 부인의 임신 소식을 듣고 결혼을 서두름. 포르튀네 가(街)에 그녀와 함께 살 저택을 구입. 독일에 가서 한스카 부인의 딸 결혼식에 참석. 한스카 부인이 사내 아기 빅토르 오노레를 사산했다는 소식을 파리에서 듣고 깊은 비탄에 빠짐. 『사촌 누이 베트*La Cousine Bette*』, 『자신도 모르는 희극 배우들*Les comédiens sans le* *savoir*』 등 집필.

1847년 48세 2~4월 한스카 부인이 파리에 와서 체류. 포르튀네 가의 새 저택으로 이사하면서 무리한 지출을 함. 한스카 부인이 보낸 편지들을 손에 넣은 하녀이자 정부인 브뤼뇰 부인으로부터 협박받음. 에밀 드 지라르댕과도 갈라섬. 6월 28일 유서 작성. 한스카 부인을 상속자로 지정. 9월에 몹시 아픈 몸으로 우크라이나 베르디체프에 있는 한스카 부인 집에 처음으로 가서 체류. 키예프에도 머무름. 『창녀들의 흥망성쇠』 탈고. 『사촌 형 퐁스 *Le Cousin Pons*』와 『선거 *L'Élection*』 출간.

1848년 49세 2월에 파리로 돌아와 21~22일에 일어난 2월 혁명을 목격. 제헌의회 의원으로 출마하려다 실패. 그가 쓴 희곡 「계모」가 상연되어 성공을 거둠. 사셰 성에 마지막으로 체류. 심장 비대증으로 고통받음. 9월에 파리를 떠나 우크라이나의 한스카 부인 곁으로 감.

1849년 50세 1848~1849년에 걸쳐 겨우내 우크라이나의 한스카 부인 집에서 병고에 시달림. 아카데미 프랑세즈 회원으로 선출되지 못함(라마르틴과 위고만이 그를 지지함).

1850년 사망 우크라이나에 머무는 동안 건강은 더욱 악화됨. 3월에 우크라이나 성당에서 한스카 부인과 결혼식 올림. 드디어 부부가 되어 5월에 파리로 돌아옴. 여행 중에 숨을 제대로 못 쉴 만큼 위기를 겪음. 5월 21일 저녁 포르튀네 가의 새 저택에 도착했으나 정신병자 하인이 안에서 문을 잠그고 열어 주지 않는 불상사를 겪음. 이후 병석에 누워 다시는 일어나지 못함. 8월 18일 저녁, 빈사 상태에서 위고의 방문을 받고 몇 시간 뒤에 사망. 21일 장례식 거행. 파리 페르라셰즈 묘지에 안장됨. 빅토르 위고가 조사(弔辭)를 낭독함.

열린책들 세계문학 041 고리오 영감

옮긴이 임희근 1958년 서울에서 출생하여, 서울대학교 불어불문학과를 졸업하였으며, 프랑스 파리3대학교에서 불문학 석사, 동 대학원에서 박사 과정을 수료하였다. 현재 전문 번역가이자 출판 기획 번역 네트워크 〈사이에〉 대표로 일하고 있다. 논문으로 「장 지오노의 소설 공간」, 「플로베르의 〈감정 교육〉에 나타난 소설 공간」 등이 있고, 옮긴 책으로는 앙리 프레데리크 블랑의 『저물녘 맹수들의 싸움』, 『잠의 제국』, 에밀 졸라의 『살림』, 디팩 초프라의 『성공을 부르는 마음의 법칙 일곱 가지』, 베르나르 그랑제의 『우울증』, 다니엘 페낙의 『독재자와 해먹』, 보리스 시륄닉의 『불행의 놀라운 치유력』, 앙드레 고르의 『D에게 보낸 편지』 등이 있다.

지은이 오노레 드 발자크 **옮긴이** 임희근 **발행인** 홍예빈 · 홍유진
발행처 주식회사 열린책들 **주소** 경기도 파주시 문발로 253 파주출판도시
전화 031-955-4000 **팩스** 031-955-4004 **홈페이지** www.openbooks.co.kr
Copyright (C) 주식회사 열린책들, 2008, 2009, *Printed in Korea.*
ISBN 978-89-329-0958-5 04860 **ISBN** 978-89-329-1499-2 (세트)
발행일 2008년 8월 10일 초판 1쇄 2009년 11월 30일 세계문학판 1쇄 2024년 8월 25일 세계문학판 11쇄

이 도서의 국립중앙도서관 출판예정도서목록(CIP)은 서지정보유통지원시스템 홈페이지(http://seoji.nl.go.kr)와 국가자료공동목록시스템(http://www.nl.go.kr/kolisnet)에서 이용하실 수 있습니다.(CIP제어번호: CIP2009003383)

열린책들 세계문학
Open Books World Literature